U0126302

訓詁學 （下冊）

陳新雄著

臺灣學生書局印行

作者簡介

　　陳新雄字伯元，江西省贛縣人。生於民國二十四年二月六日，現年七十。國立臺灣師範大學國文研究所博士班畢業，中華民國國家文學博士。曾任中國文化大學中國文學系教授兼主任、國立政治大學中文系所兼任教授、國立高雄師範大學國文研究所兼任教授、淡江大學中文系兼任教授、美國喬治城（Georgetown）大學中日文系客座教授、香港浸會學院中文系首席講師、香港中文大學中國文化研究所訪問學人、香港珠海大學文史研究所兼任教授、香港新亞研究所兼任教授、國立中山大學中文研究所兼任教授、北京清華大學中文系客座教授、國立臺灣師範大學國文系所教授、東吳大學中文研究所兼任教授、中國聲韻學會理事長、中國訓詁學會理事長、中國文字學會理事長、中國經學研究會理事長。現任國立臺灣師範大學國文研究所兼任教授、輔仁大學中文研究所兼任教授、中國語文雜誌編委、語言研究編委、詩經研究學會顧問、中國語文通訊顧問。擅長聲韻學、訓詁學、文字學、詩經、東坡詩、東坡詞等。著作有《春秋異文考》、《古音學發微》、《音略證補》、《六十年來之聲韻學》、《等韻述要》、《新編中原音韻概要》、《鍥不舍齋論學集》、《聲類新編》、《旅美泥爪》、《香江煙雨集》、《放眼天下》、《詩詞吟唱及賞析》、《文字聲韻論叢》、《訓詁學》、《古音研究》、《伯元倚聲·和蘇樂府》、《伯元吟草》、《古虔文集》、《東坡詞選析》、《東坡詩選析》、《家國情懷》、《詩詞作法入門》、《聲韻學》、《廣韻研究》等二十多種。

訓詁學下冊

目　　錄

第八章　古書之體例

　　訓詁學乃一門綜合性學問，與文字聲韻之關係，前已加以申述，除此之外，無論語法、詞匯、校勘、修辭等亦均有密切關係。訓詁乃綜合運用此諸種學科，而達到解釋詞義最適當之標準。前賢於古人使用語言之規律，多所研究，或稱之為文法、文例、詞例，今統稱之為體例。清人於此，最有成績。今擇其尤者，介紹數種，以明古書之體例。庶幾於研讀古籍，有所助益。

第一節　王引之《經義述聞》

一、經文假借例

　　引之謹案：許氏《說文》論六書假借曰：「本無其事，依聲託事。令長是也。」蓋無本字，而後假借他字，此謂造作文字之始也。至於經典古字，聲近而通，則有不限於無字之假借者，往往本字見存，而古文則不用本字而用同聲之字，學者改本字讀之，則怡然理順。依借字解之，則以文害辭。是以漢世經師作注，有讀為之例，有當作之條，皆由聲同聲近者，以意逆之，而得其本字。所謂好學深思，心知其意也。然亦有改之不盡者，迄今考之文義，參之

古音，猶得更而正之，以求一心之安，而補前人之闕。

如借光為廣，而解者誤以為光明之光。（說見《易》「光亨。」）❶

---

❶　引之謹案：《易》言光者有二義。有訓為光輝者，〈觀·六四〉「觀國之光」。〈未濟·六五〉「君子之光」。〈履·象傳〉「光、明也。」《大畜·象傳》「輝光日新」是也。有當訓為廣大者，光之為言猶廣也。（〈大雅·皇矣〉毛傳及《左傳。昭二十八年》杜注，〈周語〉韋注並曰：「光、大也。」〈周頌·敬之〉傳及〈周語〉注並曰：「光、廣也。」〈堯典〉「光被四表。」〈漢成陽臺碑〉光作廣。《荀子·禮論》「積厚者流澤廣。」《大戴禮·禮三本》篇廣作光。）〈需·象辭〉「有孚光亨」。光亨猶大亨也。〈坤·象傳〉「含宏光大」。〈象傳〉「知光大也」。〈泰·象傳〉「以光大也」。〈咸·象傳〉「未光大也」。〈渙·象傳〉「光大也」。光大猶廣大也。（《大戴禮·曾子疾病》篇「高明廣大」。《漢書·董仲舒傳》作「高明光大」。）〈謙·象傳〉「謙尊而光」。言謙德撙節而廣大也。（說見後「謙尊而光下」。）〈夬·象傳〉「其危乃光也」。言惟其危屬，是以廣大也。〈坤·象傳〉「地道光也」。言地道廣大也。〈頤·象傳〉「上施光也」。言上之所施廣大也。〈坤·文言〉「含萬物而化光」。言其化廣大也。〈屯·象傳〉「施未光也」。（義與未光大同）〈噬嗑〉、〈震〉、〈兌〉、〈象傳〉「未光也」。〈晉·象傳〉「道未光也」。〈夬·象傳〉「中未光也」。（〈坎·象傳〉「中未大也」。）〈萃·象傳〉「志未光也」。皆言未廣大也。諸家《易》說，唯干寶深得其指，故注「其危乃光」曰：「德大。」即以心小功高而意下，故曰「其危乃光」也。注「知光大」曰：「位彌高德彌廣也。」注「含萬物化光」曰：「光、大也。」由干氏之說可以類推矣。若荀爽注「其危乃光」曰：「危去上六，陽乃光明。」注「道未光」曰：「動入冥逸，故道未光。」已失訓詁之本意。至虞翻注「光亨」，謂「離日為光」。「往上施光」，謂「上已反三成離，故上施光也。」注「兌未光」，謂「二四已變而體屯上三未為離，故未光也。」注「渙光大」，謂「三已變成離，故曰光大也。」其失也鑿矣。孔穎達《正義》說「有孚光亨」，「含宏光大」，「謙尊而光」，「其危乃光也」，「上施光也」。亦誤以光為顯明之義，故具論之。

《書》「光被四表。」❷《國語》「少光王室。」❸、「光遠宣

---

❷　戴氏《文集》曰：「〈堯典〉『光被四表，格于上下。』傳曰：『光、充也。』《釋文》光字無音切。《正義》曰：『光充，〈釋言〉文。』據郭本《爾雅》，『桄、熲、充也。』注曰：『皆充盛也。』《釋文》曰：『桄、孫作光，古黃反。』《說文》曰：『桄、充也。』孫愐《唐韻》古曠反。〈樂記〉『鐘聲鏗鏗以立號，號以立橫，橫以立武。』鄭注曰：『橫、充也，謂氣作充滿也。』《釋文》曰：『橫、古曠反。』〈祭義〉曰：『置之而塞乎天地，溥之而橫乎四海。』〈孔子閒居〉曰：『夫民之父母乎，必達禮樂之原，以致五至而行三無，以橫於天下。』注曰：『橫、充也。』橫桄同古曠反。橫充也即《爾雅》桄充也。《漢書·王襃傳》曰：『化溢四表，橫被無窮。』〈王莽傳〉曰：『昔堯橫被四表。』《後漢書·馮異傳》曰：『橫被四表，昭假上下。』然則〈堯典〉古本必作『橫被四表』，橫被，廣被也。正如記所言『橫於天下，橫乎四海也。』橫四表，格上下對舉，溥遍所及曰橫，貫通所至曰格，橫轉為桄，脫誤為光，追原古初，當讀古曠反，庶合充廓廣遠之義。而《釋文》於〈堯典〉無音切，於《爾雅》乃古黃反，殊少精覈。」（以上戴氏《文集》）引之謹案：光桄橫古同聲而通用，非轉寫訛脫脫而為光也。三字皆充廣之義，不必古曠反而後為充也。《漢書·宣帝紀》、〈蕭望之傳〉並曰：「聖德充塞天地，光被四表。」《周易集解·比卦》載荀爽注曰：「聖王之信，光被四表。」《北堂書鈔·樂部一》（抄本）引《樂緯》「堯樂曰大章。」注曰：「言德光被四表，格于上下，其道大章明也。」《後漢書·蔡邕傳》釋誨曰：「舒之足以光四表。」高誘注《淮南·俶真》篇曰：「頗讀光被四表之被。」《中論·法象》篇曰：「唐帝允恭克讓，光被四表。」〈魏公卿上尊號奏碑〉曰：「邁恩種德，光被四表。」曹植〈求通親親表〉曰：「欲使陛下崇光被時雍之美。」王粲〈無射鍾銘〉曰：「格于上下，光于四方。」皆義本〈堯典〉，班固《典引》「光被六幽。」蔡邕注曰：「六幽謂上下四方也。」引《尚書》曰：「光被四表，格于上下。」〈周頌·譜〉曰：「天子之德，光被四表，格于上下。」〈噫嘻〉篇「既昭假爾。」箋曰：「謂光被四表，格于上下也。」《正義》並曰：「光被四表，格于上下。〈堯典〉文也。」注曰：「言堯德光耀及四海之外，至於天地，所謂大人與天地合其德，與日月齊其

明。」鄭氏傳古文《尚書》，而字亦作光，則光非詭字可知。《爾雅》「柷充也。」孫炎本柷作光。〈皋陶謨〉曰：「帝光天之下。」《正義》曰：「充滿大天之下。」《孝經》曰：「孝弟之至，通於神明，光於四海。」孔傳曰：「光、充也。」是光正訓充，與橫初無異義也。光與廣亦同聲。〈周頌·敬之〉傳曰：「光、廣也。」〈周語〉曰：「緝、明也；熙、廣也。」《爾雅》曰：「緝、熙、光也。」僖公十五年《穀梁傳》曰：「德厚者流光。」疏曰：「光猶遠也。」《荀子·禮論》：「積厚者流德廣。」《大戴禮·三本》篇：作「流澤光。」是光與廣通，皆充廓之義。《方言》曰：「幅廣為充」是也。故〈堯典〉言光被四表，而《漢書·禮樂志》曰：「聖主廣被之資。」隋蕭吉《五行大義》引《禮含文嘉》曰：「堯廣被四表，致於龜龍。」〈漢成陽靈臺碑〉曰：「爰生聖堯，名蓋世兮。廣被之恩，流荒外兮。」樊毅〈復華下民租田口算碑〉曰：「聖朝勞神日昃，廣被四表。」〈成陽令唐扶頌〉曰：「追惟堯德廣被之恩。」沈子琚〈綵竹江堰碑〉曰：「廣被四表。」《藝文類聚·樂部》引《五經通義》曰：「舞四夷之樂，明德澤廣被四表也。」《魏志·文帝紀》注引《獻帝傳》曰：「廣被四表，格于上下。」又曰：「至德廣被，格于上下。」則光被之光，作橫又作廣，字異而義同，無煩是此而非彼也。至光格對文，而鄭康成訓光為光耀，於義為疏，戴氏獨取光充也之訓，其識卓矣。

❸ 其何德之脩而少光王室，以逆天休。韋注曰：「光、明也。」引之謹案：光之言廣也，謂廣大王室也。上文曰：「王室其愈卑乎！」卑與光義正相對。（上卷「王室其將卑乎！」韋注：「卑、微也。」僖二十二年《左傳》：「公卑邾。」杜注：「卑、小也。」）僖十五年《穀梁傳》：「故德厚者流光，德薄者流卑。」亦以光與卑相對。〈大雅·皇矣〉傳曰：「光、大也。」〈周頌·敬之〉傳曰：「光、廣也。」是光與廣大同義。〈堯典〉：「光被四表。」〈漢成陽靈臺碑〉光作廣。《荀子·禮論》篇：「積厚者流澤廣。」《大戴禮·禮三本》篇廣作光。《大戴禮·曾子疾病》篇：「君子行其所聞則廣大矣。」《漢書·董仲舒傳》廣作光。是光與廣同聲，而字亦相通。又《易》內言光者，多與廣同義，說見前光字下。

朗。」❹）借有為又，而解者以為有無之有。（說見「遲有悔」
❺）借簪為揗，而解者以為冠簪之簪。（說見「朋盍簪」❻）借蠱

---

❹ 其智能上下比義，其聖能光遠宣朗，其明能光照之，其聰能聽徹之。引之
謹案：下光為光明之光，上廣則廣大之廣。〈周語·中〉篇：「叔父若能
光裕大德。」韋注曰：「光、廣也。」（下篇曰：「壺也者廣裕民人之謂
也。」）下篇：「緝、明也；熙、廣也。」即《爾雅》「緝熙光也」之
光。（光與廣通，詳見光字下。）光遠者，廣遠也。廣與遠同義，宣朗
者，明朗也，明與朗同義。宣訓為明，詳見《詩》「宣昭義問」下。（陸
雲〈祖考頌〉「光遠之度，宣朗之明，義本《國語》，於光遠言度，於宣
朗言明，亦是以光為廣，以宣為明也。」）

❺ 〈豫·六三〉「盱豫悔」、「遲有悔」。引之謹案：此與他卦言有悔者不
同，他卦有悔對無悔言之也。此有字則當讀為又，古字有與又通，言盱豫
既悔，遲又悔也。《正義》曰：「居豫之時，若遲停不求於豫，亦有悔
也。」則是讀為有無之有，失之矣。〈象傳〉曰：「盱豫有悔，位不當
也。」此釋盱豫悔三字，而加有字以足之。猶〈蒙〉之上九「利禦寇。」
而〈象傳〉曰：「利用禦寇也。」非釋遲有悔之義，《正義》謂不言遲
者，略其文。亦失之。

❻ 九四「朋盍簪。」王注：「盍、合也；簪、疾也。」《釋文》「簪、徐側
林反，鄭云：速也，王肅又祖感反，京作撍，蜀才本依京，義從鄭。」引
之謹案：作撍者正字，作簪者借字也。《玉篇》「撍、側林切，急疾
也。」《廣韻》「撍、速也。」《集韻》「撍、疾也。通作簪。」是也。
撍之言寁也。《爾雅》曰：「寁、速也。」《釋文》：「寁、子感反。」
子感與祖感同，是撍即寁也。又通作憯，《墨子·明鬼》篇：「鬼神之
誅，若是之憯遫也。」憯與撍通，遫即速字，撍亦速也。震為躁卦，又為
決躁。（決躁謂急疾也，說見本條。）故有急疾之象。而侯果乃云：「朋
從大合，若以簪笄之固括也。」（見《集解》，笄下蓋脫冠字。）如其
說，則經當云：「朋盍若簪冠。」其義始明，豈得徑省其文，而云朋盍簪
乎！蓋侯氏不知簪為撍之假借，故臆說橫生，而卒不可通矣。王應麟曰：
「朋盍簪，簪、疾也。」至侯果始有冠簪之訓，晁景迂云：「古者禮冠，
未有簪名。」

為故，而解者以為蠱惑之蠱。（說見蠱卦❼）借辨為蹁，而解者誤以為分辨之辨。（說見「剝牀以辨」❽）借衹為祇為底，而解者誤

---

❼ 蠱，《正義》引梁褚仲都講疏曰：「蠱者惑也，物既惑亂，當須有事也。」故《序卦》云：「蠱者事也。」謂物蠱必有事，非謂訓蠱為事。《集解》引伏曼容注亦曰：「蠱、惑亂也，萬事從惑而起，故以蠱為事也。」（曼容亦梁人）引之謹案：訓詁之體，一字兼有數義，蠱為疑惑，《爾雅》曰：「蠱、疑也。」昭元年《左傳》曰：「女惑男謂之蠱。」此一義也。蠱又謂事。《釋文》曰：「蠱一音故。」蠱之言故也，《周官·占人》：「以八卦占筮之八故。」鄭注曰：「八故謂八事。」襄二十六年《左傳》：「問晉故焉。」昭三十年《公羊傳》：「習乎邾婁之故。」杜預、何休注並曰：「故、事也。」蠱訓為事，故大元有事，首以象蠱卦。此又一義也。二義各不相因，褚氏、伏氏不解訓蠱為事，是不達訓詁之體也。且如其說，則幹父之蠱，幹母之蠱，亦將以為幹親之惑亂，其可乎！《正義》、《集解》及《史微口訣義》皆沿其誤，蓋古訓之湮久矣。《尚書大傳》曰：「乃命五史以書五帝之蠱事。」蠱事猶故事也。說者不得其解，乃曰：「時既漸澆，物情惑亂，故事業因之而起。」失之遠矣。

❽ 鄭注曰：「足上稱辨，謂近膝之下，詘則相近，申則相遠，故謂之辨。辨、分也。」虞曰：「指閒稱辨，〈剝〉剝二成艮，艮為指，二在指閒，故剝牀以辨。」（並見《集解》）王曰：「剝牀以足，猶云剝牀之足也。辨者足之上也。」《正義》曰：「辨為牀身之下，牀足之上，足與牀身分辨之處也。」引之謹案：以猶與也，及也。（說見《釋詞》）牀與辨不同物，故曰：「剝牀以辨。」若如王說，剝牀以辨，猶云剝牀之辨，則下文剝牀以膚，亦可云剝牀之膚乎？（《集解》引崔憬曰：「牀之膚謂薦席，若哭之有皮毛也。」其說尤誤。）膚為人身之皮，不可云牀之膚，則足與辨亦當為人之形體，豈得云牀之足，牀之辨乎！鄭以近膝之下為辨，虞謂指閒稱辨，以形體言之，雖義勝於王，而亦皆無依據。今案辨當讀為蹁。（《玉篇》蒲田切。）《釋名·釋形體》曰：「膝頭曰膊，膊、圜也。因形圍圜而名之也。」或曰：「蹁、扁也。亦因形而名之也。」蹁蓋髕之轉聲，《說文》：「髕、膝耑也。」髕之為蹁，猶蘆䔖之為獱獺也。膝頭在腳之上，故初爻言足，二爻言蹁，二居下卦之中，猶膝頭居下體之中，故取象於蹁焉。古聲辨與蹁通，猶周偏之偏通作辨也。（偏與辨通，詳見

以為語辭。（說見「無祗悔」❾、「祗既平」❿）借易為場，而解

《日知錄·卷五》。）

❾ 初九，不遠復，無祗悔。《釋文》：「祗音支，辭也。馬同音之是反。韓伯祁支反，云大也。鄭云：病也。王肅作禔，時支反。陸云：禔安也。九家本作䄼字，音支。」引之謹案：九家作䄼是也。《廣雅》：「䄼、多也。」（〈西京賦〉曰：「炙煑䐗，清酤䄼。」）無祗悔者，無多悔也。有不善，未嘗不知，知之未嘗復行，故雖有悔而不至於多也。蓋知有不善則必悔，知而復行則又多一悔矣。今不遠復者，知而不行，則但有不善之悔。而無復行之悔，是其悔無多也。䄼字以多為意，以支為聲，古音支歌二部相通。故支聲與多相近。《說文》芰字從艸支聲，或從多聲作芀，是其例也。故多謂之䄼。祗從氐聲，古聲氐在支部，亦與多聲相近。《說文》㛤字（尺氏切）從女多聲，或從氐作㜮，是其例也。故多亦謂之祗，襄二十九年《左傳》：「祗見疏也。」《正義》祗作多，云：「晉宋杜本皆作多。」祗祗同音，祗與多通，猶祗與多通也。多則大，少則小，高誘注《呂氏春秋·知度》篇曰：「多、大也。」是也。故韓注又訓為大，義與九家相表裏也。若馬、鄭、王、陸四家之說，皆於文義未安，殆非達詁。或又讀祗為抵。案祗從氐聲，古音在支部，抵從氐聲，古音在脂部，二部絕不相通，未可以抵易祗也。

❿ 九五，坎不盈，祗既平。（《釋文》祗音支，又祁支反。）祗京作禔（音支，又上支反。）《說文》同安也。鄭云：「當為坻，小邱也」（並見《釋文》）。王云：「祗，辭也。為坎之主，盡平乃無咎。」引之謹案：經凡言喪亂既平，原隰既平，上二字皆實指其事，此云祗既平，祗字亦當實有所指。王注以為語辭，非也。京作禔而訓安，與平意相近，如其說，則當云禔且平，文義方安，不得云禔既平也。鄭以為小邱，則以為水中坻之坻，然祗從氐聲，古音在支部，（京本作禔，古音亦在支部）。坻從氐聲，古音在脂部，二部絕不相通，不得以祗為坻也。（或讀祗為抵，誤與鄭同，祗從氐聲，抵從氐聲，古音各為一部也。且抵既平，文義亦未安。）今案祗當讀為疧，《爾雅》：「疧、病也。」（《釋文》「疧祈支反，又音支。」）孫炎曰：「滯之病也。」《說文》：「疧、病不翅也。」字或作疧。《爾雅·釋文》：「疧本作疧，字書曰：疧、病也。」《聲類》猶以為疧字，又通作祗。〈小雅·何人斯〉篇「俾我祗也。」毛

者誤以為平易之易。（說見「喪羊于易」❶）借繘為㒼，而解者誤
以繘為綆。（說見「亦未繘井」❷）借井為阱，而解者誤以為井泉
之井。（說見「舊井无禽」❸）借楝為薪，而解者誤以為其薪為何

傳曰：「祇、病也。」（《釋文》祇、祈支反）是也。疷既平者，病已平
復也。《說苑·辨物》篇：「曲父之為毉也，諸扶而來，舉而來者，皆平
復如故。」（《漢書·王襃傳》：「疾平迺復歸。」）是病愈為平也。
〈說卦傳〉曰：「坎為心病，為耳痛，故稱疷。」作祇作提，皆借字耳。
三至五成艮，坎為疾病，艮以止之。故其病平復也。坎不盈一事也，疷既
平又一事也，分而釋之，其義乃明。

❶ 六五，喪羊于易。《釋文》：「易，陸作場，謂疆場也。」《朱子語類》
曰：「喪羊于易，不若解作疆場之場。」《漢食貨志》疆場之場正作易。
後有喪牛于易（〈旅·上九〉），亦同此義。家大人曰：凡《易》言「同
人于野」、「同人于門」、「同人于宗」、「伏戎于莽」、「同人于
郊」、「拂經于邱」、「遇主于巷」，末一字皆實指其地。「喪羊于
易」、「喪牛于易」文義亦同。《荀子·富國》篇：「觀國之治亂臧否，
至於疆易，而端已見矣。」〈周頌·載芟〉傳曰：「畛、易也。」《漢
書·禮樂志·安世房中歌》：「吾易久處。」晉灼曰：「易、疆易也。」
〈漢沛相楊統碑〉：「疆易不爭。」〈魏橫海將軍呂君碑〉：「慎守疊
易。」是古疆場字多作易。故《說文》無場字。

❷ 井汔至，亦未繘井。王注曰：「已來至而未出井也。」《正義》曰：
「汔、幾也，繘，綆也。雖汲水已至井上（以與已同），然綆出猶未離井
口，而鈎羸其瓶而覆之也。」家大人曰：《正義》所云，非《注》意也。
《注》內出字，正釋繘字。《廣雅》曰：「㒼、出也。」㒼與繘通，㒼訓
為出，故出井謂之㒼井，作繘者，字之假借耳。汔至者，所汲之水幾至井
上也，亦未㒼井者，所汲之水，尚未出井口也。象曰：「汔至，亦未繘
井，未有功也。」蓋水已出井，人得其用，而後汲者有功，今未出井，故
未有功也。揆之文義，王注為長，蓋漢代經師說《易》井上坎下巽，巽以
木入水而無出象，故云未㒼井也。

❸ 初六，井泥不食，舊井無禽。王弼曰：「久井不見渫治，禽所不嚮，而況
人乎！」干寶曰：「舊井亦皆清潔，無水禽之穢。」崔憬曰：「久廢之

之薇。（說見「覆公餗」❶）借時為待，而解者誤以為四時之時。
（說見「遲歸有時」❶）借繻為襦，而解者誤以為水濡之濡。（說

井，不獲以其時舍，故曰舊井無禽。禽古擒字，擒猶獲也。」（二說見
《集解》）引之謹案：易爻凡言田有禽，田无禽，失前禽，皆指獸言之，
此禽字不得有異，井當讀為阱，阱字以井為聲。（《說文》：「阱、大陷
也。從阜井，井亦聲。」）故阱通作井，與井泥不食之井不同，井泥不食
一義也，舊阱无禽又一義也，阱與井相似，故因井而類言之耳。《柴
誓》：「杜乃擭斂乃阱。」（與阱同。）鄭注曰：「山林之田，春始穿為
阱，或投擭其中以遮獸。」（見《正義》）〈秋官·雍氏〉：「春令為阱
擭溝瀆之利於民者，秋令塞阱杜擭。」鄭注曰：「阱穿地為塹，所以禦禽
獸，其或超踰則陷焉，世謂之陷阱。」又〈冥氏〉：「為阱擭以攻猛獸，
以靈鼓毆之，使驚趨阱擭。」〈魯語〉：「鳥獸成，於是乎設穽鄂以實廟
庖。」韋注曰：「穽、陷也。鄂、柞格，所以誤獸也。」謂立夏鳥獸已
成，設取獸之物。（《廣雅》說麐曰：「不入陷穽，不羅罘罔。則他獸固
入陷井矣。」）是阱所以陷獸也。舊阱，湮廢之阱也，阱久則淤淺，不足
以陷獸，故無禽也。

❶ 〈鼎·九四〉覆公餗。有二說。《說文》曰：「鬻鼎實，惟葦及蒲（即惟
筍及蒲之異文）或作餗。」《周官·醢人》疏引鄭注曰：「糝謂之餗，震
為竹，竹萌曰筍，筍者，餗之為菜也。」蓋據〈大雅〉「其殽維何，維筍
及蒲」之文，此一說也。《說文》曰：「陳留謂健為鬻（與飳同）。」
《釋文》引馬融曰：「餗、健也。僖二十四年《穀梁傳》疏引馬融注曰：
『餗謂糜也。』」〈繫辭傳〉：「《易》曰：『鼎折足，覆公餗。』」馬
本餗作鬻。此又一說也。引之謹案：馬注為長。昭七年《左傳》正考父鼎
銘曰：「饘於是，鬻於是，以餬余口。」杜注：「於鼎中為饘鬻。」是
健為鼎實，古有明文，故《博古圖》有宋公緣餗鼎，餗鼎者，鬻鼎也，若
筍與蒲，乃醢人加豆之實，不聞以之實鼎，〈大雅〉之薇，殆非此所謂餗
也。辯見〈大雅〉。

❶ 〈歸妹·九四〉歸妹愆期，遲歸有時。虞翻曰：「震春兌秋，坎冬離夏，
四時體正，故歸有時也。」王弼曰：「愆期遲歸，以待時也。」家大人
曰：時當讀為待，經言歸妹愆期，遲歸有待，故傳申之曰：「愆期之志，
有待而行也。」《釋文》：「有待而行也，一本待作時。」是傳之有待，

見「繻有衣袽」⓰）借尊為撙，而解者誤以為尊卑之尊。（說見

亦或借時為之，愈以知經之有時為待之假借也，待時俱以寺為聲，故二字
通用。〈蹇象傳〉：「宜待也。」張璠本待作時。《方言》：「苹、離、
時也。」《廣雅》時作待。〈月令〉：「毋發令而待。」《呂氏春秋·季
夏紀》作「無發令而干時」，是其例矣。歸妹愆期，遲歸有待。待與期為
韻。猶《離騷》「路脩遠以多艱兮，騰眾車使徑待。路不周以左轉兮，指
西海以為期。待與期亦為韻也。」隱七年《穀梁傳》注引此正作「遲歸有
待」。」

⓰ 〈既濟·六四〉：「繻有衣袽，終日戒。」虞本繻作襦。（《釋文》繻、
子夏作襦，王廙同。）注曰：「乾為衣，故稱襦。」（今本《集解》作繻
誤。）袽、敗衣也。（袽與絮同。《說文》：「絮、弊衣也。」）乾二之
五（謂泰二之五成既濟），衣象裂壞，故襦有衣袽。謂伐鬼方三年乃克，
旅人勤勞，衣服皆敗。王注曰：「繻宜曰濡，衣袽所以塞舟漏也。夫有隙
之棄舟而得濟者，有衣袽也。」盧氏曰：「繻者，布帛末端之塞也，袽
者，殘幣帛可拂拭器物也。繻有為衣袽之道也。四處明暗之際，貴賤无
恒，猶或為衣，或為袽也。」（見《集解》）引之謹案：如王說，則經當
作「舟漏而濡，有衣袽以塞之。」文義始明。今但云「繻有衣袽」，則為
之意不見，且為衣袽者布帛也，不直言布帛，而但舉端末之識，區區端末
之識，豈遂可以為衣乎！二說殆非達詁，惟虞氏差為近之，然必承伐鬼方
言之則非，爻各為義，不必相承也。又謂乾二之五衣象裂壞，故襦有衣
袽。如其說，則經何不於二五兩爻言之，而言之於四爻乎！且襦即衣名，
不得又以衣袽之衣為衣服之衣也。今案《說文》：「襦、蟲蟲衣也。」
「蟲蟲、溫也。」蟲衣所以禦寒也。有之言或也，（古有或同聲，故或通
作有。〈姤·九五〉「有隕自天。」言或隕自天也。〈盤庚〉曰：「乃有
不吉不迪，顛越不恭，暫遇姦宄。」乃有、乃或也。《多士》曰：「朕不
敢有後。」《孟子·梁惠王》篇引《書》曰：「天下曷敢有有越其志。」
敢有、敢或也。《鄘風·載馳》篇：「大夫君子，無我有尤。」言無我或
尤也。又《春秋》凡言日有食之者，皆謂日或食之也。）衣讀衣敝縕袍之
衣（於氣切），謂著之也。《易·通卦驗》曰：「坎主冬至，四在兩坎之
間（二四互坎），固陰沍寒，不可無蟲衣以禦。六四體坤為布，（〈說
卦傳〉坤為布。）故稱襦，處互體離之中畫（三五互離），離火見克於坎

「謙尊而光」 ❶）借坅為乇，而解者誤以為開坅之坅。（說見「百

水，有敗壞之象，故稱衻，四在外卦之內，有箸於外而近於內之象，故稱
衣（於氣切）。衣衻、謂箸敗壞之襦也。禦寒者固當衣襦矣，乃或不衣完
好之襦，而衣其敗壞者，則不足以禦寒，譬之人事，患至而無其備，則可
危也。」故曰：「襦有衣衻，終日戒。」故〈象傳〉曰：「君子以思患而
預防之。」

❶　〈謙・象傳〉謙尊而光，卑而不可踰。引之謹案：尊讀為撙節退讓之撙，
撙之言損也，（《韓詩外傳》謙者抑事而損者也。）小也。光之言廣也，
大也。尊而光者，小而大，卑而不可踰者，卑而高也。上文曰：「天道下
濟而光明。」猶此言尊而光也。「地道卑而上行。」猶此言卑而不可踰
也。夫撙節退讓，君子所以為謙，故謙之德曰尊。〈繫辭傳〉曰：「謙尊
而光，謙以制禮。」〈曲禮〉曰：「君子恭敬撙節退讓以明禮。」其義一
而已矣。解象傳者多誤以尊卑為對文，夫尊卑若是對文，則二者不可缺
一，〈繫辭傳〉之「謙尊而光」，反似偏而不具矣。甚矣其不可通也。孔
穎達解《象傳》謂尊者有謙而更光，卑者有謙而不可踰。解〈繫辭傳〉則
曰：「以能謙卑，故其德益尊而光明。同一謙尊而光，而前後異訓，蓋不
得其解，則多方推測而卒無一當矣。（虞翻注傳曰：「天道遠故尊，三
位賤故卑。」馬融注《論語・顏淵》篇：「在邦必達，在家必達。」曰：
「謙尊而光，卑而不可踰。」亦誤以尊卑為對文，夫尊卑若是對文。或
曰：「謙尊而光，卑而不可踰。」尊謂尊人，卑謂自卑也。曰：若然，則
經當云：「謙尊人而光，自卑而不可踰。」文義乃明，今徑省其文，而但
曰尊曰卑，則所尊者何人，所卑者又何人乎？〈曲禮〉曰：「自卑而尊
人。」〈表記〉曰：「卑己而尊人。」若徑省其文曰「卑而尊」，其可
通乎！或說非。）劉晝《新論・誡盈》篇：「未有謙尊而不光，驕盈而不
斃者也。」以謙尊對驕盈，則讀尊為撙可知。蓋當時《易》說有如是解
者，故劉氏用之也。正與經旨相合。尊與退讓同義，故書傳多言尊讓者，
〈儒行〉：「儒皆兼此而有之，猶且不敢言仁也，其尊讓有如此者。」
（《正義》謂尊敬於物失之。）〈鄉飲酒義〉：「三揖而後至階，三讓而
後升，所以致尊讓也。」又曰：「君子尊讓而不爭。」〈聘義〉：「三讓
而後傳命，三讓而後入廟門，三揖而後至階，三讓而後升，所以致尊讓
也。」《管子・五輔》篇：「夫人必知禮而後恭敬，恭敬然後尊讓，尊讓

果草木皆甲柝」⓲）借財為載，而解者誤以為坤富稱財。（說見
「財成天地之道」⓳）借榮為營，而解者誤以為榮華之榮。（說見
「不可榮以祿」⓴）借聞為問，而解者誤以為聞見之聞。（說見

然後少長貴賤不相踰越。」《淮南·泰族》篇：「恭儉尊讓者，禮之為
也。」尊與撙同，尊讓即撙節退讓也。《說文》無撙字，古多借尊為之。
（《後漢書·光武十三王傳·贊》：「沛獻尊節，楚英流放。」李賢注
曰：「尊音祖本反，《禮記》曰：『恭敬尊節。』或通作縛。《荀子·不
苟》篇：『恭敬縛絀，以畏事人。』楊倞注曰：『縛與撙同，絀與黜
同。』謂自撙節貶損。」）又通作傳，《荀子·仲尼》篇：「恭敬而傳，
謹慎而嗛。」（嗛與謙同）。注曰：「傳與撙同，卑退也。」

⓲　〈解·象傳〉雷雨作而百果草木皆甲坼。《釋文》曰：「坼，馬、陸作
宅，云根也。」李善注〈蜀都賦〉引鄭注曰：「皆讀如人倦之解，解謂
坼，呼皮曰甲，根曰宅。」引之謹案：宅乃毛字之假借，《說文》曰：
「毛、艸葉也。從垂穗上貫一，下有根，象形字。」毛宅坼古並同聲，故
又通作坼，《周易述》以坼為古文垞字之譌，非也。

⓳　〈泰·象傳〉雷雨作而百果草木皆甲坼。《釋文》曰「財音才，徐才載
反，荀作裁。」引之謹案：才載之音，與載相似，裁之言載也，成也。
《白虎通義》曰：「載之言成也，載成萬物，始終之道也。」《小爾雅》
曰：「載、成也。」〈皋陶謨〉：「乃賡載歌」，傳與《小爾雅》同，
〈周語〉引〈大雅〉「陳錫載周」，唐固注曰：「言文王布賜施利，以載
成周道也。」（見《史記·周本紀》集解）《老子》「或強或羸，或載或
墮。」謂或成或墮也。載成天地之道，載即是成。下文輔相天地之宜，輔
即是相也。裁成輔相皆平列字，不當上下異訓。而鄭注以裁為節，虞翻以
為坤富稱財，胥失之矣。又案〈繫辭傳〉「化而裁之，謂之變化，而裁成
之存乎變。」《釋文》曰：「裁本又作財。」崔憬注曰：「陳陰陽變化之
事而裁成之。」裁亦載也，化而載之，猶言化而成之。〈賁·象傳〉曰：
「觀乎人文，以化成天下。」〈離·象傳〉曰：「重明以麗乎正，乃化成
天下。」〈恒·象傳〉曰：「四時變化而能久成，聖人久於其道而天下化
成。」是其義也。韓康伯注以裁為制，失之。

⓴　〈否·象傳〉君子以儉德辟難，不可榮以祿。虞翻本榮作營。引之謹案：

「終莫之聞也」❷❶、《詩》「亦莫我聞」❷❷、「則不我聞」❷❸）借

營字是也。高誘注《呂氏春秋·尊師》篇、《淮南·原道》篇並曰：「營、惑也。」（《大戴禮·文王官人》篇曰：「煩亂以事而志不營。」）不可營以祿者，世莫能惑以祿也。云不可者，若云匹夫不可奪志，非不可求榮祿之謂也。凡象言君子以先王、以后，以皆作戒辭者，孔沖遠謂不可榮華其身以居倖位，失之矣。〈楚策〉曰：「好利可營也。」言可得而惑也。《大戴禮·文王官人》篇：「臨之以貨色而不可營。」言不可得而惑也。《漢書·敘傳》：「四皓遯秦，古之逸民。不營不拔，嚴平鄭真。」應劭曰：「爵祿不能營其志，威武不能屈其身也。」《易》曰：「不可營以祿。」又曰：「確乎不可拔也。」〈漢婁敬碑〉曰：「安貧守賤，不可營以祿。」（今本《隸釋》作榮，後人所改也。都氏《金薤琳琅》及顧氏《隸辨》所載雙鉤本正作營。）《老子銘》曰：「樂居下位，祿執弗營。」〈費鳳碑〉曰：「退己進弟，不營榮祿。」是兩漢相傳之本，多作營惑之營，其作榮者，假借字也。《商子·農戰》篇曰：「上作壹故民不榮。」謂民不營惑也。《韓子·內儲說》曰：「乃遺之屈產之乘，垂棘之璧，女樂六以榮其意而亂其政。」謂營惑其意也。借榮為營，並與此同。

❷❶　〈旅·象傳〉喪牛之凶，終莫之也。虞翻注曰：「坎耳，入兌，故終莫之聞。」侯果曰：「雖有智者，莫之告也。」孔穎達《正義》曰：「終無以一言告之，使聞而悟也。」家大人曰：聞猶問也。（古字聞與問通，《論語·公冶長》篇「聞一以知十。」聞、本或作問。〈檀弓〉「問喪于夫子乎？」問、本或作聞。《莊子·庚桑楚》篇：「因失吾問。」元嘉本作聞。並見《經典釋文》，又《荀子·堯問》篇：「不聞即物少至。」楊注曰：聞或為問。）

❷❷　家大人曰：〈葛藟〉篇：「謂他人昆，亦莫我聞。」聞猶問也，謂相恤問也。古字聞與問通。上文曰：「亦莫我顧」、「亦莫我有」。（有謂相親有也。）此曰「亦莫我聞」，顧也、有也、聞也，皆親愛之意也。〈旅·象傳〉曰：「喪牛之凶，終莫之聞也。」謂莫之恤問也。解者多失之。

❷❸　〈大雅·雲漢〉篇「群公先正，則不我聞。」聞亦恤問也。上文曰：「群公先正，則不我助。」下文曰：「昊天上帝，則不我虞。」（虞亦助也。）意皆相近，解者亦皆失之。

綸為論，而解者誤以為經綸之綸。（說見「彌綸天地之道」❷）借
貢為功，而解者誤以貢為告。（說見「六爻之義易以貢」❷）借洗

---

❷ 《易》與天地準，故能彌綸天地之道。京房注曰：「彌、徧也，綸、知
也。」引之謹案：綸讀曰論。《大戴禮·保傅》篇：「不論先聖之德，不
知君國畜民之道。」論亦知也。《荀子·解蔽》篇：「坐於室而見四海，
處於今而論久遠。」論久遠、知久遠也。《呂氏春秋·直諫》篇：「凡國
之存也，主之安也，必有以也，不知所以，雖存必亡，雖安必危，所以不
可不論也。」《淮南·說山》篇「以小明大，以近論遠。」高注並曰：
「論、知也。」古字多借綸為論。（〈屯·象傳〉「君子以經綸。」〈中
庸〉「經綸天下之大經。」《釋文》並曰：「綸、本亦作論。」〈樂記〉
『使其文足論而不息。』《史記·樂書》論作綸。《說文》曰：「惀、
欲知之貌。」聲義亦與論同。）下文曰：「仰以觀於天文，俯以察於地
理，是故知幽明之故，原始返終，故知死生之說，精氣為物，游魂為變，
是故知鬼神之情狀。」正所謂遍知天地之道也。荀爽注曰：「綸、迹
也。」亦謂蹤跡而知也。（〈召南·羔羊〉傳曰：「行可從迹也。」謂蹤
跡之。〈地官·迹人〉：注曰「迹之言跡，知禽獸處。」《漢書·劉向
傳》：「迹察兩觀之誅。」顏注曰：「尋其餘迹而察之。」〈平當傳〉
曰：「宜深迹其道。」注曰：「迹為求其蹤跡也。」）若王肅訓綸為裏，
虞翻訓綸為絡，孔穎達訓彌綸為彌縫補合，經綸為彌縫合經綸牽引，望文
生義，胥失之矣。

❷ 韓注曰：貢、告也。六爻變易以告人吉凶。《釋文》「貢、京、陸、虞
工，荀作功。」引之謹案：《爾雅》曰：「功、成也。」《管子·五輔》
篇「士修身功材」（謂成材也。尹注曰：「士既修身，必於藝能有
功。」失之。）《莊子·天道》篇：「帝王無為而天下功。」（謂無為而
成也。郭注分功與成為二，曰功自彼成。失之。）《荀子·富國》篇：
「百姓之力，待之而後功。」（邵氏二雲曰：「功、成也。」楊注謂百姓
難有力，待君上所使，然後有功。失之。）皆謂成為功也。六爻之義，易
以功，作工、作貢，皆借字耳。韓注以貢為告，徧考書傳，無訓貢為告者，
殆失之矣。惠氏《周易述》，從作工之本，解以功業見乎變，亦失之。功
業者，事業也，六爻之義變以事，則文不成義矣。

為先，而解者誤以為洗濯之洗。（說見「聖人以此洗心」❷❻）借辨
為徧，而解者誤以為辨別之辨。（說見「復小而辨於物」❷❼）借雜

❷❻　聖人以此洗心。韓伯注曰：「洗濯萬物之心。」《釋文》：「洗、王肅、
　　韓悉禮反，京、荀、虞、董、張、蜀才作先，后經同。」《集解》載虞
　　注，以先心為知來。引之謹案：作先之義為長，蓋先猶導也。（〈大司
　　馬〉「以先愷樂獻于社」鄭注曰：「先猶道也。」《釋文》「道音
　　導。」）此謂著卦六爻也，聖人可以此先心者，心所欲至，而卜筮先知，
　　若為之前導然，猶言是興神物以前民用也。〈洪範〉曰：「女則有大疑，
　　謀及乃心，謀及卜筮。」〈孔子閒居〉曰：「清明在躬，氣志如神，耆欲
　　將至，有開必先。」鄭注謂聖人耆欲將至，神有以開之。夫清明在躬，氣
　　志如神者，聖人也。耆欲將至者，心也。有開必先者，神明先之也。正所
　　謂神以知來也。班固〈幽通賦〉曰：「神先心以定命。」義本繫辭也。
　　（顏籀、李善注皆失考。）先或作洗，乃字之假借，猶先馬之通作洗矣。
　　（《漢書·百官公卿表》「大子大傳、少傅犀官有先馬。」如淳注曰：
　　「解者不知讀洗為先，而謂洗濯萬物之心。」）夫傳言洗心，不言洗萬物
　　之心，增義以解經，於文有所不合，若謂自洗其心，則是聰明睿智之聖
　　人，而亦如愚人之心待於洗濯也。義更所不安，且上文圓神方智，尤與洗
　　濯之說不相貫通也。

❷❼　虞注曰：陽始見，故小，乾、陽物；坤、陰物也。以乾居坤，故稱別物。韓
　　注曰：微而辨之，不遠復也。引之謹案：以陽居陰之卦多矣，何獨《復》
　　言別物，虞說非也。韓取別嫌明微之義，則是辨於物之小，非小而辨於物
　　矣。今案小謂一身也。對天下國家言之，則身為小矣。辨讀曰徧，古字辨
　　與徧通。（定八年《左傳》：「子言辨舍爵於季氏之廟而出。」杜注曰：
　　「辨猶徧也。」僖三十一年《公羊傳》：「不崇朝而徧雨乎天下。」
　　《論衡·明雩》篇徧作辨，亦通作辯。〈堯典〉：「徧于群神。」《史
　　記·五帝紀》徧作辨。〈鄉飲酒〉「禮眾賓，辯有脯醢。」鄭注曰：「今
　　文辯皆作徧。」）〈復·初九·傳〉曰：「不遠之復，以修身也。」所修
　　惟在一身，蓋亦小矣。而身修而後家齊，家齊而後國治，國治而後天下
　　平，萬事之大，無不由此而徧及，故曰：「復小而徧於物。」《大戴禮·
　　子張問官人》篇：「情遍而暢乎遠。（今本訛誤，辨見《大戴禮》）察一
　　而關于多。（關與貫通）一物治而萬物不亂者，以身為本也。」是其義

為帀，而解者誤以為雜碎之雜。（說見「恒雜而不厭」❷❽）借噫為
抑，而解者誤以為噫乎發歎。（說見「噫亦要存亡吉凶」❷❾）借盛
為成，而解者誤以為盛衰之盛。（說見「莫盛乎艮」❸❿）借平為

也。

❷❽ 荀爽曰：夫婦雖雜居，不厭之道也。（見《集解》）孔穎達曰：言恒卦雖
與物雜碎並居，而常執守其操，不被物之厭薄也。引之謹案：自乾坤而
外，皆剛柔雜居之卦，不當獨於恒言雜也。雜讀為帀，帀，周也。一終之
謂也，恒之為道，終始相巡而無已時，故曰帀而不厭。〈恒·彖傳〉曰：
「利有攸往，終則有始也。」（攸與又同）終則帀矣，終而又始，是帀而
不厭也。襄二十九年《左傳》曰：「復而不厭。」杜注曰：「常日新。」
復猶帀也。古字雜與帀通，《呂氏春秋·圜道》篇：「圜周復雜，無所稽
留。」高注曰：「雜猶帀也。」《淮南·詮言》篇「以數雜之壽，憂天下
之亂。」高注：「雜、帀也。」人生子，從子至亥為一帀。《說苑·脩
文》篇：「聖人之與聖也，如矩之三雜，規之三雜。周則又始，窮則反本
也。」亦以雜為帀。

❷❾ 噫亦要存亡吉凶，則居可知矣。《正義》曰：「噫乎發歎。」《釋文》
曰：「噫、於其反，王肅於力反，辭也。馬同。」引之謹案：馬、王注是
也。噫與抑通，字或作意，又作億。〈小雅·十月〉篇：「抑此皇父。」
鄭箋曰：「抑之言噫。」《釋文》：「抑、辭也，徐音噫。《韓詩》曰：
意也。」《論語·學而》篇：「求之與抑與之與。」《漢石經》作意。
《莊子·外物》篇曰：「噫其非至厚德之任與！」《新序·雜事》篇曰：
「噫，將使我追車而赴馬乎！投石而超距乎！逐麋鹿而搏豹虎乎！噫，將
使我出正辭而當諸侯乎！決嫌疑而定猶豫乎！」《韓詩外傳》噫作意，字
並與抑同。噫亦即抑亦也，《大戴禮·武王踐阼》篇曰：「黃帝顓頊之道
存乎！意亦忽不可得見與！」《荀子·修身》篇曰：「將以窮逐無極與！
意亦有所止之與！」〈秦策〉曰：「誠病乎！意亦思乎！」《史記·吳王
濞傳》：「願因時循理，棄軀以除患害於天下，億亦可乎！」《漢書》億
作意字，並與抑亦同，此噫與噫嘻之噫異義。《正義》以為噫乎發歎，及
《釋文》於其反之音皆失之，噫亦二字連讀，俗讀噫字為句尤誤。

❸❿ 〈說卦傳〉：「終萬物、始萬物者，莫盛乎艮。」《釋文》：「盛、是政

辨，而解者誤以為古文釆字。（說見《書》「平章百姓」**❸**）借方

反，鄭音成。云：裹也。」引之謹案：盛當讀成就之成。莫盛乎艮，言無
艮之成就者上文曰：「成言乎艮。」此曰「終萬物、始萬物者，莫盛乎
艮。」其義一也。成言乎艮，即莫成乎艮。猶說言乎兌，即莫說乎澤也。
古字多借盛為成，〈繫辭傳〉：「成象之謂乾。」蜀才本成作盛。《左氏
春秋》莊八年：「師及其師圍郕。」《公羊》郕作成。隱五年、十年、文
十二年並作郕。《左傳》文十八年：「以誣盛德。」《正義》本盛作成，
引服虔注曰：「成德謂成就之德。」〈秦策〉：「使成橋守事於韓。」
《史記·春申君傳》戶作盛。〈封禪書〉：「七曰：日主，祠成山。」
《漢書·郊祀志》成作盛。《荀子·王霸》篇：「以觀其盛者也。」楊倞
注曰：「盛讀為成，觀其成功也。」〈臣道〉篇：「明主尚賢使能而饗其
盛。」謂享其成也。（楊注盛謂大業，失之。）《呂氏春秋·悔過》篇：
「我行數千里以襲人，未至而人已先知之矣，此其備必已盛矣。」謂其守
備已成也。（高注：「盛、彊也。」失之。《淮南·道應》篇作其備必先
成。）

❸ 惠氏定宇《尚書古義》曰：「『平章百姓』。《史記》作『便章』，《尚
書大傳》作『辯章』，按下文『平秩』字，伏生作『便』，鄭玄作
『辯』，《說文》曰：『釆、辨別也。讀若辨。』古文作𤕫，與平相似。
亏部曰：『古文平作𤓰。』孔氏襲古文，誤以𤕫為平，訓為平和，失之。
辨與便同音，故《史記》又作便，《汗簡》曰：『《古文尚書》平章字作
𤓰。』（引之案：《汗簡》曰：『《古文尚書》平作𤓰，不以為平
章。』）《玉篇》同。（引之案：《玉篇》曰：『𤓰古文平。』不以為
《尚書》。）《毛詩·采菽》曰：『平平左右』，《左傳》作便蕃。毛萇
曰：平平，便治也。服虔亦曰：平平、辯治不絕之貌。亦當從古文作
𤓰。」引之謹案：「平章、平秩之平訓為辯治可也。必謂古文𤓰之誤，
則非平秩之平，馬融本作苹，曰：使也。」（見《釋文》。《爾雅》曰：
平使也。與苹同。）〈洛誥〉：「平來以圖。」（《群經音辨》所引如
此，蓋據《釋文》原書，《唐石經》作伻，衛包所改，今本《釋文》作
伻，則又陳鄂所改也。《集韻》拼，使也，或作伻，古作平、苹。）傳訓
為遣使，則苹與平同，馬本作苹，他本作平，猶〈春官·車僕〉苹車之
苹，故書作平也。其非誤字可知，若是古文𤓰字，不得加艸作苹矣。自

古豈有從艸禾聲之字乎！《說文》古文麻字注，不言《尚書》有此字，豐部𧀙字則引〈虞書〉曰「平𧀙東作。」其字正作平，與馬融本𦼪字同聲，許用本字，馬則假借字也。孔傳出於偽託，或不可信，許、馬二君則傳真古文者，其字不當有誤，是之不察，而欲以他字易之可乎！《初學記·禮部上》引崔駰《西巡賦》曰：「惟秋穀既登，上將省斂，平秩西成。」趙岐《孟子·萬章》篇曰：「平秩東作謂治農事也。」則崔、趙所見本亦作平也。鄭注《馮相氏》曰：「辨其序事，謂若仲春辨秩東作，仲夏辨秩南譌，仲秋辨秩西成，仲冬辨秩朔易。」疏曰：「按《尚書》皆作平秩，不為辨秩，今皆云辨秩，據書傳而言。據此則鄭所注《尚書》必作平秩。故賈公彥不言辨秩字據《尚書》，而但言據書傳。若鄭注《尚書》作辨秩，賈氏何得言《尚書》皆作平秩，不為辨秩，且舍鄭氏《尚書》不引，而反引書傳，無是理也。《後漢書·劉愷傳》、《班固傳》注並引《尚書》曰：「辯章百姓。」鄭注曰：「辯、別也。」蓋平章百姓，鄭氏從作辯之本，而其字作辯，不作乎，然則古文無作乎者矣，如古本作乎，則鄭當曰：乎古辯字，或曰：乎、辯別也。始合詁經之體，不應剪改古字而逕改為辯也。又馬、鄭之本，往往不同。（篇內黎民阻飢，〈周頌·思文〉《釋文》引馬融阻作祖云：「始也。」《正義》引鄭注阻讀曰俎，俎、阨也。〈禹貢〉：「沿于江海」，《釋文》：「沿、鄭本作松，云：松當為沿。馬本作均，云：均平。」〈微子〉：「𤫊斂。」《釋文》：「徐曰：𤫊，鄭音疇，馬本作稠，云數也。」〈金縢〉：「丕子之責。」《釋文》：「丕、普悲反，馬同，鄭音不。」）作辯章者為鄭氏本，作平章者為馬融本可知。《後漢書·蔡邕傳》：「邕上封事曰：『更選忠清，平章賞罰。』（李賢注平和也。）」平章字本於〈堯典〉。《白虎通義》說姓名引《尚書》曰：「平章百姓。」曹植〈求通親親表〉引傳曰：「九族既睦，平章百姓。」（李善注與李賢同。）此皆在梅氏古文未出以前，而字正作平，不得以為誤也。平與辯、便古音可通，平字古音在耕部，辯便二字古音在真部，（〈王制〉：「行偽而堅，言偽而辯，學非而博，順非而澤。」堅辯為韻，博澤為韻。《史記·張釋之馮唐傳·贊》：「《書》曰：『不黨不偏，王道便便。』」堅辯偏便四字古音皆在真部也。陳琳〈車渠椀賦〉：『為用便兮』，亦與珍民為韻。」真耕二部之字，古音最相近，故《易·象傳》屢以為韻。（見顧氏寧人《易音》）《大戴

禮‧少閒》篇：「天政曰正，地政曰生，人政曰辯。」辯與正生為韻，尤其明證也。又平與苹通，辯與徧通，（〈鄉飲酒禮〉注：「今文辯皆作徧。」）《說文》蹁字注曰：「讀若苹」。或曰：徧然。則平辯二音可以相通矣。《大戴禮‧文王官人》篇：「辯言而不顧行。」《逸周書‧官人》篇辯作屏。《漢書‧張敞傳》：「自以便面拊馬。」即〈王莽傳〉之屏面。（顏注曰：「便面亦曰屏面。」）屏與平同聲，屏言之作辯言，屏面之作便面，猶平辯、平秩之作辯，又作便也。《漢書‧武帝紀》：「初作便門橋。」顏注曰：「即平門也。」古者平便皆同字，（王氏《尚書後案》謂亦采字之誤，非是。）此平與便通之證也。《廣雅》曰：「辯、使也。」馬融注《書‧序》「王辯榮伯」曰：「辯、使也。」〈酒誥〉：「勿辯乃司民湎于酒。」傳訓辯為使，辯即平之假借，平，使也。故〈洛誥〉：「平來示予，卜休恒吉。」王應麟《藝文志考證》載漢儒引書異字作辯來，平來之平訓為使，而他本作辯，猶平秩之平訓為使，而他本作辯也。《荀子‧富國》篇：「忠信調和，均辯之至也。」（楊注以辯為明察，失之。）即均平字。（〈地官‧賈師職〉曰：「辯其物而均平之。」）此又平與辯通之證也。何必古文釆字而後通於辯、便乎？《說文》曰：「辯、治也。」何休注隱元年《公羊傳》，高誘注《淮南‧時則》篇並曰：「平、治也。」平與辯非獨聲音相近，亦且詁訓相同，是此而非彼，祇一偏之見也。且孔傳實後人依託，作者實未見壁中文字，又安得古文釆字而誤襲之乎！由是言之，〈小雅‧采菽〉：「平平左右。」《左傳》引作便蕃，毛傳訓為辯治。（《正義》曰：〈堯典〉云：「平章百姓。」書傳作辯章，則平辯義通，而古今之異耳。故云平平辯治。）亦是聲音相近，而非釆字之譌矣。《荀子‧儒效》篇曰：「分不亂於下，能不窮於下，治辯之極也。」《詩》曰平平左右，亦是率從《荀子》。以平平為治辯，與毛傳同，而其字亦作平，非作釆也。至〈洪範〉：「王道平平。」《史記‧張釋之傳》、〈馮唐傳‧贊〉引作便便，徐廣曰：「一作辯。」〈宋微子世家〉載〈洪範〉文，則作平平，聲近字通，正與〈堯典〉之平作辯、便同，以義求之，王道蕩蕩既是平易之貌。（《呂氏春秋‧貴公》篇引〈洪範〉「王道蕩蕩」。高注曰：蕩蕩、平易也。引《詩》曰：「魯道有蕩。」）則王道平平，義亦如之。是其字正當作平。以韻考之，《說文》蹁字讀若苹，則無黨無偏，正可與平平為韻。（蹁偏

為旁，而解者誤以為四方之方。（說見「湯湯洪水方割」❸❷）借卹
為謐，而解者誤以卹為憂。（說見「惟刑之卹哉」❸❸）借冑為育，

皆以扁為聲）《困學紀聞》曰：「《尚書大傳》引《書·九共》篇：『予
辯下土，使民平平，使民無傲。』」上已云辯，則下不得復言辯辯，其為
平字明矣。宋玉〈高唐賦〉說羽獵曰：「涉漭漭，馳苹苹。」謂曠野之
中，彌望平然。（李善、呂延濟以苹苹為草貌，失之。）苹苹與平平
同，猶平秩之平，馬本作苹也。此皆平平二字之證。《墨子·兼愛》篇引
周詩亦曰：「王道平平，不黨不偏。」〈藝文志考證〉載漢儒引書異字
曰：「不黨不偏，王道平平。」其非誤字明甚。而王氏鳳喈《尚書後案》
謂當作采采，殆踵惠氏之誤而不察耳。夫古字通用，存乎聲音，今之學
者，不求諸聲，而但求諸形，固宜其說之多謬也。

❸❷ 湯湯洪水方割。傳曰：「言大水方方為害。」〈微子〉：「小民方興，相
為敵讎。」傳曰：「小人各起一方，共為敵讎。」「方興沈酗于酒。」傳
曰：「四方化紂沈湎。」〈立政〉：「方行天下，至于海表，罔有不
服。」傳曰：「方、四方也。」〈呂刑〉：「方告無罪于上。」傳曰：
「眾被戮者，方方各告無罪于天。」家大人曰：方皆讀為旁，旁之言溥
也，徧也。《說文》曰：「旁、溥也。」旁與方古字通，（〈堯典〉：
「共工方鳩僝功。」《史記·五帝紀》作旁。〈皋陶謨〉：「方施象刑惟
明。」《新序·節士》篇作旁。〈士喪禮〉：「牢中旁寸。」鄭注：「今
文旁為方。」）〈商頌·玄鳥〉篇：「方命厥后。」鄭箋曰：「謂徧告諸
侯。」是方為徧也。（《正義》謂方方命其諸侯之君，失之。）湯湯洪水
方割，言洪水徧害下民也。小民方興與相為敵，言小民徧起相為敵讎也。
《史記·宋世家》方作並，並亦徧也。（說見「並受其福」下）方興沈酗
于酒，言殷民徧起沈酗于酒也。方行天下，至于海表，罔有不服。言徧行
天下，至于海表也。〈齊語〉曰：「君有此土也，三萬人以方行於天
下。」《漢書·地理志》曰：「昔在黃帝，作舟車以濟不通，旁行天
下。」其義一也。方告無辜于上，言徧告無罪于天也。《論衡·變動》篇
引此作旁，旁亦徧也。（說見前「旁行而不流下」）傳說皆失之。

❸❸ 家大人曰：〈堯典〉曰：「欽哉欽哉！惟刑之卹哉。」（今本卹作恤，乃
衛包所改。《古文尚書撰異》已辨之。）卹者慎也。《史記·五帝紀》作
「惟刑之靜哉。」《集解》徐廣曰：「今文尚書云『惟刑之謐哉』」《索隱》

而解者誤以胄為長。（說見「教胄子」❸）借粒為立，而解者誤以

案「古文作卹哉，今文者伏生口誦。卹謐聲近，遂作謐也。」〈周頌·維天之命〉篇：「假以溢我。」毛傳曰：「溢、慎也。」慎、謐；密、靜也。（密與謐通，〈周頌·昊天有成命〉篇：「夙夜基命宥密。」《賈子·禮容》篇引密作謐。）是靜與慎同義，故〈繫辭傳〉曰：「君子慎密而不出。」〈儒行〉曰：「慎靜而上寬，惟刑之卹。」與兩欽哉連文，即〈康誥〉所謂慎罰也。〈召誥〉曰：「上下勤卹。」亦謂君臣皆勤慎也。慎即上文所謂敬德也。（此勤卹與哀元年《左傳》「勤恤其民」，〈周語〉「勤恤民隱」不同。）〈多士〉曰：「自成湯至于帝乙，罔不明德卹祀。」卹亦慎也。慎祀即〈召誥〉〈雒誥〉所謂毖祀也。（《爾雅》：「毖、慎也。」）〈立政〉曰：「知卹鮮哉。」知卹謂知慎用人之道也。下文「惟禹湯文武為能知卹。」故曰：「鮮哉。」而傳皆訓為憂，惟刑之憂，上下勤憂，知憂鮮哉。皆不合經旨，明德憂祀，則義尤不可通。

❸　教胄子，《說文》引作「教育子。」〈周官·大司樂〉注亦作「教育子」。（見《釋文》，《群經音辨》今本作胄子。）〈王制〉注及《漢書·禮樂志》並作教胄子，《史記·五帝紀》作教稺子。引之謹案：育子、稺子也。育字或作毓，通作鬻，又通作鞫。〈邶風·谷風〉篇：「昔育恐育鞫。」鄭箋解昔育曰：「育、稚也。」（稚與稺同。）《正義》以為《爾雅·釋言》文，今《爾雅》育作鞠。郭璞《音義》曰：「鞠一作毓。」（見〈鴟鴞〉釋文）。〈豳風·鴟鴞〉篇：「鬻子之閔斯。」毛傳曰：「鬻、稚也。」稚子、成王也。《釋文》：「鬻、由六反，徐居六反。」是育鞫同聲同義。古謂稺子為育子，或曰鞠子。〈堯典〉之育子，即〈豳風〉之鬻子，亦即〈康誥〉所謂「兄亦不念鞠子哀」，〈顧命〉所謂「無遺鞠子羞」者也。〈王制〉注引《尚書》傳曰：「年十五始入小學，十八入大學。」〈內則〉曰：「十有三年，學樂、誦詩、舞勺，成童舞象。」是入學習樂在未冠之時，凡未冠者通謂之稺子，稺子即育子，故曰：「命女典樂教育子。」西漢經師如夏侯、歐陽必有訓育子為稺子者，故史公以稺代育，蓋有所受之也。育稺古聲相近，（〈大司樂〉《釋文》：「育音胄」，〈邶風·谷風〉篇：「既生既育。」與愒售鞠覆毒為韻。）作胄者，假借字耳。《逸周書·太子晉》篇：「人生而重丈夫，謂之胄子，胄子成人能治上官謂之士。」亦謂未冠者為胄子也。馬注曰：

為粒食之粒。（說見「烝民乃粒」❸❺）借忽為滑，而解者誤以為怠

「冑、長也，教長天下之子弟，則是教冑二字連讀而訓為教長，非以冑子二字連讀而訓為長子也。《史記》「教稺子。」《集解》引《尚書》鄭注曰：「國子也。」《尚書》《釋文》引王肅注曰：「冑子、國子也。」則鄭、王皆以冑子二字連讀，然訓為國子則不專指長子而言。《周官·大司樂》：「合國之子弟。」鄭注曰：「國之子弟，公卿大夫之子弟當學者謂之國子。」〈王制〉曰：「王大子、王子、群后之大子、卿大夫、元士之適子，國之俊選皆造焉。」鄭注曰：「王子、王之庶子。」是其證也。姚傳曰：「冑、長子。（今本子作也，乃後人所改，〈王制·正義〉引孔傳：冑長也。也字亦後人所改，《史記·正義》曰：孔云冑長子謂元子以下至卿大夫子弟也。山井鼎《尚書考》曰：謂元子以下，古本謂上有子字。）謂元子以下至卿大夫子弟，以歌詩蹈之舞之教長國子中和祗庸孝友。案：教長國子謂教長此國子，猶馬注言「教長天下之子弟也。」（《爾雅》：「育、長也。」教長猶言教育。）此是訓教冑為教長，訓子為國子，非以冑子二字連讀而訓為長子也。且兼弟言之，則非獨長子明矣。孔穎達誤以長為長子，而釋之曰：《說文》云：「冑、允也。」〈釋詁〉云：「允、繼也。」（新雄案：允即胤字。）繼父世者惟長子耳，故以冑為長子。又誤以傳內長國子三字連讀，而釋之曰：「令夔以歌詩教此適長國子也。」自是之後，遂相承以教冑為教長子，與馬、鄭、王注及姚傳咸相違戾，而《史記》之教稺子，更莫有能通其義者矣。

❸❺ 烝民乃粒。鄭注曰：「粒、米也。眾民乃復粒食。」（見〈思文〉《正義》）引之謹案：粒當讀為〈周頌·思文〉立我烝民之立，立者成也，定也。（《廣雅》曰：立、成也。鄭康成注〈小司徒〉，韋昭注〈周語〉並曰：成定也。）《管子·七法》篇：「不明於則而欲出號令，猶立朝夕於運均之上，搖竿而欲定其末。」立亦定也，言均運則不能定朝夕，竿搖則不能定其末也。烝民乃立即承上文言之，決九川，濬畎澮，平土可得而居矣。奏庶艱食，五穀可得而食矣。奏庶鮮食，鳥獸可得而食矣。懋遷有無化居，百貨可得而用矣。於時眾民皆有安居、和味、宜服、利用、備器。昔也昏墊而今也安定矣。故《史記·夏本紀》作眾民乃定也。烝民乃立，非專指艱食言之，則非米粒之粒可知，作粒者，字之假借耳。鄭訓粒為米，烝民乃米，為不辭矣。〈王制〉曰：「有不粒食者矣。」使去食字，

忽之忽。（說見「在治忽」㊱）借璣為暨，而解者誤以為珠璣之

璣。（說見「厥篚元纁璣組。」㊲）借猶為由，而解者誤以猶為

尚。（說見「茲猶不常寧」㊳）借明為孟，而解者誤以為明暗之

而曰有不粒者矣，其可乎！〈思文〉箋反破立為米粒之粒，粒我烝民，愈
不辭矣。成十六年《左傳》曰：「民生厚而德正，用利而事節，時順而物
成，上下和睦，周旋不逆，求無不具，各知其極，故《詩》曰：『立我烝
民，莫匪爾極。』」則立我烝民者，正德利用厚生之謂也。〈周語〉曰：
「夫王人者，將導利而布之上下者也，使神人百物無不得其極。故頌曰：
『立我烝民，莫匪爾極。』」則立我烝民者，上思利民之謂也。據內外傳
所引，其非米粒之粒明矣。

㊱ 予欲聞六律五聲八音，在治忽。鄭本忽作智，注曰：智者，臣見君所秉書
思對命者也，君亦有焉。（見《史記·夏本紀》集解）某氏傳曰：「在察
天下治理及忽怠者。」引之謹案：忽讀為滑，〈周語〉「滑夫二川之
神。」《淮南·精神》篇「趣舍滑心。」韋昭、高誘注並曰：「滑、亂
也。」在治滑謂察治亂也。〈樂記〉曰：「治世之音安以樂，其政和，亂
世之音怨以怒，其政乖。」又曰：「宮亂則荒其君驕，商亂則陂其官壞，
角亂則憂其民怨，徵亂則哀其事勤，羽亂則危其財匱。」蓋以此察之也。
滑忽古同聲，故字亦相通。《史記·夏本紀》正作滑。

㊲ 傳曰：珠璣類生於水。《釋文》：「璣、其依反，又音機，馬同。」《說
文》云：「珠不圓也。」字書云：「小珠也。」引之謹案：元也、纁也、
組也，皆內紅所為也。璣則珍寶之屬，廁於元、纁、組之間，殊為不倫。
篇內凡言「厥篚織文」、「厥篚絫絲」、「厥篚元纖縞」、「厥篚織
貝」，（《正義》引注曰：貝、錦名。）「厥篚纖纊」，皆無及珍寶者。
徐州厥貢蠙珠之下，乃言厥篚元纖縞，則珠璣非入篚之物，不得云：厥篚
元纁璣組也。竊疑璣當讀為暨。

㊳ 〈盤庚〉：「先王有服，恪謹天命，茲猶不常寧。」傳曰：「先王敬謹天
命如此，尚不常安，有可遷輒遷。」家大人曰：猶與由通。（莊十四年
《左傳》：「猶有妖乎。」《正義》曰：「古者猶由二字，義得通用。
由、用也。言先王敬謹天命，茲用不敢常安也。若安土重遷，則是不知天
命，故下文曰：今不承于古，罔知天之斷命也。」〈無逸〉曰：「古之人

明。（說見「明聽朕言」❸❾）借暫遇為漸愚，而解者誤以為暫遇
人。（說見「暫遇姦宄」❹⓿）借育為胄，而解者誤以育長。（說見

猶胥訓告，胥保惠，胥教誨。」傳曰：「古之君臣，雖君明臣良，猶相道
告，相安順，相教誨以義方。」家大人曰：猶亦與由通，言古之人用相道
告，相安順，相教誨也。傳說皆失之。

❸❾ 家大人曰：《爾雅》：「孟、勉也。」孟與明古同聲通用。（《大戴禮·
誥志》篇曰：「明、孟也；幽、幼也。」明孟同聲，幽幼同聲。《豳風
譜》《正義》引鄭注書傳略曰：「孟、迎也。」《北堂書鈔》引《春秋考
異郵》曰：「明庶風至，明庶者迎眾也。」〈禹貢〉孟諸，《史記·夏本
紀》作明都。）故勉謂之孟，亦謂之明。〈盤庚〉曰：「明聽朕言，無荒
失朕命。」言當勉從朕言無荒失也。〈顧命〉曰：「爾尚明時朕言。」言
當勉承朕言也。（時與承同義，說見前「百揆時敘」下。）〈洛誥〉曰：
「明作有功。」言勉作事也。又曰：「公明保予沖子。」言公當勉保予沖
子也。〈多方〉曰：「爾邑克明，爾惟克勤乃事。」言爾邑中能勉行之，
爾則惟能勤乃事也。《韓子·六反》篇曰：「使士民明焉，盡力致死，則
功伐可立，而爵祿可致。」言勉焉盡力致死也。重言之則曰明明。《爾
雅》曰：「亹亹、勉也。」鄭注〈禮器〉曰：「亹亹猶勉勉也。」亹亹、
勉勉、明明一聲之轉，〈大雅·江漢〉篇曰：「明明天子，令聞不已。」
猶言亹亹文王，令聞不已也。〈魯頌·有駜〉篇曰：「夙夜在公，在公明
明。」言在公勉勉也。（並見後「明明天子」、「在公明明」下）明字古
讀若芒，與〈洛誥〉「汝乃是不蘉」之蘉同音，故蘉亦訓為勉，蘉明孟古
並同聲，後人咸知蘉孟之為勉，而不知明之為勉，故解經多失其義。

❹⓿ 暫遇姦宄。傳曰：「暫遇人而劫奪之，為姦於外，為宄於內。」引之謹
案：經言暫遇，不言劫奪，傳說非也。（蔡沈謂暫所遇為姦為宄，其說
尤謬，暫遇字自連此姦宄者言之，則上與乃有不吉不迪，下與我乃劓殄滅
之，文義皆不貫矣。）經凡言寇賊姦宄（〈堯典〉），草竊姦宄（〈微子
傳〉曰：「草野竊盜。」謂有草野之性，為竊盜之行。）寇攘姦宄（〈康
誥〉），鴟義姦宄（〈呂刑〉鴟、輕也；義、邪也。說見〈立政〉篇「三
宅無義民」下。）及〈盤庚〉上篇之敗禍姦宄，皆四字平列（〈牧誓〉
「俾暴虐於百姓，以姦宄于商邑。」暴虐姦宄亦平列字。）此暫遇姦宄亦
然，暫讀曰漸，漸、詐欺也。《莊子·胠篋》篇「知詐漸毒。」（李頤注

「無遺育」❹）借沈為淫，而解者誤以為沈溺之沈。（說見「沈酗

謂漸漬之毒，失之。）《荀子・不苟》篇「小人知則攫盜而漸。」（楊倞
注訓漸為進，失之。）〈議兵〉篇「招近募，選隆勢，詐尚功利，是漸之
也。」〈正論〉篇「上幽險則下漸詐矣。」（楊注訓漸為進，又訓為浸，
皆失之。）是詐謂之漸，〈呂刑〉曰：「民興胥漸。」漸亦詐也。言小民
方興相為詐欺，故下文曰：「罔中于信，以覆詛盟也。」彼傳訓為漸化，
亦失之矣。遇讀隅睽智故之隅，字或作偶。《淮南・原道》篇曰：「偶睽
智故曲巧偽詐皆姦邪之稱也。」〈本經〉篇曰：「衣無隅差之削。」高誘
注曰：「隅、角也；差、邪也。」全幅為衣裳，無有邪角，衣邪謂之隅
差，人邪謂之偶睽，聲義皆相近矣。《呂氏春秋・勿躬》篇曰：「人主知
能不能之可以君民也，則幽詭愚險之言，無不戰矣。」愚亦即暫遇姦宄之
遇，（遇愚古字通，《晏子春秋・外》篇：「盛為聲樂，以淫愚民。」
《墨子・非儒》篇愚作遇。《莊子・則陽》篇：「匿為物而愚不識。」
《釋文》：「愚、一本作遇。」〈秦策〉「今愚惑與罪人同心。」姚本作
遇或。）故以幽詭愚險連文，《荀子》曰「上幽險則下漸詐」是也。暫遇
之義，唯《莊子》、《荀子》、《呂覽》、《淮南》可考而知，而說經者
皆不尋省，望文生義，錯近滋多，蓋古訓之失傳久矣。

❹　我乃劓殄滅之無遺育。傳曰：「育、長也。」（哀十一年《左傳》伍子胥
　　諫吳王引此文。杜注亦曰：育、長也。）言當割絕滅之，無遺長其類。引
　　之謹案：傳訓育為長，則必於長下加其類二字，而其義始明，殆失之迂
　　矣。今案育讀為胄，〈堯典〉教胄子，《說文》及《周官・大司樂》注並
　　引作教育子。《周官》《釋文》曰：「育音胄。」是古育胄同聲而通用。
　　《說文》曰：「胄、允也。」無遺育，即無遺胄。〈周語〉曰：「晉懷公
　　無胄。」是其證也。又案：劓為截鼻之名，又為斷制之通稱，我乃劓殄滅
　　之無遺育，當以劓殄二字連讀，哀十一年《左傳》作劓殄，無遺育，《史
　　記・伍子胥傳》作「劓殄滅之，俾無遺育。」皆其證也。劓殄猶言刑殄。
　　〈多方〉曰：「刑殄有夏」是也。〈多方〉又曰：「劓割夏邑。」是劓為
　　斷割之通稱，傳訓劓為割是也。蔡傳乃訓劓為截鼻，而讀我乃劓為一句，
　　殄滅之無遺育為一句，夫既滅之無遺育矣，又何須言劓乎！乃又為之說
　　曰：小則加以劓，大則殄滅之無遺育。經言我乃劓殄滅之，不言小則劓，
　　大則殄滅也。且劓非死刑，下文何以言無俾易種于茲新邑乎！蓋但知劓之

· 25 ·

于酒」㊷）借指為底，而解者誤以為指滅亡之意。（說見「今爾無
指告」㊸）借昏為泯，解者誤以為昏亂之昏。（說見「昏棄厥肆祀

為截鼻，而不知其又為斷割之通稱，故古訓失而句讀亦舛也。

㊷　〈微子〉「我用沈酗于酒。」《正義》曰：「人以酒亂，若沈于水，故以
　　耽酒為沈也。」引之謹案：孔以沈為沈溺，非也。沈之言淫也，沈酗猶淫
　　酗也，沈湎猶淫湎也。《史記·宋世家》作「紂沈湎于酒。」《漢書·敘
　　傳》曰：「沈湎于酒，微子所以告去也。」楊雄《徐州牧箴》曰：「帝癸
　　及辛，不祇不恪，沈湎于酒，而忘其典作。」沈酗作沈湎，蓋今文《尚
　　書》如此。《史記·太史公自序》：「帝辛湛湎。」（《易林·賁之
　　乾》：「帝辛沈湎。」）《漢書·禮樂志》：「湛沔自若」，〈五行志〉
　　「湛湎于酒」。湛與沈同，沔與湎同。成二年《左傳》曰：「淫湎毀
　　常。」《呂氏春秋·當務》篇曰：「跖以為禹有淫湎之意。」楊雄〈光祿
　　勳箴〉曰：「昔在夏殷，桀紂淫湎。」淫湎即沈湎，《史記·樂書》：
　　「流湎沈佚，遂往不反。」沈佚即淫佚。故《淮南·要略》：「康梁沈
　　湎。」高注曰：「沈湎、淫酒也。」《漢石經·毋劮》篇：「毋淫于酒」
　　是也。沈與淫古同聲而通用。（《爾雅》曰：「久雨謂之淫。」《論衡·
　　明雩》篇曰：「久雨為湛。」〈考工記〉：「慌氏淫之以蜃。」杜子春
　　曰：「淫當為湛。」《大戴禮記·勸學》篇：「昔者瓠巴鼓瑟，而沈魚出
　　聽。」《淮南·說山》篇沈作淫。〈齊語〉「擇其淫亂者而先征之。」
　　《管子·小匡》篇淫作沈。《莊子·天下》篇：「汰甚雨，櫛疾風。」崔
　　譔本甚作湛，音淫。《淮南·覽冥》篇：「東風至而酒湛溢。」湛溢即淫
　　溢。謂酒得東風而加長也。《春秋繁露·且類相動》篇曰：「水得夜益長
　　數分，東風而酒湛溢。」是其證也。高氏以酒湛二字連讀云：酒湛、清酒
　　也。米物下湛，故曰湛。失之。）

㊸　今爾無指告，予顛隮若之何。引之謹案：當讀今爾無指告為一句，予顛隮
　　為一句。（《說文》隮字注曰：「〈商書〉曰：「予顛隮。」是以予顛隮
　　三字句，不連告字讀。《史記·宋世家》：「今女無故告予顛隮。」裴駰
　　亦以告字絕句，予顛隮，自為句。」無語辭，猶無念爾祖之無，（毛傳
　　曰：無念、念也。古多以無為語辭，詳見《釋詞》。）無指告者，指告
　　也，指告者，致告也。〈盤庚〉篇曰：「凡爾眾其為致告」是也。《說
　　苑》有〈指武〉篇，謂致武也。（〈周語〉曰：於是乎致武。）指字或作

弗荅」❹）借謀為敏，而解者誤以為下進其謀。（說見「聰作謀」
❹）借政為正，而解者誤以為政事之政。（說見「立政」❹、《左

　底，襄九年《左傳》曰：「無所底告」是也。（《爾雅》曰：底、致
　也。）〈周頌・武〉篇：「耆定爾功。」毛傳曰：「耆、致也。」耆亦與
　指同。（〈大雅・皇矣〉篇：「上帝耆之。」《潛夫論・班祿》篇引耆作
　指。）予顛隮者，予謂殷也，猶下文言我乃顛隮也。曰：今爾其致告，我
　殷將顛墜，如之何則可也。解者失之。

❹　〈牧誓〉昏棄厥肆祀弗荅，昏棄厥遺王父母弟不迪。引之謹案：昏、蔑
　也。讀曰泯。昏棄即泯棄也。昭二十九年《左傳》曰：「若泯棄之。」泯
　棄猶蔑棄也。〈周語〉曰：「不共神祇而蔑棄五則。」泯蔑聲之轉耳。言
　蔑棄其肆不對。（〈周頌・清廟〉曰：「對越在天。」）蔑棄其遺王父母
　弟不用也。（《史記・周本紀》不迪作不用，〈大雅・桑柔〉曰：「維此
　良人，弗求弗迪。」）傳以昏為亂，失之。

❹　〈洪範〉：「聰作謀。」馬注曰：「上聰則下進其謀。」（見《史記・宋
　世家》集解，鄭注義與馬同。）某氏傳曰：「所謀必成當。」《春秋繁
　露・五行五事》篇曰：「聰作謀，謀者謀事也。王者聰則聞事能辨下謀，
　故事無失謀矣。」《漢書・五行志》傳曰：「聰之不聰，則是不謀，言上
　偏聽不聰，下情隔塞，則不能謀應利害。」鄭注《書大傳》曰：「君聽不
　聰，則是不能謀其事也。」引之謹案：恭與肅、從與乂、明與哲、睿與聖
　義並相近，若以謀為謀事，則與聰字義不相近，斯為不類矣。今案謀與敏
　同，敏古讀若每，謀古讀若媒，（並見《唐韻正》）謀敏聲相近，故字相
　通。〈中庸〉「人道敏政，地道敏樹。」鄭注曰：「敏或為謀」，是其證
　矣。〈晉語〉「知羊舌職之聰敏肅給也。」聰與敏義相近，（《廣韻》
　敏、聰也，達也。）而云聰敏肅給，猶睿與聖義相近，而云睿聖武公也。
　（《易林・井之噬嗑》「延陵聰敏，聽樂大史。」《漢書・敘傳》「宣之
　四子，淮陽聰敏。」）〈小雅・小旻〉篇：「國雖靡止，或聖或否，民雖
　靡膴，或哲或謀，或肅或艾。」毛傳曰：「人有通聖者，有不能者，亦有
　明哲者，有聰謀者，有恭肅者，有治理者。」傳以聰謀連文，猶〈晉語〉
　以聰敏連文，曰通聖、曰明哲、曰聰謀、曰恭肅、曰治理。上字與下字義
　並相近，若以謀為謀事，則與聰字義不相屬矣。聰則敏，不聰則不敏，故
　〈五行傳〉曰：「聽之不聰，是謂不謀。」不謀即不敏，若以為不能謀

事，則謀上須加能字，而其義始明。是毛公之解，或哲或謀，伏生之解聰
作謀，皆以謀為敏，正與經指相合，而董、劉、馬、鄭諸儒以謀為謀事，
胥失之也。何晏〈景福殿賦〉曰：「克明克哲，克聰克敏。」義即本於
〈洪範〉，則〈洪範〉舊說，固有以謀為敏者矣。

❹ 引之謹案：《爾雅》：「正、長也。」故官之長謂之正。〈洪範〉曰：
「凡厥正人。」（正、長也。正人為長之人也，自人之有能有為以下，皆
謂為卿大夫者，傳解為正直之人，失之。）〈康誥〉曰：「惟厥正人。」
（傳曰：「惟其正官之人。」《正義》曰：「正官之人，若《周官》三百
六十職，正官之首。案正長也，為長之人。」《周官·太宰》所謂建其
長，建其正也，推而至于百官府，亦皆有正，〈小宰〉掌百官府之徵令，
辨其八職，一曰正，掌官法以治要是也，詳見一曰正下。）又曰：「越厥
小臣外正。」（傳曰：外正官之吏，案正長也，在外為長之官也。）〈酒
誥〉曰：「庶士有正，越庶伯君子。」（傳曰：庶伯君子統庶士有正者，
案正長也，庶士有正，〈大雅·雲漢〉所謂庶正也。）〈多方〉曰：「越
惟有胥伯小大多正。」（傳曰：小大眾正官之人，案正長也，或小或大眾
為長之人也。）〈立政〉曰：「其勿誤于庶獄，庶慎惟正是乂之。」（傳
曰：「惟以正是之道，治眾獄眾慎。」案：正、長也。惟為長之人是治此
眾獄眾慎也。蔡沈《集傳》曰：「正猶〈康誥〉所謂正人與〈宮正〉、
〈酒正〉之正，指當職者為言」，此說得之。）〈文侯之命〉曰：「亦惟
先正。」（《魏志·武帝紀》注引鄭注曰：謂公卿大夫也。《正義》曰：
「亦惟先世長官之臣。」）是也。字或作政，（詳見《左傳》「兩政」、
《國語》「以為大政」下。）〈康誥〉曰：「不于我政人得罪。」（傳
曰：不於我執政之人得罪乎！案：政人即正人，謂為長之人，大而司寇，
小而士師，皆執法議罪者。）〈立政〉曰：（政與正同，政、長也。立正
謂建立長官也。篇內所言，皆官人之道，故以立政名篇，所謂惟政是乂之
也。傳釋《序》曰：「周公既致政成王，恐其怠忽，故以君臣立政為
戒。」釋篇名曰：「言用臣當，其立政則是，誤以政為政治之政，失之
矣。」）「國則罔有立政用憸人。」（言國家，建立長官，毋或用憸人
也。）又曰：「繼自今立政，其勿以憸人。」（言自今以後，建立長官，
毋或用憸人也。傳曰：「立政之臣。」《正義》曰：「立其善政。」皆失
之。）又曰：「繼自今後王立政，其惟克用常人。」（言後王建立長官，

惟用常人也。《正義》曰：「後世之王，力行善政。」失之。）是也。
《說文》曰：「事、職也。」故官之職謂之事。（哀十一年《左傳》：
「吳子呼叔孫曰：『而事何也。』對曰：『從馬。』」）〈甘誓〉曰：
「乃召六卿，王曰：嗟六事之人。」（傳曰：各有軍事，故曰六事。案六
事六職也。〈小宰〉以官府之六職辨邦治，即六卿所掌。）〈康誥〉曰：
「外事。」（傳曰：言外土諸侯奉王事，案：事、職也。外事，外土之奉
職者，謂康叔為司寇。）〈酒誥〉曰：「矧惟爾事，服休服采。」（事、
職也。爾事，言爾國之官職，故鄭注曰：「服休燕息之近臣，服采朝祭之
近臣也。」此與上文女劼毖殷獻臣云云，下文若嗜圻父云云，義正相承，
傳謂祝汝身事，失之。）〈立政〉曰：「宅乃事，宅乃牧，宅乃準。」
（傳曰：居汝事，六卿掌事者，牧、牧民，九州之官，居內外之官及平法
者，案事即下文之任人，牧即下文之牧夫，準即下文之準人，事猶任也，
高注《呂氏春秋·誠廉》篇：曰：「任、職也。」）又曰：「乃克立茲常
事司牧人（常事即上文之常任，言建立此常任之官，及司牧之官，所謂立
事也。《正義》謂用賢養民，是人君之常事。失之。）是也。為長謂之
正，任職謂之事，二者相因，故經文多並言之者。〈酒誥〉曰：「厥誥毖
庶邦庶士越少正御事。」（傳曰：於少正官，御治事吏。案：少正、官
名。襄二十二年《左傳》：「鄭人使少正公孫僑對」是也。少猶小也，
〈多方〉曰：「小大多正。」）又曰：「文王誥教小子，有正有事。」
（傳曰：正官治事，謂下群吏。《正義》曰：正官之下，有職事之人，
《周官·萍氏》注引作「有政有事」，疏曰：有政之大臣，有事之小臣。
案：正、長也，有正有事，謂為長者及任職者，以官言之，則曰有正有
事，以建官言之，則曰立政立事，政即正也。）又曰：「茲乃允惟王正事
之臣。」（傳曰：信任王者正事之大臣，案：正、長也，事、職也，王臣
或為長官，或任群職，故曰王正事之臣。〈魯語〉曰：「與百官之政事，
師尹維旅牧相宣序民事。」政事即正事也。說詳〈魯語〉。）〈立政〉
曰：「立民長伯立政。」（傳釋立民長伯曰：立民正長謂建諸侯，釋立政
曰：文武亦法禹湯以立政，案：立政謂建立長官與立民長伯相承為義，長
伯也，政也，〈盤庚〉所謂邦伯師長是也。《管子·牧民》篇：「故知時
者，可立以為長，無私者，可置以為政，審於時而察於用，而能備官者，
可奉以為君。」《墨子·尚同》篇：「天子立，畫分萬國，立諸侯國君，

傳》「兩政」❹、《國語》「以為大政」❸）借逢為豐，而解者誤

諸侯國君既已立，又選擇其國之賢可者，置立之以為正長。」皆其義也。
不得上下異訓。）任人、準夫、牧夫三事。（三事、三職也，為任人、準
夫、牧夫之職，故曰作三事。傳曰：治為天地人之三事，失之。〈小雅·
雨無正〉篇：「三事大夫。」〈十月之交〉篇「擇三有事。」蓋謂此三事
也。箋以三事為三公，三公不得謂之大夫，殆失之矣。〈大雅·常武〉
篇：「三事就緒。」傳曰：為之立三有事之臣，正與立事之義相合。）又
曰：「繼自今我其立政、立事、準人、牧夫。」（立政謂建立長官也，立
事謂建立群職也，準人牧夫即所立之政與事也。傳不得其解，乃云立政大
臣，立事小臣，殆以迂回失之。）又曰：「自古商人亦越我周文王立政立
事牧夫準人。」（上文曰：「文王惟克厥宅心，乃克立茲常事司牧人。」
文義與此合。）是也。解者不知政為正之假借，而以為政治之政，於是
〈立政〉一篇，遂全失其指。《史記·魯周公世家》曰：「周之官政未次
序，於是周公作《周官》，官別其宜；作〈立政〉，以便百姓。」則誤以
為政治之政者，自子長已然矣。

❹ 十八年《左傳》：「並后匹嫡，兩政耦國，亂之本也。」杜注「並后」
曰：「妾如后。」注「匹嫡」曰：「庶如嫡。」注「兩政」曰：「臣擅
命。」注「耦國」曰：「都如國。」引之謹案：杜釋兩政，與上下文異
議，非也。政非事之政，謂正卿也。《爾雅》曰：「正、長也。」正卿為
百官之長，故謂之正。襄二十五年傳：「齊人賂魯六正。」杜彼注曰：
「三軍之六卿。」是也。閔二年傳：「君與國政之所圖也。」賈逵注曰：
「國政、正卿也。」（見《史記·魯世家》集解）哀十五年傳：「莊公害
故政，欲盡去之。」杜彼注曰：「故政、輒之臣。」《史記·衛世家》作
「莊公欲盡誅大臣。」〈周語〉：「昔先大夫荀伯自下軍之佐以政，趙宣
子未有軍行而以政。」韋注並曰：「升為正卿。」是正與政通也。兩政
者，寵臣之權與正卿相敵也。曰並、曰匹、曰兩、曰耦，皆相敵之辭。閔
二年傳曰：「內寵並后」，即此所云並后也。曰「嬖子配適」，即此所云
匹嫡也。曰「大都耦國」，即此所云耦國也。曰「外寵二政」，即此所云
兩政也。政、正卿也。外寵之並於正卿，亦猶內寵之並后，嬖子之配適，
大都之耦國。故曰：「並后、匹嫡、兩政、耦國，亂之本也。」《韓子·
說疑》篇曰：「尊有擬適之子，配有擬妻之妾，廷有擬相之臣，臣有擬主

以為遭逢之逢，且屬下讀。（說見「子孫其逢吉」❹）借考為巧，

之寵，此四者，國之所危也。故曰：內寵並后、外寵貳政、枝子配適、大臣擬主，亂之道也。故周記曰：無尊妾而卑妻，無尊適子而尊小枝，無尊嬖臣而匹上卿，無尊大臣以擬其主也。」此猶其明證矣。（《管子·君臣》篇：「內有疑妻之妾，此宮亂也，庶有疑適之子，此家亂也。朝有疑相之臣，此國亂也。」義與《韓子》同。）杜於后匹嫡耦國皆依閔二年傳為訓，於兩政獨曰：「臣擅命。」則誤以政為政事故耳。

❹❽　使郤縠將中軍，以為大政。韋注曰：「大政、大掌國政。」家大人曰：韋說非也，政讀為正，（正政古多通用，不煩枚舉。）《爾雅》曰：「正、長也。」郤縠將中軍，為卿之長。故曰大正，以為大正猶曰以為正卿耳。昭十五年《左傳》：「孫伯黶司晉之典籍，以為大政。」杜注曰：「孫伯黶，晉正卿。」《漢書·五行志》作「大正」，是其證也。（〈多方〉曰：「越惟有胥伯小大多正。」《書大傳》正作政。《逸周書·嘗麥》篇曰：「王命大正正刑書。」）又子產對韓宣子曰：「以君之明，子為大政，其何厲之有？」（昭七年《左傳》同）。亦謂宣子為正卿也。成六年《左傳》「子為大政。」杜注曰：「中軍元帥」是也。韋注曰：「大政、美大之政。」亦非。

❹❾　女則從，龜從，筮從，卿士從，庶民從，是之謂大同，身其康彊，子孫其逢。吉。家大人曰：余友李氏成裕曰：當讀至逢字句絕，與上文五從字，一同字，音韻正協，吉字別為一句，與下文五吉字，二凶字，體例正合。據傳以此為大吉，下文三從二逆為中吉，二從三逆為小吉，中吉小吉且言吉，況大吉乎！案此說是也，《漢書·王莽傳》曰：「康彊之占，逢吉之符。」則西漢時已誤以逢吉連讀，蓋亦解為遇吉故也。不知逢者大也，子孫對身言之，逢對康彊言之，故馬融注曰：「逢、大也。」子孫其逢，猶言其後必大耳。〈儒行〉：「衣逢掖之衣。」鄭注曰：「逢猶大也。」《荀子·非十二子》篇：「其衣逢。」楊倞注曰：「逢、大也。」《楚辭·天問》：「眩弟並淫，危害厥兄，何變化以作詐，後嗣而逢長。」而、乃也。言何以變詐如此，後嗣乃得逢長也，逢之言豐也，豐亦大也。〈玉藻〉：「縫齊倍要。」鄭注曰：「縫或為逢，或為豐。」《淮南·天文》篇：「五穀豐昌」。《史記·天官書》豐作逢，是古逢豐聲義皆同也。體例、訓詁、音韻三者皆合理無可疑。

而解者誤以考為父，又以為成。（說見「子仁若考」❺、《國語》「上帝不考」❺）借忘為亡，而解者誤以為遺亡之亡。（說見「茲不忘大功」❺、《詩》「曷維其亡」❺）借極為亟，而解者誤以極

---

❺ 家大人曰：〈金縢〉：「予仁若考。」《史記·魯周公世家》作旦巧，考巧古字通，若而語之轉。予仁若考者，予仁而巧也。（顧懽《老子義疏》曰：「若、而也，《共·九三》遇雨若濡，言遇雨而濡也。」）莊二十二年《左傳》「幸若獲宥，言幸而獲宥也。」惟巧故能多材多藝，能事鬼神，意重巧，不重仁，故下文但言乃元孫不若旦多材多藝也。若如傳曰：周公能順父，則武王豈不順父者邪？且對三王言之，亦不當獨稱考也。

❺ 上帝不考，時反是守。韋注曰：考成也。言天未成，越當守天時，天時反，乃可以動。家大人曰：韋注文義不明。考當為巧，反猶變也，言上帝不尚機巧，惟當守時變也。《漢書·司馬遷傳》：「聖人不巧（《太史公自序》巧誤為朽），時變是守。」顏師古注曰：「無機巧之心，但順時也」是也。古字考與巧通，故〈金縢〉予仁若考，《史記·魯周公世家》作旦巧。

❺ 〈大誥〉「敷前人受命，茲不忘大功。」引之謹案：忘與亡同。（亡忘古字通，說見後「曷維其亡」下。）言不失前人之大功也。〈酒誥〉：「茲亦惟天若元德，永不忘在王家。」言天順元德而佑之，則能保其祿位，永不失在王家也。傳皆以忘為遺忘之忘，失之。

❺ 〈綠衣〉篇：「心之憂矣，曷維其亡。」箋曰：「亡之言忘也。」〈小雅·沔水〉篇：「心之憂矣，不可弭忘。」《正義》曰：「不可止而忘之。」〈鄭風·有女同車〉篇：「德音不忘。」箋曰：「不忘者，後世傳其道德。」〈秦風·終南〉篇、〈小雅·蓼蕭〉篇並曰：「壽考不忘。」〈蓼蕭〉《正義》曰：「使四海稱頌之不忘也。」引之謹案：亡猶已也，作忘者假借字耳。（《管子·乘馬》篇：「今日不為，明日忘貨。」《莊子·刻意》篇：「無不忘也，無不有也。」《史記·孟嘗君傳》：「所期物忘其中。」忘並與亡同。《漢書·武五子傳》：「臣聞子胥盡忠而忘其號，比干盡仁而遺其身。」顏師古注：「忘、亡也。」《淮南·脩務》篇：「南榮疇恥聖道之獨忘於己。」《賈子·勸學》篇忘作亡。）曷維其亡猶言曷維其已也，不可弭忘猶言憂從中來不可斷絕也，德音不忘猶言德

為終。（說見「子不敢不極卒寧王圖事」❺）借冒為懋，而解者誤
以為覆冒之冒。（說見「惟時怙冒」❺）借衣為依，而者誤以衣為

音不已也，壽考不忘猶言萬壽無疆也，〈周語〉曰：「萬年也者，令聞不
忘之謂也。」亦謂令聞不已也。（《漢書・賈山傳》「功德立於後世，而
令聞不亡。」其字正作亡。）解者皆失之。

❺ 傳曰：我不敢不極盡文王所謀之事。引之謹案：傳意蓋訓極為終，案卒已
是終，不得復以極為終也。極當讀為亟。《爾雅》曰：「亟、疾也。」
亟、速也。亟卒寧王圖事者，速終文王所謀之事也。古字極與亟通，《墨
子・雜守》篇「隊有急極發其近者。」往佐即亟發也。《莊子・盜跖》篇
亟去走歸。《釋文》「亟、極也。本或作極。」《荀子・賦篇》「出入甚
極。」又曰：「反覆甚極。」楊注並曰：「極讀為亟，急也。」《淮南・
精神》篇：「隨其天資而安之不極。」高注曰：「極，急也。」諭道人不
急求生也，亦是讀極為亟。

❺ 引之謹案：冒、懋也。〈盤庚〉：「懋建大命」、「懋簡相爾」石經懋作
勖，〈君奭〉：「迪見冒。」馬本冒作勖。〈顧命〉：「冒貢于非幾。」
馬鄭王本冒作勖。〈皋陶謨〉曰：「懋哉懋哉。」〈牧誓〉曰：「勖哉夫
子。」則三字互通也。〈康誥〉曰：「用肇我區夏，越我一二邦，以脩我
西土，惟時怙冒，聞于上帝。」當斷越我一二邦為句，以脩我西土為句，
惟時怙冒為句，脩我西土，猶言脩和我有夏耳。怙、大也。〈釋詁〉曰：
「祜、厚也。」《賈子・容經》篇曰：「祜、大福也。」《逸周書・諡
法》篇曰：「胡、大也。」聲義與怙並相近。冒、懋也。惟時怙冒，言其
功大懋勉也。怙冒與丕冒同意，〈君奭〉曰：「我咸成文王功于不怠丕
冒。」丕、大也；冒、懋也，言其功大懋勉也。又曰：「乃惟時昭文王迪
見冒。」昭讀為〈釋詁〉詔亮左右之詔，猶云涼彼武王耳。迪、用也。
（〈牧誓〉不迪，〈周本紀〉作不用。）見猶顯也。冒馬本作勖，云勉
也。（《說文》勖從力冒聲。《太玄》「事首陽氣大冒昭職。」《釋文》
曰：「冒、陸注作勖，勖、勉也。謂陽氣大勉其德以昭其職。」言左右文
王用顯懋勉也。又曰：「惟茲四人昭武王惟冒。」言左右武王惟懋勉也。
《逸周書・祭公》篇曰：「昭王之所冒。」勖與冒同，傳於冒字悉訓為
覆，殊失本指，於〈康誥〉則又斷以脩為句，以我西土屬下讀，頗為不
辭。又曰：「西土怙恃文王之道，故其政教冒被四表。」愈與經文乖謬

服行。（說見「紹聞衣德言」❺）借別為辨，而解者誤以為分別之別。（說見「別求聞由古先哲王」❺）借亂為率，而解者誤以亂為治。（說見「厥亂為民」❺）借陳為敶，而解者誤以為陳列之陳。

矣。《論衡·初稟》篇、趙岐《孟子·注》並引〈康誥〉曰：「冒聞于上帝。」胡廣《侍中箴》曰「勖聞上帝，賴茲四臣。」（此用〈君奭〉篇語，冒字作勖，與馬本同。）蓋訓詁疏而句讀亦舛矣。

❺ 紹聞衣德言。引之謹案：衣讀若〈少儀〉士依於德之依，作衣者，假借字耳。（〈學記〉「不學博依。」依或作衣。）《漢書·外戚傳》「倢伃、娙娥、傛華、充依。」荀悅《漢紀》作充衣。傳曰：「服行其德言。」服行謂之衣，未之聞也。

❺ 別求聞由古先哲王，用康保民。引之謹案：別讀先飯辯嘗羞之辯。（〈玉藻〉作辯，〈士相見禮〉作徧，〈鄉飲酒禮〉「眾賓辯有脯醢。」注曰：「今文辯皆作徧。」〈舜典〉「徧于群神。」《史記·五帝紀》作辯。）辯、徧也。古字別與辯通，（《周官·小宰》「聽責以傳別。」故書別作辯。〈士師〉「荒辯之法。」鄭司農讀辯為風別之別。〈朝士〉「有判書。」故書判為辯。鄭司農讀辯為別。〈大行人〉「以九儀辯諸侯之命。」〈小行人〉「每國辯異之。」《大戴禮·朝事》篇辯並作別。〈樂記〉「禮辯異。」《荀子·樂論》辯作別。）〈樂記〉「其治辯者其禮具。」鄭注曰：「辯、徧也。」《史記·樂書》辯作辨，一作別。（見《集解》）其證也。《墨子·天志》篇：「且天之愛百姓厚矣，天之愛百姓別矣。」別亦與徧同，由、於也。（〈釋詁〉「繇、於也。」通作由，〈大雅·抑〉篇「無易由言。」箋曰：「由、於也。」）別求聞由古先哲王者，徧求聞於古先哲王也。與往敷求於殷先哲王，文義正合，敷亦徧也。（說見「敷佑四方」下）傳訓由為用，別求為又當別求，皆失之。〈康誥〉又曰：「乃別播敷。」別亦當讀為辯，言引惡之臣徧播布其私恩於民也。傳訓汝當分別播布德教，亦失之。

❺ 引之謹案：率、詞也。〈湯誓〉「夏王率遏眾力。」、「率割夏邑。」、「有眾率怠弗協。」之類是也。字通作亂，《梓材》「厥亂為民。」《論衡·效力》篇引作「厥率化民。」為者化之借字。（為與化古皆讀若訛。）亂者率之借字也。亂字古音在元部，率字古音在術部，而率字得通

（說見「惟其陳修」❺❾）借面為勔，而解者誤以為面見。（說見
「面稽天若」❻⓿）借文為紊，而解者誤以為禮文。（說見「咸秩無

作亂者，古元術二部音讀相通，若今文《尚書·呂刑》「其罰百率。」
《古文尚書》率作緩。（見《秋官職金疏》）是其例也。（《考工記·函
人》「欲其惌也。」鄭司農云：惌讀為菀彼北林之菀。《釋文》惌於阮
反，或云：司農音鬱。《說文》元從兀聲，兀讀若夐，瓊從夐聲，或作
璚，從矞聲。又作琁，從璿省聲，贋從夐聲，或作鐍，從矞聲。轊從夐
聲，讀若繘。皆元術二部之相通也。）又〈君奭〉曰：「厥亂明我新造
邦。」厥率明我新造邦也。〈緇衣〉鄭注引《古文尚書·君奭》「割申勸
甯王之德。」今博士讀為「厥亂勸甯王德」，厥亂勸甯王德者，厥率勸甯
王德也。〈雒誥〉曰：「亂為四輔。」率為四輔也。又曰：「亂為四方新
辟。」率為四方新辟也。《今文尚書·立政》曰：「亂謀面用丕訓德。」
（見《隸釋》漢石經尚書殘碑）率謀勔用丕訓德也。（面讀為勔，說見
〈召誥〉「面稽天若」下。）下文「率惟謀從容德」，文義正相合也。亂
與同，皆語詞而無意義，解者輒訓為治，失之矣。

❺❾　惟其陳修，為厥疆畎。引之謹案：「陳、治也。《周官·稍人》注引〈小
　　雅·信南山〉篇『維禹敶之。』《毛詩》敶作甸云：甸、治也。〈多方〉
　　曰：『畋爾田。』〈齊風·甫田〉曰：『無田甫田。』田甸畋敶陳古同聲
　　而通用，陳脩皆治也。傳訓陳為列，失之。」
❻⓿　面稽天若。傳曰：「禹亦面考天心而順之。」又〈立政〉「謀面用丕訓
　　德。」傳曰：「謀所面見之事無疑，則能用大順德。」引之謹案：天非人
　　比，不可以言面，謀所面見之事，尤為不詞，所謀者事也，不言事而言面
　　可乎！今案：面當讀為勔，《爾雅》曰：「勔、勉也。」（《說文》作
　　愐，曰：「勉也。」）勔稽天若者，勉力上考天心而順之也。謀面用丕訓
　　德者，謀於乃事乃牧，乃準勉用大順德之人也。（蔡仲默不解面字之義，
　　乃以為謀人之面貌，疏矣。或沿蔡氏之誤，解作以貌取人，而又訓丕為
　　不，謂謀面用不訓德為任用小人。案謀面用丕訓德，惟言夏先王勉用大順
　　德之人耳，至下文桀德惟乃弗作往任，是惟暴德，乃言後王任用小人，不
　　得於此遽言之也。漢石經謀上有亂字，乃語詞，亦非謂其謀之昏亂也。）
　　古字多假借，後人失其讀耳。

文」❻ ）借依為隱，而解者誤以為依怙之依。（說見「小人之依」
❻ ）借正為政，而解者誤以為正道。（說見「惟正之共」❻

---

❻ 〈雒誥〉「王肇稱殷禮祀于新邑，咸秩無文。」傳曰：「皆次秩不在禮文
者而祀之。又「惇宗將禮稱秩元祀，咸秩無文。」傳曰：「皆次秩無禮
文，而宜在祀典者。」引之謹案：不在禮文，則是祀典所無矣，祀典所無
而祀之，何以異於淫祀！傳義非也。今案：文當讀為紊，紊、亂也。〈盤
庚〉曰：「若網在綱，有條不紊。」《釋文》：「紊、徐音文。」是紊與
文古同音，故借文為紊。咸秩無紊者，謂自上帝以至群神，循其尊卑大小
之次而祀之，無有殽亂也。《漢書·翟方進傳》「正天地之位，昭郊宗之
禮，定五時廟祧，咸秩亡文。」亦當讀無紊。謂天地、郊宗、五時、廟祧
各有等差，皆次序之，無有紊亂也。（孟康注曰：諸廢祀無文籍皆祭之。
案咸秩無文，統上天地、郊宗、五時、廟祧言之，非謂諸廢祀也。孟說
非。）《風俗通義·山澤》篇曰：「五嶽視三公，四瀆視諸侯，其餘或伯
或子男，大小為差。」《尚書》「咸秩無文，王者報功，以次秩之，無有
文也。」亦當作無有紊也。謂所視者由公而侯而伯而子男，大小之差不紊
也。

❻ 〈無逸〉「先知稼穡之艱難，乃逸，則知小人之依。」引之謹案：依、隱
也。（古音微與殷通，故依隱同聲，《說文》：「衣、依也。」《白虎通
義》：「衣者隱也。」）謂知小人之隱也。〈周語〉：「勤恤民隱。」韋
注曰：「隱、痛也。」小人之隱，即上文稼穡之艱難，下文所謂小人之勞
也。云隱者，猶今人言苦衷也。傳曰：「知小人之所依怙。」如此，則今
文當增所字矣。且下文曰：「舊為小人，爰知小人之依。」以其為小人之
隱衷，故身為小人，備嘗艱苦，乃得知之。若僅云稼穡為小人之所依怙，
則亦易知耳，何待為小人而後易知哉！傳釋則知小人之依，則以為依稼
穡；爰知小人之依，則以為依仁政。同一小人之依，而前後異義，蓋昧於
古訓，所以說之多歧也。

❻ 文王不敢盤于遊田，以庶邦惟正之共。（《唐石經》以下俱作供，茲依
《後漢書·郅惲傳》注所引改正。）傳曰：「文王不敢樂於遊逸田獵，以
眾國所取法，則當以正道供之。」故又繼「自今嗣王則其無淫于觀、于
逸、于遊、于田，以萬民為正之共。」傳曰：「所以無敢過於觀遊逸豫田
獵者，用萬民當為正身以供待之故。」引之謹案：傳說於文義未安，以猶

「《詩》無俾正敗」❻❹）借閱為說，而解者誤以為檢閱之閱。（說見「閱實其罪」❻❺）借咸為㑊（《說文》讀若咸），而解者誤以咸

與也。（見《釋詞》）正當讀為政，共、奉也。（見〈甘誓〉傳，今本〈甘誓〉共作恭，後人所改也。說見段氏《古文尚書撰異》。）言耽樂是從，則怠於政事，文王不敢盤于遊田，惟與庶邦奉行政事，故曰以庶邦惟政之共，言惟政是奉也。以萬民為正之共，亦謂與萬民奉行政事也。〈楚語〉引此作惟政之恭，（恭者共之借字。）《後漢書·郅惲傳》注引《尚書·無逸》曰：「以萬人惟政之共。（政字與東晉古文不同，蓋出馬鄭本，人字則唐人避諱也。）是其明證。傳釋正為正道，為正身，殆不識古人假借之例。至宋蔡仲默以正共為貢貢正數，則誤益甚矣。

❻❹　〈民勞〉篇：「式遏寇虐，無俾正敗。」箋曰：「無使先王之正道壞。」引之謹案：正當讀為政，寇虐之徒，敗壞國政，過之則政不敗矣。故曰：「式遏寇虐，無俾政敗。」上章云：「無俾民憂。」此云：「無俾政敗。」民以人言之，政以事言之也，下章云：「無俾正反。」正亦當讀為政。謂政事顛覆也。故政事之政，或通作正。〈小雅·節南山〉篇「不自為政。」〈緇衣〉引作正，〈天官·凌人〉掌冰正。故書正為政。文六年《左傳》「棄時政也。」《漢書·律歷志》引作正。〈月令〉「班馬政。」《呂氏春秋·仲夏紀》政作正。

❻❺　引之謹案：《爾雅》：「寔、是也。」寔與實通，是可為語詞，實亦可為語詞。《詩》凡言實方實苞實墉實壑之類，皆語詞也。〈君奭〉「天惟純佑命，則商實百姓王人。（〈堯典〉傳曰：百姓、百官也。莊六年《春秋》：「王太子突救衛。」杜注曰：「王人，王之微官也。」）罔不秉德明恤。」實語詞，商實百姓王人，商百姓王人也。解者或以則商實百姓為句，（某氏傳）或以則商實為句，（蔡沈《集傳》）皆於文義未安，又〈呂刑〉「墨辟疑赦，其罰百鍰，閱實其罪。」實亦語詞，閱實其罪，閱其罪也。閱當讀用脫桎梏之脫。（〈蒙卦〉釋文說吐活反，徐又音稅。）古字閱與說通，（〈邶風·谷風〉篇「我躬不閱」，襄二十五年《左傳》引作「我躬不說」。）說者解釋也。上言敬，下言說，其義一也。百鍰既納，則釋其罪，經義較然甚明，解者乃云檢閱核實其所犯之罪，（《正義》）非也。此以赦罪言之，與上文「其審克之」異義。

為皆。（說見「咸劉厥敵」**⑯**）借義為俄，而解者誤以為仁義之義。（說見「三宅無義民」**⑰**）借富為福，而解者誤以為貨賂，又

---

⑯ 引之謹案：咸者滅絕之名，《說文》曰：「俄、絕也。讀若咸。」聲同而義亦相近，故〈君奭〉曰：「誕將天威，咸劉厥敵。」咸劉皆滅也。猶言過劉虔劉也。（〈周頌·武〉篇曰：「勝殷過劉。」成十三年《左傳》：「虔劉我邊垂。」杜注：「虔、劉皆殺也。」）《逸周書·世俘》篇及《漢書·律曆志》引〈武成〉篇並云：「咸劉商王紂。」與此同。解者訓咸為皆，失其義也。咸與減古字通，文十七年《左傳》曰：「克減侯宣多。」昭二十六年傳曰：「則有閻鄭咸黜不端。」《正義》曰：「咸諸本或作減。」《史記·趙世家》曰：「帝令主君減二卿。」皆謂滅絕也。

⑰ 家大人曰：《說文》曰：「俄、頃也。」（頃與傾同。《說文》又曰：「義從我。」我頃、頓也。我義俄古並同聲。〈小雅·賓之初筵〉篇「側弁之俄。」鄭箋曰：「俄、頃貌。」《廣雅》曰：「俄、衺也。」古者俄義同聲，故俄或通作義。〈立政〉曰：「謀面用丕訓德。（或讀丕為不，非也。辨見〈召誥〉「面見天若」下。）則及宅人，茲乃三宅無義民。「義與俄同。衺也。」言夏先王謀勉用大順之德，（面讀為勔，勔、勉也。說見〈召誥〉。）然後居賢人於官而任之，則三宅皆無傾衺之民也。〈呂刑〉曰：「鴟義姦宄奪攘矯虔。」義字亦是傾衺之意。馬融注曰：「鴟、輕也。鴟者冒沒輕儇，義者傾衺反側也。」《大戴禮·千乘》篇說司寇治民煩亂之事曰：「作於財賄、六畜、五穀曰盜，誘居室，家有君子曰義，子女專曰荻，飭五兵及木石曰賊，以中情出，小曰閒、大曰諜，利辭以亂屬曰讒，以財投長曰貨。」盜、義、荻、賊、閒、諜、讒、貨皆為寇賊姦宄之事，義即鴟義姦宄之義也。《管子·明法解》篇曰：「姦邪之人用國事，則姦人為之視聽者多矣。雖有大義，主無從知之，故明法曰：佼眾譽多外內朋黨，雖有大義，其蔽主者多矣。」是大義即大姦也。傳於義字皆訓為仁義之義，其不可通者有三：用丕訓德則乃宅人，則善人在位矣。何乃三宅反無善民邪？其不可通者一也。三宅乃上文之宅乃事、宅乃牧、宅乃準。傳解為五流有宅，五宅三居，以為無義之民，大罪宥之四夷，次九州之外，次中國之外，以及下文三有宅、三宅、宅心，皆謂居惡人，此不特與上文宅乃事云云不合，且與下文則克宅之句相反矣。其不可通者二也。鴟義姦宄，解為鴟鳥之義，夫鴟鳥惡鳥，何義之可言？其不可

以為備。（說見「惟訖于富」❻❽、「《禮記》不饒富」❻❾）借擇為
斁，而解者誤以可擇。（說見「罔有擇言」❼⓪）借格為嘏，而解者

通者三也。鄭注訓義為良善，而曰盜賊狀如鴟梟，鈔掠良善，亦不得其解
而為之辭，經但言義，不言鈔掠也。

❻❽ 典獄非訖于威，惟訖于富。傳曰：「言堯時主獄，有威有德有怒，非絕於
威，惟絕於富，世治貨賂不行。」引之謹案：訖、竟也，終也。富讀曰
福。（〈謙·象傳〉：「鬼神害盈而福謙。」京房福作富。〈郊特牲〉
曰：「富也者福也。」〈大雅·瞻卬〉篇：「何神不富。」毛傳曰：「富
福也。」《大戴禮·武王踐阼》篇：「勞則富。」盧辯注曰：「躬勞終
福。」）威福相對為文。（〈洪範〉亦曰：「作福作威。」）言非終于立
威，惟終于作福也，訖于福者，下文曰：「惟敬五刑以成三德，一人有
慶，兆民賴之。」是其義。傳以貨賂釋富字，乃不得其解而為之辭。

❻❾ 大饗不問卜，不饒富。鄭注曰：「富之言備也，備而已勿多於禮也。」引
之謹案：如鄭說，則是富而不饒也。但經言不饒富，不言富不饒，不得如
鄭所說也。饒當讀為僥，（饒僥二字皆從堯聲，故借饒為僥。）富當讀為
福，（富福二字皆從畐聲，古字多借富為福。說見《尚書》「惟訖于富」
下。）僥之言要也，求也。《莊子·在宥》篇：「此以人之國僥倖也。」
《釋文》：「僥、古堯反，徐古了反。」字或作徼，李善注〈陳情表〉引
《禮記》：「小人行險以僥倖」云：僥與徼同。今〈中庸〉作徼幸，《呂
氏春秋·順民》篇高注曰：「徼、求也。」僥福者，徼福也。僖四年《左
傳》：「君惠徼福於敝邑之社稷。」文十二年《傳》：「寡君願徼福於周
公、魯公以事君。」杜注曰：「徼、要也。」（《釋文》：「要、於堯
反。」）是也。不僥福者，謂祝辭但求神饗，不求降之以福也。《春官·
大祝》：「掌六祝之辭，以事鬼神，示祈福祥，求永貞。」則祝辭固有求
福之事，大饗五帝，則其神至尊，不敢以私意干請，故不求福也。《呂氏
春秋·誠廉》篇：「昔者神農氏之有天下也，時祀盡敬而不祈福也。」則
四時之祀猶不祈福，況大饗乎！古人字多假借，循聲而改之則得，如字以
求之則塞矣。

❼⓪ 敬忌罔有擇言在身。引之謹案：擇讀為斁。〈洪範〉：「彝倫攸斁。」鄭
注訓斁為敗。（見《史記·宋微子世家》集解）《說文》：「斁、敗
也。」引〈商書〉曰：「彝倫攸斁。」斁斁擇古音並同。敬忌罔有擇言在

誤以格為至。（說見「庶有格命」**❼**、《儀禮》「孝友時格」**❼**）

身，言必敬必戒，罔有敗言出乎身也。〈表記〉引作「敬忌而罔有擇言在躬。而、女也。言女罔有敗言出乎身也。《孝經》：「口無擇言，身敗行。」言口無敗言，身無敗行也。說《尚書》、《禮記》、《孝經》者，多以為無可擇，殆以迂回。失之。《太玄·玄攐》曰：「言正則無擇，行正則無爽，水順則無敗，無敗故久也，無爽故可觀也，無擇故可聽也。」《法言·吾子》篇：「君子言也，無擇聽也，無淫擇則亂，淫則辟，述正道而稍邪哆者有矣，未有述邪哆而稍正也。然則邪哆之言謂之擇言，故《孝經》曰：「非法不言，非道不行，口無擇言，身無擇行也。」蔡邕〈司空楊公碑〉曰：「用罔有擇言失行，在於其躬。」擇言與失行並言，蓋訓擇為敗也，此又一證矣。

❼ 伯父伯兄仲叔季弟幼子童孫皆聽朕言，庶有格命。《傳》曰：「庶幾有至命。」《正義》曰：「鄭玄云：『格、登也。』登命謂壽考者。」《傳》云：「至命」。亦謂壽考。引之謹案：格讀為嘏。格命、嘏命也。《逸周書·皇門》篇：「用能承天嘏命。」《爾雅》曰：「嘏、大也。」〈君奭〉曰：「其集大命於其躬。」與此同義。庶有嘏命者，言庶幾受祿於天，保佑命之尊，大之則曰嘏命耳。古字格與嘏通，〈士冠禮〉：「孝友時格。」鄭注曰：「今文格為嘏。」〈少牢饋食禮〉：「以嘏于主人。」注曰：「古文嘏為格。」是也。訓登訓至皆失之。

❼ 孝友時格，永乃保之。鄭注曰：「善父母為孝，善兄弟為友。時、是也。格、至也。行此乃能保之。今文格為嘏，凡醮者不祝。」《釋文》：「嘏、又作假。」引之謹案：格借字也，嘏正字也。（古嘏格同音，〈少牢饋食禮〉：「祝受以東北面于戶西，以嘏于主人。」注曰：「古文嘏為格。」格亦借字。）大福曰嘏。（〈特牲饋食禮〉：「進聽嘏。」注曰：「授福曰嘏，嘏、長也，大也。待尸授之以長大之福。」孝友時嘏，言唯孝友之人是福也，其福久而不失，故又曰：「永乃保之。」之字正指嘏而言也。下文字辭曰：「宜之于假，永受保之。」注曰：「假、大也。」案假亦與嘏通。（《藝文類聚·禮部下》、《通典·禮十六》並引作「宜之于嘏。」）嘏、大福也，宜之于嘏，猶言福祿宜之也。「永受保之」之字亦指嘏而言也。前後文義正同，不當異訓。始醮曰：「孝友時嘏。」再醮曰：「承天之祜。」三醮曰：「承天之慶，受福無疆。」皆祝其多福之

借輸為渝，而解者誤以為輸信。（說見「輸而孚」❼）借哲為折，而解者誤以哲為知。（說見「哲人惟刑」❼）借忌為惎，而解者誤以為畏忌之忌。（說見「未就予忌」❼）借惡為誣，而解者誤以為

辭，鄭以為酳者不祝，非也。敖繼公《儀禮集說》訓格為感格，尤誤。

❼　獄成而孚，輸而孚。《傳》曰：「斷獄成辭而信，當輸汝信於王。謂上其鞫劾文辭。」《正義》曰：「輸、寫也。下而為汝也，斷獄成辭，而得信實，當輸寫汝之信以告於王。」引之謹案：成與輸相對成文，輸之言渝也，謂變更也。《爾雅》：「渝、變也。」《廣雅》：「輸、更也。」獄辭或有不實，又察其曲直而變更之。後世所謂平反也。獄辭定而人信之，其有變更，而人亦信之。所謂民自以為不冤也。故曰：「獄成而孚，輸而孚。」隱六年《左傳》：「鄭人來渝平。更、成也。」《公羊》、《穀梁》渝作輸。〈秦詛楚文〉曰：「變輸盟刺。」謂變渝也。是輸與渝通。〈豫・上六〉曰：「成有渝。」是泛與成相反，先言成而孚，取相反之義也。傳謂輸汝信於王，則上句文義不倫，蓋失之矣。

❼　哲人惟刑，無疆之辭。《傳》曰：「言智人惟用刑，乃有無窮之善，辭命聞於後世。」引之謹案：如《傳》說，則刑上當增用字，文義乃明，殆非也。哲當讀為折，折之言制也。折人為刑，言制人民者惟刑也。（上文「制以刑」《墨子・尚同》篇引作「折則刑。」）上文「伯夷降典，折民惟刑。」《傳》曰：「伯夷下典禮教民而斷以法。」《墨子・尚賢》篇：引作「哲民為刑。」折正字也、哲借字也。（上文「哀敬折獄。」《困學紀聞・卷二》引《尚書大傳》作「哀矜哲獄」，哲亦折之借字。）哲人惟刑，猶云折民惟刑耳。

❼　〈秦誓〉：「惟古之謀人則曰：未就予忌。」《傳》曰：「惟為我執古義之謀人，則曰未成，我所欲反忌之耳。」引之謹案：《傳》以則曰未就予五字連讀，而以忌字別為一句，文義未安，今按《說文》引此忌作惎。（惎字引《周書》曰：「來就惎惎。」即「未就予惎」之譌。）《廣雅》：「惎、意、志也。」（今本志字誤在意上，辨見《廣雅疏證》。）《廣韻》：「惎、志也。」（見去聲七志。）惎與惎同，未就予惎者，未就我之志也。謂穆公志在襲鄭，而蹇叔不肯曲從，當時憎其未就己意。故云則曰未就予惎。今之謀人曲從其意，是就予惎者也。當時誤親信之，故

好惡之惡。（說見「冒疾以惡之」**⓻**）借方為放，而解者誤以方為有。（說見《詩》「維鳩方之」**⓼**）借墍為愾，而解者誤以墍為安息。（說見「伊予來墍」**⓽**）借景為憬，而解者誤以為古影字。

云：「姑將以為親」，云：「未就予墍。」則疏遠之可知，云：「姑將以為親。」則喜其就予墍可知，作忌者，字之假借耳。

⓻ 人之有技，冒疾以惡之。家大人曰：惡字讀為好惡之惡，則與冒疾相複。惡當讀為誣，《說文》：「誣、相毀也。」《玉篇》：「烏古切。」《廣韻》作誋，烏路切，云：「相毀也。」《說文》作誣，是誣惡古字通，以猶而也。（古者以與而同義，說見《釋詞》。）言嫉人之有技而讒毀之。下文云：「人之彥聖，而違之俾不達。」義與此同也。《傳》《疏》及《大傳》疏及以惡為憎惡，失之。《襄二十六年·左傳》：「太子痤美而很合，左氏畏而惡之。」（惡之、謂讒毀之也。下文云：「聞諸夫人與左師，則皆曰：固聞之。」）《昭二十七年傳》：「卻宛直而和鄢將師與費無極比而惡之。」皆謂讒毀之也。《呂氏春秋》、《韓子》、《戰國策》、《史記》、《漢書》皆謂相毀為惡。

⓼ 〈召南·鵲巢〉篇：「維鵲有巢，維鳩方之。」《毛傳》曰：「方、有之也。」戴氏東原《詩正》讀方為房，云：「房之猶居之也。」引之謹案：鳥巢不得言房，方當為放（分网切），〈天官·食醫〉：「凡君子之食恒放焉。」《論語·里仁》篇：「放於利而行。」鄭、孔注並曰：「放、依也。」《墨子·法儀》篇：「放依以從事。」放亦依也。放依之放通作方，猶放命之放通作方也。（〈堯典〉：「放命圯族。」《今文尚書》方作放，說見段氏《古文尚書考異》）字或作旁，（蒲浪切），《莊子·齊物論》篇：「旁日月，挾宇宙。」《釋文》引司馬彪注曰：「旁、依也。」維鵲有巢，維鳩方之者，維鵲有巢，維鳩依之也。古字多假借，後人失其讀耳。

⓽ 〈谷風〉篇曰：「不念昔者，伊予來墍。」《毛傳》曰：「墍、息也。」箋曰：「君子忘舊，不念往昔年稚，我始來時安息我。」引之謹案：如傳、箋說，則伊予來三字與墍字義不相屬。今案：伊、惟也，來猶是也，皆語詞也。墍讀為愾，愾、怒也。此承上「有洸有潰」言之。（《毛傳》：「洸洸、武也；潰潰、怒也。」言君子不念昔日之情，而惟我是怒

（說見「汎汎其景」❼⑨）借眾為終，而解者誤以為眾寡之眾。（說
見「眾穉且狂」❽⑩）借能為而，而解者誤以為才能之能。（說見

也。）文四年《左傳》：「諸侯敵王所愾。」杜注：「愾、恨怒也。」
〈小雅·彤弓〉箋：「諸侯敵王所愾。」《釋文》：「愾、苦愛反，很
也。」《說文》作鎎，火既反，云：「怒戰也。」水既反正與墍字同音，
凡字從氣、從既者往往通用。（《說文》：「氣、饋客米也」，或作餼，
或作鎎。既、小食也。《論語》曰：「不使勝食既。」今本《論語》既作
氣。）〈聘禮·記〉曰：「如其饔餼之數。」鄭注：「古文餼為既。」
〈中庸〉：「既稟稱事。」鄭注：「既讀為餼。」《曹風·下泉》篇：
「愾我寤歎。」《楚辭·九歎》注引作慨。「伊予來墍」，與反予來赫同
意，赫亦怒也。凡詩中來字，如此篇之「伊予來墍」及〈四牡〉之「將母
來諗」，〈采芑〉之「荊蠻來威」、〈桑柔〉之「反予來赫」，〈江漢〉
之「淮夷來求」、「淮夷來鋪」、「王國來極」皆是語詞，解者皆訓為往
來之來，遂致詰鞠為病，說見《釋詞》。

❼⑨ 〈二子乘舟〉篇：「汎汎其景。」《釋文》：「景如字，或音影。」《正
義》曰：「觀之汎汎然，見其影之去，往而無礙。」引之謹案：景讀如
憬。〈魯頌·泮水篇〉：「憬彼淮夷。」《毛傳》曰：「憬、遠行貌。」
下章言「汎汎其逝」正與此同意也。上《昏禮》：「姆加景」，今文景作
憬，是景憬古字通。

❽⑩ 〈載馳〉篇：「眾穉且狂。」《毛傳》曰：「是乃眾幼穉且狂。」引之謹
案：《隱四年·穀梁傳》曰：「衛人者眾辭也。」上文許人已是眾辭，不
須更言眾矣。眾當讀為終，終猶既也。（詳見前「終風且暴」下。）「終
溫且惠」，既溫且惠也；「終風且暴」，既風且暴也；「終窶且貧」，既
窶且貧也；「終和且平」，既和且平也；「終善且有」，既善且有也；終
穉且狂，既穉且狂也。此《詩》之例也，古字多借眾為終，《史記·五帝
紀》：「怙終賊刑。」徐廣曰：「終一作眾。」〈周頌·振鷺篇〉：「以
承終譽。」《後漢書·崔駰傳》終作眾。〈韓策〉：「臣使人刺之，終莫
能就。」《史記·刺客傳》終作眾。（今本眾下有終字，後人據〈韓策〉
加之也。）皆是也。穉者驕也，《管子·重令》篇：「工以雕文刻鏤相
穉。」尹知章注曰：「穉、驕也。」（《集韻》穉、陳尼切，自驕矜貌。
《莊子·列禦寇》篇：「以其十乘驕穉莊子。」是其證。此承上文而

「能不我知」❽）借濕為㬠，而解者誤以為潤濕之濕。（說見「㬠
其濕矣」❽）借還為嫙，而解者誤以還為便捷之貌。（說見「子之

言，「女子有懷，亦各有道。」是我之欲歸，未必非也，而許人偏見，輒
以相尤，則既驕且妄矣。蓋自以為是，驕也；以是為非，妄也。《傳》不
知眾之為終，又以穉為幼穉，許之大夫豈必人人皆幼邪？

❽　〈芄蘭〉篇一章：「雖則佩觿，能不我知。」《毛傳》曰：「不自謂無
知，以驕慢人也。」箋曰：「此幼穉之君雖佩觿，與其才能，實不如我眾
臣之所知為也。惠公自謂有才能而驕慢，所以見刺。」二章：「雖則佩
韘，能不我甲。」《傳》曰：「甲、狎也。」箋曰：「此君雖佩韘，與其
才能，實不如我眾臣之所狎習。」引之謹案：《詩》凡言「寗不我顧」、
「既不我嘉」、「子不我思」，皆謂不顧我、不嘉我、不思我也。此不我
知、不我甲，亦當謂不知我、不狎我，非謂不如我所知，不如我所狎也。
能乃語詞之轉，亦非才能之能也，能當讀為而，言童子雖則佩觿，而實不
與我相知；雖則佩韘，而實不與我相狎。（〈鄭風·狡童〉篇：「彼狡童
兮，不與我言兮。彼狡童兮，不與我食兮。」與此同意。）蓋刺其狡而無
禮。疏：「遠大臣也。」雖則之文，正與而字相應，雖則佩觿，而不我
知；雖則佩韘，而不我狎。猶〈民勞〉曰：「戎雖小子，而實宏大」也。
（〈陳風·宛丘〉篇：「洵有情兮，而無望兮。」亦於句首用而字。）古
字多借能為而，（《易·履·六三》：「眇能視，跛能履。」虞翻本能作
而），而《荀子·解蔽》篇：「為之無益於成也，求之無益於得也，憂戚
無益於幾也，則廣焉能棄之矣。」〈趙策〉：「建信君入言於王，厚任茸
以事，能重責之。」《管子·侈靡》篇：「不欲強能不服，智而不牧。」
《墨子·天志》篇：「少而示之黑，謂黑；多示之黑，謂白。少能嘗之
甘，謂甘；多嘗之甘，謂苦。」《韓詩外傳》：「貴而下賤，則眾弗惡
也；富能分貧，則窮士弗惡也；智而致愚，則童蒙者弗惡矣。」崔駰〈大
理箴〉：「或有忠能被害，或有孝而見殘。」能亦而也。

❽　〈王風·中谷有蓷〉一章：「中谷有蓷，㬠其乾矣。」《毛傳》曰：
「蓷、鵻也。㬠、菸貌。陸草生於谷中傷於水。」二章：「㬠其修矣。」
《傳》曰：「脩、且乾也。」三章：「㬠其濕矣。」《傳》曰：「鵻遇水
則濕。」箋曰：「鵻之傷於水，始則濕，中而脩，久而乾。」引之謹案：
㬠或作㷮，《說文》：「㬠、乾也。」引〈說卦傳〉：「燥萬物者，莫㬠

還兮」⑧）借儇為嬛，而解者誤以儇為利。（說見揖我謂我還兮
⑧）借寐為沬，而解者誤以為寤寐之寐。（說見行役夙夜無寐。
⑧）借直為職，而解者誤以為直道。（說見爰得我直⑧）借子為

手火。」又曰：「熯、乾皃。」則熯為狀乾之辭，非狀濕之辭，可云暵其
乾，不可云暵其濕也。而云暵其濕矣者，此濕與水濕之濕異義，濕亦且乾
也。《廣雅》有暭字，云曝也。《眾經音義》引《通俗文》曰：「欲燥曰
暭。」《玉篇》：「暭、邱立切，欲乾也。」古字假借，但以濕為之耳。
（草乾謂之脩，亦謂之濕，猶肉乾謂之脩，亦謂之䐡，《釋名》曰：
「脯、搏也，乾燥相搏著也。」又曰：「脩、脩縮也。乾燥而縮也。」
《玉篇》：「䐡、邱及切，胸脯也。」）二章之脩，三章之濕，與一章之
乾同意，故其狀之也，皆曰暵，暵者乾之貌也。歲旱則草枯，雖之乾及於
傷於旱，非傷於水也。《詩》言中谷，不必皆有水之地，〈葛覃〉之詩
曰：「葛之覃兮，施于中谷。」固非蔓延於水中也。毛云：「陸草生於谷
中傷於水。」乃不得其解而為之辭。（《說文》：「灘、水濡而乾也。」
引《詩》曰：「灘其乾矣。」誤與傳同。）段氏《說文》菸字注謂暵即蔫
字假借，蔫、菸也。蓋曲徇《毛傳》之說。遍考書傳，無以暵為蔫者，且
經云「暵其乾」，不云暵其菸也。段說非是。

⑧　〈齊風·還〉篇：「子之還兮。」《毛傳》曰：「還、便捷之貌。」《韓
詩》作嫙，云：「好貌。」家大人曰：《韓詩》說是也。二章：「子之茂
兮。」《毛傳》曰：「茂、美也。」三章：「子之昌兮。」《毛傳》曰：
「昌、盛也。」箋曰：「佼好貌。」昌、茂皆好，則嫙亦好也。作還者，
假借字耳。《說文》：「嫙、好也。」義本《韓詩》（《廣雅》同），好
貌謂之嫙，猶美玉謂之璿矣。

⑧　揖我謂我還兮。《毛傳》曰：「儇、利也。」《韓詩》作嬛。云：好貌。
家大人曰：《韓詩》說是也。二章言好，三章言臧，臧與好同義，則嬛亦
同也。（《廣雅》嬛、好也。義本《韓詩》）〈陳風·澤陂〉篇：「有美
一人，碩大且卷。」《毛傳》曰：「卷、好貌。」《釋文》「卷本又作
嬛。」是其證也。作儇者聲近而借耳。《說文》：「鬈、髮好也。《詩》
曰：其人美且鬈。」鬈與嬛義亦相近。

⑧　〈魏風·陟岵〉篇：「行役夙夜無寐。」引之謹案：寐讀為沬，猶無已

嗞，而解者誤以為斥嬖者。（說見子兮子兮❽）借鹽為苦，而解者

也。《楚辭·離騷》曰：「芬至今猶未沬。」王逸注並云：「沬、已也。作寐者假借字耳。」

❽ 〈碩鼠〉篇首章曰：「爰得我所。」二章曰：「爰得我直。」《毛傳》曰：「直、得其直道。」引之謹案：「《詩》言直，不言宜道。此詩是國人刺其君之重斂，使民不得所，非謂不得其直道也。直讀為職，職亦所也。」哀公十六年《左傳》：「克則為卿，不克則烹，固其所也。」《史記·伍子胥傳》作「固其職也。是職與所同義。《管子·明法》篇曰：「孤寡老弱，不失其職。」《漢書·景紀》曰：「今七罪者失職。」〈武紀〉曰：「有冤失職，使者以聞。」〈宣帝紀〉曰：「其加賜鰥寡孤獨高年者帛，毋令失職。」失職皆謂失所也。故得所亦謂之得職。《管子·廣法解》：曰「聖人法天地以覆載萬民，故莫不得其職。」《漢書·趙廣漢傳》：「廣漢為京兆尹廉明，威制豪強，小民得職。」顏注曰：「得職、各得其常所也。職直古字通，故脯五臟之臟，又作植。」（〈鄉射禮記〉：薦脯用遵五臟。）注：「今文臟或作植。」羊舌職之職，又作殖。（《左傳》宣十五年：「羊舌職。」《說苑·善說》篇作「羊舌殖」。）赤埴之埴又作戠。（〈禹貢〉「厥土赤埴墳。」《釋文》「埴、鄭作戠。」脂膏膱敗之膱，又作樴。〈考工記·弓人〉注：「樴脂膏膱敗之膱。」）

❼ 〈綢繆〉篇：「子兮子兮，如此良人何。」毛傳曰：「子兮者，嗟茲也。」《正義》曰：「茲、此也。嗟歎此身，不見良人。」引之謹案：訓茲為此，非傳意也。嗟茲即嗟嗞。《說文》：「嗞、嗟也。」《廣韻》：「嗟嗞、憂聲也。」〈秦策〉曰：「嗟嗞乎司空馬。」《管子·小稱》篇曰：嗟嗞乎聖人之言長乎哉！《說苑·貴德》篇曰：「嗟嗞乎！我窮必矣。」楊雄〈青州牧箴〉：「嗟嗞天王，附命下土。」皆歎辭也。或作嗟子，〈楚策〉曰：「嗟乎子乎，楚國亡之日至矣。」《儀禮經傳解》引《尚書大傳》曰：「諸侯在廟中者愀然，若復見文武之身，然後曰：嗟子乎！此蓋吾先君文武之風也夫！」是嗟子與嗟嗞同，經言子兮，猶曰嗟嗞嗞乎也，故傳以子兮為嗟嗞，箋謂子兮子兮，斥嬖者，蓋失其義。其注《尚書大傳》又曰：「子、成王也。」案嗟子乎乃諸侯之辭，諸侯之於天子，豈得稱之為子哉！斯不然矣。

誤以鹽為不堅固。（說見王事靡盬。❽❽）借為為譌，而解者誤以為
為人。（說見人之為言❽❾）借辰為慎，而解者誤以辰為時。（說見

---

❽❽ 〈鴇羽〉曰：「王事靡盬，不能藝稷黍。」〈小雅·四牡〉曰：「王事靡
盬，我心傷悲。」（〈杕杜〉同）。又曰：「王事靡盬，不遑啟處。」
（〈采薇〉同）。又曰：「王事靡盬，不遑將父，王事靡盬，不遑將
母。」〈杕杜〉曰：「王事靡盬，繼嗣我日。」又曰：「王事靡盬，憂我
父母。」（〈北山〉同）。〈鴇羽〉傳曰：「盬、不攻致也。」箋曰：
「我迫王事，無不攻致盡力焉，既則罷倦，不能播五種五穀。」〈四牡〉
傳曰：「盬、不堅固也。」（〈采薇〉〈北山〉箋同，案毛鄭皆讀盬為良
盬之盬，故曰：不攻致，不堅固也。良盬之盬，或作楛，又作苦。《荀
子·議兵》篇：「械用兵革窳楛。」楊倞注曰：「楛、不堅固也。」《呂
氏春秋·誣徒》篇：「從師苦而欲學之功也。」高誘注曰：「苦、不精致
也。」苦楛盬並同義，孔穎達不得其解，乃曰盬與蠱字異義同，引昭元年
《左傳》：「於文皿蟲為蠱。」穀之飛亦為蠱，以證盬為不攻牢，不堅固
之意，失其指矣。）〈杕杜〉箋曰：「王事無不堅固，故我行役續嗣其
日，言常勞苦無休息也。」〈北山〉箋曰：「王事無不堅固，故我當盡力
勤勞於役，久不得歸，父母思己而憂也。」引之謹案：如毛鄭所解，則是
王事無不堅固，是以勞苦不息，勞苦不息，是以不得養父母，王事靡盬之
下，須先述其勞苦不息，而後繼之以不能藝稷黍云云，殆失之迂矣。今
案：盬者、息也。王事靡盬者王事靡有止息也。王事靡息，故不能藝稷黍
也。王事靡息，故不遑啟處，不遑將父母也。王事靡息，故我心傷悲也王
事靡息，故繼嗣我日也。《爾雅》曰：「棲遲憩休苦息也。」苦讀與靡盬
之盬同，《周官·鹽人》：「共其苦鹽。」杜子春讀苦為盬，謂出鹽，直
用不湅治。〈典婦功〉：「辨其苦良。」鄭司農讀苦為盬。謂分別其縑帛
與布紵之麤細。《呂氏春秋·誣徒》篇：「從師苦而欲學之功也。」高注
曰：「苦讀如鹽會之鹽。不精致也。」是盬與苦通，良盬之盬通作苦猶靡
盬之盬通作苦也。解經者於《詩》之靡盬則訓為不攻致，不堅固。而不知
其即《爾雅》苦息之苦。於《爾雅》之苦息也，則誤讀為勞苦之苦，而不
知其即《詩》之靡盬。（郭璞注《爾雅》苦息也曰：「苦勞者宜止息。」
乃不得其解而為之辭，蓋古字之假借，在漢已有不能盡通其義者矣。）
❽❾ 〈采苓〉篇：「人之為言，苟亦無信。」箋曰：「為言謂為人為善言以稱

奉時辰牡❾）借紀為杞，借堂為棠，而解者誤以紀為基，堂為畢道
平如堂。（說見有紀有棠❾）借訊為誶，而解者誤以訊為訛字。

薦之。」《釋文》曰：「為言于偽反，或如字，本或作偽字，非。」《正
義》曰：「人之詐偽之言，君誡，亦勿得信之。王肅諸本皆作為言，定本
作偽言。」（《白帖·詐偽類》引此亦作偽言。）引之謹案：《正義》說
是也。《序》曰：「刺獻公好聽讒。」則人之為言，即民之譌言也。《說
文》曰：「譌、譌言也。從言、為聲。《詩》曰：『民之譌言。』」今
〈小雅·沔水〉、《正月》並作「民之訛言」。《沔水》箋曰：「訛、偽
也。言小人好詐偽為交易之言。」《正月》箋曰：「訛、偽也。人以言相
陷入。」〈晉語〉曰：「偽言誤眾。」是其義也。（〈堯典〉平秩南訛，
《史記·五帝紀》作南譌，小司馬本作南為，《漢書·王莽傳》作南偽，
〈月令〉作為滔巧，鄭注曰：「今〈月令〉作為為詐偽。」定十二年《左
傳》「子偽不知。」《釋文》偽作為。則為偽譌三字古並通用。）此箋謂
為人為善言，殆失之迂矣。

❾〈秦風·駟驖〉篇：「奉時辰牡。」《毛傳》曰：「辰、時也。冬獻狼，
夏獻麋，春秋獻鹿豕群獸。」箋曰：「奉是時牡者，謂虞人也。」引之謹
案：冬獻狼以下，與《周官·獸人》文略同。彼謂獸人獻獸以供膳，四時
各有所宜。此謂虞人驅禽以待射，必無冬但驅狼，夏但驅麋之理。然則辰
牡非謂時牡也。辰當讀為慎，《周官·大司馬》「大獸公之，小獸私
之。」鄭注曰：「鄭司農云：『大獸公之，輸之於公，小禽私之，以自畀
也。』」《詩》云：「言私其豵，獻肩于公。」一歲為豵，二歲為犯，三
歲為特，四歲為肩，五歲為慎。玄謂慎讀為麎。《爾雅》曰：「麋牝曰
麎。」（以上《周官》注。）案慎為獸五歲之名。非牝麋之名也。慎即此
詩辰牡之辰。（凡字之從真聲、辰聲者，往往通用，故後鄭讀慎為麎。
〈大祝〉振祭，杜子春讀振為慎，亦其例也。）五歲為慎，獸之最大者，
故下文曰：「辰牡孔碩」也。豵、犯、特、肩、慎皆見《詩》一歲為豵以
下，蓋三家詩說也。

❾〈終南〉篇「終南何有？有紀有堂。」毛傳曰：「紀、基也。堂、畢道
平如堂也。」引之謹案：終南何有？設問山所有之物耳。基與畢道仍是山，
非山之所有也。今以全《詩》之例考之，如「山有榛」「山有扶蘇」「山
有樞」「山有苞櫟」「山有嘉卉」「侯栗侯梅」「山有蕨薇」「南山有

臺」「北山有萊」，凡云山有某物者皆指山中之草木而言。又如「邱中有麻」「邱中有麥」「邱中有李」「山有扶蘇」「隰有荷華」「山有橋松」「隰有游龍」「園有桃」「園有棘」「山有樞」「隰有榆」「山有栲」「隰有杻」「山有漆」「隰有栗」「阪有漆」「隰有栗」「阪有桑」「隰有楊」「山有苞櫟」「隰有六駁」（《毛傳》曰：駁如馬，倨牙，食虎豹。錢氏曉徵《答問》曰：「《詩》中山有、隰有對舉者，皆草木之類，此六駁必草木之名，非獸名也。〈釋木〉云：『駁、赤李，謂李子之子赤者也』其即《詩》之六駁乎！」）「山有苞棣」「隰有樹檖」「墓門有棘」「墓門有梅」「南山有臺」「北山有萊」「南山有桑」「北山有楊」「南山有杞」「北山有李」「南山有栲」「北山有杻」「南山有枸」「北山有楰」。凡首章言草木者，二章、三章、四章、五章亦皆言草木，此不易之例也。今首章言草木，而二章乃言山，則既與首章不合，又與全詩之例不符矣。今案紀讀為杞，堂讀為棠，條梅杞棠皆木名也。（案《爾雅》曰：「杜、赤棠；白者棠。杜、赤棠釋《詩》有杕之杜。白者棠正釋有杞有棠也。」）紀堂假借字耳。（左氏《春秋》桓二年：「杞侯來朝。」公羊、穀梁並作紀侯。三年，公會杞侯於郕。《公羊》有紀侯。《廣韻》堂字注引《風俗通》曰：「堂、楚邑。大夫五尚為之，其後氏焉。」即昭公二十年棠君尚也，棠字注曰：「吳王闔閭弟夫溉奔楚為棠谿氏，定四年《左傳》作堂谿。《楚辭·九歎》：『執棠谿以制蓬兮。』王注曰：『棠谿、利劍也。』《廣雅》作堂谿。《史記·齊世家》《索隱》引《管子》『棠巫』，今《管子·小稱》篇作『堂巫』。是杞紀棠堂古字並通也。凡《毛詩》之字，類多假借，故《韓詩》逶迤逶迤，《毛詩》逶迤作委蛇。《韓詩》『于嗟夐兮。』《毛詩》夐作洵。《韓詩》『綠藩猗猗』《毛詩》藩作竹。若斯之類，不可枚舉。」）考《白帖·終南山類》引《詩》正作「有杞有棠。」唐時齊魯詩皆亡，唯《韓詩》尚存，則所引蓋《韓詩》也。（柳宗元〈終南山祠堂碑〉曰：「其物產之厚，器用之出，則璆琳琅玕，《夏書》載焉；紀堂條枚，《秦風》詠焉。」宗元以紀堂為終南物產，則是讀紀為杞，讀堂為棠，蓋亦本《韓詩》也。）且首章言有條有枚，二章言有紀有堂，首章言錦衣狐裘，二章言黻衣繡裳，條枚紀堂之皆為木，亦猶錦衣黻衣之皆為衣也。自毛公誤釋紀堂為山，而崔靈恩本紀遂作屺，此真所謂說誤於前，文變於後者矣。

（說見歌以訊止❷）借偕為皆，而解者誤以偕為齊等。（說見維其

---

❷ 《毛鄭詩考正》曰：「〈陳·墓門〉二章『歌以訊止。』」（今本止譌作
之，戴氏《聲韻考》曰：「《廣韻》六止誶字下引《詩》『歌以誶
止。』」然則此句止字與上句止字相應為語辭，凡古人之詩，韻在句中
者，韻下用字，不得或異。三百篇惟「不可休思」，思訛作息，與此處止
訛作之，失詩句用韻之通例，得此正之尤稽古所宜詳覈。引之案：《唐石
經》止字已訛作之，《釋文》有「訊之」二字之字，蓋亦後人所改，今考
續刻《列女傳》載此詩之文，正作歌以訊止，與《廣韻》所引合，是古本
作止之證。）訊乃誶字轉寫之訛，《毛詩》云：「告也。」《韓詩》云：
「諫也。」皆當為誶，誶音碎，故與萃韻。訊音信，問也。於詩義及音韻
咸扞格矣。屈原賦《離騷》篇：「謇朝誶而夕替。」王逸注引《詩》「誶
予不顧。」又《爾雅》「誶、告也。」《釋文》云「沈音粹，郭音碎。」
則郭本誶不作訊明矣。今轉寫亦譌。〈張衡傳·思玄賦〉注引《爾雅》仍
作誶。《釋文》於此詩云：「本又作誶，音信，徐息悴反。」蓋於誶訊二
字未能決定也。引之謹案：訊非訛字也，訊古亦讀若誶。〈小雅·雨無
正〉篇：「莫肯用訊。」與退、遂、瘁為韻。張衡〈思玄賦〉：「慎竈顯
於言天兮，占水火而妄訊。」與內、對為韻。左思〈魏都賦〉：「翩翩黃
鳥，銜書來訊。」與匱、粹、溢、出、秩、室、茷、日、位為韻，則訊字
古讀若誶，故〈墓門〉之詩，亦以萃訊為韻，於古音未嘗不協也。（〈學
記〉多其訊。鄭注曰：「訊或為訾。訊字古讀若誶，聲與訾相近，故
通。」）訊誶同聲，故二字互通。〈雨無正〉箋「訊、告也。」《釋文》
曰：「訊音信，徐息悴反，與〈墓門〉《釋文》同」，〈大雅·皇矣〉篇
「執訊連連。」《釋文》曰：「字又作誶。」〈王制〉「以訊馘告。」
《釋文》曰：「本又作誶。」〈學記〉「多其訊。」鄭注曰：「訊猶問
也。」《釋文》曰：「字又作誶。」《爾雅》：「誶、告也。」《釋文》
曰：「本又作訊。」〈吳語〉「乃訊申胥。」韋昭注曰：「訊、告讓也。
《說文》引作誶申胥。」又「訊讓日至。」注曰：「訊、告也。」《莊
子·山木》篇：「虞人逐而誶之。」郭象注曰：「誶、問之也。」《釋
文》曰：「本又作訊。」〈徐無鬼〉篇：「察士無凌誶之事。」《釋文》
引《廣雅》曰「誶、問也。」《文選·西征賦》注引《廣雅》誶作訊。
《史記·賈生傳·弔屈原賦》「訊曰」，《索隱》曰：「訊、劉伯莊音素

偕矣❸）借譽為豫，而解者誤以為名譽。（說見是以有譽處兮❹）

對反，周成《解詁》音粹。」《漢書·賈誼傳》訊作誶，李奇曰：「告也。」又〈賈誼傳〉「立而誶語。」張晏曰：「誶、責讓也。」《賈子·時變》篇：「誶作訊。」《楚辭·九歎》「訊九魁與六神。」王逸注曰：「訊、問也。一本作誶。」《漢書·敘傳·幽通賦》「既誶爾以吉象兮。」《文選》誶作訊。李善注引《爾雅》曰：「訊、告也。」《後漢書·張衡傳·思元賦》「占水火而妄誶。」《文選》誶作訊，舊注曰：「訊；告也。」〈傅毅傳·迪志詩〉曰：「先人有訓，我訊我誥。」凡此者或義為誶告，而通用訊；或義為訊問，而通用誶。（《爾雅》「訊、言也。」郭注曰：「相問訊。」《玉篇》《廣韻》並曰誶言也。《爾雅》作訊，《玉篇》《廣韻》作誶。則《爾雅》別本有作誶者，誶訊同聲故也。《廣韻》「諜、雖遂反，讓也，諫也，告也，問也。」《集韻》「諜或作誶，通作訊。」諜、誶、訊同聲，故同訓為問也。《說文》「楚人謂卜問吉凶曰叔，讀若贅。《廣韻》又雖遂切，與誶同音，叔之為問，猶誶之為問矣。」）惟其同聲，是以假借。又可盡謂之譌字乎！考正之說殆疏矣。（《釋文》引《韓詩》曰：「訊、諫也。」則韓、毛二家並作訊。《爾雅》「誶、告也。」《釋文》曰：「本又作訊。」則今本作訊，非轉寫之訛。訊誶俱有碎音，何以見郭璞音碎之必非訊字乎！古人引書，不皆如其本字，苟所引之書作彼字，所注之書作此字，而聲義同者，則寫從所注之書，《離騷》云朝誶，故王逸引《詩》亦作誶。〈張衡傳〉云妄誶，故李賢引《爾雅》亦作誶。非《詩》與《爾雅》之本文作誶不作訊也。《續列女傳》載〈墓門〉之詩，正作「歌以訊止。」）

❸　家大人曰：《廣雅》曰：「皆、嘉也。皆與偕古字通。」（〈湯誓〉「予及女皆亡。」《孟子·梁惠王》篇作偕，〈秦風·無衣〉篇「與子偕行。」《漢書·趙充國辛慶忌傳·贊》作皆。）〈小雅·魚麗〉曰：「維其嘉矣。」又曰：「維其偕矣。」〈賓之初筵〉曰：「飲酒孔嘉。」又曰：「飲酒孔偕。」偕亦嘉也，語之轉耳。《荀子·大略》篇曰：「禮云禮云，玉帛云乎哉！《詩》曰：『物其指矣，唯其偕矣。』不時宜，不敬交，不驩欣，雖指，非禮也。」《荀子》以時宜敬交驩欣為偕，是偕與嘉同義。」

❹　〈蓼蕭〉篇「是以有譽處兮。」《集傳》引蘇氏曰「譽豫通，凡《詩》之

借蘀為檡，而解者誤以蘀為落葉。（說見其下維蘀❾❺）借芋為宇，
而解者誤以芋為大。（說見君子攸芋❾❻）借猗為阿，而解者以為旁

譽皆樂也。」引之謹案：蘇氏之說是也。（昭二年《左傳》「季氏有嘉樹
焉，宣子譽之。」服虔注曰：「譽、游也。」引夏諺曰：「一游一譽，為
諸侯度。」今《孟子‧梁惠王》篇譽作豫，趙岐注曰：「豫亦遊也。引
《春秋傳》曰：『季氏有嘉樹，宣子豫焉。』是豫譽古字通。」《爾雅》
曰：「豫、樂也；豫、安也。」則譽處安處也。〈蓼蕭〉之譽處，承「燕
笑語兮」而言之，〈裳裳者華〉之譽處，承「我心寫兮」而言之。《呂氏
春秋‧孝行》篇注曰：「譽、樂也。」〈南有嘉魚〉曰：「嘉賓式燕以
樂。」〈車舝〉曰：「式燕且喜。」又曰：「式燕且譽。」〈六月〉曰：
「吉甫燕喜。」〈韓奕〉曰：「韓姞燕譽。」〈射義〉引《詩》「則燕則
譽」而釋之曰：「則安則譽」，皆安樂之意。箋悉訓為名譽之譽，疏
矣。）

❾❺ 《傳》曰：「蘀、落也。尚有樹檀而下有蘀。（尚與上同）」箋曰：「檀
下有蘀，此猶朝廷之尚賢者而下小人。」引之謹案：二章：「其下維
穀。」傳曰：「穀、惡木也。則此蘀字亦當為木名，非落葉之謂也。蘀疑
當讀為檡」，《廣雅》「椁栗（椁以整切）檡也。」〈士喪禮〉「決用正
王棘若檡棘。」鄭注曰：「王棘與檡棘善理堅刃者，皆可以為決。」〈夏
官‧繕人〉《釋文》「檡、劉音澤，又音亦，一音徒洛反，徒洛反之音與
蘀相近，故借蘀為檡。蓋檀可以為輪、為輻。檡亦可以為決。穀亦可以為
布為紙（見陸機疏）。皆適於用者也。首章曰『其下為檡』，二章曰『其
下為穀』，言在下者非無可用之才，在王之用之而已。下文『他山之石，
可以為錯。』傳以舉賢用滯，其義正相承也。」

❾❻ 〈斯干〉篇「風雨攸除，鳥鼠攸去，君子攸芋。」《毛傳》曰：「芋、大
也。」箋曰：「芋當作幠，幠、覆也。其堂室相稱，則君子之所覆蓋。」
引之謹案：訓大、訓覆，皆有未安，芋當讀為宇。宇、居也。（〈大雅‧
綿〉篇「聿來胥宇」〈桑柔〉篇「念我土宇」〈魯頌‧閟宮〉篇「大啟爾
宇」傳並曰：「宇、居也。」）承上文言，約之桷之，於是室成，而君子
居之矣。鄭注〈大司徒〉「辨宮室」曰：「謂約桷攻堅，風雨攸除，各有
攸宇。（疏曰：宇、居也。）」彼處云云，皆為約舉，詩辭攸宇，即攸芋
也。鄭君注禮時用《韓詩》，蓋《韓詩》芋作宇。

倚。（說見有實其猗❼）借意為億，而解者誤以為心意之意。（說見曾是不意❽）借卒為猝，而解者誤以崒者崔嵬。（說見崒者崔嵬

---

❼　《傳》曰：「實、滿；猗、長也」。箋曰：「猗、倚也，言南山既能高峻，又以草木平滿其旁倚之畎谷，使之齊均也。」引之謹案：「訓猗為長，無所指實，畎谷旁倚，何得即謂之倚乎！今案詩之常例，凡言有蕡其實，有鶯其羽，有略其耜，有捄其角，末一字皆實指其物，有實其猗，文義亦然也。猗疑當訓為阿，古音猗與阿同，故二字通用。〈萇楚〉篇『猗儺其枝』，即〈隰桑〉之『隰桑有阿，其葉有難』也。〈漢外黃令高彪碑〉『稽功猗衡』即〈商頌〉之『阿衡』也。山之曲隅謂之阿。《楚辭·九歌》『若有人兮山之阿』王注曰：『阿、曲隅也。』是也。實、廣大貌。〈魯頌·閟宮〉篇『實實枚枚。』傳曰：『實實、廣大也。』是也，有實其阿者，言南山之阿，實然廣大也。阿為山隅，乃偏高不平之地，而其廣大實實然，亦如為政不平之師尹，勢位赫赫然也。故詩人取譬焉。〈大雅·卷阿〉曰：『有卷者阿』，文義正與此相似。」

❽　箋曰：「女曾不以是為意乎！」《正義》曰：「商人留輔顧僕之故，終用踰度陷絕之險，汝商人何得曾不以是輔僕為意乎！喻王用賢相之故，終用是得濟免禍害之難，汝何得曾不以是賢相為意乎！」引之謹案：如此解經，當云曾是不以為意，文義乃明，何得但云不意乎！今案意與億通，億、度也。言棄輔則爾載必輸，不棄則絕險可濟，商事如是，治國可知，所當度其利害而求賢以自輔者也。女何乃不度於是乎！古者謂度為意，《論語·先進》篇「億則屢中。」何注曰：「億度是非。」《漢書·貨殖傳》億作意。〈子罕〉篇：「毋意，毋必，毋固，毋我。」毋意、毋度也。（〈少儀〉「毋測未至。」鄭注：「測、意度也。」毋意即毋測未至也，何注以為不任意，失之。）〈禮運〉「聖人耐以天下為一家，中國為一人者，非意之也。」意之、度之也。（鄭注曰：「意、心所無慮也。」無慮者，度其大略之謂。《正義》不知意訓為度，而云以意測度謀慮，失之。）《管子·小問》篇「君子善謀而小人善意，臣意之也。」善意、善度也。（尹注不知意訓為度，而云以意度之，亦誤。）《荀子·脩權》篇：「釋權衡而斷輕重，廢尺寸而意長短。」謂廢尺寸而度長短也。《莊子·胠篋》篇「妄意室中之藏」，謂妄度室中之藏也。《荀子·賦篇》「君子設辭，請測意之。」謂請測度之也。（楊注不知意訓為度，而云請

㊾）借佻佻為嬥嬥，而解者誤以佻佻為獨行貌。（說見佻佻公子

⑩）借交為姣，而解者誤以為與人交。（說見彼交匪敖⑩）借求為

測其意。失之。）〈魏策〉「臣願以鄙心意公」，謂以鄙心度公也。《韓子・外儲說》「人��意女。」謂人且度女也。〈解老〉篇「前識者無緣而忘意度也。」意亦度也，古人自有複語耳。

㊾ 〈十月之交〉篇「百川沸騰，山冢崒崩。」箋曰：「崒者崔嵬。」（〈漸漸之石〉篇：「維其卒矣。」箋曰：「卒者、崔嵬也。」字作卒不作崒，此亦當然。）山頂崔嵬者岬，《釋文》「崒、舊子恤反，徐子綏反，鄭云：『崔嵬也。』宜依《爾雅》音徂恤反，本又作卒。」《正義》作卒，曰：「〈釋山〉云：『崒者厜㕒。』郭璞曰：『謂山峰頭巉巖者。』此經作卒，（今本卒誤作崒，辨見《校勘記》）則當訓為盡，於時雖大變異，不應天下山頂盡皆岬也。故鄭依《爾雅》為說，《漢書・劉向傳》引此亦作卒。顏注曰：『卒、盡也。山頂隆高而盡崩壞。』（《荀子・君子》篇引《詩》作『山冢崒崩。』崒字後人所改。）」引之謹案：卒當讀為猝（倉沒反），猝、急也、暴也。言山冢猝然岬壞也。卒岬與沸騰相對，若訓卒為崔嵬，而以山冢卒連讀，則與上句文義不倫矣。

⑩ 「糾糾葛屨，可以履霜。佻佻公子，行彼周行。既往既來，使我心疚。」毛傳曰：「佻佻、獨行貌。」《釋文》「佻佻《韓詩》作嬥嬥，往來貌。」家大人曰：佻佻當從《韓詩》作嬥嬥，嬥嬥、直好貌也，非獨行貌，亦非往來貌。《詩》言「糾糾葛屨，可以履霜。嬥嬥公子，行彼周行。」糾糾是葛屨之貌，非履霜之貌，則嬥嬥亦是公子之貌，非獨行往來之貌，猶之糾糾葛屨，可以履霜，摻摻女手，可以縫裳。摻摻是女手之貌，非縫裳之貌也。《說文》「嬥、直好貌。」《玉篇》音徒了、徒聊二切。《廣雅》曰「嬥嬥、好也。」嬥嬥猶言苕苕。張衡〈西京賦〉曰「狀亭亭以苕苕」是也。故《楚辭・九歎》注引《詩》作「苕苕公子，行彼周行。」《大東》《釋文》曰：「佻佻本或作窕窕。」《方言》曰：「美狀為窕窕，亦好貌也。」此句但言其直好，下三句乃傷其困乏，言此嬥嬥然直好之公子，馳驅周道，往來不息，是使我心傷病耳。《廣雅》訓嬥嬥為好，尚在齊魯詩說，若毛詩因行彼周行而訓為獨行，韓詩因既往既來而訓為往來，皆緣詞生訓，非詩人本意也。

⑩ 〈桑扈〉篇：「彼交匪敖。」箋曰：「彼、彼賢者也。賢者居處恭，執事

述，而解者誤以為干求之求。（說見萬福來求❿）借亡為忘，而解

敬，與人交，必以禮。」〈采菽〉篇：「彼交匪紓。」箋曰：「彼與人
交，自偪束如此，則非有解怠紓緩之心。」引之謹案：彼亦匪也，交亦敖
也，襄八年《左傳》引《詩》「如匪行邁謀」，杜注：「匪彼也。」匪可
訓為彼，彼亦可訓為匪，交之言姣也。《廣雅》曰：「姣、侮也。」字通
作佼。《淮南・覽冥》篇：「鳳皇之翔，至德也。雷霆不作，風雨不興，
川谷不澹，草木不搖，而燕雀佼之，以為不能。與之爭於宇宙之間。」
（高注訓為佼健，失之。辯見《讀書雜志》）言燕雀輕侮鳳皇是也。然則
彼交匪敖者，匪交匪敖也。匪交匪敖者，言樂胥之君子，不侮慢，不驕傲
也。彼交匪紓者，匪交匪紓也。匪交匪紓者，言來朝之君子，不侮慢，不
怠緩也。襄二十七年《左傳》「公孫段賦〈桑扈〉，趙孟曰：『匪交匪
敖，福將焉往。』」（〈桑扈〉云：「兕觥其觩，旨酒思柔，匪交匪敖，
萬福來求。」猶〈絲衣〉云：「兕觥其觩，旨酒思柔，不吳不敖，胡考之
休。」）《荀子・勸學》篇「君子不傲，不隱，不瞽，謹順其身，引
《詩》曰『匪交匪紓，天子所予。』」是彼交作匪交之明證，交或作傲，
成十四年《傳》引《詩》「彼交匪敖」（彼、匪也，不也，交、姣也，侮
也。杜注以為彼之交於事，失之。）《漢書・五行志》作「匪傲匪傲」，
又其一證矣。乃《韓詩外傳》引《詩》「彼交匪紓」而釋之曰：「言必交
吾志，然後予。」則已誤解為交接之交，而應劭注《漢書》「匪傲匪
傲」，又以為傲訏。顏師古又以為傲偋，皆與匪敖之義不倫，旨酒思柔之
時，但戒其侮慢而已，何傲偋之有乎？

❿ 引之謹案：〈桑扈〉篇：「萬福來求」，求與逑同，逑、聚也。言萬福來
聚也。凡《詩》言「萬福攸同，福祿既同，百祿是遒，百祿是總」並與此
同義。《說文》「逑、斂聚也。〈虞書〉曰：『旁逑孱功』。」《史記・
五帝紀》作「旁聚布功」，今本作「方鳩孱功。」《爾雅》曰：「鳩、聚
也。」〈大雅・民勞〉篇：「惠此中國，以為民逑。」毛傳曰：「逑、合
也。」箋曰：「合、聚也。」是逑與聚同義，《爾雅・釋訓》「逑逑麂
麂，惟逑鞠也。」《釋文》「逑本作求。」是逑求古字通。宣十六年《左
傳》「武子歸而講求典禮。」〈周語〉作「講聚三代之典禮。」《管子・
七法》篇：「聚天下之精材。」〈幼官〉篇作「求天下之精材」是求與聚
亦同義。箋曰：「萬福之祿，就而求之，即是來聚之義，而《正義》未加

者誤以滅亡之亡，又以為既葬曰亡。（說見至于己斯亡❿）借土為
杜，而解者誤以土為居。（說見自土沮漆⓮）借時為跱，而解者誤

訓釋。《集傳》曰：『我無事於求福，而福反來求我。』則與鄭異義
矣。」

❿ 〈角弓〉篇：「民之無良，相怨一方。受爵不讓，至于己斯亡。」（己音
紀，《唐石經》作己，各本皆作已，《毛詩注疏校勘記》曰：「己字是
也。」《正義》云：「至於己身以此而致滅亡。」可證〈坊記〉引此詩，
鄭彼注云：「以至亡己。」是鄭義自作己也。己誤作已，經注《正義》
中，所在多有，唯《唐石經》不誤。）毛傳曰：「爵祿不以相讓，故怨禍
及之。」《正義》曰：「受其官爵，不以相讓，由此而為彼所怨，至於己
身，以此而致滅亡。」引之謹案：如傳疏之說，則當言受爵不讓，至于亡
己。不當言至于己斯亡也。且至于己斯亡，亦非謂己身以此而亡也。鄭注
〈坊記〉，說與毛傳同。竊以亡即忘字也，言但怨人之不讓己，而忘乎己
之不讓人。正所謂「民之無良」也。《韓詩外傳》曰：「有君不能事，有
臣欲其忠，有父不能事，有子欲其孝，有兄不能敬，有弟欲其從令。
《詩》曰：『受爵不讓，至于己斯亡。』言能知于人而不能自知也。」
（以上《韓詩外傳》。）不能自知，正所謂至于己斯忘也。忘與亡古字
通。（〈趙策〉「秦之欲伐韓、梁，東闚於周室，其惟寐亡之。」《韓
子·難二》「晉文公慕於齊女而亡歸。」《淮南·要略》「齊景公獵射亡
歸。」亡並與忘同。〈大雅·假樂〉篇「不愆不忘。」《說苑·建本》篇
作亡。《荀子·勸學》篇「息慢忘身。」《大戴記》作亡。《呂氏春秋·
權勳》篇「是忘荊國之社稷而不恤吾眾也。」《韓子·十過》篇作亡。
《史記·主父傳》「天下忘于干戈之事。」《漢書》作亡。）

⓮ 〈緜〉篇「民之初生，自土沮漆。」毛傳曰：「自用，土居也，沮水漆水
也。」胡氏朏明《禹貢錐指》徧考群書，邠地有漆無沮。（案《史記·周
本紀》：「公劉自漆沮度渭取材用。」《正義》曰：「自漆水南渡渭水，
至南山取材木為用也。」但言漆水而不言漆沮，又下文「古公去豳，渡沮
漆，踰梁山，止於岐下。」徐廣《音義》曰：「漆水在杜陽岐山。」而不
釋沮字。《水經·漆水注》曰：「周大王去邠，度漆，踰梁山，止岐
下。」皆用〈周本紀〉之文而但言渡漆，不言渡漆沮，則〈周本紀〉之沮
字，皆後人所加明矣。又〈匈奴傳〉：「岐梁山涇漆之北，有義渠、大

荔、烏氏、朐衍之戎。」亦但言漆，而不言漆沮。〈禹貢〉《正義》曰：「《詩》云：『自土沮漆』《毛傳》云：『沮水、漆水也。』〈地理志〉云：『漆水出扶風漆縣西。』沮則不知所出。」）引之謹案：土當從齊詩讀為杜，古字假借耳。（《漢書·地理志》「右扶風杜陽，杜水南入渭。《詩》曰：『自杜』」。師古曰：〈大雅·緜〉之詩曰：「『人之初生，自土沮漆。』齊詩作自杜，言公劉避狄而來居杜與沮漆之地。」案注內兩沮漆，今本並訛作漆沮。辯見下。）杜、水名。在漢右扶風杜陽縣南，南入渭，今屬麟遊、武功二縣。（〈地理志〉見上。《水經·渭水注》曰：「杜水發杜陽縣大嶺側，東逕杜陽縣故城，又東南逕美陽縣之中亭川，注雍水，雍水南流注於渭。」杜陽故城在今麟縣西北，美陽故城今在武功縣西北。）漆水在右扶風漆縣西北入涇，今屬邠州。（〈地理志〉曰：「右扶風漆水在縣西。」《元和郡縣志》曰：「漆水在新平縣西九里，東北流注于涇。」《太平寰宇記》曰：「今新平縣西九里有白土川，東北流注于涇水，或是漢之漆水也。但古今異名耳。」案漢之漆縣為唐之新平，即今之邠州也。此漆水在邠州，與他書言漆沮者不同，故顏師古注《漢書·匈奴傳》「岐梁涇漆」曰：「此漆水不在新平。」）沮當為徂，徂、往也。自土徂漆，猶下文言自西徂東，言公劉去邠適邠，自杜水往至於漆水也。（杜水出麟遊縣西，東南至武功縣，南入渭。漆水出邠州西，東北入涇。今邠州東北有故邠城，武功縣西南有故邰城，公劉自邰遷於邠，故曰「自土徂漆。」）徂與沮相似，又因漆字而誤作水旁耳。邠地有漆無沮，故下章之「率西水滸」，專指漆水而言，箋以為沮漆水側，則不知在何水之側矣。又案此漆水在涇西，與〈禹貢〉〈小雅〉〈周頌〉之漆沮在涇東者不同。若以此為涇東之漆沮，則與邠地無涉，以邠在涇西故也。其〈禹貢〉〈小雅〉〈周頌〉之漆沮則在涇東渭北。《水經·沮水注》曰：「濁水上承雲陽縣東大黑泉，東南流與沮水合，謂之漆沮水，東逕萬年縣故城北，為櫟陽渠。又南屈更名石川水，又南入於渭，即是水也。」（雲陽故城在今淳化縣西北，萬年故城在今臨潼縣東北，書傳以漆沮為洛水，非也。古時未有鄭白二渠，漆沮入渭，不入洛，詳見《禹貢錐指》。）是漆沮在涇東，南流入於渭，漆水在涇西，北流入於涇，不得以漆水為漆沮也。且漆沮是一水之名，故《詩》《書》皆以二字連稱，分言之則謬矣。（〈周頌·潛〉篇「猗與漆沮」，即〈禹貢〉之漆沮，若《說文》所稱漆水出右

以時為是。（說見曰止曰時⑩）借作為柞，而解者誤以作為起。

扶風杜陽岐山者，在今麟遊縣西，其地亦有漆無沮。毛傳以漆沮為岐周之二水，亦非。又大王居邠，在漆水之側，此自土沮漆之漆也。至邊岐則去此水遠矣。下文所謂「周原膴膴」，指岐陽之地，非指邠地也。而傳云周原沮漆之間也，尤非。箋於上章云循西水厓，沮漆水側也。於此則云，周之原地在岐山之南，而不言沮漆，是不從毛傳也，箋義為長。）《毛鄭詩考正》曰：「自土沮漆」，謂居地迫小，近此沮洳漆水岸側，證以〈魏詩〉汾沮洳，以為水旁地之稱，如其說，則經文必作自土漆沮洳，而其義始明。不得徑省其文，顛倒其字，而曰自土沮漆也，且詩人舉水以明界域耳，豈謂一國之人皆居岸側乎，其說非也。《六書音均表》又謂「自土沮漆」當從《水經注》《漢書注》作自土漆沮，而以沮與父為韻，上文脈與生自為一韻。今案《釋文》作音，先沮而後漆，《唐石經》亦作沮漆。傳曰：「沮水、漆水也。」又曰：「周原沮漆之間也。」箋曰：「公劉失職，遷于豳，居沮漆之地。」又曰：「故本周之興，云于沮漆也。」又曰：「循西水厓，沮漆水側也。」《正義》之釋經、釋傳、箋，亦先沮而後漆，間有作漆沮者，傳寫顛倒耳。今本《水經·漆水注》《漢書·地理志·注》引《詩》作「自土漆沮。」亦傳寫之誤。《太平御覽·地部三十》引《水經注》正作沮漆。王應麟《詩攷》，胡三省《通鑑·周紀注》引《地理志·注》亦作沮漆，又《續漢書·郡國志》注，《鈔本北堂書鈔·地部十三》（引詩自土沮漆，陳禹謨本刪去。）《文選·潘岳·為賈謐贈陸機詩·注》，及《詩譜·正義》引詩並作「自土沮漆」。又《禹貢·正義》兩引詩皆作「自土沮漆」。且引傳云：「沮水、漆水也。」則經文之作沮漆甚明。不得以他書誤倒之字，而改不誤之經文也。且漆沮在涇東，不在涇西，非公劉所居之地，不得言自土漆沮明矣。又此章以脈、漆、穴、室為韻，而「民之初生」，與「古公亶父」皆不入韻，今改沮漆為漆沮，以與下文父字為韻，而隔絕上文之脈字，使不得與漆、穴、室為韻，且脈與生非韻而強以為韻，豈其然乎！其說亦非也。（又案邠地之漆水，北流入涇，與杜陽之漆水南流入渭者迥殊，《元和郡縣志》《太平寰宇記》辯之詳矣。闞駰《十二州志》誤合二水為一，而段氏《說文》注用之以彌縫毛傳之闕，亦非。）

⑩ 「曰止曰時。」箋曰：「時、是也。曰可止居於是。」《正義》曰：「如

（說見作之屛之❿）借栵為烈，而解者誤以為木名。（說見其灌其
栵❿）借啍啍為蓁蓁，而解者誤以啍啍為多實貌。（說見瓜瓞啍啍

笺之言，則上曰為辭，下曰為於也。」引之謹案：經文疊用曰字，不當上
下異訓，二曰字皆語辭，時亦止也。古人自有複語耳。《爾雅》曰：
「爰、曰也。」「曰止曰時」猶言「爰居爰處」《玉篇》曰：「《爾雅》
室中謂之時，時止也。」（《廣雅》同《玉篇》，又曰時、止不前也。）
今本《爾雅》時作時，《爾雅》又曰：「雞棲于弋為榤，鑿垣而棲為
塒。」《王風·君子于役·釋文》「塒作時」，棲止謂之時，居止謂之
時，其義一也。《莊子·逍遙遊》篇曰：「猶時女也。」司馬彪注曰：
「時女猶處女也。」處亦止也。《爾雅》曰：「止、待也。」《廣雅》
曰：「止、待、逗也。」待與時聲近而義同。待亦通作時，《廣雅》曰：
「峙、離、待也。」《方言》峙作庲，待作時，皆古字假借，或以時為待
之譌，非也。（〈寋象傳〉：「宜待也。」張璠本待作時，〈歸妹象傳〉
「有待而行也。」一本待作時。）

❿ 〈皇矣〉篇：「作之屛之，其菑其翳。」毛鄭皆不解作字。《正義》曰：
「攻作之。」《集傳》曰：「作、拔起也。」家大人曰：作讀為柞，〈周
頌·載芟〉篇：「載芟載柞。」《毛傳》曰：「除木曰柞。」《周官·柞
氏》：「掌攻草木及林麓」是也。〈內則〉「魚曰作之。」《爾雅》作斮
之。郭璞注曰：「謂削鱗也。是作有斬削之義。」

❿ 「脩之平之，其灌其栵。」《毛傳》曰：「栵、栭也。」《釋文》「栵音
例，又音列。」引之謹案：下文「檉椐檿柘」，方及木名。「菑翳灌栵」
則汎言木之形狀耳。栵讀為烈，烈、桵也。斬而復生者也。（〈汝墳〉
傳：斬而復生曰肄。）《爾雅》：「烈、枿、餘也。」疏引《詩·序》
曰：「宣王承厲王之烈。」《方言》曰：「烈、枿餘也。陳鄭之間曰枿，
晉衞之間曰烈，秦晉之間曰肆，或曰烈。」然則〈汝墳〉曰：「伐其條
肆」〈長發〉曰：「苞有三蘖」。（蘖與枿同）〈皇矣〉曰：「其灌其
栵」，義並同也。段氏《詩經小學》讀栵為《爾雅》「木相磨栵之栵」非
是。（段注《說文》栵字曰：「〈釋木〉曰『木相磨栵』」，栵即栵也。
毛云：「栵、栭也。」栭謂小木相迫切，與《爾雅》義無不合也。此尤迂
曲，而不可通，《爾雅》之栵栭，與椋即來樸落並列，其為木名明甚，豈
謂小木相迫切乎！）

⑩）借溉為概，而解者誤以溉為清。（說見可以濯溉⑩）借隨為
譌，而解者誤以為隨人之惡。（說見無縱詭隨⑩）借垢為詬，而解

---

⑩　〈生民〉篇「瓜瓞唪唪」，毛傳曰：「唪唪然多實也。」家大人曰：唪
唪、茂盛之貌，不必專訓多實。《說文》曰：「玤讀若《詩》曰：『瓜瓞
菶菶』」是唪唪本作菶菶，緜緜瓜瓞，瓜瓞菶菶，皆不專指多實而言，瓜
瓞菶菶猶言麻麥懞懞耳。（毛傳：懞懞然茂盛也。）《說文》「菶、艸盛
也。」〈大雅·卷阿〉篇「菶菶萋萋」，毛傳曰：「梧桐盛也。」《廣
雅》曰：菶菶、茂也。是菶菶為草木茂盛之通稱。

⑩　〈泂酌〉篇「可以濯溉」。毛傳曰：「溉、清也。」《正義》曰：「謂洗
之使清絜。」家大人曰：上章「可以濯罍」，罍為祭器，此章之溉，義亦
當然。溉當讀為概。（概溉古通用，《周官·大宗伯》注：「溉、祭
器。」《釋文》「溉本作概。」《史記·范睢傳》：「臣愚而不概於王
心。」《集解》引徐廣曰：「概一作溉。」《淮南·詮言》篇「日月虧而
無溉於志。」溉亦與概同。）〈春官·鬯人〉「凡祭祀社壝用大罍，禜門
用瓢，齋廟用脩；凡山川四方用蜃，凡祼事用概，凡疈事用散。」鄭注
曰：「脩、蜃、概、散皆漆尊也。概尊以朱帶者也。」疏曰：「黑漆為尊，
以朱帶落腹，故名概，概者橫概之義，是罍與概皆尊名，故二章言濯罍，
三章言濯概也。與〈天官·世婦〉之濯概不同，若訓溉為清，則與濯罍之
文不類矣。」

⑩　〈民勞〉篇：「無縱詭隨，以謹無良。」毛傳曰：「詭隨，詭人之善，隨
人之惡者，以謹無良，慎小以懲大也。」《正義》曰：「無良之惡大於詭
隨，詭隨者尚無所縱，則無良者謹慎矣。」家大人曰：詭隨疊韻字，不得
分訓詭人之善，隨人之惡。詭隨即無良之人，亦無大惡小惡之分，詭隨即
譎詐謾欺之人也。詭古讀若戈，（《淮南·說林》篇曰：「水雖平必有
波，衡雖正必有差，尺寸雖齊必有詭。」《易林·未濟之家人》曰：「言
與心詭，西行東坐，鮌湮洪水，佞賊為禍。」）隨讀若譌（隋字古音在歌
部，說見《唐韻正》。）譌音土禾反，字或作訑，又作訑，隨其假借字
也。《方言》曰：「儇、慧也，秦謂之謾，晉謂之懇，宋楚之間謂之倢，
楚或謂之譌，自關而東趙魏之間，謂之黠，或謂之鬼。」《說文》曰：
「沇州謂欺曰訑。」《楚辭·九章》曰：「或忠信而死節兮，或訑謾而不
疑。」〈燕策〉曰：「寡人甚不喜訑者言也。」並字異而義同。

者誤以垢為闇冥。（說見征以中垢⓫）借公為功，而解者誤以為朝廷。（說見婦無公事⓬）借承為烝，而解者誤以承為續。（說見不顯不承⓭）借幅為福，借隕為云，而解者誤以幅為廣，隕為均。

⓫　《傳》曰：「中垢、言闇冥也。」箋曰：「征、行也，不順之人則行闇冥。」《正義》曰：「主處中而有垢土，故以中垢言闇冥也。」引之謹案：「中、得也。」（〈地官、師氏〉「掌國中失之事，故書中為得。」〈齊策〉「是秦之計中。」高注曰：「中、得也。」）垢當讀為詬，詬、恥辱也。（宣十五年《左傳》「國君含垢」杜注曰：「忍垢恥。」《釋文》「垢本或作詬」《莊子·讓王》篇「強力忍垢」，司馬彪注曰：「垢、辱也。」亦以垢為詬。）不順之人，行不順之事，以得恥辱，故曰「征以中詬」。傳箋及《正義》皆失之。

⓬　〈瞻卬〉篇「婦無公事，休其蠶織。」毛傳曰：「婦人無與外政，雖王后猶以蠶織為事。」鄭箋曰：「今婦人休其蠶桑織紝之職，而與朝廷之事。」引之謹案：如毛鄭所解，則是婦人有公事，休其蠶織矣。殆非經意也，今案：公事即功事。（功公古字通，〈小雅·六月〉篇「以奏膚公。」毛傳：「公、功也。」〈大雅·江漢〉篇：「肇敏戎公」《後漢書·宋宏傳》引作功。《呂氏春秋·務大》篇：「俗主之佐，其名無不辱者，其責無不危者，無功故也。」〈務本〉篇功作公。《史記·孝武紀》：「受此書申功。」《封禪書》功作公。〈漢中常侍樊安碑〉「以公德加位。」公德即功德。）休其蠶織，即無功事也。（蠶織即功事，故〈月令〉曰：「蠶事既登，分繭稱絲效功。」〈魯語〉曰：「社而賦事，烝而獻功，男女效績。」）《周官·內宰》曰：「歲終則會內人之稍食，稽其功事。」女御曰：「以歲時獻功事」。鄭注曰：「絲枲成功之事。」《管子·問》篇曰：「問處女操工事者幾何人。」功工公字異而義同。《列女傳·母儀傳》曰：「詩曰：婦無公事，休其蠶織，言婦人以織績為公事者也，休之，非禮也。」其說蓋本《韓詩》，較毛鄭為長。（說見後劉向述韓詩下）

⓭　「不顯不承」《毛鄭詩考正》曰：「古字丕通作不。據〈洛誥〉是為成王七年周正之二月戊辰，在新邑烝祭文武之詩。周公相成王，朝諸侯，故咸至廟助祭，詩中丕顯頌文王，丕承頌武王其明。蓋同一丕顯耳。以後承

（說見幅隕既長❶）借球為捄，而解者誤以球為玉。（說見小球大

前，則謂之丕承，此詩先言助祭者之致敬，而推本先王之丕顯於前丕承於後，是以人心自無或厭倦。《書》曰：『丕顯哉，文王謨；丕承哉，武王烈。』與《詩》通。」引之謹案：不顯不承即丕顯丕承，允哉斯言，長於傳箋矣。（上文「秉文之德」，傳曰：「執文德之人也。」是謂多士有文德，與烈文辟公之文同，不必依鄭氏解作執行文王之德。《考正》辨之已詳。又案《詩·序》專謂祀文王，於經亦無明證。《書大傳》曰：「清廟升歌者，歌先人之功烈德澤也。周公歌文王之功烈德澤，苟在廟中嘗見文王者，愀然如復見文王。」與《序》說合。又曰：「於卜洛邑，營成周，改正朔，立宗廟，序祭祀，易犧牲，制禮作樂，一統天下，合和四海而致諸侯。天下之悉來進受命周公，而退見文武之尸者，千七百七十三諸侯，莫不磬折玉音，金聲玉色。然後周公與升歌而弦文武，諸侯在廟中者，彼然淵，其志和，其情愀然若復見文武之身。」案升歌而弦文武，即〈祭統〉〈明堂位〉所謂升歌清廟，〈樂記〉所謂「清廟之瑟，朱弦而疏越，一倡而三歎者也。」是漢初言清廟者，兼有既成洛邑祭文武之說，證以丕顯丕承之文而益信矣。）但謂丕承為以後承前，則猶未當。夫古人屬辭，各從其類，丕顯丕承連文，俱是盛大之辭，丕顯非創造之義，而丕承獨為紹承之解，斯不類矣。且《孟子》引《書》曰：「丕顯哉！文王謨。丕承哉！武王烈。」繹二哉字之意，可知其贊美謨烈之盛大，而非溯功業之所自矣。承者美大之辭，當讀為「武王烝哉」之烝。（〈魯語〉「收攟而烝」，《眾經音義》十三引貫逵本烝作承。《漢書·地理志》「長沙國承陽」。師古曰：「承音烝，《續漢書·郡國志》作烝陽。」）《釋文》引《韓詩》曰：「烝、美也。」〈魯頌·泮水〉篇「烝烝皇皇。」毛傳曰：「烝烝、厚也。」《墨子·尚賢》篇引〈周頌〉曰：「若山之承，不圻不崩。」皆其證矣。《孟子》引《書》「丕顯哉！文王謨。」而〈立政〉曰：「以觀文王之耿光」，則顯與耿同意也。《孟子》引《書》「丕承哉！武王烈。」而〈立政〉曰：「以揚武王之大烈」，承與大同意也。此與〈君奭〉所云：「惟文王之德，丕承無疆之恤」者殊義。趙歧《孟子》注訓承為繼亦失之。

❶ 〈長發〉篇「濬哲維商。長發其祥。洪水芒芒。禹敷下土方。外大國是疆。幅隕既長。有娀方將。帝立子生商。」毛傳曰「幅、廣也。隕、均

球⑯）借旆為發，而解者誤以旆為旗。（說見武王載旆⑯）借禍為

也。」王肅述毛曰：「禹平治水土，中國既廣，已平均且長也。」（見
《正義》）箋曰：隕當作圓，圓謂周也。（今人謂疆域為幅圓，蓋因此而
誤。）《正義》曰：「幅如布帛之幅，故為廣也。」引之謹案：依傳則廣
也，均也，長也三義並列，經當言幅隕且長，文義方明。何得云「幅隕既
長乎！」毛義未為得也，依箋則隕與圓同，《釋文》：「圓音還，又音
圓。」音還，則取還繞之義，國之疆域，無不四面還繞者，何待禹大之
而始然乎！古人言地之廣狹，皆云方幾千里，或云廣縱幾里，無以還繞言
之者。音圓則疆域之長短參差，往往而有，安必其形之皆圓乎？箋義亦未
安也。《說文》曰「幅、布帛廣也。」幅為布帛之廣，非地廣之稱也。編
考書傳，無謂地廣為幅者，若謂疆域如布帛之幅，則幅上當加「如布帛
之」四字而其義始著，豈得苟簡其文而直謂之幅乎？亦不得如《正義》所
云也。今考全詩之例，如我稼既同，決拾既佽，福祿既同，降福既多之
類，句首皆實指其物與事，幅隕既長，文義與之相似，句首亦當實指其所
謂既長之事，不應空訓之為廣、為均、為圓也。福讀為福，隕讀為云，古
字假借耳。福云既長者，承上文「長發其祥」言之，福亦祥也。言當取禹
敷下土疆理大國之時，商之福祥既已長矣。故曰「福云既長」，下文「帝
立子生商」則福長之始也。云、語助也。凡詩第二字用云字者，如卜云其
吉，曷云能來，如云不克，芇云不遑之類皆語助，字或作員，〈玄鳥〉
曰：「景員維河」是也。（箋曰：員古文云，其所貢于殷大，至所云維言
何乎！案云語助也，言景然而大者維何乎？則受命而何百祿也。鄭釋「云
為言」，失之。〈秦誓〉「若弗員來員」亦語助。《正義》曰：「員即云
也。」）又作隕，此詩「幅隕既長」是也。說經者不察古人假借之例，故
其說迂曲而難通矣。

⑯ 「受小球大球，受小共大共。」毛傳曰：「球、玉也；共、法也。」引之
謹案：球共皆法也。球讀為捄，共讀為拱。《廣雅》曰：「拱、捄、法
也。」《書·序》曰：「帝釐下土，方設居，方別生，分類作汨，作九共
九篇，棄飫。」馬融注曰：「共、法也。」《大戴記·衛將軍文子》篇引
詩「受小共大共。」共一本作拱。高誘《淮南·本經》篇曰：「蛋讀詩受
小拱之拱」，則《詩》共字古本或作拱。（《爾雅》「拱、執也。」〈大
雅·抑〉篇「克共明刑。」毛傳：「共、執也。」）拱捄二字皆從手而訓

過，而解者誤分禍與過為二。（說見勿予禍適⑰）借幣為敝，而解

亦同，其從玉作球，假借字耳。此承上文「帝命式于九圍」言之，言受小
事之法，大事之法於上帝，故能為下國綴旒，為下國駿厖，所謂式于九圍
也。《荀子·榮辱》篇曰：「先王案為之制禮義以分之，使有貴賤之等，
長幼之差，知賢愚能不能之分，皆使人載其事，而各得其宜，然後慤祿多
少厚薄之稱，是夫群居和一之道也。故曰斬而齊，不同而順，不同而一，
詩曰：『受小共大共，為下國駿蒙』此之謂也。」〈臣道〉篇曰：「傳
曰：『斬而齊、枉而不顧，不同而壹。』《詩》曰：『受小球大球，為大
國綴旒』此之謂也。然則小球大球，小共大共，謂所受法制有小大之差
耳。傳解球為玉，已與共字殊義，箋復謂共為執玉，迂回而難通矣。《廣
雅》拱捄並訓法，殆本於三家與！」

⑯　「武王載斾」毛傳曰：「斾、旗也。」《荀子·議兵》篇、《韓詩外傳》
引《詩》並作「武王載發」。（王應麟《詩攷》引《外傳》如此，今本
《外傳》作「載斾」，後人依毛詩改之也。）《說文》引作「武王載
坺」。引之謹案：發正字也。斾坺借字也，發謂起師伐桀也。（〈王制〉
曰：「有發則命大司徒教眾以車甲。」〈月令〉曰：「無發大眾。」）
〈豳風·七月〉箋曰：「載之言則也。武王載發，武王則發也。」《漢
書·律厤志》述周武王伐紂之事曰：「癸巳，武王始發。」與此發字同
義。《史記·殷本紀》曰：「湯自把鉞以伐昆吾，遂伐桀」。即本此詩。
武王載發，有虔秉鉞之文，史公言把鉞而不言載斾，則所見本不作斾可
知。

⑰　「勿予禍適」，毛傳曰：「適、過也。」箋曰：「勿罪過與之禍適」。引
之謹案：「予猶施也。禍讀為過。」《廣雅》曰：「謫、過、責也。」謫
與適通，勿予過謫，言不施譴責也。《晏子春秋·雜篇》曰：「古之賢
君，臣有受厚賜而不顧其國族則過之，臨事守職，不勝其任則過之。」
《呂氏春秋·適威》篇曰：「煩為教而過不識，數為令而非不從。」高誘
注曰：「過、責也。」〈趙策〉曰：「唯大王有意督過之也。」《史記·
吳王濞傳》曰：「賊臣晁錯擅適過諸侯。」《新序·善謀》篇曰：「令謫
過卒，分守成皋」，是過適皆責也。禍與過古字通。《荀子·成相》篇
「說刑曰罪禍，有律莫得輕重。」即罪過字。《漢書·公孫宏傳》「諸常
與公孫宏有隙，雖陽與善，後竟報其過。」《史記》作禍。

者誤以為幣帛。（說見《周禮》幣餘之賦❶❶）借嬪為賓，而解者誤

---

❶❶　〈大宰〉之職，以九賦斂財賄，九曰幣餘之賦。鄭司農云「幣餘、百工之
餘。大府幣餘之賦，以待賜予。」鄭司農又云：「幣餘使者有餘來還
也。」二說不同後鄭則以為占賣國中之斥幣。疏曰：「幣餘之賦，謂為國
營造用物有餘，並歸之於職幣，得之不入府藏，則有人取之，為官出泉，
謂之幣餘之賦。斥幣，謂此物不入大府，指斥出而賣之，故名斥幣。又
《司書》以敘其財，受其幣，使入于職幣，幣物當以時用之，久藏將朽
蠹。」家大人曰：幣餘之幣，非幣帛也。用之不盡則有餘，凡物皆然，不
獨幣帛而已。幣當讀為敝，《說文》「敝、帗也。一曰敗衣。從攴㡀，
㡀、敗衣也。象衣敗之形。」《急就章》「帗敝囊橐不直錢」，顏注曰：
「帗者幧殘之帛也。」敝、敗衣也。是敝為衣敗殘之名，殘則餘矣。因而
凡物之殘者皆謂之敝餘。今時營造用物有餘，價賣以還官，謂之回殘是
也。〈職幣〉職曰：「掌式法以斂官府都鄙，與凡用邦者之幣，振掌事
者之餘財。」後鄭曰：「幣謂給公用之餘。」是餘財謂之幣，較然甚明，
職幣主餘財之官也。職、主也，幣、餘也。所主者財物之餘。（〈外府〉
「共其財用之幣齎。」後鄭曰：「齎、行道之財用也。」然則幣齎即財用
之餘。）故次於〈大府〉以下諸官之後也。斂凡用邦者之幣，謂收用邦
財者之餘也。〈司書〉斂其財，受其幣，使入于職幣，謂受其餘財，使入
于主餘財之官。〈泉府〉歲終則會其出入而納其餘。後鄭曰：「納、入
也。入餘於職幣是也。」古敝字多通作幣，〈魯語〉「不腆先君之幣
器。」（宋明道本如是，宋庫《補音》作幣，今本改作敝。）即敝器也。
《管子·輕重甲》篇「靡幣之用」〈輕重乙〉篇「器以時靡幣」，即靡敝
也。〈孔宙碑〉「彫幣」即彫敝也。〈皇象碑〉本《急就章》帗幣即帗敝
也。字或作獘。《管子·小匡》篇「戎車待游車之獘，戎士待臣妾之
餘。」〈趙策〉「趙以七敗之餘，收破軍之獘。」（今本餘下有眾字，獘
下有守字，皆後人所加，辨見《讀書雜志》。）獘亦餘也。合言之則曰獘
餘耳。先鄭前一說以幣餘為百工之餘，差為近之。後一說謂使者有餘來
還，則誤以為幣帛之餘矣。後鄭云「幣謂給公用之餘。」已得其義。而又
云：「占賣國中之斥幣，餘幣當以時用之，久藏將朽蠹。」則亦誤以為幣
帛之幣，豈知幣為敝之假借，讀當如其本字乎！

以為婦。（說見嬪貢⑲）借和為宣，而解者誤以始和為改造。（說
見始和布治于邦國都鄙⑳）借脩為羞，而解者誤以脩為埽除糞洒。

---

⑲　「以九貢致邦國之用：一曰祀貢，二曰嬪貢。」鄭注曰：「嬪故書作
　　賓。」鄭司農云：「祀貢，犧牲包茅之屬，賓貢，皮帛之屬。元謂：嬪
　　貢，絲枲。」疏曰：「此九貢皆是諸侯賓之所貢。不得特以一事為賓貢，
　　賓貢者非也。（句首當有作字）若云嬪貢謂絲枲堪為婦人所作是也。」引
　　之謹案：祀與賓相對為文，其為賓客之事明甚。上文以九式均節財用，一
　　曰祭祀之式，二曰賓客之式。〈地官·鄉師〉「閭共祭器，州共賓器」，
　　是其例也。祀貢以供王祭祀之事，賓貢以供王賓客之事，非謂諸侯來賓而
　　貢之，因謂之賓貢也。賈《疏》不達先鄭之意，而臆為之解，非是。賓本
　　字也，嬪借字也。讀當如本字，不當依借字為解，若謂嬪婦化治絲枲，
　　因謂絲枲為嬪貢。則下文服貢亦嬪婦所為，何以不謂之嬪貢乎！材貢飭化
　　於百工，不聞謂之工貢。貨貢阜通於商賈，不聞謂之商貢也。當以先鄭之
　　說為長。又案〈秋官·大行人〉「侯服其貢祀物，甸服其貢嬪物，嬪亦當
　　讀為賓。祀物、祭祀之事所用之物，賓物、賓客之事所用之物也。故書作
　　頻物，頻即賓之借字，《漢書·司馬相如傳》：『仁頻並閭。』顏注曰：
　　『仁頻賓榔也。頻字或作賓。』《說文》曰：『頻、水厓人所賓附。』是
　　頻與賓同聲而通用也。鄭司農乃誤讀頻物為嬪物，以為嬪物婦人所為物，
　　後鄭因以絲枲當之，豈知大行人之其貢頻物，即大宰之賓貢乎！」

⑳　「正月之吉，始和布治于邦國都鄙。」鄭注曰：「凡治有故言始和者，若
　　改造云爾。」引之謹案：改造不得稱和，和當讀為宣。始和布治于邦國都
　　鄙，九字為一句。和布者宣布也。〈小司寇〉職曰：「正歲帥其屬而觀刑
　　象，乃宣布于四方。」〈布憲〉職曰：「正月之吉，執旌節以宣布于四
　　方。」正與此同。〈月令〉「命相布德和令。」和亦當讀為宣，謂布其德
　　教，宣其禁令也。（詳見布德和令下。）以六書之例求之，宣桓皆以亘為
　　聲，宣之為和，猶桓之為和也。（〈檀弓〉「曹桓公卒於會。」鄭注曰：
　　「曹伯廬謚宣，言桓，聲之誤也。」〈魏策〉「魏桓子」《韓子·說林》
　　篇作「魏宣子。」）〈禹貢〉「和夷底績。」鄭注：「讀和為桓」如淳注
　　《漢書·酷史傳》曰：「大板貫柱四出名曰桓表，陳宋之俗，言桓聲如
　　和，今猶謂之和表。」是其例矣。凡〈大司徒〉〈大司馬〉〈大司寇〉言
　　始和布者準此。

（說見與其具脩⑫）借弛為施，而解者以為弛力役。（說見斂弛之
聯事⑫）借襚為祾，而解者誤以當作綏。（說見故書綏為襚⑫）借

---

⑫　「祀五帝則掌百官之誓戒與其具脩。」鄭注曰：「脩、埽除糞洒。」引之
　　謹案：〈典祀〉職云：「掌外祀之兆守，若以時祭祀，則帥其屬而脩
　　除。」是祀五帝之兆，〈典祀〉已脩除之矣。非大宰事也。脩當讀為羞，
　　〈宰夫〉以式法掌祭祀之戒具與其薦羞。世婦及祭之日，涖陳女宮之具凡
　　內羞之物合言之則曰具羞耳。祀五帝言羞者，〈大司徒〉曰：「祀五帝則
　　奉牛牲羞其肆是也。」脩與羞古字通。錢氏《養新錄》曰：「鄉飲酒禮乃
　　羞無算爵，鄉飲酒義作脩爵無數。」借脩為羞，正與此同，脩即脩也。
⑫　〈小宰〉之職「斂弛之聯事。」鄭注曰：「杜子春讀弛為施。元謂荒政弛
　　力役及國中貴者賢者服公事者老者疾者皆舍不以力役之事。」疏曰：「杜
　　子春弛讀為施者，若依施施是施專（疑惠字之譌），事不必連，若為弛，
　　則於事廣矣。故後鄭不從之。」引之謹案：弛舍與賦斂，意義不倫，無由
　　並舉，當以讀施為是。斂者聚也，施者散也，或先施而後斂，或先斂而後
　　施。〈地官·旅師〉「掌聚野之耡粟、屋粟、間粟而之，以質劑致民平頒
　　其興積，施其惠，散其利，而均其政令。凡用粟，春頒而秋斂之，鄭注
　　曰：因時施之，饒時收之，此先施而後斂也。」〈司稼〉「掌巡邦野之
　　稼，以年之上下出斂法，掌均萬民之食而賙其急。」〈倉人〉「掌粟入之
　　藏，有餘則藏之，以待凶而頒之。」此先斂而後施也。又〈鄉師〉「以歲
　　時巡國及野而賙萬民之艱阨，以王命賜惠司救，凡歲時有天患民病，則以節
　　巡國中及郊野，而以王命施惠。」〈遺人〉「掌邦之委積，以待施惠，鄉
　　里之委積，以恤民之艱阨，門關之委積，以養老孤。」則掌司惠之事者非
　　一官。故曰斂施之聯事也。
⑫　〈夏采〉「掌大喪以冕服復于大祖，以乘車建綏復于四郊。」鄭注曰：
　　「故書綏為襚，杜子春云：當為綏。襚非是也。」《釋文》：「襚徐音
　　遂。」《集韻》以襚為祾之或體。引之謹案：經本謂建旞，非謂建綏。
　　（說見金氏《禮箋》，段氏《周禮漢讀考》。）旞與旞同，乘車建旞，亦
　　如生時道車載旞也。從衣作襚者，假借字耳。鄭當依故書作襚，而讀為
　　旞，不當沿杜子春之誤，徑改為綏也。旞得借用襚，旞襚俱音遂故也。襚
　　為祾之或體者，古音遺與遂同，〈地官·遺人〉劉昌宗音遂。〈小雅·角
　　弓〉篇「莫肯下遺。」《荀子·非相》篇作隧，《白虎通義》曰：「祾之

舉為與，而解者誤以舉為行。（說見王舉則從⓬）借純為黗，而解者誤以為當作緇。（說見純帛無過五兩⓭）借會為譮，而解者誤以為會同盟誓辭。（說見四日會⓮）借學為教，而解者誤以為脩德學

為言遺也。」是也。故襚從遂聲作襚，或從遺聲作禭，亦猶九旗之旜或作旜也。《說文·衣部》有禭無襚者，凡《周禮》古字為杜子春改讀者，《說文》多不載，〈地官·大司徒〉「使之相糾」，杜子春改糾為糾，而《說文》遂無糾字。〈春官·籥章〉「國祭蜡故書蜡為蜡」（今本蜡訛作蟕，辨見本條下）杜子春改蜡為蜡，而《說文》遂無蜡字，〈占夢〉「二曰噩夢。」杜子春改噩為罪，而《說文》遂無噩字，〈夏官·大馭〉「右祭兩軹。」故書軹為軝，杜子春改軝為軹，而《說文》遂無軝字皆是也。此旜為杜子春所改，故亦不載，乃前賢之疏漏，後人所當補正者也。禭為旜之假借，而非訛字，金氏《禮箋》謂旜訛為禭，非是。

⓬ 「凡祭祀賓客會同喪紀軍旅，王舉則從。」鄭注曰：「舉猶行也，故書舉為與。杜子春云：當為與。謂王與會同喪紀之事。」《釋文》「與音預。」引之謹案：作與者是也。王與其事，則親往可知矣。〈大宗伯〉之職曰：「若王不與祭祀，則攝位祭。」僕曰：「凡祭祀王之所不與，則賜之禽。」是吉凶之事，王有與有不與也。故曰：「王與則從。」與本字也，舉借字也。〈保氏〉「王舉則從。」亦當為與。

⓭ 〈媒氏〉「凡嫁子娶妻入幣，純帛無過五兩。」鄭注曰：「純實緇字也，古緇以才為聲，納幣用緇，婦人陰也。」〈玉藻〉「大夫佩蒼玉而純組綬。」鄭注曰：「純當為緇，古文緇字或從糸旁才。」〈祭統〉「王后蠶於北郊，以共純服。」鄭注以純為繒色。《釋文》「純、側其反。」家大人曰：純者黗之借字也。《說文》「黗、黃濁顋也。」《廣雅》「黗、黑也。」《廣韻》：「黗、黃黑色也。」黗與純聲相近，古字可通。純字自有黑義，無煩改讀為緇，亦未必為紂字之訛也。

⓮ 〈大祝〉「作六辭以通上下親疏遠近。一曰祠（鄭司農曰祠當為辭），二曰命，三曰誥，四曰會，五曰禱，六曰誄。」鄭司農曰：「會謂王官之伯命事於會胥，命于蒲主為其命也。」後鄭曰：「會為會同盟誓之辭。」引之謹案：如先鄭之說，則因會而命事，因命事而有辭。如後鄭之說，則因會而盟誓，因盟誓而有辭。不得直謂辭為會也。竊疑會乃譮之假借，譮古

道。（說見以國法掌其政學❶）借發為撥，而解者誤以為發傷。
（說見則弓不發❷）借宅為託，而解者誤以去官為居宅。（說見

話字也。《說文》：「會合善言也。」籀文作譮，從會，〈盤庚〉曰「乃
話民之弗率。」馬注曰：「話、告也。」（見釋文）文六年《左傳》『箸之
話言』。杜注：『話、善也。為作善言遺戒。』讀為告戒下民之辭，與詁
相近，故三曰詁，四曰譮。」

❶　〈都司馬〉以國法掌其政學，以聽國司馬。鄭注曰：「政謂賦稅也。學、
脩德學道。」引之謹案：征稅與學道並舉，殊為不倫。政當讀政事之政，
學當讀為教，政學即政教也。（〈小司徒〉「凡用眾庶則掌其政教。」
〈鄉大夫〉「各掌其鄉之政教禁令。」）〈都司馬〉所掌之教，殆即大司
馬所教坐作進退疾徐疏數之節與，《集韻》教或作學。〈洛誥〉「乃女其
悉自教工。」《尚書大傳》引作學功。（見《儀禮經傳通解續》卷二十
九）〈文王世子〉「凡學，世子及學士必時，春夏學干戈，冬學羽籥。」
《正義》引盧植以為春教干、夏教戈、秋教羽、冬教籥。〈學記〉論教學
相長而引〈兌命〉曰：「學學半」。鄭注曰：「言學人乃益己學之半。」
（舊本學之二字誤倒，今據正義乙正。）《釋文》「學人胡孝反，又音
教。」又「善教者使人繼其志。」《釋文》「教一本作學。」是古字借學
為教也。家大人曰：「聽國司馬本作聽於國司馬，猶《論語》言聽於冢宰
也。」《唐石經》脫於字，而各本皆沿其誤，〈序官〉疏兩引此文，皆作
「聽於國司馬」。又〈序官〉云：「家司馬各使其臣以正於公司馬」文義
亦與此同，故鄭彼注云：「正猶聽也。」

❷　〈弓人〉「居幹之道，菑栗不迤，則弓不發。」鄭司農曰：「菑栗謂以鋸
副析幹，迤謂邪行絕理者，弓發之所從起。」賈《疏》以發為發傷。引之
謹案：訓發為傷，於古無據，發當讀為撥，撥者枉也，言析幹不邪行絕
理，則不至於枉戾也。（〈輪人〉曰：「察其菑蚤不齵，則輪雖敝不
匡。」注曰：「菑與爪不相佹，乃後輪敝盡不匡剌也。」與此云「菑栗不
迤，則弓不發」，義正相近，匡亦枉也。《管子·輕重甲》篇曰：「弓弩
多匡緷者。」）《管子·宙合》篇曰：「夫繩扶撥以為正，準壞險以為
平。」《淮南·本經》篇「扶撥以為正。」高誘注曰：「撥、枉也。」
〈脩務〉篇「琴或撥剌枉橈。」注曰：「撥剌、不正也。」《荀子·正
論》篇曰：「羿蠭門者，天下之善射者也，不能以撥弓曲矢中。」〈西周

《儀禮》宅者⑫）借縮為蹙，而解者誤以縮為從。（說見磬階閒縮
霤⑬）借栗為歷，而解者誤分栗階歷階為二。（說見皆栗階⑬）借

策）曰：「弓撥矢鉤。」是弓枉戾謂之撥也。古字撥與發通。〈商頌·長
發〉篇「元王桓撥。」《韓詩》撥作發，是其例矣。

⑫ 「宅者在邦則曰市井之臣，在野則曰草茅之臣。」鄭注曰：「宅者謂致仕
者去官而居宅，或在國中，或在野。」《周禮·載師》之職，以宅田任近
郊之地，今文宅或為託。引之謹案：《周禮》宅田，未知何指，若以為居
宅，則仕與不仕，皆有所居之宅。但云宅者，無以見其為致仕者也。且致
仕者，曾為士大夫，豈得遽同疏賤而稱市井之臣、草茅之臣乎！反復文
義，當以今文託字為長。蓋羈旅之人，寄託於此國者也。襄二十七年《左
傳》「衛子鮮出奔晉，託於木門，終身不仕。」是其證。託者若仕，則自
稱於君與士大夫同，不仕則或曰市井之臣，或曰草茅之臣而已。《孟子·
萬章》篇「在國曰市井之臣，在野曰草莽之臣。」皆謂庶人，庶人不傳質
為臣，不敢見於諸侯。今託於此國而不仕，亦是不傳質為臣者，故其自稱
於君者相若也。下文「他國之人曰外臣。」則其不託於此國者矣。又案：
敦繼公曰：「宅者未仕而家居者也。」若然，則經文但云處士可矣。何為
迂回其文而云宅者乎！遍考經傳，無謂處士家居為宅者者，敦說非。

⑬ 〈鄉飲酒禮·記〉「磬階閒縮霤，北面鼓之。」鄭注曰：「縮、從也。霤
以東西為從。古文縮為蹙。」引之謹案：東西可謂之橫，不可謂之從。鄭
說非也。縮當從古文作蹙。蹙、近也。磬在兩階之閒，其北則霤矣。
（《說文》「霤、屋水所流也。」故屋水所注之處亦謂之霤。〈燕禮〉
「設洗篚于阼階東南當東霤。」又曰：「賓所執脯以賜鍾，入于門內霤」
是也。）磬雖不在霤，而近於霤，故曰蹙霤。〈考工記·弓人〉「夫角之
本，蹙於刜而休於氣，夫角之末遠於刜而不休於氣。」鄭彼注曰：「蹙、
近也。」正與此蹙字同義，縮乃蹙之假借耳。

⑬ 「凡公所辭皆栗階，凡栗階不過二等。」鄭注曰：「栗、蹙也。謂急趨君
命也。其始升猶聚足連步，越二等，左右足各一發而升堂。」疏曰：「凡
升堂之法有四等，連步一也，栗階二也，歷階三也，歷階謂從下至上皆越
等，無連步。若《禮記·檀弓》『杜蕢入寢，歷階而升。』是也。越階四
也。越階謂左右足越三等，若《公羊傳》云『趙盾避靈公，躇階而走』是
也。」引之謹案：栗階即歷階也，古栗歷聲近而通，〈考工記·栗氏〉

櫛為即，而解者誤以為櫸櫛之櫛。（說見櫛筓也❶❸❷）借辯為胖，而解者誤辯為徧。（說見腊辯無髀❶❸❸）借勿勿為忽忽，而解者誤以勿勿為勉勉。（說見《大戴禮》守此勿勿❶❸❹）借蹷為欥，而解者誤以

「為量」，古文㮚或作歷是也。古音㮚在質部，歷在支部，二部之字，或相通借，若〈士冠禮〉古文㮚為密，《周官·大司寇》故書蹕作避，是其例也。（密蹕在質部，㮚避在支部。）《記》云：「㮚階不過二等」，則歷階亦當然，賈氏失之。

❶❸❷ 〈喪服記·傳〉「惡笄者，櫛笄也。」鄭注曰：「櫛笄者以櫛之木為笄，或曰榛笄。」疏引〈玉藻〉「沐櫛用樿櫛，髮晞用象櫛以釋之。云彼樿櫛與象櫛相對，此櫛笄與象笄相對，故鄭云，以櫛之木為笄。又釋之云：樿榛二木俱用，故鄭兩存之。」引之謹案：榛本不得謂之櫛，沐所用之櫛亦有象櫛。但云櫛笄，何以別於下文之象笄，且樿木為笄則直稱樿笄可矣。何必迂回其文而言櫛笄乎？鄭賈說皆失之。今案櫛當讀為即，即、柞木也。柞木粗惡，故以為喪笄。《爾雅》曰：「樴、采薪。」采薪即薪。舍人曰：「樴名采薪，又名即薪。」樊光曰：「荊州柞木曰采木。」是采薪、即薪皆柞木之別名也。單言之則或曰采，或曰即。《韓子·五蠹》篇之采椽及此傳之櫛笄是也。說詳《爾雅》采薪即薪下。

❶❸❸ 「腊辯無髀。」鄭注曰：「亦盛半也。所盛者右體也。」《釋文》及《疏》皆不解辯字。引之謹案：辯當讀為胖。《說文》曰：「胖、半體肉也。」故鄭以盛半解之。上篇曰：「腊一純而鼎」，注曰：「合升左右胖曰純，純猶全也。」又曰：「腊一純而俎，是腊載全體，今盛俎則但取其半，故別之曰腊胖。」上篇「司馬升羊右胖」注曰：「古文胖皆作辯」，是辯為古胖字，敎曰：「辯者明右體及其脅與脊皆盛也。」則是讀辯為徧矣。盛腊而曰徧，何以別於上篇之純乎！失之遠矣。

❶❸❹ 「君子終身守此勿勿也。」盧注曰：「勿勿猶勉勉。」引之謹案：盧以勿勿為勉勉，義本〈禮器〉、〈祭義〉注，非此所謂勿勿也，此言勿勿者猶忽忽也。《晏子春秋·外篇》曰：「忽忽矣若之何！慨慨矣若之何！」忽忽慨慨皆憂也，《史記·梁孝王世家》亦曰：「意忽忽不樂。」忽與勿聲近而義同。上文曰：「君子終身，守此悒悒。」（盧注：悒悒、憂念也。）又曰：「君子絡身，守此憚憚。」（盧注：憚憚，憂惶也。）下文

蹶為窟。（說見歷穴其中⑬）借家為稼，而今本徑改作稼。（說見陶家事親⑯）借傳為敷，而今本徑改為敷。（說見使禹敷土⑰）借汁為協，而今本汁誤作卟。（說見卟辭令⑱）借倍為偕，而今本倍

曰：「君子終身守此戰戰也。」悒悒、憚憚、勿勿、戰戰皆憂懼之意，後《曾子·制言》篇曰：「君子無悒悒於貧，無勿勿於賤。無憚憚於聞。」是其明證矣。

⑬ 《曾子·疾病》篇：「鷹鷦以山為卑而曾巢其上，魚鱉黿鼉以淵為淺而歷穴其中。」孔曰：「曾、重也，歷、窟也。」家大人曰：「古無訓歷為窟者，且歷穴與曾巢對文，則歷非窟也。余謂歷者穿也。言更於淵中穿土為穴也。」《廣雅》曰：「欨、穿也。」隱元年《左傳》曰：「闕地及泉。」〈吳語〉曰：「闕為深溝。」韋注：「闕、穿也。」欨、闕、歷並通。《說苑·敬慎》篇《潛夫論·貴忠》篇並作「以淵為淺而穿穴其中。」

⑯ 「陶家事親」，盧從屠本改陶家為陶漁，孔改家為稼云「從《御覽》引改（皇王部六）」。家大人曰：家即稼字也。〈大雅·桑柔〉篇「好是稼穡。」《釋文》稼作家，是其證。鈔本《御覽》引此正作家，與各本同，刻本作稼，此後人以意改，屠本陶家作陶漁，此依《家語》改，皆不可從。

⑰ 「使禹敷土」。引之謹案：敷本作傳，此後人依〈禹貢〉改之也。作敷土者，古文《尚書》；作傳土者，今文《尚書》也。（說見段氏《古文尚書撰異》。）《大戴》與今文同作傳土。《史記·夏本紀》作傳土。《索隱》曰：「《大戴禮》作傳土，故此紀依之。」是其證。《荀子·成相》篇及《周官·大司樂》注亦作傳土。

⑱ 「七歲屬象胥喻言語，卟辭令。」引之謹案：卟當為汁。〈大行人〉「協辭令。」鄭注曰：「故書協辭命作汁詞命。鄭司農云：汁當為叶。」（今本汁叶互誤，茲從段氏若膺《周禮漢讀考》改正。）是《周禮》故書協作汁，此記蓋本於故書也。汁與卟草書相似，故汁誤作卟。〈諝志〉篇：「此為歲月虞汁月。」高安朱氏本，汁誤作卟，〈齊語〉：「論比協材。」《管子·小匡》篇作「論比汁制。」汁誤作卟。《史記·厤書》「祝犁協洽。」單行《索隱》本協作汁，誤作卟。《初學記·樂部》上引

誤作偞。（說見無偞立❿）借致為質，而解者誤以為致於尊者。
（說見《禮記》操書致❿）借宰為采，而解者誤以宰為邑土。（說
見有宰食力❿）借饒為僥，而解者誤以饒為多。（說見不饒富❿）

《樂汁圖徵》汁譌作卟，並與此同。協辭命之通作汁，猶「大史協事」之
或作汁。〈鄉士〉「汁日之」亦作協也。《雅雨堂》本改為叶字未確。

❿　「無偞立。」孔曰：「偞、跛倚也。」家大人曰：「跛倚非偞也。偞當作
倍，字之誤也。」《說文》「倍、反也。」《小戴》作「毋偝立。」鄭注
曰：「偝立不正鄉前也。偝與倍同。」（〈經解〉曰：「倍死忘先。」
〈坊記〉曰：「偝死而號無告。」又曰：「則民不偝。」〈緇衣〉曰「則
民不倍。」〈大學〉曰「上恤孤而民不倍。」注：「倍或作偝。」亦通作
背。）

❿　「獻田宅者操書致。」《正義》曰：「書致謂圖書於板文尺委曲書之，而
致之於尊者也。已上諸物可動，故不言致，而田宅箸土，故板圖書畫以致
之。故言書又言致也。」引之謹案：上文操右袂，操量鼓，操舞齊皆指其
所操之物言之。此言獻田宅者操書致，則書致亦為所操之物，若謂以圖書
致其田宅，則致下必加之字而其義始明。且以上諸物皆可言致，不獨田宅
也。今案致讀為質劑之質。《周官·小宰》「聽賣以質劑。」鄭注曰：
「質劑謂兩書一札，同而別之，長曰質，短曰劑。今之書券也。」文六年
《左傳》「由質要。」杜注曰：「質要、券契也。」此謂獻田宅者操書契
以呈於尊者之前，若上文獻粟者，執右契也。《淮南·要略》「約重致，
剖信符重致。」即重質也，是質與致古字通。（質致古同聲，故字亦相
通。襄公三十年《左傳》「用兩珪質于河。」《釋文》「質如字，又音
致。」昭十六年「與蠻子之無質也。」《釋文》「質、之實反，或音
致。」）質通作致，故又通作至，《史記·蘇秦傳》「趙得講於魏，至公
子延。」《索隱》曰：「至當為質，謂以公子延為質也。質致至三字古竝
同聲。（見《唐韻正》。）」

❿　「問大夫之富，曰：有宰食力。」鄭注曰：「宰、邑土也。食力、謂民之
賦稅。」家大人曰：邑宰謂之宰，家宰亦謂之宰。但云有宰，無以見其為
邑土。且大夫之富，富於所食之邑，非富於治邑之宰也。宰當讀為采，謂
有采地也。〈禮運〉曰：「大夫有采以處其子孫。」何休注襄十五年《公

羊傳》曰：「所謂采者，不得其有土地人民，采取其租稅爾。」采地之租稅，民力所共，而有采者食之，故曰有采食力。與上文之數地以對，義相近也。《正義》曰：「宰、邑宰也。」有宰明有采地，不知宰即采之假借也。古字采與宰通，《爾雅》「尸、寀也。」即主宰之宰，寀官也，即官宰之宰。（說見《爾雅》。）寀亦采也。

⑫ 〈大饗〉「不問上，不饒富。」鄭注曰：「富之言備也。備而已勿多於禮也。」引之謹案：如鄭說則是富而不饒也。但經言不饒富，不言富不饒，不得如鄭所說也。饒當讀為僥。（饒僥二字皆從堯聲，故借饒為僥。）富當讀為福。（富福二字皆從畐聲古字多借富為福，說見《尚書》惟訖于富下。）僥之言要也，求也。《莊子·在宥》篇「此以人之國僥倖也。」《釋文》：「僥、古堯反，徐古了反，字或作徼。」李善注〈陳情表〉引《禮記》「小人行險以僥倖」云：「僥與徼同。」今〈中庸〉作「徼幸」。《呂氏春秋·順民》篇高注曰：「徼、求也。」僥福者，徼福也。僖四年《左傳》「君惠徼福於敝邑之社稷。」文十二年傳：「寡君願徼福于周公魯公以事君。」杜注曰：「徼、要也。」（《釋文》要於堯反）是也。不僥福者，謂祝辭但求神饗，不求降之以福也。〈春官·大祝〉「掌六祝之辭，以事鬼神示，祈福祥，求永貞。」則祝辭固有求福之事，大饗五帝，則其神至尊，不敢以私意干請，故不求福也。《呂氏春秋·誠廉》篇「昔者神農氏之有天下也，時祀盡敬而不祈福也。」則四時之祀，猶不祈福，況大饗乎！古人字多假借，循聲而改之則得，如字以求之則窒矣。又〈表記〉「后稷之祀易富也。其辭恭，其欲儉，其祿及子孫。《詩》曰：『后稷兆祀，庶無罪悔，以迄于今。』」朱氏若蓭曰：「富、福也。人之求福甚奢，神亦難厭其欲。若后稷之祀，神之福之易易也。辭謂祝嘏之辭，如《周禮·大祝》掌六祝之辭曰：『祈福祥、求永貞之類。后稷之辭則不重此，但致其恭敬而已。蓋其欲儉，不願望大福，福之易者以此，然雖不求福，而其福自及子孫。故引《詩》以證之。』」案：朱說是也，古字福與富通，祿亦福也。《爾雅》曰：「祿、福也」上云后稷之祀易福也，下云其祿及子孫，文義正相應也。鄭注以迄于今日：「福祿傳世，乃至於今。」已得此經之旨，而又曰「富之言備也，以傳世之祿共儉者之祭易備也。」則失之矣。又案其辭恭，其欲儉，蓋指庶無罪悔言之，謂其語不敢自矜夸，其意不敢有奢望，但曰庶無罪悔而已。則恭儉之謂矣。此據

借裼為緆，而解者誤以士為裼衣。（說見袪裼之可也❹）借政為征，而解者誤以為政事之政。（說見無苛政❹）借奐為換，而解者

《詩》以發論，非引《詩》以為證也。不然，則后稷之祀恭儉，何從而知之乎！

❹　「鹿裘衡長袪，袪裼之可也。」鄭注曰：「袪謂襃緣袂口也，練而為裘，橫廣之，又長之，又為袪裼表裏也。有袪而裼之備飾也。」〈玉藻〉曰：「麛裘青豻襃絞衣以裼之，鹿裘亦用絞乎！」《正義》曰：「袪裼之可也者，謂裘上又加衣也，吉時裘上皆有裼衣，喪以後既凶質，雖有裘，裘上未有裼衣，至小祥，裘既橫長，又有袪，為吉轉文，故加裼之可也。」引之謹案：〈玉藻〉曰：「不文飾也，不裼。」裼非居喪之服也，且小祥果裼裘，則全裘皆裼，非裼袪而已。何得但於袪言裼乎！（陳祥道《禮書》曰：「鹿裘袪裼之。」則裼其袪而已，非若餘衣之袒也。吳澄《禮記纂言》曰「練前，裘雖有袪，但裼袪之，正身而不至袖，練後，既有橫長袪，則裼衣掩至袖口可也。」案裼裘無但裼袪之理，陳說非也。既用裼衣，則裘之正身與袖皆在所裼，安得有先不至袖而後掩之之事乎！吳說亦非也。）若云既為之袪，又加裼衣於裘上，則上文衡長袪，已言為袪，不須重袪字矣。今案裼當讀為緆，緆、緣也。袪裼之者，謂緣此袪也。〈士喪禮·記〉「緆緆」注曰：飾裳在幅曰綼，在下曰緆。（《釋文》「緆他計反，羊豉反。」）是緆者飾裳邊也。飾裳之邊曰裼，飾袖之邊亦得曰裼，袖與裳之邊皆垂而向下者也。故飾邊之名得以相同矣。裼緆古同聲，緆正字也，裼借字也，豈表裘之謂乎！又案袂口為袪，緣之為緆。〈玉藻〉曰「袪尺二寸，緣廣寸半。」是緣與袪為二事，不得即以袪為緣也。注當曰：袪、袂口也。裼讀為緆，謂緣也。則明辨晳矣。

❹　「夫子曰：『何為不去也？』曰：『無苛政。』夫子曰：『小子識之，苛政猛於虎也。』」鄭注不釋政字，《釋文》亦不作音。引之謹案：政讀曰征。謂賦稅及繇役也，誅求無已則苛征。《荀子·富國》篇「厚刀布之斂，以奪之財，重田野之稅，以奪之食，苛關市之征，以難其事。」楊注曰：「苛，暴也。征亦稅也。」是也。古字政與征通（互見下文）。〈王制〉「五十不從力政，八十者一子不從政，九十者其家不從政，廢疾非人不養者，一人不從政。父母之喪，三年不從政，齊衰大功之喪，三月不從政，將徙於諸侯，三月不從政，自諸侯來徙家，期不從政。」〈雜記〉

誤以奐為眾多。（說見美哉奐焉⑭）借龍為龐，而解者誤以為馬八

「三年之喪，祥而從政，期之喪，卒哭而從政，九月之喪，既葬而從政，小功緦之喪，既殯而從政。」皆借政為征也。而《新序·雜事》篇載此事乃云：「其政平，其吏不苛。」則已誤以為政事之政矣。鄭注〈雜記〉云：「從政，從為政者教令，謂給繇役。」既訓為給繇役，則是讀政為征，而又云從為政者教令，非也。從為政者教令六字，蓋後人所增。〈樂記〉「庶民弛政，庶士倍祿。」鄭注曰：「弛政、去其紂時苛政也。」《釋文》「苛政、本又作苛役。」《史記·樂書》《集解》引此注作苛役。引之謹案：作苛役者是也。弛政之政當為征，謂徭役也。〈地官·均人〉「均人民牛馬車輦之力政。」鄭注曰：「政讀為征。力征人民則治城郭、涂巷、溝渠、牛馬、車輦則轉委積之屬。」〈大司徒〉「以荒政十有二聚萬民。四曰弛力。」鄭司農曰：「弛力、息徭役也。」〈小司徒〉「辨其貴賤老幼廢疾，凡征役之施舍。」鄭注曰：「施當為弛。謂弛力役之征也。蓋紂時之苛役，武王為庶民去之，故曰庶民弛征。」王肅《家語·辯樂》篇「庶民弛政」。注曰：「解其力役之事。」即本於鄭注也。賦稅亦謂之征，〈天官·小宰〉「聽政役以比居。」鄭注曰「政謂賦也。」凡其字或作政，或作正，或作征。《管子·大匡》篇「桓公乃輕賦稅關市之征。」為賦祿之制，猶此言庶民弛征，庶士倍祿也。武王之弛征，或兼賦稅言之矣。乃《釋文》不為政字作音，《正義》以政為紂虐政，皆不知政為征借字，而誤以為政事也。《呂氏春秋·慎大》篇「庶士施政去賦。」施政與弛征同。謂免其征役，去其賦稅，所以優庶士也。若漢高帝詔非七大夫已下，皆復其身及戶勿事矣。（見《漢書·高帝紀》顏師古曰：復其身及一戶之內，皆不徭賦也。）高誘失其讀，乃云：施之於政事。亦非也。

⑭ 鄭注曰：「奐言眾多。」《正義》引王肅曰：「奐言其文章之貌也。」《釋文》「奐、本亦作煥。」引之謹案：王說為長，奐古煥字。《廣韻》「奐、文彩明皃。」《玉篇》「煥、明也。」亦作奐。〈大雅·卷阿〉篇：「伴奐爾游矣。」毛傳曰：「伴奐、廣大有文章也。」《論語·泰伯》篇：「煥乎其有文章！」何注曰：「煥、明也。」美哉奐焉者，室有文彩，煥然明也。《大戴禮·四代》篇：「奐然而與民壹始。」即煥然也。《漢冀州刺史王純傳》：「奐矣王君。」即煥矣也。《後漢書·張奐

尺以上。（說見駕蒼龍⑭）借高為郊，而解者誤以高為尊。（說見
以太牢祠于高禖⑰）借刑為徑，而解者誤以為刑罰之刑。（說見事

傳》「奐字然明。」《吳志‧孫奐傳》「奐字季明。」《南史‧王奐傳》
「奐字道明。」皆用古煥字為名，而字曰明，明者、煥之訓也。

⑭　「駕倉龍」，鄭注曰：「馬八尺以上為龍。」高注《呂氏春秋‧孟春》篇
《淮南‧時則》篇並同。引之謹案：下文赤騮、黃騮、白駱、鐵驪，下一
字皆馬色名，倉龍不應獨異，龍當讀為驪。〈說卦傳〉「震為龍。」虞翻
龍作駹，云：「駹、蒼色。震東方，故為駹。」（〈思玄賦〉「尉尨眉而
郎潛兮。」舊注曰：「尨、蒼也。尨與駹通。」）《史記‧匈奴傳》曰：
「其西方盡白馬，東方盡青駹，北方盡烏驪，南方盡騂馬。」《藝文類
聚‧獸部上》引此青駹作青龍，猶倉龍耳。《呂氏春秋‧本味》篇「馬之
美者，青龍之匹。」青龍即青駹也。（高注云：「七尺以上為龍。」失
之。）《易林‧觀之漸》曰：「御驊從龍至于華東。」龍亦是駹字。（駹
與龍古同聲而通用，《周官‧巾車》駹車，犬人用駹可也。「故書駹並作
龍。」）

⑰　「仲春之月，以太牢祠于高禖。」鄭注說高禖云：「高辛氏之世，玄鳥遺
卵，娀簡狄吞之而生契，後王以為媒官嘉祥而立其祠焉。」變媒言禖，神
之也。蔡邕以為禖神。高辛以前舊有，高者尊也。謂尊高之禖，不由高辛
氏而始有高禖。盧植以為居明顯之處，故謂之高（見《續漢書‧禮儀志
注》）。引之謹案：鄭蔡盧三家之說皆非也。高者郊之借字，古聲高與郊
同，故借高為郊。《周官‧載師》「近郊之地，遠郊之地。」故書郊或為
蒿。杜子春云：「蒿讀為郊。」文三年《左傳》「取王官及郊。」《史
記‧秦本紀》郊作鄗。蒿鄗並從高聲，高之為郊，猶蒿與鄗之為郊也。高
誘注《呂氏春秋‧仲春紀》曰：「《周禮》媒氏以仲春之月合男女，因祭
其神於郊，謂之郊禖。郊音與高相近，故或言高禖。」此說是也。〈大
雅‧生民〉傳曰：「古者必立郊禖焉，玄鳥至之日，以太牢祠于郊禖，天
子親往，后妃率九嬪御，乃禮天子所御，帶以弓韣，授以弓矢於郊禖之
前。」其文全出此篇，而字正作郊。〈商頌‧玄鳥〉傳亦曰：「春分，玄
鳥降，湯之先祖有娀氏女簡狄配高辛氏帝，帝率與之祈于郊禖而生契。」
蓋古本〈月令〉作郊禖也。說經者當讀高為郊，乃得本訓。而《鄭志》焦
喬答問，乃強分郊禖高禖為二，以為先契之時，有禖氏祓除之祀，位在於

母刑⑭）借鮮為散，解者誤以為鮮少，又以為鮮絜。（說見穀實鮮

南郊，以元鳥至之日，祀上帝，娀簡狄吞鳦子之後，後王以為謀官嘉祥，祀之以配帝，謂之高禖，豈核實之論哉！

⑭ 「百官靜事母刑，以定晏陰之所成。」鄭解事母刑曰：「罪罰之事，不可以聞。」今〈月令〉刑為徑。解晏陰曰：「晏、安也，陰稱安。」家大人曰：「鄭意以百官為百像，故謂刑為刑罰。不知經文自君子齊戒至以定晏陰所成，皆養身之事，非指朝政也。百官猶百體也。（〈秦紀〉曰：「耳目鼻口，心知百體。」《孟子·告子》篇「以耳目之官為小體，心之官為大體。」《呂氏春秋·貴生》篇：「以耳目鼻口為四官。」《荀子·天論》篇以耳目鼻口形為五官。）刑當從今〈月令〉讀為徑，徑、疾也，速也。（〈祭義〉「道而不徑」，鄭注曰：『徑、步邪趨疾也。』《荀子·脩身》篇「凡治氣養身之術，莫徑由禮。」楊倞注曰：「徑、捷速也。」《史記·大宛傳》「從蜀宜徑。」如淳曰：「徑、疾也。」）《呂氏春秋·仲夏》篇《淮南子·時則》篇並作徑。（今本《呂氏春秋》作刑，後人以〈月令〉改之也。與高注不合。）高注曰：『事無徑，當精詳而後行也。』此承上節『者欲定，心氣為義』言，非特節其者欲定其心氣也。推而至於百體，莫不安靜。又推而至於作事，審慎精詳，毋或徑疾，以陰陽方爭，不宜妄動也。晏者陽也，晏陰猶陰陽也。《小爾雅》曰：『晏、也。』《呂氏春秋·誣徒》篇曰：『心若晏陰，喜怒無處。』《韓子·外儲說》曰：『雨霽日出，視之晏陰之間。』《太元·踦贊》曰：『凍登赤天，晏入黃泉。』范望注：『凍、至寒也；晏、至熱也。』是晏與陰相對為文，此承上陰陽爭為義，言陰陽方爭，未知所定，故君子安靜無為，以定陽與陰之所成也。下文仲冬之月，自君子齊戒以下，文與此略同。末云：『安形性，事欲靜，以待陰陽之所定。』安形性即此所云百官靜也，事欲靜即此所云：事母徑也。（〈仲冬〉又曰：『身欲寧』，彼言身欲寧，而此言身母躁，猶彼言事欲靜，而此言事母徑也。徑刑古聲相近，故借刑為徑，非謂刑罰也。若謂刑罰之事，不可以聞，則經當言毋用刑矣。但言事母刑，則文不成義。又徑與靜成為韻，陳澔讀百官靜事母刑六字為句，則失其韻矣。）以待陰陽之所定，即此所云，以定晏陰之所成也。（知晏陰非謂安陰者，仲夏仲冬並言陰陽爭，仲夏待陰陽之所定，仲夏不得舍陽而獨言陰也。《呂氏春秋》《淮南子》注並曰：『晏陰、微陰

落⑭）借痁為阽，而解者誤以痁為病。（說見不以人之親痁患⑮）
借捭為焷，而解者誤以捭為擘。（說見燔黍捭豚⑯）借華為瓠，而

也。』望文生義，其說亦非。）」

⑭　「季夏行春令，則穀實鮮落。」《釋文》「鮮音仙，又仙典反。」《正
義》曰：「穀實鮮落，謂鮮少墮落也。」或云：「以夏召春，氣初鮮絜，
而逢秋，氣肅殺，故穀實鮮絜而墮落也。」家大人曰：鮮字孔氏前讀上聲，
而訓為鮮少；後讀平聲，而訓為鮮絜，皆與落字義不相屬，失之矣。今案
鮮之言散也。謂穀實散落也。〈周語〉：「地無散陽。」《漢白石神君
碑》作地無蠠陽。蠠與鮮同，是鮮落即散落也。鮮與斯古亦同聲。（〈小
雅·瓠葉〉箋：「今俗語斯白之字作鮮，齊魯之間聲近斯。」《爾雅·釋
詁》《釋文》「鮮本或作斯，沈云：古斯字。」）《爾雅·釋言》曰：
「斯、離也。」離與散同義（《呂氏春秋·大業》篇注：「離、散
也」。）〈釋山〉曰：「小山別大山鮮。」亦取相離之義也。《呂氏春
秋·季夏》篇、《淮南·時則》篇並作「穀實解落」，義亦與鮮落同。或
據《呂覽》《淮南》而改鮮為解，蓋未達古訓也。《逸周書·時訓》篇亦
云：「腐草不化為螢，穀實鮮落。」

⑮　「且君子行禮，不以人之親痁患。」鄭注曰：「痁病也。以人之父母行
禮，而恐懼其有患害不為也。」引之謹案：痁讀為阽，阽、臨也，近也。
王逸注《離騷》曰：「阽、近也。」《漢書·文帝紀》「或阽於死亡。」
服虔曰：「阽音反痁之痁。」孟康曰：「阽音屋檐之檐。」如淳曰：「近
邊欲墮之意。」師古曰：「服孟二音並通。」《文選·思元賦》：「阽焦
原而跟趾。」舊注曰：「阽、臨也。」李善引薛瓚《漢書注》曰：「臨危
曰阽。」阽與痁通（《廣韻》痁音失廉、都念二切，《集韻》痁阽並都念
切。）然則痁患者臨於患害也。此言見星而行則有寇盜之患，日食則或至
於見星者，日食而務速葬，則是以人之親臨於患害，故君子不為也。鄭訓
痁為病，於義未確。

⑯　「燔黍捭豚」鄭讀捭為擘云：「釋米擘肉加於燒石之上而食之。」家大人
曰：「燔與捭一聲之轉，皆謂加於火上也。《廣雅》曰：『焷謂炰（〈大
雅·韓奕〉《正義》引《通俗文》曰：燥煮曰炰。）』古無焷字，借捭為
之。《鹽鐵論·散不足》篇曰：『古者燔黍食稗而焷豚以相饗。』即用
〈禮運〉文。」

解者誤以華為果蓏。（說見天子樹瓜華[152]）借齊為醮，而解者誤以為同尊卑。（說見壹與之齊[153]）借羶為馨，而解者誤以羶為脂氣。（說見令羶薌[154]）借可為阿，而《釋文》不為作音。（說見擇於諸

[152] 「天子樹瓜華。」鄭注曰：「華、果蓏也。天子樹瓜蓏而已。」引之謹案：華為果蓏，經無明據。鄭注《周官·甸師》曰：「果、桃李之屬，蓏、瓜瓞之屬。」是瓜為專名，蓏為總名也，瓜為專名，果為總名，則不可以瓜蓏並稱，猶之桃為專名，果為總名，則不可以桃果並稱也。華當讀為瓠，〈月令〉曰：「瓜瓠不成。」《周官·場人》「掌國之場圃而樹之果蓏珍異之物。」鄭注曰：「蓏、瓜瓠之屬」是也。華字古聲如八月斷壺之壺，故與瓠通。《廣韻》瓠又音壺。

[153] 「壹與之齊，終身不改，故夫死不嫁。」鄭注曰：「齊謂其牢而食同尊卑也。齊或為醮。」引之謹案：齊當讀為醮，聲近而假借也。古聲脂幽二部相出入，醮之為齊，猶九侯之為鬼侯，（見《史記·殷本紀》《集解》）誰呵之為誰何。（見《史記·衛綰傳》）雕琢之為追琢。（見《荀子·富國》篇）醮與釂同。（《五經文字》曰：「釂醮經典通用」）《說文》「醮、飲酒盡也。」又云：「釂、盡酒也。」（醮釂歠並子肖切）《荀子·禮論》「利爵之不醮也。」楊注曰：「醮、盡也，謂祭祀畢告利成，利成之時，其爵不卒莫于筵前也。」《大戴禮·禮三本》篇醮作卒。（《史記·禮書》作啐，啐當為卒，謂卒爵也。《索隱》乃云不啐入口。案〈少牢饋食禮〉祝祭酒啐酒奠爵于其筵前，注曰：啐酒而不卒爵，祭事畢，示醮也。是利爵未嘗不啐酒，但不卒爵耳。《索隱》非。）是卒爵謂之醮，〈士昏禮〉「贊洗爵酌醮主人，主人拜受，醮婦亦如之。卒爵皆拜，再醮如初，三醮用卺亦如之，婦與夫皆卒爵，故曰與之醮也。」《列女傳·賢明傳》：「宋鮑女宗曰婦人一醮不改，夫死不嫁。」《貞順傳》「蔡人之妻曰：適人之道，一與之醮，終身不改。」息夫人曰：「終不以身更貳醮。」義皆本於此篇，是古本正作醮也。

[154] 「故既莫然後炳蕭合羶薌。」鄭注曰：「蕭、薌薵也。染以脂，合黍稷燒之。羶當為馨，聲之誤也。」《匡謬正俗》曰：「此言染蕭以脂合黍稷燒之，羶者香氣，薌者黍稷氣，於義自通，而康成乃云羶讀為馨，亦為迂曲矣。」家大人曰：鄭讀是，顏讀非也。馨羶聲相近，故或以羶為馨。炳蕭

母與可者⑮）借蕃為皤，而解者誤以蕃為赤色，又以為黑色。（說

合馨薌者，謂染蕭以脂合黍稷燒之，使馨薌上達於牆屋，故曰蕭合黍稷臭
陽達於牆屋也。若脂則用之以焫蕭耳，非取其臭也。故正文但言蕭而不言
脂，若讀膻為腥膻之膻，而以膻為脂氣，薌為黍稷氣，則是脂合黍稷，非
蕭合黍稷矣。薦孰之時，合蕭與黍稷燒之者，欲使薌氣上達以歆神耳。無
取於膻氣也。且六牲之脂，又未必皆膻也。凡《禮記》馨薌字多作膻，
〈祭義〉云「燔燎膻薌。」又云：「亨孰膻薌。」（凡平聲耕清青之字多
與元寒桓山仙相通，上去二聲亦然。亨孰膻薌之膻，《大戴·曾子大孝》
篇作鮮，鮮字亦在仙韻也。〈呂刑〉「苗民弗用靈。」《墨子·尚同》篇
靈作練。〈鄭風·東門之墠〉篇「有踐家室」，《韓詩》踐作靜，〈齊
風·還〉篇「子之還兮」，《齊詩》還作營。〈大雅·大門〉篇「俔天之
妹」，《韓詩》俔作磬。〈考工記·梓人〉「數目顤脰」注：「故書顤或
作頑。」鄭司農云：「頑讀為關頭無髮之關。」〈曲禮〉「急繕其怒。」
注：「繕讀曰勁。」《左氏春秋·僖元年》「公敗邾師于偃。」《公羊》
偃作纓。《襄十七年》「邾子牼卒。」《公羊》《穀梁》牼並作瞷。若斯
之類，不可悉數。師古既不知古聲之相近，又不知古字之相通，膠固之
調，固多拘閡矣。）又〈小雅·信南山〉傳云：「血以告殺，膋以升臭，
合之黍稷，實之於蕭，合馨香也。」（《正義》以此為鄭箋，非也。今依
集注及定本。）〈大雅·生民〉傳云：「既莫而後爇蕭，合馨香也。」毛
公兩言合馨香，皆用此篇之文，而其字皆作馨，則膻為馨之借字甚明。乃
師古曾不之考，反以鄭為迂曲，而讀膻為腥膻之膻，其失甚矣。

⑮ 〈內則〉「異為孺子室於宮中，擇於諸母與可者，必求其寬裕慈惠溫良恭
敬慎而寡言者，使為子師，其次為慈母，其次為保母。」鄭注曰：「諸
母、眾妾也。可者傅御之屬也。」引之謹案：鄭蓋讀可為阿。李賢注《後
漢書·順沖質帝紀贊》曰：「保、安也；阿、倚也，言可依倚以取安，傅
姆之類也。」其說即本於鄭注。《列女傳·節義傳》曰：「禮為孺子室於
宮，擇諸母及阿者。」是其證也。又案《說文》「娿、女師也。讀若
阿。」《史記·范睢傳》「居深宮之中，不離阿保之手。」《倉公傳》
「故濟北王阿母。」《正義》引服虔曰：「乳母也。」《列女傳·貞順
傳》曰：「下堂必從傅母，保阿則喪。」服注以為傅姆之屬是也。《釋
文》可字無音，賈扎亦無訓釋，蓋唐人已不知其為阿字矣。

見周人黃馬蕃鬣⑮）借旁為謗，而解者誤以旁為妄。（說見不旁狎
⑰）借佔為笘，而解者誤以佔為視。（說見呻其佔畢⑱）借靜為
情，而解者誤以為動靜之靜。（說見樂由中出故靜⑲）借狄戍為誂

---

⑯　〈明堂位〉「夏后氏駱馬黑鬣，殷人白馬黑首，周人黃馬蕃鬣。」《正
　　義》曰：「蕃、赤也。周尚赤，熊氏以蕃鬣為黑色，與周所尚乖，非
　　也。」引之謹案：〈魯頌·駉〉篇傳云：「驪黃曰黃。」是黃馬色在驪黃
　　之間，已兼赤色，足以明周之所尚矣。若蕃字則古無訓黑訓赤者，蕃蓋白
　　色也，讀若老人髮白曰皤。（皤字古讀若煩，《說文》「皤從白番聲。」
　　《貫·六四》「貫如皤如」與翰為韻，鄭陸本作蹯音煩，宣二年《左傳》
　　「宋城者謳，睅其目，皤其腹。」睅皤為韻，目腹為韻。）白蒿謂之繁，
　　白鼠謂之鼶，馬之白鬣謂之蕃鬣，其義一也。字又作繁，《爾雅·釋畜》
　　云「青驪繁鬣騽」是也。郭璞不得其解而以兩被髦釋之，非是。辯見《爾
　　雅》。
⑰　鄭注曰：「妄相服習，終或爭訟。」《正義》曰：「旁猶妄也，不得妄與
　　人狎習，或致忿爭。」引之謹案：書傳無訓旁為妄者，旁疑當讀為謗，古
　　字假借也。（《莊子·齊物論》篇「旁日月，挾宇宙。」《釋文》曰：
　　「崔本旁作謗。」）人與己不相習，則其過失無由而知，而相狎者其人之
　　善惡皆己所素知，易生謗訕。但既謂之狎，則與己親近。（《論語·鄉
　　黨》篇「子見齊衰者，雖狎必變。」孔注曰：「狎者素相親狎也。」）謗
　　加於親近之人，非所以全恩也。故戒之曰：「不謗狎。」所謂隱惡而揚善
　　也。窺密旁狎道舊故，（舊故與故舊不同，舊故、舊事也。《廣雅》曰：
　　「故、事也。」朱子曰：「舊事既非今日所急，且或揚人宿過，以取憎
　　惡。」）皆發人之惡，故並言之。襄六年《左傳》曰：「宋華弱與樂轡少
　　相狎，長相優，又相謗也。」是謗狎之明證。
⑱　〈學記〉：「呻其佔畢。」鄭注曰：「呻、吟也。佔、視也。簡謂之畢，
　　言吟誦所視簡之文。」引之謹案：佔讀為笘。《說文》「潁川人名小兒所
　　書寫為笘。」又曰：「籥、書僮竹笘也。」《廣雅》曰：「笘、籥也。」
　　春秋齊陳書字子佔，佔笘並與笘同，佔亦簡之類，故以佔畢連文。鄭謂吟
　　誦其所視簡之文，殆失之迂矣。
⑲　「樂由中出故靜，禮自外作故文。」鄭注曰：「文猶動也。」引之謹案：

越,而戊誤為成,解者遂以為成而似夷狄之音。(說見狄成滌濫之音作⑯)借條暢為滌蕩,而解者誤以為條暢之善氣。(說見感條暢

鄭以靜為動靜之靜,故云:文猶動也。今案:樂者感於物而動,故形於聲,不得謂之靜。靜當讀為情,情者誠也。(《淮南·謬稱》篇「情繫於中,行形於外。」高注曰:「情、誠也。」僖二十八年《左傳》「民之情偽,盡知之矣。」謂民之誠偽也。)實也。(《大學》「無情者不得盡其辭」《論語》「上好信則民不敢不用情。」鄭孔注並曰「情、實也。」宣十四年《公羊傳》「是何子之情也。」)樂由中出,故誠實無偽。下文曰「和順積中,而英華發外。」唯樂不可以為偽,正所謂樂由中出,故情也。古字靜與情通,《大戴禮·文王官人》篇「飾貌者不情。」謂不誠實也。《逸周書·官人》篇情作靜。《逸周書》「情忠而寬」《大戴禮》情作靜,《大戴禮》又曰「誠靜必有可信之色。」亦情之假借。(說見《大戴禮》)誠情必有可信之色者,〈表記〉所謂情可信也。〈表記〉又曰:「文而靜。」鄭注曰:「靜或為情。」案:情正字也,靜借字也。文而情者,外有文章而內又誠實。情與文相對為義,正與此同。下文曰『知禮樂之情者能作,識禮樂之情者能述。』又曰:「情深而文明。」《荀子·禮論》篇曰:「至備情文俱盡,其次情文代勝。」又曰:「三年之喪,稱情而立文。」又曰:「得之則治,失之則亂,文之至也。得之則安,失之則危,情之至也。」此云樂由中出,故情禮自外作,故文皆以情文相對為義也。而〈表記〉《正義》乃云:「文而靜者,臣皆有文章,而又清淨。失其指矣。」

⑯ 「流辟邪散,狄成滌濫之音作而民淫亂。」引之謹案:狄讀為誂成者戊之訛。戊與越通,《呂氏春秋·音初》篇「流辟誂越慆濫之音出。」慆濫即滌濫也,誂越即狄戊也。《楚辭·九思》「聲嗷誂兮清和。」誂字亦作咷。《漢書·韓延壽傳》「嗷咷楚歌。」服虔曰:「咷音滌濯之滌。」正與狄同音,故誂通作狄。鄭云:「狄、往來急貌。」《方言》曰:「佻、疾也。」《廣雅》曰:「越、疾也。」佻與誂同聲,越與戊同聲,是誂越狄戊皆謂樂聲往來之疾也。隸書戊字或作庆,成字或作庆,形極相似。故戊字訛而為成。(《史記·樂書》亦作成,則此字之訛已久。)《史記·高祖功臣侯者年表》《索隱》曰:「任侯張成,《漢表》作張越。」(汲古閣所刻《索隱》單行本如是,今本《史記》作張越,乃後人依《漢書》

之氣⑯）借氣為器，而解者誤以樂氣為歌舞。（說見樂氣從之⑯）
借擾為糅，而擾誤為玃，解者遂以為舞者，如獼猴戲。（說見糅雜

改之。）又〈建元已來王子侯者年表〉「定敬侯劉越。」《水經河水注》
作劉成，《說苑·正諫》篇「左伏楊姬，右擁越姬。」《藝文類聚·人部
八》引此越姬作成姬，其作成者皆戊字之訛也。鄭以狄為往來疾貌而不解
成字，蓋闕之也。王肅解狄成為成而似夷狄之音（見《史記·集解》）孔
穎達謂速疾而成，望文生義，胥失之矣。

⑯ 「感條暢之氣，而滅平和之德。」鄭注曰：「感、動也。動人條暢之善氣
使失其所。」家大人曰：條暢讀為滌蕩，滌蕩之氣謂逆氣也。上文「其聲
哀而不莊」云云，謂姦聲也。故下文曰：「姦聲感人而逆氣應之，逆氣成
象而淫樂興焉。」滌蕩之氣與平和之德正相反，平和之德謂順德也。故下
文曰：「正聲感人而順氣應之，順氣成象而和樂興焉。」姦聲正聲各以類
相動，故下文曰：「萬物之理，各以類相動也。」考《史記·樂書》及
《說苑·脩文》篇並作感滌蕩之氣而滅平和之德。（《淮南·泰族》篇
「拊循其所有而滌蕩之。」《文子·自然》篇作條暢。）上文曰：「流辟
誂越慆濫之音出，則慆蕩之氣、邪慢之心感矣。」慆濫即滌濫也，慆蕩即
滌蕩也。滌蕩、條暢、慆蕩聲相近，故字相通。（《說文》「滌、從水條
聲。」《周官·條狼氏》杜子春云：「條當為滌。」〈郊特牲〉「滌蕩其
聲。」滌、徐同弔反，聲與條慆並相近。）鄭曰：動人條暢之善氣，則是
善氣與姦聲相應，非其類矣。

⑯ 「然後樂氣從之。」《校勘記》曰：「宋監本、岳本、嘉靖本皆作氣。衛
氏《集說》同，《史記·樂書》亦作氣。」（《說苑·脩文》篇同）《石
經》氣字剜闕，閩監、毛本作器。引之謹案：氣即器之假借也。《大戴
記·文王官人》篇「其氣寬以柔。」《逸周書》氣作器。《莊子·人間
世》篇「氣息茀然。」《釋文》「氣息向本作噐然，云：器、氣也。」是
器與氣通。上文曰：「金石絲竹，樂之器也。」故此云：「樂器從之。」
猶上文言，「從以簫管也。」《史記·正義》乃云：「樂氣、詩歌舞
也。」則不知氣之為器也。宋輔廣又謂「樂氣為和氣方愨至。」讀樂為憂
樂之樂，謂樂以樂為主，故特云樂氣。皆於文義未安，不如讀氣為器之為
得也。然徑改其字為器則非。

子女⑯）借唯為雖，而解者誤讀如字。（說見唯某之聞諸薳宏⑯）借建為鞬，而解者誤以為建閉之鍵。（說見名之曰建橐⑯）借儔為

---

⑯　「及優侏儒，獶雜子女，不知父子。」鄭注曰：「獶、獼猴也。言舞者如獼猴戲也。」家大人曰：獶當為擾，字之誤也。擾與糅古字通，〈楚語〉「民神雜糅。」《史記・歷書》作雜擾。是其證。（《史記・夏本紀》「擾而毅。」徐廣曰：「擾一作柔，擾之通作柔，猶糅之通作擾矣。糅《說文》本作粈，粈之通作擾，猶《左傳》「公山不狃」，《論語》作弗擾矣。」）此言俳優侏儒之人，糅雜於男女之中，不復知有父子尊卑之等也。鄭注〈鄉射禮・記〉曰：「糅者雜也。」

⑯　鄭注不釋唯字，《釋文》唯字無音，《正義》唯作惟曰：「惟某之聞諸薳宏者，孔子既得賓牟賈之荅，故云聞諸薳宏。」家大人曰：唯讀曰雖。古字唯惟與雖通，言不但吾子之言如是，雖我之所聞於薳宏者，亦如是也。雖與唯亦文義相應。〈秦策〉曰：「獘邑之王所甚說者，無大大王，唯儀之所甚願為臣者，亦無大大王；獘邑之王所甚憎者，無先齊王，唯儀之所甚憎者，亦無先齊王。」《史記・張儀傳》唯皆作雖。《史記・汲黯傳》「宏湯深心疾黯，唯天子亦不說也。」《漢書》唯作雖。《漢書・楊雄傳・解嘲》「唯其人之瞻知哉！亦會其時之可為也。」《文選》唯作雖。《史記・范睢傳》曰：「須賈問曰：孺子豈有客習於相君者哉！范睢曰：主人翁習知之，唯睢亦得謁。」〈司馬相如傳〉：「相如使時，蜀長老多言通西南夷不為用，唯大臣亦以為然。」皆雖之借字也。字又作惟。《史記・淮陰侯傳》曰：「信問王曰：大王自料勇悍仁彊，孰與項王。漢王默然良久曰：不如也。信再拜賀曰：惟信亦為大王不如也。」《漢書》惟作唯字，並與雖同。（顏師古斷唯字為句，而以為應辭，非是。）且皆與亦字相應，是其例也。〈表記〉「唯天子受命於天。」鄭注曰：「唯當為雖」，則此亦當然，而注未之及，蓋闕略也。而《釋文》《正義》遂不知為雖之假借矣。近世讀者乃以唯字絕句，而讀唯諾之惟。大誤。

⑯　鄭注曰：「建讀為鍵，字之誤也。兵甲之衣曰橐鍵。橐言閉藏兵甲也。」《正義》曰：「鍵是管籥閉藏之名，故讀為鍵，或以管籥，或以橐衣閉藏兵革，故云鍵橐也。」引之謹案：鍵所以持門戶，與橐不倫，無由並舉。且凡府庫之藏，皆有鍵閉，無以見其為藏兵革也。（王肅注《家語・辨樂》篇以建橐之建為建諸侯，與橐字文義不屬。尤誤。）今案建當讀為

齊，而解者誤以儕為輩類。（說見得其儕❻）借義為儀，借終為
眾，而解者誤以為既禪二十八載乃死。（說見堯能賞均刑法以義終
❼）借置為植，而解者誤以為措置。（說見置之而乎天地❽）借繆

鞬。《方言》曰：「所以藏弓謂之鞬。」《說文》曰「鞬、所以戢弓矢
也。」《釋名》曰「鞬、建也，弓矢並建立於其中也。」僖二十三年《左
傳》：「左執鞭弭，右屬櫜鞬。」杜注曰：「櫜以受箭，鞬以受弓。」是
鞬櫜皆所以戢弓矢也。名之曰鞬櫜者，即《詩》載櫜弓矢之義，言藏弓矢
而干戈之戢可知矣。馬融《廣成頌》正作鞬櫜。

❻ 「夫樂者，先王之所以飾喜也；軍旅鈇鉞者，先王之所以飾怒也。故先王
之喜怒，皆得其儕焉。」鄭注曰：「儕猶輩類。」引之謹案：儕當讀為
齊，《爾雅》曰：「齊、中也。」〈小雅·小宛〉傳曰：「齊、正也。」
當喜而喜，當怒而怒，則得其中正矣。故曰先王之喜怒皆得其齊焉。《管
子·正世》篇：「事莫急於當務，治莫貴於得齊。」亦謂得其中正也。齊
正字也，儕借字也。鄭據借字解為輩類，失之。當喜而喜，當怒而怒，何
儕輩之有乎！《荀子·樂論》《史記·樂書》正作齊。（《白虎通義·禮
樂》篇同）

❼ 「堯能賞均刑法以義終。」鄭注曰：「賞、賞善，謂禪舜封禹稷等也；義
終，謂既禪二十八載乃死也。」家大人曰：上文「法施於民則祀之。」
《正義》曰：「若神農、后土、帝嚳、堯、黃帝、顓頊、契之屬是也。」
若義終謂既禪二十八載乃死，則是聖人之必得其壽而非法施於民之事矣。
案此篇自聖王之制祭祀以下皆〈魯語〉文也。彼文云：「堯能單均刑法以
儀民。」單、盡也，均、平也，儀、善也。（皆韋注）謂堯能盡平刑法以
善其民也，此作堯能賞均刑法以義終者，賞當為亶，字之誤也。（隸書賞
字作賞，形與亶相似。）亶與單通，（〈盤庚〉「誕告用亶」《釋文》
「亶馬本作單。」《爾雅》「亶、厚也。」〈大雅·桑柔〉《正義》引某
氏注曰：「詩云倬爾亶厚。今詩亶作單。」鄭箋曰：「單、盡也。」〈周
頌·昊天有成命〉篇「單厥心。」〈周語〉單作亶。《史記·厤書》「端
蒙單閼」，徐廣曰：「單閼一作亶安。」又《呂氏春秋·重己》篇「使烏
獲疾引牛尾，尾絕力亶而牛不可行。」高注：「亶讀曰單。單、盡也。」
《淮南·道應》篇「厚葬久喪以亶其家。」亶亦與單同。）義與儀通。

為蓼，而解者誤以繆為謚。（說見陽侯猶殺繆侯而竊其夫人❶❻❾）借察為際，而解者誤以察為箸。（說見言其上下察也❶❼⓿）借仁為人，

（《爾雅》「儀、善也。」〈大雅・文王〉篇「宣昭義問」毛傳：「義、善也。」餘見前別之以禮義下。）終與眾通。（〈周頌・振鷺〉篇「以永終譽」《後漢書・崔駰傳》終作眾。〈雜卦傳〉「大有眾也。」荀爽本眾作終。〈士相見禮〉「眾皆若是」，今文眾為終。《漢書・楊王孫傳》「死者終生之化而物之歸也。」《漢紀》終作眾。〈漢桂陽太守周憬功勳銘〉「往古來今，變甚終矣。」終即眾字。）眾亦民也，即〈魯語〉之堯能單均刑法以儀民也。〈鄭語〉曰：「夏禹能單平水土，以品處庶類。」（韋注：單、盡也。）文義與此相似，帝嚳能序星辰以著眾，堯能單均刑法以儀眾，二句文同一例，皆法施於民之事也。鄭未寤實為亶字之誤，義終為儀眾之通，故因文生訓而牨其本指。《周官・大司樂》注曰：「堯能殫均刑法以儀民」，從〈魯語〉而不從祭法，較此注為長，而賈疏復引此注以釋之，斯為謬矣。

❶❻❽ 「夫孝置之而塞乎天地。」《正義》曰：「置謂措置也。」引之謹案：置讀為植，植立也。以上下言之也。下文「敷之而橫乎四海。」（俗本敷誤作溥，辨見下條。）敷布也，以四旁言之也。《大戴禮・曾子大孝》篇「夫孝置之而塞乎天地，衡之而衡於四海。」盧注曰：「置猶立也。衡猶橫也。」《淮南・原道》篇「植之而塞乎天地，橫之而彌于四海。」高注曰：「植立也。」古字植與置通。〈商頌・那〉篇「置我鞉鼓。」箋曰：「置讀曰植。」《莊子・外物》篇「草木之到，植者過半。」《釋文》曰：「植立也。本亦作置。」

❶❻❾ 「禮非祭男女交爵以此坊民，陽侯猶殺繆侯而竊其夫人。」鄭注曰：「同姓也。其國未聞。」正義曰：「唯有陽侯繆侯是兩君之謚，未聞何國君？故云未聞。」引之謹案：陽、繆非謚也。繆當讀為蓼，聲相近而假借也。（繆蓼以翏為聲。）《淮南・氾論》篇「陽侯殺蓼侯而竊其夫人。」高注曰：「陽侯、陽陵國侯也，蓼侯、皋陶之後，偃姓之國侯也。今在盧江。」案漢始有陽陵侯傅寬。（見《史記・高祖功臣年表》）古無陽陵國侯也。閔二年《春秋》「齊人遷陽。」杜注曰：「陽、國名。」則古有陽國，凡稱諸侯必以其國，豈有舍其國而但舉其謚者乎？

❶❼⓿ 〈中庸〉「《詩》云『鳶飛戾天，魚躍于淵』，言其上下察也。」鄭注

而解者誤改仁為民。（說見寬身之仁也❶）借危為詭，而解者誤以
為高。（說見則民言不危行，而行不危言❷）借費為悖，而解者誤

　　曰：「察猶著也。言聖人之德至於天，則鳶飛戾天，至於地，則魚躍于
　淵。是其著明于天地也。」家大人曰：「《廣雅》：「察、至也。」《御
　覽》引《書大傳》曰：「察者，至也。」此引詩以明君子之道之大，上至
　於天，下至於地也。故下文曰：「君子之道造端乎夫婦，及其至也。察乎
　天地。」《管子·內業》篇曰：「上察於天，下極於地。」《淮南·原
　道》篇「高不可際。」高誘注曰：「際、至也。」際與察古同聲。故〈原
　道〉篇「施四海，際天地。」《文子·道原》篇作「施於四海，察於天
　地。」鄭謂聖人之德至於天至於地。已得察字之解，而又訓以為著，則轉
　失之矣。

❶　〈表記〉「以德報怨，則寬身之仁也，以怨報德，則刑戮之民也。」鄭注
　曰：「仁亦當言民，聲之誤。」引之謹案：仁與人古字通。（〈繫辭傳〉
　「何以守位曰人。」王肅本作仁，《論語·雍也》篇「井有仁焉。」〈漢
　韓勑造孔廟禮器碑〉「四方士仁，聞君風燿。」仁並與人同。）人亦民
　也，不必改為民。

❷　〈緇衣〉「可言也，不可行，君子弗言也；可行也，不可言，君子弗行
　也。則民言不危行而不危言矣。」鄭注曰：「危猶高也，言不高於行，行
　不高於言，言行相應也。」引之謹案：危讀為詭。詭者違也，反也。言君
　子言行相顧，則民言不違行，行不違言矣。《呂氏春秋·淫辭》篇「所言
　非所行也，所行非所言也。言行相詭，不祥莫大焉。」謂言行相違也。
　《淮南·主術》篇「拂道理之數，詭自然之性。」《漢書·董仲舒傳》
　「有所施於天之理。」高誘、顏籀注並曰：「詭、違也。」古字詭與危
　通。《漢書·天文志》「司詭星出正西。」《史記·天官書》詭作危。曹
　大家注〈幽通賦〉曰：「詭，反也。」《史記·李斯傳》曰：「今高有邪
　佚之志，危反之行。」危反即詭反，《賈子·傅職》篇「天子燕業反其
　學，（建本、潭本反譌作及，今從《續漢書·百官志》所引本，或作燕辟
　廢其學，後人以〈學記〉改之也。）左右之習詭其師。」《淮南·說林》
　篇「尺寸雖齊必有詭。」高注曰：「詭、不同也。」《文子·上德》篇詭
　作危。

以費為惠。（說見口費而煩⓱）借敝為褙，而解者誤以敝為敗衣。
（說見苟有衣必見其敝⓲）借難為戁，而解者誤以為可畏難。（說
見居處齊難⓳）借諸為者，而解者誤以為諸子。（說見《左傳》貜

⓱ 鄭注曰：「費猶惠也。言口多空言且煩數也。」費或為哱，或為悖。《正
義》曰：「口虛出言而無實從之，是口惠也。口惠不難，失在煩數。故云
而煩也。」引之謹案：此以口惠而實不至說之也。然書傳無訓費為惠者，
不得以口費為口惠也。費當讀為悖。或本作悖者，正字也，作哱者，別體
也。（《說文》「誖、亂也。」或作悖，哱即誖字，從口從言，其義一
也。）作費者，字之假借也。（費從弗聲，悖字從孛聲，古弗聲孛聲字往
往相通，若孛星之字，又作茀，大索之綍又作紼，勃然變色之勃，又作艴
是也。）《墨子·魯問》篇「豈不悖哉！」又曰「豈不費哉！」費即悖
也、悖、逆也，煩、擾也，亂也。〈大學〉曰：「言悖而出者，亦悖而
入。」口之所出，逆於義理，則是非擾亂而禍患隨之。所謂一言僨事也。
故曰：口悖而煩，易出難悔。

⓲ 「苟有車，必見其軾，苟有衣，必見其敝。苟或言之，必聞其聲，苟或行
之，必見其成。〈葛覃〉曰『服之無射。』」鄭注曰：「言凡人舉事，必
有後驗也。敝、敗衣也。衣或在內，新時不見。」家大人曰：此言行之必
見其成，而以衣必敗為喻，則為不倫，且與引《詩》之意不合，鄭謂衣或
在內，新時不見，其失也迂矣。今案敝古布蔑反，謂衣袂也。《廣雅》
「褙、被也。」曹憲音布蔑反，古無褙字，借敝為之。（〈齊風·敝笱〉
《釋文》：「敝、徐扶滅反，敝褙聲相近，故字亦相通。」）有車則必見其
軾，有衣則必見其袂，有言則必聞其聲，為其事而無其功者，未之有也。
故引詩以明之。或曰敝古通作韍字，謂韍膝也。韍膝謂之韨，亦作紱。鄭
注〈玉藻〉云：「韍之言蔽也」，《白虎通·紼冕》篇「紼者蔽也。」案
蔽膝不可但謂之蔽。韨之言蔽也，紼者蔽也，皆釋其命名之義如此，非謂
韨一名蔽也。經也者實也，不可謂經為實，袚之為言悢也，又豈可謂袚為
悢乎！）

⓳ 〈儒行〉「儒有居處齊難，其坐起恭敬。」鄭注曰：「齊難、齊莊可畏難
也。」引之謹案：難讀為戁，《說文》「戁、敬也。」徐鍇傳曰：「今詩
作熯。」〈小雅·楚茨〉篇「我孔熯矣。」毛傳曰：「熯、敬也。」《爾

諸孤⓱）借徑為經，而解者誤以徑為行。（說見徑餒而弗食⓲）借

雅》同。燲、㷿、難聲相近，故字相通。齊難與恭敬義亦相近也。鄭曰：
「齊莊可畏難。」殆失之迂矣。

⓱　九年《傳》「以是藐諸孤。」杜注曰：「言其幼稚。」（今本作幼賤，乃
後人所改，時奚齊已立為大子，不得言賤。《正義》曰：「言年既幼稚，
懸藐於諸子之孤。」則注本作幼稚明矣，《文選・寡婦賦》注引注亦作幼
稚，今改正。）與諸子懸藐，顧氏寧人《杜解補正》曰：「藐、小也。」
惠氏定宇《補注》曰：「案呂忱《字林》曰：『藐、小兒笑也。』（《文
選注》）顧君訓藐為小亦未當。」引之謹案：杜以藐為懸藐，諸為諸子，
以是懸藐諸子孤，斯為不詞矣。《文選・寡婦賦》「孤女藐焉始孩。」李
善注：「《廣雅》曰：『藐、小也。』《字林》曰：『孩、小兒笑也。』」
是小兒笑乃釋孩字（出《說文》），非釋藐字，俗本《文選》注脫孩字，
而惠遂以藐為小兒笑，其失甚矣。顧訓藐為小是也。（藐之言杪也，眇
也。《方言》「杪、眇、小也。」《廣雅》「杪、眇、藐、小也。」）但
未解諸字。今案諸即者字也。者與諸古字通，〈郊特牲〉曰：「不知神之
所在於彼乎！於此乎！或諸遠人乎！」或諸即或者，（〈士虞禮〉注作
「或者遠人乎！」）《大戴禮・衛將軍文子》篇「夫子之施教也，先以詩
世道者孝悌，說之以義而觀諸體。」者亦諸也。《爾雅・釋魚》「龜俯者
靈，仰者謝，前弇諸果，後弇諸獵。」諸亦者也。藐者孤猶言羸者陽耳。
（〈周語〉「此羸者陽也。」韋注：「羸、弱也。」）又《詩》言「彼茁
者葭」「彼姝者子」「彼蒼者天」「有頍者弁」「有菀者柳」「有芃者
狐」「有卷者阿」文義並與此相似。

⓲　「昔趙衰以壺飱從，徑餒而弗食。」杜讀至徑字句絕，云：「徑猶行
也。」《釋文》「徑、古定反。」一讀以壺飱從絕句，讀徑為經，連下
句，乖於杜意。《正義》曰：「杜以傳文為徑，故釋為行，上讀為義。劉
炫改徑為經，謂經歷飢餒，下屬為句，輒改其字，以規杜氏，非也。」武
進臧氏用中《拜經日記》曰：「案顧氏《隸辨》，徐氏〈紀產碑〉『雖直
徑菅。』徑菅即經菅也。」《史記・高祖本紀》「夜徑澤中」《索隱》
曰：「徑舊音經。」《楚詞・招魂》「經堂入奧。」經一作徑，蓋古通
用，當從劉光伯讀作經，下屬為句。家大人曰：臧說是也。《史記・甘茂
傳》「今之燕，必經趙。」〈秦策〉經作徑。〈大宛傳〉「經匈奴」，

呼為吁，而解者誤音好賀反。（說見呼役夫❶）借咸為減，而解者
誤以咸為皆。（說見咸黜不端❶）借勉為免，而解者誤以為懋勉之
勉。（說見賴前哲以免也❶）借首為道，而解者誤以行首為陳前，

《索隱》「本經作徑。」是古字多以徑為經也。《韓子·外儲說》《左
傳》以此為箕鄭事，云：「箕鄭挈壺餐而從。」亦以從字絕句，下云：
「迷而失道，與公相失。飢而道泣，寢餓而不敢食。」始言迷而失道，繼
言飢而道泣，終言寢餓而不敢食。則為時已久矣。故傳約言之曰：「經餒
而弗食。」

❶ 文元年《傳》：「呼役夫。」杜注曰：「呼、發聲也。」《釋文》「呼、
好賀反。」引之謹案：呼即吁字，《說文》「吁、驚也。」〈堯典〉「帝
曰：吁！」傳曰：「吁、疑怪之辭。」《莊子·在宥》篇「鴻蒙仰而視雲
將曰：吁！」《釋文》：「吁、亦作呼。」〈檀弓〉「曾子聞之，瞿然
曰：呼！」《釋文》呼作吁。（〈月令〉「大雩帝。」鄭注曰：「雩、吁
嗟求雨之祭也。」《周官·女巫》疏引鄭荅林碩難曰：「董仲舒曰：。
雩、求雨之術，呼嗟之歌。」）是吁呼古字通也。吁乃怪之聲。〈檀弓〉
注以為虐憊之聲。亦非。

❶ 十七年《傳》「克減侯宣多而隨蔡侯以朝于執事。」杜注曰：「減、損
也。難未盡而行，言汲汲于朝晉。」引之謹案：上文云：「敝邑以侯宣多
之難，寡君是以不得與蔡侯偕者，難猶未盡，亦不能朝于晉矣。」減謂滅
絕也。《管子·宙合》篇曰：「減、盡也。」《說文》曰：「剗、減
也。」從刀、戔聲。《史記·趙世家》曰：「當道者謂簡子曰：『帝令主
君射熊與羆皆死。』簡子曰：『是且何也？』當道者曰：『晉國且有大
難，帝令主君減二卿。』」是減為滅絕也。甫減侯宣多而即朝于晉，言不
敢緩也。減與咸古字通，《周書·君奭》篇「咸劉厥敵。」與此同義。傳
訓咸為皆非也。（說見前咸劉厥敵下）昭二十六年《傳》「則有晉鄭咸黜
不端。」咸黜亦滅絕之意。謂晉文殺叔帶，鄭屬殺子頹也。《正義》曰：
「咸諸本或作減。」（〈月令〉「水泉咸竭。」《呂氏春秋·仲冬紀》咸
作減，減與竭皆消滅也。因而滅人亦謂減。）王肅注訓咸為皆，亦非也。

❶ 八年《傳》：「夫豈無辟王，賴前哲以免也。」顏師古《匡謬正俗》曰：
「潘安仁《西征賦》云：『平失道而東遷，繫二國而是祐。豈時王之無

盟首為載書之章首。（說見疏行首⑱）借多為祇，而解者誤以為多
寡之多。（說見多遺秦禽⑱）借萩為楸，而解者誤以萩為蒿。（說

僻，賴先哲以長懋。」」懋訓勉勵之勉，既改《左傳》本文，於義未為允
愜。引之謹案：安仁所見《左傳》蓋作勉，勉者免之借字也。〈秦策〉
「勉於國患，（當作免國於患）大利也。」鮑彪曰：「免元作勉。」《大
戴禮·曾子立事》篇曰：「雖有微過，亦可以勉矣。」又曰：「亦殆勉於
罪矣。」〈晉語〉曰：「彼若不敢而遠逃，乃厚其外交而勉之。」（韋注
以為勸勉，失之。）皆借勉為免也。古本《左傳》亦借勉為免，故安仁誤
解為懋耳。義雖未愜，然《左傳》本文作勉，於此可見。不然，則免之與
勉，意義絕殊，傳如作免，安仁何肯訓為勉乎！

⑱ 引之謹案：成十六年《傳》：「塞井夷竈，陳於軍中，而疏行首。」杜注
曰：「疏行首者，當陳前決開營壘為戰道。」案下文曰：「將塞井夷竈而
為行也。」則塞井夷竈正所以疏行首，非決開營壘之謂也。首當讀為道，
疏、通也。謂通陳列隊伍之道也，井竈已除，則隊伍之道疏通無所窒礙
矣。又襄二十三年《傳》「季孫召外史掌惡臣而問盟首焉。」注曰：「盟
首、載書之章首。」案盟詞簡約無篇章，（下文毋或如云云是也）不得云
章首，首亦當讀為道，盟道、盟惡臣之道也。古字首與道通，《逸周書·
芮良夫》篇「予小臣良夫稽道。」《群書治要》作稽首。《史記·秦始皇
紀》「追首高明。」《索隱》曰：「會稽刻石文首作道。」

⑱ 十四年《傳》「吾令實過，悔之何及，多遺秦禽。」杜注曰：「軍師不
和，恐多為人所禽獲。」家大人曰：多讀為亦祇以異之祇，祇、適也。言
我若不歸，則適為秦所禽獲而已。多與祇古同聲而通用。襄二十九年
《傳》「祇見疏也。」《正義》祇作多，云「多見疏。」服虔本作「祇見
疏。」解云「祇、適也。」晉宋杜本皆作多。《論語·子張》篇「多見其
不知量也。」何注曰：「適足自見其不知量。」引之謹案：定十五年
《傳》「存亡有命，事楚何為，多取費焉。」多亦讀為祇。言服事楚國何
益之有？適自取貢獻之費而已。昭十三年《傳》曰：「祇取辱焉。」二十
六年《傳》曰「祇取誣焉。」定四年《傳》曰：「祇取勤焉。」哀十四年
《傳》曰：「祇取死焉。」文義正相合也。哀八年《傳》「不足以害吳，
而多殺國士，不如已也。」多亦讀為祇，言不足以害吳，而適傷魯之國士
也。哀十三年《傳》曰：「無損於魯，而祇為名。」文義正相合也。

見雍門之萩⑱）借藥為療，而解者誤分藥石為二。（說見藥石也
⑱）借沒沒為昧昧，而解者誤以沒沒為沈滅之言。（說見何沒沒也
⑱）借逞為盈，而解者誤以逞為盡。（說見不可億逞⑱）借鳩為

---

⑱　十八年《傳》「伐雍門之萩。」惠氏《補注》曰：「萩、酈元引作荻。
（引之案：《水經·淄水注》引《左傳》作荻，乃傳寫之誤，非酈氏原文
也。凡書傳中萩字傳寫多誤作荻。）案《玉篇》音且留切，蒿也。當從。
荻《釋文》云本又作秋。」引之謹案：蒿艾之屬，不中為器，晉人無為伐
之。萩即楸字也，《說文》「楸、梓也。」徐鍇注曰：「《春秋左傳》伐
雍門之楸作萩，同。」《漢書·東方朔傳》「又有萩竹藉田。」〈貨殖
傳〉「山居千章之萩。」顏師古注並曰：「萩即楸樹也。字亦作橚。
《晏子春秋·外篇》『景公登箐室而望見人有斷雍門之橚者。』」（〈中山
經〉其狀如楸。郭璞注即楸字也。）」

⑱　「孟孫之惡我，藥石也。」引之謹案：藥字古讀若曜（說見《唐韻正》），
聲與療相近。（《方言》「愮、療、治也。江湘郊會謂醫治之曰愮，或曰
療。」注：「愮音曜，愮與藥古字通。」）故《申鑒·俗嫌》篇云：「藥
者療也。」藥石謂療疾之石，專指一物言之，非分藥與石為二物，故下文
云「美疢不如惡石。」又云：「石猶生我也。」三十一年《傳》「不如吾
聞而藥之也。」《家語·正論》篇同。王肅云：「藥、療也。」〈大雅·
板〉篇「不可救藥」。《韓詩外傳》藥作療。（《正義》云：「不可救以
藥。」讀藥為藥餌之藥，失之。）《莊子·天地》篇曰：「有虞氏之藥瘍
也。」《荀子·富國》篇曰：「不足以藥傷補敗。」藥字並與療同義。藥
石猶療石耳。注疏說此二字皆未了。

⑱　二十四年《傳》「何沒沒也，將焉用賄？」杜注曰：「沒沒、沈滅之
言。」《釋文》「沒沒如字，一音妹。」家大人曰：沒沒、貪也。故下句
云：「將焉用賄？」〈晉語〉「不沒為後也。」韋注曰：「沒、貪也。」
又「不沒於利也。」注曰：「不貪利國家也。」〈秦策〉「沒利於前而易
患於後。」高注曰：「沒、貪也。」《史記·貨殖傳》：「吏士舞文弄
法，刻章偽書，不避刀鋸之誅者，沒於賂遺也。」沒亦貪也。重言之則曰
沒沒矣。案《釋文》一音妹，妹與昧同音，昧亦貪也。二十六年《傳》
曰：「楚王是故昧於一來。」杜注曰：「昧猶貪冒。」二十八年《傳》

究，而解者誤以鳩為聚。（說見鳩藪澤(187)）借疆潦為礓礫，而解者誤以為疆界有流潦。（說見數疆潦(188)）借義為儀，而解者誤以義為

曰：「貪昧於諸侯，以逞其願。」《漢書・匈奴傳・贊》「昧利不顧。」〈敘傳〉「苟昧權利。」顏注並曰：「昧、貪也。」重言之則曰昧昧矣。昧與沒古同聲而通用，故《史記・趙世家》「昧死以聞。」〈趙策〉作沒死。

(186) 「今陳介恃楚眾，以馮陵我敝邑，不可億逞。」杜注曰：「億、度也，逞、盡也。」家大人曰：杜訓億為度，逞為盡，不可度盡，殊為不辭。今案：億者、滿也，逞與盈古字通，言其欲不可滿盈也。文十八年《傳》曰：「侵欲崇侈，不可盈厭。」意與此同。《說文》曰：「意、滿也。」《方言》曰：「臆、滿也。」《漢書・賈誼傳》曰：「好惡積意。」（說見前我庾維億下。）意意臆並與億同，是億為滿也。《左氏春秋》昭二十三年「沈子逞。」《穀梁傳》作「沈子盈。」《左氏傳》欒盈，《史記》作欒逞。又昭四年《傳》「逞其心以厚其毒。」《新序・善謀》篇逞作作盈。是逞即盈也。《廣雅》「盈、臆、滿也。」〈小雅・楚茨〉篇曰：「我倉既盈，我庾維億。」（億亦盈也，說見前我庾維億下）《易林・乾之師》曰：「倉盈庾億。」〈漢巴群太守樊敏碑〉曰：「持滿億盈。」是億盈皆滿也。

(187) 「蔿掩書土田度山林鳩藪澤。」杜注曰：「鳩、聚也。聚成藪澤，使民不得焚燎壞之，欲以備田獵之處。」引之謹案：藪澤乃天地自然之物，非人所能聚而成之也，不得云聚成藪澤。鳩當讀為究，《爾雅》「度、究、謀也。」〈大雅・皇矣〉篇曰：「爰究爰度。」究猶度也。度山林，究藪澤，皆取相度之義，鳩究二字皆以九為聲。〈小雅・小弁〉篇不舒究之與醻為韻，則究讀若鳩，故與鳩通，古字多假借，後人失其讀耳。究藪澤者，度其出賦之多寡，故下文遂云：「量入脩賦，非以備田獵也。」賈逵云：「藪澤之地，九夫為鳩，八鳩而當一井（見本篇《正義》），尤失經義。」

(188) 杜注「疆界有流潦者，計數減其租入。」《正義》曰：「賈逵以疆為彊檗境埆之地，鄭眾以為疆界內有水潦者。」案《周禮・草人》「凡糞種彊檗用蕡。鄭元云：彊檗強堅者，則彊地猶堪種植，非水潦之類，故從鄭眾之說，數其疆界有水潦者，計數減其租稅也。」孫毓讀為彊潦，註云：「砂

從宜。（說見婦義事也⑱）借諄諄為訰訰，而解者誤以為重頓之
貌。（說見諄諄如八九十者⑲）借靖為旌，而解者誤以靖為安靖之

礫之田也。」引之謹案：水潦所集，不必在疆界，且上文之山林、藪澤、
京陵、淳鹵，下文之偃豬、原防、隰皋、衍沃皆二字平列，此疆潦不應獨
異，鄭眾之說非也。孫毓讀為疆潦，蓋礓礫之譌，《爾雅》「山多小石
磝。」郭璞注云：「多礓礫。」《釋文》「礓、居羊反。」引《字林》云
「礫也。」《說文》：「礫、小石也。」《玉篇》「磽同礫，力的切。」
《眾經音義》卷八引《通俗文》云：「地多小石，謂之礓礫。」是礓礫者
有石之地，《逸周書·文傳》篇「所謂礫石不可穀，樹之葛木，以為絺
綌，以為材用者也。」不可樹穀，故計數減其租入也。孫說為長。

⑱ 「君子謂宋其姬女而不婦女待人婦義事也。」杜注曰：「義從宜也。」引
之謹案：義訓為宜，不訓為從宜。婦從宜事，斯為不辭矣。今案義讀為
儀，儀度也。言婦當度事而行，不必待人也。《說文》「儀、度也。」
〈周語〉曰「儀之于民，而度之于群生。」又曰：「不度民神之義，不儀
生物之則。」儀與義古字通。（《說文》「義、己之威儀也。」〈文侯之
命〉「父義和。」鄭注「義讀為儀。」《周官·肆師》「治其禮儀。」鄭
注「故書儀為義。」鄭司農云「義讀為儀，古者書儀但為義，今時所謂義
為誼。」〈小雅·楚茨〉篇「禮儀卒度。」《韓詩》作義，《周官·大行
人》「大客之儀。」《大戴禮·朝事》篇作義。〈樂記〉「制之禮義。」
《漢書·禮樂志》作儀，〈周語〉「示民軌儀。」〈大射儀〉注引作
義。）〈晉語〉曰：「臣請薦所能擇，而君比義焉。」〈楚語〉曰：「教
之訓典，使知族類行比義焉。」又曰「其智能上下比義。」皆謂比度之
也。（說見後比義下）字又通作議，昭六年傳曰：「昔先王議事以制。」
亦謂度事也。（說見後議事以制下）

⑲ 三十一年《傳》「且年未盈五十，而諄諄焉如八九十者，弗能久矣。」
（《釋文》「諄諄、徐之閏反，或一音之純反。」）引之謹案：諄諄、眊
亂也。（《漢書·董仲舒傳》「天下眊亂」。）謂趙孟年未滿五十而眊亂
如八九十人也。昭元年《傳》「譖所謂老將知而老及之者，其趙孟之謂
乎！」杜彼注云：「八十曰耄，耄、亂也，義與此同。」（眊耄古字通，
〈呂刑〉耄荒，《漢書·刑法志》作眊荒。）諄諄或作訰訰，又作忳忳。
《爾雅》「訰訰、亂也。」（《釋文》「訰訰之閏之純二反，或作諄，音

靖。（說見不靖其能⑲）借董為動，振為震，而解者誤以董為正，
振為整。（說見董振擇之⑲）借舉為與，而解者誤以為舉朝。（說

同。」）《楚辭・九章》「中閔瞀之忳忳。」並字異而義同，《漢書・五
行志》引此文，顏注「諄諄、重頓之貌也。」失之。

⑲ 昭元年《傳》「魯雖有罪其執事不避難畏咸而敬命矣，子若免之以勸左右
可也。若子之群吏，處不避污，出不逃難，其何患之有？患之所生，污而
不治，難而不守，所由來也。能是二者，又何患焉。不靖其能，其誰從
之。魯叔孫豹可謂能矣，請免之以靖能者。子會而赦有罪，又賞其賢，諸
侯其誰不欣焉？望楚而歸之，視遠如邇。」杜注「不靖其能」二句曰「安
靖賢能則眾附從。」引之謹案：其能謂處不辟污，出不逃難也。而云安靖
其處不辟污，出不逃難，則文不成義矣。今案《傳》曰：「靖其能」又
曰：「賞其賢」，則靖與賞意當相近。《傳》又曰：「子若免之，以勸左
右可也。」又曰：「請免之以靖能者。」則靖有表章諷勸之義，靖當讀為
旌，旌表也。言魯使本當戮，以其能是二者而免之，所以表章之也。表其
能即是賞其賢，故下文又曰：「賞其賢矣，旌表其能，所以勸群吏，若不
旌其能以示之，孰肯勸勉而為能者乎！故曰不旌其能，其誰從之也。」僖
二十四年《傳》「以志吾過，且旌善人。」哀十六年《傳》「猶將旌君以
徇於國。」並與此同義。以六書之例求之，靖從青聲，青從生聲。旌亦從
生聲。故旌字得通作靖，旌之通作靖，猶旌之通作精也。（《列子・說
符》篇「東方有人焉曰爰旌目。」《後漢書・張衡傳》注引作爰精目。孟
郁〈脩堯廟碑〉「師工旌密」即精密字。）

⑲ 三年《傳》「君若不棄敝邑，而辱使董振擇之，以備嬪嬙，寡人之望
也。」杜注曰：「董、正也。振、整也。」《正義》曰：「董、正也，
〈釋詁〉文也。振為整理之義，言正整選擇示精審也。」引之謹案：擇女
為昏，無所用其糾正，亦無所用其整理。杜注非也。今案董當讀為動，動
振之言振動也。（振動謂之動振，猶恪恭謂之恭恪。昭十六年《傳》「無
有不恭恪。」是也。）〈周語〉曰：「民用莫不震動，恪恭于農。」震與
振通，振動者、戰栗變動也。〈春官・大祝〉「辨九拜，四曰振動。」鄭
大夫曰：「動讀為董，書亦或為董。」後鄭曰：「振動戰栗，變動之
拜。」是董與動通，董振擇之者，震動恪恭以擇之，言敬之至也。

見寡君舉群臣⑱）借議為儀，而解者誤以議事為臨事。（說見議事
以制⑭）借恪為格，而解者誤以陟恪為陟降。（說見叔父陟恪⑮）

---

⑱　「豈唯寡君舉群臣實受其既，其自唐叔以下，實寵嘉之。」《正義》曰：
「舉亦皆之義，言舉朝群臣也。」家大人曰：舉當讀為與。（舉與古字
通，《周官·師氏》「王舉則從。」故書舉為與。〈禮運〉「選賢與
能。」即《大戴禮·王言》篇「選賢舉能」也。《楚辭·七諫》「與世皆
然兮。」王逸注曰：「與、舉也。」《史記·呂后紀》「自決中野兮，蒼
天舉直。」徐廣曰「舉一作與。」）言不唯寡君與群臣受賜而已，先君之
靈亦寵嘉之。〈魯語〉曰：「豈惟寡君與二三臣實受君賜，其周公大公及
百辟神祇實永饗而賴之。」（成四年《傳》「寡君與其二三臣。」昭十九
年《傳》「寡君與其二三老。」）是也。正義失之。

⑭　六年《傳》「昔先王議事以制，不為刑辟。」杜注曰：「臨事制刑，不豫
設法也。」引之謹案：杜以議事為臨事，非也。（《漢書·刑法志》引傳
文，李奇注曰：「先議其犯事，議定然後乃斷其罪。」案李以議為議論之
議，亦非傳意。）議讀為儀，儀、度也，制、斷也。謂度事之輕重，以斷
其罪，不豫設為定法也。《說文》「儀、度也。」〈周語〉曰：「儀之于
民，而度之于群生。」又曰「不度民神之義，不儀生物之則。」〈繫辭
傳〉「擬之而後言，議之而後動。」陸績、姚信本並作儀，惠氏《周易
述》曰：「儀、度也。將舉事必先度之。」（鄭注《尚書大傳》曰：「射
王極之度也，射人將發矢，必先于此儀之，發矢必中于彼矣。君將出政，
亦先于朝廷度之，出則應于民心。」）案惠說是也，儀與擬皆度也，作儀
者假借字耳。（《正義》曰「必議論之而後動。」失之。）〈少牢下〉篇
「其脊體儀也。」鄭注曰：「儀者，儀度餘骨可用者而用之。」（說見餉
其脊體儀下）今文儀或作議、宜。十一年《左傳》「令尹蒍艾獵城沂，程
土物，議遠邇。」昭三十一年《傳》：「士彌牟營城周，議遠邇，量事
期。」皆言度期遠邇也。〈魯語〉曰：「賦里以入而量其有無，任力以夫
而議其老幼。」言度其老幼也。《淮南·俶真》篇曰：「不可隱儀揆
度。」〈兵略〉篇曰：「兵之所隱議者，天道也。」隱議即隱儀。《廣
雅》曰：「隱、度也。」是儀度之儀，古通作議也。（〈鄭語〉「伯翳能
議百物以佐舜者也。」《漢書·地理志》議作儀，《晏子春秋·外篇》
「博學不可以儀世。」《墨子·非儒》篇儀作議。）字又通作義，襄公三

借斬為懟，而解者誤以為斬衰。（說見孤斬焉在衰絰之中⑱）借形為刑，而解者誤以為如金冶之器，隨器而制形。（說見形民之力⑲）借取為聚，而解者誤以取人為劫人。（說見取人於萑苻之澤

十年《左傳》「女待人婦義事也。義事亦謂度事也。（說見前婦義事下）」

⑲ 「叔父陟恪，在我先王之左右，以佐事上帝。」杜注曰：「陟、登也，恪、敬也。」〈大雅·文王〉《集傳》引或說曰：「陟恪當為陟降。」引之謹案：恪讀為格，《爾雅》曰「格、陟、登、陞也。」是格與陟同義，陟格謂魂升於天也。既言陟而又言格者，古人自有複語耳。（《莊子·德充符》篇「彼且擇日而登假。」〈大宗師〉篇「是知之能登假於道也若此。」假與格同，格亦登也。《楚辭·離騷》「陟陞皇之赫戲兮。」陟亦陞也。）格與恪古字通，《論語·為政》篇「有恥且格。」〈漢山陽太守祝睦碑〉格作恪，《逸周書·小開武》篇「罔有恪言。」即格言也。不必改為陟降。

⑯ 十年《傳》「孤斬焉在衰絰之中。」杜注曰：「既葬未卒哭，故猶服斬衰。」引之謹案：斬讀為懟。懟焉者、哀痛憂傷之貌。〈晉語〉曰：「吾君懟焉，其亡之不恤，而群臣是憂」是也。〈檀弓〉曰：「吾子儼然在憂服之中，語意與此相似。」懟之言憯也，《說文》「憯、痛也。」〈小雅·雨無正〉篇「憯憯日瘁。」鄭箋曰：「憯憯憂之。」《楚辭·九辯》「憯悽增欷。」王逸注曰：「愴痛感動，歎累息也。」古聲憯慚相近，〈洪範〉「沈潛剛克。」文五年《傳》潛作漸，是其例矣。杜不得其解而臆為之說，非是。

⑰ 「形民之力，而無醉飽之心。」杜注曰：「言國之用民，當隨其力任，如金石之器，隨器而制形。故云：形民之力，去其醉飽過盈之心。」引之謹案：杜釋形字迂迴難通，今案形當讀為刑。《後漢書·陳蕃傳》注引此正作刑民之力，刑猶成也。（見《大傳》、〈學記〉鄭注。）刑民者成民也，桓六年《傳》「聖王先成民而後致力於神。」《正義》曰：「言養民成就，然後致孝享。」是其義也，之猶是也。（《爾雅》「之子者，是子也。」〈無逸〉「惟耽樂之從。」《漢書·鄭崇傳》引作「惟耽是從。」）力猶務也。（見〈坊記〉鄭注）形民之力而無醉飽之心者，言惟

⑲）借閒為干，而解者誤以為閒錯。（說見閒先王⑲）借宿為夙，而解者誤以宿為安。（說見官宿其業⑳）借坁為啟，而解誤以坁為

成民是務，而無縱欲之心也。〈大雅·烝民〉篇「威儀是力。」文義正與此同。一曰《廣雅》曰「刑、治也。」刑民之力者，治民是務也。

⑲「鄭國多盜，取人於萑苻之澤。」杜注曰：「於澤中劫人。」引之謹案：劫人而取其財，不得謂之取人。取讀為聚。（聚古通作取，〈萃象傳〉「聚以正也。」《釋文》「聚、荀作取。」《漢書·五行志》「內取茲謂禽。」師古曰「取讀如〈禮記〉聚麀之聚。」）人即盜也，謂群盜皆聚於澤中，非謂劫人於澤中也。盜聚於澤中，則四出劫掠，又非徒於澤中劫人也。下文云「興徒兵以攻萑苻之盜盡殺之。」則此澤為盜之所聚明矣。《文選·齊故安陵昭王碑文》注、《藝文類聚·治政部上》、《白帖九十一》、《太平御覽·治道部三》引此並作「聚人於萑苻之澤。」蓋從服虔本也。杜本作取者借字耳。而云於澤中劫人，則誤讀為取與之取矣。《韓子·內儲說》篇「鄭少年相率為盜，處於萑澤，將遂以為鄭禍。」處於萑澤即所謂聚人於萑苻之澤也。

⑲「單劉贊私立以閒先王。」杜注曰：「閒錯先王之制。」引之謹案：閒之言干也。謂干犯先王之命也。（昭二十年《傳》曰：「臣敢貪君賜以干先王。」）先王之命，即上文所云「王后無適則立長，年鈞以德，德鈞以卜」是也。襄十九年《傳》「閒諸侯難。」《太平御覽·皇親部》十二引服虔曰：「閒、犯也。」是閒與干同義。上文曰：「王室其有閒王位。」謂干王位也。（昭三十一年《傳》曰：「況敢干位以作大事乎！」）襄十一年《傳》曰：「或閒茲命。」謂干茲命也。（襄三年《傳》曰：「使干大命。」）定四年《傳》曰：「管蔡啟商，惎閒王室。」謂謀干王室也。（說見後惎閒王室下）哀二十年《傳》曰：「吳犯閒上國多矣。」謂干犯上國也。〈鄭語〉曰：「姜嬴荊芈，實與諸姬代相干也。」韋注曰：「言更相犯閒也。」閒與干聲相近，故字亦相通，《聘禮·記》「皮馬相閒。」鄭注曰：「古文閒作干」是也。

⑳二十九年《傳》「官宿其業，其物乃至，若泯弃之物，乃坁伏鬱湮不育。」杜注曰：「宿猶安也。」《正義》曰：「夜宿所以安身，故云宿猶安也。謂安心思其業。」服虔云：「宿思也。今日當預思明日之事，如家人宿火矣。」劉元卿以服義太迂曲。引之謹案：服訓宿為思，杜訓為安，

止。（說見物乃坻伏❷）借備為服，而解者誤以為儀物之備。（說見備物典策❷）借少帛為小白，而解者誤以為雜帛。（說見大路少

皆於古無據，且皆與下句不貫。孔謂安心思其職業，則尤為迂曲。今案宿讀為佖，佖古文夙字也。《說文》：「夙、早敬也。從丮夕（丮讀若戟，持也。今本《說文》脫夕字，依段注補。）」持事雖夕不休，早敬者也。隸變作夙，《說文》又云：「佖、古文夙。」又云「肅、持事振敬也。」佖、夙、肅古今字，作宿者，借字耳。（《賈子·保傅》篇「有司齋肅端冕。」《大戴記》作齊夙。《孟子·公孫丑》篇「弟子齋宿而後敢言。」是佖、夙、肅並通作宿也。）言居官者能敬脩其業，其所掌之物乃至也。上文云：「物有其官，官脩其方。」又云：「董父甚好龍，龍求其耆欲以飲食，龍多歸之，正謂此也。」

❷ 杜解物乃坻伏云：「坻、止也。」《釋文》「坻音旨，又丁禮反。」《正義》曰：「若滅弃所掌之事，則其物乃止息而潛伏。」家大人曰：杜孔分坻伏為二義，非也。坻讀為敱，敱、隱也。曹憲音丁禮反，王襃《四子講德論》「雷霆必發而潛底。」震動潛底猶滯隱也，馬融《廣成頌》「疏越蘊憤，駭洞底伏。」底伏猶隱伏也。坻底並與敱通，《論衡·龍虛》篇引《左傳》坻作低。低伏亦隱伏也。故〈感虛〉篇又云「夏末政衰，龍乃隱伏。」

❷ 定四年《傳》「分之土田陪敦，祝宗卜史備物典策，官司彝器。」《正義》曰：「服虔云：『備物、國之儀物之備也，當謂國君威儀之物，若今繳扇之屬，備賜魯也。杜不解備物，則與典策為一也，備物典策，謂史官書策之典，若傳之所云，發凡之類，賜之以法，使依法書時事也。』」引之謹案：服解備物未確，孔合備物與典策為一，尤屬未安。竊謂備物即服物也。經傳多言伏物，〈祭義〉曰：「以具服物，以脩宮室。」〈周語〉曰：「不唯是生死之服物采章。」又曰：「服物昭庸，采飾顯明。」皆是也。土田陪敦，祝宗卜史，服物典策，皆四字平列，服與備古字通，〈趙策〉「騎射之服。」《史記·趙世家》作「騎射之備。」《漢書·王莽傳》「所征殄滅，盡備厥辜。」即盡服厥辜，皆其證。（凡從𩙿從菐之字，古多通用。《後漢書·皇甫嵩傳》注曰：「犕、古服字。」〈繫辭傳〉「服牛乘馬。」《說文》引作「犕牛乘馬。」僖二十四年《左傳》「伯服。」《史記·鄭世家》作「伯犕」。）

帛❷❸）借惎為基，而解者誤以惎為毒。（說見惎閒王室❷❹）借皋為咎，而解者誤以為情性。（說見《國語》厚其性❷❺）借渝為輸，而

---

❷❸　「分康叔以大路少帛，綪茷旃旌。」賈逵注曰：「少帛、雜帛也。」（見《史記·衛世家》《集解》）杜預注同。《正義》曰：「《周禮·司常》云：『通帛為旃，雜帛為物。』」鄭元云：「通帛謂大赤無飾，雜帛者，以帛素飾其側，大赤是通帛，知少帛是雜帛也。」引之謹案：雜帛者，謂其帛色赤帛相雜也，雜與少不同義，不得以少帛為雜帛，且雜帛為物，物是旗名，而雜帛則非旗，不可謂之物，不可謂之雜帛，亦不可謂之少帛。猶之通帛為旃，可謂之旃，不可謂之通帛也。今案少帛蓋即小白，《逸周書·克殷》篇：「縣諸小白。」孔晁注曰：「小白、旗名，齊桓公名小白，蓋以旗為名。若齊大夫欒施字旗，孔子弟子榮旂字子旗之類也。」少與小，帛與白古字通。（〈玉藻〉「大帛不綏。」鄭注：「帛當為白。」閔二年《左傳》「大帛之冠。」〈雜記〉注引作「大白」。〈小雅·六月〉「白斾央央。」孫炎《爾雅注》引作「帛斾英英。」子思之子名白，《漢書·孔光傳》作帛，是白與帛通，少小之通，書傳甚多，不煩枚舉。）

❷❹　「管蔡啟商，惎閒王室。」杜注曰：「惎、毒也。管叔、蔡叔開導紂子祿父以毒亂王室也。」《正義》曰：「惎、毒；閒、亂。賈逵云然，是相傳訓也。」引之謹案：毒亂之語不辭，惎之言基，基、謀也，閒、犯也。（說見前以閒先王下）謂謀犯王室也。《爾雅》曰：「基、謀也。」〈康誥〉曰「周公初基，作新大邑于東國洛。」鄭注以基為謀是也。《廣韻》「惎、教也。一曰謀也。」訓惎為教，本於宣十二年《傳》「楚人惎之脫扃」，注謂基為謀。疑即此傳舊注也。《玉篇》「諅、謀也。」《廣韻》「諅、謀也。」諅惎基並字異而義同。

❷❺　「先王之於民也，懋正其德而厚其性，阜其財求而利其器用。」韋注曰：「性、情性也。」家大人曰：性之言生也。（〈樂記〉「方以類聚，物以群分，則性命不同矣。」鄭注：「性之言生也，命、生之長短也。」昭八年《左傳》「今宮室崇侈，民力彫盡，怨讟並作，莫保其生也。」十九年《傳》「吾聞撫民者，節用於內，而樹德於外，民樂其性而無寇讎。」謂樂其生也。《荀子·禮論》篇「天地者生之本也。」《大戴禮·禮三本》篇生作性。〈秦策〉「生命壽長」《史記·范睢傳》生作性。）文七年

解者誤以渝為變。（說見弗震弗渝❷❻）借庸為融，而解者誤以庸為功。（說見服物昭庸❷❼）借迂為訏，而解者誤以為迂回。（說見其

《左傳》曰：「正德、利用、厚生，謂之三事。」杜解厚生曰生民之命。此云懋正其德，即正德也。云厚其性即厚生也。云阜其財求而利其器用，即利用也。成十六年《傳》曰：「民生厚而德正，用利而事節。」襄二十八年《傳》曰：「夫民生厚而用利，於是乎正德以福之。」文六年《傳》曰：「時以作事，事以厚生。」皆其證也。

❷❻ 「陽氣俱蒸，土膏其動，弗震弗渝，脈其滿眚，穀乃不殖。」引之謹案：渝讀為輸，輸寫也，謂書寫其氣，使達於外也。（《廣雅》「輸、寫也。」〈小雅·蓼蕭〉篇「我心寫兮。」毛傳曰：「輸寫其心也。」枚乘〈七發〉曰：「輸寫淟濁」。）《左氏春秋》「隱六年，鄭人來渝平。」《公羊》《穀梁》並作「輸平」，是渝輸古字通。此言當土脈盛發之時，不即震動之輸寫之，則其氣鬱而不出，必滿塞而為災也。韋注訓渝為變，於上下文義稍遠矣。

❷❼ 「服物昭庸，采飾顯明，文章比象，周旋序順。」韋注曰：「庸、功也。冕服旗章，所以昭有功，五采之飾，所以顯明德，文章、黼黻繪繡之文章也，比象、比文以象山龍華蟲之屬，序、次也，各以次比順於禮也。」引之謹案：昭庸、顯明、比象、序順皆兩字平列，庸與融通。《釋名》曰：「融、明也。」昭庸即昭融，〈大雅·既醉〉篇曰：「昭明有融。」昭五年《左傳》曰：「明而未融」皆是也。比象猶次序也，比讀如比次之比。鄭注《周官·世婦》曰：「比、次也，象之言序也，比象猶言比序。」《周官·遂師》曰：「比敘其事」是也。（敘與序同）〈繫辭傳〉「君子所居而安者，易之序也。」陸績曰：「序、象也。」京房曰：「次也。」虞翻本作象，是象與序同義。文章比象，言文章相次序也。〈考工記〉曰：「畫繪之事雜五色，青與白相次也，赤與黑當次也，元與黃相次也，青與赤謂之文，赤與白謂之章，白與黑謂之黼，黑與青謂之黻，五采備謂之繡。」〈樂記〉所謂五色成文而不亂也。桓二年《左傳》「五色比象，昭其物也。」義與此同。杜注以為比象天地四方，非也。周旋序順者，序亦順也。《爾雅》曰：「順、敘也。」《大戴禮·保傳》篇曰：「言語不序。」〈周語·上〉篇曰「時序其德。」〈楚語〉曰：「奔走承序。」序皆順也。（說見前百揆時敘下）昭庸顯明皆明也，此篇之昭庸顯明，即下

語迃❽）借招為昭，而解者誤以招為舉。（說見盡言以招人過❾）
借辯為徧，而解者誤以辯為別。（說見言教必及辯❿）借慝為忒，

篇之顯融昭明。（下篇曰：「故高朗令終，顯融昭明。」）作庸者，假借字耳。比象序順皆順也，文章之有次，猶周旋之有序也。韋注皆失之。

❽　「郤犨見其語迃，單子曰：迃則誣人。」韋注曰：「迃回加誣於人。」家大人曰：迃、《賈子·禮容語》篇作訏。《說文》「訏、詭譌也。」詭譌之言，以無為有，故曰迃則誣人。《說文》「謣、妄言也。」《法言·問明》篇曰：「謣言敗俗，謣好敗。」則訏、謣、迃聲義並同。《荀子·非十二子》篇「欺惑愚眾，喬宇嵬瑣。」喬與譑同，宇與訏同，皆古字假借也。《漢書·五行志》載〈周語〉亦作迃，顏師古注曰：「迃、夸誕也。」義長於韋矣。

❾　「立於淫亂之國，而好盡言以招人過，怨之本也。」韋注曰：「招、舉也。舊音曰招音翹。」引之謹案：《漢書·陳勝傳·贊》「招八州而朝同列。」鄧展曰：「招、舉也。」蘇林曰：「招音翹。」此舊音所本也。今案《後漢書·鍾晧傳》云：「昔國武子好昭人過，以致怨本。」《魏志·鍾繇傳》注引〈先賢行狀〉同，其字皆作昭，然則昭者明著之詞，言好盡己之言，以明著人之過也。《賈子·禮容語》篇作「好盡言以暴人過。」暴亦明著之詞，則其字之本作昭甚明，韋本作招者，借字耳。昭十二年《左傳》「祭公謀父作祈招之詩。」張衡〈東京賦〉「招有道於側陋。」賈逵、薛綜注並云：「招、明也。」〈漢校官碑〉：「宗懿招德。」即昭德，是昭字古通作招。（《左傳》「楚康王昭。」《史記·楚世家》作招。《史記·建元以來王子侯者表》「劇魁侯昭」，《漢表》作招。）招人過即昭人過，不當訓為舉，亦不當讀為翹也。

❿　韋注「言教必及辯」曰：「辯、別也。能分別是非，乃可以教。」注：「施辯能教曰施其道化而行能辯明之，故能教。」引之謹案：辯當讀為徧，古字辯與徧通。（〈堯典〉「徧于群神。」《史記·五帝紀》作「辯於群神。」《大戴禮·衛將軍文子》篇「不得辯知也。」謂不得徧知也。〈樂記〉「其治辯者其禮具。」鄭注曰：「辯、徧也。」）言教必及徧者，言教必及於徧施也。施徧能教者，施教而徧，是謂能教也。上文「劉康公曰：宣所以教也（教施當為施教），惠所以和民也，教施而宣則徧，惠以和民，則阜施徧而民阜乃可以長保民矣。」韋注曰：「宣、徧也。」

而解者以愿為惡。（說見過愿之度㉑）借黜為屈，而解者誤以黜為
去。（說見揚沈伏而黜散越㉒）借滋為慈，而解者誤以滋為長。
（說見遂滋民與無財㉓）借淳為焞，而解者誤以淳為大。（說見淳
燿敦大㉔）借民為泯，而解者誤以為人民之民。（說見民煩㉕）借

是其義。古字多假借，後人失其讀耳。

㉑　「於是乎有狂悖之言，有眩惑之明，有轉易之名，有過愿之度。」韋注
曰：「愿、惡也。」家大人曰：愿之為惡，常訓也。此愿字當讀為忒，
忒、差也。（見〈豫卦〉鄭注，《左傳》文二年注，《呂氏春秋·孟春》
〈先己〉二篇注。）狂與悖、眩與惑、轉與易、過與忒義並相近，過忒即
過差也。事差其度，故曰：過忒之度，若以愿為惡，則別為一訓，且與之
度二字，義不相屬矣。〈洪範〉之民用僭忒（僭忒即僭差，說見〈洪
範〉），《漢書·王嘉傳》引忒作愿，董仲舒〈雨雹對〉曰：「以此推
移，無有差愿。」是差忒字古通作愿也。

㉒　「為之六間，以揚沈伏而黜散越也。」韋注曰：「黜、去也，越、揚也，
發揚滯伏之氣而去散越也。」引之謹案：黜讀為屈，屈、收也，謂收斂散
越之氣也。《爾雅》曰：「斂、屈、收、聚也。」〈魯頌·泮水〉篇：
「屈此群醜。」毛傳曰：「屈、收也。」〈聘禮〉「屈繅者斂之。」（鄭
注〈士喪禮〉曰：「絯、屈也，江沔之閒謂縈繩索為絯。」是屈與收同
義。又〈士喪禮〉「管人汲不說繘屈之」注曰：「屈、縈也。」亦為縈收
之義。）屈與黜聲相近，故字相通，《說苑·立節》篇曰「將軍子囊黜兵
而退。」謂收兵而退也。沈伏者發揚之，散越者收斂之。此陰律所以閒陽
律成其功也。揚與沈伏義相反，則黜與散越義亦相反，韋注訓黜為去，失
之矣。

㉓　「遂滋民與無財。」韋注曰：「遂、育也，滋、長也。」引之謹案：遂、
語詞，猶言因也。滋當讀為慈，慈者愛也、邮也，與無財，則所以邮之
也。《大戴禮記·少閒》篇「制典慈民。」《墨子·非儒》篇：「不可使
慈民。」皆謂惠邮其民也。作滋者，假借字耳。《管子·小匡》篇作「慈
於民，予无財。」是其證，韋注失之。

㉔　「夫黎為高辛氏火正，以淳燿敦大，天明地德，光照四海，故命之曰祝
融。」韋注曰：「淳、大也，燿、明也，敦、厚也，言黎為火正，能治其

宮為躬，而解者誤以宮為居。（說見右執殤宮㉖）借類為率，而解

職，以大明厚大，天明地德，故命之為祝融。祝、始也，、、明也。」家大
人曰：韋訓淳為大，義本《爾雅》（《爾雅》作純，義同），然云大明厚
大，天明地德，則不詞矣。予謂淳燿、敦大、充照皆二字平列，淳本作
焞，焞、明也，燿、光也，言能光明天明，厚大地德也。下文云：「祝融
能昭顯天地之光明。」即其證。《說文》「焞、明也。」《春秋傳》曰
「焞燿天地。」蓋約舉〈鄭語〉之文也。崔瑗〈河間相張平子碑〉曰：
「亦能焞燿敦大，天明地德。」其字並作焞（昭二十九年《左傳》《正
義》引此亦作焞），今本作淳者，假借字耳。《大元・元測・序》「盛哉
日乎，丙明離章，五色淳光。」范望亦云：「淳、明也。」《漢書・揚雄
傳》「光純天地。」純亦明也（李奇訓純為緣，亦失之），焞淳純古並通
用。

㉕ 「〈楚語〉故堯有丹朱，舜有商均，啟有大甲，文王有管蔡，夫豈不欲其
善，不能故也。若民煩可教訓，蠻夷戎狄，其不賓也久矣，中國所不能用
也。」韋注曰：「煩、亂也。」家大人曰：民讀為泯，泯煩皆亂也。昏亂
之人，故不可教訓。《玉篇》「泯、彌忍、彌賓二切，滅也。」又「泯
泯、亂也。」是泯與民同音（〈大雅・桑柔〉篇「靡國不泯。」《釋文》
「泯、面忍反，徐又音民」是泯滅之泯亦與民同音。）〈康誥〉曰：「天
惟與我民彝大泯亂。」泯亦亂也。〈呂刑〉曰：「民興胥漸，泯泯棼
棼。」《逸周書・祭公》篇曰：「女無泯泯芬芬，厚顏忍醜。」孔晁注：
「泯芬、亂也。」泯芬與民煩聲近而同。〈哀公問〉曰：「寡人惷愚冥
煩。」冥煩與民煩聲義亦相近，故《賈子・大政》篇曰：「夫民之為言
也，冥也，萌之為言也盲也。」《孝經援神契》亦曰：「民者、冥也。
（見〈大雅・靈臺〉《正義》）」

㉖ 「余左執鬼中，右執殤宮。」韋注曰：「中、身也。〈禮記〉曰：『其中
退然天死曰殤。』殤宮、殤之居也。執謂把其錄籍，制服其身，知其居
處，若今世云，能使殤矣。」家大人曰：韋以殤宮為殤之居，非也。殤之
居則不可言執，故又為之說曰，謂把其錄籍，制服其身，知其居處，殆失
之迂矣。宮讀為躬，中躬皆身也，執殤躬，猶言執鬼中，作宮者假借字
耳。

者誤以類為善。（說見心類德音❷⃝）借從為縱，而解者誤以從為順隨。（說見從逸王志❷⃝）借朋為馮，而解者誤以朋為群。（說見奮其朋勢❷⃝）借釦為呴，而解者誤音口。（說見三軍皆譁釦❷⃝）借刑

---

❷⃝　「齊桓晉文心類德音，以得有國。」韋注曰：「類、善也。」引之謹案：類之言律也，率、循也，言其心常循乎德音也。下文觀射父曰：「使心率舊典者為之宗。」語意與此同，率與類古同聲同義，而字亦通用。（《漢書·尹翁歸傳》「類常如翁歸言。」顏師古注：「類猶率也。」〈外戚傳〉「事率眾多。」顏注：「率猶類也。」〈考工記·梓人〉注：「是取象率焉。」率音類，本又作類。又音律。〈祭義〉「古之獻繭者，其率用此與！」率音類，又音律，又所律反，凡《釋文》內，率字之音多如此。）

❷⃝　「〈吳語〉故婉約其辭，以從逸王志，使淫樂於諸夏之國以自傷也。」韋注曰：「從、順隨也。」家大人曰：從讀為縱，縱逸猶放逸也。（曹植〈酒賦〉「流情縱逸。」）韋以從為順隨，則誤分從逸為二義。

❷⃝　「請王厲士，以奮其朋勢。」韋注曰：「朋、群也。勉厲士卒以奮激其群黨之勢。」家大人曰：朋讀為馮，馮勢、盛怒之勢也。《方言》曰：「馮、怒也，楚曰馮。」郭璞注曰：「馮、恚盛貌。」昭五年《左傳》「今君奮焉，震電馮怒。」杜預注曰：「馮、盛也。」《楚辭·天問》曰：「康回馮怒。」是馮盛怒也。作朋者，假借字耳。《史記·田完世家》之韓馮，〈韓策〉作韓朋。《藝文類聚·寶部下》引《六韜》曰：「九江得大貝百馮。」《淮南·道應》篇作「大貝百朋」，是馮與朋古字通，猶洍河之洍通作馮也。

❷⃝　「三軍皆譁釦振旅。」韋注曰：「譁釦、謹呼也。舊音釦音口。」家大人曰：《說文》「釦、金飾器口也。」《玉篇》音口，與謹呼之義無涉，釦當讀為呴，字或作呴，俗作吼。《說文》「呴、厚怒聲。」《玉篇》呼垢切，《文選·江賦》注引《聲類》云：「呴、嗥也。」〈燕策〉云：「呴藉叱咄。」《一切經音義》十九引《國語》「三軍譁呴。」又引賈達注云：「呴、譁也。」與韋注謹呼同義，作釦者借字耳，當音呼垢反，不當音口。

為形,而解者誤以刑為法。(說見天地之刑㉑)借臂為辟,而解者誤音必賜反。(說見《公羊傳》臂搬仇牧㉒)借易為隻,而解者誤以為易輪轍。(說見一本又作易輪㉓)借茅為旄,而解者誤以為用

㉑ 「死生因天地之刑。」韋注曰:「刑、法也,殺生必因天地四時之法。」家大人曰:刑讀為形,形、見也。天地之刑,謂死生之兆先見於天地者也。生與殺必因乎此,故曰:死生因天地之形。下文曰「天地形之,聖人因而成之。」又曰:「天地未形,而先為之征,其事是以不成。」《管子·勢》篇曰:「死死生生,因天地之形。天地形之,聖人成之。」皆其證也。形刑古多通用。不煩枚舉。

㉒ 十二年《傳》「萬臂搬仇牧。」何注曰:「側手曰搬。」《釋文》「臂、必賜反,本又作辟。婢亦反。」引之謹案:臂短不可以擊人,作辟者是也,辟、推擊也。《爾雅》「辟、拊心也。」郭璞曰:「謂椎胸也。」是辟有椎擊之義,辟之言批也。《左傳》說此事曰:「遇仇牧于門批而殺之。」《玉篇》引作搤,《說文》「搤、反手擊也。」批辟聲之轉耳。搬當為殺,辟殺仇牧者,批殺仇牧也。《左傳》曰:「遇仇牧于門,批而殺之。」此云:「萬辟殺仇牧。」其義一也。若作搬而訓為側手,則與辟義相複,辟已是手擊,何須又言側手乎?何所據?搬字殆誤本也。古本《公羊》蓋作殺,不作搬,故《說文》無搬字。

㉓ 「匹馬隻輪無反者。」何注曰:「隻、踦也。」《釋文》「隻、如字,一本又作易輪。董仲舒云:『車皆不還,故不得易輪轍,隻、踦也。一本作易踦。』」引之謹案:隻、本字也,易古音神石反(《經典釋文·敘錄》曰:「徐仙民反易為神石。」)與隻聲相近,故借易為隻。(隻字古音在鐸部,易字在錫部,二部古或相通。如幕在鐸部,幭在錫部,而〈檀弓〉「布幕、衛也,幭幕、魯也。」鄭注云:「幕或為幭。」亦在鐸部,易在錫部。而《論語·述而》篇「五十以學易,可以無大過矣。」《釋文》云「魯讀易為亦。」釋在鐸部,而《楚詞·九章》「思蹇產而不釋。」與錫部之積策迹適為韻,赫在鐸部,而《漢書》「赫戲書」,鄧展音錫部閱牆之閱。《說文》迹從亦聲,狄從赤省聲,鴼或作鶅,從赤聲。則以錫部之字而諧鐸部之聲。狛從白聲,讀若錫部之蘗,又讀若鐸部之泊,皆是也。)《公羊》古本蓋作易,何氏讀易為隻,故云易踦也。踦與隻同義,

茅。（說見左執茅旌㉒）借躬為窮，而解者誤以躬為身。（說見潞子為善也躬㉕）借殆為治，而解者誤以殆為疑。（說見往殆乎晉

易踦也，正以明易之為隻也。董仲舒不知易為隻之假借，而以易為輪轍，其說雖於文義未安，然即此可知古本之作易矣。大抵假借之字，不以本字讀之，而義失其真，徑改為本字，則文非其舊，存其假借之易，而讀以本義之隻，斯兩得矣。臧氏《經義雜記》乃謂易為誤字，又謂傳文當作踦輪，注當作踦隻也。非是。

㉒ 「鄭伯肉袒，左執茅旌，右執鸞刀，以迎莊王。」何注曰：「茅旌、祀宗廟所用迎道神，指護祭者，斷曰藉，不斷曰旌，用茅者，取其心理順一，自本而暢乎末，所以通精誠，副至意。」引之謹案：〈春官·司巫〉「祭祀則共匰館。」鄭注曰：「匰之言藉也，祭食有當藉者。」引〈士虞禮〉「苴刋茅長五寸。」《史記·封禪書》曰：「古之封禪，江淮之閒，一茅三脊，所以為藉也。」是茅之薦物者，或曰藉，或曰苴，而無稱旌之文。何注「斷曰藉，不斷曰旌。」未知何所據也。茅為草名，旌則旗章之屬，二者絕不相涉，何得稱茅以旌乎！今案茅當讀為旄，旄正字也，茅借字也。蓋旌之飾，或以羽，或以旄。〈春官·司常〉「析羽為旌。」《爾雅》注「旄首曰旌。」李巡注曰：「旌、牛尾著干首」（見〈鄘風·干旄〉《正義》）是也。其用旄者，則謂之旄旌矣。〈地官·掌節〉：「道路用旌節。」鄭注曰：「今使者所持節是也。」《後漢書·光武紀》注：「節所以為信也，以竹為之，柄長八尺，以旄牛尾為其眊三重。」桓十六年《左傳》：「壽子載其旌以先。」〈邶風·二子乘舟〉傳作「竊其節而先往。」《正義》引《史記·衛世家》「盜其白旄而先。」而釋之曰：「或以白旄為旌節也。」《漢書·蘇武傳》「杖漢節牧羊，臥起操持，節旄盡落。」是節即旄旌也。〈周語〉曰：「敵國賓至，行理以節逆之。」然則鄭伯執旄旌者，其自比於行人執節以逆賓與！何氏據借字作解，而不求其正字非也。旄從毛聲，茅從矛聲，古毛聲矛聲字往往相通，如《詩》「髦彼兩髦。」〈牧誓〉作「髳」，是其例也。《新序·雜事》篇載此事正作旄旌，唐余知《古渚宮舊事》同，蓋出《嚴氏春秋》也，校何氏本為長。

㉕ 十五年《傳》：「潞何以稱子？潞子之稱善也躬，足以亡爾。」何注曰：「躬、身也。」引之謹案：躬行善事，無取滅亡之理，此非傳意也。古字躬與窮通。（《論語·鄉黨》篇「鞠躬如也。」〈聘禮〉鄭注作「鞠

❷❻）借睨為俄，而解者誤以睨為望。（說見睨而曰❷❼）借填為殄，

窮」。《大戴禮記・哀公問五義》篇「躬為匹夫而不願富貴，為諸侯而無財。」躬與窮同。）躬當讀為窮，潞子之為善也窮，言潞子之為善，其道窮也。蓋潞子去俗歸義而無黨援，遂至於窮困。下文曰「離于夷狄而未能合于中國，晉師伐之，中國不救，狄人不有。」是其窮於為善之事也，何注失之。孔氏《通義》又以躬字屬下讀，而云「足以亡其窮。」案經云「以潞子嬰兒歸。」未嘗殺之也，不得云亡其窮，古人字多假借，必執本字以求之，則迂曲難通矣。

❷❻　「莒將滅之，故相與往殆乎晉也。」何注曰：「殆、疑。疑讞于晉，齊人語。」孔氏《通義》曰：「殆、危也。告危於晉也。」家大人曰：何訓殆為疑，往疑乎晉則不辭，故加讞字以增成其義，然殆可訓為疑，不可訓為讞也。孔訓殆為危，往危乎晉，則尤為不辭，故加告字以增成其義，然《傳》言殆乎晉，不言告殆乎晉也。今案殆讀為治（殆治古聲相近，故字亦相通。《荀子・彊國》篇「彊殆中國。」楊倞注：「殆或為治。」）治謂訟理也，以鄑子欲立異姓為後，故相與往訟理於晉也。（下文曰：「莒將滅之，則曷為相與往殆乎晉？取後乎莒也。其取後乎莒奈何？莒女有為鄑夫人者，蓋欲立其出也。」注曰：「時莒女嫁為鄑後夫人，夫人無男有女，還嫁之于莒，有外孫。鄑子愛後夫人而無子，欲立其外孫。」）僖二十八年《傳》「叔武為踐土之會，治反衛侯。」注曰：「叔武訟治於晉文公，令白王者，反衛侯使還國也。」成十六年《傳》「公子喜時外治京師而免之。」注曰：「訟治于京師，解免使來歸。」皆與此傳往治乎晉同義，古讀訟理為治訟，或曰辭訟。《周官・小宰》曰：「聽其治訟。」〈小司徒〉曰：「聽其辭訟。」〈司市〉曰「聽大治大訟，小治小訟」皆是也。〈大司徒〉曰：「凡萬民之有獄訟者與有地治者，聽而斷之。」有地治者，謂爭地而訟理者也。（說見《周官》）〈訝士〉曰：「凡四方之有治於士者造焉。」亦謂有訟理於士者也。

❷❼　定八年《傳》「陽虎弒不成，卻反，舍于郊，皆說然息。或曰：『弒千乘之主而不克，舍此可乎！』陽虎曰：『夫孺子得國而已，如丈夫何！』睨而曰：『彼哉！彼哉！趣駕。』」何注曰：「望見公斂處父師而曰『彼哉彼哉』，再言之者切遽意。」家大人曰：何以睨字從目，故訓為望，其實非也。睨讀為俄，俄謂須臾之頃也。（桓二年何注曰：「俄者謂須臾之

而解者誤以為填厭。（說見《穀梁傳》誅不填服❷）借苞為俘，而解者誤以苞為制。（說見苞人民❷）借倚為奇，而解者誤以為依

閒，創得之頃也。」《說文》「俄、行頃也。」）虎舍于郊而說然息，謂魯人之必不來追也。俄而思公敏處父必來追，故曰彼哉彼哉！此意中之處父，非目中之處父也。處父至則不及駕，故曰趣駕，非望見處父之師而後駕也。俄而二字，《傳》文屢見，桓二年《傳》曰：「俄而可以為其矣。」莊三十二年《傳》曰：「俄而牙弒械成。」作睋者假借字耳。上文曰：「睋而鋟其板。」亦是借睋為俄也。（《漢書·外戚傳》「始為少使，蛾而大幸。」則又借用蛾眉字。）

❷ 「戰不逐奔，誅不填服。」范注曰：「來服者不復填厭之。」引之謹案：誅謂殺戮，非特填厭之而已，填讀為殄，謂殄戮之也。（〈盤庚〉曰：「我乃劓殄滅之。」〈多方〉曰：「殄戮多罪。」）不殄服猶言不殺降也。作填者假借字，〈小雅·小宛〉篇：「哀我填寡。」毛傳曰：「填盡也。」《釋文》「填、徒典反。」《爾雅》曰：「殄、盡也。」《集韻》「殄或作填。」是其證也。（凡從真從今之字多以聲近而通。《說文》引《詩·鄘風》「參髮如雲。」今詩今作鬒。〈大雅〉「胡甯慎我以旱。」《韓詩》慎作疹，是其例也。）

❷ 「苞人民，毆牛馬曰侵，斬樹木，壞宮室曰伐。」范注解苞人民曰制其人民。家大人曰：制與苞義不相近，傳注亦無訓苞為制者，范說非也。苞讀為俘，俘、取也。《眾經音義》卷十三引賈逵《國語·注》曰：「伐國取人曰俘。」作苞者，假借字耳。苞古通作包（見《經典釋文》），《爾雅》「俘、取也。」《漢書·賈誼傳》「淮陽包陳以南揥之江。」晉灼曰：「包、取也。」〈敘傳〉「包漢舉信。」劉德曰：「包、取也。」苞與俘同訓為取，而古聲又相近，故字亦相通。《說文》「捊、引取也。」或作抱，捊訓為取則或作抱，猶俘訓為取而通作苞也。《漢書·楚元王傳》「浮邱伯者，孫卿門人也。」《鹽鐵論·毀學》篇曰：「昔李斯與苞邱子俱事荀卿。」苞邱即浮邱，浮之通作苞，猶俘之通作苞也。凡從孚從包之字，古聲相近，故字亦相通。（《左氏春秋》隱八年公及莒人盟于浮來，《公羊》《穀梁》並作包來。〈投壺〉「若是者浮浮。」或作匏。《管子·八觀》篇「大凶則眾有遺苞矣。」苞則塗有餓莩之莩。《說文》鮑古文作𩵋，從枹聲，枹古文孚字，枹、擊鼓杖也。〈禮運〉〈明堂位〉

倚。（說見倚諸桓也㉚）借君為群，而解者誤以為君上之君。（說見《爾雅》林烝君也㉛）借逐為疛，而解者誤以為碩人之軸。（說

並作桿。匓、覆車也。〈王風·兔爰〉篇作罦，庖、廚也。《呂氏春秋·本味》篇作烰。）

㉚ 「三十一年築臺于秦。」《傳》「或曰倚諸桓也。桓外無諸侯之變，內無國事，越千里之險，北伐山戎，為燕辟地。魯外無諸侯之變，內無國事，一年罷民三時，虞山林藪澤之利，惡內也。」范注曰：「譏公依倚齊桓而與桓行異。」引之謹案：范謂與桓行異，是也。而謂依倚齊桓則未達倚字之義。倚讀為奇，奇、異也。奇諸桓者，異於桓也。異於桓者，桓與魯莊皆外無諸侯之變，內無國事，而一則越千里之險，北伐山戎為燕辟地。一則一年罷民三時，虞山林藪澤之利，異莫甚於此者矣。故《春秋》書其異於桓者以譏焉。王逸注《九章》云：「奇、異也。」古字倚與奇通。（《易·說卦傳》「參天兩地而倚數。」蜀才本倚作奇，〈春官·大祝〉「奇拜」杜子春曰：「奇讀曰倚。」僖三十三年《穀梁傳》「匹馬倚輪無反者。」《釋文》「倚居宜反，即奇輪也。」）字或作畸，《莊子·大宗師》篇「敢問畸人，曰：畸人者，畸於人而侔於天。」《釋文》「畸、李其宜反，云奇異也。」畸於人而侔於天，謂異於人而同於天也。〈天下〉篇「南方有倚人焉。」《釋文》「倚本作畸，同紀宜反。李云：異也。」然則倚諸桓者猶云畸於桓耳。《荀子·天論》篇「墨子有見於齊，無見於畸。」楊注曰：「畸謂不齊也。」齊桓、魯莊之行不齊如是，是以謂之畸焉。古字多假借，後人失其讀耳。

㉛ 《爾雅·釋詁》「林烝天帝皇王后辟公侯君也。」郭曰：《詩》曰「有壬有林。」又曰：「文王烝哉。」引之謹案：君字有二義：一為君上之君，天帝皇王后辟公侯是也。一為群居之群，林烝是也。古者君與群同聲，故《韓詩外傳》曰：「君者群也。」故古群臣字通作君臣。《管子·大匡》篇「桓公使鮑叔識君臣之有善者。」〈問篇〉「君臣位而未有田者幾何人？」皆群臣之假借也。（〈國蓄〉篇「男女諸君吾子，無不服籍。」君亦群之假借，謂大男大女及諸群吾子也。諸群猶諸眾也。《呂氏春秋·謹聽》篇云：「諸眾齊民。」）《呂氏春秋·召類》篇曰：「群者眾也。」《白虎通義》曰：「林者、眾也。」此篇下文云：「烝、眾也。」林烝群同為眾多之義，故曰「林、烝、群也」林烝二字連文而不與下文相錯，亦

可以知其別為一類矣。不然，君上至尊，豈得以林烝稱之乎！自毛公釋《詩》之「有壬有林」，「文王烝哉」，始誤以林烝為君上之君，而《漢書‧律厤志》之說「林鍾」，《楚辭‧天問》之說「伯林」，〈表記〉注之說「武王烝哉！」並仍其誤，〈小雅‧賓之初筵〉云：「百禮既至，有壬有林」，上曰百禮，下曰有林，則有林正眾盛之義，不得訓為國君，使文義參差也。（《傳》云：「壬、大也，林、君也。」君與大義已不類，而壬字之解猶不誤，《箋》又以壬為卿大夫，其失彌甚矣。《毛鄭詩考正》曰：「《詩》中如有賁有鶯之類，並形容之辭，此以形容百禮既至，壬壬然盛大，林林然眾多。」此說是也。）林鍾之義〈周語〉以為「和展百事，俾莫不任肅純恪。」韋注曰：「林、眾也。言萬物眾盛也。」則林字正取眾盛之義，故訓之曰百事。故《淮南‧時則》篇謂林鍾為百鍾，不得如〈漢志〉君主種物之說也。〈天問〉之伯林雉經，不知何指？王叔師見〈晉語〉有大子申生雉經之事，遂以伯林為申生，而訓為長君，實無明據也。至〈大雅‧文王有聲〉之「文王烝哉」，則《韓詩》訓烝為美，其說確不可易。（詩書多以烝為美大之詞，說見前不顯不承下。）不得如毛傳訓為君上之君哉。下文有「王后烝哉」「皇王烝哉」若訓烝為君，則與王后皇王字義相複矣。徧考經傳之文，未有謂君為林烝者，則林烝之本訓為群明矣。天帝皇王后辟公侯為君上之君，林烝為群聚之群，而得合而釋之者，古人訓詁之指，本於聲音，六書之用，廣於假借，故二義不嫌同條也。如下文「台朕賚畀卜陽予也。」台朕陽為予我之予，賚畀卜為賜予之予。（鄭樵注曰：疑此當言台朕陽予也，賚畀卜予也，以二字同文，故誤耳。案古之字義不隨字音而分，一義兼數音，亦兼數義，樵以後人之音，析古人之義，誤矣。）「頍娧矤灰底止倈待也。」頍娧倈為娧待之待，矤灰底止為止待之待。「治隸古故也。」治古為久故之故，隸為語詞之故。「載謨食詐偽也。」載謨食為作為之為，詐為詐偽之偽。「昌敵彊應丁當也。」昌為當理之當（丁浪反），敵彊應丁為相當之當。「棲遟憩休苦赦鷈呬息也。」棲遟憩休苦為止息之息，赦鷈呬為氣息之息。「郡臻仍迺侯乃也。」郡臻仍為仍乃之乃，迺侯為語詞之乃。「艾厤覷脅相也。」艾為輔相之相，厤覷為相視之相，脅為相保相受之相。「際接臭捷也。」際接為交接之接，臭為捷疾之捷。義則有條而不紊，聲則殊塗而同歸，此《爾雅》所以為訓詁之會通也。魏張稚讓作《廣雅》猶循此例。（如〈釋詁〉

見逐病也❷）借寫為鼠，而解者誤以為散寫。（說見寫憂也❸）借

篇「觵或員虞方云撫有也。」觵或員方云為有無之有，虞撫為相親有之
有。「輇盞槃陳厇屬方也。」輇盞槃為方圓之方，陳厇屬為旁側之旁。
「駁勁堅剛者劈勏莫憚慄搥鈔倞悖快強也。」駁勁堅剛者劈勏鈔倞悖快為
剛強之強，勏莫憚慄為勉強之強。若斯之類，不可枚舉。）自唐以來，遂
莫有能知其義者矣。

❷　「虺隤元黃瘏逐病也。」引之謹案：虺隤，疊韻字，元黃，雙聲字。〈周
南·卷耳〉篇「我馬虺隤。」「我馬元黃。」皆謂病貌也。《毛傳》謂元
馬病則黃，失之。〈小雅·何草不黃〉篇「何草不元。」元黃亦病也。猶
言「無草不死」「無木不萎」也。以草病興人之勞瘁，亦〈中谷有蓷〉
「暵其乾矣」之意。鄭箋謂歲始草元，歲晚草黃，失之。虺隤元黃，凡物
病皆得稱之，孫屬之馬，郭屬之人皆非也。（見郭注及《詩》《釋文》
《正義》。）《詩》言「何草不黃」「何草不玄」，以是明之。《釋文》
曰「瘏音勤，字亦作勤。」〈楚語〉曰：「民多曠者，而我取富焉。是勤
民以自封也。」勤民、病民也。病民以自封，猶言屬民而以自養也。邵引
〈樂記〉「微亂則哀其事，勤亦近之。」郭曰：「逐未詳。」〈衛風·考
槃〉篇「碩人之軸。」鄭箋「軸、病也。」《正義》曰：「〈釋詁〉云：
逐、病，逐與軸蓋古今字異。」邢疏用孔說。引之案：〈考槃〉一章曰
「碩人之寬」，二章曰「碩人之薖」，三章曰「碩人之軸」，毛傳曰：
「薖、寬大貌，軸、進也。」《釋文》「薖、《韓詩》作㛪，㛪、美貌。
則寬、薖、軸皆美大之之詞，不如箋所云也。」今案逐當讀為疛，音胄，
《說文》「疛、心腹痛也。讀若紂。」《廣雅》「疛、病也。」曹憲音
胄。〈小雅·小弁〉篇：「我心憂傷，惄焉如擣。」毛傳曰：「擣、心疾
也。」《釋文》「擣、《韓詩》作疛，義同。」《呂氏春秋·盡數》篇
「鬱處腹則為張為疛。」高注曰：「疛、跳動也。」是疛為心腹之病也。
《大畜·九三》「良馬逐。」《釋文》曰：「逐一音胄。」《海外北經》
「夸父與日逐走。」郭注曰：「逐音胄。」《文選·西都賦》「六師發
逐。」《後漢書·班固傳》逐作胄。是逐字古音有胄音，故與疛通也。

❸　「寫絲憂也。」郭注曰：「憂者思散寫也。」引之謹案：有憂者待於散
寫，不得即以寫為憂。〈邶風·泉水〉篇：「駕言出遊，以寫我憂。」散
寫之謂也。若即以散寫之寫為憂，則是以憂我憂矣，其可通乎！今案寫當

繇為傜，而解者誤以為繇役。（說見繇憂也㉔）借倫為熏，而解者

讀為鼠，〈小雅·雨無正〉篇「鼠思泣血。」箋曰：「鼠、憂也。」義本
於《爾雅》也。鄭所見本蓋作鼠，故據以釋經耳。寫字古讀若零露湑兮之
湑（私呂切，〈小雅·蓼蕭〉篇「我心寫兮。」與湑語處為韻，〈車舝〉
篇「我心寫兮。」與湑為韻。）與鼠字聲近而通，（依字母鼠在心母，鼠
在審母，二母之字，往往相通，如湘音息良切，心母也。鬺音式羊切，審
母也。而〈召南·采蘋〉篇「于以湘之」，《漢書·郊祀志》注引《韓
詩》湘作鬺，胥音相居切，心母也。疏音所菹切，審母也。而〈大雅·
緜〉篇「予曰有疏附」，《後漢書·祭肜傳》注引《尚書大傳》作胥附。
犀音先稽切，心母也。師音疏夷切，審母也。而文十六年《公羊傳》「公
子遂及齊侯盟于犀邱。」《穀梁》作師邱，他若信之作申，性之作生，速
之作數，皆心審二母之相通也。寫鼠之通，亦猶是矣。）字或作瘋，上文
曰「瘋、病也。」《釋文》引舍人注曰：「瘋、心憂懣之病也。」瘋為憂
懣之病，故又訓為憂，〈小雅·正月〉篇「瘋憂以痒。」傳曰：「瘋痒皆
病也。」案痒既訓為病，則瘋不得復訓為病，瘋與憂連文，瘋亦憂也。瘋
憂猶鼠思耳。〈小雅〉之鼠，即《爾雅》之寫，古字多通借，俗師失其讀
久矣。

㉔ 郭曰：「繇役亦為憂愁。」錢曰：「《詩》心之憂矣，我歌且謠。」謠本
又作繇，見《廣韻》，是繇有憂義，景純以繇役為憂愁，似曲。引之謹
案：郭固失之，錢亦未為得也。《廣韻》引《詩》「我歌且繇」，繇即謠
之俗字，非以繇為憂也。若以繇為憂，則是心之憂矣，我歌且憂，大為不
辭矣。今案：《方言》「愮、憂也。」重言之則曰愮愮。〈釋訓〉曰：
「灌灌愮愮，憂無告也。」〈王風·黍離〉篇曰：「中心搖搖」，義並與
繇同，繇音遙，又音攸。《說文》「悠、憂也。」〈小雅·十月之交〉篇
「悠悠我里。」毛傳曰：「悠悠、憂也。」昭十三年《左傳》「恤恤乎，
湫乎攸乎！」恤湫攸皆憂也。（湫與悠同，攸與悠同，杜以攸為縣危之
貌，非是。）悠攸二字義亦與繇同。（《漢書·韋賢傳》注：「繇與悠
同。」）悠之為悠悠，亦猶愮之為愮愮，愮與悠古同聲，故皆與繇通。
〈邶風·雄雉〉篇：「悠悠我思」，《說苑·辨物》篇引作遙遙我思，是
其例也。

誤以為倫理。（說見倫勞也❷❸）借危為詭，而解者誤以為安危之危。（說見噅危也❷❻）借哉為廁，而解者誤以為語詞哉。（說見哉

---

❷❸　「倫敕愉庸勞也。」郭曰：「倫理事務以相約敕亦為勞，勞苦者多惰愉，今字或作窳同。」錢曰：「倫勞聲相近，敕當為勑，即勞來之來，來與勞亦相轉也。景純不知聲音之轉，乃云倫理事務以相約敕亦為勞，斯為鄉壁虛造矣。《詩》『我生之初尚無庸。』鄭訓庸為勞，經典正文，郭亦不能引。」家大人曰：勞有三義：一為勞苦之勞，一為功勞之勞，一為勞來之勞。倫勘邛勤庸癉為勞苦之勞，而倫庸又為功勞之勞，勑為勞來之勞，倫之為勞，錢但云聲相近，而經傳未有明文。今案倫與熏通，《淮南·精神》篇曰：「人之耳目，曷能久熏勞而不息乎！」是熏為勞苦之勞也，倫又與勳通。〈祭統〉曰：「周公旦有勳勞天下。」是勤為功勞之勞也。熏勳之通作倫，猶薰勳之通作淪。〈小雅·雨無正〉篇「淪胥以鋪。」《漢書·敘傳》晉灼注引齊韓魯《詩》淪並作薰。《後漢書·蔡邕傳》注引《韓詩》作勳，是其例也。錢謂敕當為勑，即勞來之來是也。今作敕者，經傳中約敕之敕通作勑，故勞勑之勑通作敕。下文「勞來」《釋文》曰：「來本又作勑。」則此數字明是勑字之誤。《一切經音義》十二引《爾雅》「來、勞也也。」又引舍人注「勞、力極也。來、強事也。」則舍人本正作正作來不作敕，勞來二字說見下條「勞、來、勤也。」下愉之言癗也。上文曰：「癗、病也。」凡勞與病事相類，故文曰：「劭勞癉癗癉病也。」此曰：「邛勤愉癉勞也。」〈小雅·小閔〉傳曰：「卬、病也。」義並相通。《爾雅》訓愉為勞，而郭乃云「勞苦者多惰愉。」其失也鑒矣。《韓子·三守》篇曰：「惡自治之勞憚。」憚與癉同，庸之為勞，錢引《詩》「我生之初尚無劃」是也。〈釋訓〉曰「庸庸慅慅勞也。」是重言之亦為勞矣。然勞苦謂之庸，功勞亦謂之庸，郭引〈晉語〉「無功庸者」亦是也。功勞與勞苦義本相近，故勞苦謂之庸，亦謂之熏，功勞謂之勳，亦謂之庸矣。

❷❻　「噅幾㦲殆危也。」郭注曰：「噅㦲未詳。」引之謹案：危有二義，一為危險之危，幾㦲殆是也。一為詭詐之危噅是也。噅蓋譌之別體（凡字從言者或從口，《說文》當以噅為譌之重文，而於口部別出噅字非也。）危則詭之假借也，《漢書·天文志》「司詭星出正西。」《史記·天官書》詭作危。《淮南·說林》篇「尺寸雖齊必有詭。」《文子·上德》篇詭作

閒也㉟）借畛為珍，借殄為腆，而解者誤以畛為地畔之徑路。（說
見畛殄也㉘）借述為愃，而解者以為思念所求。（說見惟述鞠也

危。是詭與危通，故以二義合為一條。猶林烝為群，而群通作君，遂與天
帝皇王后辟公侯同訓為君也。（說見前）《說文》曰：「譎、權詐也。」
《三蒼》曰：「詭、譎也。」（見釋氏《一切經音義》卷十四）《莊子·
齊物論》篇「恑憰憰怪。」《釋文》引李注曰：「恑、戾也，憰、乖
也。」恑與詭同，憰與譎同，譎詭一聲之轉也。《廣雅》曰「譎、恑
也。」蓋張稚讓知《爾雅》之「嘀、危也」即是訓譎為詭，故又綴條耳。
假借之例，後人昧之久矣。自許氏《說文》已不識嘀危之同譎詭，又何怪
後世作音者，強分嘀與譎為二乎！（《玉篇》「嘀、余出切、譎、公穴
切。」）

㉟ 「孔魄哉延虛無之言閒也。」郭注曰：「孔穴延魄虛無皆有閒隙，餘未
詳。」邢疏曰：「延者今墓道也。」《說文》曰：「哉言之閒也。」引之
謹案：凡語詞皆言之閒，何獨於哉而云閒乎哉！疑當讀為廁，廁與閒同義
（《廣雅》廁、閒也。）故曰：「廁、閒也。」廁本字也，哉借字也。哉
與菑古同聲，哉之為廁，猶菑之為廁也。〈考工記·輪人〉：「察其菑蚤
不齵。」鄭司農讀「菑如雜廁之廁」，是其例也。閒又訓為息（見下），
延者息之閒也。〈大誥〉「天降割于我家不少延。」延者閒也，息也，謂
禍亂不少閒也（疏曰：「鄭王皆以延上屬為句，言害不少乃延長之。」案
分不少與延為二義失之。）〈晉語〉「平公謂陽畢曰：自穆侯以至於今，
亂兵不輟，民志無厭，禍敗無已，恐及吾身若之何？陽畢曰：去其枝葉，
絕其本根，可以少閒。」韋注曰：「閒、息也」是也，邢說失之。閒又訓
為毀（《廣雅》：「閒、誽也。」誽與毀同。）言者毀之閒也。〈緇衣〉
「君毋以小謀大，毋以遠言近，謂遠臣毀近臣也。」昭二十七年《左傳》
「楚郤宛之難，國言未已。」〈周語〉「國人莫敢言，道路以目」，皆謂
謗毀也。

㉘ 「畛、殄也。」郭曰：「畛、絕。」邢曰：「〈周頌·載芟〉云：『徂隰
徂畛。』」毛傳曰：「畛、場也。」則畛謂地畔之徑路也，至此而易之，
故以畛為場，易則地絕，故得為殄。邵曰：「上文云：畛致也。〈釋詁〉
云『殄、盡也。』」畛又訓殄，以聲轉為義，皆假借字也。」家大人曰：畛
無殄絕之義，邢曲為之說，非也。邵以為假借字，近之。然未言何字之假

㊂）借堂為唐，而解者誤以為堂室之堂。（說見畢堂牆㊄）借甗為

借，予謂畛珍聲相近，蓋即珍之借字，珍腆聲相近，即腆之借字也。〈釋詁〉曰：「珍、美也。」〈儒行〉「席上之珍以待聘。」鄭注曰：「珍、善也。」〈士昏禮・記〉「辭無不腆」〈燕禮〉「寡君有不腆之酒。」〈聘禮〉「不腆先君之祧。」注並曰：「腆、善也。」《廣雅》曰：「腆、美也。」是珍腆同訓為善，又同訓為美，而珍與腆古聲亦相近。《說苑・脩文》篇曰：「使某奉不珍之琮，不珍之屨。」不珍即不腆，故曰：「珍、腆也。」〈邶風・新臺〉篇曰：「籧篨不殄。」箋曰：「殄當作腆，腆、善也。」〈燕禮〉注曰：「古文腆皆作殄。」是腆殄古字通。〈大雅・雲漢〉篇「不殄禋祀。」錢氏《答問》，亦以珍為腆。

㊂ 「速速蹙蹙惟逑鞫也。」引之謹案：逑與逑同。《說文》：「逑、迫也。」（《廣雅》同，《玉篇》去牛、渠牛二切。）故郭曰：「賢士永哀念窮迫」（今本永譌作求。邢疏曰「懷、念也，逑、急迫也，鞫、窮也。言鄙陋小人，專據爵祿，國土侵削，致賢士永哀念其窮迫也。」今本疏內永字亦譌作求，今據宋單疏本、雪窗本、元本、及明吳元恭本改正。）此是以念釋惟，以窮釋鞫，以迫釋逑也。故《釋文》曰：「逑、郭云迫也。」邵曰：「逑與求同，言思今所求皆窮困也。」此失逑字之義，蓋因《釋文》「逑本作求」而誤。

㊄ 「畢堂牆。」李曰：「崖似堂牆曰畢。」郭曰：「今終南山道名畢，其邊若堂之牆。」引之謹案：自望崖洒而高岸至谷者澉，皆釋水邊厓岸之名，不得雜以山閒之道。且畢為道名，以在上者言之，牆為堂邊，以在旁者言之，又不得謂在上之畢為在旁之牆也。郭蓋以《詩・終南》「有紀有堂」，毛傳：「堂、畢道平如堂也。」箋云：「畢、終南山之道名，邊如堂之牆然」，故本之而為此注，案紀堂乃杞堂之借字，不得如毛鄭所釋（說見前有紀有堂下），且尋繹毛義畢道平如堂，蓋本山「山如堂者密」之文，密畢聲相近，毛所見本密蓋作畢也，故言堂而不言牆，其非用畢堂牆為說明矣。自鄭申毛義，始誤以畢堂牆說之，而謂如堂之牆耳。今案畢堂牆之堂，當讀為陔唐之唐。（《史記・魏世家》「倉唐」《古人表》作「倉堂」，《後漢書・延篤傳》「唐溪典」，注以為堂谿氏。）唐、隄也，牆謂隄內一面障水者，以其在水之旁，故謂之牆，又謂之畢，牆之言將也。〈大雅・皇矣〉篇：「在渭之將。」傳曰：「將、側也。」《釋

屵（語偃切），而解者誤以巁為甀。（說見重巁陳㉑）借杬為芫，
而解者誤以為大木。（說見杬魚毒㉒）借蔽為獘，借翳為殪，而解

名》曰：「輿棺之車，其旁曰牆，似屋牆也，是牆為在旁之名也。」畢之
言蔽，障蔽水使不外出也。《說文》曰：「牆、垣蔽也。唐牆蔽水故謂之
畢矣。如〈郊特牲〉謂之水庸，庸亦牆也。（墉庸古字通）畢為水厓，故
與諸水厓之名連類而舉矣。」

㉑ 「重巁（魚寋反）陳（魚檢反）」李曰：「陳、阪也。」（見《王風‧葛
藟》《釋文》）孫曰：「山基有重岸也。」郭曰：「謂山形如累兩巁，
巁、甀，上大下小。（各本脫下四字，今據《葛藟》《釋文》及《公劉》
《正義》補。）山狀似之，因以名云。」引之謹案：孫說是也。下文「左
右有岸厓。」與此句相連，皆謂山之厓岸也。《說文》云：「陳、厓
也。」〈釋邱〉云：「重厓岸。」此云「重巁陳。」文義相合，皆厓岸之
名也。（巁者厓之高而峻者也。故《釋畜》云：「騠蹄趼善陞巁。」司馬
相如〈上林賦〉云：「巖阤甀錡㠊萎崛崎」巁亦巖也。阤與錡皆邪也，阤
之言迤，錡之言攲也。巖阤與巁錡對文，巖巁雙聲也，阤錡疊韻也，㠊萎
疊韻也，崛崎雙聲也，解者多失之。）「但不重者謂之巁，重者謂之陳
耳。」巁當讀為屵。《說文》「屵、岸高也。從山厂（呼旱切）厂亦
聲。」《玉篇》：「牛枿、牛割二切。」《廣韻》「又語偃切。」語偃之
音與巁同，屵正字也，巁借字也。郭未達借字之義，而以為山形如累兩
甀。案〈釋邱〉云：「如覆敦者敦邱。」（又云：「如乘者乘邱，如陼者
陼邱，」此篇亦云山如堂者，如防者盛。）重巁之巁，若果為甀，則當云
如重甀者陳，文義乃明，何得逕省其文而云重巁陳乎！《釋名》云：「山
上大下小曰甀是也，而云重巁甀也。甀一孔者甀，形孤出處似之也。」則已
誤以為山形如甀矣。《字林》亦云：「陳山形似重甀。郭注之誤，蓋本於
二者也。」

㉒ 「杬、魚毒。」郭曰：「杬、大木，子似栗，生南方，皮厚汁赤，中藏卵
果。」《急就篇》曰：「烏喙附子椒芫華。」顏師古注：「芫華、一名魚
毒。漁者煮之，以投水中，魚則死而浮出，故以為名，其根曰蜀桑，其華
可以為藥。芫字或作杬。」《爾雅》曰：「杬、魚毒。」郭景純解云「大
木，生南方，皮厚汁赤，堪藏卵果。」此說誤耳。其生南方，用藏卵果
者，自別一杬木，乃左思〈吳都賦〉所云：「縣杬杶櫨」者耳，非毒魚之

者以為樹蔭相覆蔽。（說見蔽為翳❷❸）借繁為皤，而解者誤以繁蘯

杬也。邵曰：「〈中山經〉云：『首山草多𦬊芫。』郭氏彼注云：『𦬊華
中藥』，是郭氏非不知草類有𦬊華也，特以《爾雅》載杬於〈釋木〉，故
不以為𦬊華。」而創𤻲有所謂魚尾者，以杬子敷之即瘥，是亦杬子名為魚
毒之證。《校勘記》曰：「𦬊、魚毒。蓋本〈釋草〉文，因𦬊或作杬，遂
誤入〈釋木〉耳。」家大人曰：《本草》𦬊華在草部，《證類本草》移入
木部，引曰華子，曰𦬊華，小樹，在陂澗旁。又引《圖經》曰：「𦬊華宿
根，舊枝莖長一二尺。」然則𦬊華形如小樹，故入〈釋木〉，非以𦬊或作
杬而誤入之也。上文之「杞、枸檵。」亦以形如小樹而入〈釋木〉，是其
例矣。漢魏人皆謂華可以毒魚。（《墨子·襍守》篇曰：「種畜𦬊芫烏
喙。」《說文》曰：「𦬊、魚毒也。」《本草經》曰：「𦬊華殺蟲魚。」
《太平御覽·藥部》九引吳氏《本草》曰：「𦬊華根有毒，可用殺
魚。」）則《爾雅》舊注必同此解，郭因杬在〈釋木〉，而以南方大木用
藏卵果者當之。則與魚毒之名不合，邵氏曲為之說，非也。

❷❸ 「蔽者翳。」郭曰：「樹蔭翳翳相覆蔽者。」（今本作樹蔭覆地者，乃後人
依《詩》《正義》改之，今據《釋文》及《詩》《釋文》所引訂正。）
《詩》云「其檉其翳。」引之謹案：木自斃以下三句，皆釋死木也。蔽即
上文「木自斃」之斃。〈大雅·皇矣〉《正義》引此作「𣧑者翳。」又引
李巡曰「𣧑、死也。」《釋言》曰：「斃、踣也。」《釋文》「斃字又作
𣧑。」郭本作蔽者借字耳。〈皇矣〉傳：「自斃為翳。」《釋文》「斃、
本或作蔽。」襄二十七年《左傳》「以誣道蔽諸侯。」《釋文》「蔽、服
虔、王肅、董遇並作斃，云踣也。」是斃、𣧑、並與蔽通。翳讀為殪，
〈皇矣〉篇「其菑其翳。」《釋文》曰：「翳、《韓詩》作殪。」《後漢
書·光武紀》注曰：「殪、仆也。」（仆踣古字通）宣六年《左傳》「使
疾其民，以盈其貫，將可殪也。」〈周書〉曰：「殪戎殷。」此類之謂
也。殪皆謂踣斃之也。（杜注：「殪、盡也。」失之。）作翳者亦借字
耳，〈周語〉曰：「奪之資以益其災，是去其藏而翳其人也。」翳其人謂
踣斃其民也。（韋注：「翳猶屏也。民離叛是遠屏其民也。一曰：翳減
也。」後說為長。）是殪與翳亦通，斃殪皆踣也，故曰斃者殪。斃者謂人
斃之者，對上文自斃而言。毛傳自斃為翳，雖與《爾雅》原文小異，而其
為踣木則同。上文立死檉謂不斃者也，亦對斃者而言。若云樹蔭翳相覆

· 119 ·

為髦鬣。（說見青驪繁鬣騥㉔④）若是者由借字之古音以考同音之本字，惟求合於經文，不敢株守舊說。他如借子為慈。（說見《書》天迪從子保㉔⑤，《禮記》孝弟睦友子愛㉔⑥）借惠為慧，借儉為險。

蔽，則是相覆蔽之木而非踣木，與上二句全不相應矣。

244 「青驪繁鬣騥。」郭曰：「《禮記》曰：周人黃馬繁鬣，繁鬣兩被毛，或云美髦鬣。」邢曰：「被毛者、分其髦鬣兩鄉被之也。」引之謹案：自騮白駁以下，皆言馬之毛色也。此言繁鬣，下言黑鬣，繁與黑皆鬣色也。郭以繁鬣為兩被毛，又以為美髦鬣。與上下文言毛色者不合，皆非也。〈明堂位〉曰：「夏后氏駱馬黑鬣，殷人白馬黑首，周人黃馬蕃鬣。」駱馬、白馬也。（駱者、白色之名，下文白馬黑鬣駱，駱之命名，主於白而不主於黑，故《廣雅》白馬朱鬣亦謂之駱。〈月令〉秋乘白駱，猶赤騮之騮為赤色，鐵驪之驪為黑色也。故〈明堂位〉又言駱馬黑鬣，駱與黑對文，則駱為白矣。）駱黑白黃皆色，則蕃亦色也。蕃繁古字通，繁者白色也。（《禮記》熊疏以蕃為黑色，孔疏以為赤色，皆非，辯見前蕃鬣下。）讀若老人髮白曰皤。（皤字古讀若煩，《說文》皤從白番聲，〈賁·六四〉「賁如皤如。」與翰為韻，鄭陸本作蹯，音煩。宣二年《左傳》「宋城者謳：睅其目，皤其腹。」睅皤為韻，目腹為韻。）繁即是白而云繁鬣者，猶驪與黑同而云驪馬黃脊，蒼與青同，而云：蒼白雜毛，隨其色之淺深而為之名耳。繁白皤同義，白蒿謂之蘩，（〈釋草〉蘩、皤蒿。孫注：白蒿也。）白鼠謂之皤。（《玉篇》皤、白鼠也。《廣雅》鼠屬有白皤。）馬之白鬣謂之繁鬣，其義一也。《晏子春秋·外篇》曰：「景公乘侈輿，服繁駔。」《說文》「駔、壯馬也。」繁駔蓋壯馬之白色者，亦若八駿之有赤驥矣。

245 「相古先民有夏，天迪從子保。」傳曰：「天道從而子安之。」引之謹案：迪、用也。（〈牧誓〉「昏棄其遺王，父母弟不迪。」《史記·周本紀》不迪作不用。）子當讀為慈，古字子與慈通。（《墨子·非儒》篇「不可使慈民。」《晏子·外篇》慈作子。〈文王世子〉「庶子之正於公族者，教之以孝弟睦友子愛。」謂教之以孝弟睦友慈愛也。〈緇衣〉「故君民者，子以愛之則民親之。」謂慈以愛之也。又曰「故長民者章志貞教尊仁，以子愛百姓。」謂慈愛百姓也。）天迪從子保者，言天用順從而慈

（說見《大戴禮》惠而不儉㉗）借沙為紗，借泥為涅。（說見白沙
在泥㉘）借佚為恌。（說見不佚可佚㉙）借殆為怠。（說見殆教忘

保之也。〈周語〉曰：「慈保庶民親也。」

㉖ 「孝弟睦友子愛」「子庶民也」「子民如父母」「子以愛之」「子愛百
姓」。引之謹案：慈、愛也。字通作子。《墨子·非儒》篇「不可使慈
民。」《晏子·外篇》慈作子是也。〈文王世子〉「庶子之正於公族者，
教之以孝弟睦友子愛。」謂教之以孝弟睦友慈愛也。（子以愛之與信以結
之，恭以泣之相對為文，則子當為慈明甚。）又曰：「故長民者章志貞教
尊仁，以子愛百姓。」謂慈愛百姓也。〈中庸〉「子庶民也。」謂慈庶民
也。（《正義》謂愛民如子，失之。）〈表記〉「子民如父母。」謂慈民
如父母也。乃鄭注於子字皆無訓釋，《釋文》亦不作音，蓋失其讀久矣。
〈樂記〉「致樂以治心，則易直子諒之心油然生矣。」朱子讀子諒為慈良
是也。《喪服》四制曰繼世即位，而慈良於喪。「慈良與子諒同。」

㉗ 「惠而不儉，直而不徑。」引之謹案：惠與慧同。（《史記》《漢書》通
以惠為慧。）儉讀為險。《廣雅》曰：「陂險衺也。」〈衛將軍文子〉篇
曰：「而商也，其可謂不險矣。」《荀子·成相》篇曰：「讒人罔極，險
陂傾側。」《詩·序》曰：「內有進賢之志而無險陂私謁之心。」（崔靈
恩注曰：險陂、不正也。）《韓子·詭使》篇曰：「損仁逐利，謂之疾
險。」皆謂險陂也。（《說文》「憸、憸詖也。憸利于上，佞人也。」
〈盤庚〉「相時憸民。」馬融注曰：「憸利、佞人也。」《說文》譣字注
引〈立政〉「怨以譣人。」今本譣作憸，馬融注曰：「憸利、佞人也。」
《廣韻》憸譣並七廉切，又虛檢切，與險同音。《說文繫傳》曰：「譣猶
險也。」憸譣險並同義。）凡人之慧黠者多流於險陂，惟君子不然。故
曰：「惠而不儉。」儉與險古字通。（〈曾子·本孝〉篇「不興儉行以徼
幸。」〈漢慎令劉脩碑〉「動乎儉中。」儉並與險同。《荀子·富國》篇
「俗儉而百姓不一。」楊倞注：「儉當為險。」《文子·上禮》篇「離道
以為偽，險德以為行。《淮南·俶真》篇險作儉。」）

㉘ 「白沙在泥，與之皆黑。」家大人曰：沙即今之紗字，非泥沙之沙也，泥
讀為涅，涅謂黑色，亦非泥沙之泥也。《論衡·率性》篇曰：「白紗入
緇，不練自黑。」〈程材〉篇曰：「白紗入緇，不染自黑。」其字皆作
紗，古無紗字，故借沙為之。《周官·內司服》注曰：「素沙者，今之白

身㉕）借貸為慝。（說見以財投長曰貸㉕）借制為哲。（說見古之

縛（與絹同）也。」今世有沙縠者，名出於此。素沙即白沙，此言人性習
於惡則惡，亦如白沙在涅中，則與之皆黑也。此云「白沙在泥。」《說
苑·說叢》篇作「白沙入泥。」〈論衡〉作「白紗入緇。」故知沙為紗之
借字也。《論語·陽貨》篇「涅而不緇。」孔注曰：「涅可以染皁。」
《淮南·俶真》篇曰：「以涅染緇，則黑於涅。」〈洪範〉《正義》引
《荀子》作「白沙在涅。」猶〈論衡〉之言「白紗入緇」也。《史記·屈
原傳》「泥而不滓。」（《索隱》泥亦音涅，滓亦音緇。）即《論語》之
「涅而不緇」，故知泥為涅之借字也。

㉘ 「不侮可侮，不佚可佚，不敖無告。」盧注不釋佚字。引之謹案：佚當讀
為忽，忽、輕忽也。可輕忽者，不輕忽之。所謂君子無眾寡，無小大，無
敢慢也。王褒《四子講德論》：「故美玉蘊於砆砆，凡人視之怢焉。」李
善注引《廣倉》曰：「怢、忽忘也。」《說文》作詄，云忘也。怢詄並與
佚通，《論衡·別通》篇「不肖者輕慢佚忽。」

㉙ 「殆教亡身，禍災乃作。」家大人曰：殆教二字，義不可通。殆讀為怠。
（〈商頌·元鳥〉篇：「商之先后，受命不殆。」鄭箋云：「商之先君受
天命而行之不解殆。」是讀殆為怠也。昭五年《左傳》「滋敝邑休殆而忘
其死。」殆亦與怠同，《唐石經》、宋本皆作殆，明監本改作怠，是不識
古字也。《墨子·襍守》篇「多執數賞，卒乃不殆。」亦以殆為怠。）教
當為敖，字之誤也。（〈皋陶謨〉「無教逸，欲有邦。」《漢書·王莽
傳》作「無敖佚，欲有國。」敖教字相似故古今文不同。）敖與傲同，亡
讀為忘。（〈大雅·假樂〉篇「不愆不忘。」《說苑·建本》篇忘作亡。
《呂氏春秋·權勳》篇「是忘荊國之社稷，而不恤吾眾也。」《韓子·飾
邪》篇作亡，《史記·主父傳》「天下忘干戈之事。」《漢書》作亡。
〈齊策〉「老婦已亡矣。」《韓子·難一》「晉文公慕於齊女而亡歸。」
《淮南·要略》「齊景公獵射亡歸。」亡並與忘同。）言怠傲而忘其身，
則必有禍災。《孟子》所謂「般樂怠敖自求禍者」是也。《荀子》作「怠
慢忘身。」慢亦傲也。（〈投壺〉及〈晉語〉注並云「敖、慢也。」）

㉛ 「利辭以亂屬曰讒，以財投長曰貸。」家大人曰：貸讀為慝，（古讀貸如
慝，說見〈月令〉「宿離不貸」下）讒貸即讒慝，（文十八年《左傳》
「服讒蒐慝。」成七年《傳》「爾以讒慝貪惏事君。」襄十三年《傳》

明制之治天下❷）借變為徧。（說見變官民能❸）借亶為亶。（說
見觀其信亶也❹）借皇為橫。（說見皇於四海❺）借波為播。（說
見《左傳》波及晉國❻）借百為陌。（說見距躍三百❼）借赦為

「上下有禮，而讒慝黜遠。」〈鄭語〉「棄高明昭顯，而好讒慝暗昧。」）
〈用兵〉篇又云：「讒慝處穀。」

❷　「此古之明制之治天下也。」引之謹案：制讀為哲，言此古者明哲之君之
治天下也。下文曰：「古之治天下者必聖人。」聖人即明哲之人也。古聲
制與哲同。《論語·顏淵》篇「片言可以折獄者。」鄭注曰：「魯讀折為
制。」〈呂刑〉「制以刑。」《墨子·尚同》篇制作折。《莊子·外物》篇：
「自制河以東。」《釋文》「制、諸設反，依字應作浙。」是其例矣。

❸　〈文王官人〉篇「變官民能歷其才藝。」引之謹案：變讀為辯。（《坤文
言》「由辯之不早辯也。」《釋文》「辯、荀作變。」〈禮運〉「大夫死
宗廟謂之變。」注：「變當為辯。」《孟子·告子》篇「萬鍾則不辯禮義
而受之。」音義：「辯、丁本作變。」〈漢梁相費汜碑〉「變爭路鎮。」
亦以變為辯。）辯、徧也。（〈樂記〉「其治辯者其禮具。」注：「辯、
徧也。」字亦作辨。定八年《左傳》「子言辨舍爵於季氏之廟而出。」杜
注：「辨猶周徧也。」歷相也。（見《爾雅》《方言》〈晉語〉「大言以
昭信，奉之如機，歷時而發之。」言相時而發之也。《楚辭·離騷》「歷
吉日乎吾將行，言相吉日也。」）言徧授民能以官而相度其才藝也。盧注
皆未了。）

❹　「鄉黨之間觀其信亶也。」盧注曰：「信而敬亶。」引之謹案：亶讀為
亶，亶、誠也，信也。故與信連文，若敬亶之亶則與信為不類矣。《逸周
書·官人》篇作「觀其信誠。」誠亦亶也，亶亶古同聲，亶之通作亶，猶
亶之通作單矣。（見《禮記·祭法》）

❺　〈小辨〉篇「治政之樂，皇於四海。」孔曰：「皇、大也。」家大人曰：
皇、充也。謂充滿於四海也。皇與橫光古同聲而通用。《爾雅》「桄、充
也。」孫炎本作光。故《孝經》曰：「光於四海。」〈祭義〉曰：「敷之
而橫乎四海。」詳見《尚書》光被四表下。

❻　「其波及晉國者，君之餘也。」波字杜無注，家大人曰：波讀為播。鄭注
〈禹貢〉云：「播、散也。」言散及晉國也。波與播古字通。〈禹貢〉

釋。（說見猶願赦罪於穆公㉘）借迋為怔。（說見子無我迋㉙）借

「熒波既豬。」馬鄭王本並作「熒播。」《周官·職方氏》：「其浸波嗟。」鄭注云：「波讀為播。」《管子·君臣》篇「夫水，波而上，盡其搖而復下。」言水播蕩而上，盡其動搖而復下也。《莊子·人閒世》篇：「言者、風波也，行者實喪也。夫風波易以動，實喪易以危也。」風波與實喪對文，言風播則易以動，實喪則易以危也。〈外物〉篇「鮒魚對莊周曰：我東海之波臣也。」司馬彪云：「謂波蕩之臣。」波蕩即播蕩也。司馬相如〈上林賦〉：「山陵為之震動，川谷為之蕩波。」蕩波與震動對文，張衡〈西京賦〉：「河渭為之波盪，吳嶽為之阤堵。」波盪與阤堵對文，蕩波即波盪，波盪猶搖蕩耳。此皆古人借波為播之證，學者失其讀久矣。

㉗ 「距躍三百，曲躍三百。」《釋文》百音陌。引之謹案：百陌古字通。陌者橫越而前也。《釋名》曰：「鹿兔之道曰亢，行不由正。亢陌山谷草野而過也。」綃頭謂之陌頭，言其從後橫陌而前也。《廣韻》：「趏、莫白切，趏越也。」郭璞〈江賦〉曰：「鼓帆迅越，趏漲截洞。」與陌字聲義正同。杜訓百為勱，《正義》謂每跳皆勉力。並失之。

㉘ 十三年《傳》「我襄公未忘君之舊勳而懼社稷之隕，是以有殽之師。猶願赦罪於穆公。」引之謹案：赦與釋同。（〈魏策〉「信陵君使使者謝安陵君曰：無忌、小人也。困於思慮，失言於君，敢再拜釋罪。」）釋、解也。故杜注曰：「晉欲求解於秦。」赦釋古同聲。故《說文》赦從赤聲，赤釋聲相近也。又昭五年《傳》「豎牛禍叔孫氏，使亂大從，殺適立庶，又披其邑，將以赦罪。」赦亦與釋同。謂分叔孫氏之邑以略南遺，將以自釋其罪也。《家語·正論》篇作以求舍罪。舍亦與釋同。（《周官·占夢》「乃舍萌于四方。」注：「舍讀為釋」。古者釋菜，釋奠多作舍字，〈鄉飲酒禮〉「主人釋服。」〈大射儀〉「獲而未釋。」獲古文釋，並作舍。）

㉙ 二十一年《傳》「子無我迋，不幸而後亡。」杜注曰：「迋、恐也。」《釋文》：「迋、求枉反，恐也。」引之謹案：求本作邱，淺人改之也。迋之本訓為往來之往。（迋、于放切，《說文》「迋、往也。從辵、王聲。」引《春秋傳》曰：「子無我迋。」蓋謂《左傳》借用迋字，非謂其訓為往也。訓往則義不可通。）借以為怔懼之怔，怔有邱往反之音（邱往

雖為惟。（說見《國語》雖其慢乃易殘也❷⁶⁰）借戰為憚。（說見戰
以錞于丁宵❷⁶¹）借口為叩。（說見《公羊傳》吾為子口隱矣❷⁶²）借

與邱柱同），〈禮器〉「眾不匡懼。」鄭注曰：「匡猶恐也。」《釋文》
「匡作恇，音匡，又邱往反。」是也。迋訓為恐，則與恇同，故亦音邱柱
反，若音求柱反，則當訓為誑欺，不得訓為恐矣。〈鄭風·揚之水〉篇
「人實迋女。」《釋文》「迋、求柱反，誑也。」定十年《傳》「是我迋
吾兄也。」《釋文》「迋、求往反，欺也。」與音邱往反而訓為恐者不
同，淺人習迋字有求往反之音，輒改邱為求，而不知字雖同而音義則異
也。段氏《說文注》謂「人實迋女」之迋，為誑之假借是也。而謂「子無
我迋」之迋亦同則非也。「子無我迋」乃恇之假借，言子毋以是言恐懼
我，今日之事不幸而後死亡，幸猶不亡也，豈誑之假借乎。

❷⁶⁰ 「夫人知極（俗本極上衍有字，宋本無。）鮮有慢心，雖其慢乃易殘
也。」韋注「鮮有慢心」曰「言人自知其極，則戒懼不敢違慢。覬欲
也。」引之謹案：鮮有慢心，則不慢矣，何以又云慢乃易殘。上下相反，
非其原文也。今案鮮下當有不字，雖當讀曰唯。言人知其位已極，則志足
意滿，鮮不有怠慢之心，唯其怠慢，乃有釁可乘，易於殘毀也。韋作注
時，已脫不字，故失其本指，而以為不敢違慢耳。古字雖與唯通，詳見
《禮記》已雖小功下。

❷⁶¹ 「是故伐備鍾鼓，聲其罪也。戰以錞于丁宵，儆其民也。」家大人曰：戰
非戰鬥之戰，何以明之？鍾鼓、錞于、丁宵皆戰所必用，不得以鍾鼓屬
伐，以錞于丁宵屬戰，以是明之。戰讀為憚，憚、懼也。（見上文注）此
承上大罪伐之，小罪憚之而言，言伐之前，必備鍾鼓，所以聲其罪也。若
憚之而已，則但用錞于、丁宵，所以儆其民也。《白虎通義》引《書大
傳》曰：「戰者、憚驚之也。」《廣雅》曰：「戰、憚也。」《大戴記·
曾子立事》篇曰：「君子終身守此戰戰。」又曰：「君子終身守此憚
憚。」〈魯語〉「帥大雔以以懼小國。」《說苑·正諫》篇作戰，《莊
子·達生》篇「以鈞注者憚。」《呂氏春秋·去尤》篇作戰戰，與憚古同
聲同義，故字亦相通。

❷⁶² 四年《傳》「公子翬謂桓曰：吾為子口隱矣。隱曰吾不反也。」何注曰：
「口猶口語相發動也。」引之謹案：注意蓋讀口為叩，叩、發動也。謂以
己之言發動隱公之言也。《論語·子罕》篇「叩其兩端。」孔注曰：「發

色為歃。（說見色然而駭❷）雖前人所未及，猶復表而出之，以俟為樸學治古文者采擇焉。

二、語詞誤解以實義例

引之謹案：經典之文字各有義，而字之為語詞者，則無義之可言，但以足句耳。語詞而以實義解之，則扞格難通。余曩作《經傳釋詞》十卷，已詳箸之矣，茲復約略言之，其有前此編次所未及者，亦補載焉。如：

與以也。《論語·陽貨》篇：「鄙夫可與事君也與哉！」言不可以事君也。而解者云：「不可與之事君」，則失之矣。

以及也。〈復·上六〉曰：「行師終有大敗以其國君凶。」言及其國君也。而解者訓以為用，云：「用之於國，則反乎君道。」則失之矣。

以而也。〈豫·象傳〉曰：「先王以作樂崇德，殷薦之上帝，以配祖考。」言薦此樂於上帝，而又德配祖考也。解者謂「以祖考配上

事之終始兩端以語之。」《釋文》：「叩音口，發動也」是其證。〈學記〉曰「善待問者如撞鐘，叩之以小則小鳴，叩之以大則大鳴。」亦發動之意，與此相同。

❷ 哀六年《傳》「大夫見之，皆色然而駭。」何注曰：「色然，驚駭貌。」《釋文》：「色然如字，本又作本又作垗，居委反，或又作危。」引之謹案：色者歃之假借字也，《一切經音義》卷九：「歃所力反。」《埤蒼》云：「恐懼也。」《通俗文》「小怖曰歃。」《公羊傳》云「歃然而駭」是也。《集韻》「歃、恐懼也。」亦引《春秋傳》歃然而駭，與何本不同，蓋出王愆期、高龍、孔衍三家注也。垗危皆色之訛，猶胒為脆矣。

帝」，則失之矣。《莊二十四年公羊傳》「戎眾以無義」，言眾而不義也。而解者云：「戎師多又常以無義為事」，則失之矣。

以此也。〈祭統〉曰：「對揚以辟之勤大命，施於烝彝鼎。」言對揚此君之勤大命，箸之於烝彝鼎也。而解者讀對揚以辟之為句，云：「遂揚君命以明我先祖之德」，則失之矣。

攸用也。〈禹貢〉曰：「彭蠡既豬，陽鳥攸居。」言陽鳥之地，用是安居也。又曰：「漆沮既從，豐水攸同。」言豐水用同也。又曰：「九州攸同，四隩既宅。」言九州用同也。〈洪範〉曰：「帝乃震怒，不畀洪範九疇，彝倫攸斁。」又曰：「天乃錫禹洪範九疇，彝倫攸敘。」言彝倫用斁，彝倫用敘也。〈金縢〉曰：「予小子新命于三王，惟永終是圖，茲攸俟。」言茲用俟也。〈大誥〉曰：「予曷其不于前甯人，圖功攸終。」言曷不于前甯人圖功用終也。又曰：「予曷敢不于前甯人，攸受休畢。」言曷敢不于前甯人用受休畢也。〈雒誥〉曰：「無若火始炎炎，厥攸灼，敘弗其絕。」言厥用灼也。〈多士〉曰：「亦惟爾多士，攸服奔走，臣我多遜。」言惟爾多士用奔走也。〈無逸〉曰：「乃非民攸訓，非天攸若。」言非民用訓，非天用若也。〈小雅·蓼蕭〉曰：「萬福攸同。」言萬福用同也。〈斯干〉曰：「風雨攸除，鳥鼠攸去，君子攸芋。」言風雨用除，鳥鼠用去，君子用芋也。〈楚茨〉曰：「報以介福，萬壽攸酢。」言萬壽用酢也。〈大雅·緜〉曰：「迺立冢土，戎醜攸行。」言戎醜用行也。〈棫樸〉曰：「奉璋峨峨，髦士攸宜。」言髦士用宜也。〈旱麓〉曰：「豈弟君子，福祿攸降。」言福祿用降也。〈靈臺〉曰：「王在靈囿，麀鹿攸伏。」言麀鹿用

伏也。〈文王有聲〉曰：「四方攸同，王后維翰。」言四方用同也。〈既醉〉曰：「朋友攸攝，攝以威儀。」言朋友用攝也。〈魯頌・泮水〉曰：「既作泮宮，淮夷攸服。」言淮夷用服也。解者悉以所字釋之，則失之矣。

繇於也。馬本〈大誥〉「王若曰：大誥繇爾多邦。」言大誥於爾多邦也。繇與猷通，解者訓猷為道，則失之矣。

允用也。〈堯典〉曰：「允釐百工。」言用釐百工也。〈皋陶謨〉曰：「允迪厥德。」言用迪厥德也。又曰：「庶尹允諧。」言庶尹用諧也。〈大誥〉曰：允蠢鰥寡。言用動鰥寡也。《論語・堯曰》篇引堯曰：「允執其中。」言用執其中也。襄公二十一年《左傳》引〈夏書〉曰：「允出茲在茲。」言用出茲在茲也。〈小雅・鼓鍾〉曰：「淑人君子，懷允不忘」。言思之用不忘也。〈大雅・公劉〉曰：「豳居允荒。」言豳居用荒也。〈考工記・栗氏〉量銘曰：「時文思索，允臻其極。」言用臻其極也。〈大雅・大明〉曰：「聿懷多福。」《春秋繁露・郊祭》篇引作「允懷多福，」是允為語詞也。解者悉以信之代之，則失之矣。

允又發語詞也。〈周頌・時邁〉曰：「允王維后。」言王維后也。又曰：「允王保之。」言王保之也。〈武〉曰：「於皇武王，無競維烈，允文文王，克開厥後。」於允皆語詞也，解者釋允為信，亦失之矣。

為語助也，《論語・顏淵》曰：「何以文為。」言何用文也。而解者云：何用文章以為君子，則失之矣。〈子路〉曰：「雖多亦奚以

為。」言雖多亦何用也。而解者云：亦何所為用，則失之矣。〈子張〉曰：「無以為也。」言無用毀也。而解者云：使無以為訾毀，則失之矣。

謂奈也。〈召南‧行露〉曰：「豈不夙夜，謂行多露。」言豈不欲夙夜而行，奈道中多露何哉！而解者以以為二字代謂字，則失之矣。〈小雅‧節南山〉曰：「赫赫師尹，不平謂何。」言師尹不平，其奈之何也。而解者云：謂何猶云何也，則失之矣。

維與也，及也。〈魯語〉「與百官之政事，師尹維旅牧相宣序民事。」言百官之政事，師尹及旅牧相也。而解者以維為陳，則失之矣。

云語助也，或作隕。〈商頌‧長發〉曰：「幅隕既長。」言福既長也，解者以隕為均，或謂隕當作圓，則失之矣。

壹語助也。〈檀弓〉曰：「予壹不知夫喪之踊也。」言予不知夫喪之踊也。〈大學〉曰：「自天子以至於庶人，壹是皆以脩身為本也。」而解者以壹為專行，則失之矣。〈檀弓〉又曰：「子之哭也，壹是重有憂者。」言似重有憂也。而解者以壹為決定之詞，則失之矣。

夷語助也。〈大雅‧瞻卬〉曰：「蟊賊蟊疾，靡有夷屆。罪罟不收，靡有夷瘳。」言為害無有終極，如病無有愈時也。而解者訓夷為常，則失之矣。昭二十四年《左傳》：「紂有億兆夷人。」言有億兆人也。《孟子‧盡心》曰：「夷考其行而不掩焉者也。」言考

其行而不掩也。而解者訓夷為平，則失之矣。

洪發聲也。〈大誥〉曰：「洪惟我幼沖人。」〈多方〉曰：「洪惟圖天之命。」皆是也。而解者訓洪為大，則失之矣。

庸何也，安也，詎也。莊十四年《左傳》：「庸非貳乎！」言詎非貳也。〈晉語〉：「吾庸知天之不授晉且以勸楚乎！」言安知天之不授晉且以勸荊也。或曰庸何。文十八年昭元年《左傳》及〈魯語〉並曰：「庸何傷？」襄二十五年《左傳》：「庸何歸？」庸猶何也，解者訓庸為用，則失之矣。莊三十二年《公羊傳》：「庸得若是乎？」言何得若是也。解者以庸為傭，傭無節目之辭，愈失之矣。

台何也。〈湯誓〉曰：「夏罪其如台？」〈般庚〉曰：「卜稽曰：其如台。」〈高宗肜日〉曰：「乃曰：其如台。」〈西伯戡黎〉曰：「今王其如台？」皆是也。而解者訓台為我，則失之矣。

今即也。〈召誥〉曰：「其丕能諴于小民今休。」又曰：「王厥有成命治民今休。」皆謂即致太平之美也。而解者以今休為成今之美，下今休為治民今獲太平之美，則失之矣。

言云也，語詞也。〈周南・葛覃〉之「言告師氏，言告言歸。」〈芣苢〉之「薄言采之。」〈漢廣〉之「言刈其楚。」〈召南・草蟲〉之「言采其蕨。」〈邶風・柏舟〉之「靜言思之。」〈終風〉之「寤言不寐，願言則嚏。」〈簡兮〉之「公言錫爵。」〈泉水〉之「還車言邁，駕言出遊。」〈二子乘舟〉之「願言思子。」〈鄘

風·定之方中〉之「星言夙駕。」〈載馳〉之「言至于漕。」〈衛
風·氓〉之「言既遂矣。」〈伯兮〉之「言樹之背。」〈鄭風·女
曰雞鳴〉之「弋言加之。」〈秦風·小戎〉之「言念君子。」〈豳
風·七月〉之「言私其豵。」〈小雅·彤弓〉之「受言藏之。」
〈庭燎〉之「言觀其旂。」〈黃鳥〉之「言旋言歸。」〈我行其
野〉之「言就爾居，言歸斯復。」〈大東〉之「睠言顧之。」〈小
明〉之「興言出宿。」〈楚茨〉之「言抽其棘，備言燕私。」〈都
人士〉之「言從之邁。」〈采綠〉之「言韔其弓。」〈瓠葉〉之
「酌言嘗之。」〈大雅·文王〉之「永言配命。」〈抑〉之「言緝
之絲，言示之事。」〈桑柔〉之「瞻言百里。」〈周頌·有客〉之
「言授之縶。」〈魯頌·有駜〉之「醉言舞」及《左傳》僖公九年
之「既盟之後，言歸于好。」〈繫辭傳〉之「德言盛，禮言恭」皆
是也。而解者悉用《爾雅》「言我也」之訓，或以為言語之言，則
失之矣。

宜語助也。〈周南·螽斯〉曰：「宜爾子孫，振振兮。」宜爾子
孫，爾子孫也。而解者以為宜女之子孫，則失之矣。〈小雅·小
宛〉曰：「宜岸宜獄。」宜岸岸也，宜獄獄也。而解者云：仍得曰
宜，則失之矣。字通作儀，〈大雅·烝民〉曰：「我儀圖之。」我
圖之也。而解者或訓為宜，或訓為匹，則失之矣。又通作義，〈大
誥〉曰：「義爾邦君，越爾多士，尹氏御士。」言爾邦君及多士，
尹氏御事也。而解者云：施義於汝眾國君臣上下至御治事者，則失
之矣。

居語助也。〈小雅·十月之交〉曰：「擇有車馬，以居徂向。」言

擇有車馬，以徂向也。而解者云：擇民之富有車馬者，以往居于向，則失之矣。〈大雅‧生民〉曰：「上帝居歆。」言上帝歆也。而解者云：上帝安而歆饗之，則失之矣。〈郊特牲〉曰：「以鍾次之，」以和居參之也。而解者云：以金參居庭實之閒，則失之矣。

能而也。〈衛風‧芄蘭〉曰：「雖則佩觿，能不我知。」言雖則佩觿而實不與我相知也。而解者云：言其才能實不如我眾臣之所知為也，則失之矣。

誕語助也。〈大誥〉曰：「殷小腆誕敢紀其敘。」又曰：「誕鄰胥伐于厥室。」又曰：「肆朕誕以爾東征。」〈君奭〉曰：「誕無我責。」〈多方〉曰：「須暇之子孫誕作民主。」〈大雅‧皇矣〉曰：「誕先登于岸。」〈生民〉曰：「誕彌厥月，誕寘之隘巷，誕實匍匐，誕后稷之穡，誕降嘉種，誕我祀如何。」諸誕字皆詞也，解者悉訓為大，則失之矣。

迪詞之用也。〈皋陶謨〉曰：「咸建五長，各迪有功。」言各用有功也，〈大誥〉曰：「亦惟十人迪知上帝命。」言惟此十人用知上帝命也，〈康誥〉曰：「今惟民不靜，未戾厥心，迪屢未同。」〈多方〉曰：「爾乃迪屢不靜。」亦謂用屢未同，用屢不靜也。〈酒誥〉曰：「在昔殷先哲王，迪畏天顯小民。」言用畏天顯小民也。〈無逸〉曰：「自殷王中宗及高宗及祖甲及我周文王，茲四人迪哲。」言惟茲四人用哲也。〈君奭〉曰：「茲迪彝教文王蔑德。」言惟此五人用常教文王以精微之德也。又曰：「亦惟純右秉德迪知天威，乃惟時昭文王迪見冒。」亦謂用知天威，用見懋勉

也。又曰：「武王惟茲四人尚迪有祿。」言惟茲四人尚用有祿也。〈立政〉曰：「迪知忱恂于九德之行。」言用知誠信于九德之行也。

迪又發語詞也。〈般庚〉曰：「迪高后丕乃崇降弗祥。」言高后丕乃崇降不祥也。〈君奭〉曰：「迪惟前人光，施于我沖子。」言惟前人光施于我沖子也。〈立政〉曰：「古之人迪惟有夏。」言有古之人惟有夏也。

迪又句中語助也。〈酒誥〉曰：「又惟殷之迪諸臣惟工。」言又惟殷之諸臣與工也。馬融本〈君奭〉曰：「我迪惟甯王德延。」言我惟甯王德延也。而解者或訓為道，或訓為蹈，則失之矣。

如而也。〈邶風·柏舟〉曰：「耿耿不寐，如有隱憂。」言耿耿不寐而有隱憂也。而解者云：如人有痛疾之憂，則失之矣。〈小雅·車攻〉曰：「不失其馳，舍矢如破。」言舍矢而破也。而解者云：如椎破物，則失之矣。

如乃也。〈大雅·常武〉曰：「王奮厥武，如震如怒。」言乃震乃怒也。而解者云：如天之震雷其聲，如人之勃然其色，則失之矣。《論語·憲問》曰：「桓公九合諸侯，不以兵車，管仲之力也，如其仁，如其仁。」言管仲不用民力而天下安，乃其仁，乃其仁也。而解者云：誰如管仲之仁，則失之矣。

如當也。僖二十二年《左傳》曰：「若愛重傷，則如勿傷，愛其二毛，則如服焉。」言若愛重傷則當勿傷，愛其二毛則當服從之也。

ᅟ

ᅟ

ᅟ

ᅟ

ᅟ

ᅟ

ᅟ

而解者云：如猶不如，則失之矣。

若此也。〈曾子問〉曰：「子游之徒有庶子祭者以此若義也。」若亦此也。而解者分以此為句，若義也為句，而訓若為順，則失之矣。

若而也。〈金縢〉曰：「予仁若考。」言予仁而考也。而解者訓若為順，則失之矣。

若惟也。〈般庚〉曰：「予若籲懷茲新邑。」言予惟籲懷茲新邑也。〈大誥〉曰：「若昔朕其逝。」言惟昔朕其逝也。〈君奭〉曰：「若天棐忱。」言惟天棐忱也。〈呂刑〉曰：「若古有訓。」言惟古有訓也。而解者訓若為順，則失之矣。〈祭統〉曰：「予女銘若纂乃考服。」言惟纂乃考服也。而解者訓若為汝，則失之矣。

若乃也。〈召誥〉曰：「其惟王勿以小民淫用非彝，亦敢殄戮，用乂民若有功。」言先德教而後刑罰，用此治民，乃能有功也。解者以若有功為順行禹湯所以成功，則失之矣。

來是也。〈邶風·谷風〉曰：「不念昔者，伊予來墍。」言不念昔者之情，而惟我是怒也。〈大雅·桑柔〉曰：「既之陰女，反予來赫。」言我以善言蔭覆汝，而汝反於我是赫怒也。〈小雅·四牡〉曰：「將毋來諗。」言我惟養母是念也。〈采芑〉曰：「荊蠻來威。」〈大雅·江漢〉曰：「淮夷來求，淮夷來鋪。」皆謂荊蠻是威，淮夷是求，淮夷是病也。〈江漢〉又曰：「王國來極。」亦謂王國是正也。而解者以為往來之來，則失之矣。

斯語助也。〈周南・螽斯〉曰：「螽斯羽。」螽羽也。〈小雅・小
弁〉曰：「鹿斯之奔。」鹿之奔也。〈瓠葉〉曰：「有兔斯首。」
兔首也。而解者以螽斯為斯螽，以斯首為白首，則失之矣。

思發語詞也。〈小雅・車舝〉曰：「思孌季女逝兮。」〈大雅・思
齊〉曰：「思齊大任。」又曰：「思媚周姜。」〈公劉〉曰：「思
輯用光。」〈周頌・思文〉曰：「思文后稷。」〈載見〉曰：「思
皇多士。」〈良耜〉曰：思媚其婦。〈魯頌・泮水〉曰：「思樂泮
水。」皆是也。

思又語助也。〈周南・關雎〉曰：「寤寐思服。」〈小雅・桑扈〉
曰：「旨酒思柔。」〈大雅・文王有聲〉曰：「無思不服。」〈周
頌・閔予小子〉曰：「於乎皇王，繼序思不忘。」皆是也。而解者
以為思慮之思，則失之矣。

徂及也。〈周頌・絲衣〉曰：「自堂徂基，自羊徂牛。」言自堂及
基，自羊及牛也。而解者訓徂為往，則失之矣。

作始也。〈皋陶謨〉曰：「烝民乃粒，萬邦作乂。」作與乃對文，
言烝民乃立，萬邦始治也。〈禹貢〉曰：「沱潛既道，雲夢土作
乂」。作與既對文，言雲夢土始治也。又曰：「萊夷作牧。」言萊
夷水退始放牧也。而解者訓作為為，則失之矣。

作及也。〈無逸〉曰：「其在高宗時，舊勞于外，爰暨小人，作其
即位，乃或亮陰，三年不言。」又曰：「其在祖甲不義，惟王舊為
小人，作其即位，爰知小人之依。」言及其即位也。而解者訓作為

起，則失之矣。

子詞之嗟，茲也。〈唐風·綢繆〉曰：「子兮子兮，如此良人何。」是也。而解者以子兮為斥娶者，則失之矣。

嗟語助也。〈王風·中谷有蓷〉曰：「啜其泣矣，何嗟及矣。」何嗟及，何及也。而解者云；嗟乎將何與為室家乎！則失之矣。〈小雅·節南山〉曰：「憯莫懲嗟。」憯莫懲也。而解者訓嗟為歎詞，則失之矣。

終既也。〈邶風·終風〉曰：「終風且暴。」言既風且暴也。而解者或以終風為終日風，或以為西風。則失之矣。或作眾，〈鄘風·載馳〉曰：「許人尤之，眾稺且狂。」言既稺且狂也。而解者以為眾寡之眾，則失之矣。

諸者之假借也。僖九年《左傳》曰：「以是藐諸孤，辱在大夫。」言以是藐然小者孤，辱在大夫也。而解者以諸為諸子，則失之矣。

之於也。〈檀弓〉曰：「之死而致死之不仁，之死而致生之不知。」言於死而致死之則不仁，於死而致生之則不知也。而解者訓之為往，則失之矣。〈大學〉曰：「人之其所親愛而辟焉。」言於其所親愛而辟也。（朱注曰：之猶於也。）而解者訓之為適，則失之矣。

之與也。〈考工記·梓人〉曰：「必深其爪，出其目，作其鱗之而。」言作其鱗與而也。而解者云：之而頰頷也，則失之矣。〈月令〉曰：「天子親載耒耜，措之于參，（當作參于）保介之御

閒。」謂參于保介與御者之閒也。或欲改之御為御之，則失之矣。

寔語助也，或作實。〈君奭〉曰：「天惟純佑命，則商實百姓王人罔不秉德明恤。」商實百姓王人，商百姓王人也。解者或以則商實百姓為句，解為商家百姓豐實，或以則商實為句，解為國有人則失，則失之矣。〈呂刑〉曰：「墨辟疑赦，其罰百鍰，閱實其罪。」閱實其罪，說其罪也。解者云：檢閱核實其所犯之罪，則失之矣。

只耳也。或作咫。〈晉語〉曰：「吾不能行咫，聞則多矣。言吾不能行耳，所聞則已多矣。」而解者訓咫為咫尺間，則失之矣。〈楚語〉曰：「是知天咫，安知民則。」言是知天耳，安知民則也。而解者云：咫少也，則失之矣。

多祇也，適也。襄十四年《左傳》曰：「吾令實過，悔之何及！多遺秦禽。言若不班師，則適為秦所禽獲而已。」而解者云：恐多為秦所禽獲，則失之矣。

屬適也，祇也。昭二十八年《左傳》及〈晉語〉並曰：「願以小人之腹，為君子之心，屬厭而已。」言祇取厭足而已，而解者訓屬為足，則失之矣。

所語助也。〈大誥〉曰：「天閟毖我成功所。」言天慎勞我成功也。而解者以所為所在，則失之矣。〈無逸〉曰：「君子所其無逸。」言君子其無逸也。而解者訓所為處，則失之矣。〈君奭〉曰：「故殷禮陟配天多歷年所。」言多歷年也。而解者訓所為次，

則失之矣。

矧亦也。〈康誥〉曰：「元惡大憝，矧為不孝不友。」言元惡大憝亦惟此不孝不友之人也。而解者云：大惡之人猶為人所大惡。況不善父母，不友兄弟者乎！則失之矣。又曰：「不率大戛，矧惟外庶子訓人，惟厥正人，越小臣諸節，乃別播敷造，民大譽，弗念弗庸，瘝厥君。」言不率大常者，亦惟此瘝厥君之人也。而解者云：凡民不循大常之教，猶刑之無赦，況在外掌眾子之官，主訓人者而親犯乎！則失之矣。〈君奭〉曰：「小臣屏侯甸，矧咸奔走。」言亦咸奔走也。而解者云：王猶秉德受臣，況臣下得不皆奔走，則失之矣。

矧又也。〈酒誥〉曰：「女劼毖殷獻臣，侯甸男衛，矧大史友，內史友，越獻臣百宗工，矧惟爾事，服休服采，矧惟若疇圻父，薄違農父，若保宏父定辟，矧女剛制于酒。」

矧惟又惟也。下云：「又惟殷之迪諸臣惟工」，文正相類也，「矧大史友，內史友，」言又如大史友，內史友也，矧女剛制于酒，言又在女剛制于酒也。〈召誥〉曰：「今沖子嗣，則無遺壽者，曰其稽我古人之德，矧曰其有能稽謀自天。」言既曰稽我古人之德，又曰稽謀自天也。而解者皆訓矧為況，則失之矣。

爽發聲也。〈康誥〉曰：「爽惟民迪吉康。」又曰：「爽惟天其罰殛我。」皆是也。而解者訓爽為明，則失之矣。

逝發聲也。〈邶風·日月〉曰：「乃如之人兮，逝不古處。」言不

古處也。〈魏風・碩鼠〉曰：「逝將去女，適彼樂土。」言將去女也。〈大雅・桑柔〉曰：「誰能執熱，逝不以濯。」言不以濯也。字亦作噬。〈唐風・有杕之杜〉曰：「彼君子兮，噬肯適我。」言肯適我也。解者或訓為逮，或訓為往，或訓為去，則失之矣。

率詞之用也。〈堯典〉曰：「蠻夷率服。」言為政如此，則蠻夷用服也。又曰：「於！予擊石拊石，百獸率舞。」言百獸用舞也。〈般庚〉曰：「率籲眾戚，出矢言。」言般庚用呼眾貴戚之臣，出誓言以曉喻之也。〈多士〉曰：「予惟率肆矜爾。」言予惟用肆矜憐爾也。〈呂刑〉曰：「故乃明于刑之中，率乂于民棐彝。」言能明于刑之中，正用治于民，輔成常教也。解者訓率為循，則失之矣。〈周頌・載見〉曰：「率見昭考，以孝以享。」言用見昭考也。解者云：伯又率之見於武王廟，則失之矣。

率又語助也。〈湯誓〉曰：「夏王率遏眾力，率割夏邑，有眾率怠弗協。」〈康誥〉曰：「女乃其速由茲義率殺。」〈君奭〉曰：「率惟茲有陳，保乂有殷。」〈立政〉曰：「亦越武王，率惟敉功，不敢替厥義德，率惟謀，從容德。」率字皆語助也。解者訓率為循，則失之矣。

亂猶率也，語助也。〈梓材〉曰：「厥亂為民。」厥率化民也。〈君奭〉曰：「厥亂明我新造邦。」厥率明我新造邦也。〈緇衣〉鄭注曰：「〈君奭〉割申勸甯王之德，今博士讀厥亂勸甯王德」，厥亂勸甯王德者，厥率勸甯王德也。〈雒誥〉曰：「亂為四輔。」率為四輔也。又曰：「亂為四方新辟。」率為四方新辟也。《漢石

經·尚書殘字》曰：「亂謀面用丕訓德。」率謀面用丕訓德也。解者訓亂為治，則失之矣。

不發聲也。〈西伯戡黎〉曰：「我生不有命在天。」不有有也。〈君奭〉曰：「爾尚不忌于凶德。」不忌忌也。〈緇衣〉引〈甫刑〉曰：「播刑之不迪。」不迪迪也。〈邶風·匏有苦葉〉曰：「濟盈不濡軌。」不濡軌濡軌也。〈小雅·常棣〉曰：「鄂不韡韡。」不韡韡、韡韡也。〈車攻〉曰：「徒御不警，大庖不盈。」不警警也。不盈盈也。〈桑扈〉曰：「不戢不難，受福不那。」不戢戢也。不難難也。不那那也。〈菀柳〉曰：「有菀者柳，不尚息焉。」不尚尚也。〈大雅·文王〉曰：有周不顯，帝命不時。不顯顯也。不時時也。又曰：「其麗不億。」不億億也。〈思齊〉曰：「肆戎疾不殄，烈假不瑕。」不殄殄也。不瑕瑕也。又曰：「不聞亦式，不諫亦入。」不聞聞也。不諫諫也。〈下武〉曰：「不遐有佐。」不遐遐也。〈生民〉曰：「上帝不寧，不康禋祀。」不寧寧也。不康康也。〈卷阿〉曰：「矢詩不多。」不多多也。〈抑〉曰：「萬民是不承。」不承承也。〈召閔〉曰：「維昔之富，不如時；維今之疚，不如茲。」不如時如時也；不如茲如茲也。又曰：「池之竭矣，不云自頻；泉之竭矣，不云自中。」不云云也。又曰：「不烖我躬。」不烖烖也。〈周頌·那〉曰：「亦不夷懌。」不夷懌夷懌也。〈射義〉曰：「幼壯孝弟，耆耋好禮，不從流俗，脩身以俟死者，不在此位也。」不在在也。宣四年《左傳》曰：「若敖氏之鬼，不其餒而。」不其餒而其餒而也。〈晉語〉曰：「夫晉公子在此，君之匹也，君不亦禮焉。」不亦亦也。《孟子·

公孫丑》曰：「雖褐寬博，吾不惴焉。」不惴惴也。《爾雅·釋
器》曰：「不律謂之筆。」〈釋邱〉曰：「夷上洒下不漘。」〈釋
魚〉曰：「龜左倪不類，右倪不若。」不皆發聲也。字或作丕。
〈康誥〉曰：「惟乃丕顯考文王。」丕顯顯也。〈酒誥〉曰：「丕
惟曰爾克永觀省。」丕惟曰惟曰也。又曰：「女丕遠惟商耇成
人。」丕遠遠也。〈召誥〉曰：「其丕能諴于小民。」其丕能其能
也。又曰：「丕若有夏歷年。」丕若若也。〈多士〉曰：「丕靈承
帝事。」丕靈承靈承也。〈君奭〉曰：「丕單稱德。」丕單單也。
又曰：「丕承無疆之恤。」丕承承也。〈多方〉曰：「罔丕惟進之
恭。」罔丕惟罔惟也。

丕又承上之詞也。〈禹貢〉曰：「三危既宅，三苗丕敘。」〈般
庚〉曰：「王播告之，脩不匿其指，王用丕欽，罔有逸言，民用丕
變。」又曰：「女克黜乃心，施實德于民，至于婚友，丕乃敢大
言，女有積德。」又曰：「女萬民乃不生生，暨予一人猷同心，先
后丕降與女罪疾。」又曰：「茲予有亂政同位，具乃貝玉，乃祖乃
父，丕乃告我高后。」又曰：「迪高后，丕乃崇降弗祥。」〈康
誥〉曰：至于旬時，丕蔽要囚。「又曰：「無作怨，勿用非謀非
彝，蔽時忱，丕則敉德。」〈梓材〉曰：「后式典集，庶邦丕
享。」〈召誥〉曰：「厥既命殷庶，庶殷丕作。」〈無逸〉曰：
「今日耽樂，乃非民攸訓，非天攸若，時人丕則有愆。」〈立政〉
曰：「我其立政立事準人牧夫，我其克灼知厥若，丕乃俾亂。」丕
乃猶言於是也。字或作否。〈無逸〉曰：「乃逸乃諺，既誕，否則
侮厥父母。」又曰：「乃變亂先王之正刑，至于小大，民否則厥心

違怨，否則厥口詛祝。」否則猶言丕乃也。解者但知不之訓弗，否之訓不，丕之訓大，而不知其又為語詞，則失之矣。

不無也。《論語‧先進》曰：「孝哉閔子騫，人不閒於其父母昆弟之言。」言子騫諭父母於道，納昆弟於義，故人於其父母昆弟，無非閒之言也。（《後漢書‧范升傳》「子以人不閒於父母為孝，臣以下不非其君上為忠。」《論衡‧知實》篇：「孔子曰：孝哉閔子騫，人不閒於其父母昆弟之言。虞舜大聖，隱藏骨肉之過，宜愈子騫，鼓叟與象，使舜治廩浚井，意欲殺舜，舜當見殺己之情，早諫豫止，既無如何，宜避不行，何故使父子兄弟得成殺己之惡，使人閒非父母，萬世不滅。」是漢世說此者，皆謂人不非其父母昆弟，非謂不非子騫也。）解者以閒為非毀子騫，云：「上事父母，下順兄弟，動靜盡善，使人不得有非閒之言」，則失之矣。

匪彼也。〈小雅‧小旻〉曰：「如匪行邁謀，是用不得于道。」言如彼行邁謀也，解者云：不行而坐圖遠近，則失之矣。〈鄘風‧定之方中〉曰：「匪直也人，秉心塞淵。」言彼正直之人，秉心塞淵也。解者訓匪直為非徒，人為庸君，則失之矣。〈檜風‧匪風〉曰：「匪風發兮，匪車偈兮。」言彼風之動發發然，彼車之驅偈偈然也。解者云：「發發飄風，非有道之風，偈偈疾驅，非有道之車」，則失之矣。〈小雅‧都人士〉曰：「匪伊垂之，帶則有餘，匪伊卷之，髮則有旟。」言彼帶之垂則有餘，彼髮之卷則有旟也。解者云：士非故垂此帶也，帶於禮自當有餘也，女非故卷此髮也，髮於禮自當有旟也。則失之矣。

無發聲也。〈微子〉曰：「今爾無指告。」今爾指告也。解者以為無指意告我，則失之矣。〈小雅・小閔〉曰：「如彼泉流，無淪胥以敗。」淪胥以敗也。〈大雅・抑〉「如彼泉流，無淪胥以亡。」淪胥以亡也。解者以無為戒詞，則失之矣。〈板〉曰：「攜無曰益。」攜曰益也。言攜之者，惟曰益之也。（下文「牖民孔易」，即益之之事。）解者云：無曰是何益，則失之矣。〈雲漢〉曰：「靡人不周，無不能止。」不能止也。言不能止旱也。解者或云：無止不能，或云：後日乏無不能豫止。則失之矣。〈祭義〉曰：「天之所生，地之所養，無人為大。」人為大也。解者云：萬物之中，無如人最大，則失之矣。

毋不也。《論語・雍也》曰：「毋以與爾鄰里鄉黨乎！」言九百之粟，爾雖不欲，然可分於鄰里鄉黨，爾不以與之乎！解者讀毋字絕句，則失之矣。

勿猶無也。發聲也。〈小雅・節南山〉曰：「弗問弗仕，勿罔君子。」勿罔罔也。解者或云：勿罔上而行，或云：勿當作未，則失之矣。僖十五年《左傳》曰：「史蘇是，占勿從何益？」勿從從也。言雖從何益也。解者云不從史蘇，則失之矣。善學者不以語詞為實義，則依文作解，較然易明，何至展轉遷就，而卒非立言之意乎！

三、經義不同不可強爲之說例

引之謹案：講論六義，稽合同異，名儒之盛事也；述先聖之元意，整百家之不齊，經師之隆軌也。然不齊之說，亦有終不可齊

者，作者既所聞異辭，學者亦弟兩存其說，必欲牽就而泯其參差，反致淆殽而失其本指，所謂離之則兩美，合之則兩傷也。如《書·序》以武庚管叔蔡叔為三監，《逸周書·作雒》篇以武庚管叔霍叔為三監，此不可強合者也，而解者欲合為一，則去武庚，而以管叔蔡叔霍叔當之矣。（辨見《尚書》上❷）〈小雅·皇皇者華〉《左

---

❷ 《書·序》曰：「武王崩，三監及淮夷叛。」《正義》曰：「《漢書·地理志》云：『周既滅殷，分其畿內為三國，邶以封紂子武庚，鄘管叔尹之，衛蔡叔尹之，以監殷民，謂之三監。』先儒多同此說，惟鄭元以三監為管蔡霍獨為異耳。」引之謹案：監殷之人，其說有二，或以為管叔蔡叔而無霍叔，定四年《左傳》（管蔡啟商而惎閒王室，王於是乎殺管叔蔡蔡叔）、〈楚語〉（堯有丹朱，舜有商均，啟有五觀，湯有大甲，文王有管蔡，是五王者，皆元德也，而有姦子。）〈小雅·常棣·序〉（閔管蔡之失道。）〈豳風·鴟鴞·傳〉（寗亡二子，不可以毀我周室，言管蔡罪重，不得不誅。）〈破斧·傳〉（四國管蔡商奄也。）《呂氏春秋·察微》篇（智士賢者相與積心愁慮以求之，尚有管叔蔡叔之事。）〈開春〉篇（周之刑也，戮管蔡而相周公。）《淮南·氾論訓》（周公平夷狄之亂，誅管蔡之罪。高注曰：蔡叔、周公兄也；管叔、周公弟也。二叔監殷，而導紂子祿父為流言，欲以亂周，周公誅之，為國故也。）〈泰族〉篇（周公股肱周室，輔翼成王，管叔蔡叔奉公子祿父而欲為亂，周公誅之，以定天下，緣不得已也。）〈要略〉篇（成王在襁褓之中，未能用事，蔡叔管叔輔公子祿父而欲為亂。高注曰：祿父、紂之兄子，周封之以為殷後，使管蔡監之也。）《史記·周本紀》〈魯世家〉、〈管蔡世家〉、〈衛世家〉（並云管叔蔡叔傅相武庚。）是也。或以為管叔霍叔而無蔡叔，《逸周書·作樂》篇（武王克殷，乃立王子祿父，俾守商祀。建管叔于東，霍叔于殷，俾監殷臣。武王崩，周公立，相天子。二叔及殷東徐奄及熊盈以略，二年，作師旅，臨衛攻殷，殷大震潰，降。辟二叔，王子祿父北奔，管叔經而卒，乃囚霍叔于郭凌。俾康叔宇于殷，中旄父宇于東。孔晁注：「建霍叔于殷，曰霍叔相祿父也。」注：「俾康叔宇于殷，曰叔叔代霍叔。」則孔氏所據本但有霍叔而無蔡叔可知，俗本霍叔于殷

上，增蔡叔二字，與注不合，又改二叔為三叔，囚霍叔為囚蔡叔，則為東晉《古文尚書》所惑也。〈周書·序〉曰：武王克商，建三監以救其民。謂立王子祿父，建管叔霍叔也。又曰：周公誅三監，謂殷一震潰。祿父北奔，管叔經而卒，囚霍叔于郭淩也。）《商子·刑賞》篇（昔者周公旦殺管叔，流霍叔，曰：犯禁者也。《通典·刑法部》多放蔡叔三字，蓋後人以意贈之。今本無者是也。）是也。武庚及二叔皆有監殷臣民之實，故謂之三監。或以武庚管蔡為三監，或以武庚管霍為三監，則傳聞之不同也。然蔡與霍不得並舉，言蔡則不言霍，言霍則不言蔡矣，置武庚不數而以管蔡霍為三監，則自康成始為此說。今案〈序〉曰：「三監及淮九叛」，武庚在三監之列，故下文〈序〉曰：「殺武庚，因其叛而誅之也。」若以管蔡霍為三監，則叛者惟有三叔，武庚之叛，尚未見〈序〉，下文何由而言「殺武庚乎！」其不可通一也。管蔡霍既相與謀叛，則霍叔之罪，與管蔡等，下文何以但云伐管叔蔡叔而不及霍叔乎，其不可通二也。（《詩邶鄘衛譜·正義》曰《書·敘》唯言伐管叔蔡叔而不言霍叔者，鄭云：「蓋赦之也。」此不可通而強為之辭也，豈有同罪而異伐者乎！）偽作〈蔡仲之命〉者，不能審定，乃竊取鄭說而附益之曰：囚蔡叔于郭鄰，以車七乘（改《逸周書》之霍叔為蔡叔，遂與《左傳》蔡叔之文不合，蔡者放也，非囚之謂。）降叔于庶人，三年不齒。皇甫謐《帝王世紀》又襲其謬而強為之說曰：「自殷都以東為衛，管叔監之，殷都以西為鄘，蔡叔監之，殷都以北為邶，霍叔監之，是為三監。」（見《史記·周本紀》《正義》）於是言三監者胥以管蔡霍當之，而不及武庚，與故書雅記皆不合矣。又案《書·大傳》曰：武王殺紂，繼公子祿父，使管叔蔡叔監祿父，武王死，成王幼，管蔡疑周公而流言。奄君蒲姑謂祿父曰：「武王既死矣，成王尚幼矣，周公見疑矣，此百世之時也，請舉事。」然後祿父及三監叛。《詩邶鄘衛譜·正義》據此以明管蔡霍之為三監。其說曰：「言祿父及三監叛，則祿父之外，更有三人為監，祿父非一監矣。」今案《大傳》三字當為二，彼傳上云：「使管叔蔡叔監祿父。」監者二人，則當為二監明甚。如謂三人為監，中有霍叔，則《大傳》何以兩言管蔡，而不及霍叔乎！尋檢本文，較然甚著，不得增入霍叔以曲從三字之訛也。《史記·魯世家》曰：「管蔡武庚等果率淮夷而反。」此《書·序》所謂三監及淮夷叛也。〈周本紀〉《宋世家》並曰：「管蔡與武庚作亂。」此書傳

傳》謂有五善，〈魯語〉謂有六德，此不可強合者也。而解者欲合為一，則云：兼此五者，雖有中和，當自謂無所及成於六德矣。（辨見《毛詩》中）《周禮‧天官》有九嬪而無三夫人，〈昏儀〉則有三夫人，此不可強合者也，而解者欲合為一，則云：三夫人坐而論婦禮，無官職矣。〈地官‧均人〉豐年則公旬用三日，謂一旬之中用三日。〈王制〉用民之力，歲不過三日，謂一歲之中用三日，此不可強合者也，而解者欲合為一，則讀旬為均，以牽就之矣。（以上二條，辨見《周禮》上。）遂人溝洫之制，以十為數，匠人以九為數，此不可強合者也。而解者欲合為一，則謂遂人為直度，匠人為方度矣。（辨見程氏易疇通藝錄。）《周禮》六官為六卿，其數為六，〈匠人〉外有九室，九卿朝焉，其數為九，此不可強合者也。而解者欲合為一，則益以〈保傅〉篇之三少為九卿矣。（辨見《周禮》下）《大戴禮‧五帝德》篇以鯀為顓頊子。〈帝繫〉篇以鯀為顓頊五世孫。此不可強合者也。而解者欲合為一，則於〈帝繫〉刪五世二字，以從〈帝德〉，又或於〈帝德〉高陽之孫，解高陽為顓頊之後，以從〈帝繫〉矣。（辨見《大戴禮記》中。）〈考工記‧匠人〉營國方九里，旁三門，凡十二門。〈月令〉則但有九門，此不可強合者也，而解者欲合為一，則舍東方三門不數，而云嫌餘三方九門得出，故特戒之矣。（辨見《禮記》上。）〈聘禮〉有賓覿則使臣之私覿禮也，而〈郊特牲〉則以私覿

所謂祿父及二監叛也。司馬遷傳古文《尚書》，伏生傳今文，而皆不謂武庚之外，更有三監。則鄭氏之說疏矣。《邶鄘衛譜》亦誤。（新雄謹案：「王氏後說參見各條，均見於《經義述聞》各該條下，今謹錄三監一條於注以示例，後不更注，讀者自行參考可也。」）

為非禮，此不可強合者也。而解者欲合為一，則云：其君親來，其臣不敢私見於主國君矣。（辨見《禮記》中。）〈禮器〉大路繁纓一就，次路繁纓七就。〈郊特牲〉則云：大路繁纓一就，先路三就，次路五就，此不可強合者也。而解者欲合為一，則以七為字之誤矣。〈王制〉天子諸侯宗廟之祭，春曰礿，夏曰禘，秋曰嘗，冬曰烝。〈郊特牲〉則云：春禘而秋嘗，此不可強合者也，而解者欲合為一，則謂〈郊特牲〉禘當為礿矣。（以上二條並見〈郊特牲〉，鄭注：礿與礿同。）〈喪服小記〉殤與無後者從祖祔食，〈曾子問〉則云：殤不祔祭，此不可強合者也。而解者欲合為一，則云祔當為備，祭之不備禮矣。（見〈曾子問〉鄭注。）〈雜記〉大夫次於公館以終喪，士練而歸。（此士謂朝廷之士，鄭注云：士謂邑宰，非也。辨見禮記訓義擇言。）〈喪大記〉則云：公之喪，大夫俟練，士卒哭而歸，此不可強合者也。而解者欲合為一，則云：此公謂公士大夫有地者矣。〈閒傳〉又期而大祥，居復寢。〈喪大記〉則云：禫而從御，吉祭而復寢，此不可強合者也。而解者欲合為一，則謂〈閒傳〉之寢為殯宮之寢，〈喪大記〉之寢為平常之寢矣。（以上二條，並見〈喪大記〉注及正義。）《周禮・司徒》掌十有二教。〈內則〉則云：后王命冢宰降德于兆民，子事父母云云，則以冢宰掌邦教，此不可強合者也，而解者欲合為一，則云記者據諸侯，諸侯兼六卿為三，或兼職矣。〈內則〉子生三月之末，妻以子見於父。又云：由命士以上及大夫之子旬而見。旬十日也。（朱子曰：別記異聞，或不待三月也。）此不可強合者也，而解者欲合為一，則讀旬為均，以為適妾同時生子，子均而見矣。（以上二條並見〈內則〉注。）《周禮・牧人》陽祀用騂牲，陰祀

用黝牲。〈祭法〉則云：燔柴於泰壇，祭天也；瘞埋於泰圻，祭地也。用騂犢，則陰祀亦用騂牲，此不可強合者也。而解者欲合為一，則云與天俱用犢，連言爾矣。（言祭天與祭地連言，故亦云用騂犢，其實祭地用黝牲也，見〈祭法〉注。）〈王制〉大祖之廟，謂始祖廟，廟之不祧者也。〈祭法〉祖考廟謂顯考之父廟，廟之親盡則祧者也。此不可強合者也，而解者欲合為一，則以祖考為始祖矣。（辨見《禮記》下。）〈王制〉士一廟，無上士中士下士之分，〈祭法〉則云：適士二廟，官師一廟，庶士無廟，此不可強合者也。而解者欲合為一，則謂〈王制〉士一廟，為諸侯之中士下士名曰：官師者矣。〈曲禮〉〈王制〉並云：大夫祭五祀。〈祭法〉則云：大夫立三祀，此不可強合者也，而解者欲合為一，則謂大夫有地者祭五祀，無地者祭三祀矣。（以上二條並見〈王制〉注。）《成十六年左傳》晉侯伐鄭，欒書將中軍，士燮佐之。〈晉語〉則云欒武子將上軍，范文子將下軍，此不可強合者也。而解者欲合為一，則云：上下軍中之上下矣。（見〈晉語〉韋注。）襄十一年《傳》鄭人賂晉侯以師悝師觸師蠲廣車軘車淳十五乘。〈晉語〉則云：鄭伯嘉來納女工，妾三十人，輅車十五乘。此不可強合者也，而解者欲合為一，則以工為樂師，輅為廣車，車為軘車矣。哀十七年《左傳》越敗吳於笠澤，二十年十一月圍吳，至二十二年十一月丁卯而滅吳，凡再舉而滅吳，〈吳語〉則云：越王乃令其中軍襲攻之，吳師大北，又大敗之於沒，又郊敗之，三戰三北，乃至于吳。〈越語〉與〈吳語〉略同，皆以為一舉而滅吳，此不可強合者也。而解者欲合為一，則謂敗吳於圍在哀十七年，又郊敗之在哀二十年矣，《左傳》夫差殺申胥在哀十一年，〈越語〉則在句踐反國之三

年，時當哀七年，此不可強合者也，而解者欲合為一，則以宧吳三年而反為哀五年，加以反後六年為哀十一年矣。《左傳》越以伐吳之後三年圍吳，又三年而滅之，自伐吳至滅吳凡六年。〈越語〉則自反國之四年伐吳，遂居軍三年，待其自潰而滅之，自伐吳至滅吳凡三年。此不可強合者也。而解者欲合為一，則謂〈越語〉之興師伐吳在魯哀十七年，吳師自潰在二十二年矣。（以上四條辨見《國語》下）以兩不相侔之說，而欲比而同之，宜其說之阢隉而不安矣。

四、經傳平列二字上下同義例

引之謹案：古人訓詁，不避重複，往往有平列二字上下同義者，解者分為二義，反失其指，如〈泰象傳〉后以裁成天地之道，輔相天地之宜。解者訓裁為節，或以為坤富稱財，不知裁之言載也成也，裁與成同義而曰裁成，猶輔與相同義而曰輔相也。〈隨象傳〉君子以嚮晦入宴息。解者以為退入宴寢而休息，不知宴之言安，安與息同義也。（以上二條，辨見《周易》下。）〈甘誓〉威侮五行。解者訓威為虐，不知威乃威之訛，乃蔑之借，蔑侮皆輕慢也。〈盤庚〉無弱孤有幼。解者以孤有幼連讀，不知弱孤猶言弱寡，皆輕忽之義也。乃有不吉不迪，顛越不恭，暫遇姦宄。解者訓為暫遇人而劫奪之，不知暫之言漸，遇之言隅，皆險詐之稱也。〈牧誓〉昏棄厥肆祀弗荅。解者訓昏為亂，不知昏棄者泯棄也，泯棄者蔑棄也，泯與棄義相近也。（以上四條辨見《尚書》上。）〈康誥〉應保殷民。解者謂上以應天下以安我所受殷之民眾。不知應受也，與保義相近也。天惟與我民彝大泯亂。解者訓泯為滅，不

知民亦亂也。遠乃猷裕。解者以裕字屬下讀，不知猷裕皆道也。〈梓材〉惟其陳脩為厥疆畎。解者訓陳為列，不知陳脩皆治也。〈多士〉予惟率肆矜爾。解者訓肆為故，不知肆緩也，緩爾之罪，矜爾之愚，義相近也。〈無逸〉民否則厥心違怨。解者以為違其命，怨其身，不知違亦怨也。〈君奭〉咸劉厥敵。解者訓咸為皆，不知咸者滅絕之名，咸劉猶言遍劉虔劉也。〈呂刑〉鴟義姦宄。解者以為鴟梟之義，不知鴟輕也，義邪也，義相近也。（以上八條，辨見《尚書》下。）〈周南·卷耳〉篇：我馬元黃。解者以為元馬病則黃，不知元黃皆病也。（辨見《毛詩》上。）〈小雅·鴻鴈〉篇：謂我宣驕。解者訓宣為示，不知宣者侈大之稱，宣猶驕也。〈節南山〉篇：不敢戲談。解者訓談為言語，不知談者戲調也，談亦戲也。〈小宛〉篇：人之齊聖。解者訓齊為正，不知齊聖皆聰明睿知之稱也。〈大雅·文王〉篇：宣昭義問。解者訓宣為徧，不知宣昭皆明也。（〈周頌·雝〉篇：宣哲維人。同。以上五條，辨見《毛詩》中。）〈生民〉篇：庶無罪悔。解者訓悔為恨，不知悔咎也，義與罪相近也。〈民勞〉篇：無縱詭隨。解者訓為詭人之善，隨人之惡。不知詭隨者謂譎詐也。〈蕩〉篇：曾是彊禦。解者訓為彊梁禦善，不知禦猶彊也。〈商頌·烈祖〉篇：我受命溥將。解者訓將為助。不知溥大也，將長也。義相近也。〈殷武〉篇：勿予禍適。解者謂予之以禍，不知禍與過通，禍適猶謫過也。（以上五條辨見《毛詩》下。）〈天官·宮伯〉行其秩敘。解者曰：秩祿稟也；敘才等也。不知秩與敘同義，皆謂宿衛之次第也。（辨見《周禮》上。）〈春官·大史〉正歲年以敘事。解者曰：中數曰歲，朔數曰年，不知歲與年同義，古人自有複語也。（辨見《周禮》

下。）《大戴禮·曾子立事》篇：備則未為備也，而勿慮存焉。解者曰：不忘危也。不知勿慮猶無慮，謂大較也。（辨見《大戴禮》上。）〈文王官人〉篇：鄉黨之閒，觀其信憚也。解者曰：信而見憚。不知憚讀為亶，亶亦信也。進退工故。解者以故屬下讀，不知工故猶工巧也。（以上二條辨見《大戴禮》下。）〈曾子問〉：以此若義也。解者訓若為順，不知此若二字連讀，若亦此也。〈玉藻〉見所尊者齊速。解者曰：謙愨貌也，不知速古遫字，齊亦遫也。〈少儀〉：問道藝曰：子習於某乎！子善於某乎！解者以道為三德三行，不知道亦藝也。〈學記〉：呻其佔畢。解者訓佔為視，不知佔為笘之借字，笘畢皆簡也。多其訊言，及于數進，而不顧其安。解者以言屬下讀，不知訊與誶通，誶言猶告語也。〈樂記〉：志微噍殺之音作。解者訓志為意，不知志亦微也。狄成滌濫之音作。解者謂速疾而成，或謂成而似夷狄之音，不知成乃戉之譌，戉乃越之借，狄越皆疾貌也。以繩德厚。解者謂準度以道德仁厚，或謂法其德厚薄。不知德厚猶仁厚也。獿雜子女。解者訓獿為獼猴，不知獿為糅之借字，糅亦雜也。名之曰建藁。解者謂建為鍵，不知建乃韃之借字，韃藁皆所以戢弓矢也。（以上十條，辨見《禮記》中。）文十八年《左傳》：天下之民謂之饕餮。解者謂貪財為饕，貪食為餮，不知饕餮本貪食之名，因謂貪得無厭者為饕餮，饕與餮無異也。（辨見《左傳》上。）宣十二年《傳》：旅有施舍。解者以施為施惠，舍為不勞役。不知施舍之言賜予也。襄八年《傳》：馮陵我城郭。解者訓馮為迫，不知馮亦陵也。二十四年《傳》：不可億逞。解者訓億為度，逞為盡，不知億逞皆謂滿盈也。數疆潦。解者以為疆界有流潦，不知疆潦乃礓礫之借字，謂地之多小石者

也。三十一年《傳》：高其閈閎。閎誤為閣，解者遂訓為止扉，不知閈閎皆謂門也。繕完葺牆。解者欲改完為宇，不知繕完皆謂修其牆垣，非謂屋宇也。（以上六條辨見《左傳》中。）昭三年《傳》：君若不棄敝邑，而辱使董振擇之，以備嬪嬙。解者曰：董正也，振整也。不知董振即動震，謂敬謹也。七年《傳》：寵靈楚國。解者謂開其恩寵，賜以威靈，不知靈福也，與寵義相近也。叔父陟恪在我先王之左右。解者曰：陟登也，恪敬也。不知恪乃格之借字，格亦登也。（以上三條，辨見《左傳》下。）〈周語〉：服物昭庸。解者訓庸為功，不知昭庸即昭融，昭融皆明也。氣不沈滯，而亦不散越。解者訓越為遠，不知越揚也，與散義相近也。無夭昏札瘥之憂。解者訓昏為狂惑，不知昏沒也死也，與夭同義也。汨越九原。解者訓越為揚，不知汨越皆治也。有過慝之度。解者訓慝為惡，不知慝乃忒之借字，過忒猶過差也。〈魯語〉：固民之殄病是待。解者訓殄為絕，不知殄亦病也。〈齊語〉：牛馬選具。解者訓選為數，不知選亦具也。（以上七條辨見《國語》上。）〈晉語〉：將以驪姬之惑蠱君而誣國人。解者訓蠱為化，不知蠱亦惑也。是先主覆露子也。解者訓露為潤，不知露亦覆也。知羊舌職之聰敏肅給也。解者訓肅為敬，給為足。不知肅之言速，給之言急肅給正同義也。〈鄭語〉：黎為高辛氏火正，以淳耀敦大。解者訓淳為大，不知淳乃焞之借字，焞燿皆明也。〈楚語〉：若民煩可教訓，蠻夷戎狄，其不賓也久矣，中國所不能用也。解者訓煩為亂，而不釋民字，不知民之言昏，昏亦亂也。敬不可久，民力不堪，故齊肅以承之。解者訓肅為疾，而不釋齊字，不知齊亦疾也。〈吳語〉：請王厲勢以奮其朋勢。解者訓朋為群，不知朋之言馮，馮劫

皆盛怒也。（以上七條辨見《國語》下。）

五、經文數句平列上下不當歧異例

引之謹案：經文數句平列，義多相類，如其類以解之，則較若畫一；否則，上下參差，失其本指矣。如〈洪範〉「聰作謀」與「恭作肅，從作乂，明作哲，睿作聖」並列，則謀當讀為敏。解者以為下進其謀，則文義不倫矣。（辨見《尚書》上。）〈天官·宰夫〉掌百官府之徵令，辨其八職：「一曰正，二曰師。」與「三曰司，四曰旅。」並列，則當為群吏之待徵令者。解者以正為六官之長，師為六官之貳，則文義不倫矣。（辨見《周禮》上。）〈地官·鄉大夫〉鄉射之禮五物：「一曰和」，「二曰容」，「四曰和容」，「五曰興舞」。與「三曰主皮」並列，則當皆以射言之，解者以為和載六德，容包六行，和容興舞為六藝之禮樂，則文義不倫矣。（辨見《周禮》上。）〈禮器〉「設於地財」，與「合於天時」，「順於鬼神」，「合於人心」，「理於萬物」並列，則設當訓為合，解者以為所設用物為禮，各是其土地之物，則文義不倫矣。（辨見《禮記》上。）桓十八年《左傳》「兩政」與「並后」「匹嫡」「耦國」並列，則兩政當為並於正卿。解者以為臣擅命，則文義不倫矣。（辨見《左傳》上。）昭七年《傳》「官職不則」與「六物不同」「民心不壹」「事序不類」並列，則「則」當訓為「均」。解者訓則為法，以為治官居職不一法，則文義不倫矣。（辨見《左傳》下。）〈晉語〉「嚚瘖不可使言，聾聵不可使聽。」與「籧篨不可使俯，戚施不可使仰，僬僥不可使舉，侏儒不可使援，矇瞍不可使視，童昏不可使謀」並列，則「嚚瘖」當為不

能言之人，「聾瞶」當為不能聽之人。解者以為口不道忠信之言為囂，耳不別五聲之和為聾，則文義不倫矣。（辨見《國語》下。）《論語·顏淵》篇「非禮勿動」與「非禮勿視，非禮勿聽，非禮勿言。」並列，則動當為動容貌。（〈中庸〉曰：「齊明盛服，非禮不動。」亦謂動容貌也。）解者訓動為行事，以為身無擇行。（見邢昺疏，後人皆沿其誤。）則文義不倫矣。

六、經文上下兩義不可合解例

引之謹案：經文上下兩義者，分之則各得其所，合之則扞格難通。如〈屯·六二〉「匪寇昏媾」，謂昏媾也；「女子貞不字，十年乃字」，謂妊娠也。而解者誤以女子貞不字，承昏媾言之，則云許嫁笄而字矣。〈師·六五〉「田有禽」，謂田獵也；「利執言」，謂秉命也；「長子帥師，弟子輿尸」，謂行軍也。而解者以田有禽與利執言誤合為一，則云物先犯己，故可以執言。以田有禽與長子帥師誤合為一，則云二帥師禽五矣。（辨見《周易》上。）〈春官·大宗伯〉「凡祀大神，享大鬼，祭大示，帥執事而卜日：宿眡滌濯。」統祀享祭言之也。「蒞玉鬯，省牲鑊，奉玉齍」，則專謂享大鬼也，而解者誤以蒞玉鬯三句亦統祀享祭言之，則云：玉禮神之玉也，始蒞之，祭又奉之矣。「大師大喪，帥瞽而廞」，謂廞樂器也，「作匶謚」，謂謚於作匶之時也。而解者誤合為一，則云興言王之行，謂諷誦其治功之詩矣。〈考工記·鳧氏〉「鐘縣謂之旋」，縣鐘之環也；「旋蟲謂之幹」，銜旋之鈕也。而解者誤合為一，則云旋屬鐘柄，所以縣之，以蟲為飾矣。（並見《周禮》下。）〈喪服〉「公士，大夫之眾臣，為其君布帶繩屨。」公士，

公之士也，，；大夫之眾臣，大夫之臣不為室老者也。而解者誤合為一，則云：士卿士矣。〈士虞禮·記〉「明齊溲酒」，明齊二字當在香合上，不與溲酒連文。而解者誤合為一，則云：以新水溲釀此酒矣。（並辨見《儀禮》。）〈玉藻〉「朝覲，大夫之私覿，非禮也。」朝覲之下有脫文，大夫之私覿，謂聘非謂朝也。而解者誤合為一，則云：其君親來，其臣不敢私見於主國君矣。（辨見《禮記》中。）僖五年《左傳》「輔車相依」，取諸車以為喻也；「脣亡齒寒」，取諸身以為喻也。而解者誤合為一，則云：輔頰輔；車牙車矣。（辨見《左傳》上。）昭十七年《傳》「瓘斝玉瓚」，瓘斝，玉斝，與玉瓚不同物也。而解者誤合瓘與瓚為一，則云：瓘珪也矣。（辨見《春秋名字解詁》下。）定四年《傳》「備物典策」，備即服之借字，服物一義也，典策又一義也。而解者誤合為一，則云：備物典策，謂史官書策之典矣。（辨見《左傳》下。）〈越語〉「用人無藝」，與上文「後無陰蔽，先無陽察」二句相因，故以「蔽察藝」為韻；「往從其所」，與下文「剛彊以禦，陽節不盡，不死其野，彼來從我，固守勿與」五句相因，故以「所禦野與」為韻。而解者誤合為一，則云：無藝，無常所也；行軍用人之道，因敵而制，不豫設也，故曰從其所矣。（辨見《國語》下。）《爾雅·釋詁》「林烝君也」借君為群，與「天帝皇王后辟公侯」之「君」，字同而義異。而解者誤合為一，則實之以「有壬有林，文王烝哉」矣。「載謨食詐偽也。」偽與為通，「載謨食」為作為之為，「詐」為情偽之偽。而解者誤合為一，則云：載者言而不信，謨者謀而不忠矣。（辨見《爾雅》上。）〈釋邱〉「宛中宛邱。」邱之中央隆高者也；「邱背有邱為負邱。」邱後又有一邱

者也。而解者誤合為一，則於邱背有邱為負邱云：此解宛邱中央隆峻，狀如負一邱於背上矣。〈釋水〉「瀵大出。」謂泉之濆涌上出也；「尾下。」謂水之下游也。而解者誤合為一，則云：尾底也矣。（並辨見《爾雅》中。）〈釋魚〉「鱦鮡。」謂小魚似鮒而黑者也；「鱴鰦。」謂大口大目細鱗有斑彩者也。而解者誤合為一，則以鱴鰦為鱦鱦矣。（辨見《爾雅》下。）其有平列二字，字各為義而誤合之者，〈大雅·棫樸〉篇「芃芃棫樸。」棫白桵也，樸棗也。而解者誤合為一，則以樸為棫之叢生者矣。（辨見《毛詩》中。）〈抑〉篇「洒埽庭內。」庭中庭也；內堂室也。而解者誤合為一，則云：洒埽室庭之內矣。（辨見《毛詩》上子有廷內。）〈士虞禮〉「冪用絺布。」謂或用絺，或用布，絺以葛為之，布以麻為之也。而解者誤合為一，則云：絺布，葛屬矣。（辨見《儀禮》。）〈周語〉「川無舟梁。」謂無舟又無梁也。而解者誤合為一，則云：舟梁以舟為梁矣。（辨見《國語》上。）凡此皆宜分而合者也，說經者各如其本指，則明辨晳矣。

七、衍文例

引之謹案：經之衍文，有至唐之開成石經始衍者，〈洪範〉「于其無好」下衍德字。〈天官·敘官〉「腊人」衍府二人史二人六字之屬是也。有自唐初作疏時已衍者，〈湯誓〉「舍我穡事而割正」下衍夏字。〈文王世子〉「諸父守貴室」，貴室上衍貴宮二字之屬是也。亦有自漢儒作注時已衍者，如〈大誥〉「厥考翼其肯曰：予有後，弗棄基。」翼衍字也。鄭注訓翼為敬，則已衍翼字矣。（辨見本條。）〈無逸〉「先知稼穡之艱難，乃逸，則知小人

之依。」乃逸二字衍字也。（家大人曰：先知稼穡之艱難，則知小人之依。文義上下相承，中間不得有乃逸二字。且周公戒王以無逸，何得又言乃逸乎！乃逸二字蓋涉下文「厥子乃不知稼穡之艱難，乃逸乃諺」而衍。）而某氏傳曰：先知之乃謀逸豫。則已衍乃逸二字矣。〈天官・王府〉「凡王之獻金玉兵器良貨賄之物，受而藏之。」王之二字衍字也。〈考工記・輈人〉「輪輻三十，以象日月也。」日衍字也，鄭注謂日月三十日而合宿，則已衍日字矣。〈士相見禮〉「非以君命使，則不稱寡大夫則曰寡君之老。」則曰二字衍字也。鄭注謂大夫士，其使則皆曰寡君之某。則已衍則曰二字矣。〈郊特牲〉「大夫強而君殺之，義也，由三桓始也。」下五字衍字也，鄭注謂季友以君命鴆牙，後慶父又死，則已衍此五字矣。〈雜記〉「朋友虞附而退。」附衍字也。鄭注謂祔當作袝，則已衍附字矣。又「諸侯使人弔，其次含襚賵臨，皆同日而畢事者也，其次如此也。」上其次二字衍字也。鄭注先言相次，後言同時，則已衍上其次二字矣。〈投壺〉「司射進度壺，以二矢半。」下四字衍字也。鄭注謂壺去坐二矢半，則已衍此四字矣。（以上並辨見本條下。）《論語・鄉黨》篇「入公門，鞠躬如也。」公字衍字也。（劉氏端臨《論語駢枝》謂入公門一章是聘禮，其說甚精。案：公君也。本國之臣謂君門為公門。故〈曲禮〉曰：「大夫士下公門。」鄰國之臣來聘，執圭而入廟門，不得謂之入公門。徧考書傳亦無謂廟門為公門者，公蓋衍字也。〈聘禮・記〉曰：「執圭入門，鞠躬如也。」正與此同，當作入門明甚。）苞注謂下文過位，過君之空位也。鄭注過位，謂入門右北面，君揖之位。（見〈曲禮〉下卿位正義。）皆承公字為義，則已衍公字矣。又有旁記之字

誤入正文者，〈祭義〉「燔燎羶薌，見以蕭光。」又「見閒以俠
甒，加以鬱鬯。」鄭注曰：「見及見閒皆當為覼字之誤也。覼以蕭
光，光猶氣也，覼以俠甒，謂雜之兩甒醴酒也。」釋文：「見以，
依注見作覼，音閒廁之閒。徐古辯反。見閒，依注合為覼，音閒廁
之閒。」引之謹案：「見以蕭光」，見乃閒之借字也，古見閒同
聲，故借見為閒，閒雜廁也，「見閒以俠甒」，當作「見以俠
甒」，亦借見為閒也。後人因見為閒之假借，而旁記「閒」字，傳
寫者不知而並存之，遂成「見閒以俠甒耳。」注當云「見皆讀為
閒，閒衍字。」不當改見為覼，亦不當合見閒為一字，覼訓為視
（見《廣雅》。）不訓為雜也。（《正義》云：凡覼者所見錯雜之
義，故閒旁見也，臆說無據。）家大人曰：書傳多有旁記之字誤入
正文者。《墨子·備城門》篇「令吏民皆智之。」智古知字也，後
人旁記知字，而寫者並存之，遂作吏民皆智知之。〈趙策〉「夫董
閼于簡主之才臣也。」閼與安古同聲，即董安于也，後人旁記安
字，而寫者並存之，遂作董閼安于。《史記·曆書》：「端蒙者，
年名也。」端蒙旃蒙也，後人旁記旃字，而寫者並存之，遂作端旃
蒙者年名也。〈刺客傳〉「臣欲使人刺之，眾莫能就。」眾者終之
假借字也。後人旁記終字，而寫者並存之，遂作眾終莫能就。《漢
書·翟方進傳》「民儀九萬」，夫儀與獻古同聲，即民獻也後人旁
記獻字，而寫者並存之，遂作民獻儀九萬夫，是其例。

八、形譌例

引之謹案：經典之字，往往形近而訛，仍之則義不可通，改之
則怡然理順。如夫與矢相似，而誤為矢。（見〈春官·樂師〉

注。）雷雍與盧維相似，而誤為盧維。（見〈夏官・職方氏〉注。蓋雷誤為虘，又誤為盧。）觶字古文與觚相似，而誤為觚。（〈考工記・梓人〉疏引鄭駁《五經異義》。）四字古文與三相似，而誤為三。（〈覲禮〉注。）琢與琢相似而誤為琢。（〈禮器〉「大圭不琢」注云：「琢當為篆。」案琢蓋琢之誤，琢亦篆也。）神字古文與旦相似而誤為旦。（〈郊特牲〉注，說見《禮記》中。）叟與更相似而誤為更。（《太平御覽・禮儀部十四》引《月令章句》。）疏與流相似而誤為流。（〈昭二十年左傳釋文正義〉。）鵝與鴉相似而誤為鴉。（《爾雅・釋鳥》注。）若斯之類，先儒既已宣之矣。他如行與衍相似而誤為衍。（辨見《周易》下。）笑字隸書與先相似而誤為先。（〈同人象傳〉同人之先，以中直也。先當為笑，謂九五同人先號咷而後笑也。笑字隸書作芺，與先相似，又因經文先字而誤為先耳。）宣與寡字隸書相似而誤為寡，恙與羔相似而誤為羔。（並辨見《周易》下。）三與二相似而誤為二，與威相似而誤為威，允與亢相似而誤為亢。（並辨見《尚書》上。）刖與刵相似而誤為刖，戊與咸相似而誤為咸。（並辨見《尚書》下。）貳與貳相似而誤為貳。（辨見《毛詩》上，又見《大戴禮》中，《禮記》上，《左傳》上，《國語》上。）或與咸相似而誤為咸。（辨見《毛詩》上。）且與旦相似而誤為旦，徂與沮相似而誤為沮。（並辨見《毛詩》中。）爻與孝相似而誤為孝。（辨見《毛詩》下。）人字篆文與九相似而誤為九，民字下半與比相似而誤為比，其字古文與六相似而誤為六。（並辨見《周禮》上。）謓字隸書與謨相似而誤為謨，厖與蠶字隸書相似而誤為蠶，帥與師相似而誤為師。（並辨見《周禮》下。師誤為帥，又見《國語》上。）淫

與淮相似而誤為淮，事字古文與史相似而誤為史，湛與涅相似而誤為涅。（並辨見《周禮》下。）卿與鄉相似而誤為鄉，敦與激相似而誤為激。（並辨見《儀禮》。）濯與灌相似而誤為灌，改與致相似而誤為致，雀與省相似而誤為省，頯與類相似而誤為類。（並辨見《大戴禮》上。頯誤為類，又見《大戴禮》下。）豆鬻與矩關相似而誤為矩關，厽與參相似而誤為參，官與宮相似而誤為宮，遺與匱相似而誤為匱，大與天相似而誤為天，辟與辭字或體相似而誤為辭，詭與瞻相似而誤為瞻，博與傅相似而誤為傅，斗字隸書與升相似而誤為升，跛與跂相似而誤為跂，立與主相似而誤為主，甬與再相似而誤為再，敺與敬相似而誤為敬，患與貴相似而誤為貴，輕字隸書與誣相似而誤為誣，聞與明相似而誤為明，臟與膩相似而誤為膩。（並辨見《大戴禮》上。）美與業相似而誤為業，誤與設相似而誤為設，屬與屬相似而誤為屬，又誤為勵，出字隸書與士相似而誤為士，江字隸書與沠相似而誤為沠，遹與通相似而誤為通，敦與教相似而誤為教，灌與濯相似而誤為濯，樞與楣相似而誤為楣，徙與從相似而誤為從，平與卒相似而誤為卒。（並辨見《大戴禮》中。）傷與傷相似而誤為傷，治與裕相似而誤為裕，交與克相似而誤為克，寬與寡相似而誤為寡，愨與愍相似而誤為愍，叐與及相似而誤為及，典與無相似而誤為無，誅黎與許魏相似而誤為許魏，汁與計相似而誤為計，介字隸書與分相似而誤為分，倍與倨相似而誤為倨，蕙與息相似而誤為息，嗺與嚾相似而誤為嚾。（並辨見《大戴禮》下。）左與右相似而誤為右，循與脩相似而誤為脩，欲與故相似而誤為故，天與大相似而誤為大，穴字隸書與內相似而誤為內，璽與疊相似而誤為疊，又誤為疆。（並辨見《禮記》上。）受

與愛相似而誤為愛，頒字隸書與須相似而誤為須，戉與成相似而誤為成，省與瘠相似而誤為瘠，齊字古文與命相似而誤為命。（並辨見《禮記》中。）共與其相似而誤為其，寘與賞相似而誤為賞，謂與詩相似而誤為詩，及與反相似而誤為反，荐與存相似而誤為存，達與建相似而誤為建，徧與脩相似而誤為脩，先與生相似而誤為生，徹與徵相似而誤為徵，愚與患相似而誤為患。（並辨見《禮記》下。）徒與從相似而誤為從，不與亦相似而誤為亦，待與徒相似而誤為徒，其與甚相似而誤為甚，及與服字右畔相似而誤為服，斬字草書與靳相似而誤為靳，反與及相似而誤為及，歡與歌相似而誤為歌，廢與殺相似而誤為殺。（並辨見《左傳》上。）而與為相似而誤為為，遇與過相似而誤為過，閔與閣相似而誤為閣。（並辨見《左傳》中。）生與室相似而誤為室，視與貌相似而誤為貌，由與曰相似而誤為曰，尒與介相似而誤為介。（並辨見《左傳》下，尒誤為介，又見《穀梁傳》。）其字古文與介相似而誤為介，與莫相似而誤為莫。（並辨見《左傳》下。又《論語・述而》篇「文莫吾猶人也。」莫蓋其之誤，言文辭吾其猶人也，上下相應。猶《左傳》「其將積聚也。」其與也，相應也。何晏訓為無，失之。）壁與塗相似而誤為塗。（辨見《左傳》下。）蓻與蓺相似而誤為蓺，惪與憲相似而誤為憲，討與計相似而誤為計，來與柰相似而誤為柰，又誤為漆，惑與感相似而誤為感，又誤為憾，陰與陶字隸書相似而誤為陶，又誤為鮞。（並辨見《國語》上。）苟與荀相似而誤為荀，故與敬相似而誤為敬，𠔿與兜相似而誤為兜，圍與圍相似而誤為圍，樻與橇相似而誤為橇，諒與諄相似而誤為諄，摶與尋相似而誤為尋，㕁與函相似而誤為函，廷與廷相似而誤為廷，人與入

相似而誤為入，伐與戚相似而誤為戚，師與帥相似而誤為帥，稑與稻相似而誤為稻。（並辨見《國語》下。）冣與最相似而誤為最，廡與廉相似而誤為廉。（並辨見《公羊傳》。）計與討相似而誤為討，膝與辟隸書相似而誤為辟，叛與知左畔相似而誤為知，沒與汲相似而誤為汲，詳與注相似而誤為注。（並辨見《穀梁傳》。）次與坎相似而誤為坎，自字古文與古相似而誤為古，辟與辨相似而誤為辨，維與雍相似而誤為雍，厎與厎相似而誤為厎。（並辨見《爾雅》中。）茇與茭相似而誤為茭，顋與䫇相似而誤為䫇。（並辨見《爾雅》下。）網與綱相似而誤為綱，（《論語·述而》篇「釣而不綱。」綱乃網之訛，謂不用網罟也。孔注據誤本綱字作解，失之。）我與義相似而誤為義，（《孟子·公孫丑》篇「是集義所生者，非義襲而取之也。」下義字文義難通，疑當作我，言在外者，我可以襲而取之，浩然之氣從內而出，非我所能襲取也。我與義相似，又涉上文兩義字而誤耳。趙注但云「人生受氣所自有。」而不及義字，則所見本不作義可知，疏據義字作解，非也。）吐與哇相似而誤為哇，（〈滕文公〉篇「出而哇之。」哇當作吐，字之誤也。《論衡·刺孟》篇引作「出而吐之」，《風俗通義·愆禮》篇亦云：「孟子譏仲子吐鶃鶃之羹。」《白帖》卷九十五，《太平御覽·羽族部六》引作吐，是其明證也。俗本皆作哇，遍考字書韻書無訓哇為吐者，其為誤字無疑，丁張二家音於佳切，則所見本已誤作哇，趙注出，而哇吐之哇字，乃後人所增，當刪正。）來與求隸書相似而誤為求，（〈離婁〉篇「舍館定，然後求見長者乎！」家大人曰：「求當作來，上文子亦來見我乎，與此正相應也。隸書來字作来，求字作来，相似而誤。」）勝與服相似而誤為服，（以善

服人者，未有能服人者也，以善養人，然後能服天下。以善服人之
服，疑當作勝，勝字左畔與服相同，又涉下文服人而誤。《管子·
戒》篇「以善勝人者，未有能服人者也；以善養人者，未有不服人
者也。」尹注云：「以善勝人，人亦生善己之心，故不服。」是其
明證也。若作「以善服人者，未有能服人者也。」則文義不明，趙
注云：以善服人之道治世，謂以威力服人者也。則以見本已誤作
服。）差與養相似而誤為養，（〈告子〉篇「雖有不同，則地有肥
磽，雨露之養，人事之不齊也。」養疑當作差，字形相似而誤，謂
雨露多寡之差也。故趙注以為雨澤有不足。）挌與栝相似而誤為
栝，又誤為牿。（則其且畫之所為，有牿亡之矣。音義：牿作栝。
案牿栝皆挌之訛，挌與攪同，字從手不從木，亦不從牛。〈小雅·
何人斯〉傳曰：攪擾也。《玉篇》攪字或體作作牿。云：同上。
《後漢書·馬融傳》「散毛族，栝羽群。」李注曰：「字書從手，
即古文攪字，謂攪擾也。挌謂攪擾，故趙注云：其所為萬事，又挌
亂之也。當音古巧切，而丁公箸乃云：栝古沃切，且云：利害之亂
其性，猶桎栝之刑其身，失之遠矣。」稟與棠相似而誤為棠，
（〈盡心〉篇「齊饑，陳臻曰：國人皆以夫子將復為發棠。」棠疑
當作稟，稟古廩字，謂發倉廩以振饑也，稟字隸書與棠相似而誤。
趙注云：棠齊邑，發棠邑之倉以振貧窮，則所見本已誤為棠，不知
棠為稟之訛，稟即倉也。）格與招相似而誤為招。（今之與楊墨辯
者，如追放豚，既入其苙，又從而招之。趙注曰：招，罥也。案招
疑當作格，格者絡之借字也，絡之者以繩縛之也。《楚詞·招魂》
注云：絡縛也。故趙注訓為罥，罥亦縛也。《眾經音義》卷十引
《聲類》云：罥以繩係取獸也，罥之言繯，《說文》繯落也。落與

絡通，《說文》訓繯為絡，此注訓絡為繯，其義一也。罥古作繯，《說文》繯网也。絡亦网，〈西都賦〉「振天維，衍地絡。」薛注云：絡網也。《莊子·胠篋》篇謂之羅落。皆以繩挂物之名也。絡與落同聲，絡之通格，猶落之通格。《管子·幼官》篇夏行冬政落。《淮南·時則》篇作夏行冬令格。《史記·酷吏傳》「置伯格長。」徐廣曰：古村落字，亦作格，是其例也。）尋文究理，皆各有其本字，不通篆隸之體，不可得而更正也。

九、上下相因而誤例

家大人曰：經典之字，多有因上下文而誤寫偏旁者，如〈堯典〉「在璿機玉衡」機字本從木，因璿字而從玉作璣。（辨見段氏《古文尚書撰異》。）〈大雅·緜〉篇「自土沮漆」，沮字本從彳，因漆字而從水作沮。（辨見本條。）《爾雅·釋詁》「簡苪大也。」苪字本從艸，因簡字而從竹作箁。（唐石經始誤從竹，《釋文》引《說文》：「苪草大也。」則甚字從艸可知，今本釋文從竹作箁，後人改之也。）此本有偏旁而誤易之者也。〈盤庚〉「烏呼」，烏字因呼而誤加口。（《說文》孔子曰：烏吁呼也，取其助氣，故以為烏呼。顏師古《匡謬正俗》曰：古文尚書悉為烏呼字，唐石經烏字作嗚，衛包所改也。）〈周南·關雎〉「展轉反側」，展字因轉字而誤加車。（《說文》車部無輾字，尸部：展轉也。則展轉同義，故以展轉連文，《釋文》輾本亦作展，是舊本尚有不誤者。）〈魏風·伐檀〉「河水清且漣猗」，猗字因漣字而誤加水。（《釋文》猗本亦作漪。《爾雅·釋水》河水清且瀾漪。《釋文》漪本又作猗。案猗本字也，漪誤字也，猗為語助，不當從水。）

〈小雅・采薇〉「玁允之故」，允字因玁字而誤加犬。《釋文》狁本作允。則舊本尚有不誤者，《漢書・匈奴傳》作獫允。）《大戴禮・勸學》篇「水潦屬焉」，屬字因潦字而誤加水。（辨見《大戴禮》中。）〈月令〉「地氣且泄」，且字因泄字而誤加水。（唐〈月令〉及《七經孟子考文》所引古本並作且，《呂氏春秋・仲冬紀》同，岳本始誤作沮字。訓止訓壞，皆與泄殊義，不得以沮泄連文。正義不釋沮字，《釋文》沮字無音，則本作且可知。）〈樂記〉「及優朱儒」，朱字因儒字而誤加人。（《說文》無侏字，襄四年《左傳》「朱儒是使」，朱字無人旁。）定五年《左傳》「陽虎將以與璠斂」，與字因璠字而誤加玉。（《說文》無璵字，《左傳・釋文》：璵本又作與，則舊本尚有不誤者。）《爾雅・釋詁》「昄至大也。」至字因昄字而誤加日。（辨見《爾雅》上。）〈釋宮〉「梀謂之虍」，虍字因梀字而誤加木。（《釋文》梀本亦作虍，則舊本尚有不誤者。〈商頌・殷武〉箋：梀謂之虍。字正作虍，無木旁。《說文》木部無梀字。）〈釋山〉「山夾水澗，陸夾水虞。」虞字因澗字而誤加水。（《說文》無澞字，《釋文》：澞本又作虞，則舊本尚有不誤者。）此本無偏旁而誤加之者也。

十、上文因下而省例

　　引之謹案：古人之文有下文因上而省者，亦有上文因下而省者。〈堯典〉「期三百有六旬有六日。」三百者，三百日也。因下六日而省日字。〈小雅・天保〉篇「禴祠烝嘗於公先王。」公者，先公也。（鄭箋）因下先王而省先字。〈特牲饋食禮〉「祝命挼祭（此四字誤倒於尸左執觶之上，鄭注遂以命為詔尸。辨見《儀

禮》。）佐食，取黍稷，肺祭授尸，祝命爾敦佐食，爾黍稷於席上。」祝命者，命佐食也，因下佐食而省佐食字。《論語·為政》篇「舉直錯諸枉則民服，舉枉錯諸直則民不服。」舉直舉枉者，舉諸直舉諸枉也，因下錯諸枉錯諸直而省諸字。〈衛靈公〉篇「躬自厚而薄責於人。」躬自厚者，躬自厚責也。（皇疏引蔡謨云：厚者厚其德也，失之。）因下薄責於人而省責字。《孟子·滕文公》篇「夏后氏五十而貢，殷人七十而助，周人百畝而徹。」五十七十者，五十畝七十畝也，因下百畝而省畝字。

十一、增字解經例

　　引之謹案：經典之文，自有本訓，得其本訓，則文義適相符合，不煩言而已解；失其本訓，而強為之說，則阢隉不安，乃於文句之間增字以足之，多方遷就而後得申其說，此強經以就我，而究非經之本義也。如〈蹇·六二〉「王臣蹇蹇，匪躬之故。」故事也。言王臣不避艱難者，皆國家之事而非其身之事也。（詳見本條下，後放此。）而解者曰：「盡忠於君，匪以私身之故，而不往濟君。」（正義）則於躬上增以字私字，故下增不往濟君字矣。〈既濟·六四〉「繻有衣袽。」繻乃襦之借字，有或也。言人之於襦，或衣其敝壞者也。而解者曰：「繻當言濡，衣袽所以塞舟漏也，夫有隙之棄舟而得濟者，有衣袽也。」（王注）則於繻上增舟字，有衣袽下增塞字矣。〈繫辭傳〉「聖人以此洗心。」洗與先通，先猶導也，言聖人以此導其心思也。而解者曰：「洗濯萬物之心。」（韓注）則於心上增萬物字矣。〈序卦傳〉「物不可以終壯，故受之以晉。」晉者，進也。言物不可以終止，故進之也，壯者止也。

（見下）而解者曰：「晉以柔而進也。」（韓注）則於進上增柔字矣。〈雜卦傳〉「大壯則止。」言壯之訓為止也。而解者則曰：「大正則小人止。」（韓注）則於大下增正字，止上增小人字矣。「咸速也。」言咸之訓為速也。而解者曰：「物之相應，莫速乎咸。」（韓注）則於速上增相應字矣。〈堯典〉「湯湯洪水方割。」方旁也，徧也。言洪水徧害下民也。而解者曰：「大水方方為害。」（某氏傳）則於方下增方字矣。「柔遠能邇。」能善也。言善於近者也。而解者曰：「能安遠者先能安近。」（王注）則於能下增安字矣。〈皋陶謨〉「烝民乃粒。」粒讀為立，立定也。言眾民乃安定也。而解者曰：「眾民乃復粒食。」（鄭注）則於粒下增食字矣。〈盤庚〉「由乃在位。」由正也。而解者曰：「教民使用汝在位之命。」（某氏傳）則於位下增命字矣。「暫遇姦宄。」暫之言漸也，詐也；遇之言隅也，差也。而解者曰：「暫遇人而劫奪之。」（某氏傳）則於暫遇下增人字及劫奪字矣。「無遺育。」育讀為冑，冑裔也。而解者曰：「無遺長其類。」（某氏傳）則於育下增類字矣。〈洪範〉「聰作謀。」謀讀為敏，言聰則敏也，而解者曰：「上聰則下進其謀。」（馬注）則於謀上增下進字矣。〈金縢〉「敷佑四方。」敷徧也，言徧佑四方之民也。而解者曰：「布其道以佑助四方。」則於敷下增道字矣。〈康誥〉「應保殷民。」應受也，言受保殷民也。而解者曰：「上以應天下，以安我所受殷之民眾。」（某氏傳）則於應下增天字矣。〈召誥〉「用乂民，若有功。」言用此治民乃有功也。而解者曰：「順行禹湯所以成功。」（某氏傳）則於若下增禹湯字矣。〈無逸〉「則知小人之依。」「爰知小人之依。」依之言隱也，痛也，言知民隱也。而解

者曰：「知小人之所依怙。」又曰：「小人之所依，依仁政。」（並某氏傳）則於依上增所字矣。」以庶邦惟正之共。」以與也，正與政同，言與庶邦惟政是奉也。而解者曰：「以眾國所取法，則當以正道供待之故。」（某氏傳）則於惟正之共下增故字矣。〈君奭〉「有殷嗣天滅威。」威德也。言有殷之君，繼天出治而乃滅德不務也。而解者曰：「有殷嗣子不能平至天滅亡，加之以威。」（某氏傳）則於威上增加以字矣。「以予監于殷喪，大否。」言與予共監于殷之喪亡，皆由大不善也。而解者曰：「以我言視於殷喪亡大否。」（某氏傳）則於予下增言字矣。「罔不率俾。」言莫不率從也。而解者曰：「率循也；俾使也。四海之內，無不循度而可使。」（某氏傳）則於率下增度字，俾上增可字矣。〈呂刑〉「罔有擇言在身。」擇讀為斁，斁敗也。言罔有敗言出乎身也。而解者曰：「無有可擇之言在其身。」（某氏傳）則於擇上增可字矣。「哲人惟刑。」哲讀為折，折之言制也。言制民人者惟刑也。而解者曰：「言智人惟用刑。」（某氏傳）則於刑上增用字矣。〈秦誓〉「我尚有之。」有者相親也，言我尚親之也。而解之曰：「我庶幾欲有此人而用之。」（某氏傳）則於有上增欲字矣。〈周南〉「振振公姓。」姓子孫也。而解者曰：「公姓公同姓。」（毛傳）則於姓上增同字矣。〈邶風〉「終風且暴。」終猶既也，言既風且暴也。而解者曰：「終日風為終風。」（毛傳）則於終下增日字矣。〈衛風〉「雖則佩觿，能不我知。」能讀為而，言雖則佩觿，而不知我也。而解者曰：「不自謂無知，以驕慢人也。」（毛傳）則於不下增自謂字，知上增無字矣。〈小雅〉「有實其猗。」猗讀曰阿，言實實然廣大者，山之阿也。而解者曰：「以草木平滿其

旁，倚之畎谷。」（鄭箋）則於有下增草木字，猗下增畎谷字矣。
「曾是不意。」言曾是不度也。而解者曰：女曾不以是為意乎！
（鄭箋）則於是上增以字，意上增為字矣。「昊天罔極。」極猶常
也，言昊天無常，降此鞠凶也。而解者曰：「昊天乎！我心無
極。」（鄭箋）則於罔極上增我心字矣。〈大雅〉「依其在京。」
依盛貌。言文王之眾之盛，依然其在京地也。而解者曰：「文王發
其依居京地之眾。」（鄭箋）則於依上增發字矣。「攝以威儀。」
攝佐也。而解者曰：「攝者收斂之言，各自收斂，以相佐助為威儀
之事。」（正義）則於佐上增收斂字矣。「無縱詭隨。」詭隨譎詐
也。而解者曰：「詭人之善，隨人之惡。」（毛傳）則於詭下增
字，隨下增字矣。「曾是強禦。」禦亦彊也。而解者曰：「彊梁，
禦善也。」（毛傳）則於禦下增善字矣。〈檀弓〉「忌日不樂」謂
不作樂也。而解者曰：「唯忌日不為樂事。」（正義）則於樂上增
為字，樂下增事字矣。〈月令〉「措之參保，介之御閒。」當依
《呂氏春秋》作參干。而解者曰：「勇士參乘。」（鄭注）則於參
下增乘字矣。〈禮器〉「設於地財。」言合於地財也。而解者曰：
「所設用物為禮，各是其土地之物。」（《正義》）則於設下增物
字，地財上增是其字矣。〈郊特牲〉「不敢私覿，所以致敬也。」
承執圭而使言之，謂聘非朝也。而解者曰：「其君親來，其臣不敢
私見於主國君。」（鄭注）則於不敢私覿上，增其君親來字矣。
「為人臣者無外交，不敢貳君也。」貳並也。言不敢比並於君也。
而解者曰：「不敢貳心於他君。」（正義）則於貳下增於他字矣。
〈樂記〉「感條暢之氣，滅和平之德。」條暢讀為滌蕩，滌蕩之氣
謂逆氣也。而解者曰：「動人條暢之善氣。」（鄭注）則於氣上增

善字矣。〈儒行〉「居處齊難。」難與戁同，敬也。而解者曰：「齊莊可畏難。」（鄭注）則於難上增可畏字矣。隱六年《左傳》「惡之易也，如火之燎于原。」謂惡之延也。而解者曰：「言惡易長。」（杜注）則於易下增長字矣。九年《傳》「宋公不王。」謂不朝於王也。而解者曰：「不共王職。」（杜注）則於王上增共字王下增職字矣。桓二年《傳》「今滅德立違。」違之言回也，邪也，謂立邪也。而解者曰：「謂立華督違命之臣。」（杜注）則於違下增命字矣。莊十八年《傳》「王饗醴，命之宥。」言命號公晉侯與王相酬酢也。而解者曰：「命以幣物所以助醻敬之意。」（杜注）則於命之下增以幣物字矣。僖九年《傳》「以是藐諸孤。」諸讀為者，言藐然小者孤也。而解者曰：「言其幼稚，與諸子縣藐。」（杜注）則於諸下增子字矣。二十四年《傳》「昔周公弔二叔之不咸。」謂管蔡不和睦也。而解者曰：「傷夏殷之叔世，疏其親戚，以至於滅亡。」（杜注）則於叔下增世字，不咸上增親戚字矣。二十八年《傳》「有渝此盟，以相及也。」及乃反之訛，相反者，相違也。而解者曰：「以惡相及。」（杜注）則於以下增惡字矣。宣二年《傳》「舍于翳桑。」翳桑地名也。而解者曰：「翳桑桑之多蔭翳者。」（杜注）蓋謂桑多蔭翳，故宣子舍于其下也。則於翳桑下增下字矣。成二年《傳》「余雖欲於鞏伯。」謂好鞏伯也。昭十五年《傳》「臣豈不欲吳。」謂好朝吳也。而解者於欲於伯曰：「欲受其獻。」（杜注）則於欲下增受其獻字。於豈不欲吳曰：「非不欲善吳。」（杜注）則於欲下增善字矣。成十八年《傳》「師不陵正，旅不偪師。」謂群有司也。而解者曰：「師二千五百人之帥也，旅五百人之帥也。」（杜注）則於師旅下增帥字

矣。襄十四年《傳》「商旅於市。」旅謂傳言也。而解者曰：「陳其貨物以示時所貴尚。」（杜注）則於旅下增貨物字矣。二十三年《傳》「則季氏信有力於臧氏矣。」臧乃孟之訛，謂有功於孟氏也。而解者曰：「季氏有力過於臧氏。」（杜注）則於有力下增過字矣。二十九年《傳》「五聲和，八風平。」謂八音克諧也。而解者曰：「八方之氣謂之八風。」（杜注）則於八下增方字矣。三十年《傳》「女待人婦義事也。」義讀為儀，儀度也。謂婦當度事而行，不必待人也。而解者曰：「義從宜也。」（杜注）則於義上增從字矣。昭元年《傳》「造舟于河。」造比次也。言比次其舟以為梁也。而解者曰：「蓋造為至義，言船相至而並比也。」（正義）則於比次上增至字矣。七年《傳》「願與諸侯落之。」落始也。與諸侯始升也。而解者曰：「以酒澆落之。」（正義）則於落上增酒澆字矣。「聖人有明德者，若不當世，其後必有達人。」聖人謂弗父正考父也。而解者曰：「聖人之後有明德而不當大位，謂正考父。」（杜注）則於聖人下增之後字矣。「官職不則。」則猶等也，鈞也。而解者曰：「治官居職不一法。」（杜注蓋訓則為法）則於則上增一字矣。十年《傳》「孤斬焉，在衰絰之中。」斬之為言憯，哀痛憂傷之貌。而解者曰：「既葬，未卒哭，故猶服斬衰。」（杜注）則於斬下增衰字矣。二十九年《傳》「官宿其業。」宿與夙通，謂官敬其業也。而解者曰：「宿安也。」（杜注）「安心思其職業。」（正義）則於宿下增思字矣。〈哀九年傳〉「宋方吉，不可與也。」與猶敵也。而解者曰：「不可與戰。」（杜注）則於與下增戰字矣。〈周語〉「監農不易。」易輕慢也。而解者曰：「不易物土之宜。」（韋注）則於易下增物土之

宜字矣。「司寇行戮，君為之不舉。」謂去盛饌曰舉。而解者曰：
「不舉樂。」（韋注）則於舉下增樂字矣。〈晉語〉「君知成之從
也，未知其待於曲沃也。」謂哀侯未死時，但知成之從哀侯，未知
其止於曲沃為武公臣也。而解者曰：「君武公也，言君知成將死其
君，為從臣道也，故使止臣，未知成不死而待君於曲沃之為貳
也。」（韋注）則於從下增臣道字，待於曲沃下增貳字矣。「吾秉
君以殺大子，吾不忍。」秉順也。謂順君之意以殺大子也。而解者
曰：「秉執君志以殺大子。」（韋注）則於君下增志字矣。「宋眾
無乃彊乎！」彊讀為僵，僵斃也。言宋眾將為楚所斃也。而解者
曰：「宋降于楚，其眾益彊。」（韋注）則於宋下增降于楚字，眾
上增其字矣。「敢歸諸下，政以憖御人。」憖說也，言以此說君之
御人也。而解者曰：「憖願也。願以此以報君御人之笑己者。」
（韋注）則於憖下增報君字，御人下增笑己者字矣。〈吳語〉「不
敢左右。」敢犯也。言不犯君之左右也。而解者曰：「不敢左右，
暴掠齊民。」（韋注）則於敢下增暴掠齊民字矣。隱三年《公羊
傳》曰：「某月某日朔，日有食之。」食正朔也，正當也。言日食
當月之朔也。而解者曰：「食不失正朔也。」（何注）則於正上增
不失字矣。「以吾愛與夷，則不若愛女。」當作以吾愛女則不若愛
與夷。而解者曰：「言吾愛於與夷，則不止如女而已。」（疏）則
於不下增止字矣。九年《傳》「何異爾俶甚也。」謂厚甚也。而解
者曰：「俶始怒也。」（何注）則於俶下增怒字矣。桓十一年
《傳》「突可故出而忽可故反。」故必也。言突可使之必出，忽可
使之必反也。而解者曰：「突可以此之故出之，忽可以此之故反
之。」（疏）則於故上增以此字矣。「是不可得則病，然後有鄭

國。」言突可出忽可反，若不可得，則以為大恥，謀國之權如是，然後能保有鄭國也。而解者曰：「己雖病逐君之罪，討出突然後能保有鄭國。」（何注）則於然後上增討出突字矣。莊四年《傳》「此非怒與。」怒者太過也。而解者曰：「怒遷怒。」（何注）則於怒上增遷字矣。僖二十二年《傳》「吾雖喪國之餘。」謂宋為殷後也。而解者曰：「我雖前幾為楚所喪，所以得其餘民以為國。」（何注）則於喪上增幾為楚所字，餘下增民字矣。二十六年《傳》「師出不正反，戰不正勝。」謂師師出不必反，戰不必勝也。而解者曰：「不正自謂出當復反，戰當必勝。」（何注）則於不正下增自謂字矣。「未得乎取穀也。」言未為計之得也。而解者曰：「未可為得意於取穀。」（何注）則於得下增意字矣。襄五年《傳》「相與往殆乎晉也。」殆乃治之假借。而解者曰：「殆疑。疑讞于晉。」（何注）則於殆下增讞字矣。莊元年《穀梁傳》「接練時，錄母之變，始人之也。」人與仁通，謂憐哀之也。而解者曰：「始以人道錄之。」（范注）則於人下增道字矣。文八年《傳》「其以官稱，無君之辭也。」言其專擅無君也。而解者曰：「無人君之德。」（范注引鄭氏釋廢疾）則於君下增德字矣。《爾雅·釋詁》「尸宷也。」宷即主宰之宰。而解者曰：「謂宷地。」（郭注）則於宷下增地字矣。「宷官也。」宷即官宰之宰。而解者曰：「官地為宷。」（郭注）則於官下增地字矣。「寫藂憂也。」寫即鼠之假借。而解者曰：「有憂者思散寫。」（郭注）則於寫上增思散字矣。藂即慅之假借。而解者曰：「藂役亦為憂愁。」（郭注）則於憂上增亦為字矣。倫敕愉勞也。」倫當讀為勴勞之勴，敕當作勞勑之勑，愉當讀瘉病也之瘉也。而解者曰：「倫理事務以相約敕亦

為勞。」（郭注）則於勞上增亦為字矣。又曰：「勞苦者多惰愉。」（郭注）則於愉上增多惰字矣。「載讆偽也。」偽即作為之為。而解者曰：「載者言而不信，讆者謀而不忠。」（郭注）則於載下增不信字，讆下增不忠字矣。「功績明成也。」蓋成謂之功，又謂之績，又謂之明也。而解者曰：「功績皆有成，事有分明，亦成濟也。」（郭注）則於成上增有字亦字矣。「儀榦也。」直訓儀為榦也。而解者曰：「儀表亦體榦。」（郭注）則於榦上增亦字矣。」彊當也。」直訓彊為當也。而解者曰：「彊者好與物相當值。」（郭注）則於當上增好與物相字矣。「苦息也。」苦即《詩》王事靡盬之盬。解者曰：「苦勞者宜止息。」（郭注）則於息上增宜字矣。「薦臻也。」謂薦與臻皆訓為至也。而解者曰：「薦進也，故為臻，臻至也。」（郭注）則於臻上增進字矣。〈釋言〉「嘔亟也。」嘔為相親愛之亟。而解者曰：「親嘔者亦數。」（郭注）則於亟上增亦字矣。「矜苦也。」直訓矜為苦也。而解者曰：「可矜憐者亦辛苦。」（郭注）則於苦上增亦辛字矣。「栗戚也。」戚讀為蹙，栗與蹙皆敬謹之義也。而解者曰：「戰慄者憂戚。」（郭注）則於戚上增憂字矣。」坎銓也。」坎乃次之譌。而解者曰：「坎卦，水也，水性平，銓亦平也。」（樊注）則於坎下增水性平字矣。「窔隸也。」謂極深也。而解者曰：「輕窔者好放隸。」（郭注）則於隸上增好放字矣。「隸極力也。」隸讀為肆，肆與力皆謂勤勞也。而解者曰：「隸極力。」（郭注）則於力上增極字矣。「謀心也。」謂思慮也。而解者曰：「謀慮以心。」（郭注）則於心上增以字矣。「烝塵也。」烝與塵皆訓久也。而解者曰：「人眾所以生塵埃。」（郭注）則於塵上增所以生字矣。「服

整也。」直訓服為整也。而解者曰：「服御之令齊整。」（郭注）
則於整上增令字矣。「訊言也。」訊與言皆問也。而解者曰：「訊
問以言。」（邢疏）則於言上增以字矣。〈釋器〉「絢謂之救。」
謂胃也。而解者曰：「救絲以為絢。」（郭注）則於救下增絲字
矣。「律謂之分。」謂捕鳥畢也。而解者曰：「律管可以分氣。」
（郭注）則於分上增所以字，分下增氣字矣。〈釋山〉「重甗
隒。」甗即屵之假借。而解者曰：「山形如累兩甑。」（郭注）則
於重甗上增如字矣。此皆不得其正解，而增字以遷就之，治經者苟
三復文義，而心有未安，雖舍舊說以求之可也。

十二、後人改注疏釋文例

引之謹案：經典訛誤之文，有注疏釋文已誤者，有注疏釋文未
誤，而後人據已誤之正文改之者，學者但見已改之本，以為注疏釋
文所據之經已與今本同，而不知其未嘗同也。

如《易·繫辭傳》「莫善乎蓍龜。」《唐石經》善誤為大，而
諸本因之，後人又改《正義》之善為大矣。（說見《周易》下。）
〈小雅·十月之交〉篇「山冢卒崩。」《唐石經》誤依《釋文》卒
作崒，而諸本因之，後人又改《箋》及《正義》之卒為崒矣。（說
見《毛詩》中）〈天官·司書〉「凡上之用財。」《唐石經》財下
衍用字，而諸本因之，又改〈序官·疏〉之用財為用財用矣。（說
見《周禮》上）〈春官·隸師〉「表貉則為位。」《唐石經》表上
衍祭字，而諸本因之，後人又改〈司几筵·注〉之表貉為祭表貉
矣。〈秋官·象胥〉「次事士。」舊本士上衍上字，後人又增上字
於注內矣。（並說見《周禮》下）〈燕禮·闍人〉「為燭於門

外。」後人於燭上加大字，又加於注疏內矣。〈聘禮〉「遂以入。」《唐石經》入下衍竟字，而諸本因之，後人又改疏以從之矣。〈士喪禮下〉篇「眾主人東即位。」舊本脫主字，後人又改疏以從之矣。〈特牲·饋食禮〉「佐食爾黍于席上，反黍于其所。」《唐石經》黍下並衍稷字，而諸本因之，後人又改〈少牢·疏〉以從之矣。（並說見《儀禮》）《大戴禮·曾子立事》篇「患其不能以讓也。」舊本患誤作貫，後人又刪不字以字，並改盧注矣。（說見《大戴禮》中）〈衛將軍文子〉篇「蓋三千就焉。」舊本脫千字，後人又改盧注矣。（說見《大戴禮》中）〈曲禮〉「前有車騎則載鴻。」《唐石經》鴻上衍飛字，而諸本因之，後人又加飛字於《正義》內矣。「豚曰腞肥。」《唐石經》依《正義》改腞為腯，而諸本因之，後人又據以改注及《釋文》矣。〈檀弓〉「喪三年以為極，亡則弗之忘矣。」亡字屬下讀，後人依《釋文》以亡字屬上讀，又於《正義》內極下加亡字矣。「先王之所以難言也。」《唐石經》初刻有以字，改刻刪去，而諸本因之，後人又於《正義》內刪以字矣。〈王制〉「亦弗欲生也。」《唐石經》欲譌作故，而諸本因之，後人又改《正義》以從之矣。〈月令〉「還以賞公卿諸侯大夫於朝。」舊本乃誤作反，後人又改〈孟冬·正義〉以從之矣。「蠶事既畢。」舊本脫既字，後人又於《正義》內刪既字矣。「孟夏行春令，則蟲蝗為災。」後人改蟲蝗為蝗蟲，又改《注》《疏》《釋文》以從之矣。「度有短長。」與裳量常為韻，舊本短長誤作長短，後人又改正義以從之矣。「毋逆天數。」舊本天誤作大，後人又於《正義》內加之大二字矣。（並說見《禮記》上）〈禮器〉「必先有事於郊宮。」後人改郊宮為頻宮，又改注以以從之矣。

〈喪服小記〉「齊衰帶惡笄以終喪。」《唐石經》脫帶字，而諸本因之，後人又於《正義》內刪帶字矣。〈少儀〉「枕穎几杖。」《唐石經》誤倒穎字於几下，而諸本因之，後人又改《正義》以從之矣。〈樂記〉「曲直繁省，廉肉節奏。」《唐石經》依《釋文》改省為瘠，而諸本因之，後人又改注及《正義》以從之矣。（並說見《禮記》中）〈喪大記〉「先入右。」《唐石經》入下衍門字，而諸本因之，後人又加門字於正義內矣。〈祭義〉「敷之而橫乎四海。」《唐石經》敷誤作溥，而諸本因之，後人又改《釋文》《正義》以從之矣。〈祭統〉「見其備於廟中也。」《唐石經》依《釋文》改備為脩，而諸本因之，後人又改《正義》以從之矣。〈中庸〉「達諸天地而不悖。」《唐石經》達誤作建，而諸本因之，後人又改《正義》以從之矣。〈投壺〉「司射進，度壺以二矢半。」《唐石經》以上衍閒字，而諸本因之，後人又加入《正義》內矣。〈儒行〉「鷙蟲攫搏，不程其勇。」《唐石經》其勇誤作勇者，而諸本因之，後人又改《正義》以從之矣。（並說見《禮記》下）〈冠義〉「遂以摯見於卿大夫。」《唐石經》依《釋文》改卿為鄉，而諸本因之，後人又據以改《正義》矣。（說見《儀禮》）〈昏義〉「教成之祭。」《唐石經》之祭誤作祭之，而諸本因之，後人又改《正義》以從之矣。（說見《禮記》下）僖三十三年《左傳》「鄭之有原圃，猶秦之有具圃也。」《唐石經》下圃字誤作囿，而諸本因之，後人又據以改《注》及《正義》矣。（說見《左傳》上）宣二年《傳》「趙穿殺靈公於桃園。」《唐石經》殺誤為攻，而諸本因之，後人又改《釋文》之殺為攻矣。襄二十九年《傳》「其有陶唐氏之遺風乎！」《唐石經》風誤為民，而諸本因

之，後人又據以改《正義》矣。三十一年《傳》「北宮文子見令尹圍之儀。」《唐石經》儀上衍威字，而諸本因之，後人又據以改《正義》矣。（並說見《左傳》中）昭七年《傳》「孟僖子病不能禮。」《唐石經》依或本禮上加相字，而諸本因之，後人又據以改上文杜注矣。二十年《傳》「偪尒之關。」尒與邇同，舊本尒誤作介，後人又據以改杜注矣。定九年《傳》「如驂之有靳。」《唐石經》依《釋文》刪有字，而諸本因之，後人又據以改《正義》矣。（並說見《左傳》下）〈魯語〉「禁罜麗。」舊本罜誤作置，後人又據以改注矣。（說見《國語》下）莊十八年《公羊傳》「此未有伐者。」後人於伐上加言字，又加於二十六年疏內矣。（說見《公羊傳》）《爾雅·釋獸》「鼬鼠。」《唐石經》鼬誤作鼶，而諸本因之，後人又據以改《釋文》矣。（說見《爾雅》下）凡此者皆改不誤之《注》《疏》《釋文》以從已誤之經文，其原本幾不可復識矣。然參差不齊之迹，終不可泯，善學者循其文義，證以他書，則可知經文雖誤，而《注》《疏》《釋文》尚不誤，且據《注》《疏》《釋文》之不誤，以正經文之誤可也。

第二節　俞樾古書疑義舉例

俞氏《古書疑義舉例·序》云：「夫周秦兩漢，至於今遠矣。執今人尋數墨之文法，而以讀周秦兩漢之書，譬猶執山野之夫，而與言甘泉建章之巨麗也。夫自大小篆而隸書而真書，自竹簡而縑素而紙，其為變也屢矣，譬如聞人言昏可食，歸而煎其簀也。嗟乎！此古書疑所以日滋也歟！竊不自

揆，刺取九經諸子為《古書疑義舉例》七卷，使童蒙之子，
習知其例，有所據依，或亦讀書之一助乎！」

俞氏《疑義舉例》取材豐富，若一一據錄，則篇幅綦繁，今為
節省篇幅起見，每一體例約取三例以為常，其原書本不足三例者固
無論矣，若其取材豐富者，則亦以不過三例為度，幸學者諒之。

第一卷

一、上下文異字同義例

古書有上下文異字而同義者。《孟子·公孫丑》篇：「有仕於
此，而子悅之。不告於王，而私與之吾子之祿爵。夫士也，亦無王
命而私受之於子。」按：「有仕於此」之仕，即「夫士也」之士。
夫士也，正承有仕於此而言，士正字，仕假字，是上下文用字不同
而實同義也。

《論語·衛靈公》篇：「臧文仲其竊位者與！知柳下惠之賢而
不與立也。」按：古文位立同字，此章立字，當讀為位，不與立，
即不與位，言知柳下惠之賢，而不與祿位也。上文「竊位」字作
「位」，下文「不與位」字作「立」，異文而同義也。

《周書·太子晉》篇：「遠人來驩，視道如咫。」又曰：「國
誠寧矣，遠人來觀。」按：觀正字也，驩假字也。亦上下文之用字
不同者。

二、上下文同字異義例

古書亦有上下文同字而異義者。《禮記·玉藻》篇：「既搢必盥，雖有執於朝，弗有盥矣。」上有字乃有無之有，下有字乃又字也，言雖有執於朝，不必又盥也。

《論語·公冶長》篇：「子路有聞，未之能行，惟恐有聞。」上有字，乃有無之有，下有字，亦又字也。言有聞而未行，則惟恐又聞也。

三、倒句例

古人多有以倒句成文者，順讀之則失其解矣。僖二十三年《左傳》：「其人能靖者與有幾。」昭十九年：「諺所謂室於怒市於色者。」皆倒句也。

《孟子·盡心下》篇：「若崩厥角稽首。」按：《漢書·諸侯王表》：「厥角稽首。」應劭曰：「厥者頓也；角者額角也。稽首首至地也。」其說簡明，勝趙注。若崩二字，乃形容厥角稽首之狀。蓋紂眾聞武王之言，一時頓首至地，若山冢之崒崩也。當云：「厥角稽首若崩。」今云：「若崩厥角稽首。」亦倒句耳。後人不得其義，而云稽首至地，若角之崩。則不知角為何物矣。

四、倒序例

古人序事，有不以順序而以倒序者。《周官·大宗伯職》：「以肆獻祼享先王。」若以次弟而言，則祼最在先，獻次之，肆又次之也。乃不曰：「祼獻肆」而曰「肆獻祼」，此倒序也。

〈大祝職〉：「隋釁逆牲逆尸。」若以次弟而言，則逆尸最在先，逆牲次之，隋釁又次之也。乃不曰：「逆尸逆牲隋釁。」而曰：「隋釁逆牲逆尸。」此倒序也。

〈小祝職〉：「贊徹贊奠。」若以次弟而言，則奠先而徹後也。乃不曰：「贊奠贊徹。」而曰：「贊徹贊奠。」此倒序也。說者不知古人自有此例，而必曲為之解，多見其不可通矣。

五、錯綜成文例

古人之文，有錯綜其辭以見文法之變者，如《論語》：「迅雷風烈。」《楚辭》：「吉日兮辰良。」《夏小正》：「剝棗栗零。」皆是也。

《詩・采綠》篇：「之子于狩，言韔其弓。之子于釣，言綸之繩。」箋云：「綸釣繳也。君子往狩與，我當從之為之韔弓，其往釣與，我當從之為之繩繳。」按：箋以韔弓繩繳對舉，則知下句繩字，與上句韔字對；下句綸字與上句弓字對，蓋錯綜以成文也。《正義》曰：「謂釣竿之上須繩，則己與之作繩。」是以繩字對上句弓字，失之矣。

又〈思齊〉篇：「古之人無斁，譽髦斯士。」按「古之人」與「髦斯士」，文正相配。古之人，言古人也；髦斯士，言髦士也。此承上而言，惟成人有德，故古之人無斁；惟小子有造，故譽髦斯士。古之人者，《尚書・無逸》篇枚傳所謂古老之人也。無斁，謂不見厭惡也。譽與豫通，《爾雅》曰：「豫樂也，安也。」言其俊士無不安樂也。豫與無斁，互文見義，無厭惡則安樂可知，安樂則無厭惡可知。上句先言古人而後言無斁，下句先言譽而後言髦斯

士，亦錯綜以成文也。毛鄭均未得其解。

六、參互見義例

古人之文，有參互以見義者。《禮記·文王世子》篇：「諸父守貴宮貴室，諸子諸孫守下宮下室。」又云：「諸父諸兄守貴室，子弟守下室，而讓道達矣。」鄭注曰：「上言父子孫，此言兄弟，互相備也。」又〈雜記〉上篇：「有三年之練冠，則以大功之麻易之。」鄭注曰：「言練冠易麻，互言之也。」疏曰：「麻謂絰帶，大功言絰帶，明三年練亦有絰帶；三年練云冠，明大功亦有冠，是大功冠與絰帶，易三年冠與絰帶，故云互言之。」又〈祭統〉篇：「王后蠶於北郊，以共純服；夫人蠶於北郊，以共冕服。」鄭注曰：「純服，亦冕服也。互言之爾，純以見繒色，冕以著祭服。」凡此皆參互以見義者也。

鄭注有云通異語者，〈文王世子〉篇：「庶子以公族之無事者守於公宮，正室守太廟。」注云：「或言宮，或言廟，通異語。」又云文相變者，〈喪大記〉篇：「浴水用盆，沃水用枓，沐用瓦盤。」注曰：「浴沃用枓，沐於盤中，文相變也。」亦皆互文以見義之例。

七、兩事連類而並稱例

〈少牢饋食禮〉：「日月丁己。」言或用丁，或用己也。〈士虞禮〉：「冪用綌布。」言或用綌，或用布也。古人之文，自有此例。〈士喪禮〉：「魚鱄鮒九。」此亦連類而並稱，言或鱄或鮒，其數則九也。若必鱄鮒並用，而欲合其數為九，則孰四孰五，不得

無文矣。

《禮記·郊特牲》篇:「繡黼丹朱中衣。」按繡黼二物,丹朱亦二物。言中衣之領,或以繡為之,或以黼為之;中衣之緣,或以丹為之,或以朱為之。是為繡黼丹朱中衣,非必一時並用也。鄭注:「破繡為綃。」《正義》曰:「五色備曰繡,白與黑曰黼,繡黼不得共為一物,故以繡為綃也。」此未達古人立言之例也。

八、兩義傳疑而並存例

《儀禮·士虞禮》:「死三日而殯,三月而葬,遂卒哭。」鄭注曰:「此記更從死起,異人之聞,其義或殊。」賈疏曰:「上已論虞卒哭,此記更從死記之,明非上記人,是異人之聞,其辭或殊更見記之事,其實義亦不異前記也。此即傳疑並存之例。

《禮記·檀弓》篇:「滕伯文為孟虎齊衰,其叔父也;為孟皮齊衰,其叔父也。」按:孟虎孟皮,疑是一人,虎與皮,蓋一名一字,鄭罕虎字子皮,即其例也。縣子本得之傳聞,或故老所說不同,或簡策所載互異,疑以傳疑,故並存之。《正義》謂虎是滕伯文叔父,滕伯是皮之叔父,夫記文兩言其叔父也,乃謂一是叔父,一是兄弟之子,殆不然矣。

凡著書博採異文,附之簡策,如《管子·法法》篇之一曰,〈大匡〉篇之或曰,皆為管氏學者,傳聞不同而並記之也。《韓非子》書,如此尤多。如〈內儲說上〉篇引魯哀公問孔子莫眾而迷事。又載「一曰晏嬰聘魯,哀公問曰:『語曰:莫三人而迷』」〈外儲說左〉篇引孟獻伯相魯事。又載:「一曰孟獻伯拜上卿,叔向往賀。」如此之類,不下數十事,《尚書》每有又曰之文,愚謂

亦當以是解之。〈康誥〉篇：「非汝封刑殺人，無或刑人殺人非汝封。又曰：『劓刵人，無或劓刵人。』」蓋史策所載異辭。一本作「非汝封刑人殺人，無或刑人殺人非汝封。」一本作「非汝封劓刵人，無或劓刵人非汝封。」故兩載之而詞有詳略也。下文：「王曰：『外事，汝陳時臬司師，茲殷罰有倫。』」此一本也。「又曰：『要囚，服念五六日，至於旬時，丕蔽要囚。』王曰：『汝陳時臬事，罰蔽殷彝。』」此又一本也。亦兩存之而語有詳略。余從前著《群經平議》，未見及此，蓋猶未達古書之例也。當更為說以明之。

九、兩語似平而實側例

古人之文有似平而實側者。《詩·蕩》篇：「侯作侯祝。」傳曰：「作祝詛也。」段氏玉裁曰：「作祝詛也四字一句。『侯作侯祝。』與『乃宣乃畝。爰始爰謀。』句法同。」

〈緜〉篇：「曰止曰時。」箋云：「時是也。曰：可止居於是。」《正義》曰：「如箋之言，則上曰為辭，下曰為於也。」按此亦似平而實側者，與「爰始爰謀」「乃宣乃畝」一例。王氏引之曰：「經文疊用曰字，不當上下異訓，二曰字皆語辭，時亦止也。」轉未得古人義例矣。

《論語·憲問》篇：「君子恥其言而過其行。」《正義》曰：「此章勉人使言行相副也。君子言行相顧。若言過行，謂有言而行不副，君子所恥也。」按：恥其言而過其行，亦語平而意側，皇侃《義疏》本作「君子恥其言之過其行也。」語意更明。朱注曰：「恥者，不敢盡之意，過者，欲有餘之辭。」誤以兩句為平列，失

之。

十、兩句似異而實同例

古人之文有兩句並列而實一意者，若各為之說，轉失其義矣。《禮記・表記》篇：「仁有數，義有長短小大。」鄭注曰：「數與長短小大，互言之耳。」按數即短長小大，質言之，則是仁有數，義亦有數耳，乃於仁言數，而於義變言長短小大，此古人屬辭之法也。

《孟子・梁惠王》下篇：「吾王不遊，吾何以休，吾王不豫，吾何以助。」趙注曰：「言王者巡狩觀行，其民從容，若遊若豫，豫亦遊也。」按：不遊不豫，變文以成辭而無異義。趙氏此注，斯通論矣。下文云：「從流下而忘反謂之流，從流上而忘反謂之連，從獸無厭謂之荒，樂酒無厭謂之亡。」按：亡當讀為芒。《荀子・富國》篇：「芒軔僈楛。」楊倞注曰：「芒昧也。或作荒。」是荒芒義通。故《淮南子・詮言》篇曰：「自身以上至於荒芒爾遠矣。」荒芒連文，與流連一例，皆古之恒語。從流下而忘反謂之流，從流上而忘反謂之連，連與流一也。從獸無厭謂之芒，樂酒無厭謂之芒。芒與荒亦一也。流連荒芒，亦猶上文遊豫之比，變文成辭而無異義。趙氏一一為之詮釋，則轉失之，良由不知亡為芒之抍字，故滋曲說。其解亡字曰：「若殷紂以酒喪國也，故謂之亡。」然則若羿之好田獵，無有厭極以亡其身，亦可謂之亡矣，何以從獸無厭謂之荒乎！

《尚書・堯典》篇：「流共工于幽州，放驩兜于崇山，竄三苗于三危，殛鯀于羽山。」枚傳曰：「殛竄放流，皆誅也，異其文，

述作之體。」至詩人之詞，此類尤多。〈關雎〉篇：「參差荇菜，左右流之。窈窕淑女，寤寐求之。」傳曰：「流求也。」則流之求之一也。〈兔爰〉首章：「我生之初，尚無為。」次章：「我生之初，尚無造。」傳曰：「造為也。」則無為無造一也。

十一、以重言釋一言之例

《禮記·樂記》篇：「肅肅敬也；雍雍和也。」顧氏《日知錄》曰：「《詩》本肅雍一字，而引之二字者，長言之也。《詩》云：『有洸有潰。』毛公傳之曰：『洸洸武也；潰潰怒也。』即其例也。」

錢氏大昕《養新錄》曰：「《詩》：『亦汎其流。』傳云：『汎汎流貌。』『碩人其頎。』箋云：『長麗俊好頎頎然。』『咥其笑矣。』傳箋皆云：『咥咥然笑。』『垂帶悸兮。』傳箋皆云：『悸悸然有節度。』『條其歗矣。』傳云：『條條然歗。』『零露溥兮。』傳云：『溥溥然盛多。』『子之丰兮。』箋云：『面貌丰丰然。』『零露湑兮。』傳云：『湑湑然，蕭上露貌。』『噂沓背憎。』傳云：『噂猶噂噂然；沓猶沓沓然。』『有扁斯石。』傳云：『扁扁乘石貌。』『匪風發兮，匪車偈兮。』傳云：『發發飄風，非有道之風；偈偈疾驅，非有道之車。』『匪風嘌兮。』傳曰：『嘌嘌，無節度也。』並以重言釋一言。」

〈丘中有麻〉篇：「將其來施施。」《顏氏家訓》曰：「河北《毛詩》，皆云施施，江南舊本，悉單為施。」按：當以江南本為正。傳云：「施施難進之意。」箋云：「施施，舒行伺閒，獨來見己之貌。」經文止一施字，而傳箋並以施施釋之，所謂以重言釋一

言也。後人不達此例，增經文作施施，非其舊矣。

十二、以一字作兩讀例

　　古書遇重字，多省不書，但於本字下作二畫識字識之，亦或并不作二畫，但就本字重讀之者。〈考工記·輈人〉曰：「輈注則利準，利準則久，和則安。」鄭注曰：「故書準作水。」鄭司農云：「注則利水，謂轅脊上雨注，令水去利也。玄謂利水重讀似非。」據此，則故書利水二字，本無重文，先鄭特就此二字重讀之，故後鄭可以不從也。

　　《孟子·告子》上篇：「異於白馬之白也。」按：上白字當重讀，蓋先折之曰：「異於白。」乃曰：「白馬之白也，無以異於白人之白也。」則又申說其異之故也。如此，則文義自明，亦不必疑其有闕文矣。

十三、倒文協韻例

　　《詩·既醉》篇：「其僕維何，釐爾女士。釐爾女士。從以孫子。」按：女士者，士女也，孫子者，子孫也，皆倒文以協韻。猶衣裳恒言，而《詩》則曰：「制彼裳衣。」琴瑟恒言，而《詩》則曰：「如鼓瑟琴」也。〈甫田〉篇：「以穀我士女。」此云女士，彼云士女，文異義同。箋云：「予女以女而有士行者。」則失之纖巧矣，經文平易，殆不如是。

　　《莊子·山木》篇：「一上一下，以和為量。」按：此本作一下一上，以和為量，上與量為韻，今作一上一下，失其韻矣。〈秋水〉篇：「無東無西，始於玄冥，反於大通。」亦後人所改，《莊

子》原文本作無西無東，東與通為韻也。王氏念孫已訂正。上下東西，人所恒言，後人口耳習熟，妄改古書，由不知古人倒文協韻之例耳。

古書多韻語，故倒文協韻者甚多，《淮南子・原道》篇：「無所左而無所右，蟠委錯紾與萬物終始。」不言始終而言終始，始與右為韻也。《文選・鵩鳥賦》：「怵迫之徒，或趨西東。大人不曲，意變齊同。」不言東西而言西東，東與同為韻也。後人不達此例，而好以意改，往往失其韻矣。

十四、變文協韻例

古人之文，更有變文以協韻者。《詩・邶風・柏舟》篇：「母也天只，不諒人只。」傳曰：「天謂父也。」《正義》曰：「先母後天者，取其韻句耳。」按：母則直曰母，而父則稱之為天，此變文協韻之例也。

〈蓼蕭〉篇：「既見君子，為龍為光。」按：光者，日也。《周易・說卦傳》：「離為日。」而虞注於〈未濟・六五〉及〈夬・象傳〉並云：「離為光。」於〈需・象辭〉則曰：「離日為光。」是日與光義得相通。《文選・張孟陽・七哀詩》注：「朱光日也。」陸士衡〈演連珠〉注曰：「重光日也。」詞賦家以日為光，本經義也。為龍為光，猶云為龍為日，龍與日並人君之象。《賈子・容經》篇曰：「龍也者，人主之譬也。」《尸子》曰：「日五色，陽之精，君德也。」是龍日為君象，古有此義，此言遠國之君，朝見於天子，故曰：「既見君子，為龍為光。」並以天子言，不言為龍為日，而曰為龍為光，亦變文以協韻耳。傳訓龍為

寵,則已不得其義矣。

《周易》亦多用韻之文,亦有變文協韻者,如〈小畜〉:「上九,既雨既處。」按:處者,止也。《說文》几部:「処,止也。」処即處字,故毛傳於〈江有汜〉篇〈鳧鷖〉篇並曰:「處止也。」既雨既處者,既雨既止也。謂雨止也,不曰既雨既止,而曰既雨既處,變文以協韻也。《正義》以得其處釋之,則與既雨之文不倫矣。

第二卷

一、古人行文不嫌疏略例

《儀禮·聘禮》篇:「上介出請告。」鄭注曰:「於此言之者,賓彌尊,事彌錄。」據注,知聘賓所至,上介皆有出請入告之事,而上文不言,是古人行文,不嫌疏略也。必一一載之簡策,則累牘而不能盡矣。及古人不,言後人亦遂不知,即《儀禮》一經,疏略之處,鄭君亦有未能見及者。後人讀書鹵莽,更無論矣。今舉數事見例。

〈聘禮〉:「乃入陳幣於朝西上。」注曰:「某禮於君者不陳。」按:鄭見此經所陳,止有上賓之公幣私幣,及上介之公幣,而無禮於君之幣。故曰:「禮於君者不陳。」下文:「執賄幣以告。」注曰:「賄幣在外也。」若然,則當有出取之事,何以無文乎!今以下文上介執璋例之,知賄幣乃眾介奉之以入,上介授璋後,眾介從而授幣,故使者得執之以告也。經略而不言,鄭君亦遂不知矣。

　　襄二年《左傳》：「以索馬牛皆百匹。」《正義》曰：「〈司馬法〉丘出馬一匹牛三頭。」則牛當稱頭，而亦云匹者，因馬而名牛曰匹，并言之耳。經傳之文，此類多矣。《易·繫辭》云：「潤之以風雨。」《論語》云：「沽酒市脯不食。」〈玉藻〉云：「大夫不得造車馬。」皆從一而省文也。按：此亦古人行文不嫌疏略之證，使後人為之，必一一為之辭曰：「以索馬百匹，索牛百頭。」曰：「沽酒不飲，市脯不食。」此文之所以日繁也。

二、古人行文不避繁複例

　　古人行文，亦有不避繁複者。《孟子·梁惠王》篇：「故王之不王，非挾泰山以超北海之類也。王之不王，是折枝之類也。」〈離婁〉篇：「瞽瞍厎豫而天下化，瞽瞍厎豫而天下之為父子者定。」兩王之不王，兩瞽瞍厎豫，若省其一，讀之便索然矣。

　　《周易·繫辭傳》：「言天下之至賾而不可惡也，言天下之至賾而不可亂也。擬之而後言，議之而後動。」鄭所據本如此，見《釋文》，虞本亦如此，見《集解》，此古本也。兩言天下之至賾，句似複而非複。乃鄭於下句云：「賾當為動。」虞亦云：「動舊誤作賾。」則鄭虞猶未解此。孔穎達謂：「以文勢上下言之，宜云至動而不可亂也。」更無足怪矣。所謂上下文勢者，徒見上文賾與動對舉，故云然耳。其實此文不可惡，不可亂，專承天下之賾而言，下文「擬之而後言，議之而後動。」然後覆說動字。

　　《管子·權修》篇：「凡牧民者，欲民之正也，欲民之正，則微邪不可不禁也，微邪者，大邪之所生也，微邪不禁，而求大邪之無傷國，不可得也。凡牧民者，欲民之有禮也，欲民之有禮，則小

禮不可不謹也，小禮不謹於國，而求百姓之行大禮，不可得也。凡牧民者，欲民之有義也，欲民之有義，則小義不可不行，小義不行於國，而求百姓之行大義，不可得也。凡牧民者，欲民之有廉也，欲民之有廉，則小廉不可不修也，小廉不修於國，而求百姓之修大廉，不可得也。凡牧民者，欲民之有恥也，欲民之有恥，則小恥不可不飾也，小恥不飾於國，而求百姓之行大恥，不可得也。凡牧民者，欲民之修小體，行小義，飾小廉，謹小恥，謹微邪，此厲民之道也。」按：此一段之中，疊用凡牧民者句，文繁語複，若今人為之，則刪薙者過半矣。

三、語急例

古人語急，故有以如為不如者。隱元年《公羊傳》：「如勿與而已矣。」注曰：「如，即不如。」是也。有以敢為不敢者。莊二十二年《左傳》：「敢辱高位。」注曰：「敢不敢也。」是也。

《詩·君子偕老》篇：「是紲袢也。」毛傳曰：「是當暑袢延之服也。」然則袢即袢延也。《論語·先進》篇：「由也喭。」鄭注曰：「子路之行，失於畔喭。」然則喭即畔喭也。並古人語急而省也。〈雍也〉篇：「君子博學於文，約之以禮，亦可以弗畔矣夫。」畔，亦即畔喭也，畔喭本疊韻字，急言之，則或曰喭。「由也喭」是也。或曰畔，「亦可以弗畔矣夫」是也。鄭注曰：「弗畔，不違道。」殆未免乎知二五而不知十矣。

四、語緩例

古人語急，則二字可縮為一字；語緩則一字可引為數字。襄三

十一年《左傳》：「繕完葺牆以待賓客。」急言之，則止是葺牆以待賓客耳。乃以葺上更加「繕完」二字，唐李涪《刊誤》，遂疑當作宇字矣。昭十六年《左傳》：「庸次比耦，以艾殺此地。」急言之則比耦以艾殺此地耳。乃於比上更加「庸次」二字，杜注遂訓為用次，更相從耦耕矣。皆由不達古人語例故也。按：《方言》曰：「庸慫比㑄更迭代也。」「庸慫比」三字，即本《左傳》，慫與次通。

《尚書·牧誓》篇：「王朝至于商郊牧野。」按：郊牧野者，《爾雅》所謂「邑外謂之郊，郊外謂之牧，牧外謂之野」也。枚傳云：「至牧地而誓眾。」則但謂之商牧可矣。《國語》曰：「庶民弗忍，欣戴武王，以至戎于商牧。」是其正名也。乃連郊野言之曰郊牧野。又或連野言之曰牧野。《詩》曰：「牧野洋洋。」是也。此皆古人語緩，故不嫌辭費。

五、一人之辭而加曰字例

凡問答之辭，必用曰字紀載之，恒例也。乃有一人之辭加曰字自為問答者，此則變例矣。《論語·陽貨》篇：「懷其寶而迷其邦，可謂仁乎？曰：不可。好從事而亟失時，可謂知乎？曰：不可。」兩「曰」字仍是陽貨語，直至「孔子曰諾。」始為孔子語。《史記·留侯世家》：「昔者湯伐桀而封其後於杞者，度能制桀之死命也，今陛下能制項籍之死命乎？曰：未能也，其不可一也。武王伐紂封其後於宋者，度能得紂之頭也，今陛下能得項籍之頭乎？曰：未能也，其不可二也。」此以下凡不可者七，皆子房自問自答。至「漢王輟食吐哺罵曰豎儒。」始為漢王語。與《論語》文法

正同。說本閻氏《四書釋地》。按：記人於下文特著孔子曰，則上文兩曰不可，非孔子語明矣。前人皆未見及，閻氏此論，昭然發千古之矇。

　　《孟子·告子》篇：「為是其智弗若與？曰：非然也。」此自問自答之辭。〈盡心〉篇：「子以是為竊屨來與？曰：殆非也。」亦自問自答之辭。乃趙氏誤以此曰字為館人曰，後人因并以下文數語，皆為館人之言，而經文夫予字，遂誤作夫子，不得謂非趙氏有以啟之矣。

　　亦有非自問自答之辭，而中閒又用曰字以別更端之語者。《禮記·檀弓》篇：「公瞿然失席曰：『是寡人之罪也。』曰：『寡人嘗學斷斯獄矣。』」哀十六年《左傳》：「乞曰：『不不可得也。』曰：『市南有熊宜僚者，若得之，可以當五百人矣。』」《論語·憲問》篇：「子曰：『若臧武仲之知，公綽之不欲，卞莊子之勇，冉求之藝，文之以禮樂，亦可以為成人矣。』曰：『今之成人者，何必然。』」〈微子〉篇：「齊景公待孔子曰：『若季氏，則吾不能，以季孟之閒待之。』曰：『吾老矣，不能用也。』」皆加曰字以別更端之語也。

六、兩人之辭而省曰字例

　　一人之辭自為問答，則用曰字，乃有兩人問答，因語氣相承，誦之易曉，而曰字從省不書者。如《論語·陽貨》篇：「子曰：『由也，女聞六言六蔽乎？』對曰：『未也。』『居，吾語女。』」居吾語女，乃夫子之言，而即承「對曰未也」之下，無「子曰」字。「子曰：『食夫稻，衣夫錦，於女安乎？』曰：

『安。』女安則為之。」女安則為之，乃夫子之言，而即承「曰安」之下，無「子曰」字。

　　《孟子》書如此者尤多。「臣請為王言樂。」孟子之言也，而無曰字。「敢問何謂浩然之氣。」公孫丑之言也，而無曰字，文義易明，故省之也。「然則子之失伍也亦多矣。」「然則治天下，獨可耕且為與？」「然則犬之性，猶牛之性，牛之性，猶人之性與！」句上皆無曰字，文勢易見，故省之也。乃亦有因省曰字，致失其義者。〈公孫丑〉篇：「季孫曰：『異哉！』子叔疑。」二子，孟子弟子，「使己為政，不用，則亦已矣。」以下乃孟子解二子之異意疑心，趙注甚明。因「使已為政」上，省一曰字，後儒遂生異說，以此一節皆為季孫之言，失之甚矣。〈滕文公〉篇「周霄問曰：『古之君子仕乎？』孟子曰：『仕。』」一言足矣，無事繁稱博引也。「傳曰」「公明儀曰」，皆周霄所引以為發問之地。蓋周霄意中有此兩說，故並引之。而先以三月無君則弔為問，又以出疆必載質為問也。因省曰字，讀者不能辨別，遂以「傳曰」「公明儀曰」兩說皆孟子所徵引，失之甚矣。

七、文具於前而略於後例

　　《詩·大叔于田》篇：「叔善射忌，又良御忌。」其下云：「抑磬控忌，抑縱送忌。」則專承良御而言；「叔馬慢忌，叔發罕忌。」其下云：「抑釋掤忌，抑鬯弓忌。」則專承叔發罕忌而言。文具於前而略於後也。毛傳曰：「騁馬曰磬，止馬為控，發矢曰縱，從禽曰送。」按：磬控雙聲，縱送疊韻，凡雙聲疊韻之字，皆無二義，傳以一字為二義，發矢從禽，與騁馬止馬，又不一例。傳

義失之。磬控縱送，皆以御言，磬即控也，送即縱也，言騁馬也。

〈板〉篇：「天之牖民，如壎如箎。如璋如圭。如取如攜。攜無曰益，牖民孔易。」按：攜無曰益，承上四句而言，益與隘通，言天之牖民，如壎箎之相和，如璋圭之相合，如取攜之必從，無曰有所阻隘也，牖民乃孔易耳。因上疊句成文，累言之則於文不便，故止承攜而言曰：「攜無曰益。」亦文之具於前而略於後者也。鄭箋未得其義。

夫詩人之詞，限於字句，具前略後，固所宜也。乃有行文之體，初無限制，而前所羅陳，後從省略，乃知古人止取意足，辭不必備也。《荀子‧彊國》篇曰：「力術止，義術行，曷謂也。曰：秦之謂也。威彊乎湯武，廣大乎舜禹，然而憂患不可勝校也。諰諰然常恐天下一合而軋己也，此所謂力術止也。曷謂威彊乎湯武？湯武也者，乃能使說己者使耳。今楚父死焉，國舉焉，負三王之廟，而避於陳蔡之閒，視可司閒，欲剡其脛而以蹈秦之腹，然而秦使左案左，使右案右，是乃使讎人役也，此所謂威彊乎湯武也。曷謂廣大乎舜禹也？曰：古者百王之一天下，臣諸侯，未有過封內千里者也，今秦南乃有沙羨與俱，是乃江南，北有胡貉為鄰，西有巴戎，東在楚者乃界於齊，在韓者踰常山乃在臨慮，在魏者乃據圍津，即去大梁百有二十里耳，在趙者剡然有苓，而據松柏之塞，負西海而固常山，是地徧天下也。此所謂廣大乎舜禹也。威動海內，彊殆中國，然而憂患不可勝校也。諰諰然常恐天下之一合而軋己也。」按：此文前以「威彊乎湯武，廣大乎舜禹」兩句提綱，中閒又作兩段申說，而後云：「威動海內，彊殆中國。」則止承威彊而言，不及廣大，是文具於前而略於後也。《荀子》此文傳寫，舊有錯誤，

余作《諸子平議》，已訂正之，茲不具論。

八、文沒於前而見於後例

古人之文，又有沒其文於前，而見其義於後者，《書·微子》篇：「我祖底遂陳于上，我用沈酗于酒，用亂敗厥德于下。」按：底遂陳于上，蓋以德言，紂所亂敗者，即湯所底遂而陳者也，德字見於後而沒於前。枚傳不達其義，乃曰：「致遂其功陳列于上世。」則上句增出「功」字矣。《國語·晉語》：「鄢陵之役，荊壓晉軍，軍吏患之，將謀，范匄自公族趨過之曰：『夷竈湮井，非退而何！』」按：楚壓晉而陣，晉無以為戰地，軍吏將謀者，蓋謀退也，非畏楚而退，乃欲少退，使有戰地耳。然軍勢一動，不可復止，必有潰敗之憂，范匄為夷竈湮井之計，則不必退而自有戰地，乃不退之退也。故曰：「非退而何。」退字見於後而沒於前，韋注不達其義，乃曰：「平塞井竈，示必死，楚必退。」則文義不合矣。

《詩·生民》篇：「誕寘之隘巷，牛羊腓字之。誕置之平林，會伐平林，誕寘之寒冰，鳥覆翼之。鳥乃去矣。后稷呱矣。」按：后稷所以見棄之故，千古一大疑，而不知詩人固明言之。蓋在「后稷呱矣」一句。夫至鳥去之後，后稷始呱，則前此者未嘗呱也。凡人始生，無不呱呱而泣，后稷生而不呱，是其異也，於是人情駭怪，僉欲棄之於隘巷，於平林，於寒冰，愈棄愈遠亦愈險，聖人不死，昭然可見，而后稷亦既呱矣，遂收而養之，命之曰棄，志異也。詩人歌詠其事，初不言見棄之由，蓋沒其文於前，而著其義於後，此正古人文字之奇，後人不達，而異義橫生矣。

九、蒙上文而省例

古人之文，有蒙上而省者。《尚書·禹貢》篇：「終南惇物，至于鳥鼠。」《正義》曰：「三山空舉山名，不言治意，蒙既旅之文也。」是其例也。又「導岍及岐，至于荊山。」《正義》曰：「從此導岍至敷淺原，舊說以為三條，導岍北條，西傾中條，嶓冢南條；鄭玄以為四列，導岍為陰列，西傾為次陰列，嶓冢為次陽列，岷山為正陽列。」今以經文求之，鄭說為是。導岍言導，西傾不言導，導嶓冢言導，岷山不言導，蓋兩陽列兩陰列，各一言導，次陰列蒙陰列而省，正陽列蒙次陽列而省也。

《禮記·玉藻》篇：「君羔幦虎犆，大夫齊車，鹿幦豹犆朝車。」此言人君羔幦虎犆之車，大夫以為齊車，人君鹿幦豹犆之車，大夫以為朝車也。鹿幦上亦當有君字，朝車上亦當有大夫字，蒙上而省也。下云：「士齊車鹿幦豹犆。」則自言士制，不蒙此文，鄭誤以「大夫齊車」至「士齊車鹿幦豹犆」為一節，為之說曰：「臣之朝車與齊車同飾。」然則但曰大夫士齊車朝車，鹿幦豹犆，豈不簡而易明乎！定四年《左傳》：「楚人為食，吳人及之，奔，食而從之。」此文奔字，一字為句，言楚人奔也，食而從之，四字為句，言吳人食楚人之食，食畢而遂從之也，奔上當有楚人字，食而從之上當有吳人字，蒙上省也，杜注：「奔食，食者走。」則奔食二字，文不成義矣。

十、探下文而省例

夫兩文相承，蒙上而省，此行文之恒也。乃有逆探下文，而預

省上字，此則為例更變，而古書亦往往有之。〈舜典〉：「舜生三十徵庸，三十在位，五十載。」因下句有載字，而上二句皆不言載。《孟子・滕文公》篇：「夏后氏五十而貢，殷人七十而助，周人百畝而徹。」因下句有畝字，而上二句皆不言畝，是探下文而省者也。《詩・七月》篇：「七月在野，八月在宇，九月在戶，十月蟋蟀，入我床下。」鄭箋云：「自七月在野，至十月入我床下，皆謂蟋蟀也。」按：此亦探下文而省，初無意義。《正義》曰：「退蟋蟀之文在十月之下者，以人之床下，非蟲所當入，故以蟲名附十月之下，所以婉其文也。」斯曲說矣。床下既非蟲所當入，何反以蟲名附十月之下乎！

《大戴記・本命》篇：「故男以八月而生齒，八歲而毀齒，一陰一陽，然後成道，二八十六，然後情通，然後其施行；女七月生齒，七歲而毀，二七十四，然後其化成，合於三也，小節也；中古男三十而聚，女二十而嫁，合於五也，中節也；太古男五十而室，女三十而嫁，備於三五，合於八十也。」按：合於三，不言三十，合於五，不言五十，皆因合於八十句，有十字而省也。孔氏廣森作《補注》，乃刪去「十」字，止作合於八也。蓋未達古書之例。

十一、舉此以見彼例

孔子曰：「舉一隅，不以三隅反，則不復也。」是以古書之文，往往有舉此以見彼者。《禮記・王制》篇：「大國之卿，不過三命，下卿再命，小國之卿，與下大夫一命。」鄭注曰：「不著次國之卿者，以大國之下互明之。」《正義》曰：「以大國之卿不過三命，則知次國之卿，不過再命；大國下卿再命，則知次國下卿一

命，故云互明之。」又〈喪大記〉篇：「復者朝服，君以卷，夫人
以屈狄。」鄭注曰：「君以卷，謂上公也。夫人以屈狄，互言耳。
上公以袞，則夫人用褘衣，而侯伯以鷩，其夫人用揄狄，子男以
毳，其夫人乃用屈狄矣。」《正義》曰：「男子舉上公，婦人舉子
男之妻，男子舉上以見下，婦人舉下以見上，是互言也。」又〈祭
法〉篇：「燔柴於泰壇，祭天也，瘞埋於泰圻，祭地也。用騂
犢。」鄭注曰：「地陰祀用黝牲，與天俱用犢，連言爾。」《正
義》曰：「祭地承祭天之下，故連言用騂犢也。」凡此之類，皆是
舉此以見彼，學者所當以三隅反者也。

　　顧氏炎武《日知錄》曰：「以紂為弟，且以為君，而有微子
啟；以紂為兄之子，且以為君，而有王子比干。並言之則於文有所
不便，故舉此以該彼。此古人文章之善，且如郊社之禮，所以事上
帝也。不言后土，地道無成而代有終也，不言臣妻，先王居檮杌於
四裔，不言渾敦窮奇饕餮。後之讀書者，不待子貢之明，亦當聞一
以知二矣。」

　　錢氏大昕《養新錄》曰：「古人著書，舉一可以反三，故文簡
而義不該，姑即許氏說文言之：木東方之行，金西方之行，火南方
之行，水北方之行，則土為中央之行可知也。鹹北方味也，而酸苦
辛甘，皆不言方。坎水音也，而宮商徵角，皆不言音。青東方色
也，赤南方色也，白西方色也，而黑不言北方。黃地之色也，而玄
不言天之色。鐘秋分之音，鼓春分之音，而不言二至，笙正月之
音，管十二月之音，而不言餘月，龍鱗蟲之長，而毛羽介蟲之長不
言，皆舉一以見例，非有遺漏也，」

十二、因此以及彼例

古人之文，省者極省，繁者極繁，省則有舉此見彼者矣，繁則有因此及彼者矣。《日知錄》曰：「古人之辭，寬緩不迫，得失失也，《史記·刺客傳》：『多人不能無生得失。』利害害也，《史記·吳王濞傳》：『擅兵而別多佗利害。』緩急急也，《史記·倉公傳》：『緩急無可使者。』〈游俠傳〉：『緩急人所時有也。』成敗敗也，《後漢書·何進傳》：『先帝嘗與太后不快，幾至成敗。』同異異也，《吳志·孫皓傳·注》：『蕩異同如反掌。』《晉書·王彬傳》：『江州當人強盛時，能立異同。』贏縮縮也，《吳志·諸葛恪傳》：『一朝盈縮，人情萬端。』禍福禍也，晉歐陽建〈臨終詩〉：『成此福禍。』」按：此皆因此及彼之辭，古書往往有之。《禮記·文王世子》篇：「養老幼於東序。」因老而及幼，非謂養兼養幼也。〈玉藻〉篇：「大夫不得造車馬。」因車而及馬，非謂造車兼造馬也。

《管子·禁藏》篇：「外內蔽塞，可以成敗。」按：此欲其敗，非欲其成，而曰可以成敗。乃因敗而連言成也。王氏《讀書雜志》謂「成當作或」非是。

第三卷

一、古書傳述亦有異同例

古曰在昔，昔曰先民，蓋古人之書，亦未必不更本於古也。然其傳述，或有異同，不必盡如原本。閻氏若璩《四書釋地》曰：

「《論語》杞宋並不足徵。〈中庸〉易其文曰：『有宋存。』〈孔
子世家〉言：『伯魚生伋，字子思，嘗困于宋，子思作〈中
庸〉。』〈中庸〉既作於宋，殆為宋諱乎！且爾時杞既亡而宋獨
存，易之亦與事實合。」按：閻氏此論，可謂入微，蓄疑十年，為
之冰釋，至宋氏翔鳳附會公羊家說，黜杞而存宋，雖亦巧合，然以
本文語氣求之，疑未必然也。

　　《管子·小匡》篇：「其相曰夷吾，大夫曰甯戚隰朋賓胥無鮑
叔牙，用此五子者何功。」按：五子當作四子，淺人見上有五人，
而改易其數，不知非著書者之意也。此本《國語·齊語》之文，其
文曰：「惟能用管夷吾甯戚隰朋賓須無鮑叔牙之屬而伯功立。」此
是齊國史記所載，乃當時公論也。〈小匡〉一篇，多與齊語同，蓋
管氏之徒，刺取國史以為家乘，於是更易其文，專美夷吾，若用此
四子，何功之有，下文曰：「則唯有明君在上，察相在下也。」正
見齊桓明君，夷吾察相，相得而成，非由此四子也。以〈齊語〉參
校，改易之迹顯然矣。

二、古人引書每有增減例

　　《日知錄》曰：「《書·泰誓》：『受有億兆夷人，離心離
德，予有亂臣十人，同心同德。』《左傳》引之，則曰：『〈太
誓〉所謂商兆民離，周十人同者，眾也。』《淮南子》：『舜釣於
河濱，期年而漁者爭處湍瀨，以曲隈深潭相與。』《爾雅》注引
之，則曰：『漁者不爭隈。』此皆略其文而用其意也。」按：今
〈泰誓〉偽書，即因《左傳》語而為之，不足據。然《管子·法
禁》篇引〈太誓〉曰：「紂有臣億萬人，亦有億萬之心，武王有臣

三千而一心。」則太誓原文詳，而傳所引，誠如顧氏說也。又按：
《後漢書·郅惲傳》：「孟軻以彊其君之所不能為忠，量其君之所
不能為賊。」亦是略其文而用其意，蓋古人引書，原不必規規然求
合也。

　　《孔叢子》：孔臧與子琳書引《詩》曰：「操斧伐柯，其則不
遠。」《三國志》杜恕上疏云：「昔周公戒魯侯曰：『無使大臣，
怨何不以。』」《晉書·載記》：苻離上疏於苻堅曰：「《詩》
曰：『兄弟急難，朋友好合。』」又〈律歷志〉楊偉云：「孟軻所
謂：『方寸之基，可使高於岑樓者也。』」《宋書·彭城王義康
傳》：「《詩》云：『兄弟雖鬩，不廢親也。』」又〈顧覬之傳〉
「丘明又稱：『天之所支不可壞，天之所壞不可支。』」《南齊
書》蕭子良〈與孔中丞書〉：「孟子有云：『君王無好智，君王無
好勇。』」《舊唐書·孫伏伽傳》：「《論語》云：『一言出口，
駟不及舌。』」又〈崔元亮傳〉：「孟軻有言：『眾人皆曰殺之，
未可也。』」凡此，皆用其意而略其文，詳見秀水沈氏《懷小
篇》。按：《東坡集·上神宗皇帝書》引《書》曰：「謀及卿士，
至於庶人，翕然大同，乃底元吉，若違多而從少，則靜吉而作
凶。」此亦以意引經，北宋時人，猶讀古書，其體裁有自也。

　　《說文》引《詩》，往往有合兩句為一句者，如〈齊風·雞
鳴〉篇：「東方明矣，朝既昌矣。」日部引作「東方昌矣。」〈大
雅·綿〉篇：「混夷駾矣，維其喙矣。」口部引作「犬夷吼矣。」
皆是也。又酉部醺下引《詩》：「公尸來燕醺醺。」按：此亦合兩
句為一句者。今《詩·鳧鷖》篇云：「公尸來止熏熏，旨酒欣欣。」熏熏欣欣，傳寫誤倒，本作「公尸來止欣欣，旨酒熏熏。」

熏熏皆以旨酒言，猶下句「燔炙芬芳」芬芳以燔炙言也，作熏者假字，作醺者正字，觀其字從酉，可知其當在旨酒下也。乃觀毛傳所訓，是毛公時已誤，宜近世治《說文》者，莫能見及此矣。

三、稱謂例

古人稱謂，或與今人不同，有以父名子者，《左傳・成十六年》：「潘尪之黨。」〈襄廿三年〉：「申鮮虞之傅摯。」是也。有以夫名妻者，《左傳・昭元年》：「武王邑姜。」是也。並見《日知錄》。今按：《漢書・外戚傳》：「孝宣皇后父奉光封邛成侯，成帝即位，為太皇太后，時成帝母亦姓王氏，故世號太皇太后為邛成太后。」亦以父名子也。《漢書・燕刺王旦傳》：「旦姊鄂邑蓋長公主。」張晏曰：「蓋侯王信妻也。」師古曰：「當是信子頃侯充。」此亦以夫名妻也。

昭十二年《左傳》：「殺獻太子之傅庾皮之子過。」按子字衍文，本作「庾皮之過。」亦是以父名子也。據《釋文》：「潘尪之黨。」本作潘尪之子黨，申鮮虞之傅摯。本或作巾鮮虞之子傅摯。蓋後人不達古人稱謂之例而妄改之。

又有以母名女者，襄十九年《左傳》：「齊侯娶于魯曰顏懿姬，其姪鬷聲姬。」杜注曰：「顏鬷皆二姬母姓，因以為號。」是也。《史記・秦本紀》：「申侯言於孝王曰：『昔我先驪山女。』」《正義》曰：「申侯之先，娶於驪山。」按：驪山女，蓋娶於驪山所生之女，是亦以母名女也。

又有以子名母者，〈隱元年〉：「惠公仲子」是也，《穀梁傳》曰：「禮贈人之母則可，贈人之妾則不可，君子以其可辭受

之。」蓋繫仲子於惠公，明周以其為惠公之母而贈之，非以其為孝公之妾而贈之也。此《春秋》正名之義也。

四、寓名例

《史記·萬石君傳》：「長子建，次子甲，次子乙，次子慶。」甲乙非名也，失其名而假以名之也。《漢書·魏相傳》：「中謁者趙堯舉春，李舜典夏，兒湯舉秋，貢禹舉冬。」不應一時四人，同以堯舜禹湯為名，皆假以名之也。說詳《日知錄》。

莊列之書多寓名，讀者以為悠謬之談，不可為典要，不知古立言者，自有此體也。雖《論語》亦有之，長沮桀溺是也，夫二子者，問津且不告，豈復以姓名通於吾徒哉！特以下文各有問答，故為假設之名以別之，曰沮曰溺，惜其沈淪而不返也，桀之言傑然也，長與桀，指目其狀也，以為二人之真姓名則泥矣。

《孝經·正義》引劉炫述義曰：「炫謂孔子自作《孝經》，本非曾參請業而對也。夫子運偶陵遲，禮樂崩壞，名教將絕，特感聖心，因弟子有請問之道，師儒有教誨之義，故假曾子之言，以為對揚之體，乃非曾子實有問也。若疑而始問，答以申辭，則曾子應每章一問，仲尼應每問一答。按經，夫子先自言之，非參請也，諸章以次演之，非待問也，且辭義血脈，文連旨環，而開宗題其端緒，餘章廣而成之，非一問一答之勢也。理有所極，方始發問，又非請業請答之勢。首章言：「先王有至德要道。」則下章云：「此之謂要道也，非至德其孰能順民。」皆遙結首章，答曾子也。（按答上疑奪非字。）舉此為例，凡有數科，必其主為曾子言，首章答曾子已了，何由不待曾子問，更自述而明之。且首起曾參侍坐，與之論

孝，開宗明義，上陳天子，下陳庶人，語盡無更端，於曾子未有
請，故假參歎孝之大，又說以孝為理之功，說之已終，欲言其聖
道，莫大於孝，又假參問，乃說聖人之德，不加於孝，在前論敬順
之道，未有規諫之事，故須更借曾子言陳諫諍之義，此皆孔子須參
問，非參須問孔子也。莊周之斥鷃笑鵬，罔兩問影，屈原之漁父鼓
枻，太卜拂龜，馬卿之烏有亡是，揚雄之翰林子墨，非師祖製作以
為楷模者乎！「按：劉氏此論，最為通達，然非博覽周秦古書，通
於聖賢著述之體，未有不河漢斯言者矣。

五、以大名冠小名例

《荀子·正名》篇：「物也者，大共名也，鳥獸也者，大別名
也。」是名百物有共名別名之殊，乃古人之文，則有舉大名而合之
於小名，使二字成文者。如《禮記》言：「魚鮪」，魚其大名，鮪
其小名也。《左傳》言：「鳥烏」，鳥其大名，烏其小名也。《孟
子》：言「草芥」，草其大名，芥其小名也。《荀子》言：「禽
犢」，禽其大名，犢其小名也。皆其例也。

《禮記·月令》篇：「孟夏行春令，則蝗蟲為災；仲冬行春
令，則蝗蟲為敗。」王氏引之曰：「蝗蟲皆當作蟲蝗，此言蟲蝗，
猶上言蟲螟，後人不知而改為蝗蟲，謬矣。」按：上言蟲而下言
蝗，上言蟲而下言螟，蟲，其大名也；蝗螟，其小名也。

〈中孚傳〉曰：「乘木舟虛也。」按《正義》引鄭注曰：「空
大木為之曰虛，總名曰舟。」然則舟虛並言，舟其大名，虛其小名
也。王注曰：「乘木於用舟之虛。」此說殊不了。輔嗣徒習清言，
未達古義也。

六、以大名代小名例

古人之文，有舉大名以代小名者，後人讀之而不能解，每每失其義矣。《儀禮‧既夕》篇：「乃行禱于五祀。」鄭注曰：「盡孝子之情，五祀博言之，士二祀，曰門，曰行。」推鄭君之意，蓋以所禱止門行二祀，而曰五祀者，博言之耳。五祀其大名也，曰門，曰行，其小名也，祀門行而曰五祀，是以大名代小名也。賈疏曰：「今禱五祀，是廣博言之，望助之者眾。」則誤以為真禱五祀矣。

《荀子‧正論》篇：「雍而徹乎五祀。」楊注於乎字絕句，引「《論語》曰：『三家者以雍徹。』言其僭也。」劉氏台拱曰：「此當以『雍而徹乎五祀』為句，謂徹乎竈也。《周禮‧膳夫職》云：『王卒食以樂徹于造。』造竈古字通。〈大祝〉：『六祈，二曰造。』故書造作竈，專言之則為竈，連類言之則曰五祀，若謂丞相為三公，左馮翊為三輔也。」按劉氏此說，深得古義，足證明鄭注博言之義矣。

《春秋》之例，通都大邑，得以名通，則不繫以國，如楚丘不書衛，下陽不書虢是也。若小邑不得以名通，則但書其國而不書其地，如盟于宋，會于曹，必有所在之地，而其地小，名亦不著，書之史策，後世將不知其所在，故以國書之，此亦舉大名以代小名之例也。後儒說《春秋》，謂不地者，即於其都也，失之。

七、以小名代大名例

又有舉小名以代大名者，《詩‧采葛》篇：「一日不見，如三秋兮。」三秋即三歲也，歲有四時而獨言秋，是舉小名以代大名

也。《漢書·東方朔傳》:「年十三學書,三冬,文史足用。」三冬,亦即三歲也,學書三歲而足用,故下云:「十五學擊劍」也。注者不知其舉小名以代大名,乃泥冬字為說云:「貧子冬日,乃得學書。」失其旨矣。

八、以雙聲疊韻字代本字例

　　集與就雙聲,而《詩·小旻》篇,集與猶就道為韻,是即以集為就也;戎與汝雙聲,而《詩·常武》篇,戎與祖父為韻,是即以戎為汝矣。此以雙聲字代本字之例。

　　《尚書·微子》篇:「天毒降災荒殷國。」《史記·宋微子世家》作「天篤下災亡殷國。」篤者厚也,言天厚降災咎以亡殷國也,篤與毒亡與荒皆疊韻,此以疊韻字代本字之例也。

　　《詩·天保》篇:「君曰卜爾,萬壽無疆。」傳曰:「卜予也。」〈楚茨〉篇:「卜爾百福。」箋義亦同。按:卜之訓予,雖本《爾雅》,然其義絕遠,余嘗疑此卜字,即〈檀弓〉「卜人師扶右」之卜,當讀為僕。古人自謙之稱,故訓予。與台朕陽一例,非賜予之予也。毛鄭以之說《詩》,殆未可從。〈大田〉篇:「秉畀炎火。」《韓詩》秉作卜,卜報也,卜爾之卜,亦當訓報,卜爾者,報爾也,以雙聲字代本字也。

　　《夏小正》:「黑鳥浴。」傳曰:「浴也者,飛乍高乍下也。」按:飛乍高乍下,何以謂之浴,義不可通。浴者,俗之誤字,《說文》:「俗習也。」黑鳥浴,即黑鳥習也。《說文》:「習數飛也。」傳所謂飛乍高乍下者,正合數飛之義,俗習雙聲,故即以俗字代習字耳。(新雄謹案:浴非誤字,浴俗通假字也。)

九、以讀若字代本字例

　　錢氏《潛研堂集》曰：「漢人言讀若者，皆文字假借之例，不特寫其音，并可通其字。即以《說文》言之：『鄦讀若許。』《詩》：『不與我戍許。』《春秋》之許田許男，不必从邑从無也。『䣙讀若薊。』《禮記》：『封黃帝之後於薊。』不必从邑从契也。『璹讀若淑。』《爾雅》：『璋大八寸謂之琡。』即淑之訛，不必从玉从壽也。『珣讀若宣。』《爾雅》：『璧大六寸謂之宣。』不必从玉从旬也。『趯讀若煢』《詩》：『獨行煢煢。』不必从走从勻也。『趨讀若匐。』《詩》：『匍匐救之。』不必从走从音也。『扟讀若戟。』《春秋傳》：『公戟其手。』不必作扟也。『檷讀若柅。』《易》：『繫於金柅。』不必改為檷也。『勹讀若鳩。』《書》：『方鳩僝功。』不必改為勹也。『愵讀若疊。』《詩》：『莫不震疊。』不必改為愵也。『㒫讀若傲。』《書》：『無若丹朱傲。』不必改為㒫也。『㮹讀若藪。』〈攷工記〉『以其圍之泐捎其藪。』不必改為㮹也。『屖讀為僕。』《孟子》：『僕僕爾。』不必改為屖也。『辠讀為愆。』今經典『罪辛』字皆作愆。『刱讀若創。』今經典『刱業』字皆作創。『亼讀若集。』今經典亼合字皆作集。『牽讀若達。』今《詩》正作達。『翌讀若皇。』今《周禮》正作皇。『莫讀與蔑同。』今《尚書》『莫席』字正作蔑。『㗊讀與雷同。』今《春秋》『郘北』字正作雷。『卟讀與稽同。』今《尚書》『卟疑』字正作稽。『雀讀與爵同。』『攲讀與施同。』今經典『鳥雀』字多用爵，『敷攲』字皆用施。『㡼讀與隱同。』《孟子》《莊子》『隱几』字不作㡼。是

皆假其音，并假其義，非後世譬況為音，可同日語也。」按：錢氏此論，前人所未發，頗足備治經之一說。

十、美惡同辭例

古書美惡不嫌同辭。如「退食自公，委蛇委蛇。」詩人之所美也，而《左傳》云：「衡而委蛇必折。」則委蛇又為不美矣。「豈弟君子，民之父母。」詩人之所美也，而〈齊風〉云：「魯道有蕩，齊子豈弟。」傳曰：「言文姜於是樂易然。」《正義》足成其義曰：「於是樂易曾無慚色。」則豈弟又為不美矣。齊子豈弟本與下章「齊子翱翔」一律，而鄭必破作闓圛，謂與上章「齊子發夕」一律。蓋以他言豈弟者，皆美而非刺，故不能從傳義，不知古人美惡不嫌同辭，學者當各依本文體會，未可徒泥其辭也。

《詩·皇矣》：「無然畔援。」箋云：「畔援，猶跋扈也。」《韓詩》曰：「畔援，武強也。」按：畔援即畔喭，《論語·先進》篇鄭注：「子路之行，失於畔喭。」《正義》曰：「言子路性行剛強，常畈喭失禮容也。」正與鄭韓義合，喭之為援，猶畔之為畈，聲近而義通矣。《玉篇》又作「無然伴換。」古雙聲疊韻字無一定也。〈卷阿〉篇：「伴奐爾游矣。」伴奐即伴換也。箋曰：「伴奐自縱弛之意。」蓋即跋扈之意而引申之，是故畔援也，伴奐也，一而已矣。畔援為不美之辭，而伴奐為美之之辭，美惡不嫌同辭也。

十一、高下相形例

〈昭十三年〉：「子產子大叔相鄭伯以會，子產以幄幕九張

行，子大叔以四十，既而悔之，每舍損焉，及會亦如之，癸酉，退朝，子產命外僕速張於除，子大叔止之，使待明日，及夕，子產聞其未張也，使速往，乃無所張矣。」注曰：「傳言子產每事敏於大叔。」按：子產與子太叔，皆鄭國賢大夫，傳者欲言子產之敏，乃極言子太叔之不敏，此高下相形之例也。《禮記・檀弓》篇：「曾子襲裘而弔，子游裼裘而弔，曾子指子游而示人曰：『夫夫也，為習於禮者，如之何其裼裘而弔也。』主人既小斂，袒括髮，子游趨而出，襲裘帶絰而入。曾子曰：『我過矣，我過矣，夫夫是也。』」按曾子子由皆聖門高弟，記人欲言子游之知禮，乃先言曾子之不知禮，亦高下相形之例也。後世記載之家，但有簿領而無文章，莫窺斯祕，於是讀古人之書，亦不得其抑揚之妙，徒泥字句以求之，往往失其義矣。

十二、敍論並行例

僖三十三年《左傳》：「秦伯素服郊次，鄉師而哭曰：『孤違蹇叔以辱二三子，孤之罪也，不替孟明，孤之過也，大夫何罪，且吾不以一眚掩大德。』」王氏念孫曰：「不替孟明下有曰字，而今本脫之。」「不替孟明」及「曰」字，皆左氏記事之詞，自「孤之過也」下，方是穆公語，上文穆公向師而哭，既罪己而不罪人矣，於是不廢孟明而復用之，且謂之曰：「孤之罪也，大夫何罪。」若如今本，穆公既以不替孟明為己過，則孟明不可用矣，何以言大夫何罪，又言「不以一眚掩大德乎！」今按：王氏解「不替孟明」句是也，謂今本脫曰字，非也。自唐石經以來，各本皆無曰字，未可以意增加，蓋古人自有敍論並行之例，前後皆穆公語，中閒著此

「不替孟明」四字，並未閒以他人之言。「孤違蹇叔」與「孤之罪

也」，語出一口，讀之自明，原不必加曰字也。如昭三年《傳》：

「則使宅人反之，且謠曰：『非宅是卜，唯鄰是卜。』二三子先卜

鄰矣。」按：則使宅人反之，左氏記事之辭。「且謠曰」以下，晏

子之語，中閒無曰字，即其例矣。

十三、實字活用例

　　宣六年《公羊傳》：「勇士入其大門，則無人門焉者。」上門

字，實字也，下門字，則為守是門者矣。襄九年《左傳》：「門其

三門。」下門字，實字也，上門字，則為攻是門者矣，此實字而活

用者也。《爾雅·釋山》：「大山宮，小山霍。」郭注曰：「宮謂

圍繞之。」宮本實字，而用作圍繞之義，則活矣。宣十二年《左

傳》：「屈蕩戶之。」杜注曰：「戶止也。」戶本實字，而用作止

義，則活矣。又如規矩字皆實字，《國語·周語》：「其母夢神，

規其臀以墨。」韋注曰：「規畫也。」此規字活用也。〈考工

記〉：「必矩其陰陽。」鄭注曰：「矩謂刻識之也。」此矩字活用

也。經典中如此者，不可勝舉。

　　以女妻人，即謂之女，以食飤人，即謂之食，古人用字類矣。

經師口授，恐其疑誤，異其音讀，以示區別，於是何休注《公

羊》，有長言短言之分，高誘注《淮南》，有緩言急言之別。

《詩》：「興雨祁祁，雨我公田。」《釋文》曰：「興雨如字，雨

我于付反。」《左傳》：「如百穀之仰膏雨也▶若常膏之。」《釋

文》曰：「膏雨如字，膏之古報反。」苟知古人有實字活用之例，

則皆可以不必矣。

第四卷

一、語詞疊用例

　　《大雅·縣》篇：「迺慰迺止，迺左迺右，迺疆迺理，迺宣迺畝。」四句中疊用八「迺」字。〈蕩〉篇：「曾是彊禦，曾是掊克，曾是在位，曾是在服。」四句中疊用四「曾是」字。《尚書·多方》篇：「爾曷不忱裕之于爾多方，爾曷不夾介乂我周王享天之命，今爾尚宅爾宅，畋爾田，爾曷不惠王熙天之命，爾乃迪屢不靖，爾心未愛，爾乃不大宅天命，爾乃屑播天命，爾乃自作不典，圖忱于正。」十一句中，疊用三「爾曷不」字，四「爾乃」字，皆疊用語詞以成文者也。

　　古人之文，每以故字相承接，似複而實非複。《禮記·禮運》篇：「故君者所明也，非明人者也，君者所養也，非養人者也，君者所事也，非事人者也。故君則人則有過，養人則不足，事人則失位。故百姓則君以自治也，養君以自安也，事君以自顯也。故禮達而分定，故人皆愛其死而患其生。」此段一氣相承，而用五故字。又〈樂記〉篇：「是故知聲而不知音者，禽獸是也，知音而不知樂者，眾庶是也，唯君子為能知樂，是故審聲以知音，審音以言知樂，而治道備矣。是故不知聲者，不可與言音，不知音者，不可與言樂。」此段亦一氣相生，而用三是故字。

二、語詞複用例

　　古人用語助詞，有兩字同義而複用者。《左傳》：「一薰一

猶，十年尚猶有其臭。」尚即猶也。《禮記》：「人喜則斯陶。」斯即則也。此顧氏炎武說。何謂之庸何，文十八年《左傳》：「人奪女妻而不怒，一抶汝，庸何傷！」庸亦何也。詎謂之庸詎，《莊子·齊物論》篇：「庸詎知吾所謂知之非不知邪？庸詎知吾所謂不知之非知邪？」庸亦詎也。安謂之庸安，《荀子·宥坐》篇：「女庸安知吾不得之桑落之下。」庸亦安也。孰謂之庸孰，《大戴禮記·曾子制言》篇：「庸孰能親汝乎！」庸亦孰也。此王氏引之說。

《管子·山國軌》篇曰：「此若言何謂也。」〈地數〉篇曰：「此若言可聞乎！」〈輕重丁〉篇曰：「此若言曷謂也。」言「此」又言「若」，若亦此也。後人不達古語，有失其讀者，有誤其文者。《禮記·曾子問》篇：「以此若義也。」鄭君讀「以此」為句，「若義也」為句，則失其讀矣。《荀子·儒效》篇：「行一不義，殺一無罪，而得天下，不為也。此若義信乎人矣。」今本若誤作君，則誤其文矣，由不達古書用助語之例也。

三、句中用虛字例

虛字乃語助之詞，或用於句中，或用於首尾，本無一定，乃有句中用虛字而實為變例者。如「蠡斯羽。」言蠡羽也。「兔斯首。」言兔首也。毛傳以蠡斯為斯蠡，鄭箋以斯首為白首，均誤以語詞為實義，辨見王氏《經傳釋詞》。

《詩·無羊》篇：「牧人乃夢，眾惟魚矣，旐惟旟矣。」按：眾維魚矣，猶云維眾魚矣，旐維旟矣，猶云維旐旟矣。與〈斯干〉篇：「吉夢維何，維熊維羆，維虺維蛇。」一律。彼維字用之句

首，而此維字用之句中，乃古人文法之變也。後人不達此例，而異義橫生矣。

四、上下文變換虛字例

古書有疊句成文而虛字不同者。《尚書·洪範》篇：「水曰潤下，火曰炎上，木曰曲直，金曰從革，土爰稼穡。」上四句用「曰」字，下一句用「爰」字，爰即「曰」也。《爾雅·釋魚》篇：「俯者靈，仰者謝，前弇諸果，後弇諸獵。」前兩句用「者」字，後兩句用「諸」字，諸即者也。《史記·貨殖傳》：「智不足與權變，勇不足以決斷，仁不能以取予。」上一句用「與」字，下二句用「以」字，與即以也。《論語·述而》篇：「富而可求也，雖執鞭之士，吾亦為之，如不可求，從吾所好。」上句用「而」字，下句用「如」字。《孟子·離婁》篇：「文王視民如傷，望道而未之見。」上句用「如」字，下句用「而」字，而即如也。《禮記·文王世子》篇：「文王九十乃終，武王九十三而終。」上句用「乃」字，下句用「而」字，而即乃也。《鹽鐵論》：「忠焉能勿誨乎！愛之而勿勞乎！」崔駰〈大理箴〉：「或有忠能被害，或有孝而見殘。」上句用「能」字，下句用「而」字，能即而也。《墨子·明鬼》篇：「非父則母，非兄而姒。」《史記·欒布傳》：「與楚則漢破，與漢則楚破。」上句用「則」字，下句用「而」字，而即則也。

五、反言省乎字例

「囂訟可乎！」乎字已見於〈堯典〉，是古書未嘗不用乎字，

然乎者，語之餘也，讀者可以自得之，古文簡質，往往有省乎字者，《尚書·西伯戡黎》篇：「我生不有命在天。」據《史記》則句末有乎字。〈呂刑〉篇：「何擇非人，何敬非刑，何度非及。《史記》作「何擇非其人，何敬非其刑，何居非其宜乎！」則亦當有乎字，皆經文從省故也。

六、助語用不字例

不者，弗也，自古及今，斯言未變，初無疑義，乃古人有用不字作語詞者，不善讀之，則以正言為反言，而於作者旨大謬矣。斯例也，詩人之詞尤多。〈車攻〉篇：「徒御不警，大庖不盈。」傳曰：「不警警也；不盈盈也。」〈桑扈〉篇：「不戢不難，受福不那。」傳曰：「不戢戢也；不難難也；那多也，不多多也。」〈文王〉篇：「有周不顯，帝命不時。」傳曰：「不顯顯也；不時時也。」〈生民〉篇：「上帝不寧，不康禋祀。」傳曰：「不寧寧也；不康康也。」〈卷阿〉篇：「矢詩不多。」傳曰：「不多，多也。」凡若此類，傳義已明且晢矣。乃毛公亦偶有不照者，如〈思齊〉篇：「肆戎疾不殄。」不語詞也，傳曰：「大疾害人也，不絕之而自絕也。」則誤以不為實字矣。亦有毛傳不誤而鄭箋誤者，如〈常棣〉篇：「鄂不韡韡。」傳曰：「鄂猶鄂鄂然，言外發也，韡韡光明也」。是不語詞也。箋云：「不當為拊，古聲同。」則誤以不為假字矣。王氏引之作《經傳釋詞》，始一一辨正之，真空前之絕學。今姑舉數事，聊以見例，且補王氏所未及。

〈杕杜〉篇：「嗟行之人，胡不比焉，人無兄弟，胡不佽焉。」按：兩不字，皆語詞。《爾雅》曰：「行道也。」行之人，

即道之人，猶《荀子‧性惡》篇所謂「塗之人」也。詩人之意，謂「彼道路之人，胡親比之有，人無兄弟，胡佽助之有。」鄭君不知兩不字皆語詞，乃云：「女何不輔君為政令。」又云：「何不相推佽而助之。」《正義》因言：「猶冀他人輔之。」上文明言「豈無他人，不如我同父。」乃冀他人輔助，失詩旨甚矣。

　　《論語‧微子》篇：「四體不勤，五穀不分。」按兩不字，皆語詞，丈人蓋自言惟四體是勤，五穀是分而已，安知爾所謂夫子，若謂以不勤不分責子路，則不情甚矣。安有萍水相逢，遽加面斥者乎！

七、也邪通用例

　　《論語》：「君子人與？君子人也。」朱注曰：「與疑詞，也決詞。」乃古人之文，則有以「也」字為疑詞者。陸氏《經典釋文‧序》所謂：「邪也弗殊。」是也。使不達此例，則以疑詞為決詞，而於古人之意大謬矣。今略舉數事以見例，其已見于王氏經傳釋詞》者不及焉。

　　《論語‧八佾》篇：「子入太廟，每事問。或曰：『孰謂鄹人之子知禮？乎入太廟，每事問。』子聞之曰：『是禮也。』」按：此章乃孔子歎魯祭之非禮也，魯僭禮之國，太廟之中，犧牲服器之等，必有不如禮者，子入太廟，每事問，所以諷也。或人不諭，反有孰謂知禮之譏，故夫子曰：「是禮也。」也讀為邪，乃反詰之詞，正見其非禮也，學者不達也邪通用之例，以反言為正言，而此章之意全失矣。

　　《論語》中以也為邪者甚多。「子張問十世可知也？」「井有

人焉，其從之也？」「豈若匹夫匹婦之為諒也？」諸「也」字，並
當讀為邪。又如「事君盡禮，人以為諂也？」「子曰：『其事
也？』」兩「也」字，亦必讀為邪，方得當日語氣，以本字讀之，
則神味為之索然矣。

八、雖唯通用例

《說文》雖從唯聲，凡聲同之字，古得通用，然雖之與唯，語
氣有別，不達古書通用之例，而以後世文理讀之，則往往失其解
矣。《禮記·表記》篇：「唯天子受命於天。」鄭注曰：「唯當為
雖。」此雖唯通用之明見於經典者，今於王氏《釋詞》之外，舉數
事見例。

《尚書·洛誥》篇：「女惟沖子惟終。」按：《尚書》無唯
字，今文作維，古文作惟，即唯字也。此句兩惟字，上「惟」字當
讀為雖，「女雖沖子惟終。」與〈召誥〉：「有王雖小元子哉。」
文義正同，終讀為崇。〈君奭〉篇：「其終出于不祥。」馬本作
崇，是古字通用也。言女雖沖幼，然女位甚尊崇，故宜敬識百辟享
也。又《詩·抑》篇：「女雖湛樂從。」此「雖」字當讀為惟。
「女惟湛樂從。」猶《尚書·無逸》篇曰：「惟耽樂之從」也。枚
傳不知「女惟」之當作「女雖」，鄭箋不知「女雖」之當作「女
惟」，胥失之矣。

《論語·子罕》篇：「雖覆一簣，進，吾往也。」按此「雖」
字，當讀為唯，言平地之上，唯覆一簣，極言其少，正與「未成一
簣」相對成義。又〈鄉黨〉篇：「肉雖多，不使勝食氣，唯酒無
量，不及亂。」按：此「唯」字，當讀為雖，與上「肉雖多」一

例。古書一簡中上下異字，往往有之，無量，即《儀禮》所謂「無算爵。」言雖飲酒，至無算爵之時，不及於亂也，《論語》此兩篇正相連。而一「雖」字當讀唯，一「唯」字當讀雖，亦可見古書之難讀矣。

九、句尾用故字例

凡經傳用故字，多在句首，乃亦有在句尾者，《禮記·禮運》篇：「則是無故，先王能脩禮以達義，體信以達順故。」此故字在句尾者也，下云：「此順之實也。」鄭注曰：「實猶誠也，盡也。」《正義》於此節，逐句分疏，而不別出「此順之實也」句。但云：「則是無故者，言致此上事，則是更無他故，由先王能脩禮達義，體順達信之誠盡，故致此也。」牽合下句解之，似尚失其讀也。

《大戴記·曾子制言》篇：「今之所謂行者，犯其上，危其下，衡道而彊立之，天下無道故。若天下有道，則有司之所求也。」王氏引之曰：「『故』字當屬上讀，言犯上危下之人，所以幸而免者，天下無道故也。若天下有道，則有司誅之矣。」按王說是也。盧辯注誤以「故若」二字為句，孔氏廣森補注，亦未能訂正。

十、句首用焉字例

凡經傳焉字，多在句尾，乃亦有在句首者。《禮記·鄉飲酒義》：「焉知其能和樂而不流也，焉知其能弟長而無遺矣，焉知其能安燕而不亂也。」劉氏台拱曰：「三『焉』字，皆當下屬，焉語

詞，猶『於是』也。」按：王氏《釋詞》，焉字作於是解者數十事，文繁不具錄。

《孟子・離婁》篇：「聖人既竭目力焉，繼之以規矩準繩，以為方員平直，不可勝用也，既竭耳力焉，繼之以六律正五音，不可勝用也，既竭心思焉，繼之以不忍人之政，而仁覆天下矣。」按：此三「焉」字，亦當屬下讀，「焉」猶「於是」也。

十一、古書發端之詞例

凡發端之詞，如《書》之用曰字，《詩》之用誕字，皆是也。乃有發端之詞，與今絕異者，略舉數事以見例：

《禮記・中庸》篇：「今夫天」一節，四用「今夫」為發端，此近人所習用者。乃或變其文為「今是。」《禮記・三年問》篇：「今是大鳥獸。」《荀子・禮論》篇：「今是」作「今夫。」《荀子・宥坐》篇：「今夫世之陵遲亦久矣。」《韓詩外傳》：「今夫」作「今是。」並其證也。王氏《釋詞》已及之。乃或又假氏為是，而作「今氏」。《墨子・天志下》篇上云：「今是楚王食於楚之四境之內。「今是」即「今夫」也。下云：「今氏大國之君。」「今氏」即「今是」，亦即「今夫」也。《禮記・曲禮》篇：「是職方。」鄭注曰：「是或為氏。」《儀禮・覲禮》篇：「大史是右。」注曰：「古文是為氏。」蓋是氏古通用耳，今是之文，古書多有，今氏之文，惟此一見，而今本《墨子》，氏上又衍知字，故雖王氏之博極群書，徵引不及矣。

十二、古書連及之詞例

凡連及之詞，或用與字，或用及字，此常語也。乃有其語稍別，後人遂失其解者，略舉數事以見例：

《爾雅》曰：「于於也。」而《尚書》每用為連及之詞。〈康誥〉篇：「告女德之說于罰之行。」言告女德之說，與罰之行也。〈多方〉篇：「不克敬于和。」言不克敬與和也。（說本孔氏廣森《巵言》，王氏引之《釋詞》。）又〈呂刑〉篇：「罔中于信。」中與忠通，「于」亦連及之詞，言三曲之民，皆無忠信也。枚傳失其義，而前人亦未見及。又按：此例《毛詩》亦有之，〈鳧鷖〉篇：「公尸來燕來宗，既燕于宗，福祿攸降。」此「于」字亦連及之詞。「來燕來宗，既燕于宗。」二句相承，猶言「既燕與宗」也。鄭箋不達，遂使上下兩宗字異義，失之甚矣。〈泮水〉篇：「不吳不揚，不告于訩。」二句相承，猶云「不吳不揚，不告與訩」也。告讀如嘷呼之嘷，訩猶訩訩，喧譁之聲也。上句「不吳不揚。」箋云：「不讙譁，不大聲。」此云：「不告與訩。」義正相近，鄭箋失其義。

之字，古人亦或用為連及之詞。〈考工記〉：「作其鱗之而。」文十一年《左傳》：「皇父之二子」皆是也。《禮記·中庸》篇：「知遠之近，知風之自，知微之顯。」此三句，自來不得其解，若謂遠由於近，微由於顯，則當云知遠之由於近，知微之由於顯，文義方明，不得但云遠之近，微之顯也。且「風之自」句，義不一例，「微之顯」句，亦與第一句不倫。既云「遠之近」，則當云「顯之微」矣。今按：此三「之」字，皆連及之詞。知遠之近

者，知遠與近也；知微之顯者，知微與顯也。「知遠之近，知風之自，知微之顯，可與入德矣。」猶〈繫辭傳〉云：「君子知微知彰，知柔知剛，萬夫之望也。」然「知風之自」句，當作何解？風讀為凡，風字本從凡聲，故得通用。《莊子·天地》篇：「願先生之言其風也。」風即凡字，猶云言其大凡也。自者目字之誤。

　　《周官·宰夫職》：「二曰師，掌官成以治凡。三曰司，掌官法以治目。」鄭注曰：「治凡若月計也；治目若今日計也。」然則凡之與目，事有鉅細，故以對言，正與遠近微顯一例。（余著《群經平議》，未見及此，故於此發之。）

第五卷

一、兩字義同而衍例

　　古書有兩字同義而誤衍者，蓋古書未有箋注，學者守其師說，口相傳授，遂以訓詁之字，誤入正文。《周官·亨人職》：「外內饔之爨亨煮。」既言亨，又言煮。由古之經師相傳，以此「亨」字，乃亨煮之亨，而非亨通之亨，因誤經文「爨亨」為「爨亨煮」矣。王氏念孫謂誤始《唐石經》，非也。

　　隱元年《左傳》：「有文在其手，曰：『為魯夫人。』」按：「曰」字衍文也。閔二年《傳》：「有文在其手曰：『友。』」昭元年《傳》：「有文在其手曰：『虞。』」彼傳無「為」字，故有「曰」字，此傳有「為」字，即不必有「曰」字。猶桓四年《公羊傳》：「一曰乾豆，二曰賓客，三曰充君之庖。」《穀梁傳》作「一為乾豆，二為賓客，三為充君之庖。」有為字則無曰字，是其

例也，曰為並用，亦兩字同義而誤衍。

二、兩字形似而衍例

　　凡兩字義同者，往往致衍，已見前矣。兩字形似者，亦往往致衍。《荀子・仲尼》篇：「求善處大重，理任大事，擅寵於萬乘之國，必無後患之術。」按：「處大重」「任大事」相對為文，重下不當有「理」字。楊注曰：「大重謂大位也。」亦不釋理字之義，是「理」字衍文，蓋即「重」字之誤而衍者也。

　　《墨子・非攻下》篇：「率不利和。」按：「和」字衍文，率乃將率之率，言將率不和也，和即利字之誤而衍者；又〈天志下〉篇：「而況有踰人之牆垣，抯格人之子女者乎！」按：「抯」字衍文，「格人之子女。」與「踰人之牆垣。」相對成文，「抯」即「垣」字之誤而衍者。

　　《韓非子・詭使》篇：「名之所以成，城池之所以廣者。」按：「池」乃「地」字之誤。「名之所以成」「地之所以廣」，相對成文，不當有「城」字，「城」即「成」字之訛而衍也。

三、涉下文而衍例

　　古書有涉上下而誤衍者。

　　《周書・大匡》篇：「樂不牆合。」按：牆合二字無義，涉下句「牆屋有補無作」之文，誤衍「牆」字也。盧氏文弨以宮縣說之，則曲說矣。

　　《管子・正》篇：「能服信政，此謂正紀，能服日新，此謂行理。」按：上文云：「立常行政，能服信乎，中和慎敬，能日新

乎！」此承上文而言，當作」能服信，此謂正紀，能日新，此謂行理。上句「政」字，涉上文「臨政官民」而衍，下句「服」字，即涉上句「能服信」而衍。

《墨子·尚同下》篇：「故又使國君選其國之義，以義尚同於天子。」下「義」字，涉上「義」字而衍，以上下文證之可見。

四、涉注文而衍例

古書有涉注文而誤衍者。《詩·丘中有麻》篇：「將其來施。」傳曰：「施施難進之貌。」箋云：「施施舒行伺閒，獨來見己之貌。」按：經文止一施字，而傳箋並以施施釋之，此以重言釋一言之例，說見前。今作「將其來施施。」即涉傳箋而誤衍下「施」字。《顏氏家訓·書證》篇曰：「江南舊本，悉單為施。」

《商子·墾令》篇：「姦民無主，則為姦不勉，為姦不勉，則姦民無樸，姦民無樸，則農民不敗。」鄭宷本於「姦民無樸」下有「樸根株也。」四字，乃舊解之誤入正文者。

五、涉注文而誤例

《韓非子·外儲說左》篇：「吾父獨冬不失袴。」舊注曰：「刖足者不衣袴，雖終其冬夏，無所損失也。」按：正文本作「吾父獨終不失袴。」故注以「終其冬夏無所損失」釋之，今作冬不失袴，即涉注文而誤「終」為「冬」，此皆涉注而誤者也。

六、以注說改正文例

段氏玉裁曰：「〈司巫〉：『祭祀則共匰主，及道布，及鉏

館。』杜子春云：『鉏讀為藉，藉藉也，書或為藉。』今本改云：
『藉讀為鉏，鉏藉也。』則不可通。〈蜮氏〉：『下士一人。』鄭
司農云：『蜮讀為蟈，蟈蝦蟆也。』今本改云：『蟈讀為蜮，蜮蝦
蟆也。』則不可通。『士馴。』鄭司農云：『馴讀為訓，謂以遠方
土地，所生異物告道王也。』今本改云：『訓讀為馴。』則不可
通。〈祭統〉：『鋪筵設詞几。』鄭注：『詞之言同也。』今本改
『同之言詞。』以易識之字，更為難字，則不可通。《穆天子
傳》：『道里悠遠，山川諫之。』郭注：『諫音閒。』是即讀諫為
閒，明假借法也，今作『閒音諫』則非。〈西京賦〉：『烏獲扛
鼎。』李善注曰：『《說文》：扛橫關對舉也，舡與扛同。』〈吳
都賦〉：『覽將帥之權勇。』李注：『《毛詩》曰：無拳無勇。權
與拳同。』今本正文作扛作拳，注文又訛舛而不可通，以上諸條，
皆因先用注說改正文，又用已改之正文改注，於是字與義不謀，上
與下不貫矣。』按：段氏此論，前人所未發，讀古書者，不可不知
也。

七、以旁記字入正文例

　　王氏念孫曰：「書傳多有旁記之字，誤入正文者。〈趙策〉：
『夫董閼于簡主之才臣也。』閼與安古同聲，即董安于也。後人旁
記『安』字，而寫者並存之。遂作『董閼安于。』《史記·曆
書》：『端蒙者，年名也。』端蒙旃蒙也。後人旁記」旃」字，而
寫者並存之，遂作『端旃蒙。』〈刺客傳〉：『臣欲使人刺之，眾
莫能就。』眾者，終之借字也，後人旁記『終』字，而寫者並存
之，遂作『眾終莫能就。』《漢書·翟方進傳》：『民儀九萬

夫。』儀與獻古同聲，即『民獻』也。後人旁記『獻』字，而寫者
並存之，遂作『民獻儀九萬夫。』」按此皆旁記字之誤入正文者
也。

八、因誤衍而誤刪例

凡有衍字，宜從刪削，乃有刪削不當，反失其本真者。《周
易·升象傳》：「君子以順德積小以高大。」《釋文》曰：「以高
大，本或作以成高大。」按：此本作「積小以成大。」《正義》所
謂：「積其小善，以成大名」也。後誤衍高字，而作「積小以成高
大。」則累於辭矣。校者不知「高」字之衍，而誤刪「成」字，此
刪削不當而失其本真者也。

《淮南子·道應》篇：「洞洞屬屬，而將不能恐失之。」高注
曰：「「將不能勝之，恐失之。」按：正文本作「而將不能勝
之。」而與如古通用，謂如將不能勝之也。高注「恐失之」三字，
正解如不能勝之義。此三字誤入正文，校者反刪「勝之」二字，亦
刪之不當者也。

九、因誤衍而誤倒例

校古書者，鹵莽滅裂，有遇衍字不加刪削，而以意移易使成文
理者。《大戴記·哀公問於孔子》篇：「君何以為已重焉。」此本
作「君何謂以重焉。」「以重」即「已重」，以已古字通也。後人
據《小戴記》作「已重」，旁記「已」字，因誤入正文，校者不知
刪削，乃移以字於為字之上，使成文理，此因誤衍而誤倒者也。

十、因誤奪而誤補例

凡有奪字，則當校補，乃有校補不當，以至補非其字者。《大戴禮記·曾子立事》篇：「多知而無親，博學而無方，好多而無定者，君子弗與也。」按：下文云：「君子多知而擇焉，博學而算焉，多言而慎焉。」據此則本文「好多」二字，亦當作「多言」，校者因奪「言」字，而誤補「好」字，此校補之不當者也。又〈曾子本孝〉篇：「庶人之孝也，以力惡食。」按：「以力惡食」本作「以任善食」，盧注所謂「分地任力致甘美」是也。今「任善」二字，誤移在下句之首，作「任善不敢臣三德。」甚為無義，可知其誤。此文因奪「任善」二字，而誤補「力惡」二字，亦校補之不當者也。

十一、因誤字而誤改例

凡遇誤字，則宜改正，乃有改之不得其字，而益以成誤者。《周書·諡法》篇：「純行二曰定。」按：此本作「純行不忒曰定。」古書「忒」字，或以「貣」字為之。《尚書·洪範》篇：「衍忒」，《史記·宋世家》作「衍貣」是其證也。貣訛作貳，後人因改作「二」矣。又〈史記〉篇：「奉孤而專命者，謀主必畏其威，而疑其前事。」按：「謀主」二字不可曉，當作「其主」，言其主必畏而疑之也。「其」誤作「某」，後人因改作「謀」矣。此皆因誤字而誤改，益以成誤也。

《管子·霸言》篇：「故貴為天子，富有天下，而伐不謂貪者，其大計存也。」按：「伐」乃「代」字之誤，《管子》原文，

本作「世不謂貪」，言一世之人，不以為貪也。唐人避諱，改世為代，後人傳寫，又誤代為伐。

十二、一字誤爲二字例

古書有一字誤為二字者。《禮記·祭義》篇：「見閒以俠甒。」鄭注：「見閒當為覵。」《史記·蔡澤傳》：「吾持梁刺齒肥。」《索隱》曰：「刺齒肥當為𪘓肥。」《孟子·公孫丑》篇：「必有事焉而勿正心。」《日知錄》載倪文卿之說，謂當作「必有事焉而勿忘。」《禮記·緇衣》篇：「信以結之，則民不倍；恭以蒞之，則民有孫心。」惠氏棟《九經古義》謂：「孫心當作『愻』，《說文》：『愻順也。』《書》云：『五品不愻。』今《尚書》作『訓』，《古文尚書》作『愻』，今孔氏本作『孫』，衛包本又改作『遜』。古字亡矣，〈緇衣〉猶存古字耳。」

十三、二字誤爲一字例

古書亦有二字誤合為一字者。襄九年《左傳》：「閏月。」杜注曰：「『閏月』當為『門五日』。」五字上與門合為閏，則後學者自然轉日為月。」《禮記·檀弓》篇：「從母之夫舅之妻，二夫人相為服。」按：「夫」字衍文也，「二人」兩字，誤合為「夫」字，學者旁識二人兩字，以正其誤，而傳寫者誤合之，遂成「二夫人」矣。

十四、重文作二畫而致誤例

古人遇重文，止於字下加二畫以識之，傳寫乃有致誤者。如

《詩·碩鼠》篇：「逝將去女，適彼樂土，樂土樂土，爰得我所。」《韓詩外傳》兩引此文，並作「逝將去女，適彼樂土，適彼樂土，爰得我所。」又引次章亦云：「逝將去女，適彼樂國，適彼樂國，爰得我直。」此當以《韓詩》為正，《詩》中疊句成文者甚多，如〈中谷有蓷〉篇，疊「慨其歎矣」兩句，〈丘中有麻〉篇，疊「彼留子嗟」兩句皆是也。毛韓本不當異，因疊句從省不書，止「適_彼_樂_土_。」傳寫誤作「樂土樂土」耳，下二章同此。

《莊子·胠篋》篇：「故田成子有平盜賊之名，而身處堯舜之安，小國不敢非，大國不敢誅，十二世有齊國。」《釋文》曰：「自敬仲至莊子，九世知齊政，自太公至威王，三世為齊侯，故云十二世。」按：此說非也，本文是說田成子，不當追從敬仲數起，《莊子》原文，本作「世世有齊國。」言自田成子之後，世有齊國也。古書重文從省不書，止於字下作二識之，應作「世_有齊國。」傳寫誤倒之，則為「二世有齊國。」於是其文不可通，而從田成子追數至敬仲，適得十二世，遂臆加「十」字於其上耳。

十五、重文不省而致誤例

亦有遇重文不作二畫，實書其字而致誤者。《周書·典寶》篇：「一孝子畏哉，乃不亂謀。」按：本作「一孝。孝畏哉，乃不亂謀。」猶下文曰：「二悌悌乃知序。」悌下疊悌字，則孝下必疊孝字矣。今作「孝子畏哉。」「子」即「孝」之誤也。又下文曰：「三慈惠茲知長幼。」當作「三慈惠慈惠知長幼。」慈惠下疊慈惠字，猶孝下疊孝字，悌下疊悌字也。今本作「茲知長幼。」「茲」即「慈」之誤也，此皆重文不省，而轉以致誤者也。

十六、闕字作空圍而致誤例

校書遇有缺字，不敢臆補，乃作口以識之，亦闕疑之意也。乃傳寫有此致誤者。《大戴記・武王踐阼》篇：「機之銘曰：『皇皇惟敬，口生垢，口戕口。』」盧注曰：「垢恥也。言為君子榮辱之主，可不慎乎！垢垢詈也。」孔氏廣森《補注》曰：「垢有兩訓，疑記文本作『垢生垢』，故盧意謂君有垢恥之言，則致人之垢詈也。」按：此說是也，惟其由垢生垢，故謂之口戕口，今作「口生垢」者，蓋傳寫奪『垢字』，校者作空圍以記之，則為「口生垢。」遂誤作」口生垢」矣。

十七、本無闕文而誤加空圍例

亦有本無闕文，而傳寫誤加空圍者。《周書・寤儆》篇：「欲與無缺則，欲攻無庸，以王不足。」按：此三句本無缺文，「欲與無則，欲攻無庸，以王不足。」皆四字為句，言欲與之而無則，欲攻之而無庸，以王則不足也，下文周公之言曰：「奉若稽古維王，克明三德維則，戚和遠人維庸。」正對此三句而言，淺人不知「無則」「無庸」相對成文，而以「則」字屬下句，因疑「欲與無」下，尚有闕文，乃作口以識之耳。

第六卷

一、上下兩句互誤例

古書有上下兩句平列，而傳寫互誤其字者。《詩・江漢》篇：

「江漢浮浮，武夫滔滔。」王氏引之曰：「當作『江漢滔滔，武夫浮浮。』〈小雅·四月〉篇：『滔滔江漢。』此云：『江漢滔滔。』義與彼同，浮與儦聲義相近。『江漢滔滔，武夫浮浮。』猶〈齊風·載驅〉篇：『汶水滔滔，行人儦儦』也。寫經者『滔滔』『浮浮』上下互訛，後人又改傳箋以從之，莫能是正矣。」（說見《經義述聞》。）

《論語·季氏》篇：「不患寡而患不均，不患貧而患不安。」按寡貧二字傳寫互易，此本作「不患貧而患不均，不患寡而患不安。」貧以財言，不均亦以財言，不均則不如無財矣，故不患貧而患不均也。寡以人言，不安亦以人言，不安則不如無人矣，故不患寡而患不安也。《春秋繁露·度制》篇引孔子曰：「不患貧而患不均。」可據以訂正。

二、上下兩句易置例

古書凡三四句平列者，其先後本無深義，傳寫或從而易置之。《大戴記·禮三本》篇：「天地以合，四時以洽，日月以明，星辰以行。」按：「日月以明」當在「四時以洽」之上。自此至終篇，皆兩句一韻也。《荀子·樂論》《史記·樂書》皆不誤，可據以訂正。又〈少閒〉篇：「糟者猶糟，實者猶實，玉者猶玉，血者猶血，酒者猶酒。」按：「酒者猶酒」句，當在「糟者猶糟」下，二語相對成文，糟濁而酒清也。「玉者猶玉」「血者猶血」二語亦相對，玉白而血赤也。至「實者猶實」句，或別有對文，而今闕之，當為衍句。

《老子》弟二十一章：「道之為物，惟恍惟惚。惚兮恍兮，其

中有象。恍兮惚兮，其中有物。」按：惚兮恍兮兩句，當在恍兮惚兮兩句之下，蓋承上「惟恍惟惚」之文，故先言「恍兮惚兮，其中有物。」與上文「道之為物，惟恍惟惚。」四句為韻，下云：「惚兮恍兮，其中有象。」乃始轉韻也。王弼注曰：「萬物以始以成，而不知其所以然，故曰：『恍兮惚兮，惚兮恍兮，其中有象』也。」注文當是全舉經文，而奪「其中有物」四字，可知王氏所據本，猶未倒也。

　　《淮南子·俶真》篇：「勢利不能誘也，辯者不能說也，聲色不能淫也，美者不能濫也，智者不能動也，勇者不能恐也。」按：聲色句當在辯者句前，則聲色貨利，以類相從，辯者美者智者勇者，亦以類相從矣。《文子·九正》篇正如此，可據以訂正。

三、字以兩句相連而誤疊例

　　《周書·度訓》篇：「是故民主明醜以長子孫，子孫習服鳥獸。」按：「子孫」字不當疊，疊者誤也。此以「是故民主明醜以長子孫」為句，疊「子孫」字，則不可通矣。又〈程典〉篇：「土勸不極，美美不害，用用乃思慎。」按：「『美』字『用』字，均不當疊，疊者誤也。」「土勸不極美不害」，當作「土物不極美不割。」即〈文傳〉篇所謂「毋伐不成材」也。「勸」與「物」形似而訛，「害」與「割」聲近而借，今疊美字用字，則不可通矣。又〈大開武〉篇：「天降癙於程，程降因於商，商今生葛，葛右有周，維王其明用開和之言，言孰敢不格。」按：「程」字不當疊，降癙於程，降因於商，皆天所降也。若作程降因於商，則不可通矣。「葛」字亦不當疊，孔注曰：「商朝生葛，是祐助周也。」可

知孔據本，不疊葛字也。「言」字亦不當疊，孔注曰：「可否相濟曰和，欲其開臣以和，則忠告之言，無不至也。」是孔讀「維王其明用和之」為句，「言孰敢不格」為句，其不疊言字可知也。今疊葛字言字，義皆不可通矣，一行之中，誤疊之字，纍纍如貫珠，古書豈易讀哉！

四、字因兩句相連而誤脫例

《周書・程典》篇：「思地慎制，思制慎人，思人慎德，德開開乃無患。」按：「德開開」三字，文不成義，本作「慎德德開，開乃無患。」與上文皆四字為句，兩「慎德」字相連，誤脫其一，而義不可通矣。《尚書・序》：「殷既錯天命，微子作誥父師少師」，文義未足，本作「誥父師少師。」兩「誥」字相連，誤脫其一，而義不可通矣。

五、字句錯亂例

古書傳寫，或至錯亂，學者宜尋繹其前後文理，悉心考正。《詩・皇矣》篇：「維此王季，帝度其心，貊其德音，其德克明，克明克類，克長克君，王此大邦，克順克比，比于文王，其德靡悔，既受帝祉，施于孫子。」箋云：「王季之德，比于文王，無有所悔也，必比于文王者，德以聖人為匹。」按：父比于子，義殊未安，「維此王季」句，昭二十八年《左傳》及《禮記・樂記》所引，並作「維此文王。」《正義》謂《韓詩》亦作文王，「維此王季」既作「維此文王」，則「比于文王」必作「比于王季」，《毛詩》蓋傳寫誤耳。

《墨子·非儒下》篇：「夫仁人事上竭忠，事親得孝，務善則美，有過則諫。」按：「得」字「務」字，傳寫誤倒，本作「事親務孝，得善則美。」「務孝」與「竭忠」，「得善」與「有過」，皆相對成文。

六、簡策錯亂例

凡字句錯亂者，尋其文義，移易其一二字，即怡然理順矣，若乃簡策錯亂，文義隔絕，有誤至數十字者，則非合其前後，悉心參校，不易見也，鄭君注禮，屢云爛脫，今舉數事以見例焉。

《周易·繫辭下傳》：「神農氏沒，黃帝堯舜氏作，通其變，使民不倦，神而化之，使民宜之，易窮則變，變則通，通則久，是以自天祐之，吉无不利，黃帝堯舜垂衣裳而天下治，蓋取之乾坤。」按：易窮則變二十字，以上下文法言之，殊為不倫。疑「易窮則變，變則通，通則久。」乃上篇「動則觀其變而玩其占」以下之脫簡。「是以自天祐之，吉无不利」乃文之重出者也，幸此文重出，而爛脫之迹，猶未盡泯，可以校正，當移至上篇曰：「是故君子居則觀其象而玩其辭，動則觀其變而玩其占，易窮則變，變則通，通則久，是以自天祐之，吉无不利。」

揚子《法言·學行》篇：「吾不睹參辰之相比也，是以君子貴遷善，遷善者，聖人之徒也，百川學海而至于海，丘陵學山而不至於山，是故惡夫畫也，頻頻之黨，甚於鸒斯，亦賊夫糧食而已矣。」按：「遷善」與「參辰不相比」意不相承，「頻頻之黨」與「惡畫」之義，亦不相承，此兩節疑傳寫互易。當曰：「吾不睹參辰之相比也，頻頻之黨，甚於鸒斯，亦賊夫糧食而已矣，百川學海

而至於海，丘陵學山而不至於山，是故惡夫畫也，是以君子貴遷善，遷善者，聖人之徒也。」兩節傳寫互易，而其義皆不可通，此皆簡策之錯亂，不可不正也。

第七卷

一、不識古字而誤改例

學者少見多怪，遇有古字而不能識，以形似之字改之，往往失其本真矣。今略舉數字示例：

旅古文作扩，《尚書·康誥》篇：「紹聞旅德言。」旅者，陳也，言布陳其德言也。因「旅」字從古文作「扩」，學者不識，改作「衣」字矣。《周書·武稱》篇：「冬寒其衣服。」「衣」亦「旅」之誤。《史記·天官書》曰：「主葆旅事。」是旅與葆同義，此篇曰「冬寒其旅」，〈大武〉篇：「冬凍其葆。」文義同也。因」旅「字從古文作「扩」，學者不識，改作「衣」字，而又加服字矣。〈官人〉篇：「愚依人也。」「依」亦「旅」字之誤，旅讀為魯。《說文》曰：「扩古文旅，古文以為魯衛之魯。」是也。愚魯連文，義正相近，因假旅為魯，而又從古文作扩，學者不識，改作「衣」字，以「愚衣」無義，又從人作「依」矣。

服古文作𠬝，《尚書·呂刑》篇：「何敬非刑，何度非服。」刑服對言，古語如此。〈堯典〉曰：「五刑五服，五服三就。」此篇曰：「上刑適輕下服，下刑適重上服。」並其證也。《史記》作「何居非其宜。」《爾雅》曰：「服宜事也。」是服宜同義，故經文作「服」，《史記》作「宜」也。「服」字從古文作「𠬝」，學

者不識，改作「及」字，則《史記》作「宜」之故，不可曉矣。
《大戴記·王言》篇：「服其明德也。」其義明白無疑，因服字從
古文作「及」，學者不識，改作「及」字，孔氏廣森作《補注》
曰：「明德之所及也。」夫明德所及，不得言及其明德，可知其非
矣。《淮南子·主術》篇：「蓋力優而德不能服也。」其義亦明白
無疑。因「德」字從古文作「悳」，「服」字從古文作「及」，學
者不識，改「悳」為「克」，改「及」為「及」，高注曰：「克猶
能也，則克不能及，為能不能及，文義不可通矣。按：僖二十四年
《左傳》：「子臧之服，不稱也夫。」《釋文》：「服作及。」蓋
亦由古本是「及」字，故誤為「及」也。

　　君古文作𠁥，《國語·晉語》：「楚成王以君禮享之。」謂
以國君之禮享之。下文：「秦穆公饗公子，如饗國君之禮。」正與
此同。因「君」字從古文作「𠁥」，學者不識，改為周字。《管
子·白心》篇：「知苟適可為天下君。」猶下文言：「可以為天下
王」也。因「君」字作「𠁥」，學者不識，改為「周」字。

　　謹古文作叩，《周書·時訓》篇：「鶡旦不鳴，國有訛言。虎
不始交，將帥不謹。荔挺不生，卿士專權。」「謹」與「歡」古字
通用，因「謹」字從古文作「叩」，學者不識，改為「和」字，則
與上下文「言」字「權」字，不協韻矣。

　　師古文作㠯，《墨子·備蛾傳》篇：「敵引師而去。」其文甚
明，因「師」字從古文作「㠯」，學者不識，改為「哭」字，引哭
而去，義不可通矣。

二、不達古語而誤解例

古人之語，傳之至今，往往不能通曉，於是失其解者，十而八九，今略舉數事示例：

艸蔡，古語也。《說文·丰部》：「丰艸蔡也。象艸生之散亂也。」亦或作草竊，竊與蔡一聲之轉，艸蔡之為草竊，亦由《莊子》竊竊之或為察察也。《尚書·微子》篇：「好草竊姦宄。」草竊即艸蔡，其本義為艸亂，引申之則凡散亂者，皆得言之。故與姦宄連文。「好草竊」即「好亂」也。枚傳訓為草野竊盜，不達古語矣。

土芥，古語也。〈哀元年左傳〉：「以民為土芥」是也。芥即丰字。《說文·丰部》：「丰艸蔡也。讀若介。」因丰讀若介，故即以介為之，而又假用從艸之芥也。亦作土察，察者蔡之假字，猶芥者介之假字也。《大戴記·用兵》篇：「作宮室高臺汙池，以民為土察。」猶《左傳》所云：「以民為土芥」也，學者不識「土察」之語，乃移至「汙池」之下，使「汙池土察」四字連文，而「以民為」下增「虐」字以成句，以民為虐，文不成義，可知其非矣。

究度，古語也。《詩·皇矣》篇：「爰究爰度」是也，亦或作鳩度，襄二十五年《左傳》：「度山林，鳩藪澤」是也，說本王氏《經義述聞》。亦或作軌度，二十一年《傳》：「軌度未信」是也，究鳩軌並從九聲，故得通假。劉炫曰：「軌法也，行依法度而言有信也。」未達古語。

三、兩字一義而誤解例

　　《詩・天保》篇：「俾爾單厚。」傳曰：「單信也，或曰：『單厚也。』」箋云：「單盡也。」按傳箋三說，當以訓厚為正。「俾爾單厚」，單厚一義，猶下文「俾爾多益」，多益亦一義也。古書中兩字一義者，往往有之。

　　《尚書・無逸》篇：「用咸和萬民。」按咸和一義也，咸讀為諴，《說文》：「諴和也。」咸和即諴和，枚傳以為「皆和萬民」，則不辭矣。〈多方〉篇：「爾曷不夾介乂我周王。」按夾介一義也，《一切經音義》引《倉頡》曰：「夾輔也。」《爾雅・釋詁》曰：「介助也。」夾介猶言輔助，枚傳以為「近大見治於我周王。」則不辭矣。

　　《詩・板》篇：「爾用憂謔。」按憂謔同義，憂讀為擾，襄六年《左傳》注曰：「優調戲也。」是優即謔也。〈蕩〉篇：「而秉義類。」按義類同義，義與俄通，衺也。說本王氏念孫。類與戾通，《說文・犬部》：「戾曲也。」義類，猶言衺曲也。昭十六年《左傳》：「刑之頗類。」頗類亦與義類同，頗義古同部字也。鄭箋訓憂謔為「可憂之事，反如戲謔。」訓義類為「宜用善人。」不知二字同義，而曲為之說，宜其迂遠矣。

四、兩字對文而誤解例

　　凡大小長短是非美惡之類，兩字對文，人所易曉也，然亦有其義稍晦，致失解者。如《尚書・洪範》篇：「木曰曲宜，金曰從革。」曲宜對文，從革亦對文。《漢書・外戚傳》注曰：「從、因

也；由也。」蓋從之義為由，故亦為因，從革，即因革也，金之性可因可革，謂之從革，猶木之性可曲可直，謂之曲直也，人知「因革」，莫知「從革」，斯失其解矣。

〈酒誥〉篇：「作稽中德。」按作稽二字對文，稽字從禾，《說文》曰：「禾、木之曲頭止不能上也。」故稽亦有止義，《說文・稽部》：「稽、留止也。」作稽者，作止也，言所作所止，無不中德也。人知「作止」，不知「作稽」，斯失其解矣。

《詩・野有蔓草》篇：「邂逅相遇。」〈綢繆〉篇：「見此邂逅。」按邂逅二字對文，《莊子・胠篋》篇：「解垢同異之變多。」解垢、即邂逅也。與同異並言，是邂逅二義，各自為義，解之言解散也，逅之言構合也。〈野有蔓草〉篇傳曰：「不期而會。」是專說「逅」字之義，謂因逅而連言邂也。〈綢繆〉篇傳曰：「解說之貌。」是專說「邂」字之義，謂因邂而連言逅也。毛公六國時人，猶達古義。

五、文隨義變而加偏旁例

《周易・訟・九三象傳》：「患至掇也。」集解引荀爽曰：「如拾掇小物而不失也。」釋文曰：「鄭本作『惙』，憂也。」按此字鄭荀各異，疑本字止作「叕」，《說文・叕部》：「叕、綴聯也。」「患至叕也。」言患害之來，綴聯不絕也。荀訓掇拾，因變其字為「掇」，鄭訓憂，因變其字為「惙」，皆文之隨義而變者也。

《尚書・堯典》篇：「黎民阻飢。」《詩・思文》篇《正義》引鄭注曰：「阻、阨也。」《釋文》曰：「馬融注《尚書》作祖，

始也。」按此字馬鄭各異，疑本字作「且」，《說文·且部》：「且、薦也。」「黎民且飢。」言黎民薦飢也。馬訓始，因變其文作「祖」，鄭訓阻，因變其文作「阻」，亦文之隨義而變者也。

　　《詩·載芟》篇：「有飶其香。」傳曰：「飶、芬香也。」《釋文》曰：「飶、又作苾。」按苾本字，飶俗字也，後人因其言酒醴，變而從食，《說文》遂於食部出飶篆曰：「食之香也。」然則下文「有椒其馨」，椒字何又不從食乎，經典之事，若斯者眾，山名從山，水名從水，鳥獸草木，無不如是，而字亦孳乳浸多矣。

六、字因上下相涉而加偏旁例

　　字有本無偏旁，因與上下字相涉而誤加者，如《詩·關雎》篇：「展轉反側。」展字涉下轉字，而加車旁；〈采薇〉篇：「玁狁之故。」允字涉上玁字而加犬旁，皆是也。

　　《周官·大宗伯職》：「以禬禮哀圍敗。」鄭注曰：「同盟者，會合財貨以更其所喪。」按《周禮》原文本作「會禮」。故鄭君直以會合財貨說之，若經文是禬字，則為禬襘。禬之非會合之會，鄭君必云：「禬讀為會」矣，鄭無讀為之文，知其字本作「會」，涉下「禮」字而誤加示旁也。

七、兩字平列而誤倒例

　　平列之事，本無順倒，雖有錯誤，文義無傷，然亦有不可不正者。《禮記·月令》篇：「制有小大，度有長短。」按「長短」，當依《呂氏春秋·仲秋紀》作「短長」，今作長短，則與韻不協矣。又云：「量小大，視長短。」按「小大」當依衛湜《集說》本

作「大小」，上文云：「制有小大，度有長短。」則小字當在大字之前，以下句短字在長字之前，小大短長，各相當也。此云：「量大小，視長短。」則大字當在小字之前，以下句長字在短字之前，大小長短，亦各相當也。《正義》曰：「大、謂牛羊豕成牲者，小、謂羔豚之屬也。」先釋大字，後釋小字，是其所據本不誤，此類宜悉心訂正，庶不負古人文理之密察也。

八、兩文疑複而誤刪例

《周書・酆保》篇：「不深乃權不重。」按此當作「不深不重，乃權不重。」蓋承上文「深念之哉，重維之哉」而言，謂不深念之，不重維之，則其權不重也。後人因兩句皆有「不重」字，而誤刪其一，不知上句不重，乃重複之「重」，下句不重，乃輕重之「重」，字雖同而義則異也。

《商子・農戰》篇：「國作一歲者十歲強，作一十歲者百歲強，修一百歲者千歲強。」按此承上句，「是以聖人作壹摶之也」而言，本云：「國作壹一歲者十歲強，作壹十歲者百歲強，作壹百歲者千歲強。」乃極言作壹之效。本篇「作壹」字屢見，此四言作壹，乃一篇宗旨也。讀者誤謂「壹」「一」同字，而於「作壹一歲」句，刪去壹字，於下兩句又改壹為一，末句作字又誤為修，於是其義全失矣。

九、據他書而誤改例

《禮記・坊記》篇引詩：「橫從其畝。」按《毛詩》作「衡從其畝。」傳曰：「衡獵之，從獵之。」《釋文》引《韓詩》作「橫

由其畝。」東西耕曰橫，南北耕曰由。此經引《詩》，上字既同《韓詩》作「橫」，下字亦必同《韓詩》作「由」，鄭君疑南北耕不可謂之由，故不從韓義，而別為之說曰：「橫行治其田也。」《廣雅·釋詁》曰：「由、行也。」鄭訓「橫由」為「橫行」，其意如此，後人據《毛詩》以改《禮記》，而注義晦矣。

　　《墨子·七患》篇：「為者疾，食者眾，則歲無豐。」按疾當作寡，為者寡而食者眾，雖豐年不足供之，故歲無豐也。今作「為者疾。」後人據〈大學〉改之。

　　《淮南子·詮言》篇：「此四者，耳目鼻口，不知所取去，心為之制，各得其所。」按上文云：「目好色，耳好聲，口好味。」此承上文而言，不當有「鼻」字，蓋後人據《文子·符言》篇增入之，不知彼上文：「目好色，耳好聲，鼻好香，口好味。」與此不同，未可據彼增此也。

十、據他書而誤解例

　　《詩·鄭風·羔羊》篇：「三英粲兮。」傳曰：「三英、三德也。」箋云：「三德、剛克、柔克、正直也。」按三德，即具本詩首章「洵美且侯」一句有二德，次章「孔武有力」一句為一德。直也、侯也、武也，所謂三德也，鄭以〈洪範〉說此詩，恐未必然，蓋一經自有一經之旨，牽合他書為說，往往失之。

　　《書·序》以武庚、管叔、蔡叔為三監，《逸周書·作雒》篇，以武庚、管叔、霍叔為三監；《左傳》以〈皇皇者華〉一詩為有五善，〈魯語〉則謂有六德；《周禮·天官》有九嬪，無三夫人，〈昏義〉則有三夫人；《周禮》六官為六卿，〈考工記·匠

人〉則有九卿；〈匠人〉營國方九里，旁三門，凡十二門，〈月令〉則但有九門；〈王制〉：「士一廟。」〈祭法〉則云：「適士二廟，官師一廟，庶士無廟。」〈曲禮〉、〈王制〉並云：「大夫祭五祀。」〈祭法〉則云：「大夫立三祀。」凡此之類，當各依本文為說，援據他書，牽合異義，則反失之矣。（說詳王氏《經義述聞》）

十一、分章錯誤例

《詩·關雎》篇：「〈關雎〉五章，章四句，故言三章，一章章四句，二章章八句。」《釋文》曰：「五章，鄭所分，故言以下，是毛公本意，後放此。」按〈關雎〉分章，毛鄭不同，今從毛不從鄭，竊謂此詩當分四章，每章皆有「窈窕淑女」句，凡四言「窈窕淑女」，則四章也。首章以「關關雎鳩」興「窈窕淑女」，下三章皆以「參差荇菜」興「窈窕淑女」，惟弟二章增「求之不得，寤寐思服，悠哉悠哉，展轉反側」四句，此古人章法之變，「求之不得」正承「寤寐求之」而言，鄭分而二之非是，毛以此章八句，遂合三四兩章為一，使成八句，則亦失之矣。

《論語》分章，亦有可議者。如「子曰：雍也可使南面」為一章，「仲弓問子桑伯子」以下又為一章，必謂仲弓聞夫子許己，因問子桑伯子以自質，則失之泥矣，此古注是而今非也。「子謂顏淵曰：用之則行，舍之則藏，惟我與爾有是夫」為一章，「子路曰」以下，又為一章，子路之問，乃是自負其勇，必謂因夫子獨美顏淵而有此問，則視子路太淺矣，此古注與今本俱失者也。

十二、分篇錯誤例

　　《呂氏春秋·貴信》篇：「管子可謂能因物矣，以辱為榮，以窮為通，雖失乎前，可謂後得之矣，物固不可全也。」按〈貴信〉篇，文止於「可謂後得之矣。」言管仲失乎前而得乎後，其意已足。「物固不可全也。」乃下〈舉難〉篇之起句，故其下云：「由此觀之，物豈可全哉」，正與起句相應也，今本誤。

十三、誤讀夫字例

　　夫字古或用作詠歎之辭，人所盡曉，乃有誤屬下讀者。《論語·子罕》篇：「未之思也夫，何遠之有。」此當於「夫」字絕句，今誤連「何遠之有」讀之；《孟子·離婁》篇：「仁不可為眾也夫，國君好仁，天下無敵。」此亦當於「夫」字絕句，今誤連「國君好仁」讀之。

　　《莊子·徐無鬼》篇：「其求唐子也，而未始出域，有遺類也夫。」按「有遺類也夫」乃反言以明之，言必無遺類也，郭注以「夫」字連下「楚人寄而蹢閽者」讀，故失其義。

十四、誤增不字例

　　古書簡奧，文義難明，後人不曉，率臆增益，致失其真，比比皆是。乃有妄增不字，致與古人意旨大相剌謬者。《管子·法法》篇：「盡而不意，故能疑神。」疑神，猶言如神。〈形勢〉篇曰：「無廣者疑神。」是其證也。後人不曉疑神之語，改作「故不能疑神。」失其旨矣。又〈參患〉篇：「法制有常，則民散而上合。」

與上文「治國無法，則民朋黨而下比。」相對為文，散者，散其朋黨也。後人不曉民散之語，改作「則民不散而上合。」失其旨矣。又《商子・修權》篇：「故多惠言而剋其賞。」此謂口惠而實不至也。故與「數加嚴令而不致刑。」相對為文，後人不曉，改作「不多惠言」，失其旨矣。《呂氏春秋・淫辭》篇：「罪不善，善者故為畏。」此「故」字當為「胡」，胡與故古字通用，言所罪者止是不善者，則善者胡為畏也。楊倞注《荀子・解蔽》篇，引《論衡》正作「善者胡為畏」，是其明證。後人不曉，改作「善者故為不畏」，失其旨矣。凡此之類，皆後人妄加，致與古人立言之旨，南轅而北轍，善讀者宜體會全文，訂正其誤，不可為其所惑也。

　　《莊子》一書，文章超妙，讀者不得其用筆之意，拘牽文義，妄加「不」字甚多。如〈胠篋〉篇：「然則鄉之所謂知者，乃為大盜積者也。」此即上文而斷之，下曰：「故嘗試論之，世俗所謂知者，有不為大盜積者乎，所謂聖者，有不謂大盜守者乎。」又承此而推言之，與此不同，讀者誤據下文，於此文亦增「不」字，作「不乃為大盜積者也。」則文不成義矣。又〈天盜〉篇：「世人以形色名聲為足以得之，夫形色名聲，果足以得彼之情」則不相屬矣。〈達生〉篇：「世之人以為養形足以存生，而養形困足以存生，則世奚足為哉！」二十五字亦一氣相屬，而字當讀為如，今妄增「不」字，作「而養形果不足以存生。」則不相屬矣，凡此，皆拘牽文義者所為也。

第三節　劉師培古書疑義舉例補

劉師培氏《古書疑義舉例補》序言曰：「幼讀德清俞氏書，至《古書疑義舉例》，歎為絕作，以為載籍之中，奧言隱詞，解者紛歧，惟約舉其例以治群書，庶疑文冰釋，蓋發古今未有之奇也。近治小學，竊師其例，於俞書所未備者，得義數十條，以補俞書之缺，續貂之譏，詎能免乎！」

一、兩字並列係雙聲疊韻之字而後人分析解之之例

王氏懷祖曰：「〈大雅·民勞〉篇：『無縱詭隨，以謹無良。』詭、古讀如果，隨、古讀若隋。毛傳云：『詭隨，詭人之善，隨人之惡者。』按：『詭隨』疊韻字，不得分訓，詭隨即無良者，蓋謂譎詐欺謾之人也。」案王說甚確，詭隨即《方言》之鬼隋，毛傳分訓為二義，失之。

《荀子·修身》篇：「倚魁之行，非不難也。」楊倞注云：「倚、奇也；魁、大也。」案：倚魁，即詭隨之倒文，乃疊韻字之表象者也，楊注分訓失之。

《詩·關雎》篇：「窈窕淑女，君子好逑。」毛傳云：「善心曰窈，善容曰窕。」案：窈窕二字乃疊韻字之表象者也，以善心善容分訓之，未免迂拘，毛傳解詩，類此者甚多，學者不必篤信也。

二、兩字並列均爲表象之詞而後人望文生訓之例

揚雄《方言》云：「娥嬴，好也。秦晉之間，凡好而輕者謂之

娥，自關而東，河濟之間謂之媌。」郭注云「今關西亦呼好為
媌。」又《說文》云：「媌、目裏好也。」《列子・周穆王》篇：
「簡鄭衛之處子娥媌靡曼者。」張湛注云：「娥媌、姣好也。」是
娥媌二字為形容貌美之詞。《詩・衛風・碩人》云：「螓首娥
眉。」娥眉螓首，非並列之詞也，娥眉二字，即係「娥媌」之異
文，眉媌又一聲之轉，所以形容女首之美也。《楚辭・離騷經》
云：「眾女嫉予之蛾眉兮。」蛾或作娥，王逸注訓為「好貌。」則
亦以娥媌之義解蛾眉矣。又景差〈大招〉云：「娥眉曼兮。」揚雄
賦云：「處妃曾不得施其娥眉。」均與〈離騷經〉蛾眉之義同，至
於魏晉之時，始以眉為眉目之眉，如晉陸士衡詩云：「美目揚玉
澤，蛾眉象翠翰。」以眉對目，而眉媌通轉之義亡矣。若唐顏師古
注《漢書》謂：「眉形有若蠶蛾，故曰蛾眉。」則並不知娥眉之通
假，可謂望文生訓者矣。近人多從其義，失之。

三、二義相反而一字之中兼具其義之例

　　《方言》云：「苦、快也。」郭注云：「苦而快者，猶以臭為
香，以亂為治，以徂為存。」此訓義之反覆用之是也。《方言》
云：「鬱、悠思也。」郭注云：「猶鬱陶也。」孟子云：「鬱陶思
君爾。」是鬱陶為憂思之義，鬱陶即鬱悠，悠轉為繇，又轉為邑。
王逸《楚辭注》云：「鬱邑、憂也，故《爾雅》訓繇為憂，《廣
雅》亦訓陶為憂，是鬱陶繇三字，俱有憂字之義，而《爾雅》又
云：「鬱陶繇喜也。」《禮記・檀弓下》云：「人喜則思陶。」鄭
注云：「陶、鬱陶也。」《樂緯稽耀嘉》（《唐類函》引）云：
「酌酒鬱搖。」注云：「喜悅也」鬱搖即鬱繇，是鬱陶繇三字，又

俱有喜字之義，蓋憂喜皆生於思，故鬱陶繇三字，均兼有憂喜二義也。

《禮記·樂記》篇云：「外貌斯須不莊不敬，則易慢之心入矣。」易慢二字，倒文則曰慢易，〈樂記〉又云：「望其容貌而民不生慢易也。」慢易即怠忽，與畏懼相反，蓋怠忽謂之慢易，畏懼亦謂之謾台也。

四、使用器物之詞同于器物之名例

《書·顧命》篇云：「一人冕執劉。」鄭注曰：「劉、蓋今鑱斧。」是也。又《爾雅·釋詁》云：「劉、殺也。」《方言》、《廣雅》均同，《左傳·成十三年》：「虔劉」杜注亦訓為殺，蓋殺人之器謂之劉，而殺亦謂之劉。

《說文》云：「劍、佩刀也。」而晉潘岳〈馬汧督誄序〉云：「漢明帝時，有司馬叔持者，白日于都市手劍父仇。」蓋殺人之器謂之劍，而以劍殺人亦謂之劍，是猶刀謂之刃，以刃加人亦謂之刃也。

《說文》云：「鏝、鐵杇也。」或從木作槾。《爾雅·釋宮》篇云：「鏝謂之杇。」李巡注云：「鏝、一名鋊，塗工作具也。」又《呂氏春秋·離俗》篇云：「不漫于利。」高誘注云：「漫、汙也。」漫與鏝同，污與杇同。蓋塗物之具，或謂之鏝，亦謂之杇，而所塗之物，亦或稱為漫，或稱為污也。

五、雙聲之字後人誤讀之例

《書經·虞書·益稷》篇云：「克諧以孝，烝烝乂，不格

奻。」「格」、《史記・五帝紀》作「至」，此雖古訓，然未得經
文本旨。案格奻二字雙聲，即扞格二字之倒文也。《禮記・學記》
云：「則扞格而不勝。」注云：「扞格、堅不可入貌。」《釋文》
曰：「扞格、不入也。」扞格二字，倒文則為格奻。扞從干聲，干
格一聲之轉，不格奻者，猶言不扞格，言舜虞處家庭之間，無所障
塞，即《論語》所謂：「在家必達」也。若解為不至于奻，則失古
語形容之旨矣。

　　《孟子・盡心》篇云：「山徑之蹊閒介，然用之而成路。」趙
注以介然為句，孫奭《音義》云：「閒張如字。」案：閒介亦雙聲
字，「然」字當屬下讀，閒介者，即扞格之轉音，亦即格奻之倒文
也。閒介二字，形容山徑障塞之形，故下文云：「然用之而成
路。」漢馬融〈長笛賦〉云：「閒介無蹊。」李善注引《孟子》此
文解之，此蓋漢儒相傳之舊讀，自趙氏不達古訓，妄以介然為句，
非也。朱子又以介然屬下句，而閒介之古訓益泯。惟明于閒介之義
與扞格同，則格奻之義同于扞格，益可知矣。古籍雙聲之字並用，
均係表象之詞，後儒不知而誤解之，其失古人之意多矣。

六、二語相聯字同用別之例

　　《左傳・隱元年》云：「無使滋蔓，蔓，難圖也，蔓草猶不可
除，況君之寵弟乎！」服注云：「滋、益也；蔓、延也。謂無使其
益延長也。」案《說文》云：「滋、益也，蔓、弔也，蔓、葛
屬。」服注之說，略與彼符，蓋引延雙聲，均延長之義也。（《毛
詩》：「野有蔓草。」傳云：「蔓、延也。」）惟案以傳文之義，
則上「蔓」字為靜詞，下「蔓」字為名詞，蓋曼蔓古通，滋蔓之

字，應從《說文》作曼，滋蔓者，即益長之義也。「蔓難圖也」之蔓，則為艸名，應從《說文》作蔓，即葛屬也。難圖二字，為形容蔓草難除之詞。（《說文》云：「圖、畫計難也。從囗從啚，啚、難意也。」是難圖二字為互訓之詞，乃形容蔓草難除之狀也。後人以不易圖解之其說非是。）故下文又言：「蔓草猶不可除」也。古人屬詞，多取字同用別之字，互相聯屬，故上語言滋蔓，下文則取蔓草為喻，此古籍字同用別之例也。

《左傳・隱元年》云：「既而太叔命西鄙北鄙貳于己。公子呂曰：『國不堪貳，君將若之何？』」又云：「太叔又收貳以為己邑。」漢儒無注，案《說文》云：「貳、副益也，從貝弍聲，弍古文二。」又云：「二、地之數也，從偶一。」是貳之本義訓為副益，兩義稍殊，副益者，猶言分其地以益己也。（《說文》云：「副、判也。」〈曲禮〉：「為天子削瓜者副之。」鄭注云：「分也。」是副為分析之義。）下文「收貳以為己邑。」猶言收副益之地為己有也。若「國不堪貳」之貳，則為分離之義，蓋段以西鄙北鄙之地，分以益己，則一國呈分離之象，國不堪貳者，猶言國不堪分也。蓋西鄙北鄙，于段為增益，于鄭為離畔。「貳於己」之貳，為形容增益之詞，「國不堪貳」之貳，為形容離畔之詞。是猶離有分義，離訓為麗，又有附合之義也。若「收貳」之貳，又以貳字代西鄙北鄙，足證古籍屬詞，往往數語相聯，雖所用之字相同，而取義各別，不得以上語之詁，移釋下語之詁也。鄭康成注《禮記・坊記》：「示民不貳」，以自貳為不貳于尊，又以自貳為若鄭共叔，孔氏正義申之。以《左傳》：「國不堪貳」，謂「除君身之外，不當更有副貳之君。」則誤解《說文》之義，至杜注以「貳」為「兩

屬」，尤為望文生訓，均不可從。

七、虛數不可實指例

汪中《述學·釋三九》篇云：「生人之措辭，凡一二所不能盡者，則約之三以見其多，三之所不能盡者，則約之九以見其極多，此言語之虛數也，實數可指也，虛數不可執也。推之十百千萬，莫不皆然。」自汪氏發明斯說，而古籍膠固罕通之義，均渙然冰釋矣。

古籍記數，多據成數而言，《禮記·明堂位》言「有虞氏官五十，夏后氏官百，殷二百，周三百。」案鄭康成注《禮記·王制·昏義》均以「天子立三公九卿，二十七大夫，八十一元士。」為夏制，是夏代職官，百有二十，則夏氏百者，舉成數言之也。殷代下士之數，倍于上士，則為二百有一人。殷二百者，亦舉成數言也。周人以下士參上士，即《春秋繁露》所謂：「天子分左右等三百六十三人」也。則周官三百亦係約舉之詞。（鄭注以為「舍冬官言，故曰官三百」非也。）又《周禮·天官·小宰》于天地春夏秋冬六官均言「其屬六十」，實則六官之屬，有不足六十者，有浮于六十之數者，則屬官六十，亦係約舉之詞，與《論語》「詩三百」，「誦詩三百」同例。蓋古代書籍，以便于記誦為主，故記數之詞，往往舉成數以為言，若強為之解，徒見其截趾適履耳。（孔子弟子七十二人，《孟子》言七十子，亦此例也。）

八、倒文以成句之例

古人屬詞，往往置實詞于語端，列語詞于語末。如《書·禹

貢》：「祇台得先」是。（餘杭章氏已言之。）是為倒文之例，周代之文亦然。如《詩·崧高》篇云：「謝于誠歸。」謝為申伯之邑，即上文所謂「邑於謝」也，則「謝于誠歸」猶言「誠歸于謝」，不過倒詞以叶韻耳。（王氏《經傳釋詞》略同）又〈十月之交〉曰：「以居徂向。」鄭箋云：「擇民之富有車馬者，以往居于向。」則「以居徂向」猶言「以徂居向」，此非叶韻而亦倒文者也。（王氏《經傳釋詞》云：「居、語詞，言擇有車馬以徂向也。」非是。）又《左傳·僖九年》云：「入而能民，土于何有？」土于何有者，猶言何有于土也。（王氏《經傳釋詞》略同。）〈昭十三年〉云：「我之不共，魯故是以。」以訓為因（劉氏《助字辨略》）猶言因魯之故也。此皆古籍倒文之例，先實詞而後語詞，與今日本之文法略同。

九、舉偏以該全之例

　　《周禮·考工記·匠人》職云：「內有九室，九嬪居之，外有九室，九卿朝焉，九分其國，以為九分，九卿治之。」鄭注云：「六卿三孤為九卿。」其說本于班固，（《漢書·百官公卿表》）而三少又見于大戴，（〈保傅〉篇）蓋九卿兼該孤卿而言，言九卿則孤該其中。（王氏《經義述聞》以孤為六卿之首，乃三人而非一人，並謂「三孤非周制，自王莽誤以孤為三公之佐，班氏作表，始以三孤與六卿為九，乃沿新莽之誤。」其說非是。）是猶侯為封爵之一，言諸侯則公伯子男，均該于其中。夷為東方之人，言四夷則羌狄蠻貉，均該于其中也，以此之故，故專名屢易為公名。

十、同義之字並用而義分深淺之例

《公羊·隱元年》：「公及邾婁儀父盟于眛。」傳：「及者何？與也，會及暨，皆與也。曷為或言會，或言及，或言暨？會猶最也，及、猶汲汲也，暨、猶暨暨也。及，我欲之，暨、不得已也。」（《爾雅》：「暨、不及也。」郭注云：「《公羊傳》曰：『暨、不得已也。』不得已，是不得及。）

《公羊·宣八年》：「日中而克葬。」傳云：「而者何？難也。乃者何？難也。曷為或言而？或言乃？乃難乎而也。」

十一、同字同詞異用之例

劉氏《助字辨略》曰：「《論語》：『有是哉，子之迂也。』有是哉，不足之詞，《後漢書·列女傳》，霸起而笑曰：『有是哉！』此深言之詞，與上義別。」劉氏又曰：「《詩·國風》：『嘒彼小星。』『彼茁者葭。』此彼字，猶言那箇也。《孟子》『管仲得君，如彼其專。』此彼字，猶云那樣也，義微有別。」

第四節　楊樹達古書疑舉例續補

一、以製物之質表物例

古人有以製物之質表物者。《孟子·滕文公上》篇：「許子以釜甑爨，以鐵耕乎？」趙注云：「以鐵為犁，用之耕否耶？」是鐵謂犁也，不言犁而言鐵者，以犁為鐵製也。又〈離婁下〉篇云：

「抽矢扣輪，去其金，發矢而後反。」趙注云：「叩輪去鏃。」是金謂鏃也。乃不言鏃而但言金，以鏃為金所製也。又〈公孫丑下〉篇：「木若以為美然。」《左傳・僖二十三年》云：「我二十五年矣，又如是而嫁，則就木焉。」二木字，皆謂棺槨，乃不言棺槨而但曰木者，亦以棺槨為木所製耳。《莊子・列禦寇》篇：「為外刑者，金與木也。」郭注云：「木謂棰楚桎梏。」亦同此例。

〈中庸〉云：「袵金革，死而不厭。」金、謂兵，革、謂甲也。不言兵甲而言金革者，以兵之質為金，甲之質為革耳。此皆以物質表物之例也。

二、人姓名之間加助字例

王氏《經傳釋詞》卷九云：「《禮記・射義》：『公罔之裘。』鄭注曰：『之、發聲也。』僖二十四年《左傳》：『介之推。』杜注曰：『之、語詞。』凡春秋人名中有『之』字者，皆倣此。」按：莊八年《左傳》有石之紛如，又二十八年，有耿之不比。《論語・雍也》篇有孟之反，《孟子・離婁》篇有庾公之斯，尹公之他。皆姓名中加「之」字者也，例證甚多，不必盡舉。

三、二字之名省稱一字例

顧氏《日知錄》卷二十三云：「晉侯重耳之名見於經，而定四年祝佗述踐土之盟，其載書止曰：『晉重。』豈古人二名，可但稱其一歟！〈昭元年〉：『莒展輿出奔吳。』傳曰：『莒展之不立。』〈晉語〉曹負羈稱叔振鐸為「先君叔振」，亦二名而稱其一也。〈昭二十一年〉：『蔡侯朱出奔楚。』《穀梁傳》作『蔡侯東

出奔楚。』乃為之說曰：『東者，東國也，何為謂之東也，王父誘而殺焉，奔而又奔之，曰東，惡之而貶之也。』然則以削其一名為貶也。「又自注云：「定六年：『季孫斯仲孫忌帥師圍鄆。』杜氏注：『何忌不言何？闕文。』」樹達按：《左傳》：「杞平公郁釐。」《穀梁傳》同，譙周《古史考》作「鬱來。」《公羊傳》作「鬱釐。」《史記·陳杞世家》則只作「鬱」，（鬱郁同音字。）蓋古人記述二名，本有省稱一字之例，《穀梁傳》削名為貶之說，不足據依。不然，春秋諸侯被貶者多矣，未嘗有削名之例也，何獨於蔡侯東國而獨嚴乎？

四、于作以義用例

劉氏淇《助字辨略》卷一云：「《左傳·宣公十二年》：『某君無日不討國人而訓之，于民生之不易。』杜注曰：『于、曰也。』按訓之于民生之不易，猶云訓之以民生之不易。」樹達按：述語之詞，有直述、轉述二法，直述例恒用曰字，轉述則不當用曰字，《左傳》之文，乃轉述口氣，不容用曰字，杜注之訓，雖本《爾雅·釋詁》，於文氣不合，非是，劉氏之說是也。

五、施受同辭例

古人美惡不嫌同辭，俞氏書已言之矣。乃同一事也，一為主事，一為受事，且又同時連用，此宜有別白矣。而古人亦不加區別，讀者往往以此迷惑，則亦讀古書者，所不可不知也。《公羊·莊二十八年傳》云：「春秋伐者為客，伐者為主。」何注云：「伐人為客，長言之，伐者為主，短言之。」然則「伐者為客」之伐，

指伐人者，主事之詞也。「伐者為主」之伐，指見伐者，受事之詞也。而《公羊傳》文，只皆曰伐，《史記·范睢蔡澤列傳》云：「人固不易知，知人亦未易也。」「人固不易知」者，謂賢者不易見知於人，此知字，受事之辭也。「知人固不易也」之知，則主事之辭，而《史記》只皆曰知，初學者便疑其語意複沓矣。《墨子·耕柱》篇云：「大國之攻小國，攻者，農夫不得耕，婦人不得織，以守為事，攻人者，亦農夫不得織，以攻為事。」以攻者為受事之詞，攻人者為主事之詞，與《史記》同，雖《墨子》精於名理，亦王肯於攻者之上，加一見字，稱見攻者，以示嚴密也。

六、一人之語未竟而他人插語例

古人對談之頃，往往有意欲宣，情勢急迫，不能自制，此在言者為不得已。而古人敘述其事者，亦據急迫之狀而述之，此古人文字所以為質而信也。《左傳·襄四年》載魏絳諫伐戎之詞云：「戎、禽獸也，獲戎失華，毋乃不可乎！夏訓有之曰：『有窮后羿。』公曰：『后羿何如？』對曰：『昔有夏之方衰也，后羿自鉏，遷於窮石，因夏民以代夏政。』」魏絳述夏訓之詞，只及「有窮后羿」四字，而悼公急欲知后羿之事，不待絳詞之畢而即問之，而記述者亦逕據實記述之，而當時晉悼公急迫之狀如繪矣。若在後人文字，則魏絳發而未畢之詞，及悼公之間，必加刪節矣。又襄二十五年《傳》云：「丁丑，崔杼立而相之，慶封為左相，盟國人於太宮曰：『所不與崔慶者，』晏子仰天嘆曰：『嬰所不唯忠於利社稷者是與，有如上帝。』乃歃。」此亦崔慶之語未畢，而晏子插言，故杜注云：「盟書云：『所不與崔慶者有如上帝。』讀書未

終，晏子抄答易其辭，因自歃。」是也。蓋此時與公與私，晏子大節所在，不容猶豫，故不及待崔慶詞之畢，而急遽言之，記述者據情寫出，而晏子犯難忠國之情，躍然如見矣。

七、據古人當時語氣直述例

古人文字質直，雖陳辭未盡，而亦肖古人當時對答之情狀而直述之，前條既言之矣。乃若古人言語之際，或以一時之情感，或以其人之特質，而語言蹇澀，訥訥然不能出諸口者，古人亦據其狀而直書之，此又可見古人文字務欲逼真之心矣。《史記·張蒼傳》「昌為人吃，又盛怒。曰：『臣口不能言，然臣期期知其不可，陛下欲廢太子，臣期期不奉詔。』」昌以口吃，每語重言期期，史公亦據其當時發言之情狀而直書之，然此文已敘明昌為人口吃於前，則重言期期，讀者一見自明，不致誤解。又〈高祖本紀〉：「五年，諸侯將相，共請尊漢王為皇帝，漢王三讓，不得已曰：『諸君必以為便便國家。』甲午，乃即皇帝位氾水之陽。」上文重言便便，便國家之下，亦本當有表示允諾之辭，而高祖蹇澀未言，史公即亦據情述之，而高祖急於稱帝之心及其故為推讓之狀，躍然如在目前矣。（此為余友錢玄同先生之說。）此蓋太史公效法春秋，所謂微而顯者所在歟！班氏作《漢書》，乃改曰：「諸侯幸以為便於天下之民則可矣。」取高祖未竟之語而補足之，當時高祖之態度，不可得而見矣。

八、文中自注例

古人行文中有自注，不善讀書者，疑其文氣不貫，而實非也。

《史記·田叔傳》敍田仁事云：「月餘，上遷拜為司直，數歲，坐太子事，時左丞相自將兵，令司直田仁主閉守城門，坐縱太子，下吏誅死。」上文既云「坐太子事」下文又云：「坐縱太子」，語意若有複沓，其實正文，乃為「坐太子事，下吏誅死。」時左丞相三句，乃注文，所以詳述「坐太子事」四字者也。今用新標點法表之，則為「數歲坐太子事——時左丞相自將兵，令司直田仁主閉守城門，坐縱太子，——下吏誅死。」如此，讀者便可一見瞭然，愚意當時史公於此等處，必有標乙之號，後人展轉傳寫，遂脫之耳。

九、稱引傳記以忌諱而刪改例

《漢書·貢禹傳》云：「主上時臨朝入廟，眾人不能別異，甚非其宜然非自知奢僭也。猶魯昭公曰：吾何僭矣，今大夫僭諸侯，諸侯僭天子，天子過天道，其日久矣。承衰救亂，矯復古化，在於陛下。」樹達按：禹引魯昭公語，見昭二十五年《公羊傳》，大夫僭諸侯云云，亦本傳文子家駒語，今本《公羊傳》云：子家駒曰：「諸侯僭於天子，大夫僭於諸侯久矣。」無「天子過天道」之文。然鄭注《周禮·考工記》引子家駒曰：「天子僭天。」賈疏引《公羊傳》文為證，是唐時《公羊傳》本有天子僭天之語，孫志祖《讀書脞錄》卷二，以為今本脫去是也。《公羊傳》文作天子僭天，禹語全本傳文，其他二句，皆承用原文，而於此語，則改為天子過天道者，以己對天子陳言，有所忌諱耳。（或疑《公羊傳》非脫文，亦是唐以後人以忌諱刪去者，說亦近理。鄉先輩皮先生錫瑞《春秋通論》，以有此句者，為嚴氏春秋異文，則非是，蓋先生偶失考賈疏耳。）

十、避重複而變文例

　　《書·堯典》云：「日中星鳥，以殷仲春。」偽孔傳云：「鳥、南方朱鳥七宿也。」孔疏云：「四方皆七宿，各成一形，東方成龍形，西方成虎形，南方成鳥形，北方成龜形，此經舉宿，為文不類，春言星鳥，總舉七宿，夏言星火，獨指房心，虛昴惟舉一宿，文不同者，互相通也。」近人崔適云：「此言小誤，若是則總舉七宿，四時皆可，何獨於春，自有惟宜於春之故，蓋火為十二次之一，若春亦舉其一次，乃為鶉火，與三方之一名者不同，虛昴皆七星之中，若春亦舉中星，當曰：『日中星星。』二字同文，又與三時星名不類，故曰『星鳥。』此見古人修辭之誠。」（《史記探源》卷二。）樹達按：崔氏之言極精確，鄭注云：「星鳥，鶉火之方。」又注下文星火云：「星火，大火之屬。」又注下文星虛星昴云：「虛、玄武中虛宿也。昴、白虎中宿也。」以鄭注文例推之，星火與星鳥同舉次名，與虛昴言中宿者異，則星火自非謂蒼龍中宿之心星，故〈月令〉疏引鄭答孫顥云：「星火非謂星心。」其明證也。（偽孔傳云：「火、蒼龍之中星。」故孔氏正義謂夏言星火指房心也。）崔氏云：「火為十二次之一。」正與鄭義相合，按大火之次，既可皆稱星火，鶉火則亦可省稱，然若省火稱鶉，乃與鶉首鶉尾相混，省鶉稱火，又與大火之星火複重，然則《尚書》星鳥之文，不惟以避二字之複疊，不稱星星，又以避仲夏星火之文，不稱星火，真可見古人屬文時，慘淡經營之功矣。

十一、以後稱前例

　　《漢書·司馬遷傳》云：「惠襄之閒，司馬氏適晉，晉中軍隨會奔魏。」齊召南曰：「隨奔秦時，未為中軍也。史文以後官冠其名。」《淮南子》云：「夏桀殷紂之盛也，人跡所至，舟車所通，莫不為郡縣。」此以秦漢之制，追述夏殷之事也。畢沅不知此，乃以取證《山海經》，謂夏時即有郡縣之制，可謂誣矣。《史記·呂后本紀》云：「齊內史士說王曰：『太后獨有孝惠與魯元公主。』」崔適云：「孝惠魯元，皆謚也，此追稱，若當時語，止曰：『太后獨有帝與公主爾。』」（《史記探源》卷二。）

十二、韻文不避複韻例

　　古人韻文不避複韻。如《詩·終風》云：「終風且霾，惠然孔來，莫往莫來，悠悠我思。」以「霾來來思」為韻，來字二見；〈簡兮〉云：「山有榛，隰有苓，云誰之思，西方美人，彼美人兮，西方之人兮。」以「榛苓人人人」為韻，人字三見。

　　《淮南子·時則訓》云：「規之為度也，轉而不復，員而不垸。優而不縱，廣大以寬。感動有理。發通有紀。優優簡簡，百怨不起。規度不失，生氣乃理。」上四句以「垸寬」為韻，下六句以「理紀起理」為韻，理字再見，或疑下理字乃唐人諱治改為理字。然此上文論準云：「準平而不失，萬物皆平，民無險謀，怨惡不生，是故上帝以為物平。」凡五句，以「平生平」為韻，平字亦再見。治字雖合韻，然此理字，非必由治字改也，蓋古人自有複韻耳。

十三、兩名錯舉例

《漢書·霍去病傳》云：「驃騎將軍去病，率師躬將所獲葷允之士。」服虔曰：「堯時曰熏鬻，周曰獫狁，秦曰匈奴。」王先謙曰：「葷同熏，允同狁，取熏鬻獫狁併稱之。」

十四、一事互存二說以徵實例

《漢書·宣帝紀》云：「封賀所子弟侍中中郎將彭祖為陽都侯。」鄉先輩周壽昌云：「安世傳內封關內侯彭祖，無中郎將三字，此無關內侯三字，所謂互文以徵實也。」又云：「使女徒復作淮陽趙徵卿，渭城胡組，更乳養。」顏注云：「趙徵卿，〈邴吉傳〉云：『郭徵卿』，紀傳不同，未知孰是。」周壽昌云：此復作女徒，或傳其家姓，或傳其夫姓，故紀傳有異同也。樹達按：如周說，女子或稱母家之姓，或舉夫家之姓，亦所謂互文以見義者也。

十五、以母名子例

俞氏書卷三，稱謂例歷舉以父名子，以夫名妻，以父名女，以母名女，以子名母諸例，而獨不及以母名子之例，故今補之。

漢臨江王榮，為栗姬之子，故稱栗太子，戾太子母衛氏，稱衛太子，宣帝之母為史良娣，故宣帝號曰史皇孫。此皆以母名子之例也。

十六、誤解問答之辭例

《詩·召南·采蘩》一章云：「于以采蘩，于沼于沚，于以用

之，公侯之事。」二章云：「于以采蘩，于澗之中，于以用之，公侯之宮。」又〈采蘋〉一章云：「于以采蘋，南澗之濱，于以采藻，于彼行潦。」二章云：「于以盛之，維筐及筥，于以湘之，維錡及釜。」三章云：「于以奠之，宗室牖下，誰其尸之，有齊季女。」〈邶風·擊鼓〉三章云：「爰居爰處，爰喪其馬。于以求之，于林之下。」〈采蘩〉毛傳云：「于、於也。」不釋「以」字。樹達按：以假為台，何也。《書·湯誓》：「夏罪其如台。」《史記·殷本紀》作「有罪其奈何。」〈高宗肜日〉：「乃曰其如台。」〈殷本紀〉作「乃曰其奈何。」〈西伯戡黎〉「今王其如台。」〈殷本紀〉作「今王其奈何。」是台有何義。《說文》：「台從㠯聲。」以為㠯之隸變，故得以為台旴以者，于何也。故凡言于以之句，皆問詞。其下句則皆答詞也。「于以采蘩，于沼于沚。」正與〈秦風·終南〉首章云：「終南何有，有條有梅。」二章云：「終南何有，有紀有堂。」句法一律。又〈采蘋〉三章上二句「于以奠之，宗室牖下。」與下二句「誰其尸之，有齊季女。」為對文，下二句為一問一答，則知上二句亦為一問一答也。自來說者，不佑以為台之假字，鄭箋釋「于以」為「往以」，陳奐則謂「于以猶薄言，皆發聲語助。」而詩人文從字順之文，乃不得其解矣。（按：于以為疑問之詞，說發於余友胡適之先生，惟胡君說義未安，余故為申證其說如此。）

十七、文中有標題例

古書中有作者自標之題，其初本與正文分析者也。後經傳寫，遂致混淆，讀者不之知，遂竟誤認為正文矣。

此例《荀子》書中最多，有為前人所已言者，亦有為前人所未及言者。今詳舉之。〈修身〉篇云：「扁善之度，以治氣養生，則後彭祖，以修身自名，則配堯禹，宜於時通，利於處窮，禮信是也。」扁善之度四字，標題也。以治氣養生云云，皆指以禮信而言，蓋謂以信禮治氣養生，則後彭祖，以禮信修身自名，則配堯禹。以禮信既宜於時通，復利於處窮。（於以互文，以亦於也。）此其所以為扁善之度也。（王念孫讀扁為偏是也。）《韓詩外傳》卷一，乃改為「君子有辯善之度，以治氣養性」云云，若謂以辯善之度治氣養性云者，則文理顛倒，不可通矣。

十八、起下之詞例

文中標題，與本文本不相連者也，及若總起下文之詞，則原與本連屬，而後人往往有誤其讀者，今略舉例以明之。

《漢書·陳湯傳》云：「昔齊桓公前有尊周之功，後有滅項之罪，君子以功覆過，而為之諱。行事，貳師將軍李廣利捐五萬之師，靡億萬之費，經四年之勞，而廑獲駿馬三十匹，雖斬宛王毋鼓之首，猶不足以復費，其私罪惡甚多，孝武以為萬里征伐，不錄其過，遂封拜兩侯三卿二千石百有餘人。」顏師古於行事下置注云：「行事，謂滅項之事也。」劉攽曰：「諱行事，非辭也，諱以上為句，行事者，言已行之事，舊例，成法也。漢人作文，言行事、成事者，意皆同。」王念孫曰「行事二字，乃總目下文之詞，劉屬下讀，是也。行者、往也，往事，即下文所稱李廣利、常惠、鄭吉三人之事。」《漢紀》改行事為近事，近事亦往事也。〈儒林傳〉「谷永疏曰：『近事，大司空朱邑，右扶風翁歸，德茂天年，孝宣

皇帝愍冊厚賜。』」近事二字，亦總目下文之詞，然則「行事」為
總目下文之詞明矣。《通典・邊防》十一載此疏，亦以行事屬上
讀，而改其文云：「君子以功覆過而為之諱其行。」亦為顏注所
惑。又《論衡》一書，言行事者甚多，皆謂往事也。其〈問孔〉篇
云：「行事，雷擊殺人，水火燒溺人，牆屋壓殺人。」行事二字，
乃總目下文之詞，與〈陳湯傳〉之行事同，又云：「成事，季康子
患盜，孔子對曰：『苟子之不欲，雖賞之不竊。』」成事二字，亦
是總目下文，故劉云：「漢人言行事成事者，意皆同」也。

十九、省句例

　　古人文中，常有省略一句者，其所以省略之故，有由於說者語
急不及盡言，而記事者據其本真以達之者，有由於執筆者，因避繁
而省去者，茲舉數例明之。（俞氏書卷二有語急例，所述皆省一字
之例，不及省句。）

　　《禮記・檀弓》篇：「子夏喪其子而喪其明，曾子弔之曰：
『吾聞之也，朋友喪明則哭之。』曾子哭，子夏亦哭。曰：『天
乎！予之無罪也。』曾子怒曰：『商！女何無罪也！吾與女事夫子
於洙泗之間，退而老於西河之上，使西河之民疑女於夫子，爾罪一
也。喪爾親，使民未有聞焉，爾罪二也。喪爾子，喪爾明，爾罪三
也。而曰：女何無罪與！』」按「而曰女何無罪與。」語殊難解，
故學者多以為疑，不知而曰下，實當有「女無罪」一句，文本當
云：「而曰女無罪，女何無罪與。」女無罪者，承子夏「天乎予之
無罪也」一語而言也，「女何無罪與」則曾詰責之詞，乃曾子以盛
怒之故，急迫不及盡言，而記者亦據實記載之，曾子怒不可遏之

情，乃如在目前矣。

二十、倒句例

俞氏書卷一有倒句例，然其所舉之例，自《禮記·檀弓》篇：「蓋殯也，問於耶曼父之母。」及《詩·桑柔》篇：「有空大谷」二例外，皆到文成句之例，非倒句也，故今補之。

《禮記·檀弓》篇：「伯魚之母死，期而猶哭，夫子聞之曰：『誰歟哭者？』」按此文順言之，當云：「哭者誰歟？」而云「誰歟哭者？」倒句也。

二十一、兩詞分承上文例

古書中有以二詞分承上文二事者，說者往往誤解，此讀古書者，不可不知也。

《漢書·景帝紀·》：「中二年春二月，令諸侯王薨，列侯初封及之國，大鴻臚奏謚誄策，列侯薨，及諸侯太傅初除之官，大行奏謚誄策。」此本謂諸侯王薨，大鴻臚奏謚誄，列侯初封及之國，大鴻臚奏策，列侯薨，大行奏謚誄，諸侯太傅初除之官，大行奏策。以謚誄為死者所用，策則為初封及之國，與初除之官所用故也。（錢大昕說）因詔書文簡，以謚誄策分承上文二事，應劭不得其解其釋上二句，乃云：「皇帝延諸侯賓王諸侯，皆屬大源臚，故其薨，奏其行，賜與誄及哀策誄文也。」以策與謚誄連文，遂釋為哀策。於是上文「列侯初封及之國」為贅文，而分承之義失矣。

《史記·文帝紀》：「二年九月，初與郡國守相為銅虎符，竹使符。」按郡國守相者，謂郡守與國相也，此以守相二字，分承郡

國二事。

二十二、之其通用例

馬建忠云：「嘗謂孟子『親之欲其貴也，愛之欲其富也。』兩句中之其兩字，皆指象言，何以不能相易。」（《文通》例言）樹達按：馬氏之說，就常文而言耳，其實古人文字，之字可用為其，其字亦可用為之，頗無劃然之界劃，此亦初學者所易致疑，而不可不知者也。

王氏《經傳釋詞》卷九云：「《呂氏春秋・音初》篇注曰：『之、其也。』」《詩・旄邱》曰：「旄邱之葛兮，何誕之節兮。」上「之」字，句中語助也。下「之」字，則訓為「其」，言旄邱之葛，何疏闊其節而不相附，以喻衛之諸臣，何多日而不相救也。《禮記・檀弓》曰：「公再拜稽首，請於尸曰：有臣柳莊也者，非寡人之臣，社稷之臣也，聞之死，請往。」言聞其死也。〈郊特牲〉曰：「天子樹瓜華，不斂藏之種也。」言天子但樹瓜華，以供食而已，不收藏其種，以與民爭利也。昭十六年《左傳》曰：「斬之蓬蒿藜藋而共處之。」言斬其蓬蒿藜藋也。《詩・采綠》曰：「之子于狩，言韔其弓，之子于釣，言綸之繩。」「之」亦「其」也，互文耳。故《孟子・公孫丑》篇：「天下之民，皆悅而願為之氓。」《周官・載師》注引此「為之氓」作「為之民」」。樹達按：王說是也。《成十五年公羊傳》曰：「為人後者為之子。」為之子，為其子也。故下文又曰：「為人後者為其子。」《呂氏春秋・仲冬紀・忠廉》篇云：「吳之無道也愈甚，請與王子往奪之國。」往奪之國，謂往奪其國也。又〈有始覽・謹

聽〉篇云：「是乃冥之昭，亂之定，毀之成，危之寧，故殷周以亡，比干以死。」謂冥其昭，亂其定，毀其成，危其寧也。又〈開春論·愛類〉篇云：「惠子曰：『有人於此，必擊其愛子之頭，石可以代之。』匡章曰：『公取之代乎！其不歟！』」公取之代，謂公取其代也。《鹽鐵論·刺權》篇云：「傳曰：『河海潤千里，盛德及四海，況之妻子乎！』」謂況其妻子也。《史記·項羽紀》云：「項王乃疑范增與漢有私，稍奪之權。」謂稍奪其權也。《漢書·高帝紀》云：「項羽侵奪之地，謂之番君。」謂侵奪其地也。此皆以「之」字作「其」字用之例也。

二十三、者作然義用例

「者」為別事之詞，人人所知也，然古人恒用以表類似之義，與《孟子》：「無若宋人然「之」然」字，用法略同，前人於此，未有言及者，故或致誤解，今特舉例言之。

者字表類似之義之見於揣擬者，如《論語·鄉黨》篇云：「孔子於鄉黨，恂恂如也，似不能言者。」《史記·信陵君傳》云：「於是公子立自責，似若無所容者。」（《馬氏文通》卷三云：「此猶云公子自責其愧悔之狀，一如無地以自容之人也。」以人字釋者字誤。）又〈石奮傳〉云：「建為郎中令，事有可言，屏人恣言極切，至廷見如不能言者。」是也。（馬氏云：「至廷見時，其嚅囁之情，一若不能言之人也。」亦誤釋者字為人字。）此數句文中，有「似」字，「若」字，「如」字，則言者出於揣擬甚明，然亦有無此等字者，如《史記·游俠傳贊》云：「吾視郭解，狀貌不及中人，言語不足採者。」謂言語若不足採者也。《漢書·郊祀

志》云：「平言上曰：『闕下有寶玉氣來者。』已視之，果有獻玉杯者。」闕下有寶玉氣來者，謂闕下若有寶玉氣來者也。

二十四、自作雖義用例

古書中「自」字有作「雖」字用者，《史記·律書》云：「兵者，聖人所以討彊暴，平亂世，夷險阻，救危殆，自含血戴角之獸，見犯則校，而況於人，懷好惡喜怒之氣。」又《禮書》云：「自子夏門人之高弟也，猶云出見紛華盛麗而說，入聞夫子之道而樂，二者心戰，未能自決，而況中庸以下，漸漬於失教被服於成俗乎！」又《平準書》云：「漢興，接秦之弊，丈夫從軍旅，老弱轉糧饟，作業而財匱，自天子不能具鈞駟，而將相或乘牛車。」諸自字，皆與雖字義同。從來注家，俱未釋自字之義，蓋以為訓從之自，非也。劉淇《助字辨略》（見卷四）謂「此諸自字，並是語助，不為義」亦誤。

二十五、所作意義用例

《漢書·曹參傳》云：「惠帝怪相國不治事，以為豈少朕與！迺謂窋曰：『女歸，試從容問乃父曰：高帝新棄群臣，富於春秋，君為相國，日飲無所請事，何以憂天下，然無言吾告女也。』窋既洗沐歸，時閒自從其所諫參。」又〈疏廣傳〉云：「廣子孫竊謂其昆弟老人，廣所愛信者曰：『子孫幾及君時，頗立產業基阯，今日飲食費且盡，宜從丈人所勸說君買田宅。』」又〈薛宣傳〉云：「宣心知惠不能，終不問惠以吏事，惠自知治縣不稱宣意，遣門上掾送宣至陳留，令掾相見，自從其所問宣不教戒惠吏職之意。」又

〈匈奴傳〉云：「上直欲從單于求之，為有不得傷命損威，根即但以上指曉藩，今從藩所說而求之，藩至匈奴，以語次說單于。單于曰：『此天子詔語邪，將從者所求也。』」又云：「新室順天制作，故印隨將率所自為破壞。」《魏志・田疇傳》云：「太祖語惇曰：『且往以情喻之，自從君所言，無告吾意也。』」樹達按：凡云從其所者，皆謂由其意也，從者由也，所者意也。《後漢書・列女傳・廣漢姜詩妻傳》云：「妻迺寄止鄰舍，晝夜紡績，市珍羞，使鄰母以意自遺其姑。」句意與《漢書》及《魏志》同，而變「從其所」之文，為「以意」，則知「所」之可以訓「意」矣。

第五節　姚維銳古書疑義舉例補附

姚氏云：嘗讀德清俞樾所著書，獨喜其《古書疑義舉例》，援引詳明，條理精密，昭然發千古之曚，老馬識途，所以迢迪來學者至矣。近人儀徵劉師培申叔，長沙楊樹達遇夫，於是書皆相繼有所增輯，足以補俞氏之缺，意甚善也。不佞學慚窺豹，義存識小，謬欲師劉楊二氏之指，稍事增補，庶亦古人有聞必錄之誼與！海內方家，不吝賜教，所深幸也。

一、耦語中異字同義例（此與俞氏上下文異字同義例有別）

《莊子・山木》篇曰：「天地之行也，運物之泄也。」此耦語也。按：泄與動義近，《韓非・揚榷》篇：「根幹不革，則動泄不失矣。」是泄亦訓行，字異而義實同也。又〈大宗師〉篇曰：「神鬼神帝，生天生地。」此亦耦語也。按：神與生，字異而義實同

也。《說义》云：「神、天神引出萬物者也。」又云：「出、進也。象草木益滋上出達也。」又云：「生、進也。象草木生出土上。」是神與生，俱有引出之義明矣。又〈釋詁〉云：「神、重也。」《說文》云：「身、神也。」《詩·大雅》篇云：「大任有身。」傳：「身、重也。」箋：「重、謂懷孕也。」可知懷孕為生之始，義與引出亦相通也。

二、一字不成詞則加助語例

古人屬文，遇一字不成詞，則往往加助語以配之。若虞夏殷周本朝名，而曰有虞、有夏、有殷、有周，此加有字以為語中助詞也。他如《書·皋陶》篇：「亮采有邦」之有邦，「夙夜浚明有家」之有家；〈立政〉篇「乃有室」之有室，〈盤庚〉篇「民不適有居」之有居，〈多方〉篇「告猷爾有方多士」之有方。及《詩·賓之初筵》篇「發彼有的」之有的，〈十月之交〉篇「擇三有事」之有事，皆因一字不成詞，加有字以為助語也。（詳見王氏《經傳釋詞》卷三）

《詩·雄雉》篇：「道之云遠。」〈瞻卬〉篇：「人之云亡。」此云遠、云亡之云，亦助語也，因遠與亡不成詞，故加云字以配之也，昧者不達，訓云為言，失之遠矣。

三、助語用無字例

無、有之對也，古今相沿，未之或易，然古人屬文，乃有用作語助者，不善讀之，則失其本義矣。《詩·文王》篇：「王之藎臣，無念爾祖。」傳：「無念、念也。」箋：「今王之進用臣，當

念女祖為之法。」而《小爾雅》亦云：「無念、念也。」隱十一年
《左傳》：「無寧茲許公復奉其社稷。」昭六年《左傳》：「無寧
以善人為則。」杜注并云：「無寧、寧也。」《論語·子罕》篇：
「無寧死於二三子之手乎！」朱熹《集注》及馬融注并云：「無
寧、寧也。」此諸無字，皆用為助語，與《詩·生民》篇「上帝不
寧」之不字，同一用法，又〈中庸〉「莫顯乎微。」古無莫同音同
義，《小爾雅》云：「無顯、顯也。」是也。

四、有草木蟲魚鳥獸同名例

莫木蟲魚鳥獸，古書所釋，往往有同名者，或音轉於雙聲，或
文歸於通字，如《爾雅·釋草》中葆蕛之與苗蓨，字相通也。蕨攗
之與英茪，音相轉也。離南活莌，倚商活脫，考之古音，亦無不相
合也。它若〈釋草〉有果蠃，而〈釋蟲〉亦有果蠃。〈釋草〉有蒺
藜，而〈釋蟲〉亦有蒺藜。〈釋鳥〉有天雞，而〈釋蟲〉亦有天
雞，此同名之昭然可見者。至於〈釋草〉之莪蘿，與〈釋蟲〉之蛾
羅，〈釋草〉之葜蘆菔，與〈釋蟲〉之蜚蠦蜰，皆取音相同也。又
〈釋草〉有藗莖蕌，〈釋木〉亦有藗莖著。〈釋木〉有諸慮名山
欙，〈釋蟲〉亦有諸慮名奚相，〈釋蟲〉有密肈繼英，〈釋鳥〉亦
有密肌繫英，郭氏景純或疑有重出之文，不知古人命名，不嫌相
假，或因其色同，或取其象類，俱未可知也。郭註以葜蘆菔之菔，
宜改為菔，失之。今本《爾雅·釋蟲》果蠃字不從果而從虫，而
《唐石經》仍作蠃，是石經之文可信也。考〈釋蟲〉果蠃為細腰
蟲，而〈釋草〉括樓之果蠃，亦有長而銳者，然則命名之同，兼寓
象形，亦堪會意，六書之誼，胥可貫通。又〈釋草〉「茨蒺藜。」

言其多刺不可近，故名蒺藜。而〈釋蟲〉蝍蛆之蒺藜，今螮蛸也，螮蛸亦難進，非猶乎蒺藜與。又〈釋草〉「莪蘿。」蒿屬也，其色多白，今〈釋蟲〉「蛾羅」，蛾其色亦白矣。他若「奔星為彴約。」言其星光似彴約然也。而「石杠謂之徛」，徛亦云略彴，是石杠之橫水而過，亦猶乎奔星之如水而流，故同有彴名。〈釋山〉「獨者蜀。」蜀為蟲名，猶行而無匹，山亦假借其名。〈釋草〉戎葵之為蜀葵，〈釋畜〉大雞之為蜀雞，同一夫取義。若籧篨為竹席之名，而口柔之人，亦名籧篨，戚施為詹諸之稱，而面柔之，人亦稱戚施，斯并人亦假物以為乎矣，今何疑草木蟲魚鳥獸之同名哉。見《經義叢鈔》。

五、有叶韻之字而後人誤讀之例

《書·洪範》篇：「無偏無頗，遵王之義。」義從古文作誼，唐玄宗開元十四年，詔書以頗與誼不協，臆改經文為陂，詎知誼從宜得聲，宜本作宦，從多聲。正合古音。即使依今文作義，而義古音莪，從我得聲，與頗字固無不叶也。昧者不達，泥於今音而讀古書，誠可哂已。（顧炎武《音論·答李子德書》，亦頗多論及）

《詩·國風》篇云：「凡百君子，不知德行。不忮不求，何用不臧。」此德行之行，後人皆誤讀若杏，與臧不叶。按：行音杭，與臧韻，凡德行及行列，古人皆讀平聲，非若後世之分戒繁碎。顧炎武《唐韻正》，錄至數百事，並無讀去聲者，此其明證也。俞樾〈谷風〉篇嵬萎怨為韻說，（見詁經精舍自課文）亦可例此。

六、句中用韻例

陳奐云：「古人用韻之例，自不徒施於句末也，隨處有然。」
（見《毛詩音》）斯言也，證諸經傳而益信矣。《詩·國風》篇：
「喓喓草蟲，趯趯阜螽。」此不特蟲與螽韻，喓喓趯趯一韻也，草
阜亦一韻也，此句中用韻之例也。錢氏《養新錄》云：「〈周
南〉：『于嗟麟兮』句似無韻，實與章首『麟之趾』相應，以兩麟
字為韻也。〈召南〉：『于嗟乎騶虞』，乎與虞韻，〈秦風〉：
『于嗟乎，不承權輿。』乎與輿韻，〈鄘風〉『期我乎桑中，要我
乎上宮。』中與宮韻，桑與上亦韻也。〈邶風〉：『有瀰濟盈，有
鷕雉鳴。』盈與鳴韻，瀰與鷕亦韻也。〈唐風〉：『角枕粲兮，錦
衾爛兮。』粲與爛韻，枕與衾亦韻也。〈大雅〉：『文王曰咨，咨
汝殷商。』二句似無韻，而王與商，文與殷皆韻，咨咨亦韻，不必
在句尾也。〈魏風〉：『父曰嗟，予子行役。』『母曰嗟，予季行
役。』『兄曰嗟，予弟行役。』子與已止韻，季與寐棄韻，弟與偕
死韻，此韻不在句尾也。」錢氏之說，亦云詳矣。（新雄謹案：
〈魏風·陟岵〉應如下斷句：「陟彼岵兮，瞻望父兮。父曰嗟予
子，行役夙夜無已，上慎旃哉，猶來無止。」「陟彼屺兮，瞻望母
兮。母曰嗟予季，行役夙夜無寐，上慎旃哉，猶來無棄。」「陟彼
岡兮，瞻望兄兮。兄曰嗟予弟，行役夙夜必偕，上慎旃哉，猶來無
死。」子雖與已止韻、季與寐棄韻、弟與偕死韻，然仍在句尾也，
錢氏之說非也。）

七、註經用韻例

　　古人註經，亦多用韻，固不僅作詩然也。《爾雅·釋訓》：
「子子孫孫，引無極也。」「顒顒卬卬，君之德也。」「丁丁嚶
嚶，相切直也。」「藹藹萋萋，臣盡力也。」「噰噰喈喈，民協服
也。」「佻佻契契，愈遐急也。」「宴宴粲粲，尼居息也。」每句
第七字，皆用韻也。《說文》：「天、顛也。」「吏、治人者
也。」天顛疊韻，吏治亦疊韻。又「帝、諦也。」「旁、溥也。」
帝諦疊韻，旁溥雙聲亦韻。又「神、天神引出萬物者也。」「祇、
地祇提出萬物者也。」神引疊韻，祇提疊韻，諸如此類，《說文》
中更僕難數，此皆注經用韻之例也。（參觀鄧廷楨《說文雙聲疊韻
譜》）《大戴記·孝昭冠辭》云：「以承皇天嘉祿，……秉集萬福
之休靈，始加昭明之元服，推遠稚免之幼志，崇積文武之寵德。」
祿與服德韻，是西漢人且既協用之矣。（見《經義雜記》）

八、二聲相近二義相通而字亦相通例

　　《史記·周本紀》或作有，蓋或字古讀若域，有字古讀若以。
（說見《唐韻正》）二聲相近，故曰：「或之言有也。」聲義既相
通，則字亦相通。《說文》：「或、邦也。从口，戈以守一，一、
地也。或从土作域。」《詩·玄鳥》：「正域彼四方。」傳：
「域、有也。」域之訓為有，猶或之訓為有也。或之訓通作有，猶
〈玄鳥〉之「奄有九有。」《韓詩》作「九域」也。又：或、猶又
也。《詩·賓之初筵》：「既立之監，或佐之史。」言又佐之史
也。《韓詩》又曰：「作或。曰：或、古又讀若異。」（說亦見

《唐韻正》）二聲相近，二義相通，而字亦遂相通矣。

《周禮·冬官·考工記》篇：「矢人前弱則俛，後弱則翔。」《唐石經》俛作勉，漢碑「黽勉」多作「僶俛」。陸機〈文賦〉：「在有無而僶俛。」李善注引詩：「何有何無，僶俛求之。」《漢書·谷永傳》：「閔免遁樂。」師古注：「閔免、猶黽勉也。」而孔穎達《左傳》衰冕疏、賈公彥《儀禮·士冠禮》、《周禮·弁師》疏則並云：「冕、俛也」，據此，則俛之與勉，黽勉之與僶俛，閔免之與黽俛，冕之與俛，皆因其聲音相近，故義與字亦互通。

《莊子·在宥》篇：「而百姓求竭矣。」求竭雙聲語，猶上文言爛漫為疊韻語也，求竭即膠葛，今作糾葛。《楚辭·遠遊》篇：「騎膠葛以雜亂兮。」王逸注：「參差駢錯而縱橫也。」《廣雅》膠葛又訓作驅馳，是有行列紛糅之意，此求竭亦同義，求與膠古同聲。〈王制〉：「東膠」注：「膠或為絿。」是其證。竭葛皆从曷聲，故求竭得借為膠葛也。

《書·呂刑》：「泯泯棼棼。」泯之與緡，棼之與紛，聲相近也。《漢書·敘傳》：「風流民化，湣湣紛紛。」《論衡·寒溫》篇：「蚩尤之民，湣湣紛紛。」湣湣即泯泯，紛紛即棼棼，聲相近，義相通，而字亦相通矣。

九、二形相似二聲相近而義亦相通例

露、敗也。昭元年左傳曰：「勿使有所壅閉湫底，以露其體。」言勿使有所壅閉湫底以敗其體也。《逸周書·皇門解》曰：「自露厥家。」言自敗其家也。《管子·四時》篇：「國家乃

路。」《呂氏春秋·不曲》篇：「士民罷潞。」《莊子·天地》篇：「無落吾事。」所謂路，所謂潞，所謂落，亦俱言敗也。（說詳章氏《莊子解故》）按：露、路、落、潞四字，形聲俱近，故義亦相通也。

《莊子·人間世》篇：「死者以國量乎澤若蕉。」王先謙《集解》引《廣雅》：「蕉、黑也。」《說文》：「蕉、生枲也。」此蕉之本義也。然郭嵩燾云：「蕉與焦通。」故蕉瘁，班固作焦瘁，《左傳》又作蕉萃。（成九年《左傳》：「雖有姬姜，無棄蕉萃。」）《孟子》及《國策》則作憔悴。（《孟子》：「民之憔悴於虐政。」《國策》：「顏色憔悴。」）《玉篇》更作顦顇，而俱用為形容困苦或枯槁之意，蓋二形相似，二聲相近之字，古人往往通用，不必強為區別也。

十、有雙聲之字連用不得分為二義例

《周禮·天官·小宰》篇：「正歲則以法警戒群吏。」《書·大禹謨》篇：「益曰：『吁！戒哉！儆戒無虞。』」警戒與儆戒同，《說文》云：「警、戒也。」而戒亦訓警，按警戒雙聲，其義一也。

《楚辭·離騷》篇：「曾歔欷余鬱邑兮，哀朕時之不當。」《說文》云：「歔、欷也。」欷亦當訓為歔。按、歔欷亦雙聲字之連用，不得分訓。

十一、有疊韻之字連用不得分為二義例

襄八年《左傳》：「焚我郊保，馮陵我城郭。」杜注曰：

「馮、迫也。」王念孫曰：「馮亦陵也，馮陵疊韻，不得分為二義。」又襄十三年《左傳》：「君子稱其功，以加小人，小人伐其技，以馮君子。」杜注曰：「加、陵也；馮亦陵也。」《爾雅》：「馮河，徒涉也。」《詩・小雅》篇：「不敢馮河。」毛傳曰：「馮、陵也。」《正義》曰：「陵波而渡，故訓馮為陵。」此皆足申王氏之說，又《周官・大司馬》：「馮弱犯寡，則眚之。」鄭注曰：「馮、猶乘陵也。」按馮陵、乘陵俱疊韻，不得分為二義。（王氏《經義述聞》略同。）

《史記・武帝本紀》：「是歲天子始巡郡縣，侵尋於泰山矣。」〈封禪書〉作浸尋。《漢書・郊祀志》作寖尋，《文選・風賦》作侵淫，李善注云：「漸進也。」《說文》云：「侵漸進也。」按：侵尋疊韻，尋淫疊韻，寖尋亦疊韻，俱同義，不得分訓。

《詩・民勞》篇：「無縱詭隨，以謹無良。」傳曰：「詭人之善，隨人之惡者，以謹無良，慎小以懲大也。」《正義》曰：「無良之惡，大於詭隨，詭隨者尚無所縱，則無良者謹慎矣。」按《經義述聞》云：「詭隨疊韻字，不得分訓詭人之善，隨人之惡，詭隨即無良之人，亦無大惡小惡之分，詭隨、謂譎詐謾欺之人也。」王說是也，傳與《正義》俱失之。

十二、補倒句例

《莊子・應帝王》篇：「且鳥高飛，以避矰弋之害，鼹鼠深穴乎神丘之下，以避薰鑿之患，而曾二蟲之無知。」箋云：「樂其無妃匹之意。」而曾二蟲之無知，猶言不能妃匹二蟲也。

　　《論語·為政》篇曰：「道之以政，齊之以刑，民免而無恥。」《集注》云：「道、引導，齊，所以一之也。」按：「道之以政，齊之以刑。」猶言設為政令以化導之，設為刑罰以整齊之也，此亦倒文成句之例，下文接云：「道之以德，齊之以禮。」與此同。

　　《禮·射儀》：「昏而不中，則不怨勝己者，求反諸己而已。」（據唐石經。）王念孫曰：「求反諸己，文義不順，蓋涉上文求正諸已而誤也。」愚按：王說非也，求反諸己，猶言反求諸己，倒文成句也。

第九章 古書之註解

　　我國較為重要之經、史、子、集等古籍,前賢皆已有注釋。今若欲瞭解古籍,首在瞭解古注,尤其文字艱深之古籍,若不借助於古注,甚至根本無從瞭解古書之內容。

　　注解古書之工作始於漢代,先秦典籍,傳至兩漢,或因語音之遷變,或由口授之異辭,或以傳抄之乖誤等,漢人已有不能解其義者,於是漢代儒者,有專為古書作注解者。如毛亨、毛萇之於《詩經》,孔安國之於《書經》等,鄭玄會通今古文,於是遍注群經,如《周易》、《毛詩》、《周禮》、《儀禮》、《禮記》、《論語》等古籍,悉為之注。於瞭解先秦古籍,助益極大,若無毛、鄭等學者之注解古書成績,則欲瞭解先秦古籍實為不易。

　　兩漢之後,經過魏晉南北朝之分裂分治,至唐始重歸統一,時間又經過數百年,漢人注解,唐人讀時,又變成不易瞭解者矣。於是出現一種新式注解,注解者不但為正文作解釋,也為前人之注解再作解釋,此種注釋,一般稱之為「疏」或「正義」。這種「疏」與「正義」,在唐、宋兩代已經將十三經全部注釋完成。茲錄其詳於下:

　　《周易》:魏王弼、韓康伯注,唐孔穎達等正義。

　　《尚書》:漢孔安國傳,唐孔穎達等正義。

《詩經》：漢毛亨傳、鄭玄箋，唐孔穎達等正義。

《周禮》：漢鄭玄注，唐賈公彥疏。

《儀禮》：漢鄭玄注，唐賈公彥疏。

《禮記》：漢鄭玄注，唐孔穎達等正義。

《春秋左氏傳》：晉杜預注，唐孔穎達等正義。

《春秋公羊傳》：漢何休注，唐徐彥疏。

《春秋穀梁傳》：晉范寧注，唐楊士勛疏。

《論語》：魏何晏集解，宋邢昺疏。

《孝經》：唐玄宗注，宋邢昺疏。

《爾雅》：晉郭璞注，宋邢昺疏。

《孟子》：漢趙岐注，宋孫奭疏。

先秦典籍之注解，通常較為難讀，一則因注解家數繁多，側重方向不一，取捨之間，不易決定；一則注文簡略，注解體例與術語，對讀者而言，較為生疏，故欲掌握先秦典籍之注解，首先應瞭解其注解體例。

茲舉《詩經·鄘風·相鼠》為例，以說明經書注解之體例。下面所據書影，為臺灣藝文印書館所印行《十三經注疏》，此本乃據嘉慶二十年江西南昌府學開雕《重刊宋本毛詩注疏附校勘記》一書而影印者。

相鼠刺無禮也衞文公能正其羣臣而刺在位
承先君之化無禮儀也　相息亮反（篇內同）〔疏〕相鼠三章章
四句至禮儀

〈詩疏三之二〉

儀……正義曰……相鼠……

相鼠有皮人而無
〔疏〕相鼠至何為
人而無儀不死何為

相鼠有齒人而無止
人而無止

無禮人而無禮胡不遄死
相鼠三章章四句

　　「相鼠、刺無禮也，衛文公能正其群臣，而刺在位承先君之
化，無禮儀也。」此段文字即所謂詩序，主旨在發明一篇詩之大
旨。「○相息亮反，篇內同。」○後之切語，乃唐陸德明《經典釋
文》一書所收漢魏以來各家對正文與注文所作之注音，此處在解釋
篇名〈相鼠〉之相讀息亮切，即讀去聲心母漾韻之音，讀成今之國
語，當為ㄒㄧㄤˋ（xiàng）。篇內同三字是說，「相」字不僅在
篇名上如此讀，整首詩篇凡相字皆如此讀。〔疏〕以下為孔穎達之
疏文，「相鼠三章，章四句。」在說明此篇詩分為三章，每章四
句。「至禮儀」是說此下《正義》所解釋之經文，從「相鼠」開
始，至「禮儀」為止。「正義曰」以下之解釋，乃孔穎達正義對經

文之解釋。

　正文之下，在「箋云」前之注為毛傳，如：「相、視也，無禮儀者，雖居尊位，猶為闇昧之行。」「箋云」後之注則為鄭箋，如：「儀、威儀也。視鼠有皮，雖處高顯之處，偷食苟得，不知廉恥，亦與人無威儀者同。」○之後，又是唐陸德明《經典釋文》對正文和注文之注音。如：「行、下孟反，之處、昌慮反。」（鄭箋原文為「雖處高顯之處。」有兩「處」字，此言「之處」，可知所注乃第二「處」字之音。）〔疏〕字以下為孔穎達之「疏」。疏之體例，往往皆先舉出所疏經文或注文起首至結尾之兩個字，用○隔開，然後再加疏解，如：「相鼠至何為。」乃對經文從「相鼠有皮」至「不死何為」之疏解。「箋視鼠至者同。」乃對鄭箋「視鼠有皮」至「亦與人無威儀者同」諸句之疏釋，疏之內容往往很長，今所舉者，特其稍短者。

　一部重要古籍，注解者甚眾，故後來有人將各家注解，加上自身注解，彙成為集注或集解，如何晏所注之《論語》，即為集解。試以《論語》第一句為例：

子曰學而時習之不亦說乎　馬曰子者男子之通稱謂孔子也王曰時者學者以時誦習之誦習以時學無廢業所以爲說懌　有朋自遠方來不亦樂乎　包曰同門曰朋　人不知而不慍不亦君子乎　慍怒也凡人有所不知君子不怒

【疏】　●正義曰此章勸人學爲君子也……

【註疏卷一】

·283·

其中「馬曰」之馬為馬融，「王曰」之王為王肅，在讀集解類著作時，應細讀其序文，方知所集者為何人之注，有多少家，「某曰」之某指何人。亦有序未提及者，則多半在注中首次出現時用全名，其後則僅用其姓。

古書注解常見之情況，有下列四種情形：

第一、釋詞。如《論語》「馬曰：『子者，男子之通稱，謂孔子也。』」《詩經·鄘風·相鼠》中「相、視也，儀、威儀也。」皆所以解釋詞義者也。

第二、串解，亦稱串講。作一句或數句連串講解。如前舉〈相鼠〉之毛傳與鄭箋所釋「無禮儀者，雖居尊位，猶為闇昧之行。」、「視鼠有皮，雖處高顯之處，偷食苟得，不知廉恥，亦與人無威儀者同。」實皆對經文「相鼠有皮，人而無儀」之串解。

第三、釋詞並串解。此為前兩種方法之同時使用。如上舉《論語》集解之例：「王曰：『時者，學者以時誦習之。誦習以時，學無廢業，所以為悅懌。』」王肅不僅解釋「時」字，且將「學而時習之，不亦說乎！」全句串講一番。

第四、通釋全章大意。如今通行之漢趙岐注《孟子章句》，即採既釋字句，亦釋全章大意之法。《孟子章句》每章後皆有「章指」，「章指」即為通釋全章正文之大意者。例如：《孟子·梁惠王上》：「寡人之於國也」章後云：「章指言：『王化之本，在於使民養生喪死之用備足，然後導之以禮義；責己矜窮，則斯民集矣。』」

此種詮釋古書之法，乃使文章意義更為明顯，以助讀者於全章大意有一總括之理解。

　　從漢世儒家注經開始，歷經魏晉南北朝各代，注解古籍之範圍，皆有所擴展。唐人除為先秦古籍繼續作注疏工作外，也為漢以後其他古籍作注解，例如史部中司馬遷之《史記》，在唐代即有司馬貞之《史記索隱》與張守節之《史記正義》，班固《漢書》亦有顏師古之《漢書注》，集部中昭明太子之《昭明文選》，在唐代即有李善注與五臣注相繼問世。此類注解，有以人名、地名之考證與史實之考核為主旨，亦有以語詞出處與典故來源之考證為主旨者，若司馬貞、張守節之於《史記》注解，多注意於人名、地名及史實之考核，此類古書之注解，往往在考核史實中，增補極夥後代難得之史料，如南朝宋裴松之《三國志注》，即具有此類特點。

　　古典作家往往喜引證舊典，尤其中古時期，引經據典幾成為一種重要修辭手段，因此，注解此類文學作品時，注明出典遂為注解家之首要任務。李善之《文選注》幾乎全力集中於注明出典方面，試舉其揚雄〈解嘲〉中之一段注解為例：

解嘲一首并序

楊子雲

哀帝時，丁、傅、董賢用事，諸附離之者起家至二千石。時雄方草創大玄，有以自守，泊如也。人有嘲雄以玄之尚白，而雄解之，號曰解嘲。其辭曰：

客嘲揚子曰：吾聞上世之士，人綱人紀，不生則已，生必上尊人君，下榮父母，析人之珪，儋人之爵，懷人之符，分人之祿，紆青拖紫，朱丹其轂。今吾子幸得遭明盛之世，處不諱之朝，與群賢同行，歷金門上玉堂有日矣，曾不能畫一奇，出一策，上說人主，下談公卿。目如耀星，舌如電光，一從一橫，論者莫當，顧默而作太玄五千文，枝葉扶疏，獨說數十餘萬言，深者入黃泉，高者出蒼天，大者含元氣，細者入無間，然而位不過侍郎，擢纔給事黃門。意者玄得無尚白乎？何為官之拓落也？

揚子笑而應之曰：客徒朱丹吾轂，不知一跌將赤吾之族也。往昔周網解結，群鹿爭逸，離為十二，合為六七，四分五剖，並為戰國。士無常君，國無定臣，得士者富，失士者貧，矯翼厲翮，恣意所存，故士或自盛以橐，或鑿坏以遁。是故鄒衍以頡頏而取世資，孟軻雖連蹇，猶為萬乘師。

今大漢左東海，右渠搜，前番禺，後椒塗。東南一尉，西北一候。徽以糾墨，制以鑕鈇，散以禮樂，風以詩書。曠以歲月，結以倚廬。天下之士，雷動雲合，魚鱗雜襲，咸營于八區，家家自以為稷契，人人自以為皋陶，戴縰垂纓而談者皆擬……

擬於阿衡，五尺童子羞比晏嬰與夷吾。當塗者升青雲，失路者委溝渠，旦握權則為卿相，久失勢則為匹夫。譬若江湖之雀，勃澥之鳥，乘鴈集不為之多，雙鳧飛不為之少。昔三仁去而殷墟，二老歸而周熾，子胥死而吳亡，種、蠡存而越霸，五羖入而秦喜，樂毅出而燕懼，范雎以折摺而危穰侯，蔡澤雖噤吟而笑唐舉。

〔文選五〕

夫上世之士，或解縛而相，或釋褐而傅，或倚夷門而笑，或橫江潭而漁，或七十說而不遇，或立談而封侯，或枉千乘於陋巷，或擁篲而先驅。是以士頗得信其舌而奮其筆，窒隙蹈瑕而無所詘也。當今縣令不請士，郡守不迎師，群卿不揖客，將相不俛眉。言奇者見疑，行殊者得辟，是以欲談者卷舌而同聲，欲步者擬足而投跡。鄉使上世之士處乎今，策非甲科，行非孝廉，舉非方正，獨可抗疏，時道是非，高得待詔，下觸聞罷，又安得青紫？

〔昌黎〕〔李重刊〕

且吾聞之，炎炎者滅，隆隆者絕，觀雷觀火，為盈為實，天收其聲，地藏其熱。高明之家，鬼瞰其室。攫拏者亡，默默者存，位極者宗危，自守者身全。是故知玄知默，守道之極。

爰清爰靜游神之庭惟寂惟漠守德之
宅世異事變人道不殊彼我易
時未知何如今子乃以鴟梟而笑鳳皇執蝘
蜒而嘲龜龍不亦病乎子之笑我玄之尚白吾亦笑子之病甚
不遇俞跗與扁鵲也悲夫客曰然則靡玄無所成名乎
范蔡以下何必玄哉楊子曰范睢魏之亡命也
折脅摺髂免於徽索翕肩蹈背扶服入橐激印萬乘之主介涇陽抵穰侯而
代之當也

【文四五】

蔡澤山東之
匹夫也顩頤折頞涕唾流沫西揖強秦之相搤其咽而亢其
氣抵其背而奪其位時也
夫也領頤折頞涕唾流沫西揖強秦之相搤其咽而亢其
洛陽婁敬委輅脫輓掉三寸之舌建不拔之策舉中國徙
金革已平都於洛陽
之長安適也

五帝垂典三王傳禮百世不易叔孫通
起於枹鼓之間解甲投戈遂作君臣之儀得也
聖漢權制而蕭何造律宜
國家爾家也
虞矣
狂矣
夏蟄之時則惑矣有談范蔡之說於金張許史之間則
四皓采榮於南山
可為也故為可為於可為之時則從而可不為於不可為
長鄉竊貲於卓氏東方朔割炙於細君
於金馬驃騎發跡於祁連金日磾一人孟康曰司馬
也反何廉而驅衆
僕誠不能與此數子並故默然獨守吾太玄

　　此段原文雖具有較難理解之詞語，如「褐」、「傅」、「枉」、「詘」、「窒隙蹈瑕」等，而原文中更難理解者厥為每句文辭之用典，如無李善之注，讀者則不易瞭解每句文句所用為何典，亦難以理解每句文句所欲表達之意義矣。

　　有時李善雖非注明典故之來源，只指出詞語之出處。例如：

陳情事表　李令伯

　華陽國志曰：李密字令伯，犍為武陽人也。祖母劉氏，更適人。密見養於祖母。平後，武帝徵為太子洗馬，詔書累下，郡縣逼迫。

臣密言：臣以險釁，夙遭閔凶。生孩六月，慈父見背；行年四歲，舅奪母志。祖母劉愍臣孤弱，躬親撫養。臣少多疾病，九歲不行，零丁孤苦，至于成立。既無伯叔，終鮮兄弟，門衰祚薄，晚有兒息，外無朞功強近之親，內無應門五尺⋯⋯

離遠奉聖朝沐浴清化前太守臣逵察臣孝廉後刺史
臣榮舉臣秀才臣以供養無主辭不赴命詔書特下拜
臣郎中尋蒙國恩除臣洗馬猥以微賤當侍東宮非臣
隕首所能上報臣具以表聞辭不
就職詔書切峻責臣逋慢郡縣逼迫催臣上道州司
門急於星火臣欲奉詔奔馳則劉病日篤欲苟順私情
則告訴不許臣之進退實為狼狽
伏惟聖朝以孝治天下凡在故老
猶蒙矜育況臣孤苦特為尤甚且臣少仕偽朝
歷職郎署本圖宦達不矜名節今臣
亡國賤俘至微至陋過蒙拔擢寵命優渥
豈敢盤桓有所希冀但以劉
日薄西山氣息奄奄人命危淺朝不慮夕臣無祖母無以至
今日祖母無臣無以終餘年母孫二人更

相為命是以區區不能廢遠臣密今年四十有四祖母
劉今年九十有六是臣盡節於陛下之日長報養劉之
日短也烏鳥私情願乞終養臣之辛苦非獨蜀之人士及二州牧伯所
見明知皇天后土實所共鑒願陛下
矜愍愚誠聽臣微志庶劉僥倖保卒餘年
臣生當隕首死當結草
臣不勝犬馬怖懼之情謹拜表以聞

　　以上三例之中，李善指出「終鮮兄弟」、「狼狽」、「優渥」、「盤桓」等語詞之出處。此類注解亦有助於讀者理解作品詞句之意義。有時李善也予釋義，不過往往轉引古注或古代字書對此字之注釋。例如：

獨鬱悒而與誰語

蓋鍾子期死伯牙終身不復鼓琴

知己者用女為說己者容

矣雖才懷隨和行若由夷

可以為榮適足以見笑而自點耳書辭宜荅

日淺卒卒無須臾之閒得竭至意今

少卿抱不測之罪涉旬月迫季冬

僕又薄從上雍恐卒然不可為

諱是僕終已不得舒憤懣

以曉左右則長逝者魂魄私恨無

窮固陋愨然父子報幸勿為過

之脩身者智之符也

也故禍莫憯於欲利悲莫痛於傷心

於君子之林矣士有此五者然後可以託於世而列

惟欲之與利為禍

於宮刑

世也所從來遠矣昔衛靈公與雍渠同載孔子適

子於乘軒絲綠色

自古而恥之夫以中才之人事有關於宦豎莫不傷

氣而況於慷慨之士乎如今朝廷雖乏人奈何令刀鋸

之餘薦天下豪俊哉

自惟上之不能納忠効信有奇策才力之譽自結明主

次之又不能拾遺補闕招賢進能顯巖穴之士外之又

不能備行伍攻城野戰有斬將搴旗之功下之又不能積

日累勞取尊官厚禄以為宗族交游光寵四者無一遂

苟合取容無所短長之効可見如此矣

總者僕常廁下大夫之列

陪外廷末議。不以此時引
維綱、盡思慮，今已虧形為掃除之
隸，在闒茸之中，乃欲仰首伸眉，論列
是非，不亦輕朝廷、羞當世之士邪？
言哉！尚何言哉！
知亡室家之業，日夜思竭其不肖之才力，
主上幸以先人之故，使得奏薄伎，出入周衛
之中。僕以為戴盆何以望天，故絕賓客之
長無鄉曲之譽，
僕少負不羈之才，
而事乃有大謬不然者夫！
務一心營職，以求親媚於主上。
與李陵俱居門下，素非能相善也，趣舍異路，
別有讓，恭儉下人，常思奮不顧身，以徇國家之急。
僕觀其為人，自守奇士，事親孝，與士信，臨財廉，取予義，
其素所蓄積也，
夫人臣出萬死不顧一生之計，赴公家之難，
斯已奇矣，而全軀保妻子之臣隨而媒糵其短，
一不當

風
少
所出，僕竊不自料其卑賤，見主上慘悽怛悼，誠欲效其
敗書聞，主上為之食不甘味，聽朝不怡，大臣憂懼，不知
者
陵未沒時，使有來報，漢公卿王侯皆奉觴上壽。後數日，陵
一呼勞軍，士無不起，躬自流涕，沫血飲泣，更張空弮，冒白刃，北嚮爭死敵。
鬥千里，矢盡道窮，救兵不至，士卒死傷如積。
怖，乃悉徵其左右賢王，舉引弓之人，一國共攻而圍之。轉
傷不給，旃裘之君長咸震
與單于連戰十有餘日，所殺過當。虜救死扶
卒不滿五千，深踐戎馬之地，足歷王庭，垂餌虎口，橫挑彊胡，仰億萬之師，
僕誠私心痛之。且李陵提步
少甘絕分少，能得人死力，雖古
款款之愚。以為李陵素與士大夫絕甘分

之名將不能過也身雖陷敗彼觀其意且欲得其當而
報於漢　敗功亦足以暴於天下矣
僕懷欲陳之而未有路適會召問即以此指推言陵之
功欲以廣主上之意塞睚眦
未能盡明明主不曉以為僕沮貳師而為李
陵遊說遂下於理
終不能自列
為諡上卒從吏議以為誣上家貧貨賂不足以自贖交
拳拳之忠因

【文四十一】
遊莫救左右觀近不為一言身非木石獨與法吏為伍
深幽囹圄之中誰可告愬者此真少卿所親見僕行事
豈不然乎李陵既生降隤其家聲
而僕又佴之蠶室
平卜祝之閒固主上所戲弄倡優所畜流俗之所輕也
未易二二為俗人言也僕之先非有剖符丹書之功
假令僕伏法受誅若九

牛十二毛與螻蟻何以異
又不與能死節者
智窮罪極不能自免卒就死耳何也素所自樹立使然
也人固有一死或重於太山或輕於鴻毛用之所趨異
先剔毛髮嬰金鐵受辱
其次毀肌膚斷肢體受辱最下腐刑極矣

【文四十一】
傳曰刑不上大夫此言士節不可不勉勵也
猛虎在深山百獸震恐及在檻穽之中搖
尾而求食積威約之漸也故士有畫地為牢勢不可入削木
為吏議不可對定計於鮮也
榜箠幽於圜牆之中當此之
時見獄吏則頭槍地視徒隸則正惕息何者積威
約之勢也及以至是言不辱者所謂強顏耳局足貴乎

且西伯伯也拘於羑里　李斯相也具于五刑　淮陰王也受械於陳　彭越張敖南面稱孤繫獄抵罪　絳侯誅諸呂權傾五伯囚於請室　魏其大將也衣赭衣關三木　季布爲朱家鉗奴

灌夫受辱於居室

此人皆身至王侯將相聲聞鄰國　及罪至罔加不能引決自裁在塵埃之中古今一體安在其不辱也由此言之勇怯勢也強弱形也審矣何足怪乎

夫人不能早自裁繩墨之外以稍陵遲至於鞭箠之間乃欲引節斯不亦遠乎

古人所以重施刑於大夫者殆爲此也

夫人情莫不貪生惡死念父母顧妻子至激於義理者不然乃有所不得已也

今僕不幸早失父母無兄弟之親獨身孤立少卿視僕於妻子何如哉

且勇者不必死節怯夫慕義何

處不勉焉。活亦頗識去就之分矣，何至自沈溺縲紲之辱哉！僕雖怯懦欲苟活，亦頗識去就之分矣，何至自沈溺縲紲之辱哉！且夫臧獲婢妾，猶能引決，況僕之不得已乎！所以隱忍苟活，幽於糞土之中而不辭者，恨私心有所不盡，鄙陋沒世而文彩不表於後世也。古者富貴而名摩滅，不可勝記，唯倜儻非常之人稱焉。蓋文王拘而演周易，仲尼厄而作春秋，屈原放逐乃賦離騷，左丘失明厥有國語，孫子臏腳兵法脩列，不韋遷蜀世傳

【文甲一】

呂覽，韓非囚秦，說難孤憤，詩三百篇大抵聖賢發憤之所為作也。此人皆意有所鬱結，不得通其道，故述往事，思來者。乃如左丘無目，孫子斷足，終不可用，退而論書策以舒其憤，思垂空文以自見。僕竊不遜，近自託於無能之辭，網羅天下放失舊聞，略考其行事，綜其終始，稽其成敗興壞之紀，上計軒轅，下至于茲，為十表，本紀十二，書八章，世家三十，列傳七十，凡百三十篇，亦欲以

【文甲十一】

究天人之際，通古今之變，成一家之言。草創未就，會遭此禍，惜其不成，已就極刑而無慍色。僕誠以著此書，藏之名山，傳之其人（其人謂與己同志者），通邑大都，則僕償前辱之責，雖萬被戮，豈有悔哉！然此可為智者道，難為俗人言也。

且負下未易居（流而下者），下流多謗議（上者也）。僕以口語遇此禍，重為鄉黨所笑，以汙辱先人，亦何面目復上父母之丘墓乎？雖累百世，垢彌甚耳！是以腸一日而九迴，居則忽忽若有所亡，出則不知其所往（人尸居之而不知所如往）。每念斯恥，汗未嘗不發背沾衣也。身直為閨閤之臣，寧得自引於深藏巖穴邪？故且從俗浮沉，與時俯仰，以通其狂惑。今少卿乃教以推賢進士，無乃與僕私心剌謬乎？今雖欲自雕琢，曼辭以自飾，無益於俗，不信，適足取辱耳。要之死日，然後是非乃定。書不能悉意，略陳固陋。謹再拜。

【文王】

十八　乙卯重刊　余毅遠

　　有類古書之注解，除注明出典之外，並能劃分段落，詮釋大意，從而幫助讀者分析與鑒賞作品。仇兆鰲《杜詩詳註》於杜甫〈春望〉詩之注解，即屬此例。

春望

〔鶴注〕此當是至德二載三月賦賊蟄時所作者指爭三月道氏謂鑾明皇反於長安寶

六月道辛蜀安得絕朝安之破云是家時公抵萬家金奉從五跌月方正入。〔顧宸云〕三十五年正月鑾明皇在天安

國破山河在，城春（荒一作）草木深。感時花濺淚，恨別鳥驚心。烽火連三月，家書抵萬金。白頭搔更短，渾欲

不勝簪。

時破壁鐘此愛亂書傷句而慘作別但下四句又望因上景句而生傷。白頭更短愁望之思情，家遭所亂致思○家懷萬。〔趙汸國策曰〕楚辭閒人余惑。

詩破君林詩有驚鳥心不能拾能存旬春而恨作別也一下四句春又望因上景句而生傷。〔呂氏春秋〕四更秋望亂之思情家遭所亂致思○一草列生萬恨。〔趙汸國策曰〕楚辭閒人余惑。

一王物不詩賚。〔白樂天詩〕燕河所敗後以論而生傷呂氏帝白春更短。〔古樂府〕一史白鷗頭不項相鬩燒秦一宮詩室搖三首脚鬩滅。

一霎落飴不照人曰古人爲詩貴於意在言外使人思而得之故賈島詩國破山河在花鳥平時可娛之物見。〔說文〕帝燕曹帝策價越鬩金射濺一熻古火一史白鷗頭不項相鬩燒秦一宮室搖三首脚鬩滅。

鬢時之司馬溫公曰古人爲詩貴於意在言外使人思而得之故賈島詩國破山河在花鳥平時可娛之物見。時可知矣閒而說他省惑則類此。

注文前面先劃分段，落詮釋大意，後再逐詞逐句注明出典，如此注釋，對閱讀和鑒賞此詩者極有助益。

另外一類古籍注解，側重於闡明哲理，有闡明原著之哲理者，

亦有闡明原著哲理時，參入注者本身之觀點。比如《莊子》原為一部文字深奧之古書，於是郭象注及成玄英疏之重點不在字句之解釋上，而在文中之哲理。

莊子集釋

一蟲又何知。【注】二蟲謂鵬蜩也。對大於小所以均異也。夫趣之所以異豈知異而異哉皆不知所以然而自然耳自然耳不為也此逍遙之大意。

小年不及大年。【注】物各有性性各有極皆如年知豈跂尚之所及哉自此已下至於列子歷舉年知之大小各信其一方未有足以相傾者也然後統小大者無餘於心然後彼我逍遙同於大通而無不適矣。

知其然也。【注】以小羨大則大自足苟大小之各適何羨之有哉

小知不及大。【注】夫物受氣不同各有限量不可以小羨大也此所以知小知之不及大知也

朝菌不知晦朔蟪蛄不知春秋此小年也。【注】朝菌者朝生暮死之蟲也蟪蛄夏生秋死之蟲也斯皆短折之小年不及於大年故不知歲月之脩短也

六

郭注與成疏盡量闡明「之二蟲又何知」一句中所含之「自然」「不為」之老莊哲理。

關於注音，亦有新發展，早期注解往往用直音法或「讀若」「讀如」等術語注音，後來則反切逐漸為注家所採用。例如李善《文選注》中所注中諸葛亮〈出師表〉：

> 侍中侍郎郭攸之費褘（於宜反）董允等。

又鄒陽〈獄中上梁王書〉：

> 是以申徒狄蹈雍之河。（雍、一龍切）徐衍負石入海。

> 昔者司馬喜臏（鼻引）腳於宋，卒相中山。

諸葛亮〈出師表〉：

> 陛下亦宜自課，以咨諏（足俱）善道，察納雅言，深追先帝遺詔。

「鼻引」即「鼻引切」，乃注「臏」字之音；「足俱」即「足俱切」，乃注「諏」字之音。若以為「鼻引」為「臏」之釋義；「足俱」為「諏」之釋義，則大錯特錯矣。

關於注音，有一術語，亦宜知悉，即「如字」一詞。古書某字注以「如字」，意即謂在文特定之上下中，此字應按其本音讀之。例如《禮記·大學》：「所謂誠其意者，毋自欺也，如惡惡臭，如好好色。此之謂自謙。」《經典釋文》云：

> 惡惡、上烏路反，下如字。……好好、上呼報反，下如字。

意謂前一惡字讀烏路反，為去聲，後一惡字讀其本音，即惡劣之惡，應讀入聲；前一好字讀呼報反，為去聲，後一好字讀其本音，即美好之好，為上聲。

　　有時一字之下注「如字」之外，又注其他音切，則表明此字在特定之上下文中，有傳統上有不同之讀法。例如《論語・公冶長》：「季文子三思而後行。」《經典釋文》云：

　　　三思、息暫反，又如字。

此即意謂「三」字有去聲讀法（變讀），亦有平聲讀法（如字）。

　　讀法不同，往往意義即不同，例如《論語・微子》：「四體不勤，五穀不分。」

《經典釋文》云：

　　　不分、包云如字，鄭扶問反，云猶理。

此謂「分」字有平聲讀法（如字），亦有去聲讀法（變讀），包鄭兩家之讀音，反映對分字不同之理解。

　　古書常有一字異讀之情形，不同讀音，往往表示詞義或詞性之差異。例如音樂之「樂」與快樂之「樂」，解說之「說」與遊說之「說」及喜說之「說」等等。異讀有時只表現聲調上之差異，例如施行之「施」讀平聲，施與之「施」讀去聲；聽聞之「聽」讀平聲，聽從之「聽」讀去聲，但是僅只是詞義上之轉變。有時聲調不同，不僅詞義轉變，甚至詞性亦已轉變，此種情形，最宜注意。例如王侯之「王」是名詞，讀平聲，王天下之「王」是動詞讀去聲；操持之「操」是動詞，讀平聲，節操之「操」是名詞，讀去聲。愛

好之「好」是動詞，讀去聲，美好之「好」是形容詞，讀上聲，厭惡之「惡」是動詞，讀去聲，惡劣之「惡」是形容詞，讀入聲。

　　利用四聲來區別詞義與詞性，乃漢語特點之一，漢魏學者發現此點，並體現在古書之注音上，有文字學家認為此乃六朝經師注解古書時之強為分別，然積習相沿，後來聲律之文，頗為重視此種區別。甚至尚有些異讀字仍保留於現代漢語中，如

　　　　好ㄏㄠˇ（hǎo）、好ㄏㄠˋ（hào）；
　　　　惡ㄜˋ（è）、惡ㄨˋ（wù）之類。

有些字之異讀在現代國語中已經混同，但在方言中仍保留其區別，例如容易之易讀去聲，周易之易讀入聲，現在廣州話仍有區別。

　　唐代以後，宋代學者亦為古籍注解貢獻不少，例如朱子就著有《周易本義》、《詩集傳》、《大學章句》、《論語集注》、《孟子集注》、《中庸章句》、《楚辭集注》等，朱子能不受漢代學者之羈絆，直接自文義入手，所作注解，有時較近情理，但亦因於其主觀意見十分強烈，有時也不免互相矛盾。

　　清代學者幾乎對每一典籍均作新疏，鑽研漢唐人之注解，根據客觀材料，以判斷前人之是非，解決古書中之疑難問題，對古書字句解釋要求十分嚴格，得到良好成績。例如陳奐《詩毛氏傳疏》、馬瑞辰《毛詩傳箋通釋》；劉寶楠《論語正義》、集循《孟子正義》；王先謙《莊子集解》、郭慶藩《莊子集釋》等等，皆有極大參考價值，不過清儒有些注解亦過於繁碎，如劉寶楠《論語正義》之釋「子曰學而時習之不亦說乎？」一句中之曰字，即一百餘言，雖旁徵博引，極為詳盡，然跡之事實，確無必要。

　　清儒除為古書作注解與考證外，還為古書作校勘，阮元為《十三經注疏》所作校勘記，即為一例，校勘記除校十三經正文外，亦校正注疏中之錯誤。

　　清儒除為專書作注解與校勘外，也以讀書札記之方式，對古書詞句詮釋與文字之校訂，提出一己之看法，重要著作如王念孫《讀書雜志》，王引之《經義述聞》，俞樾《古書疑義例》等書，皆為讀古書不可缺少之參考書籍。本書在第八章〈古書之體例〉一節中，已詳加引述，茲不再贅。

　　研讀古代典籍，參閱古書注解乃屬十分重要，不可或缺。讀古書時若能直讀白文（即原文）固佳，然若參考古人注解，則讀時更能體會深刻。阮元在《十三經注疏》及《重刻宋板注疏總目錄》中嘗謂：

> 竊謂士人讀書，當從經學始，經學當從注疏始，空疏之士，高明之徒，讀注疏不終卷而思臥者，是不能潛心研索，終身不知有聖賢諸儒經傳之學矣。至於注疏諸義，亦有是有非，我朝經學最盛，諸儒論之甚詳，是又在好學深思實是求是之士，由注疏推求尋覽之矣。

今日吾人籀讀古書之目的，雖與阮氏所處之時代稍異，然讀古書，宜先閱其注解，仍然未變。阮元提及吾人宜依據注解，但不應迷信注解。蓋古籍流傳至今，由於傳寫及其他原因，其中往往有錯誤，注解者於此類錯誤，或已加校正，或以訛傳訛，而作不正確之注解。因此吾人必須具備判斷古注是非之本領，則訓詁之知識，正是此種必備本領之一。

第十章　古書之句讀

　　《禮記·學記》云:「古之教者,家有塾,黨有庠,術有序,
國有學。比年入學,中年考校。一年視離經辨志,三年視敬業樂
群,五年視博習親師,七年視論學取友,謂之小成,九年知類通
達,強立而不反,謂之大成。」鄭注:「離經,斷句絕也,辨志,
謂別其心意所趣鄉也。」孔疏:「一年視離辨志者,謂學者初入學
一年,鄉遂大夫於年終之時,考視其業,離經謂離析經理,使章句
斷絕也。辨志,謂辨其志意趣鄉,習學何經矣。」古籍原無句讀,
由學者自行斷句,所謂離經者此也。古代斷句以「、」作標誌,
《說文解字》云:「◦有所絕止而識之也。」或以為《說文》
「◦」字即句讀之讀本字。前人於語意未完而須停頓時,則點在兩
字中間;若句意已完,則點在句末字之旁,後來用圈號「。」作為
句終之標誌。古時又有一「ㄑ」字,《說文解字》云:「ㄑ、鉤
識也。」實乃古人讀書時所用之句讀標誌也。

　　楊樹達《古書句讀釋例》云:

　　　句讀之事,視之若甚淺,而實則頗難。《後漢書·班昭傳》
　　　云:「《漢書》始出,多未能讀者;馬融伏于閣下,從昭受
　　　讀。」何休《公羊傳·序》云:「講誦師言,至於百萬,猶

有不解，時加釀嘲辭，援引他經，失其句讀，以無為有，甚
可閔笑者，而不可勝記也。」觀此二事，句讀之不易，可以
推知矣。

故楊氏采綴諸書，分條比輯，共得十五例，錄之於後：（楊氏申
說，則入之於注，為節篇幅，每一釋例，僅舉例一則。）

　　一、當讀而失讀。❶
　　二、不當讀而誤讀。❷
　　三、當屬上讀而誤屬下。❸

---

❶　人生十年曰幼學二十曰弱冠三十曰壯有室四十曰強而仕五十曰艾服官六十
曰者指使七十曰老而傳八十九十曰耄七年曰悼悼與耄雖有罪不加刑焉百年
曰期頤《禮記·曲禮上篇》
鄭注云：「期猶要也；頤、養也。不知衣服食味，孝子要盡養道而已。」
以「期頤」二字連讀。王念孫《廣雅疏證》卷一上云：「《古辭·滿歌
行》：『百年保此期頤。』亦以『期頤』二字連讀。案：期之言極也。
《詩》言『思無期』，「萬壽無期」。《左傳》言：『貪惏無厭，忿纇無
期。』皆是究極之義。百年為年數之極，故曰百年曰期。當此之時，事事
皆待於養，故曰頤。『期頤』二字不連讀。〈射義〉云：『旄期稱道不
亂。』是其證。」朱子云：「『十年曰幼』為句，『學』字自為句，下至
『百年曰期』皆然，此說是也。」樹達按：鄭君讀誤，朱、王讀是也。
❷　齊國雖褊小吾何愛一牛即不忍其觳觫若無罪而就死地故以羊易之也《孟
子·梁惠王上篇》
舊讀以「即不忍其觳觫」六字為句，「若無罪而就死地」為句。樹達按：
如此讀，「若」字義不可通。此當以「即不忍其觳觫若無罪而就死地」十
三字作一句讀。「觳觫若」猶言「觳觫然」也。
❸　儒有內稱不辟親外舉不避怨程功積事推賢而進達之不望其報君得其志苟利
國家不求富貴其舉賢援能有如此者《禮記·儒行篇》
《釋文》云：「推賢而達達之。」舊至此絕句，皇以「達之」連下為句。
樹達按：陳氏《集說》從舊讀，是也。皇讀非。

四、當屬下讀而誤屬上。❹

五、原文不誤因誤讀而誤改。❺

六、原文不衍因誤讀而誤刪。❻

七、原文不脫因誤讀而誤補。❼

---

❹ 伯夷叔齊雖賢得夫子而名益彰顏淵雖篤學附驥尾而行益顯巖穴之士趣舍有時若此類名堙滅而不稱悲夫《史記・六十一伯夷傳》

舊讀以「若此類」連讀，黃君侃云：「類」字當屬下讀。樹達按：黃說是也。《史記・酷吏傳》云：「大抵吏之治類多成由等矣。」《漢書・賈誼傳》云：「夫移風易俗，使天下回心而鄉道，類非俗吏之所能為也。」「類」字用法並同。

❺ 奮武將軍任千秋者其父宮昭帝時以丞相徵事捕斬反者左將軍上官桀封侯宣帝時為太常薨千秋嗣後復為太常《漢書・七十九馮奉世傳》

宋祁以「嗣後」為句，校云：「後疑作侯。」樹達按：「後」字當下屬，宋說誤。

❻ 馮驩乃西說秦王曰天下之游士憑軾結靷西入秦者無不欲彊秦而弱齊憑軾結靷東入齊者無不欲彊齊而弱秦此雌雄之國也勢不兩立為雄雄者得天下矣《史記・七十五孟嘗君列傳》

王念孫《讀史記雜志》卷四弔顧子明云：「為雄」下衍一「雄」字，「為雄」二字屬下讀。樹達按：吳汝綸以「為雄」屬上讀是也。不必衍「雄」字。下文驩說齊王云：「夫秦齊，雄雌之國，秦彊則齊弱矣。此勢不兩雄。」可證。顧說非是。

❼ 母之愛子也倍父父令之行於子者十母吏之於民無愛令之行於民也萬父母積愛而令窮吏用威嚴而民聽從嚴愛之策亦可決矣《韓非子・六反篇》

宋乾道本如此。顧廣圻云：「今本『積』上有『父母』二字，誤。」王先慎云：「按上『十母』『萬父母』並句絕。『父母積愛』與『吏用威嚴』相對成文，不當省『父母』二字。顧說非，改從今本。」樹達按：顧說是也。本文既云：「父令之行於子者十母。」不得又謂「父積愛而令窮。」與上文矛盾。蓋此文當於「萬父」絕句，「母」字當與下「積愛而令窮」連讀。俗本誤以「父母」連讀，以文不可通，遂又誤增「父母」二字。王氏從之，謬矣。

八、原文不倒因誤讀而誤乙。❽

九、因文省而誤讀。❾

十、因不識古字通假而誤讀。❿

十一、因不識古韻而誤讀。⓫

十二、因字誤而誤讀。⓬

---

❽ 隰斯彌見田成子田成子與登臺四望三面皆暢南望隰子家之樹蔽之《韓非子·說林上篇》

王先謙云：「『家之』二字誤倒。」樹達按：王氏誤斷，此當以「南望」二字為句，與上文「四望」句法同，「家之」二字不誤。

❾ 西宮咸池曰天五潢五潢五帝車舍火入旱金兵林中有三柱《史記·卷二十七天官書》

王念孫云：火入旱，金兵，水水者，謂火入五潢則為旱，金則為兵，水則為水也。中有三柱者，謂五潢中有三柱也。《索隱》云：「謂火金水入五潢，則各致此災也。」此注本在「水水」之下，今本列入上「水」字之下，下「水」字之上，而讀「金兵水」為句，「水中有三柱」為句，大謬。

❿ 諸侯之地其削頗入漢者為徙其侯國及封其子孫也所以數償之《漢書·卷四十八賈誼傳》

顏師古於「也」字為句。沈彤云：「也當作他。謂諸侯或以罪黜，其地被削，多入於漢者。若因其所存地為國，則國小而其子孫亦不得封，故為之徙其侯國，並封其子孫於他所，如其被削之數償之也。顏注誤。」樹達按：沈說是也。也它二字古音同通假，不必作「他」。

⓫ 天為古地為久察彼萬物名於始左名左右名右視彼萬物數為紀紀之行也利而無方行而無止以觀人情利有等維彼大道成而弗改《逸周書·周祝篇》

王念孫云：「此文以久始右紀止等改為韻，『以觀人情利有等』二句連讀，孔以二句分屬上下節而各自為解，失之。」

⓬ 降說屨升坐修爵無數《禮記·鄉飲酒義篇》

錢大昕《十駕齋養新錄》卷二云：「熊氏以修爵為行爵，後儒無異說。案《儀禮·鄉飲酒禮》云：『說屨，揖讓如初，升堂，乃羞，無算爵。』經

十三、因字衍而誤讀。❸

十四、因字脫而誤讀。❹

十五、數讀皆可通。（按數讀皆可通，非著書之人故以此為謎苦後人也，乃今人苦不得其真讀耳。）❺

文本無『修』字，始悟『修』乃『羞』之誤，聲相近也。『羞』字為句，《禮》所云『乃羞』也；『爵無數』為句，禮所云『無算爵』也。」

❸ 故君子之行仁也無厭志好之行安之樂言之故言君子必辯《荀子・非相篇》
楊倞於「故言」下注云：「所以好言說，由此三者也。」王念孫云：「楊說非也。『故君子必辯』為一句，故下本無『言』字。此言君子志好之，行安之，樂言之，是以必辯也。上文云：『故君子之於言也，志好之，行安之，樂言之，故君子必辯。』是其證。今作『故言君子必辯』，『言』字乃涉上文而衍。楊斷『故言』為一句以結上文，則『君子必辯』四字竟成贅語矣。」

❹ 蓋老而復壯者三為王后七為夫人《列女傳・孽嬖傳》
盧文弨《鍾山札記》卷四云：「《史通》引《列女傳》云：夏姬再為夫人，三為王后。夫為夫人則難以驗也。三為王后，則於周楚皆無所處，以是為譏。今考《列女傳》云：蓋老而復壯者三，當句絕。（郭璞《山海經・圖讚》云：夏姬是監，厥媚三還。諺亦云：夏姬得道，雞皮三少。）其下云：『為王后，句七為夫人。』余謂『為王后』上當有『一』字，左氏雖未言曾入楚宮，而《列女傳》則言莊王納巫臣之諫，使壞後垣而出之，則固曾入楚宮矣。是非一為后乎？至七為夫人者，若以國君言，誠無可考，或劉向因後世卿大夫妻通稱夫人而以之例前代，並淫亂者數之，固有七矣。若《史通》云再為夫人，則前御叔，後巫臣，更為灼然，似作再字為是。」樹達按：盧說是也。

❺ 子謂薛居州善士也使之居於王所在於王所者長幼卑尊皆薛居州也王誰與不善在王所者長幼卑尊皆非薛居州也王誰與為善一薛居州獨如宋王何《孟子・滕文公下篇》
此凡兩讀，一讀「獨如宋王何」五字為句，一讀「獨」字一字為句，「如宋王何」四字為句，按兩讀皆可通。

古人極重視句讀訓練，因為明辨句讀，乃讀懂古書之起點，若斷句無誤，即對古書有初步瞭解，所以《禮記·學記》曰：「一年視離經辨志。」古人讀書一年，即須考查其句讀經典之能力。當然，若句讀無誤，並不等於說完全瞭解；若句讀錯誤，則對古書某些詞句未曾讀懂，則非常顯然。

王力《古漢語通論》論及古書之句讀嘗云：

> 在閱讀古書時怎樣才能不斷錯句，不用錯標點呢？這先要研究錯誤的原因，原因是多方面的。歸納起來，大致可以分為三個方面：一是意義不明，二是語法不明，三是音韻不明。下面分別加以討論（討論以斷句為主，也涉及標點符號的使用）。

㈠ 意義不明

意義方面有不清楚的地方，這是弄錯句讀最主要的原因，不明字義，不通文理，缺乏古代文化常識，不知出典等，都容易導致句讀錯誤。

1.不明字義，不通文理

讀書必須識字，不明字義，自然會把句子點錯，一個字往往有幾個意義，此處用的是甲義而誤認為乙義，也是不明字義。在許多情況下，讀者並不是不明字義，而是不能把上下文連貫起來，不能串講；讀時不求甚解，不從上下文仔細體會古人用意，也可以說是不通文理。這樣拿起筆來斷句，就容易產生錯誤。

例一

（正）收天下之兵，聚之咸陽，銷鋒鏑，鑄以為金人十二，

以弱天下之民。《文選·賈誼·過秦論》

（誤）收天下之兵。聚之咸陽。銷鋒鍉鑄。以為金人十二。
以弱天下之民。

「鍉」又作「鏑」，就是箭鏃。「鑄」是「鎔鑄」的意思。《文
選》的斷句者將「銷鋒鍉鑄」連讀，這是講不通的。《漢書·項羽
傳》載賈誼〈過秦論〉，如淳、顏師古諸家皆讀「鍉」字斷句❻。
為什麼《文選》的斷句者會斷錯句呢？因為《史記·秦始皇本紀》
所載賈誼〈過秦論〉在這裡作「銷鋒鑄鐻」（鐻、鐘類），斷句者
大約受了這個影響，沒有仔細考慮「鍉」「鑄」兩字的意義，就把
「鑄」字劃歸到上句去了。

例二

（正）使盡之，而為之簞食與肉，寘諸橐以與之。《左傳·宣
公二年》

（誤）使盡之，而為之簞食，與肉，寘諸橐以與之。

這裡是說，「給他預備一筐飯和肉，放在口袋裡給他。」標點者把
連詞「與」看成動詞「給予」的「與」，就和後面「以與之」的
「與」重複了。

例三

---

❻　《漢書》原文雖無斷句，但在「鍉」字下加注，依《漢書》規則，必須在
　　斷句處加注，故知此處為斷句。

（正）世儒學者，好信師而是古，以為賢聖所言皆無非，專精講習，不知難問。《論衡·問孔篇》

（誤）世儒學者，好信師而是古，以為賢聖所言，皆無非專精講習，不知難問。

這裡的「非」字應當作「錯誤」講，《諸子集成》本《論衡》的標點者誤認為否定副詞，所以弄錯了。

例四

（正）今往僕少小所著辭賦一通相與，夫街談巷說，必有可采。《文選·曹植·與楊德祖書》

（誤）今往僕少小，所著辭賦一通，相與夫街談巷說，必有可采。

第一句意思是說，「現在送我少年時代所著的辭賦一篇給你。」《文選》的斷句者不懂「往」是「送往」的意思，「相與」的「與」是「給予」的意思，「少小」一詞也不懂，這就全句不瞭解了。「少小」指少年時代，這是古人常用的詞語。曹植自己在〈白馬篇〉就說「少小去鄉邑，揚聲沙漠垂」。像上述《文選》標點者這樣斷句，「今往僕少小」還成什麼話呢！

例五

（正）時人始而驚，中而笑且排，先生益堅，終而翕然隨以定。李漢《韓昌黎集序》

（誤）時人始而驚，中而笑，且排先生益堅，終而翕然隨以定。

「笑且排」，意思是「嘲笑而且排斥」，「先生益堅」，意思是「韓愈受到嘲笑和排斥以後，不但不氣餒，而且更加堅定。」這才顯出了韓愈的戰鬥精神。如果把「且排先生益堅」讀成一句，那是說「時人更堅決地排斥韓愈」，和作者的原意正相違反了。

例六

（正）往者輶軒之使，巡遊萬國，采覽異言，良以列土樹疆，水土殊則聲音異，習俗變則名言分，雖王者同文，而自然之聲，不能以力變也。《黃侃論學雜著·論音之變遷由于地者》

（誤）往者輶軒之使，巡遊萬國，采覽異言；良以列土樹疆，水土殊則，聲音異習，俗變則名言分；雖王者同文，而自然之聲，不能以力變也。❼

這個錯誤的產生，在於斷句人不能理解到「水土殊則聲音異，習俗變則名言分」為兩句對仗句，同時誤會「水土殊則」的「則」字為實詞，所以產生這樣一種錯誤。

例七

（正）顏回問仲尼曰：孟孫才，其母死，哭泣無涕，中心不戚，居喪不哀。無是三者，以善處喪蓋魯國，固有無其實而

---

❼　此一斷句據 1964 年 9 月中華書局出版《黃侃論學雜著》103 頁。

得其名者手？回壹怪之！《莊子·大宗師篇》

（誤）顏回問仲尼曰：孟孫才，其母死，哭泣無涕，中心不戚，居喪不哀。無是三者，以善處喪，蓋魯國。固有無其實而得其名者手？回壹怪之！

翁世華〈訓詁與句讀〉一文裡說：李楨說成玄英在「以善處喪」處斷句，文義未完，且嫌于不辭。他認為「蓋魯國」三字應當屬于上句，讀作「以善處喪蓋魯國」。不該連下。因為「蓋」字在這裡并不是個無義的發語辭，而是個有義的實詞，與〈應帝王篇〉裡「功蓋天下」的「蓋」字意義相同。是說孟孫子以善處喪名蓋魯國，或即名滿魯國的意思。

例八

（正）李氏子蟠，年十七，好古文，六藝經傳皆通習之。韓愈〈師說〉

（誤）李氏子蟠，年十七，好古文六藝經傳，皆通習之。

李氏子蟠愛好的是古文，通習的是六藝經傳，這樣才符合韓愈的原意。且古文不像六藝經傳有各科，無所謂通習；六藝經傳是當時的必讀書，內容龐雜，也不可能對其中各科都愛好。斷句的人由於沒有讀懂原文，所以才斷錯了句的。

2.缺乏古代文化知識，不知出典

缺乏古代天文、地理、典章制度等方面的常識，就影響對某些特定詞語的瞭解。不知出典，就容易用錯引號。

例一

（正）《史記·天官書》云：「牽牛為犧牲，其北河鼓。河鼓：大星，上將；左右，左右將。」胡仔《苕溪漁隱叢話·後集》卷七

（誤）史記天官書云。牽牛為犧牲。其北河鼓。河鼓大星。上將左右。左右將。

《史記》張守節《正義》說：「河鼓三星，在牽牛北，主軍鼓。蓋天子三將軍：中央大星，大將軍；其南左星，左將軍；其北右星，右將軍。所以備關梁而拒難也。」這就是說，「河鼓」有三顆星，中間的大星為上將，左右二星為左右將。《萬有文庫》本《苕溪漁隱叢話》的斷句者沒有這種古代的天文常識，把句子斷得完全不可理解。

例二

（正）彗星復見西方十六日，夏太后死。《史記·秦始皇本紀》

（誤）彗星復見西方。十六日，夏太后死。

這裡是說彗星又在西方出現，一共經過十六天；不是說夏太后死在十六日那天。因為古人用干支記日的，《史記》也是這樣。就以《秦始皇本紀》來說，凡記日都用干支。如四年十（七）月「庚寅」，九年四月「己酉」，三十七年十月「癸丑」，三十七年七月「丙寅」，二世三年八月「己亥」等。在《史記》中，數字和「日」連用總是說多少天，而不是說某月某日。用數字記日，大概

起自東漢，但史書和其他正式的文件中，一般使用干支記日。《史記會注考證》的斷句者沒有細心考察中國古代的記日制度，因而弄錯了。

例三

（正）泰山聳左為龍，華山聳右為虎，嵩為前案，淮南諸山為第二重案。《聽雨叢談·卷五·京城建置里數》

（誤）泰山聳左為龍華山。聳右為虎嵩。為前案。淮南諸山。為第二重案。

泰山、華山、嵩山都是屬於五嶽的。泰山是東嶽，在北京之左，所以說聳左為龍；華山是西嶽，在北京之右，所以說聳右為虎；嵩山是中嶽，在北京之前，所以說嵩為前案。斷句的人沒有弄清楚這一地理關係，錯誤很大，這話變得完全不可理解。

例四

（正）凡他官入院，未除學士，謂之直院。學士俱闕，他官暫行文書，謂之權直。《歷代職官表·卷二十三引山堂考索》

（誤）凡他官入院未除學士。謂之直院學士。俱闕他官。暫行文書。謂之權直。

宋代翰林學士院有翰林學士等掌管起草制誥詔令，別的官到翰林學士院沒有被任命為翰林學士時，叫做「直院」（直學士院）❸；翰

---

❸　《文獻通考·卷十一職官八》：資淺者為直院，暫行者為權直。

林學士院一時闕員暫由別的官掌管文書，叫做「權直」（翰林權直、學士院權直）。《叢書集成》本《歷代職官表》的斷句者不懂宋代翰林學士院的官制，斷句就完全弄錯了。宋代翰林學士院沒有「直院學士」銜。「俱闕他官」，在意思上也講不通。

例五

（正）故有所省覽，輒省記。通籍後，俸去書來，落落大滿。袁枚〈黃生借書說〉見《小山倉房文集》卷二十二

（誤）故有所省覽，輒省記通籍。後俸去書來，落落大滿。

「省記」等於說「記得」，這裡是把它記在腦子裡的意思。「通籍後，俸去書來」，是說通籍後有俸可以買書。過去中了進士，他的名字就上通到朝廷了，叫做「通籍」。標點者不知道什麼是通籍，所以弄錯了。

㈡ 語法方面

語句總是按照一定的規則組織起來的，語法就是組詞造句的規則。不通語法，自然容易弄錯句讀。

例一

（正）夫拜謁，禮義之效，非益身之實也。《論衡·非韓篇》

（誤）夫拜謁禮義之效，非益身之實也。

這句話的意思應該是，「拜謁是禮義之效，而不是益身之實」。判斷句在古代一般不用繫詞，依傳統的句讀法，「拜謁」後面應該斷句，依新式標點用法也應該用逗號。這裡是動詞用作主語，標點者

沒有弄清楚，所以錯了。

例二

（正）廄焚，子退朝，曰：「傷人乎？」不問馬。《論語·鄉
黨》

（誤）廄焚。子退朝，曰。傷人乎不。問馬。

一般都是在「乎」字斷句，陸德明《經典釋文》說：「一讀至不字
絕句」，王若虛在《滹南遺老集》卷五《論語辨惑》中就曾批評這
種斷法。他說，這樣斷句，意謂「聖人至仁，必不至賤畜而無所恤
也。義理之是非，姑置勿論，且道世之為文者，有如此語法乎？故
凡解經，其論雖高，其於文勢語法不順者，亦未可遽從，況未高
乎！」王若虛的意見無疑是正確的。古漢語沒有這種在疑問語氣詞
後再加「不」字的疑問句。不問語法規律而去推求「義理」，這種
義理是主觀的產物，不可能不錯。

例三

（正）是故治世之音安以樂，其政和；亂世之音怨以怒，其
政乖；亡國之音哀以思，其民困。《禮記·樂記》

（誤）是故治世之音安，以樂其政和。亂世之音怨，以怒其
政乖。亡國之音哀，以思其民困。

《禮記·樂記》這一段話，從唐代起就有幾種不同的斷句法。《經
典釋文》載：「雷讀上至安絕句，樂音岳，二字為句。崔讀上句依
雷，下「以樂其政和」，總為一句。下「亂世」「亡國」各放

此。」雷讀、崔讀都是錯誤的。因為這裡的「以」字是連詞，正如
《經傳釋詞》所指出的，它和「而」字的作用相同。「安以樂」就
是「安而樂」，「怨以怒」就是「怨而怒」，「哀以思」就是「哀
而思」。下文「其政」「其民」是主語，「和」「乖」「困」都是
形容詞作謂語。按照崔讀斷句，「以」只能看作介詞，「樂」
「怒」「思」是動詞謂語，「其政」「其民」是賓語，「和」
「乖」「困」無所隸屬。漢語沒有這種句法結構，因此「以樂」
「以怒」「以思」只能屬上。

　　例四

　　（正）問今是何世，乃不知有漢，無論魏晉。此人一一為具
　　言所聞，皆歎惋。陶淵明〈桃花源記〉

　　（誤）問今是何世，乃不知有漢，無論魏晉。此人一一為具
　　言，所聞皆歎惋。

「所聞」，「所」指代「聞」的對象，即漁人聞知的漢和魏晉間的
情況。它不可能指代「聞」這一行為的主動者——聽漁人說話的村
中人。如果指村中人，就只能說「聞者」。《古文觀止》的斷句者
不懂「者」「所」的用法的不同，誤將「所聞」屬下。

　　例五

　　（正）虞舜為父弟所害，幾死再三，有遇唐堯，堯禪舜，立
　　為帝。嘗見害，未有非；立為帝，未有是。前時未到，後則
　　命時至也。《論衡·禍虛篇》

> （誤）虞舜為父弟所害，幾死再三，有遇唐堯，堯禪舜立為
> 帝。嘗見害，未有非；立為帝，未有是前時未到，後則命時
> 至也。

「堯禪舜」不斷句，不對。「未有是」不斷句，更不對。作者明顯
地以「未有是」和「未有非」相對，意思是說，「虞舜被謀害的時
候，他並沒有做錯什麼；他立為帝的時候，也沒有做對什麼。」古
人行文，往往愛用對偶，了解這一點，有助於我們識辨古書的句
讀。

例六

> （正）維是子產，執政之式。維其不遇，化止一國。誠率是
> 道，相天下君。交通旁達，施及無垠。烏虖！四海所以不
> 理，有君無臣。韓愈〈子產不毀鄉校頌〉

> （誤）維是子產，執政之式。維其不遇，化止一國。誠率是
> 道，相天下君。交通旁達，施及無垠。於虖四海，所以不
> 理，有君無臣。

這是一篇頌贊體的文章，每句四字（「四海所以不理」六字），兩
句一換韻，中間插入一個「烏虖」（嗚呼），算是外加的。如果按
照後一種句讀法，就失其韻讀，與文體不合了。而且「四海所以不
理」等於說「四海之所以不理」，「四海」斷句是不通的。

例七

> （正）僑聞為國非不能事大字小之難，無禮以定其位之患。

《左傳·昭公十六年》

（誤）僑聞為國非不能事大，字小之難，無禮以定其位之患。

這是孔穎達給《左傳》作疏時批評服虔的一處斷句。他說：「服虔斷「字小之難」以下為義，解云：「字、養也，言事大國易，養小國難。」孔穎達批評說：「尚未能離經辨句，復何須注述大典。」孔穎達是對的，因為「字小之難」不成句。正確的標點應該是把「事大」後面的標點去掉。我們如果把上下句仔細比較一下，就可以看出，「不能事大字小之難」和「無禮以定其位之患」結構是相同的，都是賓語前置，並且在賓語和動詞之間用一「之」字來複指；只不過這個前置的賓語不是一個名詞詞組，而是一個動賓詞組。全句的意思是說：治理國家並非難在不能事大字小，而是擔心無禮以定其位。服虔的斷句不合語法，所以是錯誤的。

　　例八

（正）一旦臨小利害，僅如毛髮比，反眼若不相識，落陷阱不一引手救，反濟之，又下石焉者，皆是也。韓愈〈柳子厚墓誌銘〉

（誤）一旦臨小利害，僅如毛髮，比反眼若不相識，落陷阱，不一引手救，反擠之，又下石焉者，皆是也。

「一旦臨小利害，僅如毛髮」雖可講通，但下文「比反眼若不相識，落陷阱，不一引手救」意思無法和上文連接，「比」字變得沒

有著落，「落陷罄」也好象只是「不相識」的結果。其車「比」是相比的意思，「如毛髮比」等於說跟毛髮一樣。「落陷罄」和「不一引手救」相連，就不至於誤以為和「不相識」相關了。

(三) 音韻方面

不懂音韻，也可能影響到句讀的正確性。

例一

（正）衞侯貞卜，其繇曰：「如魚窺尾，衡流而方羊，裔焉大國，滅之將亡。闔門塞竇，乃自後踰。」《左傳·哀公十七年》

（誤）衞侯貞卜。其繇曰：如魚窺尾。衡流而方羊裔焉，大國滅之，將亡。闔門塞竇。乃自後踰。

世界書局銅版《四書五經》這樣斷句，大概是根據杜注孔疏。杜預和孔穎達以「衡流而方羊裔焉」為句，顧炎武、王引之、武億等都不同意。顧炎武《杜解補正》說：「當以‘裔焉大國’為句。言其邊於大國，將見滅而亡。」這是對的。孔穎達認為「繇詞之例，未必皆韻」，「或韻或不韻，理無定準」；因而說「竇」「踰」不與「將亡」為韻。實際上「竇」「踰」兩字雖不與「將亡」押韻，但是「羊」字與「亡」字押韻（古音同在陽部），「竇」字與「踰」字押韻（古音同在侯部）。這是換韻，不能說是「或韻或不韻」。

例二

（正）趙王餓，乃歌曰：「諸呂用事兮，劉氏微。迫脅王侯兮，彊授我妃。我妃既妒兮，誣我以惡。讒女亂國兮，上曾

不寤。我無忠臣兮，何故棄國。自快中野兮，蒼天與直。吁
嗟不可悔兮，寧早自賊。《漢書·高五子傳》

（誤）趙王餓，及歌曰：「諸呂用事兮，劉氏微，迫脅王侯
兮，彊授我妃。我妃既妒兮，誣我以惡，讒女亂國兮，上曾
不寤。我無忠臣兮何故。棄國自快中野兮，蒼天與直。吁嗟
不可悔兮，寧早自賊。

這是顏師古注《漢書》時的斷句，他在「何故」下作注說：「謂不
能明白也。」在「自賊」下又注：「悔不早棄趙國，而快意自殺於
田野之中。」他的意思，大概是認為「故」與上面的「惡」、
「寤」押韻，所以應該斷句。其實這是不對的，正確的斷句應該是
「我無忠臣兮，何故棄國」，「國」和下文「直」、「賊」押韻。
從文意看，「我無忠臣兮何故」顯然也不大講得通，而且整首歌在
「兮」字後面的都是四個字或三個字的一個句子，照顏師古斷句，
這一句在「兮」字後只有「何故」二字，也與整首歌的文例不合。

例三

（正）夫功者難成而易敗，時者難得而易失也；時乎時，不
再來。願足下詳察之。《史記·淮陰侯列傳》

（誤）夫功者難成而易敗，時者難得而易失也；時乎，時不
再來。願足下詳察之。

這是蒯通勸說韓信反漢一段話中的最後幾句。按照這樣標點，「時
乎，時不再來」雖可勉強講通，但蒯通勸韓信當機立斷的緊迫語氣

沒有表現出來。如果知道上古「時」字和「來」字同屬一個韻部，可以押韻，就會發現這兩句其實是韻文，正確標點應該是：「時乎時，不再來！」這樣不但語句通順，而且蒯通勸說韓信時的神情語氣便躍然紙上了。

總之，正確地標點古書不是十分容易的事情，要避免標點古書的錯誤，是沒有簡單的辦法的。一方面要重視文字、語法、音韻以及古代文化等各方面的知識；另一方面還要多讀古書，多掌握材料，並進行適當的句讀練習。等到詞義、語法、音韻、文化常識等各方面的知識都具備了，又讀了一定數量的古文，自然就不至於不會斷句了。

第十一章　訓詁之基本要籍

　　若就訓詁學有關書籍言，舉凡兩漢、魏、晉、南北朝諸訓詁學家之傳、箋、注、疏，皆屬訓詁學有關要籍，若就訓詁學之之基本要籍言之，因為訓詁之方法，不外形訓、音訓與義訓三者，則其基本書籍，亦不外小學書中之言字形、字音、字義之書。段玉裁嘗謂：「凡文字有義、有形、有音。《爾雅》以下義書也；《聲類》以下音書也；《說文》形書也。」蘄春黃季剛先生嘗舉出「現存完全切用的十種根柢書」，依其時代先後排列如下

　　一、《爾雅》。

　　二、《小爾雅》。

　　三、《方言》。

　　四、《說文》。

　　五、《釋名》。

　　六、《廣雅》。

　　七、《玉篇》。

　　八、《廣韻》。

　　九、《集韻》。

　　十、《類篇》。

　　以上十書，若就其性質而言，《爾雅》、《小爾雅》、《方

言》、《釋名》、《廣雅》五者義書，屬字義之訓詁；《說文》、《玉篇》、《類篇》三者形書，釋字形之構造；《廣韻》、《集韻》二者音書，言字音之流變。

黃季剛先生嘗謂：

> 右列前六種書，又可分為四類：
>
> 一、《爾雅》　解釋群經之義，無此則不能明一切訓詁。（《小爾雅》、《廣雅》屬之。）
>
> 二、《說文》　解釋文字之原，無此則不能通一切文字之由來。
>
> 三、《方言》　解釋時地不同之語，無此則不能通異時異地之語言。
>
> 四、《釋名》　解釋文字得名之原，無此則不知聲音相貫通之理。

又曰：

> 四類之中，又當以《說文》、《爾雅》為本，無《說文》則不能通文字之本，而《爾雅》失其依皈；無《爾雅》則不能盡文字之變，而《說文》不能致用。如車之運兩輪，鳥之鼓雙翼，缺一則敗矣。（見《制言》第七期）

段玉裁所分三類，與黃君所分四類，類別雖略有不同，然就訓詁言之，則必須貫通形音義，則無二致。段玉裁云：

> 小學有形、有音、有義，三者互相求，舉一可得其二，有古

　　形、有今形；有古音、有今音；有古義、有今義。六者互相
　　求，舉一可以得五。

以下各節分別就黃君所舉十書，稍加析介，以告讀者。

第一節　爾　雅

一、爾雅撰人

　　《大戴禮記・小辨篇》載孔子之言曰：「爾雅以觀於古，足以
辨言矣。」張揖〈上廣雅表〉引之，以為即今之《爾雅》，此《爾
雅》名見於載籍之始也。《漢書・藝文志・六藝孝經家》：「《爾
雅》三卷二十篇。」此《爾雅》著在目錄之始。趙岐〈孟子題辭〉
云：「孝文皇帝欲廣遊學之路，《論語》、《孝經》、《孟子》、
《爾雅》皆置博士。」此《爾雅》列置學官之始，其撰人各家異
說，今依說出時序列之。

㈠ 鄭康成說

　　《詩・黍離・正義》引鄭康成《駁五經異義》曰：「某之聞
也，《爾雅》者，孔子門人所作，以釋六藝之旨，蓋不誤也。」
（《周禮・大宗伯・疏》引《鄭駁異義》曰：「玄之聞也，《爾
雅》者，孔子門人作，以釋六藝之文，言蓋不誤矣。」）又〈凫
鷖・正義〉引《鄭志・答張逸》曰：「《爾雅》之文雜，非一家之
箸。」則孔子門人所作，亦非一人。或疑《爾雅》既出孔徒，何以
毛鄭釋《詩》，同據《爾雅》，而有異說。是則經師各有取捨，無

足怪也。

《西京雜記》曰：郭偉字文偉，茂陵人也。好讀書，以為《爾雅》周公所制。而《爾雅》有張仲孝友。張仲，宣王時人，非周公之制明矣。余嘗以問揚子雲，子雲曰：「孔子門徒游夏之儔所記，以解釋六藝者也。」家君以為〈外戚傳〉稱史佚教其子以《爾雅》，《爾雅》、小學也。又記言孔子教魯哀公學《爾雅》，《爾雅》之出遠矣。舊傳學者皆云周公所記也。張仲孝友之類，後人所作耳。

（案：《雜記》引揚子雲說，同於康成，惟《雜記》書晚出，錄之聊備參考。）

㈡ 張揖說

張揖〈上廣雅表〉云：「昔在周公踐阼理政，六年，制禮以導天下，著《爾雅》一篇以釋其義。爰暨帝劉，魯人叔孫通撰置禮記，文不違古。今俗所傳三篇《爾雅》，或言仲尼所增，或言子夏所益，或言叔孫通所補，或言沛郡梁文所考，皆解家所說，先師口傳，既無正驗，聖人所言，是故不能明也。」案張氏之說，獨以《爾雅》出於周公為無疑義，其餘作者，亦但約稱舊說，不能證實。然周公所著《爾雅》一篇，蓋指一卷言。觀下云「俗傳三篇」，即今三卷可知。陸德明說此不審，遽云：「〈釋詁〉一篇，周公所作，〈釋言〉以下，或云仲尼所增云云。」大誤也。吳氏餅齋曰：「蓋周公制作禮樂，而《爾雅》者，禮記之流，史佚教其子以《爾雅》，孔子以《爾雅》告哀公，又答子夏，明仲尼以前有《爾雅》，故以為周公作。孔子修訂六籍，子夏發明章句，叔孫撰

定漢儀，故以為三人所增益。（梁文無考）師說❶謂：「《爾雅》之名，起於中古，而成書則至孔徒，故毛公釋《詩》，依傍詁訓，《小雅》之作，比擬舊文，使出於後來，何足以為六藝之喉衿哉！」

㈢ 歐陽修、朱熹說

歐陽修《詩本義》曰：「《爾雅》非聖人之書，不能無失。考其文理，乃是秦漢之間，學詩者纂集說博士解詁。」《朱子語錄》曰：「《爾雅》是取傳注以作，後人卻以《爾雅》證傳注。」《四庫提要》為之證成其說曰：「爾雅大抵采諸書訓詁名物之同異，以廣見聞，實自為一書，不附經義……特說經之家，多資以證古義，故從其所重，列之經部。」其說甚妄，餘杭章先生斥之曰：「張揖言叔孫通撰置禮記，言不違古，則叔孫通自深於雅訓，趙邠卿〈孟子題辭〉言孝文欲廣遊學之路，《論語》、《孝經》、《孟子》、《爾雅》皆置博士，可見《爾雅》一書，在漢初早已傳布，朱文公謂為掇拾傳注而成，則試問魯哀公時已有傳注否乎！伏生在文帝時，始作《尚書大傳》，《大傳》非訓詁之書，《詩》齊魯韓三家，初祇魯詩有申公訓詁，申公與楚元王同受詩於浮丘伯，是與叔孫通同時之人，張揖既稱叔孫通補益《爾雅》，則掇拾之說，何由成立哉！」蘄春黃先生曰：「張揖上〈廣雅表〉引《春秋元命苞》

---

❶ 案本篇論《爾雅》之文，全出自於本師潘重規石禪先生，余在臺灣師範大學從瑞安林先生景伊受訓詁學，先師以石禪師《爾雅學》為講義，分發受業諸生，故余亦得一份，珍之寶之，逾四十年，今編入於《訓詁學》中，則受之於師者，固當還之於師也。此文所謂師說也者，乃指蘄春黃侃季剛先生之說也。

云『子夏問：夫子作《春秋》，不以初哉首基為始何？』據此，是《爾雅》之文興於孔氏之前，故子夏得據成文以發問，必非漫舉四字而已。傳記訓詁之詞有與《爾雅》畢同者，彙而觀之，亦可知《爾雅》非後起之作也。」《提要》以《爾雅·釋天》：「暴雨謂之凍。」〈釋草〉云：「卷葹草拔心不死。」為取《楚辭》之文。〈釋天〉云：「扶搖謂之猋。」〈釋草〉「蒺藜蜘蛆」為取《莊子》之文，〈釋詁〉云：「嫁、往也。」〈釋水〉：「漢大出尾下。」為取《列子》之文，乃至〈釋鳥〉：「爰居雜縣」為取《國語》之文。邵氏譏之，以為凍雨之名，亦見《淮南》。將謂《爾雅》更在《淮南》之後？今案：《國語》但有爰居之名，初無雜縣之號，雜縣二字，復取何文乎，未人臆說，不足信也。

餘杭曰：「謂《爾雅》成書之後，代有增益，其義尚允。此如醫家方書，葛洪撰時後方，陶宏景廣之為百一方。又如蕭何定律，本於《法經》，陳群言李悝作《法經》六篇，蕭何定加三篇，假令漢律而在，其科條名例，學者初不能辯其孰為悝作，孰為蕭益？又如《九章算術》周公所制，今所見者，為張蒼所刪補，人亦孰從而分別，此為原文，彼為後出乎！讀《爾雅》者，當作如是觀。」

二、爾雅名義

劉熙《釋名》云：「爾雅，爾、昵也；雅、義也，義、正也。是則《爾雅》之作，本為齊壹殊言，歸於統緒，又云聖人觀古，可知兼有絕代離詞，不獨當時方語。」然子駿校理舊文，何緣必附之《孝經》之列，而不入諸小學家，鼂公武未之深思，遂以為非是，亦可怪也。《論語·述而》篇云：「子所雅言，詩書執禮，皆雅言

也。」孔注曰：「雅言、正言也。」鄭曰：「讀先王典法，必正言
其音，然後義全，故不可有所諱，禮不誦，故言執。」此文於六
藝，但舉三者，餘從可知。特舉子所雅言，則子之常言，亦從方
俗。上古疆域未恢，事業未繁，故其時語言亦少。其後幅員既長，
謠俗亦雜，故多變易之言，變易者，意同而語異也。事為踵起，象
敊滋生，故多孳乳之言，孳乳者，語相因而義稍變也。時王就一世
之所宜，標京邑以為四方言語之樞極。《周禮·大行人》：「王之
所以撫邦國諸侯者，七歲，屬象胥，諭言語、協辭命；九歲，屬瞽
史，諭書名，聽聲音，正於王朝，達於諸侯之國。」此謂雅言。然
而五方水土，未可強同，先古遺言，不能悉廢。綜而集之，釋以正
義，比物連類，使相附近，此謂《爾雅》。凡六藝皆掌王官，四術
所以教士，必以雅為主。然則《爾雅》之附《孝經》，義見於此
矣。雅之訓正，誼屬後起。其實即夏借字。《荀子·榮辱》篇：
「越人安越，楚人安楚，君子安雅。」〈儒效〉篇則云：「居楚而
楚，居越而越，居夏而夏。」二文大同，獨雅夏錯見，明雅即夏之
假借也。明乎此二者，一、可知《爾雅》為諸夏之公言。二、可知
《爾雅》皆經典之常語。三、可知《爾雅》為詁訓之正義。王充
曰：「《爾雅》之書，五經之訓故。」❷鄭玄曰：「《爾雅》所以
釋六藝之旨。」❸劉勰曰：「《爾雅》者，諸書之襟帶。」陸德明
曰：「《爾雅》所以訓釋五經，辨章同異。」先師皆云《爾雅》釋
經，後儒乃云《爾雅》泛論訓詁，不亦淺窺《爾雅》乎！

---

❷ 見《論衡·是應》篇。
❸ 見《駁五經異義》。

　　阮文達〈與郝蘭皋論《爾雅》〉云：「正者，虞夏商周建都之地之正言也。近正者，各國近於王都之正言。《爾雅》一書皆引古今天下之異言，以近於正言。正言者，猶今官話也。近正者，各省土音之近於官話者也。」

三、爾雅篇卷

　　《爾雅》、《漢志》六藝孝經家，三卷二十篇，今本十九篇，異同之故，諸家說頗紛紜，茲列舉於次：

㈠ 十九篇加序為二十篇說

　　王鳴盛《蛾術編·說錄》曰：「《漢書·藝文志》：《爾雅》三卷二十篇，三卷者，分為上、中、下。二十篇者，自〈釋詁〉至〈釋畜〉凡十九篇，別有〈序篇〉一篇。顧廣圻云：《毛詩·疏》引《爾雅·序篇》云：〈釋詁〉〈釋言〉，通古今之字。古與今異言也。〈釋訓〉言形貌也。郭璞既作注，則〈序篇〉亦當有注，而今亡之。」

　　陸堯春〈爾雅序篇說〉云：「《爾雅》之有序篇，猶《易》之有序卦，《尚書》之百篇序，《詩》之大小序也。」按《詩·周南·關雎·詁訓傳·正義》引其文云：「〈釋詁〉〈釋言〉，通古今之字，古與今異言也。〈釋訓〉言形貌也。此序篇之僅存者。《爾雅·疏》襲用孔疏，但於〈釋詁〉下引上三句，足見邢氏之陋。《漢志》：《爾雅》三卷二十篇，今所傳止十九篇，《漢志》或即序篇而言耳。」

　　許宗彥曰：「疑有序篇。」

　　徐養原曰：「《毛詩正義·一之一》引《爾雅序篇》云：

『〈釋詁〉〈釋言〉，通古今之字，古與今異言也。〈釋訓〉言形貌也。』序篇不知何人所人所作？《漢書·藝文志》：『《爾雅》二十篇』。今止十九，疑本有序篇，而今逸也。許周生云。」

㈡　十九篇加釋禮篇為二十篇說

《爾雅補郭》曰：「祭名與講武、旌旗三章，俱非天類，而繫於〈釋天〉。邢氏強為之說，義殊不了。愚謂古《爾雅》當更有〈釋禮〉一篇，與〈釋樂〉篇相隨，此三章乃〈釋禮〉文殘缺失次者耳。《漢志》爾雅二十篇，今惟十九，所少即此篇。」

孫頤谷《讀書脞錄續編》云：「《漢志》：『《爾雅》二十篇』。今惟十九篇，仁和翟晴江云：『古《爾雅》當更有〈釋禮〉篇，與〈釋樂〉相隨，祭名與講武、旌旗三章，乃〈釋禮〉之殘缺失次者。』按《廣雅》篇第一依《爾雅》，《廣雅》無〈釋禮〉篇，則晴江之說非也。」

㈢　釋詁分上下篇為二十篇說

孫氏又曰：「蓋〈釋詁〉分上下二篇，故《漢志》稱二十篇，爾近人以《毛詩·周南·關雎·故訓傳第一·正義》引《爾雅·序篇》，欲以序篇充二十篇之數。然《爾雅》果有〈序篇〉，景純豈應刪而不注？且作正義時尚存此篇，則張揖魏人，其箸《廣雅》必沿用之矣。」❹

《漢志》：「《爾雅》二十篇，蓋由〈釋詁〉文多，分為上下。」其說近是。至〈序篇〉作者，前人多以為無攷。胡元玉曰：「《爾雅·序篇》，即鄭君〈三禮目錄〉、〈論語篇目弟子〉、趙

---

❹　原注：「《爾雅·序篇》不知何人所作，應攷。」

邠卿〈孟子篇敍〉之類，皆注家解釋篇名之作，蓋以前注《爾雅》諸家所為，其人則不可攷矣。」重規案：《隋志》：「《爾雅》七卷，孫炎注。」又云：「梁有《爾雅音》一卷，孫炎撰，亡。」姚振宗以為《隋志》七卷者，有音一卷在內。愚謂《隋志》引《七錄》有音一卷，明言已亡。則此卷內不當有音，蓋當有〈序篇〉為一卷，正孫氏仿其師〈三禮目錄〉之例而作，修《隋志》者猶及見之，故唐人《毛詩・正義》得引〈序篇〉之文，郭氏別為之注，故不載孫氏〈序篇〉，其後郭注大行，孫書遺佚，而〈序篇〉作者遂無知之者矣。

四、雅學著述

雅學著述，茲分七目，纂列於後：一曰注、二曰疏、三曰音、四曰圖、五曰校勘、六曰輯佚、七曰釋例。

㈠ 注

唐以前注家十餘，今存者惟郭璞一家而已。茲分三科說之。一、郭璞以前注家。二、郭璞。三、郭璞以後。

1.郭璞以前注家

郭璞〈爾雅序注〉云：「雖注者十餘，然猶未詳備，並多紛謬，有所漏略。」是郭氏所見舊注實有十餘家。然據《隋書・經籍志》及《經典釋文・序錄》，惟犍為文學、劉歆、樊光、李巡、孫炎五家而已。近人於五家外，益以鄭玄，實則鄭並無雅注，此考之未審也。

(1)犍為文學

《釋文敍錄》云：「犍為文學注三卷，一云：犍為文學卒史臣

舍人，漢武帝時待詔，闕中卷。」

　　《隋志》云：「梁有犍為文學《爾雅》三卷，亡。」《冊府元龜》云：「犍❺為文學卒史臣舍人注《爾雅》二卷。《爾雅》犍為文學注，據《釋文》為臣舍人所撰。」胡元玉曰：「案《漢書·藝文志》儒家有臣彭四篇，道家有臣君子二篇❻，雜家有博士臣賢對一篇，臣說三篇❼。小說家有待詔臣饒心術二十五篇❽。待詔臣安成未央術一篇，臣壽紀七篇❾。圍人詩賦有郎中臣嬰齊賦十篇，臣說賦九篇，臣吾賦十八篇，臣昌市賦六篇，臣義賦二篇，皆成書奏上時原題也，與此題犍為郡文學卒史臣舍人，正同。宋于庭以臣瓚為比，確極。以官命名，古多有之。如漢武帝時有丁夫人❿，亦是以內官命名也。漢人稱臣，例不自記其姓，故往往名存而姓不可攷⓫。《隋志》本於《七略》，《釋文》作于陳隋之際，均不題為郭舍人，則其姓久已無攷可知，惟不知其姓，故改題其官，而以犍為文學著于錄也。」《文選注》成于唐代，且僅一稱郭舍人，單文晚出，難以案據，昭然察矣。而丁^杰、謝^{啟昆}、孫^{怡谷}、周^春、邵^{晉涵}、洪^{筠軒}、馬^{國翰}、黃^{右原}、宋^{于庭}、郝^{懿行}諸君皆據為定，殊不及盧^{文弨}、臧^{在東}之識卓論精。錢以舍人為姓名，亦不合漢人稱臣之例。

---

❺　案此蓋據《釋文》闕中卷而云然。

❻　原注：蜀人。

❼　原注：武帝時作賦。師古曰：說者，其人名。

❽　原注：武帝時。師古曰：劉向《別錄》云：饒、齊人也，不知其姓。

❾　原注：項國、宣帝時。

❿　原注：見《史記·孝武本紀》，《集解》引華嶠曰：丁姓，夫人，名。

⓫　重規案：《史記·秦本紀》丞相臣斯、臣去疾、御史大夫臣德昧死言，請俱刻詔書，均不稱姓。

翁覃溪《經義攷補正》云：「丁杰按：《文選·羽獵賦·注》引《爾雅》犍為舍人，注又引郭舍人注，則舍人姓郭，但《左傳·正義》中舍人文學並見，則文似二人也，附識以俟攷。」謝蘊山《小學考》云：「《詩·正義》舍人及犍為文學並引異，蓋二說本出一人，《正義》稱舍人，陸璣《詩·疏》稱犍為文學，下一條乃正義覆述詩疏原文，故仍其稱耳。《春秋·正義》、《爾雅·疏》皆然，非有兩人也。」《詩·大田·釋文》引郭云：「皆蝗類也」句，景純注中所無，其即犍為文學之說，《文選·注》前引郭舍人注，後引犍為舍人注，亦偶異其稱耳。

孫頤谷《讀書脞錄續編》云：「錢竹汀云：『《廣韻》有舍姓，蓋其人姓舍名人。』按姓舍罕見，且名人，疑未必然也。李善《文選·羽獵賦·注》引郭舍人《爾雅·注》，是其人姓郭爾。《漢書·東方朔傳》有幸倡郭舍人，正值漢武帝時，豈即其人耶！蓋本犍為郡文學卒史，而入為舍人也。名則不可攷矣。」

臧在東《爾雅漢注》云：「《文選注》舍人上衍郭字。」

劉申叔《左盦集·卷三·注《爾雅》舍人攷》曰：「《爾雅》有舍人注，《釋文·敘錄》云：犍為文學卒史臣舍人，漢武帝時待詔。近翁盧邵宋諸氏據《文選注》郭舍人注，遂謂即東方朔傳郭舍人，今攷犍為置郡，在建元六年，朔與郭舍人隱語，在建元前。⓬則舍人仕漢之時，漢無犍為郡。洪氏筠軒謂《西京雜記》有郭威，疑即此人。然亦無明證，臧氏庸堂謂選注衍郭字，似較翁洪為確。又錢氏竹汀云：『《廣韻》有舍姓，或姓舍名人。』其說亦非。竊

⓬ 故《漢書列傳》先敘隱語，次乃記建元三年上出獵事。

疑舍人乃漢臣之名。考之《漢志》，其所列各書有郎中嬰齊賦十篇，有待詔臣安〈未央術〉一篇，又有臣昌市、臣壽臣之書。蓋漢代進御之書，皆不書姓氏，惟稱臣繫名，上標所列之官，今世所存宋元槧本，以及道藏各書，凡周秦古籍，恒列向、歆進書之表，其所標題均曰某官某臣，若其無官則稱臣某，《漢志》所列是也。《釋文・敍錄》於臣舍人三字上繫以犍為文學卒史之官，蓋舍人姓氏無徵，故沿舊冊標題之語，著之〈敍錄〉。《漢書》顏注所引臣瓚說，亦同斯例。彼遺官名，此例官名也，互相參驗，斯誼益昭矣。」

　　師說曰：「竊謂《文選・注》之郭舍人，或係衍字，下文即引犍為舍人一條，如果為一人，豈宜一篇之中錯見，或係顧舍人之訛。」《爾雅・釋言》：「縭、介也。」《音義》引李孫顧舍人本作「縭、羅也，介別也。」顧舍人為顧野王，顧訛為郭，不足為舍人姓郭之塙證。

　　馬竹吾《玉函山房輯佚書》云：「《釋文》以為闕中卷，故自〈釋官〉至〈釋水〉不及舍人注，而《齊民要術》、《水經注》、《太平御覽》等書所引，猶足捃摭成卷，以補陸氏之闕。舍人在漢武帝時，釋經之最古者。本多異字，尤可與後改者參校而得《爾雅》之初義焉。」

　　師說曰：「細案其學，疑為今文家，故釋『履帝武敏』，與毛公不同，而與齊魯韓詩合。」《爾雅・釋訓》：「履帝武敏。」武、跡也；敏、拇也。《釋文》：「拇、舍人本作畮。（今本訛謬不可通，為訂正如此。）云古者姜嫄履天帝之迹于畎畝之中，而生后稷。」此注之成近古，故近本《爾雅》中俗別之字，其本皆不

然。如〈釋畜〉：「前足皆白騱，後足皆白翑。」舍人本騱翑作雞狗，乃是借他物為名之例，由此尚可考見。至如九扈之義，為賈景伯所宗；橬橀之義，與《詩·傳》獨合。蓋雖零文隻義，皆可葆珍，探討《爾雅》者，究不能不首及於此焉。

(2)劉歆

《釋文·敘錄》云：「劉歆注三卷。」注云：「此與李巡注正同，疑非歆注。」《隋志》：「梁有梁劉歆《爾雅》三卷，亡。」

邵二雲《爾雅正義》云：「今散見諸書者，不盡同於李巡。馬竹吾《玉函山房輯佚書》云：考《說文》引劉歆說，蝝、復陶也、蚍蜉子。與《春秋正義》引李巡說蝝蝗子不同，則李氏本劉為注，大指不殊，其間亦不無差異。」

胡元玉曰：「據元朗云：與李巡注正同，則二注必全書盡同可知。若偶爾襲用舊說，乃古人撰述之常，元朗博識古書，斷不至據後之李注，斥在前之劉注為非也。竊疑劉注蓋成於黃門郎時，因以題其書。迨陳隋之際，劉注已亡，而李注猶有偶存之本，傳寫淺人，但知劉注有黃門郎之題，見李注亦題中黃門，因有誤將李書妄改劉名者，二本並行，元朗亦及見之。知題劉名者為誤，故於劉書下注此二語，專指當時目見之本而言。非謂《七錄》所著錄者，本非歆注也。一書兩題，猝難剖辨，故云疑非，此元朗之慎也。二注正同，故元朗援引皆稱李，不稱劉。❸邵馬所說，未洞癥結，石原

---

❸ 　《漢五行志》云：劉歆以為蝝蠓蜉之有翼者，食穀為災，與《說文》所
　　引，雖文有詳略，而大旨不甚懸殊，則許所引，乃子駿雅注真本。故與李
　　注不同，而為元朗所未引。

之言，尤為瞽說。」

師說曰：「今可見者，僅《說文》虫部蝝下引劉歆說『蝝、復陶也，蚍蜉子。』陸璣《詩義疏》引『萑、臭穢。』又徐景安《樂書》引『宮謂之重』一節，注五條，《釋文》引『注五條』。餘無可見，從陸氏之說，則李注即劉注。古人於師說不嫌襲取，觀於鄭氏注經，多同馬說而不明言。然則李之同劉，無足怪也。」

(3)樊光

《釋文·敘錄》云：「樊光注六卷。（《舊唐書》同。）京兆人，後漢中散大夫。沈旋疑非樊光注。《隋志》云：『《爾雅》三卷，漢中散大夫樊光注。（《冊府元龜》、《通志》並同。）』」

盧弨弓《釋文考證》云：「《春秋正義》引樊光注，《詩正義》作某氏注，殆因沈旋之疑也。據此可見某氏即樊光耳。邵氏《爾雅正義》云：『《詩疏》所引有某氏注，《左傳疏》引樊光之注，與某氏注同，某氏疑即樊光，然《詩疏》亦間引樊光注，與某氏互見，其為一人與否？疑未能定也。』」

臧庸《拜經堂日記》：「唐人義疏引某氏《爾雅》注，即樊光也。」

馬國翰《玉函山房輯佚書》云：「證以椴木槿，櫬木槿之注。《詩正義》引作樊光。《禮記正義》引作某氏。佳其夫不注，《春秋正義》引作樊光，《詩正義》、邢疏並引作某氏，臧君之言，確不可易，茲據合輯為五卷。」

胡元玉《雅學故》曰：「盧臧諸人皆強以某氏為樊光，其實非也。其驗有三：古人著書最慎重，即心疑其非，亦不敢憶改。故《釋文·敘錄》于樊光注，雖云沈旋疑非光注，而《釋文》中所

引，未嘗改稱某氏也。沖遠、唐代大儒，何至竟改樊光為某氏乎！其不然一也。古人譔述，體例最嚴，既改為某氏，即不得復稱樊光。今自《詩疏》而外，如《禮記疏》，釋玄應《一切經音義》、宋邢昺《爾雅疏》皆引某氏注，而樊光注復雜出互見，不一而足，其不然二也。某氏與樊光同者不過一二條，而樊光注『葭蘆、茭蘸、椐樻、科斗、活東、春鳸、鴶鵴、七句、鼮鼠、騊白駮』等處，乃與舍人李巡、孫炎之注多同。古人注書多襲舊義。即如郭注，全本李孫者不少，安見偶與之同，即可指為一人乎！且《詩疏》引〈釋詁〉云：『亶、厚也。』某氏云：《詩》云：『俾爾亶厚。』而《春秋疏》引樊光注則云：『逢天亶怒。』是某氏注亦不盡與樊同，安得執其一二同者，遽定為一人哉！不然三也。兩漢之世，最重《爾雅》，潛心經術者，靡不通貫，故景純之前，注者十餘，亦越于今，散亡幾盡，某氏姓氏雖不可考，然《詩疏》皆列於郭前，則其人斷不在郭後，蓋是書原題，僅著其姓，若《詩》、《禮》箋、注之題鄭氏，傳寫者觸其私諱，因其〈金縢祝辭〉以某代發之例改也。相沿莫正，姓字遂湮，故援引者亦從而稱為某氏耳。」

師說：「樊氏之學，兼通今古，故常引《周禮》、《左氏傳》為說，而引《詩》：『民之攸歸』、『攸攸我里』、『有蒲與茄』、『譬彼槐木』、『其震孔有』諸條又與毛、韓不同，蓋本魯詩。至《本草》始見〈樓護傳〉。而樊注引兩條（莞苻，離一條。茖、陵茖一條。），皆今本所無，可知今本《本草》屢經後人竄易也。反語之起，舊云自孫炎。今觀樊注中反切，塙為注文，非依義作切者，如尸柬也，柬七在反。明明斤斤、察也。斤、居親反二

條，可知反語在後漢時已多用之，特自孫氏始大備耳。」

(4)李巡

《釋文敘錄》云：「李巡注三卷（舊新唐志並同）。」注云：「汝南人，後漢中黃門。《隋志》：「梁有中黃門李巡《爾雅》三卷。亡。」

盧弨弓《釋文考證》云：「《詩·正義》曰：『李巡與鄭同時，鄭讀《爾雅》蓋與巡同。』」

《墨池編》載王愔《文字目錄·中卷·古今字學》，李巡列蔡邕前。

師說：「李巡見《後漢書·宦者傳》，稱汝陽李巡。又熹平石經，巡實發其端，亦見傳，漢世宦人，往往通書，不足為異。巡書又多同劉歆，蓋有師授。其本亦有與他本絕異者，如〈釋地〉：『九夷八狄，七戎六蠻，謂之四海。』下更有三句，其注文亦多同古文，故釋俘之義，同於賈逵；釋殂落之義，同於《說文》。其餘異文殊義，不可勝數。郭序但云錯綜樊、孫，其實襲取李著，亦不少也。」

(5)孫炎

《釋文·敘錄》云：「孫炎注三卷。」（音一卷）。

《隋志》云：「《爾雅》七卷，孫炎注。」

姚振宗曰：「《隋志》七卷者，有音一卷在內，而又引《七錄》別出音一卷。」

《唐書·經籍志·小學類》：「《爾雅》六卷，孫炎注。」

《唐書·藝文志·小學類》：「《爾雅》孫炎注六卷。」

《冊府元龜》云：「孫炎注《爾雅》二卷。」

　　宋尤延之《遂初堂書目》著錄孫炎《爾雅注》，惟未載卷數，似叔然之書，南宋時尚未全佚，然《宋志》則未著錄。《玉函山房輯本·序》曰：「《爾雅》孫氏注三卷，魏孫炎撰。《隋志》七卷，《唐志》六卷，《釋文·序錄》三卷，今佚，輯為上中下三卷。叔然授學鄭玄之門人，稱東州大儒，則訓義之優洽可知。郭景純注多採用孫氏，其改舊說者，往往遜之，亦以所取法者上也。邢昺《爾雅疏序》，於魏孫炎外，又云：為義疏者，俗間有孫炎、高璉，《宋志》稱孫炎疏者是也。蓋唐宋間人，與叔然同名，別輯一家，不使相混云。」

　　師說曰：「觀《國志·王肅傳》曰：『時樂安孫叔然，授學鄭玄之門人，稱東州大儒，徵為祕書監。』郭敘言錯綜樊、孫，實則郭多襲孫之舊而不言所自。以今考之：如以『閶明發行』釋『憯怵發也。』以『潔者水多潔』，釋『九河之潔』，以『鉤盤者水曲為鉤留盤桓不直前也。』釋『九河之盤』，又釋『蘆、薍』為二草，以『鵁鶄』為一名，皆郭同孫之顯然可見者。然又時加駁議，如〈釋詁〉：『鶹鶼茀離也。』注云：『孫叔然字別為義非矣。』❹〈釋蟲〉：『莫貈蟷蜋蛑。』注云：『孫叔然以方言說此義亦不了。』❺皆加以非難。然叔然師承有自，訓義優洽，《爾雅》諸家中，斷居第一，正不因郭氏訾謷而貶損云。」

　　以上五家，並為《爾雅》舊義，說《爾雅》者只能疏通其說，

---

❹　孫叔然字別為義者，覯猶湨湨，繫猶言菽菽，茀猶言茀茀，離猶離離。凡疊字及雙聲疊韻連語，其根柢無非一字者，字別為義，正叔然之精卓也。

❺　《方言》：「螳蜋謂之髦，或謂之虹。」氏本此，以下文「虹蜓、負勞」之虹上屬，郭氏以下屬，同於《說文》。然師說不同，不必強合。

考其由來，而不必輕用讞訶也。

附·鄭玄《爾雅》注

孫頤谷《讀書脞錄》云：「《周禮·大宗伯》疏引緯書《文耀鉤》天皇大帝之號，又引《爾雅》北極謂之北辰，其下引鄭康成注云：『天皇北辰耀魄寶』，此《文耀鉤》注，非《爾雅》注，邵二雲《爾雅正義》云：其為〈敘錄〉所未及引者，有鄭康成注，見《周禮疏》。然〈康成傳〉不言其注《爾雅》，其即《鄭志》引《爾雅》而釋之，後人遂以為康成《爾雅》注歟！」又云：「今考陸氏〈敘錄〉所載犍為文學、劉歆、樊光、李巡之外，益以鄭康成為大家，其餘未之詳也。」

阮芸臺《周禮校勘記》云：「此鄭注《文耀鉤》也。上引《文耀鉤》可證，因文承《爾雅》之下，而或云鄭有《爾雅》注，誤讀此疏矣。」

胡元玉曰：「《周禮正義》辨五帝大帝之號，首引《春秋緯運斗樞》、次引《文耀鉤》、次引《元命苞》、次引《爾雅》、次引鄭注、次引《尚書·君奭》。云『時則有若伊尹格於皇天。』次引鄭注云：『皇天北極、大帝。』次引〈掌次〉、次引〈月令·季夏〉云：『以供皇天上帝。』鄭分之，皇天、北辰、耀魄寶、上帝、太微五帝。（此引〈月令〉鄭注也。）今《禮記》鄭注具存，與此疏〈月令〉下所引正合。《尚書》鄭注雖亡，然隋唐志等書早已著錄。則此疏《尚書》下所引確是《尚書》注矣。《爾雅》鄭注前籍雖未言，然此疏三引鄭注，皆先列經文，次引注文，極為明瞭，如必以為《文耀鉤》注，何以不于引《文耀鉤》下，先列此注，而先列于《爾雅》下耶！且斥為非《爾雅》注者，不過因上引

《文耀鉤》下有『是天皇大帝之號』之文，遂以此注為釋緯文天皇大帝之義耳。不知此句並非緯文，乃賈疏總釋《周禮》鄭注之語。合觀前後，文義自見。為此說者，乃真誤讀此疏，余仲林實未誤也。但《文耀鉤》既無天皇之語，《爾雅》僅有北辰之名，此注北辰二字似當在天皇之上方合。豈涉下文〈月令〉注而誤倒也。又案釋慧琳《一切經音義·卷三十》引《爾雅》鄭注云：『懋謂自勉也。』卷八十三引《爾雅》鄭注云：『郵、道路過也。』又引『駿、馬之美稱也。』釋慧苑《華嚴音義》卷二引鄭注《爾雅》云：『芬、香氣調也。』攷《爾雅》：『懋懋、慔慔、勉也。』郭景純云：『皆自勉強。』『郵、過也。』郭景純云：『道路所經過。』均與慧琳所引鄭注大致相同。且郵字古作尤，郭注望文生訓，《日知錄》已辨其非，而鄭君箋《詩·四月》、注《洪範·五行傳》皆用雅訓云：『尤、過也。』足見慧琳所引本非鄭注，乃郭字之訛。惟『駿、馬之美稱也。』不見景純雅注中，然又與《穆天子傳》：『天子八駿』郭注適合。其為誤標《爾雅》又無可疑。至于芬字，本《爾雅》所無，其有訛誤，更為明顯。❶❻據《方言》十三：『芬、和也。』郭注正作『芬，香氣調和也。』❶❼則駿芬二注，皆是一誤郭璞曰為郭注《爾雅》，再誤為鄭注《爾雅》明矣。又《史記·五帝紀》：『藝五種。』《集解》云：『詩云：藝之荏菽。』《索隱》云：『此注所引，見《詩·大雅·生民》之篇。』《爾雅》：『荏菽、戎菽也。』郭璞曰：『今之胡豆。』鄭氏曰：

---

❶❻　《華嚴經音義》卷四又引此注作郭注《爾雅》，亦誤。
❶❼　《華嚴經音義》卷三引此注但稱郭璞，極是。

『豆之大者。』是也。按此之鄭氏自指《詩》箋，非《雅》注也。
觀所引《雅》文，郭注皆有增損，足見此為增損《詩》箋『戎菽、
大豆也。』之文矣。雖文承《爾雅》郭注之下，而義自明顯。此等
處不為剖別，反足貽惑後賢。故詳著之。明鄭君之有雅注，得《周
禮》一疏已足。不必借重釋慧琳、司馬貞所引，轉滋無識者以口實
耳。」

　　重規案：此疏敘天皇大帝之號，云又案《元命包》云：「紫微
宮為大帝。」又云：「天生大列為中宮大極星。其一明者，為大一
常居。傍兩星巨辰子位，故為北辰。以起常度，亦為紫微宮。紫之
言此，宮之言中，此宮之中，天神圖法陰陽開閉，皆在此中。」又
《文耀鉤》云：「中宮大帝，其北極星下，一明者為大一之先，合
元氣以斗布常。❶❽是天皇大帝之號也。」又案《爾雅》云：「北極
謂之北辰。」鄭注云：「天皇北辰耀魄寶。」又云：「昊天上帝又
名大一常居，以其尊大，故有數名也。」案此云北極、云北辰、云
天皇、云北辰耀魄寶、云昊天上帝、云大一常居，乃曆數天帝之
名。《爾雅》、鄭注，其辭平列，非鄭注《爾雅》也。其譌有三：
《爾雅》無天皇之號，但有北辰之名，注不得云天皇北辰耀魄寶，
一也。〈月令〉季夏以供皇天上帝。鄭注云：「皇天北辰耀魄
寶。」即此鄭注皇天北辰耀魄寶。二也。《史記·天官書》：「中
宮天極星，其一明者，大一常居也。」《索隱》注天極星曰：「案
《爾雅》北極謂之北辰。」又《春秋合誠圖》云：「北辰其星五，

---

❶❽　《天官書》引《文耀鉤》曰：「中宮大帝，其精北極星，含元出氣，流精
　　生一也。」

在紫微中。」引《爾雅》之文，未嘗連引鄭注。三也。

　　師說：鄭君於《爾雅》至深，而不作注，惟《周禮》疏引《爾雅》鄭康成注，然本傳不言注《爾雅》，《周禮》疏所言，蓋《鄭志》中釋《爾雅》之辭。

2.郭璞

郭璞爾雅注

　　《釋文·敘錄》云：郭璞注三卷。❶《隋志》云：《爾雅》五卷，郭璞注。❷

　　《新唐書》云：郭璞注一卷。

　　日本國森立之《經籍訪古志》：「《爾雅》三卷，郭璞注、音。首載璞序，每板八行，行十六字，注雙行二十一字。文字豐肥，楷法端勁，卷末有經，凡一萬八百九言，注凡一萬七千六百三十八言。及將仕郎守國子四門博士臣李鶚書三行。按《五代會要》云：『後唐長興三年中書門下奏請依石經文字刻九經印刻，召能書人端楷寫出，旋付匠人雕刻，每日五紙。』宋王明清《揮塵錄》云：『後唐平蜀，明宗命太學博士李鶚書五經，仿其製作，刊版於國子監中，印書之始。』（按當云是為刊版印書之始。）今則盛行於天下，蜀中為最，明清家鶚書五經印本存焉。後題長興二年也。據此則是本卷末題李鶚名銜者，蓋即後唐蜀本面目之僅存者。」

　　《四庫總目提要》云：「璞時去漢未遠，如『遂幠大東』稱

---

❶　《舊唐志》、《中興書目》、《讀書志》、《書錄解題》、《文獻通考》、《宋志》並同。盧弨弓云：今本同《隋志》作五卷，誤。

❷　《通志》同，邵二雲疑兼音圖而言。

詩，『釗我周王』稱逸書，所見尚多古本，故所注，多可據。後人雖迭為補正，然宏綱大旨，終不能出其範圍。」

　　錢竹汀〈與晦之論爾雅書〉云：「《尚書正義》引景純注云：『恒山一名常山，避漢文帝諱。』又云：『霍山今在廬江灊縣，灊水出焉。別名天柱山。漢武帝以衡山遼曠，移其神於此，今其土俗人皆呼之為南嶽。南嶽本自以兩山為名，非從近來也。而學者多以霍山不得為南嶽。又言從漢武帝始乃名也。即如此言，為漢武帝在《爾雅》前乎！斯不然矣。今本注文不若是之詳，然則景純注亦經後人所刪，非完書矣。』」

　　師說：「郭璞好經術，博學有高才。好古文奇字，見《晉書·本傳》其所撰小學書，自《爾雅》注外，尚有《方言》注。（今存）」《三倉解詁》，亦可知其業之廣矣。《爾雅注·序》言其沈研鑽極，歷二九載。（《方言·序》云：余少玩雅訓。）乃綴異同，會粹舊說，考方國之語，采謠俗之志，錯綜樊孫，博關群言。剗其瑕礫，搴其蕭稂，事有隱滯，援據徵之，其所易了，闕而不論，別為音圖，用啟未寤。此文即其注經之發凡。自其注行，前此諸家，幾於悉廢。《經典釋文·序錄》云：『先儒於《爾雅》，多億必之說，乖蓋闕之義。惟郭景純洽聞強識，詳悉古今，作《爾雅》注為世所重。惟陸氏音義既專據郭本，邢氏疏亦就郭注疏明。于是《爾雅》古注，歸然獨存者，徒有一郭氏。今試評其中失如下：

　　其中者：一曰取證之豐。『陽如之何』，稱引魯詩。『釗我周王』，援據逸書。『考妣延年』，則文遵倉頡。『豹文䶄鼠』，遠本終軍。此一事也。二曰說義之慎。歲陽以下，說者紛紜，然郭氏

以義有難明，多從蓋闕。《山經》《穆傳》，並有注本，而釋《爾雅》『西王母』，不引彼書片言，此一事也。三曰旁證《方言》。《方言》之作，與《雅》相通，咨惟子雲，能知古始。郭氏兼綜二學，心照其然。注《雅》引楊，二途俱暢。此一事也。四曰多引今語。〈釋草〉一篇，言今、言俗、言今江東者，溢五十條。故知其學實以今通古，非徒墨守舊說，乃物來能名。此一事也。五曰闕疑不妄。《爾雅》注中稱未詳、未聞者，百四十二科。（實不止此，余計之有八十條事，此據翟灝所云。）邢氏疏補言其十，近代多為補苴，然訓詁所闕，近儒誠有補正精當者，名物所闕，則補者多非是，疑闕之多，反足為賅洽之證。此一事也。

其失者：一曰襲舊而不明舉。郭注多同叔然，而今本稱叔然者，不過數處，又或加以駁詰，一似叔然注，皆無足取者。其視鄭氏注《周禮》，韋昭注《國語》，凡有有撥正，皆明白言之者有閒矣。二曰不得其義而望文作訓。如『戴、謨、偽也。』注曰：『戴者言而不信，謨者謀而不忠。』鄭樵輩指為臆說，今亦不能為諱也。其餘傳鈔訛謬，若霍山為南嶽，注今本與郭意全相違反。（幸賴《詩疏》、《周禮》引其文得訂正。）而究非郭之誤，不足指斥，古書靈墜，此書更近古，有不可廢者。是以近代疏家仍據此為主焉。」

3. 郭璞以後注家

郭氏之後，銓解《爾雅》遺文可見者計有數家，今敘列於下：

沈旋舊注

《釋文·敘錄》云：「梁有沈旋。（原注約之子。）集眾家之注。」

《隋志》：「集注《爾雅》十卷，梁黃門郎沈旋注。」**㉑**

馬國翰《輯本序》曰：「今從《釋文》及邢疏、《集韻》、《一切經音義》所引輯錄，注不多見。惟略存字音。」

師說：「《釋文·敘錄》：『梁有沈琁。（約之子）集眾之注。』《梁書·琁傳》云：『琁字士規，尚書僕射沈約子，有集注《爾雅》行世。』案士規之書，殆亦如何晏之《論語集解》之例，且駁正舊說處必多可觀。其疑光注非真，後來引用遂但稱某氏，則沈說必有可從也。《釋文》多引沈，音蓋集注又兼音矣。」（重規案：《南史·沈約傳》：「子旋，字士規。集注邇言行於世。」《梁書》不言有所著述。謝氏《小學攷》誤以南史為《梁書》，黃石原已加駁正，其以邇言為《爾雅》之誤，考之《釋文》、《隋志》是也。）

裴瑜爾雅注定（爵里事迹均未詳）

《中興書目》云：「《爾雅注》五卷，唐裴瑜撰。（宋志同）其序云：『依六書八體，根據諸家注本書之義，勒成五卷，並音一卷。』今本無音。」

馬國翰輯本序云：「《爾雅》裴氏注，唐裴瑜撰，瑜不詳何人？其注《爾雅》，《唐志》不錄。《宋藝文志》、《中興書目》並載五卷。今佚，唯《玉海》載裴瑜注序，《芥隱筆記》引裴瑜音一則。《酉陽雜俎》引裴瑜注一則。又遼僧行均《龍龕手鑑》引雜注五條。考犍為文學及劉、樊、李、孫之注，宋遼之際已不存，存者唯郭璞、裴瑜二注。行均所引郭注不見審為裴注矣。並據合

㉑　舊新《唐志》、《通志》《冊府元龜》並同，琁《舊唐志》皆作璇。

輯。」

師說：「馬以《龍龕手鑑》中所引舊注，為裴瑜注，無所據。」

王氏雱爾雅

《經義考》云：「佚」。

《宋史·王安石傳》曰：「安石，撫州臨川人。子雱，字元澤，性敏甚，未冠，已著書數萬言，卒年三十三。」

師說：「項安世王雱《爾雅·跋》曰：『予讀元澤《爾雅》，為之永歎。曰：嗚呼！以王氏父子之學之苦，即其比物引類之博，分章析句之工，其用力也久，其屬辭也精，以此名家自垂世，視楊子雲、許叔重何至多遜。』案元澤書今久佚，無以知其懿否，然王氏之學好為新鮮，以陸農師之說《爾雅》比例之，度元澤書亦其義類，項安世之譽，蓋溢辭也。」

陸氏佃爾雅新義

《宋志》二十卷存　嘉慶戊辰三簡草堂本　粵雅堂叢書本

師說：「《爾雅新義》，《四庫》未著錄，前此全謝山嘗見之。❷乾隆中丁杰得景宋鈔本，其書始傳於世傳於世。農師自序曰：『萬物汝故有之，是書能為爾正，非能與爾以其所無也。名之曰《爾雅》以此。《莊子》曰：「中無主而不止，外無主而不行。」』又曰：『予每盡心焉，雖其微言奧旨，有不能盡，然不得為不知者也。豈天之特與是書以予贊其始，譬如繪畫，我為發其精神，後之涉此者致曲焉，雖使僕擁篲清道，跂望塵躅可也。』陳振

---

❷　朱竹垞《經義考》未見。

孫《書錄解題》譏此書大率不出王氏之學，劉貢父所謂不出薑食、
三牛三鹿，戲笑之語，殆無以大相過也。《書》曰：『玩物喪
志。』斯其為喪志也宏矣。江藩《國朝漢學師承記》稱余古農撰
《注雅別鈔》，專攻是書及《埤雅》及蔡卞《毛詩名物解》等書，
就正於惠匡。松匡曰：『陸佃、蔡卞乃安石新學，人知其非，不足
辨。』古農瞿然，是清世經師亦多不滿於其書矣。惟阮元、孫志祖
稱其所據經文，猶是北宋善本。今案農師所用本，如『華、皇
也。』『四氣和謂之玉燭。』『當途梧丘。』『蕭、荻。』『卷施
草拔心不死。』『鷹、白鷺。』之類，皆可信從。惟其說經，純乎
傅會，展卷以觀，令人大噱。即其首條注云：『初、氣之始，哉、
事之始，亦物之始，首、體之始，基、堂之始，祖、親之始，元、
善之始，亦體之始，胎、形之始，俶、於人為叔，於天為始，落、
於花為落，於實為始。權、量之始，輿、車之始。』又釋『京、大
也』云：『《詩》云：「三后在天。」玉泉金闕，在天之謂也。』
又釋『佳其夫不』曰：『雛一宿可期焉。妻道也。夫或不然。』此
等純乎望文生義。宋大樽乃云：『善讀者能心領神會於尋常訓釋之
外，獲益必多，欲拘泥視之，是同於高叟為詩。』噫！斯言過
矣。」❷❸

　　《小學考》曰：「按焦竑《經籍志》載佃有《爾雅貫義》，疑
即新義，一書分為二也。」

鄭氏樵爾雅注　宋志三卷存　津逮祕書本　學津討源本

❷❸　陸氏又有《埤雅》，言為《爾雅》之輔，其術亦與《爾雅新義》同，今不
　　論。

《宋史·儒林傳》：「鄭樵字漁仲，興化軍莆田人也，好著書，著為文章，自負不下劉向、楊雄。」

師說：「鄭漁仲之書，《四庫提要》頗左袒之，稱其於《爾雅》家為善本。案其自序云：『《爾雅》訓釋六經，極有條理，然只是一家之見，又多昧於理，而不達乎情狀，故其所釋六經者，六經本意，未必皆然。』又後序云：『一字本一言，一言本一義，饘自饘，餬自餬，不得謂餬為饘。訊自訊，言自言，不得謂訊為言。襺自襺，袍自袍，不得謂袍為襺。衰自衰，縗自縗，不得謂衰為縗。不獨此也，大抵動以數十萬言而總一義，今舉此四條，亦可知其昧於言理。〈釋言〉「峨峨、祭也。」〈釋訓〉「丁丁、嚶嚶、相切直也。」舉此三條，亦可知其不達物之情狀。』樵注《爾雅》而先攻《爾雅》，此謂蟲自木生，還食于木，所謂昧言理，不達物情者，由今觀之，乃樵之昧與不達耳。樵又云：『《爾雅》在《離騷》後。』又力主作《爾雅》者為江南人，此皆妄也。汪師韓有〈書鄭氏箋注〉一篇，議其經文有闕，增改未當，肛斷無證，仍誤不能改諸條，大致不誤。至《四庫提要》所稱後序中諸條為精確，則樵所愚。又稱其著中之善者，蓋皆常義，又多因襲。❷不過在宋氏《爾雅》家，尚為佳書耳。」

潘氏翼爾雅釋　《經義考》佚

王瓚曰：「翼字鵬飛，青田人，建炎中，徙居樂清，王十朋之師也。」

羅氏願爾雅釋翼　三十二卷存

---

❷　〈釋詁〉：「台朕陽」之予為我，「賚畀卜」之予為與，說多本陸農師。

《宋史‧羅汝楫傳》曰：「汝楫，徽州歙縣人，子願，字端良，博學好古，法秦漢，為詞章高雅精練，朱熹特稱重之。有《小集》七卷，《爾雅翼》二十卷。知鄂州，有治績。」

師說：「願自序云：因《爾雅》為資，略其訓詁、山川、星原，研究動植，不為因循，有不解者，謀及芻薪。農圃以為師，釣弋是親，用相參伍，必得其真。此書之成，為雅羽翰。王伯厚〈後序〉云：『覽古考新，豈惟傳騷，說詩亦解頤，纂次有典則，班馬可追，為雅忠臣。』《四庫提要》稱此書考據精博，而體例謹嚴，在陸佃《埤雅》之上。今案：鄂州是書引證誠為浩博，陳櫟遽加刊節，宜為紀曉嵐所譏。然如謂旨鷊為鳥，與上防有鵲巢偶。謂鵲善相地而累巢，若有驚懼，則不累也。鷊善相天而後吐綬，若有戕賊之疑，則不吐也。此直以鷊為吐綬鳥，為前說所未有。他若以鶉為淳，以鳩為九，皆不脫王氏《字說》之惡習。雖援據載籍極多，治《爾雅》者亦祇能等之於《埤雅》之流。以視陸璣《毛詩義疏》、陶弘景《本草注》固不逮遠甚矣。」

譚氏吉璁爾雅廣義　明　經義考五十一卷　存

顧炎武曰：「舟石勤於讀經，叩其書齋，插架十三經注疏，手施朱墨，始終無一誤句，我行天下，僅見此人。」

爾雅綱目　浙江通志書目一百二十卷　未見

姜氏兆錫爾雅補注（一作爾雅參義）　四庫全書總目四卷　存　雍正十年姜氏九經補注本

《四庫提要》曰：「《爾雅補注》六卷，國朝姜兆錫撰。是注多以後世文義推測古人之訓詁，如〈釋詁〉：『在、終也。』則注曰：『凡物有定在，亦有終竟之意。今人云不知所在，亦云不知所

終。』又好以意斷制。如〈釋訓〉：『子子孫孫』三十二句，則注曰：『每語皆以三字約舉其義，與經書小序略似。而又皆以韻叶之。此等文疑先賢卜氏受詩於聖人而因為之也。』云云。蓋因詩序首句之文，而推求及於子夏，然考《周易·象傳》全為此體，王逸注《楚詞·抽思》諸篇亦用此體，是又安足為出自子夏之證乎！』❷⑤

翟氏灝爾雅補郭一卷　存　原刻本、叢書本　傳世洵益雅堂叢書本
李氏木犀軒叢書本　姚氏咫進齋叢書本　續經解本

　　灝自序曰：「郭氏注爾雅未詳未聞者百四十二科。邢氏疏補言其十。（劀、肇、逐、求、卒、虜、宧、徒、駭、太、史、胡、蘇。）餘仍闕如。今據讄識，參眾家，一一備說如左。俟超覽君子擇焉。」

　　師說：「郭注未詳者實不止此數，從其蓋闕者，蓋謹慎之意。觀〈釋天〉篇云：『自歲陽至此，其事義皆所未通，故闕而不論。』次觀舊注，如閼逢旃蒙之類，皆有解釋，郭非不知，所以空不說者，以有所未信耳。然則郭所未詳，非必不知明已。至如逐之訓病，東北隅謂之宧，信是常義。而郭亦云未詳，蓋偶不省記耳。翟氏所補如『神重』、『篓勤』、『徽止』、『衛嘉』、『郡乃』、『臻乃』、『揚續』、『萌萌在也』諸條，皆無明證。又〈釋草〉諸篇，郭由目驗者多。其所未聞，多難代補。翟說『蒯、芌熒』、『蓁蔪』、『薛、牡贊』、『藗百足』、『貢綦』、『髳柔英』諸條，多意必之論，未為佳書。」

周氏春爾雅補注四卷　光緒葉氏觀古堂刻本

---

❷⑤　其書多引《字說》。

　　就郭邢旁采諸家之說，彙為一編，補郭注之未詳，正邢疏之謬誤。

劉氏玉麐爾雅補注殘本一卷　廣雅書局本　功順堂叢書本

　　此書自劉氏《爾雅疏校本》釋其發明者錄出，後劉氏校本為趙撝叔所得巩鈔出劉批，名曰《爾雅校議》。錢塘汪氏刻入食舊堂叢書中。

戴氏鎣爾雅郭注補正九卷　光緒海陽韓光鼎刻本

潘氏衍桐爾雅正郭三卷　光緒十七年浙江局本

戴氏震爾雅文字考一卷

　　師說：「戴自序云：『援《爾雅》以釋《詩》《書》，據《詩》《書》以證《爾雅》，由是旁及先秦以上，凡古籍之存者，綜覈條貫，而又本之六書音聲，確然於訓詁之原。』庶幾可與於斯學，自戴氏後，治《爾雅》諸人雖所得有淺深，皆循戴氏之途轍者也。展關戶門之功，亦可謂偉矣。」

錢氏坫爾雅古義二卷　續經解本

　　師說：「書僅二卷，略攷文字異同，及他書可為左證者，大致精審。其釋『神慎也』一條，引〈檀弓〉『其慎也』注：『慎當為引，禮家讀。』然據此知《爾雅》慎字與引通，神慎即神引，此條各家皆未道及，然如鱧鯇鱨鯛異說不能審定，亦小疏也。」

江氏藩爾雅小箋三卷　徐乃昌鄦齋叢書本

嚴氏元照爾雅匡名二十卷　嘉慶間仁和勞氏刻本　湖北叢書本　廣雅書局本　續經解本

　　《左盦集·爾雅誤字攷》曰：「近儒攷《爾雅》異文者，以嚴氏《匡名》為至詳，然文字之誤，尚有未檢正者。如《輔行記》第

五之四引《爾雅》『田者地也。』」今〈釋言〉作「土、田也。」
蓋土田也三字確為田地也之訛。㉖《輔行記》第一之三引《爾雅》
「東至濮盆。」今〈釋地〉盆作鉛，蓋鉛即盆字之訛。㉗原本《玉
篇》云部引《爾雅》曰：「藝靜也。」今〈釋詁〉「靜也」條無藝
字，蓋蟄即藝字之訛。㉘此均今本《爾雅》之誤字也。又原本《玉
篇》言部：「《爾雅》曰：『謐、脊也。』」今本《爾雅》作「毖
神溢慎也。」蓋古本慎作脊，毖亦作謐。㉙慎乃後人所改俗字也。
《慧琳音義》十二引《爾雅》「西至日所，入為太濛。」則古本蒙
字作濛。㉚蒙乃後代省形字也。是則《爾雅》一書訛文既眾，即古
本所用正字，亦恒為後人所更。不惟勴作勵，涇改為徑已也。又
《輔行記》第五之四引謂之窔，今本窔均作突，㉛卷五之四引陰而
風為翳，今本翳均作噎，亦足補〈釋天〉之缺。惟《慧琳音義》二

㉖　嚴氏《匡名》謂《元應音義》引作「田土也」，此唐本田居首之證，然所
　　引之本，地已捝形為土，嗣後又互倒其文，遂成土田也三字。

㉗　盆從分聲，即《周禮·考工記》之蚡胡也。胡承珙以蚡為汝墳之墳，鄭漢
　　勛謂即鄱陽之鄱，以地產竹箭證之，鄭說近是。蓋古代贛粵之間地均名
　　蚡，《山海經》之賁隅，亦蚡音轉，故《爾雅》濮盆並逗，若濮鉛之名，
　　僅見《廣韻》，於古無徵，蓋古文從皿之字，或體恒作金。奴鎜盤是也。
　　又分訛，《輔行記》所引蓋是未訛之本。

㉘　《說文》：「窔、靜也。」《爾雅》古本蓋作窔字假為藝《玉篇》所引是
　　也。藝蟄形近，《說文》訓蟄為藏，然與謐慎諸義不相近，邵疏釋靜字條
　　頡字云：「或作窔。蓋窔即藝未誤之文，嗣後為顯字異文也。」王仁俊
　　《學古堂日記》以藝本文當作窔，是也。以藝為佚字，非也。

㉙　毖謐音近，故顧氏所據本毖字作謐，王仁俊謂謐脊也當別一條，非是。

㉚　王仁俊僅引原本《玉篇》作濛，未引此。

㉛　然《漢書》應劭注亦引作突。

十七引蛣蠃蝛蝓，與各本作蚹不同。其為別本之異文，亦為抄胥之訛字，不可考矣。

師說：勞經原笙士序載九能自言曰：「《爾雅》近邵氏撰《正義》，注解精當，而於俗本之誤，及載籍所引之異同，闕焉不錄。因著此書，以補其未逮。攷《爾雅》殊文者，莫詳於是書，雖偶有缺遺、㉜謬誤㉝。又往往儀毫失牆㉞，然於大體，固無害爾。」

王氏樹柟爾雅訂經二十五卷　自刊本

據《釋文》以還郭本之舊，經字以《說文》為正。

錢氏大昭爾雅釋言補三卷

自敘曰：「《爾雅》一萬七百九十一言，為諸經訓詁之所祖。釋經者譬之舉雉之門，非歷階由闑，不得越而過也。」又云：「正郭氏之疏，辨邢疏之舛，補陸氏音，邵氏正義之所未備，通借之互用，集眾說之異同，名曰釋文補者，摘字為注，例仿元朗也。」

朱氏亦楝爾雅札記　十三經札記中

胡氏承珙爾雅古義上下　道光丁酉未是堂刊本　墨莊遺書本

引諸書以補雅訓。

潘氏道根爾雅郭注補一卷　見崑新合志藝文志

沈祖緜《爾雅郭注補·跋》曰：「昔者吾鄉翟晴江先生灝，以郭氏注《爾雅》未詳未聞者百四十二科，邢疏補其十，一一補正，

㉜ 如鳺鷅異文。陳玉樹謂嚴未及

㉝ 如謂《說文》無媞字。

㉞ 如〈釋水〉篇末「從〈釋地〉下至九河皆禹所名也」十三字，乃九河下郭注，不佑何時以為正文。陸佃《爾雅新義》亦據為經文，加之解釋。自此邵郝諸人紛紛訂辨，絕不檢覆吳元恭本，嚴氏此書亦未加舉正。

著《爾雅補郭》二卷。近讀《崑新合志藝文志》載潘晚香先生道根有《爾雅郭注補》一卷。訪故友馬梅軒，詢以此書，謂先生手定本已佚，其家藏有《爾雅正義》，即先生手批本。眉端行間，細字俱滿，竭半月之力，摘錄盈冊以貽予，得四百有九科。凡郭注所謂其餘義之常行者耳，其餘義皆通見詩書者，皆補其義。時方病，卒讀之，知其有益於經學，並與翟書互校，知〈釋詁〉翟補而潘未補者，為穀、題、哉、之、言、於、臻、仍八科。同補而異義者，為雉、神、徵、戩、簪、諲、迪、郡、歷九科。禧、同引《說文》禮告，潘以禮吉為禮告之誤。〈釋言〉翟補而潘未補者，為邕、支二科。同補而義異者，為蓋一科。至洵龕也。翟兩字均補，潘則棄洵而補龕而義亦異。〈釋訓〉翟補而潘未補者，為萌萌一科。同補而義異者，為低低一科。〈釋宮〉翟補而潘未補者，為『西北隅為屋漏』一科。〈釋樂〉翟補而潘未補者，『宮謂之重，商謂之敏，角謂之經、徵謂之迭，羽謂之之柳。』『徒鼓鐘謂之修。』『徒磬聲石謂之寋』三科。〈釋天〉翟補而潘補者，為歲陽、歲名、月陽、月名。〈釋地〉翟補而潘未補者，為陵莫大於加陵，天下有名丘五二科。〈釋草〉翟補而潘未補者，為『茿雀弁』、『蕫菟葵』、『蘩菟葵』、『渲灌』、『經履』、『蒯芋熒』、『葆蓨』、『搴葪』、『薢庾草』、『菁止苻』、『苖蓨』、『藏百足』、『垂比葉』、『瓠九葉』、『因祆裖』、『枹霍首』、『素華軌鼛』、『姚莖涂薺』、『繁由夫』、『搴柜朐』、『焱藘刀』二十一科。同補義異者，『薂薂』、『菆小葉』二科，〈釋木〉翟補而潘未補者，為『髡梱』、『援柜柳』、『貢慕』、『杝者柳』、『權黃英』、『輔小木』、『楊徹齊棗』、『煮填棗』、『髦柔英』九

科。〈釋蟲〉翟補而潘未補者，『虹螮負勞』一科。〈釋魚〉翟補而潘未補者，『蜪蚅』一科。〈釋鳥〉翟補而潘未補者，『鶛鶛軏』、『齧齒艾』、『密肌繫英』、『鴽鋪叔』、『鸙諸雉』五科。〈釋獸〉〈釋畜〉翟補五科，潘則無訂正語。筆於簡端，惜未見手定本為憾事。至〈釋詁〉〈釋訓〉〈釋言〉取義之高，有出翟氏上者，翟名補郭，取郭注未詳未聞者以補而已。潘名郭注補，則未詳未聞者之外，並證郭注邢疏之訛，取義實有不同。要之，同為羽翼經義則一也。翟先生家素饒裕，有賈業於京師，其父使先生北督之，因得友當世魁儒傑士，以益砥於學。先生晝賈夜讀，率以為常。潘先生家貧，隱居授徒，妻歿，歲又大祲，攜稚子衣食荒村土屋中。田父牧豎之與處，而讀書不少輟，是二人之遇不同，而勤學則同。以視今日富者以書為仇，貧者不知力學，能無愧乎！余猶冀先生手定本復見於世，援據補郭，以相考證，合邵郝臧劉諸書，剟其瑕礫，擘其蕭稂，別其義疏，以示學者，此余之私願也。乙亥春沈祖緜病中跋于吳門自得齋。」

繆氏楷《爾雅稗疏》四卷　南菁書院札記本

　　疏正前人之說。

爾雅日記月　學古堂日記中

　　有吳縣王仁俊、常熟蔣元慶、長洲陸錦燧、吳縣董瑞椿四家。

徐氏孚吉爾雅詁二卷　南菁書院叢書四集第三種

　　取各家之注，訂誤補遺。

程氏瑤田釋宮小記、釋草小記、釋蟲小記各一卷　經解本

　　師說：雖不盡關於《爾雅》，而可詮釋《爾雅》者為多，《釋草小記》中論諸家稱名相同，或以形似，或以氣同，相因而呼，大

率不可為典要，而其埶有不得不借者。觀書者於此，眼當如月，罅隙畢照，其旨亦微矣。此論精深之至。自有此說，而後釋草以下七篇諸物名稍稍可解。又《釋蟲小記》中有云：簡策之陳言，固有存有亡，而其在人口中者，雖經數十百年，有非兵燹所能劫，易姓改物所能變，則其能存簡策中之所亡者，亦固不少。此說真以今世方言，本之皇古。明乎此，則今語之名物，皆有所由來，是程氏此言，雖為《爾雅》物名而發，其勳績正不獨專在《爾雅》矣。

錢氏坫爾雅釋地四篇注一卷　續經解本

　　師說：錢自序有云：「名者，實之徵。古人之言，何嘗虛造，率以鄙見，有所遐矚，括成卷冊，媿非孫樊所及道，郭君所及推，其書大旨於釋地四篇必求其實地，故下濕田，濕之類皆求邵縣或山名以實之。」孫星衍為之作序云：「〈釋地〉諸篇之義既古，其所釋皆是〈夏書〉《山海經》之山，而郭李舍人僅隨義解釋，不著所在。郭璞注中嶽嵩高山並依此為名。亦未知其即釋嵩高山也，可不謂惑歟！陳惕庵《爾雅釋例》言《爾雅四篇》有專言，有泛言，專釋者當求其地以釋之。以譏錢氏。余謂依此為名之說最精。《水經注》釋霍山，《爾雅》舊注釋嶂山，《元和郡縣志》釋澄湖，亦皆引雅為說。必處處求其地，斯鑿矣。」孫謂郭為惑，此非郭之惑也。

宋氏翔鳳爾雅釋眼一卷　浮溪精舍叢書　道光間自刊本

高氏鶡生爾雅穀名考　民國六年刻本

武氏億經讀考異

　　載《爾雅》句讀互異十餘條。

王氏引之經義述聞說爾雅三卷

師說：其最精者謂二義不嫌同條，如林蒸為君群之君，天帝為君王之君，聲近而有二名，如主謂之宰，亦謂之寀。皆其義之精者。惟好以意破字，如改坎律銓也之坎為次，振古也之古為自，皆嫌專輒。至〈釋魚〉篇首六魚足以破郭，乃云詩傳以鯉釋鱣之非。不知鮪屬之鱣，《爾雅》可無釋也。此也千里之一失也。

嚴氏元照娛親雅言六卷　潮州叢書本　續經解

師說：最後一卷，皆說《爾雅》之文。其中有一條言《爾雅》之例至闊通，足以藥近人拘攣之弊。錄如左：〈釋詁〉篇首訓始，篇末訓死，兩端具矣。篇內次第亦各以義類相從。〈釋言〉篇有一字兼兩義者，則彙置一所，基經、基設之類是也。有字異而義同者，則彙置一所，蠲明、茅明之類是也。有義訓遞嬗而下者，彙置一所，速徵、徵召之類是也。次序皆有深意，蓋非適然。而中間不無小有舛錯者，亦必非磨滅失次，古人行文錯綜變化，正以見嚴密之中，又未嘗拘謹也。

又有一條諭物名相同云：草木蟲魚之同名者多矣。莪蘿、草也；蛾羅、蟲也。蟲之輪、鳥之翰，皆名天雞，苵苢、草木同名。又草名果蠃，蟲亦有果蠃，鳥亦名果蠃。❸❺草名蘆萉，蟲亦名蠦蜰。草名蚍蜉，蟲亦名蚍蜉。草名天蕎，鳥亦名天蕎。草名蒺藜，蟲亦名蒺藜。木名時，獸亦名時。槐為守宮，榮原亦名守宮。蠝蝓名蒲盧，蜄亦名蒲盧。❸❻蟲名精列❸❼。鳥亦名精烈。❸❽鳥名鶼鶼

---

❸❺　見《廣雅》。

❸❻　散見《國語》、《夏小正》、《廣雅》諸書。

❸❼　《考工記》注。

❸❽　見《說文》、《廣雅》。

❸，馬亦名驌爽❹草名射干❹獸亦名射干❷。又牛之黑脣者，馬之黑脣者，皆名犉。雉、羊、雞絕有力者皆名奮。兔牛絕有力者皆名欣。郭於〈釋草〉葔荶豬，〈釋木〉又見。〈釋蟲〉有密肌繫英，〈釋鳥〉又見。皆宜其重出，非也。案《爾雅》實有重出，如密靜也，〈釋詁〉一篇，前後兩見。

俞氏蔭甫群經評議第二十四卷

　　師說：俞君此書中失參半，今取其最精者說之。如釋耆壽謂即耇之異文，而皆得義於句，从广、从老。皆其孳乳增多者。釋劉陳，謂劉讀為留，陳猶塵也。塵者、久也。釋禴祭為通名，引干寶《易》注：「非時而祭曰禴。」釋衛垂，謂衛即圍之借字，引《詩》九圍證之。釋神治，引《廣雅》伸理之訓以明之。釋揚續，引《說文》：「昜一曰長也。」謂為揚之本字。釋衻裺祖也，謂衻裺皆為祖，駁郝疏之裺祖連續為非。釋坎律銓也，謂坎當讀為科，引《孟子》注「科、坎」為證。釋昆後、謂即昆孫之昆。釋妻之姊妹同出為姨，謂姨猶娣也，因妹而連及姊。釋東北隅謂之宧，孫炎曰：「側之明。」謂宧與熙聲近義同。釋夏獵為苗，謂本字當為覭。引《說文》：「覭、擇也。讀若苗」為證。釋潬沙出，謂潬即灘字，引《說文》：「灘、水濡而乾」為證。釋莙牛藻，謂牛藻者馬藻之異名，駁郝以為郭為誤之說。釋薇垂木，謂非《詩》及《史記·伯夷傳》之薇。釋蒺蔾蝍蛆，謂即《廣雅》之蝍蛆、蛆蝶。亦

---

❸　見《說文》。
❹　《左傳》。
❹　見《荀子》、《大戴禮》、《廣雅》諸書。
❷　見〈子虛賦〉。

即本書下文之蜋馬蠽。釋鷰醜罅，引《廣韻》轉載《爾雅》作螶，謂螶即蟓之異文，蟓見〈赤犮氏〉注，以為貍蟲。此諸條，類皆前人所未道。而隨意破字之病，較高郵王氏為尤多，脣芰歷也。歷秭算數也。謂歷也為衍字。允任王佞也。謂允為兊之誤字。佻佻契契，愈遟急也。謂愈遟當乙轉。夫之兄為兄公，謂下兄字為衍文。室有東西廂曰廟，謂室當作堂。融謂之鬵，謂融上有若字。革中辨謂之綮，謂辨為辮字之誤。大籧謂之沂，謂沂為誓之誤。熒委萎，謂委萎當乙。中馗菌謂當作中馗地蕈。鴉欺老鶀鴉，謂老鶀下屬為《左傳》義，違《爾雅》舊讀。狗四尺為獒，謂獒止作豪。此諸條皆無顯證，輒以己意疑經，清儒固往往有此病，治《爾雅》者，尤不能免，雖師承所自，亦不敢阿其所好也。

劉氏申叔爾雅蟲名今釋　自序見左盦集卷三

自序曰：昔宋儒羅願陸佃，于古籍所詳庶物，咸考其形狀，證以鄉曲之稱。特昧於音轉，疏於詁故，則其失也。至近儒高郵王氏，作《廣雅疏證》凡艸卉竹木鳥獸蟲魚之屬，咸購列所居，故詮釋物類，咸憑目驗，即郝氏疏《爾雅》，桂氏疏《說文》，咸以今物證古物，與王例略同。師培幼治小學，知萬物形狀，均可于聲音訓故求，擬仿錢氏詁〈釋地〉以下四篇例，作《爾雅物名今釋》，而〈釋蟲〉先成，因思物必有名，名各有義，故蟲屬命名之例，約有十二：蛗螽、蟋蟀、蟰蟓、蝤蠐以自名之聲名；蛣蜣、蜉蝣、蛈蝪、諸慮、蚚蠪、蒺藜、虰蛵、蝅蝅、蠐蠃形狀名；寒蟬之屬，以所生之時名；螤桑、守瓜、負版以其所具之能名；草螽、土螽、土蜂、木蜂、桑蟲，以所生之地名；蜻蛚、負勞、蚍蜉、白魚，析以色也；毛蠹、長蜋，別以體也。王蚨、茅蜩、馬蜩、大

蟻、蠟蟓，區以種也。有以音近名者，如蛾羅、強蚚是；有以切語名者，如莫貈即蚱是；有以合音名者，如齧桑即蠰是，有相似之物同名者，如渠略即蛄蟖，是以上諸例匪惟蟲類然，凡萬物名字歧異，皆可以諸類求之，故今述斯書，首溯得名之旨，次證異稱，繼以今名綴其末，使方俗殊名，古今異語，均以聲轉通其郵，此則循王郝桂諸家之例者也。引而伸之，是在達者。

(二) 疏

孫炎爾雅疏

《宋志》：「孫炎爾雅疏十卷。佚。」

邢昺《爾雅疏·序》云：「其為義疏者，則俗間有孫炎、高璉，皆淺近俗儒，不經師匠。」

師說：戴東原云：❹「陸佃《埤雅》所引孫炎注，俗間孫炎也。」吳騫云：「《埤雅》每引其說，必曰孫炎正義，或曰孫炎爾雅正義，周廣業以為五代時人，郅堝。其書可見者，如釋藚山蒜，以藚為山名，其山出藚。此等皆鄉壁虛造，宜為邢氏所譏。陸農師喜采俗說，故往往搴擇及之也。」

高璉爾雅疏

晁公武《讀書志》曰：「舊有孫炎、高璉疏。」

陳振孫《書錄解題》曰：「為義疏者，惟俗間有孫炎高璉，皆淺近。」

胡元玉曰：「據《宋志》列二家於裴瑜注前，則二家皆似唐人，一代史志，勢不能盡登一代之書。周說恐非定論。」重規案：

---

❹ 規案：此吳騫輯本序記丁小疋述東原之言。

「此脩《宋志》者之亂疏，不得據以定作者時代之先後。」

邢氏昺爾雅疏　十萬卷樓北宋本　續古逸叢書本

《宋史·儒林傳》曰：「邢昺字叔明，曹州濟陰人，太平興國初，握九經及第。咸平初，為國子祭酒。二年，始置翰林侍講士，以昺為之。」

師說：《義疏·序》❹：「今既奉勅校定，考按其事，必以經籍為宗，理義所銓，則以景純為主。」此作疏之主恉也。其同修者為杜鎬、舒雅、李維、孫奭、李慕清、王煥、崔偓佺、劉士元八人，為卷凡十。自此疏列於學官，考郭注者不得不依于此。遂與《釋文》同為不可廢之書。自南宋後，於雅疏每有異同之論。今且抄錄清師說數條於次，加以論斷焉。

《四庫提要》云：「昺疏多能引證，如《尸子》〈廣澤篇〉、〈仁意篇〉皆非今人所覩。其犍為文學、樊光、李巡之注，見於《釋文》者，雖多所遺漏。然疏家之體，惟明本注。注所未及，不復旁搜。此亦唐以來之通弊，不能獨責於昺。」

阮君《校勘記·序》云：「邢昺作疏，在唐以後，不得不綷唐人語為之。」

錢大昭《爾雅釋文補自序》云：「北宋邢叔明專疏郭景純注，墨守東晉人一家之言，識已拘而鮮通。其為書也，又不過鈔撮孔氏經疏、陸氏《釋文》，是學亦未過人矣。」

邵晉涵《爾雅正義·序》：「邢氏疏成於宋初，多掇《毛詩正義》掩為己說，間采《尚書》、《禮記》正義，復多闕略，南宋人

_____

❹　舒雅代邢昺作。

已不滿其書，後取列諸經之疏，聊取備數而已。」

右近世品騭邢疏之辭略如此。案十三經疏，惟《孟子疏》俚儒所為，久應廢去，自餘諸疏，皆有所長，非清儒所能竟奪其席也。即《爾雅疏》言之，邢氏所長，當不僅如紀氏所云，惟明本注而已。以愚觀之，有三善焉。所以新疏縱行，邢疏仍不能廢閣也。

一者、補郭注之闕。注所未詳，邢氏雖不能全補，而葝、虇、逐、未、卒、廩、宧、徒駭、太史、胡蘇十事，則皆依經籍，確能為郭氏拾遺。

二者、知聲義之通。近儒知以聲訓《爾雅》，而其端實啟于邢氏。即以首卷為例，凡說哉、怡、漠、諶、亮、詢、蘦、迥、嵩、茂諸文，均能由聲得其通借，特不能全備耳。

三者、達詞言之例。近人多言《爾雅》有例，㊺然邢疏臨事指陳，如云〈釋詁〉不妨盡出周公，題次初無定例，造字與用字不必盡同。諸條隨便即言，《爾雅》無經義義異人之作，所以不同，諸說皆閎通之極。雖清儒有時遜之矣。

邵晉涵爾雅正義　乾隆時邵氏家塾本　學海堂本

師說：邵郝二疏皆為改補邢疏而作。然邵書先成，郝書後出。先創者難為功，紹述者易為力。世或謂郝勝於邵，蓋非也。據邵自序，其撰是書之例有六：

一曰校文。序云：世所傳本，文字不同，不免譌舛。郭注亦多脫落，俗說流行，古義寖晦，據唐石經及宋槧本及諸書所引者，審定經文，增校郭注是也。

㊺　言此者以嚴元照為最通。按嚴氏有《娛親雅言》。

　　二曰博義。序云：漢人治《爾雅》，若舍人、劉歆、樊光、李巡之注，遺文佚句，散見群籍。梁有沈旋集注，陳有顧野王音義，唐有裴瑜注。徵引所及，僅有數語。或與郭訓符合，或與郭義乖違，同者宜得其會通，異者可博其旨趣。今以郭氏為主，無妨兼采諸家，分疏於下，用俟辯章是也。

　　三曰補郭。序云：郭注體崇矜慎，義有幽晦，或云未詳。今齊魯韓詩，馬融鄭康成之《易》注，以及諸經舊說，會粹群書，以證雅訓，其跡涉疑似，仍存而不論，確有據者，補所未備是也。

　　四曰證經。序云：郭氏多引詩為證，陋儒不察，遂謂《爾雅》專用釋《詩》，今據《易》《書》《周禮》《儀禮》《春秋》之傳，大小戴記，與夫周秦諸子，漢人撰著之書，迻稽約取，用於郭注相證明是也。

　　五曰明聲。序云：聲音遞轉，文字日孳，聲近之字，義存乎聲。自隸體變更，韻書裂。古音漸失，因致古義漸湮。今取聲近之字，旁推交通，申明其說是也。

　　六曰辨物。序云：草木蟲魚鳥獸之名，古今異稱，後人輯為專書，語多皮傅，今就所知副實者，詳其形狀之殊，辨其沿襲之誤，未得實驗者，擇從舊說，以近古為徵，不敢億必之說是也。

　　清世說《爾雅》者如林，而規模法度，大抵不能出邵氏之外。雖篤守疏不破注之例，未能解去拘攣。然今所存雅注完書，惟郭氏為善，堅守郭義，不較善於信陸佃、鄭樵乎！惟書係創作，較後人百倍為難。故其校文，於經於注，多所遺漏，不如嚴元照《爾雅匡名》、王樹枬《爾雅郭注補正》。其博義於諸家注義搜求不周，不如臧鏞堂《爾雅漢注》。其補郭則特為謹慎，勝於翟晴江之為。其

證經、明聲，略引其耑，而待郝氏抽其緒。其辨物則簡略過甚，又大抵不陳今名。然邵氏搜求略多於郭，其所指今名，往往局於一隅，不足遍喻學者。至於物名由來，本於訓詁，則十九不能說。其去《廣雅疏證》之屢解物名取義所由者，固覺無等級以寄言矣。

郝懿行爾雅義疏　郝聯薇校刻足本　四日刻足本　學海堂不足

　　師說：胡珽刻郝疏前有宋翔鳳一序，稱元公所輯經解，及沔陽陸制府建瀛刻本相同，嘉興高居久得足本，以校阮陸兩本，多四之一。或云刪去之文，出高郵王石臞先生手，或云他人所刪，而嫁名於王。此經解本邺疏未為完善之證。

　　又曰：郝疏晚出，遂有駕邢軼邵之勢。今之治爾雅者，殆無不以為啟闢門戶之書，宋于庭序郝疏也，曰：「邢疏但取唐人《五經正義》綴輯而成，遂滋闕漏。乾隆間，邵二雲學士作《爾雅正義》，翟晴江進士作《爾雅補郭》。然後郭注未詳未聞之說，皆可疏通證明，而猶未致於旁皇周浹，窮高極遠也。迨嘉慶間，郝疏最後成書，其時南北學者，知求於古字古音，於是通貫融會，諧聲轉注假借，引端竟變，觸類旁通，豁然盡見。且薈萃古今，一字之異，一義之偏，罔不搜羅，分別是非，必及根原，鮮逞胸臆。蓋此書之大成，陵唐轢宋，追秦漢而明周禮者也。」其推崇繩譽，可謂盡量矣。然郝疏刻於學海堂經解者，王懷祖先生刪節，或云非王所刊，于庭則以刪去為非是。黃茂重刻本書後，至云：「褘、通作偉。止亦此之訓，嫠婦合聲為笱，以良偉蹶嘉也。晙明也，月在甲日畢一節，皆要義微言，重賴發明。阮刻經解多刪節，乃益見本之足徵也。案褘非本字，正當作偉，褘之假音也。嫠婦之笱，據叔然說，以其功易而名。《詩·大田》云：『彼有不穫穉，此有不斂

穧，彼有遺秉，此有滯穗，伊寡婦之利。』此言不自耕穫而得之，亦明其易。寡婦之笱正與此意同。凡取魚無不勞身手者，惟此笱以承梁，**❹**而魚自入取之之易，亦與捃拾他人所牧刈者同矣。」郝氏以寡婦、嫠婦巧合笱罶之切音。然古音婦與負同，不與笱^侯罶^幽同部。因知寡婦取義如孫說矣。晛者，晉之後出字，《易》曰：「明出地上，晉。」引申為早。郝氏不知，而曰晛者浚之或體也。月在甲日畢一節，厘王終癸極，其義顯然。餘則舊說盡亡，郭氏亦闕而不論。而郝氏率意補之。惡覩所謂要義微言者乎。高邸之逕為刪汰，未嘗非成人之美也。郝書席邵、臧二家之成，凡邵所說，幾於囊括而席捲之。而引據《爾雅》舊說，臧所輯者，郝亦輯之，臧所未見而遺漏者，郝亦闕之。至於推明本字，誠多於邵，然如孰為㝬之借，笑為妖之借**❹**，鴻代之鴻為傭之借**❹**。苦為鹽之借，此皆常義易了而郝不言。其隸物名，多據目驗，然以稷為高粱，承程氏瑤田之謬說，以薇垂水為即《詩》之薇，不能分別皆其疏也。

　　胡培翬〈郝蘭皋先生墓〉表云：「先生嘗曰：《爾雅》、邵氏《正義》蒐輯較廣，然聲音訓詁之原，尚多壅閡，故鮮發明。今余作義疏，於字借聲轉處，詞繁不殺，殆欲明其所以然。然言之既多，有所得必有所失矣。又曰：余田居多載，遇草木蟲魚有弗知者，必詢其名，詳察其形，考之古書，以徵其然否？今茲疏中，其異舊說者，皆經目驗，非憑胸臆。先後數易，以別邵氏。先生之於

---

❹　《周禮·獻人》先鄭注：「梁、水偃也。偃、水為關空，以笱承其空。」

❹　《說文》：「妖、女子善笑兒。」以漢字釋古字。

❹　《考工記·梓人》：「搏身而鴻。」注：「鴻、傭也。」是以同部而借。《說文》：「傭、均直也。」

《爾雅》，用力最久，稿凡數易。垂歿而後成。於故訓同異，名物疑似，必詳加辨斷，故所造較邵氏為深。」

　　重規謹案：據先生自述，亦知其說多有未安者矣。

王氏念孫爾雅郝注刊誤一卷　民國十七年羅氏印殷禮在斯堂叢書本

錢氏繹爾雅疏證十九卷　未刊

王氏闓運爾雅集解十九卷　湘綺樓本

無名氏互注爾雅貫類　宋志一卷　佚

　　王應麟《玉海》曰：「不知作者，取字同者類之。」

無名氏爾雅兼義　通志十卷　佚

無名氏爾雅發題　通志一卷　佚

危氏素爾雅略義　明志十九卷　未見。

　　張萱疑耀曰：「元至正初，檢討危素，節略郭邢二家注疏進御，鈔本。」

任氏振基爾雅注疏箋補　見戴東原集　存

　　戴震序曰：「《爾雅》六經之通釋也。援《爾雅》附經而經，證《爾雅》以經而《爾雅》明。然或義具《爾雅》，而不得其經。殆《爾雅》之作，其時六經未殘闕歟！為之旁搜百氏，下及漢代，凡載籍去古未遙者，咸資證實，亦勢所必至。曩閱莊周書，已而為之者，已而不知其然，語意不可識。偶檢〈釋故〉：『已、此也。』始豁然通乎其詞，至若言近而異趣，往往雖讀應《爾雅》，而莫之或知。如〈周南〉『不可休息。』〈釋言〉：『休、庇也。』即其義。〈豳風〉『蠶月條桑。』〈釋木〉：『桑柳、醜條。』即其義。〈小雅〉『悠我里。』〈釋故〉：『悝、憂也。』即其義。說《詩》者不取《爾雅》也。外此轉寫訛舛，漢人傳注，

足為據證。如〈釋言〉：『閱、恨也。』鄭康成注〈曲禮〉『很毋求勝』『很、閱也。』二字轉注，義出《爾雅》。又苛、妎也。郭氏云：『煩苛者多嫉妎。』康成注〈內則〉『疾痛苛癢』『苛、妎也。』義出《爾雅》。凡此遽數之不能終其物。用是知經之難名，《爾雅》不易讀矣。丙戌春任君領從以所治爾雅示余，余讀而善之。今又七載，任君官於京師，猶孜孜是學不已。更出其定本屬余譔序。夫今人讀書，尚未識字，輒目故訓之學不足為。其究也，文字之鮮能通，安謂通其語言，妄謂通其心志。而曰傳合不謬，吾不敢知也。任君勤於治經，蓋深病夫後儒鑿空之，歧惑學者，欲使本諸爾雅以正故訓，故以斯學先焉。事中若索精祥，辨據明哲，則讀其書者固自知之。」

(三) 音

孫炎爾雅音

《釋文·敘錄》云：孫炎音一卷。　冊府元龜·通志並同。

《隋志》云：梁有爾雅音二卷。孫炎、郭璞撰。

重規案：《釋文》引樊李音甚多，蓋後人所作。故《釋文》《隋志》均未著錄。

郭璞爾雅音

《釋文·敘錄》云：郭璞音一卷。　冊府元龜·通志並同。

臧在東〈重雕宋本爾雅書後〉云：郭氏注中有音，注外別為音一卷，後人多所祖述。乃注疏本見音切與郭同者，多刪注中之音以避複，惟明郎奎金五雅本，吳元恭草注本，陳深十三經解詁本，注下不附音切，故無刪。

王國維〈書爾雅郭注後〉曰：漢人注經，不獨以漢制統古制，

亦以今語釋古語。杜子春、鄭大夫、鄭司農說《周禮》已用其法，後鄭司農注三禮，復推而廣之，然古語者，有字而無音者也。由古語之字以求其音與義，於是有讀如、讀若之例焉，有讀為之例焉。今語者，有音無字者也，由其音以求其字，或可得或不可得，凡云今謂厶為厶者，上厶其義，下厶其音，其音如此，其字未必如此。❹吾但取其字以表其音，使其古厶字之音相比附而已矣，故以今語釋古語，雖舉其字猶或擬其音，如《周禮·天官·醢人》：「豚拍」注云：「鄭大夫、杜子春皆以拍為膊，謂脅也。今河間名豚脅聲如鍛鎛。」……又孰知其關於訓詁者有如斯也。

施乾爾雅音

謝嶠爾雅音

《陳書·謝岐傳》：「岐弟嶠，為世通儒。」

《釋文·敘錄》云：「陳博士施乾、國子祭酒謝嶠，舍人顧野王并撰音。既是名家，今亦采之，附于先儒之末。」

邵二雲《爾雅正義》云：「注引謝氏，疑為謝嶠之說，殆因《詩》疏連引，後人溷入郭注歟！《太平御覽》引郭注，不引謝氏語。」

錢竹汀《潛研堂集》云：「問：莜蚍衃注引謝氏說，謝未知何時人？答：〈東門之枌〉疏引舍人說，次引郭氏，次引謝氏說，謝必在郭之後。陸氏《釋文》稱陳國子祭酒謝嶠撰《爾雅音》，當即

---

❹ 如《周禮·夏官·序官·司爟》注：「今燕俗名湯熱為觀，字當作涫。」《考工記·輪人》注：「今人謂蒲本在水中者為弱，字當作蒻。」《禮記·內則》注：「拭物之中，今齊人有言紛者，字當作帉。」而作觀弱紛者，但取其音，或從經字也。

其人也。邢疏采自《詩》正義，後來校書者又依邢疏攙入注文。」

阮芸臺《爾雅校勘記》云：按《爾雅·序》疏云：五經正義援引有某氏謝氏顧氏邢氏。不云郭注引謝注，而云五經正義引謝氏。則邢氏所據郭注本無謝氏可知。

黃石原《爾雅古義》云：據邢疏云：五經正義援引某氏謝氏顧氏。或云沈旋施乾謝嶠顧野王，非也。此四家在郭氏後，故知非也。誠哉是言。郭為晉太守，謝為陳之祭酒，中隔未齊梁三朝，郭所引謝氏，或更有一謝氏在郭前，而非陳之通儒也。此邢疏密處。

新城王樹枏《爾雅郭注佚存補》卷十三云：郝氏義疏據錢氏之說，謂自謝氏以下係邢疏採自《詩》正義，後來校書者又依邢疏攙入注文。邵氏正義直刪去謝氏以下之文。阮氏校勘記亦同此說。樹枏案：《御覽》九百九十四卷百卉部引郭璞注，有謝氏以下十三字，與今本同。《御覽》成書在邢疏之先，引謝氏以下自為郭注原文非《釋文》所載陳之謝嶠也。

胡元玉曰：郭注引謝氏僅此一處，史志諸書，又未著錄謝氏注，錢邵諸人據《詩》疏以為即謝嶠，似矣。然《太平御覽》九百七十九引郭注無謝氏說，而九百九十四引郭注又與今本無殊。邢疏雖云：又五經正義援引有某氏謝氏顧氏然實承上文所列犍為文學劉歆樊光李巡孫炎而言。乃歷數郭序所云注者十餘也。因尚不滿十家，故又云今郭言十餘者，典籍散亡，未知誰氏，或云沈旋、施乾、謝嶠、顧野王者，非也。據此觀之，則疏意必以上文所列八家為在郭前矣。蓋當時有以沈旋等四家合犍為文學等八家當十餘之目者，故邢以為非。細審疏文，前之謝氏顧氏，與後之謝嶠、顧野

王，一在郭前，一在郭後，判若四人。❺今若執此疏以證謝氏為謝嶠，則與此疏文意不合矣。至《詩》疏連引謝氏于郭下，安知非郭注本有謝氏說乎。況《御覽》成於北宋初，雪窗書院單注本《爾雅》刻于南宋，而苁蚍岯一注均與今本無殊。知郭之注有謝氏，其來久矣。後人依邢疏攙入之，說殆未可奉為定論。古人著書姓存名佚者，比比然矣。若謝氏者，固不必因有謝嶠，遂謂為必非兩人也。❺今定謝氏說為郭注所本有，依邢疏錄二家於郭前。

重規謹案：《御覽》引書時有增減，未要據為典要。故卷九百七十九引郭注無謝氏氏說，而九百九十四引郭注則有謝氏說，蓋亦據《詩》正義連引其文。錢、邵、阮、郝諸家之說，蓋不誣也。邢氏《爾雅序》疏言五經正義引謝氏，而不言郭引謝氏，要為明證。

顧野王爾雅音

師說：案釋文屢引顧舍人，本其文字多與郭異。近人所輯之外，日本傳來原本玉篇中，尚多有其說。如言部諈下，引《爾雅》：「諈、諉累」郭璞云：「以事相屬累為諈也。」謐下引《爾雅》「靜也、慎也。」野王案：「《韓詩》賀以謐我口是」。諼下引《爾雅》有斐君子，終不可諼兮。道盛德至善，民之不能忘也。郭璞曰：言常思念之。詒下引《爾雅》詒遺也。郭璞曰：謂相歸遺

---

❺　《玉海》亦以《五經正義》引某氏謝氏顧氏與文學劉歆李巡孫炎樊光連文為一條，其下空一格，錄《隋志》沈旋集注十卷，旁注云：及施乾謝嶠顧野王四家，在郭氏後。則王伯厚亦不以謝氏顧氏為謝嶠顧野王。

❺　如《隋志》著錄劉叔嗣《尚書注》二十一卷，又有劉先生《尚書義》三卷。著錄王肅《喪服要記注》一卷，又有王氏《喪服記》十卷，皆實係二人，不可合為一書也。

也。誑下引《爾雅》諆離也。此類溢于有條。大氏顧氏多從郭璞。其中專引經注者，可校今本之文。稱野王案者，可知顧氏之說。即略與銓論者，亦可靠顧氏之音，真珍籍也。

江灌爾雅音

　　《隋志》云：《爾雅音》八卷，祕書學士江灌撰。

　　《陳書·江總傳》：「總、濟陽考城人也。仕梁，入陳，為尚書令。第七子灌，附馬都尉秘書郎，直祕書省學士。」

　　張廣遠《歷代名畫記》曰：「《爾雅圖》上下兩卷。陳尚書令江灌字德源。至武德中，為隨州司馬·並著《爾雅贊》二卷、音六卷。」❷

　　《唐書·經籍志》：「《爾雅圖贊》二卷，江灌注。《爾雅音》六卷，江灌注。」

　　《唐書·藝文志》：「《爾雅》江灌圖贊一卷，又音六卷。」

　　姚振宗曰：「《隋志》作江灌不談，《經義考》及翁氏方綱補正引丁杰說，皆據《名畫記》駁文作江灌，非是。由未得《陳書·江總傳》之一證故也。

陸德明《爾雅音義》

　　《書錄解題》云：「《爾雅釋文》一卷，陸德明撰。」

　　《宋志》云：「《爾雅音義》二卷。」

　　王應麟《玉海》曰：「天聖四年五月，國子監摹印陸德明音義二卷頒行。」

　　師說：此《經典釋文》中之一種，凡三卷。其條例曰：「《爾

---

❷　按此云，尚書令者，或因其父官而傳說。或江下敚總子二字。

雅》之作，本釋五經，既解者不同，故亦略存其異。」又云：
「《爾雅》本釋墳典，字讀須逐五經。而近代學徒好生異見。改音
易字，皆采雅書。唯止信其所聞，不復攷其本末。且六文八體，各
有其義。豈必飛禽即須安鳥，木族便應注魚，蟲屬要作蟲旁，草類
皆從兩屮，如此之類，實不可依。今並較量，不從流俗。」其次弟
曰：《爾雅》周公復為後人所益，故殿末焉。案《釋文》用郭本為
正，而犍為文學以下之注，孫叔然以下之音，並加甄采，今細其義
例。一曰：存舊說。如釋詁之詁，舉樊李別本。林烝之烝，舉一本
異文。元胎之胎，載叔然異音。圖漠之漠，取舍人別解。此皆存舊
說也。二曰：自下己意。或辨字體。如俶下云，字又作俶，是也。
或舉直音。如肇下云，音趙是也。㊼或引他證。如詁下云：《說
文》云：詁、故言也。《字林》同是也。或加考釋，如汱下云，姑
犬反，顧徒蓋反，今字作伏是也。惟書中間有稱本今作某，如兒下
云：本今皆作齯。悾下云：本今作果之類。皆出《釋文》之辭，近
人或竟以為陸氏原文，斯為巨繆。詳陸書體例，可謂閎美，雖尚有
漏闕，待後來之補苴。要之，治《爾雅》者，必以此為先導矣。惟
唐世義疏，引《爾雅》舊義，皆雜取諸家。不專以景純為主，其兼
引景純，必列眾家之下，如《詩》疏述匹孫炎注，不引郭注。〈黃
鳥〉則引舍人與郭，而以郭說置舍人後。煮治也，則兼引舍人孫
炎，而不引郭璞。蓋《詩》疏本之二劉，河北《爾雅》之學，猶不
專以郭為主也。獨有《玉篇》載《爾雅》之義，取景純為多，然則
專尚郭注，江南之學如此也。今欲研摛舊義，自當于《釋文》之

㊼　條例云：其或音一音者，並出於淺近，未傳聞見。

外，鉤取沈佚，庶無憾焉。

曹憲爾雅音義　唐志三卷　佚

　　臧在東〈與段若膺論校爾雅書〉云：「〈釋獸〉『麕、白虎』下，尊校引徐鍇曰：『曹憲作《爾雅音》云音覓。』按徐楚金《繫傳》，惟《說文》本為可信，餘所引經史傳注之文，多由臆記誤舉，不可根究。曹袛作《廣雅音》，《隋書·經籍志》載《廣雅音》四卷，祕書學士曹撰是也。《唐書·藝文志》誤作曹憲《爾雅音義》二卷。疏舛已極。不料與楚金暗合。朱錫鬯《經義考》誤采《唐志》，鏞堂撰《爾雅考》嘗訂正之。今《廣雅·釋獸》無麕字，曹憲亦無覓音，不知楚金何由致誤，而可以為據乎！」

　　胡元玉曰：案《玉海》云：「憲注《廣雅》，藏祕書，改廣為博，書目十卷。因張輯《廣雅》附作音解，更為十篇。」是《廣雅》自憲始更名《博雅》，始分為十卷也。今《唐志》于曹憲《爾雅音義》外，著錄《廣雅》四卷，張揖撰。《博雅》十卷，曹憲撰。則所謂《博雅》十卷，即曹憲《廣雅音》明矣。無音字者，脫去耳。《隋志》作四卷，乃未定之本，爾時尚未改稚讓之舊也。《唐志》既出《博雅音》十卷，又出《爾雅音》二卷，書名卷數，判然不同。安可詆為疏舛耶？至《隋志》不錄曹憲《爾雅音》，則由憲入唐後，始成書故耳。猶陸德明作《經典釋文》三十卷，而《隋志》但錄其《周易》並注音七卷也。隋唐志《廣雅音》卷數不符，亦猶《經典釋文》中《易音》僅一卷，而《隋志》七卷也。❺❹麕字《廣雅》所無，惟《爾雅》有之。《釋文》引《字林》云：

---

❺❹　蓋附經之下，故有七卷，猶《廣雅音》十卷，音即附正文下也。

「下甘反，又亡狄反。」下甘即是酣音，亡狄即是覓音，憲取覓音而不取酣音，與《說文》讀若冪之音合，故楚金特引之，若定《唐志》為《廣雅音》之誤，則此音直是楚金憑空結撰矣。豈其然哉！在東所引《爾雅考》，雖未得見，然據此書所云，已不可，今仍從《唐志》錄之。

裴氏瑜爾雅音

《中興書目》云：注五卷，音一卷，今本無有。

釋智騫爾雅音　二卷見玉海

王應麟《玉海》曰：釋智騫撰《爾雅音義》。景德二年四月，吳鉉言其多誤，命杜鎬、孫奭詳定。

毋氏昭裔爾雅音略　通考三卷　佚

吳任臣《十國春秋》曰：昭裔，河中龍門人，孟知祥鎮西川，辟掌書記。所著有《爾雅音略》三卷。

晁公武《讀書志》曰：《爾雅》舊有釋智騫及陸郎《釋文》，昭裔以一字有兩音，或三音，後學疑於呼韻，乃釋其文義最明者為定。

臧在東《重雕宋雪窗書院爾雅書後》云：諸本音切俱經刪改，惟此獨為完善，深可寶貴，凡切字皆作反，知其所由來遠矣。《郡齋讀書志》載蜀毋昭裔《音略》三卷，謂《爾雅》舊有釋智騫云云，此書每字一音，其即昭裔所著乎！

無名氏爾雅音訓　通志二卷　佚

《崇文總目》曰：不著撰人名氏，以孫炎郭璞一家音訓為尚狹，頗增益之。

薛氏敬之爾雅便音　千頃堂書目　未見

㈣ 圖

郭璞爾雅圖譜

《晉書·本傳》：注釋《爾雅》，別為音義圖譜傳於世。

《釋文·敘錄》云：《圖讚》一卷。

《隋志》云：《爾雅圖》十卷，郭璞撰。（《通志》同）。梁有《爾雅圖讚》二卷，郭璞撰，亡。

《舊唐志》云：《爾雅圖》一卷，郭璞注。（《新志》同，無注字。）

《唐日本國見在書目》：《爾雅圖》十卷。郭璞撰。

《通志略》曰：《爾雅圖》，蓋本郭注而為圖。今雖亡，有郭璞注，則其圖可圖也。

江氏灝爾雅圖讚　《唐志》：佚。

《名畫記》云：圖二卷，讚二卷。

㈤ 校勘

明·郎奎舍《爾雅糾譌》　附郎刻五雅後。

盧文弨《爾雅音義攷證》二卷　抱經堂本。

彭元瑞《爾雅石經考文提要》　石經考文提要中。

張宗泰《爾雅注疏本正誤》五卷　廣雅書局本　徐乃昌積學齋叢書本。

阮元《爾雅注疏校勘記》十卷　文選樓本　經解本。

師說：阮伯元《十三經校勘記》中有《爾雅校勘記》六卷，又附《釋文校勘記》於後，此為覽《爾雅》者必治之書。其序有云：「《爾雅》經文之字，有不與經典合者，轉寫多歧之故也。有不與《說文》合者，《說文》於文得義，皆本字本義。《爾雅》釋經則

假借特多，其用本字本義少也。此必治經者深思而得其意。」阮公
此言，郅為閎通。其中小小罅漏，如以《釋詁》「犯奢果毅勝也」
之毅為衍文，〈釋草〉「虆從水生」之生為衍文，固自不免。而大
體則精善矣。

臧鏞堂《宋本爾雅考證》　見古書叢刊吳元恭本爾雅中。

　　論南宋雪窗書院《爾雅》與明本之優劣。

龍啟瑞《爾雅經注集證》三卷　光緒七年刻本　續經解本。

　　師說：此書略取阮元、盧文弨、郝、邵、臧鏞堂、錢大昕、嚴
元照、孔廣森、全祖望、武億、段玉裁諸家之說，間有駁辨，皆是
常義，而號為集證，一若裒然巨冊者，可謂名實不相中也。

劉光蕡《爾雅注疏校勘札記》　光緒二十年陝甘味經刊書處刊本

　　就阮校兼采諸家之說，為札記六百七十五條。

王樹柟《爾雅郭注佚存訂補》二十卷　文莫室刊本

　　據陸氏《釋文》，唐人各書，校補郭注。

(六) **輯佚**

《爾雅古經籍鉤沈》　吳縣余蕭客

《孫氏爾雅正義拾遺》　海寧吳騫槎客軒　拜經樓叢書本

　　從陸佃《爾雅新義》中輯出。

《爾雅集解》三卷　海寧陳鱣仲魚撰。

　　自敘曰：《釋文》《群經義疏》《文選注》及釋藏《一切經音
義》等書皆引舊注，足資考證。今於郭注之外，摭拾舊注，兼采舊
音，各列出處，為《集解》三卷。將以存漢魏訓詁。好古君子，或
有取焉。

《爾雅一切注音》十卷　歸安嚴可均輯纂　光緒十三年木犀軒叢書

刊本。

《郭璞爾雅圖贊》一卷　歸安嚴可均輯　光緒間湘潭葉德輝觀古堂刻本。

《爾雅漢注》三卷　武進臧鏞堂輯　嘉慶七年聞經堂本盧重刻本
光緒間吳縣朱氏槐。

　　玉涵山房輯佚書經編爾雅類

《爾雅犍爲文學注》三卷　漢郭舍人

《爾雅劉氏注》一卷　漢劉歆

《爾雅樊氏注》一卷　漢樊光

《爾雅李氏注》三卷　漢李巡

《爾雅孫氏注》三卷　魏孫炎

《爾雅孫氏注》一卷　魏孫炎

《爾雅音義》一卷　晉郭璞

《爾雅圖讚》一卷　晉郭璞

《集注爾雅》一卷　梁沈旋

《爾雅施氏音》一卷　陳施乾

《爾雅謝氏音》一卷　陳謝嶠

《爾雅顧氏音》一卷　陳顧野王

《爾雅裴氏注》一卷　唐裴瑜

《爾雅古義》十二卷　甘泉黃奭石原輯　光緒四年番禺李光廷刻本
漢學叢書本　張宗炎刻榕園叢書本

　　與馬氏略有異同。

《爾雅古注解》三卷　清甘泉葉蕙心蘭如女士撰（李祖望夫人）　光
緒二年李氏半畝園刻本

㈦ 釋例

《爾雅釋例》五卷　　清鹽城陳玉樹　　民國十年南京高等師範排印本。

李審言先生〈大桃教諭楝選知縣陳君墓誌銘〉曰：君姓陳氏，諱玉樹，字塌庵，後更名玉澍。君治經首通訓故，求其涉於經世之用。其書已行者，《毛詩異文箋》、《鹽城縣志》、《後樂堂集》、《民權釋惑》、《教育芻言》、《欽定勝朝徇節諸臣錄》、《校勘記》凡數十卷，若《卜子年譜》、《爾雅釋例》、《米禁問答稾》並寫定藏於家。

顧實〈校定爾雅釋例·序〉曰：頃於《國故雜志》中，讀其遺著《爾雅釋例》，詫為傑作，洵初學者研治雅誌之入門，都中訪其猶子斛玄鐘凡先生，乃畀予全稿，而付諸排印。此書嘗經劉申叔師培、陳伯陶漢章兩先生均略有校訂，余以課餘，匆匆再三校之，猶有誤字，良為遺憾。

重規案：此書為例凡四十有五。曰有假借無假借例、經文在上在下例、上下皆經例、經有異文而爾雅並釋例、釋訓釋詩例、文同訓異例、訓同義異例、訓異義同例、相反為訓例、同字為訓例、同聲為訓例、兩句相承例、轉相訓例、釋地四篇例、釋草七篇泛言例、釋草七篇專釋例、釋畜釋獸二篇例、用韻例、名同文異例、文同義異例、義同文異例、文同形異例、名同義異例、名異義同例、物異名同例、名異物同例、蒙上文而省例、一字重讀例、因此及彼例、舉此見彼例、釋鳥釋獸釋畜言雌雄牝牡例、語助例、衍文宜刪例、脫文宜補例、錯簡宜正例、上下互誤例、涉上下文而誤例、誤以上文為下·下文為上例、形近致誤例、不當分而誤分例、不當合

而誤合例、郭氏改經例、釋文改郭例、附益例。標明細格,統括大
歸昔人爾雅有例之言,得此大暢。然篇首謂爾雅所釋之字有假借,
釋文之字無假借,爾雅以釋經也,經或用假借,或用正字,爾雅必
用正字釋之,假字為古,正字為今。以正字釋假字,即以今語釋古
語,若用假字為詁,是有古而無今也。蒙案:古字何必盡假,今字
何必盡正,執一求之,觸途生障,是其蔽也。

《爾雅釋詁例證》 羅長玉 見尊經書院二集卷四下

重規案:為例凡八,曰傳注例、曰一條兼數訓例、曰駢字誤為
單字例、曰形聲訛誤例、曰記識誤入正文例、曰後師屬補例、曰前
後失序例、曰引校異文例。訛說頗多,蓋非樸學。

《爾雅草木蟲魚鳥獸釋例》 海寧王國維書本 廣倉學宭叢書本
王靜安先生遺書本

自序曰:丙辰春,復來上海,所居距方伯(案謂沈子培先生)
寓所頗近,暇輒詣方伯談。一日,方伯語維曰:「棲霞郝氏《爾雅
義疏》於詁言訓三篇,皆以聲音通之,善矣。然草本蟲魚鳥獸諸
篇,以聲為義者甚多,昔人於此,似未能觀其會通。君盍為部居條
理之乎!」乃略推方伯之說,為《爾雅草木蟲魚鳥獸釋例》一篇。
既名條例,遂並其例之無關聲音者,亦並釋之。

重規案:王氏此作刊於《廣倉學宭叢書》,繼又檃括其辭,載
《觀堂集林》卷五。其略曰:物名有雅俗,有古今,《爾雅》一書
為通雅俗古今之名而作也,其通之也謂之釋,釋雅以俗,釋古以
今,聞雅名而不知者,知其今名,斯知古矣。說郅閎通。

五、論治爾雅方術

先正文字：

宜取經與釋文為主，考其異本，悉輯錄之。近儒考《爾雅》文字者，始載之書，究以嚴元照《爾雅匡名》為最詳備。嚴書復有勞氏稽校本，彌緻密。但有傳鈔，尚無刻本。

大抵簡要方法，即分《爾雅》文字為見於《說文》，與不見於《說文》二種。其見於《說文》者，又分義與《說文》相應不相應二種，其不見《說文》者，又分實有其字與尚不知其字二種。如此董理，《爾雅》文字之事畢矣。

次明聲讀：

此中先明今音：今音以《釋文》為主，其一字有數音，暫以《釋文》第一讀為主，以便於齊一。每音皆宜知其聲類及在《廣韻》何韻。

次明古音：明古音者，知其聲韻所屬，以得古本音，此於治訓詁為最要之事。

次求義證：

㈠求各字之佐證：宜先分見經史群書與不見經史群書為二種。先治見於群籍者，亦有二例：群書與《爾雅》畢同，一也；雖表面不與《爾雅》同二也。其不見於群書者，亦分為二，一、尚有旁證可以推尋者；二、絕無證據祇能付之未詳者。大抵《爾雅》致用，以明群書者為最要。

㈡求全部之系統：

1.求訓詁自相互而得系統。

2.求名物之根源，以歸於訓詁之系統。

至是《爾雅》之功畢，訓詁之學，亦幾於大成矣。至於創立異辭，駁難舊說，徒滋紛擾，曷足尚乎！

第二節　小爾雅

一、《小爾雅》之作者

關於《小爾雅》之作者問題，清儒議論紛紜，歸納其說，可分三類：

(一) 後人掇拾成書者

此說戴震主之，段玉裁及《四庫提要》並同戴說。戴震〈書小爾雅後〉曰：「《小爾雅》一卷，大致後人皮傅掇拾而成，非古小學遺書也。如云：『鵠中者謂之正。』則正鵠之分，未之考矣。『四尺謂之仞。』則築宮仞有三尺，不為一丈，而為及肩之牆矣。『澮深二仞。』無異洫深八尺矣。其解釋字義，不勝枚舉以為之駁正，故漢代大儒不取以為說經，獨王肅、杜預及東晉梅賾奏上之《古文尚書孔傳》頗涉乎此。」

段玉裁在《與胡孝廉世琦書論小爾雅》中稱譽戴氏此說為「沈潛諸大儒傳注，確有所見之言。」且云：「東原師意謂《漢志》所載者，乃真《小爾雅》，今入於《孔叢子》者，則後人所為。如偽《家語》、偽《古文孔傳》、偽《孔叢子》皆未嘗無所因襲。」

《四庫全書總目・提要》亦云：「漢儒說經，皆不援及，迨杜預注《左傳》，始稍見徵引，明是書漢末晚出，至晉始行，非《漢

志》所稱之舊本。」

㈡ 王肅所偽造者

　　此說亦戴震發其端緒，而臧鏞力贊其說。戴震嘗云：「或曰《小爾雅》者，後人採王肅、杜預之說為之也。」臧庸既信戴氏之說，又引其高祖臧琳之說，確定為王肅所偽造。其〈小爾雅徵文〉云：「考之有年，知郭璞之前，王肅實首引此書，余高祖玉林先生曰：《孔叢子》為王肅偽造，而《小雅》在《孔叢》篇第十一。又自王肅以前，無有引《小雅》者，凡作偽之人，私撰一書，世之人未之知也，必作偽者先自引重，而後無識者從而群然和之，世遂莫有知其偽者矣。然則《小雅》之為王肅私撰，而《孔叢》書之由王肅偽作，皆確然無疑也。」

㈢ 古小學之遺書而採入《孔叢子》者

　　此說以胡承珙為主，而王煦、朱駿聲、任兆麟皆贊同之。胡承珙〈小爾雅疏證序〉云：「《小爾雅》一卷，見於《漢藝文》《隋經籍志》者，孔鮒之本，李軌之解，已不復可見。今所傳者，具載於《孔叢子》第十一篇，世遂以《孔叢》之偽而并偽之。戴氏東原謂是後人皮傅撮拾而成者，非古小學遺書也。以序考之，漢以後傳注家徵引此書者，王肅之說，見於《詩》、《禮》正義，杜預之注《左傳》，訓詁多與之合。至酈注《水經》始明著書名。其後陸氏《釋文》，孔、賈經疏，釋玄應《一切經音義》，李善《文選注》，徵用尤夥，持較今本，則皆燦然具在，其逸者不過數條，則安知非偽造《孔叢子》者，勒取入之，而諸儒所見之本，固猶無恙邪？」胡氏〈小爾雅義證自序〉亦云：「此可見《孔叢子》多刺取古籍，而所取之《小爾雅》，猶係完書，未必多所竄亂也。」朱駿

聲〈小爾雅約注序〉曰：「訓詁之書，權輿《爾雅》，自後《小爾雅》、《方言》、《說文解字》、《釋名》、《廣雅》賡之。而《小爾雅》十三章最古，亦六籍之襟帶、百氏之綱維也。《漢志》列孝經家，《隋志》附論語類，皆別為一卷，不著撰人姓氏，而《藝文類聚》引作《孔叢》。晁公武謂孔子古文，見於孔鮒書，今《館閣書目》云孔鮒撰，即《孔叢子》第十一篇。然《孔叢》一書不著前志，殆魏晉人依托而摭取《小爾雅》入之。」

任兆麟〈小爾雅注序〉云：「《小爾雅》一卷，《漢志》列孝經家，蓋孔壁古文也，今見《孔叢子》，《孔叢》後出，疑信參半之書，此篇及《孔臧書賦》，皆確然無可疑，王厚齋謂古書之幸存者，此其一也。」

按《漢志》有《小爾雅》一篇，或以為即《小爾雅》，而無著者姓氏。晁公武《郡齋讀書志》、陳振孫《直齋書錄解題》、王應麟《玉海》皆謂孔鮒所著。孔鮒事蹟見於《史記·孔子世家》，乃孔子九世孫，為陳涉博士。《史記》中無有孔鮒著《小爾雅》之記載。《漢書·藝文志》載《小爾雅》一卷，亦無著者名氏，縱為古代留傳之書，亦難確定其作者即為孔鮒，若以為王肅所偽造，亦未必可信。因為書與《鄭志》相合者甚眾，王肅既欲難鄭，不應又合於鄭，可見《小爾雅》並非王肅所偽造。《小爾雅》一書亦非掇拾王肅、杜預等人之說而成書者，因《說文》已經引用「㷒、薄也」[55]

---

[55] 《說文》：「㷒、事有不善言㷒也。《爾雅》：㷒、薄也。从旡、京聲。」段注：「按《爾雅》無此文，《爾雅》二字淺人所增耳，㷒薄也。許以足上文意有未盡之語。〈桑柔〉毛傳、杜注《左傳》、《小爾雅》皆云：涼薄也。涼即㷒字。《廣雅·釋詁》曰：㷒粕也。」粕即薄字。

之訓。總之，關於《小爾雅》之作者，還以戴震等考證為後人纂輯者較為合理。《小爾雅》者，廣《爾雅》之所未備，亦為我國古代研究字義訓詁方面之重要著作，不可忽視者也。

二、《小爾雅》之內容

《小爾雅》共十三篇，即〈廣詁〉、〈廣言〉、〈廣訓〉、〈廣義〉、〈廣名〉、〈廣服〉、〈廣器〉、〈廣物〉、〈廣鳥〉、〈廣獸〉、〈廣度〉、〈廣量〉、〈廣衡〉。廣之一義，實為廣《爾雅》之所未備。某類古義、舊制，不見於他書，而獨存於《小爾雅》中，可補《爾雅》之不足。其間所載周秦訓詁，與漢儒多相印合。

胡樸安氏於《小爾雅》之內容嘗加分析，今採錄於下：

> 《小爾雅》所釋詁訓及名物，共計三百七十四事，所釋雖不多，頗足補《爾雅》之所未備。〈廣詁〉、〈廣言〉、〈廣訓〉三篇，其篇目與《爾雅》同〈廣詁〉共計五十一條。大、治、高、近、美、多、法、易、進、久、因、止、疾、餘、事十五條，《爾雅》所有。餘三十六條，皆不見於《爾雅》，即此見於《爾雅》之十五條，其所訓之文，亦非《爾雅》所有。如大字一條，《爾雅》共有三十九文，《小爾雅》所廣之「封、巨、莫、莽、艾、祁」六文，《爾雅》所未收。《詩·周頌·烈文》云：「無封靡于爾邦。」毛傳：「封、大也。」《孟子》：「為巨室必使工司求求大木。」《左傳·莊公二十八年》：「狄之廣莫。」《莊子·逍遙

遊》：「廣莫之野。」《呂氏春秋·知接篇》：「戎人見瀑
布者而請曰：何以謂之莽莽也。」高注：「莽莽、長大
貌。」《禮記·曲禮》：「五十曰艾。」艾、老也，老大義
通。《詩·小雅·吉日》：「其祁孔有。」毛傳：「祁、大
也。」此悉周秦之訓詁，而為《爾雅》之所略，不有《小爾
雅》以廣之，則《爾雅》之所未備者多矣。治字一條，《爾
雅》為治亂之治，《小爾雅》為攻治之治，攻治義較治亂為
朔也。易字一條，《爾雅》為易直之易，《小爾雅》為交易
之易，交易義較易直為朔也。〈廣言〉、〈廣訓〉皆係廣
《爾雅》之〈釋言〉、〈釋訓〉而作。凡《爾雅》所載，悉
不復出。偶有重見者，或為後人所竄入。四〈廣義〉、五
〈廣名〉。義古作誼，事之宜也，名自命也。義以制事，名
以辨物，斟酌人事以正名也。《爾雅·釋親》一篇，只釋名
分之名，不釋事義之名，故以此二篇廣之也。六〈廣服〉、
七〈廣器〉，《爾雅·釋器》一篇，間釋名物之名稱。不過
祝、褕、純、裘、襟、裾、袾、襖、袪、襭、襜、禍、襆十
餘事而已，〈廣服〉於《爾雅》十餘事而外，凡織、布、
纁、縞、素、絺、綌之類，計二十有六，皆釋之無餘。〈廣
器〉一篇，亦是廣《爾雅》之所未備，高平謂之太原，澤之
廣謂之衍，是兼釋地而廣之也。八〈廣物〉，兼《爾雅》
〈釋草〉、〈釋木〉而廣之。九〈廣鳥〉、十〈廣獸〉，兼
《爾雅》〈釋鳥〉、〈釋獸〉、〈釋畜〉、〈釋魚蟲〉而廣
之。《爾雅》哭畜分為二，《小爾雅》則不分，且無魚蟲。
惟《爾雅》只釋草木鳥獸魚蟲之名，《小爾雅》則及於事。

如拔心曰摳、拔根曰攉，鳥之所乳謂之巢、雞雉所乳謂之
窠，魚之所息謂之橬之類是。十一〈廣度〉、十二〈廣
量〉、十三〈廣衡〉，此則《爾雅》所無，《小爾雅》廣之
者也。」

三、《小爾雅》之體例

《小爾雅》既是廣《爾雅》之所未備體例亦仿《爾雅》而作，
關於《爾雅》之體例，清代陳玉樹嘗作《爾雅釋例》一書，共分四
十五例。胡樸安根據陳氏分析之基礎，歸納成八例：㈠文同訓異。
㈡文異訓同。㈢訓同義異。㈣訓異義同。㈤相反為訓。㈥同字為
訓。㈦同聲為訓。㈧展轉為訓。此雖《爾雅》之八種體例，其實亦
適合於《小爾雅》。至於《小爾雅》與《爾雅》相比，又可察知有
下例之不同：

㈠ 見於《爾雅》，而於《小爾雅》為重出者

如卬之訓我，《爾雅》、《小爾雅》並同。

㈡ 雖見於《爾雅》，而所訓之文，與《爾雅》有異

如《爾雅》訓「大」一條，所訓之文有：弘、廓、宏、溥、
介、純、夏、幠、墳、嘏、丕、弈、洪、誕、戎、駿、假、京、
碩、濯、訏、字、穹、王、路、淫、甫、景、廢、壯、冢、簡、
箌、將、業、席等三十九字。《小爾雅》雖亦有訓大一條，而所廣
之封、巨、莫、莽、艾、祁六字，則非《爾雅》所有。

㈢ 《爾雅》所未備者

如《小爾雅·廣名篇》：「請天子命曰未可以戚先王；請諸侯

命曰未可以近先君；請大夫命曰未可以從先子。」胡承珙〈與潘芸閣編修書論小爾雅〉云：「請天子命云云，《尚書正義》引鄭志答趙商問曰：君父疾病方困，忠臣孝子不忍默爾，視其歈歈，歸其命于天，中心惻然，為之請命。周公達於此禮，著在《尚書》，若君父之病，不為請命，豈忠孝之志也。據此則請命之禮，其來甚古，不見他書，而獨見于此。」此則為《爾雅》之所未備者。

四、《小爾雅》之注本

《小爾雅》注之最古者，為李軌注本。李軌字洪範，東晉時人，其書著錄於《隋書·經籍志》，今已不存。研究《小爾雅》之學，至清代始盛。其著者有：

㈠ 胡承珙《小爾雅義證》三十卷、補遺一卷

承珙字景孟，號墨莊，安徽涇縣人，嘉慶十年進士。清代研究《小爾雅》者，以胡氏《小爾雅義證》最享盛名。其自序云：「曩見東原戴氏橫施駁難，僅有四科。予既援引古義，一一釋之，因復原本雅故，區別條流，又採輯經疏選注等所引，通為義證。略存舊帙之仿佛，間執後儒之訾議，將有涉乎此者，庶其取焉。」自其序言，已可窺其著述之旨與其書之體例。

㈡ 王煦《小爾雅義疏》八卷

煦浙江上虞人，煦不同意戴震「皮傅掇拾之譏」。乃謂：「今按《爾雅》本文，證漢魏諸儒傳注之義，則知東原之說非也。篇中如釋『公孫碩膚』，『鄂不韡韡』，並與毛傳合，可知當日經師授受，實出一原，自餘諸訓，亦無不斟酌倉雅，與漢魏諸儒相發明，安所見皮傅掇拾乎！」全書立論，於此可窺其一斑。

(三) 胡世琦《小爾雅義證》

世琦字玉樵，安徽涇縣人，清嘉慶十九年進士。段玉裁嘗譽胡氏《小爾雅義證》「校之也精，考之也博。」實「為《小爾雅》之功臣。」其書體例，大致援鄭眾、馬融、賈逵諸儒之說，以駁東原之訾議。世琦與承珙同族同時，但承珙在京，世琦在里，所著之書，各不相謀，且互有異同。如〈廣詁〉：「掠，取也。」承珙引《說文》：「掠、奪取也。」此字乃新附，非許書之舊，不得指為《說文》。世琦以掠字既《說文》所無，以為掠即𢭏之或體，《說文》：「𢭏、彊也。」掠取猶言彊取，古同聲也。又如「撫、拾也。」承珙引《說文》徐鍇曰：「撫、安也。一曰掖也。」世琦謂此《繫傳》語，《玉篇》、《廣韻》引《說文》，俱無「一曰掖也」四字，不得指為許本。又引《廣雅》「撫、持也。」謂持拾一聲之轉，持猶拾也。凡此皆能糾承珙之失，惟世琦書成未刻，僅存宋瑍序一篇，言之極詳，收入《小萬卷齋文序》中。

(四) 宋翔鳳《小爾雅訓纂》六卷

翔鳳字于庭，江蘇長洲人，嘉慶五年舉人，著《小爾雅訓纂》六卷。胡樸安《中國訓詁學史》說：「宋氏之書，成于黔中，與二胡亦不相謀，其書字體，多準《說文》。然亦有違誤者。如『履、具也。』履不得訓具，履當為屨，《周禮》鄭司農注：『屨、具也。』然宋書亦多精義，如『禋、潔也。』引《書》『禋於六宗。』馬融云：『禋、精意以享也。』精潔義同，而為胡氏承珙之書所未引。比而觀之，各有疏密。」

(五) 葛其仁《小爾雅疏證》五卷

葛其仁，江蘇嘉定人也。朱駿聲《小爾雅約注·序》云：「近

吾鄉宋翔鳳，嘉定葛其仁均有疏證，霦然成燦。」其書有道光間原
刻本及姚氏《咫進齋叢書》本。

(六) 譚正治《小爾雅疏證》

正治為陽湖洪亮吉北江之弟子，其《小爾雅疏證》胡承珙嘗為
之序云：「其中訂正訛闕，抉剔疑滯，具有條理，是能得北江先生
小學之傳者。」

(七) 朱駿聲《小爾雅約注》一卷

駿聲字豐芑，江蘇吳縣人。其自序云：「余取陶宗儀《說
郛》、何鏜《漢魏叢書》及余有丁氏《孔叢子》綿眇閣本，郎奎金
五雅堂策檻本，陳趙鵠《爾雅》合刻聽鹿堂本，胡文煥《百名
家》，吳琯《古今逸史》，吳永《續百川》，顧元慶文房本鉤稽異
同，審慎裁補，誼會其通，說反乎約，仍錄為一卷，以資循覽
焉。」朱氏此書雖不及前述諸書之豐，亦有可觀。光緒年間有刻本
行世。

(八) 任兆麟《小爾雅注》

任氏此書主要在駁正戴氏之失，其自序云：「戴東原糾舉一
二……何通彼而昧此也。宋咸注已略，多舛訛，爰徵引經傳注之，
以授來學。」觀此全書大旨，於焉可見。

第三節　方　言

一、《方言》之著者

揚雄（西元前 53 年－西元 18 年）字子雲，蜀郡成都人。為西

漢文學家、哲學家、語言學家。成帝時為給事黃門郎，王莽時為大夫，校書天祿閣，為人口吃，訥於言辭，而擅辭賦，仿司馬相如〈子虛〉〈上林〉等賦而為〈長楊〉〈甘泉〉等賦，遂與之齊名。後薄辭賦為「雕蟲篆刻，壯夫不為。」因仿《論語》而作《法言》、仿《周易》而作《太玄》，在語文學方面，仿《史籀篇》《倉頡篇》而作《訓纂篇》，又仿《爾雅》體例，而作《方言》。《方言》全名為《輶軒使者絕代語釋別國方言》，原為十五卷，今本十三卷。西漢揚雄著，晉郭璞注。清戴震作《方言疏證》，錢繹作《方言箋疏》有闡理之功，而今人周祖謨所著《方言校箋》，以四部叢刊影印南宋李文綬本為底本，參考戴震、盧文弨、劉台拱、王念孫、錢繹各本，更旁及其他著作三十餘種，寫成《方言校箋》，乃現今最為完備之方言校本。書後吳曉鈴所編《通檢》，乃綜合《方言》及郭璞注中字詞所編成之索引。揚雄《方言》乃我國漢語方言學之首部著作，既吸收前人成果，亦有自己之創造。應劭在《風俗通》序談及周秦時代曾經有在農閒時期派遣使者，乘輶軒車，持木鐸，至各地採集民謠、詩歌及各地方言。此種採集工作，秦亡後曾一度中斷，至漢代又重新開始，蜀人嚴君平、臨邛林閭翁孺以及劉向、劉歆、揚雄諸人皆嘗從事收集方言之工作。此種工作亦與朝廷之提倡有關。劉歆〈與揚雄書〉云：「今聖朝留心典誥，發精於殊語，欲以驗考四方之事，不勞戎馬高車之使，坐知僛俗；適子雲攘意之秋也。」《漢書》亦指出其目的在於「王者不窺牖戶而知天下。」漢代帝王欲透過收集方言以瞭解各地之情況，以加強政治上之統治。因此《漢書》本紀中常有派遣大臣巡行天下，覽觀風俗之記載。例如《漢書·宣帝紀》：「遣大中大夫彊等十二人循

行天下，存問鰥寡，覽觀風俗，察吏治得失，舉茂材異倫之士。」
《漢書·平帝紀》亦云：「遣太僕王惲等八人置副、假節，分行天
下，覽觀風俗。」所謂「覽觀風俗」，實際上即為採風，亦作採集
方言之工作。清代王先謙指出：「前古採風使者方言行列國，匪獨
陳其詩篇而已，其於異俗殊言，必將備其聲音訓詁，隨以上進。」

　　揚雄四十三歲時，於長安任黃門侍郎，成帝特許觀覽內府藏
書，於是揚雄開始收集全國各地之方言詞匯，親自調查、紀錄各地
方言。其〈答劉歆書〉記載其收集方言情況：

> 故天下上計孝廉及內郡衛卒會者，雄常把三寸弱翰，齎油素
> 四尺，以問其異語，歸即以鉛摘次之於槧，二十七歲於今
> 矣。

《西京雜記》亦記載揚雄收集方言之情形：

> 揚子雲好事，常懷鉛提槧，從諸計吏，訪殊方絕域四方之
> 語，以為裨補輶軒所載。

　　揚雄堅持調查方言二十七年，至七十歲時，王莽國師劉歆致函
索其所撰《方言》，因劉歆編撰圖書總目提要《七略》，擬將揚雄
《方言》收入。揚雄在〈答劉歆書〉云：「又敕以殊言十五卷，君
何由知之，謹歸誠底裏，不敢違信。雄少不師章句，亦於五經之訓
所不解。嘗聞先代輶軒之使，奏籍之書，皆藏于周秦之室，及其破
也，遺棄無見之者，獨蜀人有嚴君平、臨邛林閭翁孺者，深好訓
詁，猶見輶軒之使所奏言，翁孺與雄外家牽連之親，又君平過誤，
有以私遇少而與雄也。君平財有千言耳，翁孺梗概之法略有，翁孺

往數歲死，婦蜀郡掌氏子，無子而去，而雄始能草文，先作〈縣邸銘〉、〈玉佴頌〉、〈階闥銘〉及〈成都四隅銘〉。蜀人有楊莊者為郎，誦之于成帝，成帝好之，以為似相如，雄遂以此得外見。此數者皆都水君常見也，故不復奏。雄為郎之歲，自奏少不得學，而心好沈博絕麗之文，願不受三歲之奉，令尚書賜筆墨錢六萬，得觀書于石室，如是後一歲，作〈繡補靈節龍骨之銘〉、詩三章，成帝好之，遂得盡意，故天下上計孝廉及內郡衛卒會者，雄常把三寸弱翰，齎油素四尺，以問其異語，歸即以鉛摘次之于槧，二十七歲于今矣。而語言或交錯相反，方覆論思詳悉，集之燕其疑。張伯松不好雄賦頌之文，然亦有以奇之，常為雄道，言其父及其先君熹典訓，屬雄以此篇目，頗示其成者，伯松曰：是懸諸日月不刊之書也。又言恐雄為《太玄經》，由鼠坻之與牛場也，如其用，則實五稼，飽邦民，否則為粃糠，棄之于道矣，而雄般之。伯松與雄獨何德慧，而君與雄獨何譖隙，而當匿乎哉！其不勞戎馬高車，令入君坐幃幕之中，知絕遐異俗之語，典流于昆嗣，言列于漢籍，誠雄心所絕極，至精之所想遘也，扶聖朝遠照之明，使君索此，如君之意，誠雄散之會，死之日，則今之榮也，不敢有貳，不敢有愛，少而不以行立于鄉里，長而不以功顯于縣官，著訓于帝籍，但言詞博覽翰墨為事，誠欲崇而就之，不可以遺，不可以怠，即君必欲脅之以威，陵之以武，欲令入之于此，此又未定，未可以見，今君又終之，則縊死以從命也。」

　　殆揚雄書未寫就，所以不願借人過目，縱以威勢相迫，亦惟有「縊死以從命」而已。揚雄拒絕之口氣何以如此堅決，當時或有其他原因，但無記載，不能確定。楊雄對《方言》一書十分珍視，則

可知矣。因劉歆《七略》未著錄《方言》一書，故《漢書‧藝文志》亦未著錄，《漢書‧揚雄傳》亦未提及揚雄著《方言》之問題，因此關於《方言》一書是否為揚雄所著，往昔嘗有爭論。東漢私人著述罕言及揚雄作《方言》，或《方言》一書之書名，然許慎《說文解字》說解中所引各地方言，與今本《方言》相同者眾，足證《方言》應有一最初之底本。東漢末應劭之《風俗通義》與常璩之《華陽國志》皆以《方言》為揚雄所作。關於《方言》作者是否即為揚雄，亦頗多爭論，宋代洪邁以為非揚雄作，而清代戴震、盧文弨、錢繹、王先謙皆舉出眾多理由肯定為揚雄所作。然《四庫全書總目‧提要》則謂：「反復推求，其真偽皆無顯據。」甚至於周祖謨氏新近出版之《方言校箋及通檢‧自序》中尚謂：「《方言》是不是揚雄所作，很不容易斷定。」羅常培在《方言校箋及通檢》序云：

> 《方言》是中國的第一部比較方言詞彙。它的著者是不是楊雄，洪邁和戴震有正相反的說法，後來盧文弨、錢繹、王先謙都贊成戴說，認為《方言》是楊雄所作。本書的作者周燕孫（祖謨）在〈自序〉裏對這個問題並沒加斷定，他的矜慎態度是很可嘉許的。我自己卻很相信應劭的話，他在《風俗通‧序》裏開始說：「周秦常以歲八月遣輶軒之使采異代方言，還奏籍之，藏于秘室。及嬴氏之亡，遺棄脫漏，無見之者。蜀人嚴君平有千餘言，林閭翁孺才有梗概之法。楊雄好之，天下孝廉衛卒交會，周章質問，以次注續。二十七年，爾乃治正，凡九千字。」由這段記載，咱們可以推斷：《方

言》並不是一個人作的，它是從周秦到西漢末年民間語言的
可靠的記錄。楊雄以前，莊遵（就是嚴君平）和林閭翁孺或者
保存了一部分資料，或者擬定了整理的提綱。到了楊雄本身
也願意繼承前人的旨趣，加以「注續」。他「注續」的資料
不是憑空杜撰的，而是從群眾中來的，他雖然沒有坐著輕便
的輧軒車到各處去調查方言殊語，可是他利用各方面人民集
中都市的方便，記錄了當時知識份子（孝廉）、兵士（衛
卒）、其他平民乃至少數民族的語言。他所用的調查方言法
是「常把三寸弱翰，油素四尺，以問其異語，歸即以鉛摘次
之於槧。」（〈答劉歆書〉，並參閱《西京雜記》）這簡直是現代
語言工作者在田野調查時記錄卡片和立刻排比整理的工夫。
這真是中國語言史上一部「懸日月不刊」的奇書，因為它是
開始以人民口裏的活語言作對象而不以有文字記載的語言作
對象的。正因為這樣，所以《方言》裏所用的文字有好些只
有標音作用，有時沿用古人已造的字，例如：「儇、慧
也。」《說文》：「慧、儇也。」《荀子·非相篇》：「鄉
曲之儇子」；有時還就音近假借的字，例如：「黨、知
也。」「黨」就是現在的「懂」字；又「寇、劋、弩、大
也。」這三個字都沒有「大」的意思；另外還有楊雄自己造
的字，例如：「悕」訓愛，「悢」訓哀，「妦」訓好之類。
這三類中，除了第一類還跟意義有關係外，實際上都是標音
符號。至於「無寫」、「人兮」一類語詞的記載，更是純粹
以文字當作音符來用的。假如當時楊雄有現代的記音工具，
那麼，後代更容易了解他重視活語言的深意了。《方言》還

有一個長處，就是郭璞〈方言注序〉所說的：「考九服之逸言，標六代之絕語；類離詞之指韻，明乖途而同致；辨章風謠而區分，曲通萬殊而不雜。」它雖然偏重橫的空間，卻沒忽略了縱的時間，雖然羅列了許多殊域方言，卻能劃分地區，辨別「通語」、「凡語」和「轉語」；在頭緒紛繁的資料中卻能即異求同，條分縷析。綜括全書來看，這的確是一部有系統、有計劃的好書。

總之，吾人認為《方言》應是揚雄所作，此書包含兩漢之間眾多方言材料，極為珍貴，為中國語言史上第一部比較方言詞彙之專著。

二、《方言》之內容

今本《方言》凡十三卷，卷一、卷二、卷三、卷六、卷七、卷十、卷十二、卷十三釋語詞，卷四釋服制，卷五釋器物，卷八釋獸，卷九釋兵器，卷十一釋蟲。《方言》在體例上仿《爾雅》，但《方言》調查活方言口語，乃一部比較方言詞彙之專著。周祖謨氏《方言校箋附通檢·自序》云：

> 這部書記載的都是古代不同方域的語彙，地域包括的很廣。稱名雖然很雜，而都是漢代習用的名稱。有的是秦以前的國名和地名，有的是漢代實際的地名。東起東齊海岱，西至秦隴涼州，北起燕趙，南至沅湘九嶷。東北至北燕朝鮮，西北至秦晉北鄙，東南至吳域東甌，西南至梁益蜀漢。作者能夠搜集這麼多的方言，必然是在漢代武功極盛之後，版圖已經開拓很廣的時候做成的，否則不能如此。但是要記載這樣廣

大地域的語言，採用小的地理名稱是很困難的，所以不得不
採用古代的國名和較大的地名。作者記載方言的方式，是先
舉出一些語詞來，然後說明「某地謂之某」，或「某地某地
之間謂之某」。這些方言的語詞都是作者問到以後記下來
的。魏天行先生曾經給它一個名子叫做「標題羅話法」。其
中所記的語言，包括古方言、今方言、和一般流行的普通
語。凡說「某地語」或「某地某地之間語」的，都是各別的
方言。說「某地某地之間通語」的，是通行區域較廣的方
言。說「通語」、「凡通語」、「通名」或「四方之通語」
的，都是普通語。凡說「古今語」或「古雅之別語」的，都
是古代不石的方言。若從所記的方域來看，凡是一個地方單
舉的，它必然是一個單獨的方言區域，某地和某地常常在一
起並舉的，它們應當是一個籠統的區域。這樣也可以極粗疏
的看出來漢代方言區分布的大概情形。單就這種實際的語言
記載裏，我們還可以知道：

⑴一部分漢代社會文化的情形。例如由卷三「臧、甬、悔、
獲，奴婢賤稱也。」一條，知道蓄養奴隸在漢代是很普遍
的事情；由卷四所記衣屨一類的語彙，可以知道漢人衣著
的形製；由卷五所記蠶薄用具在不同方言中的名稱，可以
知道養蠶在南北是很普徧的事。

⑵《爾雅》所記的許多同義詞和《方言》對照來看，往往都
是古代不同的方語，到了漢代有些還在某一地方保存著，
有些已經變成了普通語。甚至於有些已經消失，僅僅是書
寫上的語詞了。

⑶《方言》所記漢代的語言有普通語和特殊語。我們知道：不同的方言相互交融，可以成為普通語；政治文化上有力量的語言，也可以成為普通語。漢代的普通語應當是由這兩方面形成的。我們想春秋以前民族是多的，語言是分歧的，可是經過列國的爭霸，七雄的角逐，秦代的統一，各地的語言彼此吸收，其間不知有了多少次的糅合。後來到了漢代，原來不是通語的，也就變為通語了。再看《方言》所記的語言，其中以秦晉語為最多，而且在語義的說明上也最細。有些甚至於用秦晉語作中心來講四方的語言，由此可以反映出來秦晉語在漢代的政治文化上所有的地位了。進一步來說，漢代的普通語恐怕是以秦晉語為主的。因為一個新興的統治者對於過去政治文化上有力量的語言是往往承接過來的。春秋時代的「雅言」就是任官階級一般所說的官話，這種官話就是「夏言」，「夏言」應當是以晉語為主的。因為晉國立國在夏的舊邑，而且是一時的霸主；晉語在政治和文化上自然是佔優勢的。等到後來秦人強大起來；統一中夏以後，秦語和晉語又相互交融，到了西漢建都長安的時候，所承接下來的官話應當就是秦晉之間的語言了。

⑷《方言》裏所記的特殊方語，是循地理的分布而表示差別的，有的通行的區域狹，有的通行的區域廣。在語言上有的是聲音相近的「轉語」，有的是聲音不同的「同義詞」。從聲音不同的同義詞可以看出不同的人造詞的心理過程，從聲音相近的轉語可以看出聲音在方言中轉變的條

理。

(5)《方言》距今已經一千九百多年了，其中所舉的方語在現
代方言裏依然保留著很多。這種語彙大半都是口頭語，而
且是文人不大寫在文章上的。例如：「慧謂之鬼。」，
「憂謂之怒」，「斂物而細謂之揫」，「人肥盛曰膿」，
「器破曰披」，「器破而未離謂之璺」，「貪飲食者謂之
茹」，「庸謂之倯」，「子曰崽」，「物生而不長大曰
鮮」，「凡相推搏或曰攓」，「小箭謂之簍」，「飯藪謂
之箐」等，都是大眾口裏流行的話。如果沒有《方言》記
載下來，我們就無從知道這些語言已經遠在漢代就有了。
還有《方言》書裏的古語有些在現代方言裡仍舊保存著，
可是語音和現代方言中文字的讀音不一定完全相同。例
如：「知謂之黨」就是現在北方說的「懂」；「物大謂之
奘」，現在北方說 "zhuang∨"；「耦曰勉娩」，匹萬
反，現在北方稱「雙生」也叫「雙 banr﹨」；「眇曰
眹」，音略，現在北方話說 "瞜 lour-"；「雞伏卵而未
孚，始化曰譴」，現在普通說 "寡 gua∨"；「錘、重
也。」現在說「秤錘」叫 "秤 to／"；「絓、持也」，現
在普通說布上的絲結叫 "絓絲音 xua﹨"；「久熟曰
酋」，現在普通說 "kiu∨"。諸如此類，也都是「古語
之遺」。

(6)前人說《方言》多奇字，是就文字的寫法來講的，如果從
語言的觀點來看，這些字只是語音的代表，其中儘管和古
書上應用的文字不同，實際上仍是一個語言。例如：

「喧」同「喧」，「唏」同「欷」，「惄」同「愵」，「夰」同「介」，「脅閱」同「脅嚇」，「踏」同「蹋」，「佫」同「格」，「猲」同「愬」，「蓋」同「燼」，「畚」同「棬」，「賀」同「荷」，都是很明顯的例子。更有很多古今相同的語言，《方言》寫的字，和現在一般所寫的不同。例如：「少兒泣而不止謂之唴」，現在寫「嗆」；「好曰欽鈔」，現在寫「俏」；「遽曰茫」，現在寫「忙」；「獪曰姡」，現在寫「猾」「縫納弊故謂之緻」，現在寫「紩」；「甖謂之瓶」，現在寫「缸」；「臿謂之桑」，現在寫「鍬」；「僉謂之棓」，現在寫「棒」；「火乾曰焣」，現在寫「炒」；「裁木曰鋠」，現在寫「劈」；這些都是音義一樣的。所以我們不能墨守文字，而忽略了語言。

從這幾點來看，《方言》在漢語語言史上的價值既然很高，同時也就關涉到整個的中國文化史。尤其重要的是它啟示了我們怎樣去明瞭語言，如方言和普通語的關係，古語和現代大眾語的關係等，都是值得重視的。

今本《方言》是晉郭璞的注本，凡十三卷。《隋書·經籍志》和《新唐書·藝文志》著錄的也是一樣。但是劉歆和楊雄往來的信裡說是十五卷，郭璞的《方言注·序》裏也說是「三五之篇」，卷數和今本不同，這應當是六朝時期的變動。至於字數，在應劭《風俗通義·序》裏說是九千字，但據戴震的統計，現在郭注本有一萬一千九百多字，比應劭所見的本子多出將近三千字。這些字是什麼

時候增添出來的，已經無從考訂。我想定是郭璞以前的事情。因為
大凡一種古書有了好的注本以後，就不易有什麼改動了。以郭注
《方言》而論，我們可能考察出來的佚文，為數很少，就是很好的
證明。周祖謨說明《方言》之內容已相當詳盡，讀其序文已可得其
大要者矣。

三、《方言》之體例

《方言》體例，仿效《爾雅》，但《爾雅》僅羅列訓詁之字，
《方言》則調查活語言，乃一部比較詞彙學之專著。

例如：

> 黨、曉、哲，知也。楚謂之黨，或曰曉，齊、宋之間謂之
> 哲。（卷一）

> 豬、北燕、朝鮮之間謂之豭，關東西或謂之彘，或謂之豕，
> 南楚謂之豨，其子或謂之豚，或謂之貕，吳揚之間謂之豬
> 子，其檻及蓐曰橧。（卷八）

> 布穀，自關東西、梁楚之間謂之結誥，周魏之間謂之擊穀，
> 自關而西或謂之布穀。（卷八）

> 崽者，子也。湘沅之會，凡言是子者謂之崽，若齊言子矣。
> （卷十）

可見《方言》與《爾雅》不同，《爾雅》只將同義詞或近義詞
聚合一處，而《方言》則進一步指出，此類詞彙，或為不同地方之

方言，或為通語，或屬古語，並指明此類詞匯在西漢時有何變化。揚雄對繁富之語言材料加以分析，辨別其為通語、方言抑古語，確為不易。茲分別說明如下：

㈠通語：凡稱通語、凡通語、通名、四方之通名者，皆指無地域之限制，在西漢時為通行地域較廣之共同語。如：

> 膠、譎、詐也。涼州西南之間曰膠，自關而東西或曰譎，或曰膠。詐、通語也。（卷三）

> 嫁、逝、徂、適、往也。自家而出謂之嫁，由女而出為嫁也。逝，秦晉語也。適，宋魯語也。往，凡語也。（卷一）

> 鈔、嫽、好也。青徐海岱之間曰鈔，或謂之嫽。好，凡通語也。（卷二）

㈡某地、某地之間通語：此指通行地區較廣之方言。如：

> 亟、憐、憮、悈，愛也。東齊、海岱之間曰亟，自關而西、秦晉之間凡相敬愛謂之亟，陳、楚、江、淮之間曰憐，宋、衛、邠、陶之間曰憮，或曰悈。（卷一）

> 逢、逆、迎也。自關而東曰逆，自關而西或曰迎，或曰逢。（卷一）

> 釗、薄、勉也。秦晉曰釗，或曰薄，故其鄙語曰薄努，猶勉努也。南楚之外曰薄努，自關而東、周鄭之間曰勔釗，齊魯曰勖茲。（卷一）

㈢某地語：通行地區較小之方言。如：

叨、惏、殘也。陳楚曰惏。（卷二）

憑、齡、苛、怒也。楚曰憑，小怒曰齡，陳謂之苛。（卷二）

攔、梗、爽、猛也。晉魏之間曰攔，韓趙之間曰梗，齊晉曰爽。（卷二）

㈣古今語，或稱古雅之別語。如：

假、佫、懷、摧、詹、戾、艐，至也。邠、唐、冀、兗之間曰假，或曰佫。齊楚之會郊或曰懷。摧、詹、戾楚語也。艐、宋語也。皆古雅之別語也。（卷一）

敦、豐、厖、夽、幠、般、嘏、奕、戎、京、奘、將，大也。凡物之大貌曰豐。厖，深之大也。東齊海岱之間曰夽，或曰幠。宋、魯、陳、衛之間謂之嘏，或曰戎。秦晉之間凡物壯大謂之嘏，或曰夏。秦晉之間凡人之大謂之奘，或謂之壯。燕之北鄙齊楚之郊或曰京或將。皆古今語也，初別國不相往來之言也，今或同。而舊書雅記故俗語，不失其方，而後人不知，故為之作釋也。（卷一）

具體指出《方言》之條例，創始於劉師培，其《中國文學科書》析為二例：

一義數字之例：

黨、曉、哲，知也。楚人謂之黨，或曰曉，齊宋之間謂之哲。

虔、儇、慧也。秦謂之謾，晉謂之㦸，宋楚之間謂之倢，楚或謂之謰。自關而東趙魏之間謂之黠，或謂之鬼。（卷一）❺❻

一物數名之例：

䍃甊謂之㼾，自關而西謂之盆，或謂之盎。其小者謂之升甌。（卷五）

後汪國鎮氏《文字學概論》以劉氏只分「一義數字」、「一物數名」二例，為例過簡，乃又細分為四例：

一、一義而各處方言不同，則字從而異。例如：

黨、曉、哲、知也。楚謂之黨，或曰曉，齊宋之間，謂之哲。（卷一）

虔、儇、慧也。秦謂之謾，晉謂之㦸，宋楚之間謂之倢，楚謂之謰。自關而東趙魏之間謂之黠，或謂之鬼。（卷一）

二、方言不同，而其中或有深淺之別。例如：

喑、唏、忦、怛、痛也。凡哀泣而不止曰喑，哀而不泣曰唏。於方：則楚言哀曰唏；燕之外鄙，朝鮮洌水之間，少兒泣而不止曰喑。自關而西秦晉之間，凡大人少兒泣不止謂之

咷，哭極音絕亦謂之咷。平原謂啼極無聲謂之咷唴，楚謂之
歔唏，齊宋之間謂之喑，或謂之惄。（卷一）

三、一物因方言不同而有數名。例如：

汗襦，江淮南楚之間謂之襠，自關而西或謂之袛裯。自關而
東謂之甲襦。陳魏宋楚之間謂之襜襦，或謂之禪襦。（卷
四）

四、物有數名，因分別而異其名。例如：

凡箭鏃胡合嬴者，四鐮，或曰拘腸，三鐮者謂之羊頭，其廣
長而薄鐮謂之錍，或謂之鈀。（卷九）❺❼

汪氏四例，雖較劉氏為詳。然王國維氏作〈書郭注方言後〉一
文，窺測漢晉語言之流變，分例較劉汪二氏又加詳焉。胡樸安著
《中國訓詁學史》本其所說，訂作《方言》郭注六例，茲錄於下：

　㈠漢時之語音與晉同。如卷一：好，自關而東，河濟之間謂
　　之㛤。注：今關西人呼好為㛤，莫交反。莫交反之音，此
　　音晉時關西之語。而漢時關東之語，亦從可知矣。又虔、
　　劉、慘、揕，殺也。注：今關西人呼打為揕，音廩，或洛
　　感反。此音關西呼打之揕，而本文之揕，亦從可知矣。卷
　　二：遽、吳揚曰茫。注：今北方通然也，莫光反。此音晉
　　時北方通語之茫，而漢時吳揚之茫之音，亦從可知矣。又

獢、楚鄭曰蔿，或曰姑。今建平呼狡為姑，胡刮反。此亦音晉建平人所呼之姑，而漢時楚鄭之姑之音，亦從可知矣。

(二)漢時之語音與晉微異。如卷三：薑。注：舊音蜂，今江東音崧，字作菘也。又軫，戾也。注謂了戾，江東音善。卷八：朝鮮、洌水之間，爵子及雞雛皆謂之縠。注恪遘反，關西曰縠，音顧。卷十：荊之南鄙謂何為曾，又或謂之訾。注：今江東人語亦云訾，為聲如斯。又誺、不知也。注：音癡眩，江東曰呇，此亦如聲之轉也。卷十一：蟬、其小者謂之麥蚻。注：今關西呼麥蠡，音癱瘀之瘀。是景純注《方言》，全以晉時語為根據，而有時與漢微異也。

(三)漢時一方之言，至晉為通語。如卷一：慧、楚或謂之譖。注：他和反，亦今通語。又妌、趙魏燕代之間曰姝。注：昌朱反，今四方通語。卷二：好、青徐海岱之間曰釽，或謂之嫽。注：今通呼小娥潔好者為嫽釽。又邃、吳揚曰茫。注：今北方通然也，莫光反。卷三：凡草木刺人，江湘之間謂之棘。注：《楚詞》曰：「曾枝剡棘。」亦通語耳，音己力反。又凡飲藥傅藥而毒，東齊海岱之間謂之瞑，或謂之眩。注：瞑眩亦今通語耳。又南楚物空盡者曰鋌，鋌、賜也。注：亦中國之通語也。卷五：牀、其杠，南楚謂之趙。注：趙當作桃，聲之轉也。中國亦呼杠為桃，牀皆通語也。卷六：視、吳揚曰瞯。注：今中國亦云目瞯。此皆漢時一方之語，景純時見為通語也。

(四)漢時此方之言，晉時見於彼方。如卷一：好、自關而東，

河濟之間謂之婩。注：今關西人呼好為婩，莫交反。又平原謂啼極無聲謂之咣喨。注：喨音亮，今關西語亦然。又跳、楚曰踂。注：勅厲反，亦中州語。又獝、楚鄭或曰娬。注：今建平人呼娬胡刮反。卷三：雞頭，北燕謂之莜。注：今江東人亦呼莜耳。又凡草木刺人，北燕朝鮮之間，或謂之壯。注：今淮南人亦呼壯。卷四：帬、自關而東，或謂之襦。注：音碑，今關西語然也。卷五：蠡、陳楚宋衛之間，或謂之樴。注：今江東呼勺為樴，音羲。又罃、靈桂之郊，謂之瓶。注：今江東通呼大瓮為瓶。凡此皆漢時一方之語，景純時見于彼方者也。

(五)古今語同而義之廣狹迥異。如卷一：拚、殺也。注：關西人呼打為拚。又凡物盛多謂之寇。注：今江東有小鳬，其多無數，俗謂之寇鳬。又相謁而餐，秦晉之際，河陰之間，曰饁餲。注：今關西人呼食欲飽曰饁餲。卷二：毳、燕之北郊，朝鮮洌水之間曰葉輸。注：今名短度絹為葉輸也。卷三：燕齊之間，養馬者謂之娠。注：今之溫厚也，音振。又庸謂之㑋。注：㑋猶保㑋（即保傭），今隴右人名孄為㑋，相容反。卷四：袴、齊魯之間，或謂之襱。注：今俗呼袴踦為襱，音銅魚。卷五：箸筩，自關而西，謂之桶檧。注：今俗亦呼小籠為桶檧，音籠冠，檧、蘇勇反。又㪺、宋魏之間，或謂之度。注：今江東呼打為度，音量度也。卷六：劈、楚謂之紉。注：今亦以線貫針為紉，音刃。卷七：吳越之間，凡食飲食者謂之茹。注：今俗呼能麤食者為茹，音勝如。卷十三：策、析也。析竹謂之策。

注：今江東呼箶竹裹為笍。此皆漢晉語同，而義稍異者
也。

(六)義之廣狹同而古今語異。如卷二：逞、苦、了、快也下。
注今江東人呼快為煊，相緣反。卷三：東齊之間，婿謂之
倩。注言可借倩也，今俗呼女婿為卒便。又蘇、芥草也
下。注或言菜也。又蘇亦荏也。注：今江東人呼荏為菩，
音魚。又薹菀薐菁也下，今江東名為溫菘。又膠譎詐也
下。注：汝南呼欺為譴詑，他回反。亦曰詒，音殆。又氾
浼濶洼洿也下。注：荊州呼潢也。卷四：襜褕，自關以東
謂之䘯䙏。注：俗名掘掖，音倔。又袌繪謂之襌下。注今
又呼為涼衣也。又繞衿謂之帬。注：俗呼接下，江東又名
下裳，又袍襦謂之袖。注：江東呼椀，音婉。卷五：甑下。
注：涼州人呼鋗。炊箅下。注江東呼淅籤。曶下。注江東
又呼鏊刀為鎣，普筊反。橛下。注：今江東人呼都。又簞
下。江東呼籧篨為籧，音廢。符䇲下。注：江東呼笪，音
靼。卷八：北燕朝鮮洌水之間謂伏雞曰抱。注：江東呼
蓲，尖富反。凡此同實而漢晉語相異者也。

　　劉君惠著《揚雄方言研究》一書，於《方言》之體例，言之頗
詳。今摘錄於下，以資參考：

　　一、關於訓釋的一般方法：

　　1.以某些方言區的詞作被釋例字而不盡列：
　　　黨、曉、哲、知也。楚謂之黨，或曰曉，齊宋之間謂之

哲。（1/1）❺

虔、儇、慧也。秦謂之謾，晉謂之憨，宋楚之間謂之倢，自關而東趙魏之間謂之黠，或謂之鬼。（1/2）

烈、枿、餘也。陳鄭之間曰枿，晉衛之間曰烈，秦晉之間曰肄，或曰烈。（1/4）

台、胎、陶、鞠、養也。晉衛燕魏曰台，陳楚韓鄭之間曰鞠，秦或曰陶，汝潁梁宋之間曰駘，或曰艾。（1/5）

2. 一般先列出各被釋字，再列訓釋字，最後指出各被釋字的方言區劃：

撏、攓、摭、挻、取也。南楚曰攓，陳宋之間曰摭，衛魯揚徐荊衡郊曰撏，自關而西秦晉之間凡取物而逆謂纂，楚部或謂之挻。（1/30）

媱、愓、遊也。江沅之間謂戲為媱，或謂之愓，或謂之嬉。（10/1）

也可以先列訓釋字，再指出相對應的方言被釋字：

帬、陳魏之間謂之帔，自關而東或謂之襬。（4/4）

3. 以通語釋別語：

亙、憐、憮、恦、愛也。東齊海岱之間曰亙。自關而西秦晉之間凡相敬愛謂之亙。陳楚江淮之間曰憐，宋衛邠陶之間曰憮，或曰恦。（1/17）

眉、黎、耆、鮐、老也。東齊曰眉，燕代之北鄙曰黎，宋衛兗豫之內曰耆，秦晉之郊，陳兗之會曰耆鮐。（1/18）

有時，楊雄特別指出訓釋詞為通語（凡語）：

嫁、逝、徂、適、往也。自家而出謂之嫁，由女而出為嫁
也。逝、秦晉語也。徂、齊語也。適、宋魯語也。往、凡
語也。（1/14）

謬、譎、詐也。涼州西南之間曰謬，自關而東西或曰譎，
或曰謬。詐、通語也。（3/14）**㊿**

蝎、噬、逮也。東齊曰蝎，北燕曰噬。逮、通語也。
（7/13）

若被釋字中有通語詞，也特別加以說明：

碩、沈、巨、濯、訏、敦、夏、于、大也。齊宋之間曰
巨，曰碩。凡物盛多謂之寇。齊宋之郊，楚魏之際曰夥，
自關而西秦晉之間，凡人語而過謂之過，或曰僉。東齊謂
之劒或謂之弩，弩猶怒也。陳鄭之間曰敦。荊吳揚甌之郊
曰濯，中齊西楚之間曰訏。自關而西秦晉之間凡物之壯大
者而愛偉之謂之夏，周鄭之間謂之嘏。郴、齊語也。于、
通詞也。（1/21）

有時，「通語」實即通行區域較廣的方言，為了與等同於
普通語之通語區別開來，特意用文字說明其通行區域：

悼、怒、悴、愁、傷也。自關而東汝潁陳楚之間通語也。

㊿ 原注：凡《方言校箋》在案語中明確表明的意見，本書都採用了。《校
箋》對本條的校語和案語是：「膠、當作謬。原本《玉篇》謬下引《方
言》云：『謬、詐也。自關而東西或曰謬。』《爾雅·序》釋文及玄應
《音義》卷二，慧琳《音義》卷六、卷七、卷三十四等引《方言》並云：
『謬、詐也。』當據正，下文膠字亦誤。」

汝謂之惄，秦謂之悼，宋謂之悴，楚潁之間謂之慭。
（1/9）

舟、自而西謂之船，自關而東謂之舟，或謂之航。南楚江
湘凡船大者謂之舸，小舸謂之艖，艖謂之艒䑠，小艒䑠謂
之艇。艇長而薄者謂之艜，短而深者謂之䑺，小而深者謂
之艒。東南丹陽會稽之間謂艖為欚。泭謂之𥴤，𥴤謂之
筏。筏、秦晉之通語也。（9/25）

4.嫌說解久詳，用「猶」或「若」說明某方言詞在另一方言
區為何義：

恌、惡、憨也。荊揚青徐之間曰恌，若梁益秦晉之間言心
內憨矣。山之東西自愧曰惡，趙魏之間謂之恥。（6/5）

謇、展、難也。齊晉曰謇。山之東西凡難貌曰展。荊吳之
人相難謂之展，若秦晉言相憚矣。齊魯曰燀。（6/6）

鋪頒、索也。東齊曰鋪頒，猶秦晉言抖藪也。（6/32）

5.同一方言區不止一種說法的，用「或曰」、「或謂之」、
「曰……曰……」等說明：

慎、濟、䁘、惄、溼、桓、憂也。宋魏或謂之慎，或曰
䁘。陳楚或曰溼，或曰濟。自關而西秦晉之間或曰惄，或
曰溼。自關而西秦晉之間，凡志而不得，欲而不獲，高而
有墜，得而中亡謂之溼，或謂之惄。（1/10）

碩、沈、巨、濯、訏、敦、夏、于、大也。齊宋之間曰
巨，曰碩。（1/21）

恒慨、蓑綏、羞繹、紛毋，言既廣又大也。荊揚之間凡言
廣大者謂之恒慨，東甌之間謂之蓑綏，或謂之羞繹，紛

母。（2/36）

6. 引古制、古物、古籍為說：

脩、駿、融、繹、尋、延、長也。陳楚之間曰脩，海岱大野之間曰尋，宋衛荊吳之間曰融。自關而西秦晉梁益之間凡物長謂之尋。《周官》之法，度廣為尋，幅廣為充。（1/10）

朦、厖、豐也。自關而西秦晉之間凡大貌謂之朦，或謂之厖；豐、其通語也。趙魏之郊，燕之北鄙凡大人謂之豐人。《燕記》曰：豐人杼首。杼首、長首也。楚謂之仔，燕謂之杼。燕趙之間言圍大謂之豐。（2/2）

娃、嫷、窕、豔、美也。吳楚衡淮之間曰娃，南楚之外曰嫷，宋衛晉鄭之間曰豔，陳楚周南之間曰窕。自關而西秦晉之間凡美色謂之好，或謂之窕。故吳有館娃之宮，秦有榛娥之臺，秦晉之間美貌謂之娥，美狀為窕，美色為豔，美心為窈。（2/3）

7. 指出古雅之別語及其所屬方言區：

敦、豐、厖、奓、憮、般、嘏、奕、戎、京、奘、將、大也。凡物之大貌曰豐。厖、深之大也。東齊海岱之間曰奓，或曰憮。宋魯陳衛之間謂之嘏，或曰戎。秦晉之間凡物壯大謂之嘏，或曰夏。秦晉之間凡人之大謂之奘，或謂之壯。燕之北鄙齊楚之郊或曰京，或曰將。皆古今語也，初別國不相往來之言也，今或同。（1/12）

假、佫、懷、摧、詹、戾、艐、至也。邠唐冀兗之間曰假，或曰佫，齊楚之會郊或曰懷。摧、詹、戾，楚語也。

艘、宋語也。皆古雅之別語也，今則或同。

8.因解說未了當，故另立一條申述之：

虔、劉、慘、㨆、殺也。秦晉宋衛之間謂殺曰劉，晉之北鄙亦曰劉。秦晉之北鄙，燕之北郊，翟縣之郊謂賊為虔。晉魏河內之北謂㨆曰殘，楚謂之貪。南楚江湘之間謂之歁。（1/16）

虔、散、殺也。東齊曰散，青徐淮楚之間曰虔。（3/24）

憮、㤿、憐、牟、愛也。韓鄭曰憮，晉衛曰㤿，汝潁之間曰憐，宋魯之間曰牟，或曰憐，憐、通語也。（1/6）

憐職、愛也。言相愛憐者，吳越之間謂之憐職。（7/26）

9.說解一詞之後，連類而及說解相關的另一些詞：

簙謂之蔽，或謂之箘，秦晉之間謂之簙，吳楚之間或謂之蔽，或謂之箭裏，或謂之簙毒，或謂之夗專，或謂之匱璇，或謂之綦。所以投簙謂之枰，或謂之廣平。所以行棊謂之局，或謂之曲道。圍棊謂之弈。自關而東齊魯之間皆謂之弈。（5/41）

矛、吳揚江淮南楚五湖之間謂之鍦，或謂之鋋，或謂之鏦，其柄謂之矜。（9/3）

二、關於被釋詞：

1.同一方言區的不同說法，可以盡見於被釋例字，也可以不盡列於被釋例字：

烈、枿、餘也。陳鄭之間曰枿，晉衛之間曰烈，秦晉之間曰肄，或曰烈。（1/4）

差、間、知、愈也。南楚病愈者謂之差，或謂之間，或謂

之知。知、通語也。或謂之慧，或謂之憭，或謂之瘳，或

謂之蠲，或謂之除。（3/52）

被說解之詞不見於被釋例字，但意義同於被釋諸字，仍列

於該條之下：

萃、雜、集也。東齊曰聚。（3/17）

2.被釋詞若義有別類，則別附一解於後：

嬛、蟬、繯、撚、末、續也。楚曰嬛。蟬、出也。楚曰

蟬，或曰未及也。（1/26）

凡飲藥、傅藥而毒，南楚之外謂之癆，北燕朝鮮之間謂之

瘌。東齊海岱之間謂之眠，或謂之眩。自關而西謂之毒。

瘌，痛也。（3/12）

或將被釋詞與其同義詞作辨析：

甌、陳魏宋楚之間謂之題。自關而西謂之甌，其大者謂之

甌。（5/16）

箄、宋魏之間謂之笙，或謂之籩苗，自關而西謂之箄，或

謂之莃。其粗者謂之籩篷。自關而東或謂之籚桗。（5/34）

三、關於訓釋詞：

1.用短語的形式解說被釋詞的用法：

朦、厖、豐也。自關而西秦晉之間凡大貌謂之朦，或謂之

厖；豐其通語也。趙魏之郊燕之北鄙凡大人謂之豐人⋯⋯

燕趙之間言圍大謂之豐。（2/2）

溮，或也。沅澧之間凡言或如此者曰溮如是。（10/37）

2.既可用複音詞說解單音詞，也可用單音詞說解複音詞的被

釋詞：

殗、殜、微也。宋衛之間曰殗，自關而西秦晉之間凡病而不甚曰殗殜。（2/9）

臺、敵、匹也。東齊海岱之間曰臺，自關而西秦晉之間物力同者謂之臺敵。（2/10）

縉、縣、施也。秦曰縉，趙曰縣，吳越之間脫衣相被謂之縉縣。（6/35）

3.嫌訓釋詞意義不明晰，再加以解說：

抾摸、去也。齊趙之總語也。抾摸猶言持去也。（6/44）

譙、讓也。齊楚宋衛荊陳之間曰譙，自關而西秦晉之間凡言相責讓曰譙讓，北燕曰讓。（7/7）

嘖、無寫、憐也。沅澧之原凡言相憐哀謂之嘖。或謂之無寫，江濱謂之思。皆相見歡喜有得亡之意也。九嶷湘潭之間謂之人兮。（10/7）

四、關於詞義的闡釋：

1.別語詞異義近仍有分別則特別加以說明：

喑、唏、怛、痛也。凡哀泣而不止曰喑，哀而不泣曰唏。於方：則楚言哀曰唏；燕之外鄙，朝鮮洌水之間，少兒泣而不止曰喑。自關而西秦晉之間，凡大人少兒泣而不止謂之唴。哭極音絕亦謂之唴。平原謂啼極無聲謂之唴哴，楚謂之噭咷，齊宋之間謂之喑，或謂之惄。（1/8）

搜、略、求也。秦晉之間曰搜，就室求曰搜。於道曰略，略、強取也。

2.被釋詞與訓釋詞詞異義近仍有分別，則著於說解：

蔿、訛、譁、涅、化也。燕朝鮮洌水之間曰涅，或曰譁。

雞伏卵而未孚，始化之時，謂之涅。（3/6）

踞、膂、力也。東齊曰踞，宋魯曰膂。膂、田力也。（6/40）

侔莫、強也。北燕之外郊凡勞而相勉若言努力者謂之侔莫。（7/9）

3. 別語詞同義近仍有分別，著於說明：

臧、甬、侮、獲、奴婢、賤稱也。荊淮海岱雜齊之間，罵奴曰臧，罵婢曰獲。齊之北鄙，燕之北郊，凡民男而婢謂之臧，女而婦奴謂之獲。亡奴謂之臧，亡婢謂之獲。皆異方罵奴婢之醜稱也。自關而東陳魏宋楚之間保庸謂之甬，秦晉之間罵奴婢曰侮。（3/5）

㽝、披散也。東齊聲散曰㽝，器破曰披。秦晉聲變曰㽝，器破而不殊其音亦謂之㽝，器破而未離謂之璺。南楚之間謂之敀。（6/34）

4. 同一方言區內，一物因有不同特徵，或因時代不同，而有不同稱名，則著於說解：

蘴、蕘、蕪菁也。陳楚之郊謂之蘴，魯齊之郊謂之蕘，關之東西謂之蕪菁，趙魏之郊謂之大芥，其小者謂之辛芥，或謂之幽芥；其紫華者謂之蘆菔。東魯謂之菈遝。

襌衣、江淮南楚之間謂之褋，關之東西謂之襌衣。有褎者趙魏之間謂之袏衣，無褎者謂之裎衣，古謂之深衣。（4/1）

五、關於音義關係的說明：

1. 標明轉語，以示形異而音義相關：

庸謂之佻，轉語也。（3/47）

樸、鋌、澌、盡也。南楚凡物盡生者曰樸生。物空盡者曰
鋌，鋌、賜也。連此樸澌皆盡也。鋌、空也，語之轉也。
（3/49）

煤、火也。楚轉語也。猶齊言烷火也。（10/6）

2.嫌字（詞）源不明，特加以說明：

嫁、逝、徂、適、往也。自家而出謂之嫁，由女而出為嫁
也。（1/14）

癡、騃也。揚越之郊凡人相侮以為無知謂之眲。眲、耳目
不相信也。亦謂之斫。（10/30）

四、《方言》之重要著述

㈠ 郭璞《方言注》

郭璞字景純（276-324），東晉山西聞喜人，學識廣博。《晉
書·郭璞傳》云：「璞好經術，博學有高才，而訥於言論，詞賦為
中興之冠，好古文奇字，妙於陽曆算。」於其所涉學術領域之中，
語言學之成就最為傑出，代表作有《爾雅注》與《方言注》，而以
《方言注》最為人所稱道。郭氏在無所傍依之條件下，能自創體
例，注釋《方言》，尤其難能者，「雖注而不域於注體焉。」（王
國維《觀堂集林·書郭注方言後》）以其卓見獨識·在晉時獨放異
彩，彪炳千秋。其《爾雅注》雖亦「援據經傳，以明故訓之隱滯；
旁采謠諺，以通古今之異言。」（邵晉涵《爾雅正義·序》）不無
發明之功，因而「為世所重。」（陸德明《經典釋文·敘錄》）但

自漢迄晉，先於郭氏為《爾雅》作注者，已有劉歆、樊光、孫炎等
十餘家。郭氏作《爾雅注》時乃能就已有之條件而「會粹舊說」、
「錯綜樊孫」。（郭璞《爾雅注・序》）其價值與《方言注》自不
能相題並論。

1.郭璞對《方言》之認識

(1)考九服之逸言，標六代之絕語。

郭氏首先意識及《方言》乃一部搜集古今方國之殊言異語，而
加以對比互譯之語言學著作。《方言》全名為《輶軒使者絕代語釋
別國方言》，已明確宣示該書所釋之語詞有二：一為別國方言。二
為絕代殊語。

(2)類離詞之指韻，明乖途而同致。

郭璞又意識及《方言》所根據詞義旨意與聲韻，將分散之絕語
方言彙於一處。其詞語雖有古今南北之差異，而其涵義卻是相同
者。此一認識亦已概括《方言》一書編排之特點：

①每條詞語由於時空之差異，因而產生古今方國之同義詞。因
此可由其指韻之探求而加以彙集。

②每條詞語，其來源雖不同，構詞方式亦或異，然皆具有一共
同意義。亦即《方言》一條即一組同義詞。例如卷一：「敦、豐、
厖、𡘳、幠、般、嘏、奕、戎、京、奘、將，大也。凡物之大貌曰
豐；厖、深之大也；東齊海岱之間曰𡘳，或曰幠，宋魯陳衛之間凡
人之大謂之奘，或謂之壯；燕之北鄙、齊楚之郊或曰京，或曰將，
皆古今語也。」郭注：「語聲轉耳。」又如：「悵、憮、矜、悼、
憐，哀也。齊魯之間曰矜，陳楚之間曰悼，趙魏燕代之間曰悵，自
楚之北郊曰憮，秦晉之間或曰矜，或曰悼。」郭氏在序中發明全書

通例之同時，復於注中揭示《方言》若干具體條例。如相鄰兩條，解釋語意義相近，郭以為「互見其義」。一條之中，對同一詞語前後有兩訓，郭以為乃「別異義」；同意義，於不同處所有不同說法，揚雄稱為「代語」，郭以為「凡以異語相易謂之代。」；同一意義，在同一處所有不同說法，郭氏以為《方言》乃在「廣異語」等等。

(3)辨章風謠而區分，曲通萬殊而不雜。

郭氏認為《方言》辨明區分各地風俗民謠，分析各地方言殊語，使彼此不致混淆，肯定《方言》之價值。《方言》先列同義詞，然後以一常用詞加以解釋，此一形式與《爾雅》相同。然《方言》接續說明上列同義詞各自所屬之方言區域，從而構成方言之間之互譯，則與《爾雅》構成基本上之差異。此外《方言》與《爾雅》之重要差異，則為對同義詞意義上之差別常加以辨析。例如：「鬱、悠、怨、惟、慮、願、念、靖、慎、思也。晉宋衛魯之間謂之鬱悠。惟、凡思也；慮、謀思也；願、欲思也；念、常思也。東齊海岱之間曰靖；秦晉或曰慎，凡思之貌亦曰慎，或曰怨。」又如：「喧、唏、忉、怛、痛也。凡哀泣而不止曰喧，哀而不泣曰唏。於方：則楚言哀曰唏，燕之外鄙、朝鮮洌水之間，少兒泣而不止曰喧。自關而西秦晉之間，凡大人少兒泣而不止謂之唴，哭極音絕亦謂之唴。平原謂唴極無聲謂之唴哴，楚謂之嗷咷，齊宋之間謂之喑，或謂之怨。」由此可知，郭氏所謂《方言》不僅使人明白各個語詞之意義，且能使人知其地域差異與涵義上之細微差別。

(4)洽見之奇書，不刊之碩記。

西漢張伯松嘗評《方言》「是懸諸日月不刊之書也。」（見揚

雄〈答劉歆書〉所引）郭璞則為繼張氏之後對《方言》作更具體中肯之評價，郭氏認為《方言》內容廣博，非常珍奇，在語言學史上具有不可磨滅之貢獻。郭氏所作之評論乃對《爾雅》與《方言》比較研究而得之結果。郭氏《爾雅注·序》評《爾雅》云：「夫《爾雅》者，所以通訓詁之指歸，敘詩人之興詠，總絕代之離詞，辯同實而殊號者也。誠九流之津涉，六藝之鈐鍵，學覽者之潭奧，摛翰者之華苑也。」而郭氏《方言注·序》則云：「考九服之逸言，標六代之絕語，類離詞之指韻，明乖途而同致，辨章風謠而區分，曲通萬殊而不雜，真洽見之奇書，不刊之碩記也。」郭氏對《方言》之精湛評論，實在令人驚歎。王國維云：「張伯松謂《方言》為懸諸日月不刊之書，景純之書亦略近之矣。」（見《觀堂集林·書郭注方言後》）實非過譽之論。

2.《方言注》之方法

(1)以今釋古，輔之以用雅釋雅，用雅釋俗。

郭璞注《方言》，全以晉時方言為根據，以今音注古語，以今語釋《方言》。例如卷一：「好、由關而東河濟之間謂之姝。」注：「今關西人亦呼好為姝，莫交反。」卷十：「讌極、吃也。楚語也。」注：「亦北方通語也。」以今釋古，乃郭氏對漢儒治經傳統之直接繼承，亦其注釋辭書之一貫精神。能達到「綴集異聞，會粹舊說」（《爾雅注序》）而亦能「考方國之語，采謠俗之志。」（《爾雅注序》）因而使其著作出類拔萃，充分表現其以今釋古之注釋特色。以雅釋雅，以雅釋俗，乃郭氏以今釋古方法之重要補充。《方言》中有雅言，其每條解釋語往往為當時通行較廣之詞語。至郭璞時，或不盡為人知，甚至發展成多義詞，郭氏乃以晉時

通用語加以解釋，使其義明確，此即所謂以雅釋雅。例如卷九：
「維之謂之鼎。」注：「繫船為維。」卷十二：「備、該、咸
也。」注：「咸猶皆也。」揚雄書中所載各地方，言在晉時若無與
之相應之口語可以對譯，或者漢晉語言不能完全一致時，郭璞即用
晉時之雅言與通語加以解說，此即所謂以雅釋俗。例如卷一：「青
幽之間凡土而高且大者謂之墳。」注：「即大陵也。」卷二：「宋
衛南楚凡相驚曰獡或曰透。」注：「皆驚貌也。」卷三：「秦晉之
間罵奴婢曰侮。」注：「言為人所輕弄。」

　(2)音義兼注，相互發明，疏通《方言》。

　　郭注可以分為注音與釋義二項，而其中有一部分既注音又釋
義。例如卷十：「崽者，子也。（注：崽音枲，聲之轉也。）湘沅
之會（注：兩水會合處，音獪。）凡言是子者謂之崽，若東齊言子
矣。（注：聲如宰。）」郭注之意謂湘沅之會稱「崽」，猶東齊稱
「子」，故謂「崽」者，「子」也。因為揚雄無標音，只能以漢字
注音：「崽」與「子」意義相同，此二字分別記錄該詞兩地之讀
音。郭璞體會揚雄之意，故先用直音方式注明「崽」音「枲」（心
紐之部），並指出「崽」與「子」為聲之轉，可能「子」在晉時與
「崽」已產生差異，為免誤解，郭氏乃在條末注明「子」音「聲如
宰」（精紐之部）。王國維云：「《方言注》中之音，實不能與注
離，後人分而二之，可謂失景純之旨矣。」（見《觀堂集林·書郭
注方言後》）可謂真知郭注之論。

　(3)不域於《方言》，而能觸類廣之，演其未及。

　　郭璞雖在注《方言》，但並不以單純解釋《方言》原文為滿
足，而要「觸事廣之，演其未及。」實際上《方言注》亦為有述有

作之傑作，借助於揚雄原書之體系，將其所掌握之語言資料與研究心得寫入其中，使成為「雖注而不域於注體」之方言詞彙學著作。例如卷一：「虔、儇、慧也。……楚或謂之譴。」注：「他和反，亦今通語。」卷九：「鈠謂之鈹。」注：「今江東呼大矛如鈹。」又：「艖舟謂之浮梁。」注：「即今之浮橋。」卷三：「荄、根也。」注：「今俗名韭根為荄。」卷七：「吳越之間凡食飲者謂之茹。」注：「今俗呼能粗食者為茹。」郭璞之注《方言》或於方言通行區域之區別，或於同一意義而漢晉所用語詞有異，或於同一詞語而漢晉意義已經變化等方面，皆能增廣《方言》之所未及。

(4)引證《爾雅》，闡發《方言》，摘其疏謬。

郭璞「少玩雅訓，旁味《方言》。」在《爾雅注》與《方言注》之間，其引證兩書，相互闡發，而於其疏謬處，則時加匡正。例如卷一：「台、胎、陶、鞠、養也。……汝潁梁宋之間曰胎，或曰艾。」注：「《爾雅》云：艾、養也。」卷十一：「蟬、楚謂之蜩。……海岱之間謂之蚜，其大者謂之蟧，或謂之蝒馬。」注：「按《爾雅》云：蝒馬者蜩，非別名蝒馬也，此《方言》誤耳。」

(5)郭氏注釋，詞意簡明，力袪繁辭。

郭璞注經，於晉代獨樹一幟，既不拘於故訓、師承，而力求創新，又不游談無根而尚簡明。此一特色，於《方言注》中，有三點特出表現：第一、常用而易了之語詞，一概不注；晉代不用之語詞而上文已有解釋可參考者，亦闕而不論。第二、《方言》所集，皆為「九服之逸言」，「六代之絕語」，與《爾雅》不同，因而郭注只重口語資料，不重書面考證。雖文獻故訓間有徵引，計其總數，不過全書之百分之四耳。第三、解釋文字，言簡意賅，不枝不蔓，

辭達而已。

3.《方言注》在歷史方言學上之價值

第一：提供漢晉方言區劃變更第一手資料。揚雄《方言》為研究漢代方言地理分佈之直接材料，根據《方言》所記載之方言區域研究，可擬測漢代方言區劃。而郭氏《方言注》則提供漢晉方言地理區劃之變更第一手材料，通過對比分析，可瞭解如下顯著之變化情形：

(1)中心方言由秦晉地區向東推移。秦晉地區中心之長安，為西漢之首都，經過二百年之相對穩定發展，此一地區不僅為當時政治、經濟之中心，也為當時文化之中心。《方言》中所記載漢代各地方言，無論其出現之頻率，抑或釋義之精密程度，在在表明秦晉方言為當時之中心方言。東漢遷都洛陽，政治、經濟、文化中心逐漸東移，漢末以後一百多年歷史動亂，經歷黃巾之亂、三國紛爭、乃至永嘉喪亂等，造成我國歷史上北方漢人多次大規模南遷。社會不安定所造成人口頻繁流動，遂促使方言混合並進而改變方言之區劃，郭璞之《方言注》，以江東語為最多，與當時政治、文化中心南移，及漢晉動蕩社會變遷之歷史情況實相符合。

(2)漢代一方之言到郭璞時已成四方之通語，或地域較前廣大之區域通語。例如卷一：「娥、㜲、好也。……趙魏燕岱之間曰姝。」注：「昌朱反，又音株，亦四方通語。」卷二：「茫、矜、奄、遽也。吳揚曰茫。」注：「今北方通然也。莫光反。」此類在晉代成為通語或大區域方言之語詞，在《方言》中多屬於北燕、朝鮮、東齊、海岱、吳揚、青徐、趙魏、燕代、楚等地方言，而尤以楚語變為通語者為最多。郭氏記載此類變化情形反映出漢晉時期漢

化語各方言之間所發生之較大變化，以及北方地區方言內部進一步統一之事實。

(3)漢代此方之言到郭璞時已擴大或轉移為另一地區。例如卷一：「娥、𡢘、好也。……自關而東河濟之間謂之媌。」注：「今關西人亦呼好為媌，莫交反。」卷十三：「（麴），晉之舊都曰䴭。」注：「今江東人呼麴為䴭。」前一例乃漢時方言到晉時通行地區有所擴大之例，郭注中凡言今某地「亦」然，皆屬此類情形。後一例乃漢時方言至晉時轉移至另一地區之情況，郭注中僅言今某地言某。不用「亦」字。此種轉移仍有兩種可能，一為《方言》所記載之區域，晉時該地仍通行此語。另一種則是該詞語轉移為另一地區之後，在《方言》所記載之地區反而消失。此種通行區域轉移之變化，同樣反映出漢語方言詞彙歷史發展中之混化與統一矣。

(4)漢時之通語至郭璞時已成另一方之方言。例如卷九：「方舟謂之橫。」注：「揚州人呼渡津舫為杭，荊州人呼樹音橫。」卷十：「䏂哰、謰謱、挐也。東齊周晉之鄙曰䏂哰。䏂哰亦通語也。」注：「平原人呼䏂哰也。」此類例子雖為數不多，然其存在，同樣為漢語方言詞彙歷史發展中混合統一規律之體現，此類漢時之通語，於北方地域方言內發生統一變化，至晉時只以地方方言保存於江東各地。郭注同時還提供漢晉語音史上第一手資料，一為注音，一為轉語，約有一千餘條，至可寶珍。

第二：留下方言詞彙在時空變動中詞義變化之寶貴史料。

(1)詞義發生廣狹之變化。例如卷九：「後曰舳。」注：「今江東呼柂為舳。音軸。」卷十三：「煬、翕、炙也。」注：「今江東呼火熾猛為煬，音恙。」

⑵詞義出現動靜引伸。例如卷五：「㑁、宋魏之間謂之攝殳，或謂之度。」注：「今江東呼打為度，音度量也。」

⑶詞義相涉而通轉。例如卷七：「吳越之間凡貪飲食者謂之茹。」注：「今俗呼能粗食者為茹，音勝如。」

第三：記載新方言詞語，與《方言》比較，此類語詞有下列特點：

⑴得名緣由不同。例如卷八：「北燕朝鮮洌水之間謂伏雞曰抱。」注：「房奧反，江東呼蓲，央富反。」

⑵構詞詞素不同。例如卷一：「釗、薄、勉也。秦晉曰釗，或曰薄。故其鄙語曰薄努，猶勉努也。」注：「如今人言努力也。」

⑶語詞音讀有異。例如卷三：「東齊之間婿謂之倩。」注：「言可借倩也。今俗呼女婿為卒便也。」

4.《方言注》在描寫方言學上之價值

王國維〈書郭注方言後〉云：「讀子雲書可知漢時方言，讀景純注並可知晉時方言。」郭璞《方言注》中提到地域之名計有：江東、關西、江南、建平、齊、淮南、汝潁、荊州、隴右、南陽、東郡、淮楚、汝南、長沙、零陵、揚州、梁國、涼州、河北、平原、中州等。從郭璞《方言注》所提供之資料中，可知晉代方言有如下特點：

⑴江東在晉代方言中為一獨立方言區。郭注所謂江東方言區，實際包括揚雄《方言》所謂吳揚甌越等東南部諸方言。但江東方言區內仍有比較顯著之次方言。如「江南」，郭氏所提及之地域中，其次數居第三位，其區域不同於今人所謂之江南，而指「湖廣江西之地。」（見錢大昕《十駕齋養新錄》卷十一「江南」條）又如

「越」，顯亦為另一重要次方言，因為揚雄《方言》中所記載之越方言，郭注中並未消失或變成通語，可見越語仍保持其特色存在於晉語之中。

(2)北方地區方言之廣闊區域內，經過不斷同化而更加統一。例如卷一：「娥、㜲、好也。……趙魏燕代之間曰姝。」注：「昌朱反，又音株。亦四方通語。」卷三：「凡草木刺人，……自關而西謂之梗。」注：「今云梗榆。」

(3)荆楚與南楚方言亦漸趨統一，且與北方地區方言，特別是中原方言已相當混化。例如卷一：「虔、儇、慧也。……楚或謂之譴。」注：「他和反，亦今通語。」卷十：「譴極，吃也。楚語也。」注：「亦北方通語也。」又：「頷、頤、頜也。南楚謂之頷。」注：「亦今通語也。」卷五：「牀、齊魯之間謂之簀。……南楚之間謂之趙。」注：「趙當作兆，聲之轉也。中國亦呼杠為桃牀，皆通語也。」

5.《方言注》之疏誤

(1)對《方言》體例理解有與揚雄之意不合者。例如卷一：「敦、豐、厖、夆、幠、般、嘏、奕、戎、京、奘、將、大也。……皆古今語也。初別國不相往來之言也，今或同。而舊書雅記故俗語，不失其方。而後人不知，故為之作釋也。」又：「假、佫、懷、摧、詹、戾、艐、至也。……皆古雅之別語也。今則或同。」郭璞認為「雅記」之「雅、《爾雅》也。」「古雅」之「雅，謂風雅。」「作釋」之「釋」為「釋詁、釋言之屬。」郭氏所釋，殊失《方言》之旨。此二條本為揚子雲自明作《方言》之旨。上句謂此條所列各詞悄古今語，初或為列國不相往來之言，今

則同，舊書中以雅言記載之故時俗語，未失其本來面貌，但後人已不瞭解，故為之作釋。下句則謂所列各詞皆古代雅言之分別語，今則相同矣。

⑵對《方言》詞義之疏釋偶有望文生訓之失。

郭氏注釋《方言》並不注重文字，多以今語釋古語，且注中所釋之今語，多為有音無字者。在說解得名之緣由或名稱理據時，未免有望文生訓之問題。例如卷八：「虎、陳魏宋楚之間或謂之李父，江淮南楚之間謂之李耳。」注：「虎食物物值耳即止，以觸其諱故。」此則釋義無據，容有未當。

⑶對個別誤字未能校改，有據誤字曲為之說者。

《方言》傳鈔至晉代，已不免有傳鈔之訛。而郭氏未能校其錯誤，據誤字而誤釋，亦在所不免，此固不能為賢者諱也。例如卷一：「烈、枿、餘也。」郭注：「謂烈餘也。五割反。」周祖謨《方言校箋》云：「戴云：『烈餘當作遺餘。』盧氏據本書卷二：『子蓋餘也』郭注『謂遺餘』之文亦改烈作遺。王念孫云：『烈非遺字之訛，乃歹列之訛也。歹列讀若殘，《說文》歹列、禽獸所食餘也。今本作烈餘者，烈字上半與歹列相似，上下文又多烈字，因訛而為烈。』案王說是也。」

㈡ 戴震《方言疏證》

戴震字東原（1723-1777），安徽休寧人。年二十，師事婺源江永。四十中舉，試禮部不售，五十一歲充四庫館纂修官，賜同進士出身，翰林院庶吉士。震博聞強記，經學、數學、天文、地理，歷史皆有深刻研究，古音學尤所專長，撰《聲類表》分古韻為九類二十五部，詳參見訓詁與聲韻章，此不贅。訓詁上之某些重要方法

與理論亦均由戴氏所提倡，於乾嘉學術之研究，具有極大之影響力。

　　《方言疏證》乃戴氏任職四庫館時所撰，戴氏三十三歲時，曾將《方言》分寫於李燾所作《許氏說文五音韻譜》之上，使「字與訓兩寫，詳略互見。」入四庫館後，始取「平時所校訂，遍稽經史諸子之義訓相合及諸家之引《方言》者，詳為疏證，令此書為小學斷不可少之書。」以下分析戴氏《方言疏證》之要領。

　1.《方言疏證》之校勘方法

　　郭璞注本之《方言》，經過長時間之傳鈔翻刻，訛舛相承，幾至不可卒讀。戴震《方言疏證》改正訛字二百八十一字，補脫漏二十七字，刪除衍文二十七字，並校改誤連、誤分及竄亂之處。「自得此本，然後《方言》可讀。」（梁啟超《中國近三百年學術史》語）《方言疏證》所以取得較大之成就，固得力於戴氏學識之淵博，而其采用之基本方法亦至為關鍵。茲分述於下：

　　⑴他校法

　　所謂「他校法」，即以他書校本書。陳垣氏嘗謂：「此等校法，範圍較廣，用力較勞，而有時非此不能證明其訛誤。」（陳氏《校勘學釋例》）戴氏他校之例，可分為兩類：

　　①以《廣雅》等後出辭書校之。張揖〈上廣雅表〉云：「竊以所識，擇撢群藝，文同義異，音轉失讀。八方殊語、庶物易名不在《爾雅》者，詳錄品覈著於篇。」《方言》成書於《爾雅》之後，極多詞語為《爾雅》所未收。其後問世之「許慎《說文解字》、張揖《廣雅》，多本《方言》而自成著作。」（見《方言疏證·序》）戴氏首先利用此類辭書以校勘《方言》，而取得優異之成

績。例如卷四：「繞衿謂之帬。」《疏證》：「衿、各本亦訛作
衿，今訂正。《廣雅》繞領帬也，本此。」按衿領古通用，衿為衿
字形訛，此條為引《廣雅》校正例。

②用《方言》出處或後人引文校之。《方言》或郭璞注大量為
後人所引用，戴氏乃利用此類材料以校正郭注《方言》。例如卷
二：「寄食為餬。」注：「傳曰：餬其口於四方是也。」《疏
證》：「餬其口各本訛作餬予口。今據《左傳》改。」按《左傳·
隱公十一年》作「其」，是作「予」者誤也。此條為用前人之書校
正之例。

(2)理校法

所謂「理校法」，乃無本可據，或數本互異時，從文字形音義
或古書文例以推定而判斷是非。陳垣氏曰：「此法須通識為之，否
則鹵莽滅裂，以不誤為誤，而糾紛愈甚矣，故最高妙者此法，最危
險者亦此法。」戴震極重視此法之運用，故亦取得不少成績。例如
卷二：「剟、蹷（音厥）、獪也。秦晉之間曰獪，楚謂之剟，或曰
蹷（言踣蹷也。）」《疏證》：「注內「音踣蹷」三字，各本
「音」訛作「言」，又訛在「或曰蹷」之下，前「蹷」字下作「音
蹷」。前後重出，今訂正。」按揚雄《方言》每條中前後重見之詞
語，依例郭氏音注只出現一次，本條各本前後重出，因此戴氏刪去
「音厥」二字。又「踣蹷」是注音，依例當理解為音踣蹷之蹷，故
作「言」是「音」字之誤字。儘管今無證據可斷定究應刪去何注，
但戴氏認為當刪去一注則肯定為正確者。

(3)本校法

所謂「本校法」，乃利用本書校本書。陳垣氏謂：「本校法

者，以本書前後互證，而決摘其異同，則知其中之謬誤。」例如卷四：「襦、西南蜀漢謂之曲領。」《疏證》：「後卷五內「西南蜀漢之郊」，此條或改蜀為屬者非。」按此以他卷交校本卷正文之例。此外尚有以本條正文前後互校例。

(4)對校法

所謂「對校法」，乃用同書之底本與別本對讀，注明異同。陳垣氏曰：「其主旨在校異同，不校是非。」《方言疏證》中符合上述特點對校之例不多，大多數為數本對校之後，明定取舍。（多為從曹毅本或永樂大典本）因為戴氏並未提出所以取舍之理由，故姑且稱之為對校。例如卷二：「秦有榛娥之臺。」《疏證》：「諸刻脫「秦有」二字，永樂大典本、曹毅本俱不脫。」按宋李孟傳本有「秦有」二字，戴定不誤。

(5)兼校法

就《方言疏證》若干具體校例觀之，上述四種方往往皆綜合運用，交叉兼用多種校勘方法，其結論乃更可靠。例如卷五：「飤馬橐，自關而西謂之裺囊。」《疏證》：「飤即古飼字，各本訛作飲字，形相近而訛。……《說文》：飤、飤馬器也。飤亦訛作飲。《玉篇》：飤、飼馬器也。可據以訂正二書。」按此條為先用「理校」，再用「他校」例。《方言疏證》根據後人之研究，戴氏校勘方面仍有下列三項缺點：①誤校。②漏校。③新增訛誤。

2.《方言疏證》之訓詁成就

《方言疏證》不僅為清代學者中之第一本校本，亦為清代學者中第一本注本，戴氏在校正訛誤之基礎上，對《方言》「逐條校正之」，使「漢人故訓之學猶存於是，俾治經讀史博涉古文詞者，得

以考焉。」（《方言疏證·序》）盧文弨認為戴氏《疏證》在訓詁
方面有下列兩項成績：「義難通而有可通者通之，有可證明者臚而
列之。」（《重校方言·序》）臚列故訓材料證明《方言》之訓
釋，看似簡單，其實不易，必須具有淵博學識及精審抉擇之高水準
不可。例如卷一：「躡、郂、跂、徦、躋、踰，登也。自關而西，
秦晉之間曰躡，東齊海岱之間謂之躋。」《疏證》：「案郭璞〈江
賦〉：躋江津而起漲。謝靈運〈石門新營所住四面高山回溪石瀨修
竹茂林〉詩：躋險築幽居。陸機〈辨亡論〉：遂躋天號，鼎跱而
立。李善注皆引《方言》躋登也。」卷六：「汩、疾行也。南楚之
外曰汩也。」下郭注：「汩汩急貌也。」《疏證》：「案《廣
雅》：汩，疾也。司馬相如〈上林賦〉：汩乎混流。蘇林曰：揚雄
《方言》：汩、逕疾也。逕字誤。揚雄〈甘泉賦〉：涌醴汩以生
川。李善注引《方言》：汩、疾也。枚乘〈七發〉：汩乘流而下降
兮。注引《方言》：汩、疾貌也。即此條注文。〈離騷〉：汩余若
將不及兮。王逸注云：汩、去貌。疾若水流也。洪興祖《補注》引
《方言》云：疾行也，南楚之外曰汩。」疏通難以理解之詞語，須
有淹貫精深之學識，《方言疏證》能表現著者之學識水準，也代表
著者對《方言》詞義研究之貢獻。具體說來，有下列四點成就：

(1)依據聲近義通之原則，疏通難通之詞。

例如卷一：「烈、餘也。」《疏證》：「案《詩·大雅·雲
漢·序》：宣王承厲王之烈。鄭箋云：烈、餘也。烈與裂劆音義
同。《說文》裂、繒餘也。《廣雅》劆、餘也。」卷二：「徦、來
也。」《疏證》：「案格徦古通用。……格字義兼往來，往而至乎
彼曰格，來而至乎此亦曰格。誠敬感通於神明來格，德禮貫通於民

心而民咸格也，心思貫徹於事物而事盡貫徹，皆合往來為義，故其本文從彳。格感貫一聲之轉，故義亦通。」

(2)從語言觀點出發，揭示古今方俗轉語。

例如卷三：「裕、猷，道也。東齊曰裕或曰猷。」《疏證》：「案〈坊記〉或《書》爾有嘉謀嘉猷。鄭注云：猷、道也。猷繇古通用。《爾雅·釋詁》：繇、道也。《廣雅》：裕、道也。裕猷亦一聲之轉。」

(3)分析通用字、假借字，以明詞義。

例如卷一：「佫、至也。」《疏證》：「案佫格古通用。……《爾雅·釋詁》亦云至也。」卷六：「蠡、分也。」《疏證》：「《荀子·賦篇》：蠡兮其相逐而相反也。楊倞注云：蠡與劙同，蠡兮分判貌。蠡離古皆與劙通。」

(4)闡釋詞義之關係，以明《方言》之訓詁。

例如卷二：「臺、敵，匹也。」《疏證》：「《爾雅·釋詁》：敵、匹也。《廣雅》：敵、怡、當也。匹、臺、敵、輩也。義皆相因。」卷十三：「易、始也。」《疏證》：「案易取更新義。《書·堯典》：平在朔易。王肅引《詩》曰：為改歲解之也，不必如注所說。按偽孔傳云：易謂歲改，易於北方，平均在，察其政，以順天常。」易為更新更改，故有始義。

三 盧文弨《重校方言》

盧文弨字弨弓，號磯漁，又號檠齋，晚更號弓父，書齋名抱經堂，人稱抱經先生（1717-1796）。浙江餘杭火，清代名校勘家。《重校方言》為清代學者繼戴氏之後從事於《方言》校正之第二人，乾隆庚子（1780）於京師與歸安丁傑游，丁氏將其《方言》校

稿贈與盧氏，盧氏因而開啟重校《方言》之工作。

1.《重校方言》對內證之發掘與理校

盧氏《重校方言》常用之方法，主要為根據不同之刻本、校本及類書古注比較異同，斟酌取捨。通觀《重校方言》一書，善以本書前後相證，以本條上下文勘誤，據本條內容以相推究，實為盧氏校本之一大特色。例如卷一：「秦謂之謾。」注：「謾、莫錢反，又亡山反。」盧曰：「案卷十二內謾亦音莫錢反，是舊讀如此，非傳寫之誤，本或刪去前一音非也。今人音莫半反。」今按「謾」有兩讀，依例郭注當作「某某反，又某某反。」戴本刪去前一音，盧氏從本書之內證，證明「舊讀如此」，不當刪削。劉台拱《方言補校》以為盧氏所論為是，並補充一條證據云：「《集韻》刪仙兩韻皆收謾字，當兼收兩音為是。」卷五：「所以注斛，陳魏宋楚之間謂之篙。」「注斛」下郭注：「盛米穀寫斛中者也。」盧曰：「正德本無也字。案此但釋注斛，未出器名，當去者字，留也字。」今按根據本條文意，郭注中「者」字當為衍文，盧氏觀察縝密。周祖謨《方言校箋》得一旁證，周氏云：「《御覽》卷七六四引注文無「者」字。」可見盧氏推斷極為正確。

2.《重校方言》對方言語詞之疏解

盧氏《重校方言》重點固在校勘，然亦有疏釋《方言》詞語之內容，且頗有精到之處。例如卷六：「聳、獎、欲也。」注：「皆強欲也。」盧曰：「案以我所欲強人之我從，則曰聳、曰獎，今人語猶然。」而盧氏疏釋詞語之最大特色，在於能以今語釋《方言》。例如卷二：「釥、好也。」盧曰：「即今所謂俏也。」卷二：「逴、獡、透，驚也。自關而西秦晉之間，凡蹇者或謂之逴，

體而偏長短亦謂之遑，宋衛南楚凡相驚曰獝，或曰透。」盧曰：
「相驚曰透，今人猶然。」盧氏以今方言釋古方言時，所用多為吳
越語，杭人語，此或以其為杭人有關。例如卷一：「虔、儇，慧
也。……自關而東趙魏之間謂之黠，或謂之鬼。」盧曰：「謂黠為
鬼，今吳越語猶然。」卷六：「杼、柚，作也。東齊土作謂之杼，
木作謂之柚。」盧曰：「今杭人尚有泥作、木作語。」

3.《重校方言》之疏失

第一、硬將郭氏音注分別為二，且亂其次第，以致郭氏用晉方
言注漢方言，音注相互發明之精神，全不可見。甚且鹵莽割列音注
為二。「進郭注為大字，而音則仍為小字。」實則郭氏音注有相當
部分，根本無法區分，盧氏於此亦不得不承認。例如卷八：「桂林
之中守宮大者而能鳴謂之蛤解。」注：「似蛇醫而短身有鱗采，江
東人呼為蛤蚧，音頜頜，汝潁人直名為蛤解，音懈，誤聲也。」由
於此條郭氏所注音「音頜頜」、「音懈」夾在注文之中，盧氏亦無
法用其所定大字小字加以區別。故云：「此音在本注中不當分。」

第二、過於迷信宋本，往往不能比量群籍，會通舊注而加以裁
斷。其過於迷信宋本亦非可取。例如卷二：「秦晉曰麜。」郭注：
「麜、細好也。」舊本與宋本皆如此。戴據司馬相如〈長門賦〉、
王延壽〈魯靈光殿賦〉，李善注引此文作「麜麜、細好也。」於本
條注內增補一「麜」字，盧氏不從，且批評戴氏「不知善但順賦之
成文耳，如善注陸機詩「奕奕馮生」引《方言》「自關而西凡美容
謂之奕奕」，今《方言》奕字並不重，此類非一，皆不當增。」其
實與盧氏所說適相反，戴氏增一「麜」字是也。「自關而西凡美容
謂之奕，或謂之傑。」郭注：「奕、傑皆輕麗之貌。」《紺珠

集》、《御覽》引注皆作「奕奕、傑傑。」《廣韻》葉韻下亦云：
「傑傑、輕薄美好貌。」是本應作「奕奕、傑傑。」以此例之，作
「靡靡」為是。

　　第三、聲韻不精。盧氏從聲韻入手校訂《方言》郭注，有突出
之成就。然郭音不誤而盧氏誤改者亦有之。例如卷二：「或曰
偍。」郭注：「言偍偕也，度皆反。」宋李孟傳本如此。盧據卷六
音改此音作「度指反」，卷六李孟傳本作「偍、用、行也。」郭
注：「偍皆，行貌，度揩反。」盧本亦改作「度指反。」劉台拱首
先在《方言補校》中云：「《集韻》佳偕，行貌。佳音於佳反，偍
音度皆反。佳偍疊韻字。郭云偍偕猶佳偕也。偍舊音度皆反，及卷
六度揩反皆不誤，盧改作度指反非。」吳承仕《經籍舊音辨證》卷
七云：「『是』聲雖屬支部，而曹憲《廣雅音》『直駭反』，《類
篇》『偍』字列有『度皆』、『徒駭』、『直駭』三切，然則《方
言》反語或作『度楷』，或作『度皆』，均與舊音相應，唯改作
『度指』最為無據。」

四 劉台拱《方言補校》

　　劉台拱，字端臨（1750-1804），江蘇寶應人。乾隆三十五年
舉人，屢試禮部不第，銓授丹徒縣訓導。四庫開館，台拱在京與朱
筠、戴震、邵晉涵、任大椿、王念孫相交游，稽經考古，且夕討
論，自天文、律呂，以至於聲音、文字，靡不賅貫，尤邃於經。著
有《方言補校》一卷。

1.《方言補校》之內容

　　《方言補校》近一百六十條，內容包括兩方面，即注釋與校
勘。注釋方面，部分批評盧文弨注，部分為作者新注。前者如卷

三：「謂之莽。」注「嫫母。」盧曰：「戴本訂作讀如嫫母之母，下本無反字，增之非也。」劉云：「此當云音嫫母之嫫耳，戴增反字非，盧音母亦非。」又如卷十三：「還、積也。」盧曰：「楊倞注《荀子·成相篇》：「比周還注黨與施」云：「還繞。」案猶還繞積聚之意。」後者如卷六：「秦晉凡物樹稼早成熟謂之旋，燕齊之間謂之摳揄。」劉云：「此可以證《中庸》蒲盧之解。」又如卷十二：「儇、虔，謾也。」注：「謂惠黠也。」劉云：「惠即慧之假借。皇侃《論語義疏》經文作「好行小惠。」鄭注「謂小小才知也。」是惠即慧。又《列子·逢氏》「有子少而惠」，《韓詩外傳》「五主明者其臣惠」，《漢書·昌邑王傳》「清狂不惠」，《顏氏家訓·歸心》云：「辯才智惠」。義並作慧。

劉氏校勘乃針對盧氏校本而撰寫者，內容大致可分為三類：

⑴補闕拾遺：舊本不誤，盧氏未能校正，劉氏予以補校。例如卷十：「翥、舉也。」注：「謂軒翥也。」劉云：「案段本據曹憲《廣雅音》，「謂軒翥也」上補音曙二字。」今案：《廣雅·釋詁一》「翥、舉也。」曹憲音曰：「《方言》為署音。」又《釋詁三》「翥、飛也。」曹憲音曰：「《方言》音曙。」

⑵訂正盧校：盧氏校本廣泛汲取戴震等同時代學者校勘成果，而成一善本。然囿於盧氏本身之學識，無論抉擇舊校，或自創新說，皆呈現不少問題。故訂正盧校亦為《方言補校》之主要內容。例如卷十二：「狼，明也。」盧從戴校，據《永樂大典》本改「眼」為「狼」。劉云：「案：狼乃目病，非明之訓也。作朖為近。

⑶證成盧說：舊本有誤，盧氏提出正確校勘意見，但未予論

證，或論證不充。劉氏《補校》悉予補充、證明。例如：卷五：「箕、陳魏宋楚之間謂之籮。」盧曰：「箕字當提行。」劉云：「案盧校是也。《集韻》引《方言》『箕陳魏宋楚之間謂之籮。』不連上節。」今按各本「箕」以下均與上文「所以注斛」為一條，盧氏「觀下又舉陳魏宋楚」，故提出〔箕〕字以下當提行別為一條之校勘意見，劉氏用他書引《方言》此條材料而證成盧氏觀點。

2.《方言補校》之成就

劉台拱氏校勘《方言》所依據之材料，亦未出戴盧兩家之外，其所以能精，主要得力於其精審之識斷與與縝密之方法。

第一、以一般通例校正《方言》、郭注，具體說來，共有三點：

⑴以「推類備言」之例校正《方言》。例如：卷一：「延、永、長也。凡施於年者謂之延，施於眾長謂之永。」注：「各隨事為義。」盧曰：「延永長也。考宋本亦如是。李善《文選》於阮籍〈詠懷詩〉『獨有延年術』引《方言》『延長也。』於嵇康〈養生論〉又引作『延、年長也』蓋即隱括『施於㑆者謂之延』意，《爾雅》疏引《方言》遂作『延年長也』。不出『永』字，則下文『永』字何所承乎？或據《爾雅》疏改此文，謬甚。」劉云：「案『延永長也』當作『延年長也。』《方言》中推類備言而無所承者多矣，未可以此難戴。」按劉氏從《方言》之例出發，斷說非是而戴校作「延、年長也。」為是。

⑵以郭氏「音注不可分」之例校正郭注。例如：卷三：「或謂之荏。」注：「今江東人呼荏為䒕，音魚。」劉云：「案音魚二字大書，接䒕字是也。此音注不可分者，餘仿此。盧本以音二字作偏

行小字非。」

(3)以郭氏釋詞「每用雙聲疊韻之字」例校正郭注。例如：卷六：「聳之甚者，秦晉之間謂之矔。」注：「五刮反。言矔無所聞知也。《外傳》聳矔司火，音蒯聵。」劉云：「案郭君解釋字義每用雙聲疊韻之字形容之，此『言矔無所聞知也』，於辭意不足，《廣韻》十四賄矔字注云：『吐猥切，矔額、痴瘨貌。』《說文》『五滑切，無知意也。』又額字注云：『五罪切，矔額，《說文》音聵，痴顛不聰明也。』據此，則矔下當脫一額字。額《說文》音聵，郭以矔為聵之異文，故以矔額釋其義，以蒯聵釋其音。五刮反乃是後人所加，非郭讀也。」

第二、立足於漢字記錄語言的特點，從形音義的內部關係出發來校正《方言》、郭注。例如，根據音理校正訛音：卷十三：「潊、淨也。」盧本在「潊」字下雙行小字列「初兩、禁耕二反」六字。劉云：「案禁耕不可為切，當作楚耕。」

《方言校補》雖僅一百餘條，基本上均為劉氏涵泳古今，心造自得，劉氏學識廣博深厚，方法科學嚴謹，清代研治《方言》諸儒中，最為精審，與王念孫《方言》之學交相輝映，堪稱伯仲，縱今研治《方言》之學者，亦不可不重視劉氏之成果也。

五 王念孫《方言疏證補》

1. 王念孫之《方言疏證補》

王念孫在中國語言學史上之地位，早有定評。不過有關其《方言》研究之成績，尚無人有專門論說。根據劉君惠等《揚雄方言研究》一書，特闢專章，討論王氏《方言疏證補》。據劉氏之研究，以為學養深厚，治學專精如王念孫者，早年即嘗沈浸於《方言》研

究達八年之久，並留下若干著述，其後又將包括《方言》研究成果在內之一生所得，納入《廣雅疏證》之中，在王引之《經義述聞》與王氏所作《讀書雜志》中，亦有《方言》研究之成果，散見其中。根據王引之〈石臞府君行狀〉，念孫少年時嘗從戴東原受經學一年，「稽古之學遂基於此矣。」乾隆四十一年，王氏三十三歲以後之四五年間，在家鄉高郵謝絕人事，獨居於祠畔之湖演精舍，以著述為事，為後來學問奠立堅實基礎。1922 年羅振玉購得一箱未刊叢稿，大多數皆此數年所撰就，其中有關《方言》著述者有《方言、廣雅、小爾雅分韻》一冊。另一為《校正方言》，此書已佚，不可詳知。據王念孫乾隆五十三（1788）年〈與劉端臨書〉云：「庚子（1780）攜入都，皆為丁君小雅錄去，內有數十條不甚愜意者，往往見於盧弨弓先生新刻《方言》中，其愜意數條，則弨弓先生所不錄。」三十七歲入都後，仍屏絕人事，鍵戶，日手一編，探賾索隱，觀其會通。在此時期，王氏將所著《校正方言》與戴震《方言疏證》加以對勘。另是撰寫《方言疏證補》，此書是在乾隆五十二（1787）年夏秋間為補正戴書而作，但一卷未竟，已而中止。為什麼要中斷此書之撰述，王氏未言。劉盼遂諸人推斷認為已有戴氏《方言疏證》在前，猶如王氏知邵晉涵已先撰著《爾雅正義》、段玉裁先撰著《說文解字注》，因避重複，而舍去《方言疏證補》。劉君惠認為王氏所以未能繼續完成《方言疏證補》，主觀上之原因，則不願撰寫一書針對師門逐條駁正。

2.《方言疏證補》之內容

對於戴震的《方言疏證》，王念孫所補者，大約有三方面：

⑴戴氏未及者補之。例如：《方言》「思、晉宋衛魯之間謂之

鬱悠。」郭注：「鬱悠猶鬱陶也。」戴氏於郭注無說，王氏則進行較為詳盡之解釋，證明「鬱悠鬱陶古同聲。」、「鬱陶為思也。」

(2)戴氏非是者正之。例如：《方言》「悴、傷也。」戴氏疏證引曹植〈朔風〉詩：「繁華將茂，秋霜悴之。」及李善注為釋，曹詩「悴」字之義與《方言》「憂傷」義不合，王書節略戴書原文，直接提出自己之解釋。引《詩·小雅·雨無正》篇：「憯憯日瘁。」瘁與悴通。《漢堂邑令費鳳碑》云：「黎儀瘁傷，泣涕連漣。」

(3)戴氏未盡者申之。例如：《方言》「黨、曉、哲、知也。」戴氏云：「知讀為智」，引孫綽〈遊天臺山賦〉李善注證「曉」訓為「知」，於「黨」「哲」無說，於諸詞之關係亦未能言。王氏詳考經師故訓，觀其會通，認為慧、哲、曉、黨、朗皆明義，故得同訓為知。

上述三種情形，以第一類校勘為多，第三種大多是「訓詁」凡屬訂正戴說，如果戴誤而為他人所沿用者，則只引他人之說加以駁正。如果戴氏沿用前人之誤本，則只稱「各本」云云。如果只是戴誤，則不引戴氏原文，徑出己說，其意蓋在為師門諱也。

3.《方言疏証補》之成就

(1)闡明方言音變，揭示古今傳承。有兩種情形：

①古代方言與方言之間，或方言與通語之間，存在著一定之語音關係，這些不同語詞形式上是同詞之語音地域變體。

王氏或稱「語轉」。如：

《方言》卷二：「錯、鐯、堅也。自關而西秦晉之間曰錯，吳揚江淮之間曰鐯。」王氏云：「錯鐯聲相近，方俗語轉耳。」（見

《廣雅疏證》卷一下）

　　或稱「緩急」、「侈斂」。如：

　　《方言》卷二：「私、小也。自關而西秦晉之郊梁益之間凡物小者謂之私。」王氏云：「私亦細也。方俗語有緩急耳。」（見《廣雅疏證》卷二上）《方言》卷六：「揞、揜、藏也。荊楚曰揞，吳揚曰揜。」王氏云：「揞猶揜也。方俗語有侈斂耳……今俗語猶謂手覆物為揞矣。」（見《廣雅疏證》卷四上）

　　或稱「輕重」，如：

　　《方言》卷三：「蔿、譌化也。」王氏云：「蔿亦譌也。方俗語有輕重耳。」（見《廣雅疏證》卷三上）

　　②語言空間運動，必定在時間中留下痕迹，以後釋前，以今釋古，揭示歷史傳承脈絡。

　　或以後代方言釋秦漢方言。例如：

　　《方言》卷二：「娃、好也。吳楚衡淮之間曰娃。」王氏引左思〈吳都賦〉劉逵注：「吳俗謂好女為娃。」及枚乘〈七發〉用例為釋。（見《廣雅疏證》卷一下）

　　《方言》卷三：「澌、盡也。」王氏云：「鄭注〈曲禮〉云：『死之言澌也。精神澌盡也。』《正義》云：『今俗呼盡為澌，即舊語有存者也。』」（見《廣雅疏證》卷一下）

　　更多以代方言釋古代方言。其中有古今相承，音義一致者。如：

　　《方言》卷六：「秦晉……器破而未離謂之璺。」王氏云：「今人猶呼器破而未離曰璺。」（見《廣雅疏證》卷二上）

　　《方言》卷一：「（慧）自關而東趙魏之間或謂之鬼。」王氏

曰：「今高郵人猶謂黠為鬼，是古之遺語也。」（見《方言疏證補》）

也有是古今相存，但已有變異。例如：

《方言》卷三：「露、敗也。」王氏云：「今俗語猶云敗露矣。」（見《廣雅疏證》卷三上）單音詞變為雙音詞。

《方言》卷三：「（蕪菁）其紫華者謂之蘆菔。」王氏云：「蘆菔音羅匐……今俗語通呼為羅匐，聲轉而為萊菔。」（見《廣雅疏證》卷十上）古今同詞而聲或轉變。

就古音以求古義，觸類引伸，不限形體。乃王氏研究語言訓詁之主脈，故在《方言》研究中，探語源，求詞族，破假借之例證，隨處即是。因王氏已深刻認識到「絕代異語別國方言，無非一言之轉。」（見程易疇《果贏轉語跋》）

⑵取精用宏，觀其會通。例如：

《方言》卷一：「憮、憐、愛也。」又：「憮、憐、哀也。」王氏云：「哀與愛聲義相近，故憮憐既訓為愛，又訓為哀。……」（見《方言疏證補》）揚雄立兩條主其別，王氏從聲義觀其通。

《方言》卷一：「（思）晉宋衛魯之間謂之鬱悠。」郭注：「鬱悠猶鬱陶也。」王氏云：「鬱悠、鬱陶古同聲。……凡喜意未暢謂之鬱陶，積憂謂之鬱陶，積思謂之鬱悠，又謂之鬱陶，積暑亦謂之鬱陶，其義並相近。」（見《方言疏證補》）王氏舉例豐富，分析透辟，驗之故籍，無防滯礙。

㈥ 錢繹《方言箋疏》

1.《方言箋疏》之撰述

錢繹、初名東墉，字以成；一字子樂，號小廬，江蘇嘉定人。

其家世代書香，錢繹伯公為錢大昕，父為錢大昭，兄東垣，弟同人皆潛研經史金石，一門皆治古學，能文章，為東南之望。錢繹少受庭訓，但終身未仕，居鄉著述，歷乾、嘉、道、咸四朝，享年八十。《方言箋疏》十三卷是錢繹五十歲以後於其弟錢侗遺稿基礎上完成者，錢侗字同人，為撰寫《方言義證》，收集大量資料，並於生前動手撰寫六卷。惜因積勞成疾，英年殞卒。卒年僅三十八歲。十餘年後，錢侗之子賦梅始將稿本送交伯父錢繹，繹憫其弟「用力之勤，而懼其久而散佚。」因竭數年之力，件繫條錄，補刪詳辨，觸類引伸，後又時加釐正，前後費時二十五年，始撰成《方言箋疏》。錢繹《方言箋疏》嘗為《方言》語詞疏通證明，雖然間有冗繁，但總體上，尚覺滿意。次為對郭注《方言》舊本之勘訂，而基本上乃參眾家本而詳究之，就戴盧兩本，以折其衷，擇善而從。

　2.關於因聲求義之問題

　　錢因聲求義所得成績，主要有如下六點：

　　(1)以今語說古語，探求語詞古今音變之軌迹。例如：

　　《方言》卷一：「黨、知也。楚謂之黨。」《箋疏》：「今人謂知為懂，其黨聲之轉歟！」

　　黨古音屬端紐陽部*taŋ，懂從董聲，古音屬端紐東部*tauŋ，❻⓿二字聲同韻近。今人猶謂知為懂，懂即古之遺語。《箋疏》中探求古今語轉的情形主要有：以古今通語釋古方言：如「來與戾聲轉義同」、「俚賴聊皆一聲之轉耳」。以今方言釋古今通語：如「歸嫁一聲之轉，今太倉人言歸，音猶如嫁也」、「鼎之言定也，今吳俗

---

❻⓿　古音擬音系統，悉依拙著《古音研究》五南出版社出版。

謂船行止所在謂之鼎，其古之遺語與！」

(2)以聲音為樞紐，揭示語詞地域音變之規律。例如：

《方言》卷一：「自關而西秦晉之間凡人語而過……或謂之僉，東齊謂之劍。」《箋疏》：「劍猶僉也。僉與劍聲有侈弇耳。」

劍古音屬見紐添部*kǐem，僉古音屬清紐添部ts'ǰem，劍和僉是紀錄同一意義（凡人語而過）之語詞所以要用兩個漢字符號記錄之，即為反映地域之不同，而出現之語音變異（侈、弇）。

(3)以音近（同）義通為根據，繫聯同源詞。例如：

《方言》卷五：「瓵……甖也。」《箋疏》：「《玉篇》：『瓵，大甕也。』《漢書·陳餘傳》：『乃仰絕亢而死。』蘇林曰：『亢、頸大脈也。俗所謂胡脈也。』……揚子〈羽獵賦〉：『跇巒阬』。李善注引《音義》：『阬、大坂也。』《說文》：『沆、大澤貌。』《釋魚》：『貝大者魧。』……大甕謂之瓵，猶頸大脈謂之亢，大阪謂之阬，大澤謂之沆，大貝謂之魧也。」

錢氏以「亢」為詞根，聯繫从「亢」之瓵、阬、沆、魧一組同源詞，詞為其共同義素為「大」。

(4)推求語源，闡明語詞命名之緣由。例如：

《方言》卷一：「平原啼極無聲謂之唴哴，……齊宋之間謂之暗。」《箋疏》：「暗之言瘖也。謂音啞無聲也。……」

錢氏認為「暗」語義來自「瘖啞無聲」。

(5)突破字形障蔽，闡明同音替代。例如：

《方言》卷一：「張小使大謂之廓，陳楚之間謂之摸。」《箋疏》：「摸之言幕也。」

「摸」為「撫摸」之義，與覆義不相符，與「覆」義不相干。錢氏認為「摸」乃「幕」之同音借字，而「幕」則有「覆」義，此一分析，應屬正確。

(6)以語詞音義相為表裏之原理為指導，辨正前人之誤說。例如：

《方言》卷一：「戎、大也。……宋魯陳衛之間謂之嘏，或曰戎。」《箋疏》：「〈釋草〉：『戎菽謂之荏菽。』邢疏引孫炎注：『大豆也。』案、荏從任聲，任從壬聲。〈釋詁〉『壬、大也。』……戎與任並訓大，故戎菽聲轉為荏菽。〈生民·疏〉引樊光、舍人、李巡及郭氏皆云：『今以為胡豆。』案……胡豆言大豆，與戎菽、荏菽同義。疏又引郭氏云：『春秋齊候來獻戎捷。』《穀梁傳》曰：『戎菽也。』《管子》亦云：『北伐山戎，出，冬蔥及戎菽佈之天下，今之胡豆也。』郭用舊說，誤會胡戎二字之義，以為來自山戎，故名胡豆。」

3. 關於詞義之訓釋

錢繹《方言箋疏》於詞義訓釋方面，繼承乾嘉餘緒，作出一些成績，主要表現為兩方面：

(1)積極運用各種手段以解釋詞義。約而論之，有下列五點：

①鉤稽故訓，歸納彙證。例如：

《方言》卷十三：「賦、臧也。」《箋疏》云：「此義別無可考。盧文弨云：『賦斂所以為收藏也。』」

錢氏暗承盧說，而歸納語言用例，以證明盧氏觀點。

「《說文》：『賦、斂也。』『斂、取也。』《周官·太宰》：『以九賦斂財賄。』僖二十七年《左氏傳》：『賦納以

言』。杜注：『賦、猶取也。』哀十二年《公羊傳》：『譏始用田賦也。』何休注云：『賦者，斂取其財物也。』《微子篇》：『用乂讎斂。』《釋文》引馬、鄭注云：『謂賦斂也。』是賦與斂同義。〈聘禮〉：『斂旅。』鄭注：『斂、藏也。』《周官·繕人》：『既射則斂之。』注云：『斂、藏之也。』然則賦者亦謂取而藏之，與斂同也。」

　②貫通文例，體察文情。例如：

　《方言》卷一：「矜、哀也。」《箋疏》：「〈呂刑〉篇：『矜我一日。』《釋文》引馬融云：『矜、哀也。』宣十五年《公羊傳》：『吾聞君子見人之厄則矜之。』經典多以哀矜連文，是矜哀同義也。」

　連文實今所謂聯合式合義複詞，高郵王氏父子在其著作中屢言「古人行文不避重複」、「古人自有複語」皆指此而言。上兩例中，錢氏正是根據古人行文此種通例，以用來解釋例句，證明《方言》者。

　《方言》卷十三：「惋、歡也。」《箋疏》：「惋與歡方俗語有侈弇耳。……宛與惋通，亦作婉。陸機〈於承明殿作與士龍〉詩：『婉孌居人思，紆鬱遊子情。』……婉孌與紆鬱對文，是婉孌為喜慕之意。」

　處在結構相同（似）之上下兩句中相同位置上之字詞，往往為同（近）義或反義詞，訓詁學家常利用古詩文之此一特點，以尋求詞之確切解釋。錢氏此處乃利用反義詞以解釋陸機詩，為《方言》提供確證。

　③參考異文，尋繹詞義。例如：

　　《方言》卷一：「允、信也。」《箋疏》：「〈舜典〉：『惟明克允』《史記・五帝紀》作『惟明能信』。是允為信也。」

　　「允」釋為「信」，古書雅記，隨在可證，錢氏參之異文，則更具說服力矣。

　　④注意《方言》特點，以揚證揚（雄）。例如

　　《方言》卷七：「發、舍車也。」《箋疏》：「戴氏云：『蓋釋《詩》六子發夕之義，言夕而解息車徒也。按……若作夕而解舍車徒解，則與次章豈弟闛圛之義皆不類也。且《方言》之作，非為釋《詩》，其說非也。』」

　　⑤解釋名物，利用目驗。例如：

　　《方言》卷三：「芡、雞頭也。……青徐淮泗之間謂之芡。」《箋疏》：「案，今人種芡，於二三月擇堅老者浸淺水中，俟其葉浮水面，乃移栽深水中，至五六月開紫花，向日，花結房，有刺如蝟，上有嘴如雞雁頭狀，實藏其中，至秋取而去其殼，肉圓如珠，味極腴美。」

　　⑵注意從詞本身特點出發以解釋詞義。主要有下列三點：

　　①對詞義引伸義之闡發。例如：

　　《方言》卷三：「凡飲藥傅藥而毒……自關而西謂之毒。」《箋疏》：「藥苦謂之毒，因而心有所苦謂之毒。」此為通感引伸。

　　《方言》卷一：「尋、長也。……秦晉梁益之間，凡物長謂之尋。《周官》之法，度廣為尋。」《箋疏》：「程瑤田《通藝錄》云：『尋為八尺，仞必七尺者，何也？同一伸手度物，而廣深用之，其勢自不得異。……』繹案：其說是矣，而未盡也。蓋度廣度

深之名有定而無定。……若泛言尋仞，則以為八尺者未得，以為七尺者亦未失也。」此為物狀相關引伸。

《方言》卷十二：「虜、鈔、強也。鹵、奪也。」《箋疏》：「抄掠謂之鹵，抄掠之所獲亦謂之虜，……義相因也。」此為動靜引伸。

②對詞義通別之辨析

《方言》卷三：「蘇、荏也。……亦荏也。」《箋疏》：「分言之則蘇荏二物，合言之則無別也。……注云：『荏屬者，按凡言屬則別在其中』。故鄭注《周禮》，每言屬別。」

《方言》卷五：「自關而西或謂之盆，或謂之盎。」《箋疏》：「盎與盆對文則異，散文則通。」

③對同物異名構詞特點之認識

《方言》卷三：「（蕪菁）趙魏之郊謂之大芥，其小者謂之辛芥，或謂之幽芥，其紫華者謂蘆菔，東齊謂之菈𦶎。」《箋疏》：「按蕪菁之一名大芥，一名辛芥，一名幽芥，一名蘆菔，猶神農《本草》之水蘇，一名芥蒩。《名醫別錄》謂之雞蘇，亦謂之芥苴。《齊民要術》引陸璣《詩義疏》云：『譙沛人謂雞蘇為蘮也。』或以味名，或因形似，或為聲轉，稱名不同，其實一也。」

錢氏《箋疏》，在詞義訓釋方面，尚存有不少缺失，約而論之，有下列六點：

(1)疏於審辨詞義，常混淆近義詞。

(2)昧於古詞古義，所釋未中肯綮。

(3)反訓之義不憭，故多意必之見。

(4)誤會方言之意，遂多郢書燕說。

(5)逞臆訓解書證，強引附合己說。

(6)失之以偏概全，牽合不同詞義。

4.關於訓詁校勘

　　錢氏撰《箋疏》之前，已有戴震《方言疏證》，盧文弨《重校方言》，劉台拱《方言補校》和高郵王氏父子，金壇段玉裁等乾嘉大師之著述可供參考。錢氏在吸收前人成果時，確實頗費工夫，細加斟酌，以求允當。例如：

　　《方言》卷九：「其三鐮長尺六者謂之飛蝱。」

　　「尺六」，戴本據潘岳〈閑居賦〉李善注引《方言》改作「六尺」，盧本不從，仍作「尺六」。錢氏先據《考工記》斷「六尺」說為非，又考《墨子·備穴篇》、《魏志·挹婁傳》、《魯語》，並與《方言》正文「飛蝱」之義相比較，定為「尺六」，宋本正作「尺六」。錢氏從名物制度上考求是非，其義得之。

　　《方言》卷九：「鉗、（鉗害，又惡也。）……惡也。」

　　戴盧兩本皆作「又惡也。」王念孫《廣雅疏證》引作「口惡也。」錢氏徘徊兩說之間，猶豫而不能決斷。一方面正文仍作「又惡也。」另一方面又在箋疏中表示自己意向：「注又惡，疑口惡之誤。《荀子·解蔽篇》：『強鉗而利口。』是鉗為口惡也。」周氏祖謨引《家語·五儀解》從而證成錢說，認為「鉗為口惡甚明。」可釋錢氏昔日之疑。

　　總而觀之，錢氏在訓詁校勘上，未能廣賅舊說，亦難折中取善，言其缺失，約有六點：

　　(1)失檢舊說而誤從。

　　(2)缺乏識斷而誤釋。

(3)不明訓詁而致誤。

(4)不通聲訓而滯塞。

(5)不諳體例而誤用。

(6)強古書以就己意。

5. 關於體例之討論

綜觀全書，錢氏於《方言》與郭注體例得者有四，而失者亦四。

其得者為：

(1)音隨地異，遂成兩名，書中此類，十居八九。

(2)《方言》不同《爾雅》、《說文》。

(3)《方言》所用解釋詞語為通語。

(4)注重歷史地理沿革，以明古方言之今地所在。

其失者為：

(1)誤以《方言》中絕代語為代語。

(2)誤以《方言》有二義同條之例。

(3)不明母題❻重見意義而誤說。

(4)對郭璞注釋之性質、體例、作用，不甚了了。

6. 《方言箋疏》之歷史評價

(1)錢氏能自覺吸收前人訓詁理論與方法，並努力運用於其訓詁實踐中，在以聲通義及語詞訓釋方面，作出貢獻。於前人誤解者亦

---

❻　濮之珍《中國語言學史》99 頁對母題解說相當清楚。例如：《方言》卷一：「黨、曉、哲，知也。楚謂之黨，或曰曉，齊宋之間謂之哲。」濮氏云：「黨、曉、哲」為「群詁例字」，「知也」為「詁訓字，即母題。」

多辨正，然錢氏學識精深不足，對前修理論與方法缺乏完整科學理解，故具體運用時，時有失誤。

(2)錢氏能體察《方言》一書之特點與體例，力求疏通《方言》詞義，並考求地理沿革，以明方言之地理分布，亦能講明方言語詞之音轉關係。此皆可稱道者，然未能全面研究通曉《方言》及郭注之條例，未正確理解其箋疏對象之特點，故竟出現不當有之錯誤。

(3)錢氏積極探求前人未嘗道及《方言》語詞之義蘊，並確實有所創獲；但由於時代局限及著者本身之理論、方法和學識之不足，故所解釋詞義，不能認定為確詁者，仍復不少。

(4)在訓詁校勘上，錢氏雖用力甚勤，然其發明不多，綜合舊說上亦未達到折衷是非，擇善而從之境界。且囿於見聞，遺漏不少有價之舊說。

總之《方言箋疏》一書，錢氏下過工夫，但其成績實難跟乾嘉時期學者如段玉裁《說文解字注》、王念孫《廣雅疏證》並肩齊腳，甚至較之於郝懿行《爾雅義疏》，亦遠不能比。

第四節　說文解字

一、許慎及其所撰《說文解字》

許慎（58-147）字叔重，汝南郡召陵人（今河南省郾城縣東）。關於許慎生平事蹟，范曄《後漢書·儒林傳》云：「慎性實篤，少博學經籍，馬融常推敬之。人為之語曰：『五經無雙許叔重。』以五經傳說，臧否不同，於是撰為《五經異義》，又作《說

文解字》十四篇，皆傳于世。」許沖〈上說文解字表〉亦嘗敘述：
「臣父故太尉南閣祭酒慎，本從逵受古學，蓋聖人不空作，皆有依
據。今五經之道，昭炳光明，而文字者具本所由生。自《周禮》、
漢律皆學六書，貫通其意。恐巧說衺辭，使學者疑。慎博問通人，
考之于逵，作《說文解字》，六藝群書之詁，皆訓其意。而天地、
鬼神、山川、草木、鳥獸、昆蟲、雜物、奇怪、王制、禮儀、世間
人事，莫不畢載。凡十五卷，十三萬三千四百四十一字。」許慎既
是賈逵學生，逵既通今文經，又精于古文經。漢章帝建初四（79）
年，嘗與班固、傅毅、博士議郎及諸生在北宮白虎觀講論五經同
異，建初八（83）年，又奉詔在門署為弟子門生講授《春秋左氏
傳》、《穀梁傳》、古文《尚書》和《毛詩》。慎初為郡功曹，後
舉孝廉，為太尉府南閣祭酒。南閣祭酒乃太尉府曹屬中主要人物，
故得從賈逵問業。逵逝世於漢和帝永元十三（101）年，在此期
間，慎一直留於太尉府，創作《說文解字》與從賈逵學古文經有極
大關聯。《說文解字》後敘作于永元十二（100）年，即賈逝世前
一年。慎於安帝永初四（114）年又與馬融、劉珍及博士議郎五十
餘人在東觀校五經、諸子與史傳。

　　《說文解字》簡稱《說文》本文十四卷，敘目一卷，今存徐鉉
校定本，每卷分上下，共三十卷，收字九千三百五十三文，重一千
一百六十三。按文字形體及偏旁構造而分成五百四十，首創部首編
排法。字體以小篆為主，亦兼收古文、籀文等異體字，而列為重
文。部首乃就漢字形體之構造加以分類，凡形相同者類聚為一部，
建立部首，部首再按著篆書形體是否相近以編排先後序。如此則將
紛繁複雜之漢字，有條理地組織起來，此種方法乃破天荒前所未

有，而為許慎所獨創。許慎所以能撰寫出如此精闢而有條理的《說文解字》，主要在他對文字有正確之認識，許慎嘗曰：「文字者、經藝之本，王政之始，前人所以垂後，後人所以識古。」能從語言學觀點認識到文字乃人類交際交流思想工具，且由於文字之紀錄，將歷史上之政治、經濟、文化、社會各方面之經驗記載下來，以達到前人垂後，後人識古之傳遞作用，創造出中國語言學史上第一部字典。故段玉裁注云：

> 此前古未有之書，許君之所獨創，若網在綱，如裘挈領，討原以納流，執要以說詳，與《史籀篇》、《倉頡篇》、《凡將篇》雜亂無章之體例，不可以道里計。

二、慎撰述《說文解字》之緣由

㈠由於社會發展之需要，漢代本來非常重視文字教育。《說文·敘》說：

> 尉律：學僮十七以上，始試，諷籀書九千字，乃得為史。郡移大史并課，取者以為尚書史，書或不正，輒舉劾之。今雖有尉律不課，小學不修，莫達其說久矣。

正因為尉律不課，小學不修，所以到許慎時，「諸生競逐說字解經誼」，甚至於「稱秦之隸書為倉頡時書，云父子相傳，何得改易。」如此演變，對於文字，隨意亂說，若「馬頭人為長，人持十為斗，虫者屈中也。」乃至於廷尉說律，而以字斷法，如「苛人受錢，苛之字止句也。若此者甚眾，皆不合孔氏古文，謬於史籀。俗

儒畐夫，翫其所習，蔽所希聞，不見通學，未嘗覩字例之條。怪舊埶而善野言，以其所知為祕妙，究洞聖人之微恉。」許慎看到自以為是的隨便解字，迷誤日甚，故深以為憂，深感文字教育需要有一本識字例之條的根本書籍，才能適應社會上今古文之爭的問題。

㈡漢代經學昌盛，經今古文相爭不已，因為牽涉學者所治經學，能否設立學官，非特關繫學派之盛衰，亦且關繫仕途之升遷，祿俸之有無，自然成為一尖銳之鬥爭。許慎治古文經學，而今文經學者，多不信古文，「以為好奇者故詭更正文，鄉壁虛造不可知之書，變亂常行，以燿於世。」為使古文經學取得社會徵信，於是乃撰此一破天荒之鉅構。而所引以為證的經書，都是古文經。許慎在《說文解字·敘》云：「其稱《易》孟氏，《書》孔氏，《詩》毛氏，《禮》周官，《春秋》左氏，《論語》，《孝經》皆古文也。」可能為了古文經學學派之發展，也許是許慎撰寫《說文解字》的另一動機。

㈢許慎從語言文字之實際出發，因具有正確之語言學觀點，因此乃能寫出《說文解字》此部傑出語言學著作。首先，許氏從語言文字發展觀點觀察，認為開始先有八卦，結繩，然後始有書契，對文字之先後，許氏云：「依類象形故謂之文，其後形聲相益即謂之字，文者物象之本，字者言孳乳而寖多也。」即先有獨體之文，然後才有合體之字。對於造字規律之「六書」，漢代有三家說法：

> 班固《漢書·藝文志》：「古者八歲入小學，故周官保氏掌養國子，教之六書，謂象形、象事、象意、象聲、轉注、假借。造字之本也。」

鄭眾注《周禮·保氏》：「六書：象形、會意、轉注、處事、假借、諧聲也。」

許慎《說文解字·敘》：「《周禮》八歲入小學，保氏教國子，先以六書。一曰指事，視而可識，察而見意，上下是也。二曰象形，象形者，畫成其物，隨體詰詘，日月是也。三曰形聲，形聲者，以事為名，取譬相成，江河是也。四曰會意，會意者，比類合誼，以見指撝，武信是也。五曰轉注，轉注者，建類一首，同意相受，考老是也。六曰假借，假借者，本無其字，依聲託事，令長是也。」

六書之說雖不起於許慎，而以許慎所訂名稱最為妥貼，對六書所下定義亦最明確。於是六書研究，於中國語言學中，亦成為專門研究之課題。

其次從社會發展觀之，社會使用文字，初由相異，而走向同。許慎在《說文解字·敘》說：

其後諸侯力政，不統於王，惡禮樂之害己，而皆去其典籍，分為七國。田疇異畝，車涂異軌，律令異法，衣冠異制，言語異聲，文字異形。秦始皇帝初兼天下，丞相李斯乃奏同之，罷其不與秦文合者，斯作《倉頡篇》、中車府令趙高作《爰歷篇》、太史令胡毋敬作《博學篇》，皆取史籀大篆，或頗省改，所謂小篆者也。是時秦燒滅經書，滌除舊典，大發吏卒，興役戍，官獄職務繁，初有隸書，以趣約易，而古文由此絕矣。

言語異聲，文字異形，是出現在天下分裂為七國的時候，秦始皇帝統一天下，文字也趨於統一。《說文·敘》云：

> 文字者、經藝之本，王政之始，前人所以垂後，後人所以識古。

此段文字，指出三層意義。一、任何經藝，皆通過文字以傳播。二、國家施政，傳布政令，亦必賴文字為媒介。三、無論文化、智慧、美德、良政皆需文字始能傳存。

　　總而言之，由于社會發展之需要，經今古文之相爭，以及許慎個人具有高明之語言學視界。才能在二世紀之中國，創生如此光輝之語言學鉅著《說文解字》！

三、《說文解字》之體例

㈠ 分部之條例

　　《說文解字·後敘》云：「其建首也，立一為耑，方以類聚，物以群分，同條牽屬，共理相貫，襍而不越，據形繫聯，引而申之，以究萬原，畢終於亥，知化窮冥。」此許慎自言其分部建首之原則也。蓋《說文》九千三百五十三文，於「天地鬼神，山川草木，鳥獸昆蟲，襍物奇怪，王制禮儀，世間人世，莫不畢載。」故必須按其形類以分別部居，使其不相襍廁。因此「不相雜廁」乃其目的。而「分別部部居」則為其方法。如何分別部居？首先須確立部首，許君根據每一字之構造，歸納其相同之形類，以確立部首，使每一文字皆有其所屬之首，提綱挈領，以簡馭繁，此許君之所獨創，實空前之大發明，故顏之推《家訓·書證篇》說：「許慎《說

文》，檢以六文，貫以部分，使不得誤，誤則覺之。其書隳栝有條例，剖析窮根源，若不信其說，則冥冥不知一點一畫有何意焉。」段玉裁《說文·注》云：「故合所有之字分別其部為五百四十，每部各建一首，而同首者則曰凡某之屬皆从某。於是形立而音義明。凡字必有所屬之首，五百四十字可以統攝天下古今之字，此前古未有之書，許君之所獨創，若網在綱，如裘挈領，討原以納流，執要以說詳，與《史籀篇》、《倉頡篇》、《凡將篇》亂雜無章之體例，不可以道里計。」實在許君分部之理論，首在確認獨體為文，合體為字，文為字根，字為文屬，字由文孳，文可馭字，故建立部首以統率九千餘字，確有可能，亦有必要，故能以「同條牽屬，共理相貫」而系之也。

1.分部之原則

(1)執簡以馭繁

分析文字之構造，歸納形類相同之字族，抽取相同之形類以為部首，而以從此形類而來之字列部。《說文》每部所云「凡某之屬皆从某」是也。例如《說文》一篇上：

一、惟初太極，道立於一，造分天地，化成萬物。凡一之屬皆从一。丂、始也。从一兀聲。页、顛也。至高無上。从一大。丕、大也。从一不聲。吏、治人者也。从一从史，史亦聲。

以上元、天、丕、吏諸字形以一為本，故許君執簡馭繁，即立「一」為部首，以統率諸从一之字。其他諸部莫非此理。

(2)有屬必建首

凡一字有他字从之者，必立為部首，蓋欲使其字有所屬，雖本字可併入他部，亦不合併。例如《說文》一篇上玨部「玨、二玉相

合為一玨，凡玨之屬皆从玨。」段玉裁注云：「因有班、䡅字，故玨專列一部，不則綴於玉部末矣。凡《說文》通例如此。」再如一篇下蓐部：「蓐、陳艸復生也。从艸辱聲。凡蓐之屬皆从蓐。」段玉裁注云：「此不與艸部五十三文為類，而別立蓐部者，以有薅字从蓐故也。」按《說文》「薅、披田艸也。从蓐好省聲。」若蓐併入艸部，則薅無所屬，以有薅字从之，故許君為立蓐部也。薅字不可入艸部之故。先師高郵高仲華（明）先生曰：「若歸入艸部，訓即繁瑣，若从艸从㛸，㛸為俗字，且又無聲，非造字之本意，此蓐字必立一部之故也。」

⑶分體以統屬

凡同一字而古籀體殊，後世字形，或从古，或从籀。《說文》為使各有所屬，故為之分別部立部。例如十篇下：「大、天大、地大、人亦大焉，象人形，古文亣也。凡大之屬皆从大。」段注：「大下云古文亣，亣下云籀文大。」以古文籀文互釋，明祇一字而體稍異，後來小篆偏旁或从古，或从籀，故不得不殊為二部。亦猶从人从儿必分為二部也。」按大部所屬有奎、夾、奄、夸、查、奃、奯、奅、夽、𡗗、乔、奄、奔、奄、契、夷諸字从之。若不立大部則此諸字皆無所屬矣。故必立大部，然後奎等十七字始有所屬之部首。

又亣部：「大、籀文大，改古文，亦象人形。凡亣之屬皆从亣。」段注：「謂古文作大，籀文乃改作亣也。本是一字，而凡字偏旁，或从古或从籀不一，許為字書，乃不得不析為二部。猶人儿本一字必析為二部也。」故本部奘、臭、奚、耎、㚄、奰諸字从之。故不得不為另立大部也。除大、亣二部之外，其餘若人儿、自

白、百𦣝、高𩱱之析為二部，皆由所从之偏旁有異故也。

(4)啟後以立部

本部雖無所屬之字，然他部蒙此而生，亦不得不為之列部也。例如一篇上三部：「三、數名，天地人之道也。凡三之屬皆从三。」按此部除古文弎外別無所从，似不應立為部首，然此部上蒙示部之三垂，下啟王、玉諸部，以王玉諸部皆由此而生，故不得不為之立部也。又如十三篇下它部：「𧉚、虫也。从虫而長，冤曲垂尾形。上古艸尻患它，故相問無它乎。凡它之屬皆从它。」按本部除或體蛇外，亦別無所从，亦以上蒙虫部而下啟龜黽諸部也。

2.部次之條例

《說文》之始一終亥，必非適然偶會，實有其涵義在。蔣元慶氏〈說文始一終亥說〉云：「洨長治孟《易》，故《說文》自敘稱《易》孟氏。許書所列五百四十部次第，始於一終於亥。其得諸孟喜《易》學之意乎！《說文》為字書，而因字達義，以周知天下之情狀。自敘所云「萬物咸覩，靡不兼載」是也。顧善究物情之變者莫如《易》，庖羲氏一畫開天，天下之數起於一。字之必以一始，固易理也。其知許宗孟《易》者，則以許書分部末取干支而終之以亥也。《說文》亥下云：「荄、久也。」又子字下云：「十一月易氣動，萬物滋。」按《漢書・儒林傳》：「趙賓以《易》箕子明夷，為萬物荄滋。元受孟喜，喜為名之。」則許君荄滋之說，即採諸孟《易》，確有明徵矣。且考唐《大衍義》云：「十二月卦出於孟氏章句。」其說《易》本於氣，而後以人事明之。則許書以十二支分部，其音又從十二月卦氣推出，而許君於干支之上，先以數名標部，數始於一，成於十，乃不以十終而終之以九者，要亦《易》

義，《列子·天瑞篇》言太易曰：「易無形埒，易變而為一，一者形變之始也，清輕者上為天，濁重者下為地，沖和氣者為人，故天地含精，萬物化生。」此係周季說《易》古誼。許書以一建首，於一下釋曰：「惟初太極，道立於一，造分天地，化成萬物。」既與之合。又以數標而終於九，於九下釋曰：「《易》之變也。」亦與之合，因之終附干支字亦合易理，殆無可疑。既以干支分部，自當以亥終，許君曰：「亥從二人，一人男，一人女也。」男女即乾道成男，坤道成女之謂，《易》言：「有天地然後有萬物，有萬物然後有男女，有男女然後有夫婦，有夫婦然後有父子。」亥從二人，夫婦之象也。故又從乚，象裹子之形。而子尚未生，則包含萬物始萌之機焉。人之初生，如天地之開闢，是亦一極也。故曰：「亥而生子，復從一起。」然則證之《易》理，而許書之始一終亥，具見循環無已之妙義焉。」蔣氏以為許書之始一終亥，乃得之孟喜易學之意。先師高仲華先生不以為然。先師曰：「《說文》之始一終亥，說解之所本甚明，大抵出於《淮南子》者為多，亦有兼參《老子》、《史記》、《太一經》、《易·繫辭》、《易緯》等皆與孟氏學無與。《說文·敘》云：「其偁《易》孟氏，亦就偁引《易經》者而言，言偁引《易經》，其文字概依孟氏也。始『一』終『亥』，未偁引《易經》原文，自無取於孟氏，其參取《易·繫辭傳》或《易緯》，亦但取《周易》之通義，而非取於孟氏學。謂『始一終亥，得諸孟喜《易》學之意。』殆係傅會之辭，未足信也。」許君始一終亥之安排，雖有哲理之涵義，但取《易》之通義，而非依於孟氏可知矣。始「一」之義既明，今摘其部次之例於次。

⑴據形系聯

許君〈後敘〉云：「其建首也，立一為耑，方以類聚，物以群分，同條牽屬，共理相貫，襍而不越，據形系聯，引而申之，以究萬，以究萬原，畢終於亥。」蓋「一」為文字中至簡之形，至顯之義，形簡則易看，義簡則易識也。據此至簡之形義，可孳乳至繁極紛之文字，自可系聯於他部，故立一以為端也。段玉裁《說文解字·注》云：「五百四十部次弟，大略以形相連次，使人記憶易檢尋。如八篇起人部，則全篇三十六部皆由人而及之是也。雖或有以義為次，但十之一而已。部首以形為次，以六書始於象形也。」迮鶴壽《蛾術篇·案語》：「《說文》相蒙之部，皆以形象為次序。」張度《說文補例》云：「部首遞次之例，固以形系。」據形系聯雖為其基本原則，細加推究，尚可分為下列四例：

①連部相蒙為次：

迮鶴壽云：「如上部蒙一，以古文上作二也。示部蒙古文二，三部蒙示，以示有三垂也。王部蒙三，以一貫三也。玉部蒙王，形相近也。珏部蒙玉，珏本可附玉部，而另立一部者，因班瑝等字从珏故也。」

②隔部相蒙為次：

迮鶴壽云：「如告部中隔一部而蒙牛，气部中隔三部而蒙三，丨部中隔三、四部而蒙王玉。甚至有隔十二部而相蒙，如足之蒙止是也。有隔三十部而相蒙，如言之蒙口是也。」

③數部相蒙為次：

迮鶴壽云：「如可、兮、号、亐之皆蒙丂，兩、网、西、巾之皆蒙冂，兄、兂、兒、兜、先、禿、見之皆蒙儿是也。」

④形似相蒙為次：

迮鶴壽云：「𦍌部之次于辛，其形下體類辛也。𦬝部次芇、其形上體類芇也。革部次于臼之後，以古文革从臼也。」

(2)類義為次

許君固以形系聯之，無可復聯，亦未嘗不以義為次也。張度云：「部首遞次之例，固以形系，亦未嘗不兼義也，惟偏重在形耳。形之例多變，義則無變，有形則繫以形，無形則繫以義。」按張說是也。義系之中，亦有二例：

①以義相次而義相類：

迮鶴壽云：「牙部次于齒，牙之形無所蒙，而其為物則齒類也，爻部次于卜之後，卦爻之事與卜相近也。衣部次于身，衣从二人，且所以彰身也。」又云：「木部之後，既蒙之東部林部矣，而「才、艸木之初也。」「叒、榑叒也。」之部、帀部、出部、𣎵部、生部、乇部、𡸨部、𡴆部、華部、禾部皆言艸木之事也。」

張度云：「齒之與牙、爪之与丮、韋之與弟、才之與叒、出之與𣎵、朿之與𠧪、齊之與束、克之與彔、韭之與瓜、面之與丏、𠬠之與而、易之與象、犬之與鼠、黑之與囪、雲之與魚、龍之與飛、至之與西、琴之與曲、凵、瓦、开、勺、几、斤、斗、矛、車之類，無形可象，誼系之正也。」

②以義相次而義相關：

張度云：「許君於數目、鳥獸字為部首者，不盡類次，幹支二十二部類次于末，所謂『畢終于亥，知化窮冥』也。幹支既順敘，而以寅為首，遵漢厤也。」按數目與干支，形既不近，義亦不盡類，只以同為計數與敘時相關，故類次之也。

③獨立特出：

形既不相似，義亦不相關，則冒特起之例焉。王鳴盛〈說文分部之次弟〉云：「從一字連貫而下，至連無可復連，則不要強為穿鑿，聽其斷而不連，別以一部重起，全書中如此者屢矣。」張度曰：「形義俱無，是冒特起之例。」迮鶴壽曰：「亦有絕不相蒙者，非但幺之與菁，人之與祭兩部不相蒙。」按除幺與菁，人與祭外，若竹與角，甘與巫皆無所關聯，是為獨立特出顯然，段氏所注不蒙上者尤眾。顧此尚有仁智之見，尚難定於一尊耳。

(二) 字次之條例

許君序云：「據形系聯，引而申之。」段玉裁注云：「部首以形為次，以六書始於象形也；每部中以義為次，以六書歸於轉注也。」茲本其說，詳摘其字次之例。

1.字之先後，以義相引為次

段氏於《說文》一篇後文五重一下注云：「凡部之先後，以形之相近為次，凡每部中之次，以義之相引為次。《顏氏家訓》所謂欛栝有條例也。《說文》每部自首至尾，次弟井井如一篇文字，如一而元，元始也，始而後有天，天莫大焉。故次以丕，而吏之從一終焉是也。」

2.字之先後相屬，義必相近

段氏於傑下注云：「大徐作傲也二字非古義，且何不與傲篆相屬，而廁之俊篆下乎？二篆相屬，則義相近，全書之例也。」

3.難曉之篆先於易知之篆

段氏於《說文》「輣、車兩輢也」下注云：「此篆在輢篆之先，故輢篆但云車旁，而不言兩。凡許書之例，皆以難曉之篆先於

易知之篆。如輈下云：「車輿也。」而後出輿篆，軺下云：車兩輢
也。而後出輢篆是也。」

4. 凡重坿之篆置於部末

段氏於珏下注云：「因有班瑂字，，故珏專列一部，不則綴於
玉部末矣。凡《說文》通例如此。」又於棻下注云：「棻之音義同
余，非即余字也。惟棻從二余，則《說文》之例，當別余為一部，
上篇蓐薅不入艸部是也，容有省併也。」

5. 會意字之入部，以義之所重為主

段氏於鉤字下注云：「按句之屬三字，皆會意兼形聲，不入
手、竹、金部者，會意合二字為一字，必以所重為主，三字皆重
句，故入句部。」

6. 尊君之故，上諱列於部首下一字

段氏於祜下注云：「言上諱者五，禾部秀、漢世祖名也。艸部
莊、顯宗名也。火部炟、肅宗名也，戈部肇、孝和帝名也。祜、恭
宗名也。殤帝名隆不與焉。計許君卒於恭宗已後。自恭宗至世祖適
五世，世祖以上，雖高帝不諱，蓋漢制也。此書之例，當是不書其
字，但書上諱二字，書其字則非諱矣。今本有篆文者，後人補之，
不書，故詁訓形聲俱不言，假令補之，則曰『祜、福也。從示、古
聲。』祜訓福則當與祿、禔等為類，而列於首者，尊君也。」

7. 字次之例，先人後物

段氏於肉字下注云：「《說文》之例，先人後物，何以先言肉
也，以為部首，不得不首言之也。」

8.字體之先後，先篆文後古籀爲正例，先古籀後篆文爲變例，變
　例之興，或起於部首，或由於尊經

　　段氏於凡字下注云：「許以先篆後古籀為經例，先古籀後篆為
變例，變例之興，起於部首。」又於㒼下注云：「許書先小篆後古
文為正例，以先古文後小篆為變例，曷為先古文也，於其所從系之
也。」二下注云：「凡《說文》一書以小篆為質，必先舉小篆，後
言古文作某，此獨先舉古文，後言小篆作某，變例也。以其屬皆从
古文上，不从小篆上，故出變例而別白言之。」桼下注云：「《說
文》之例，先小篆，後古文，惟此先壁中古文者，尊經也。」𥫃下
注云：「《說文》之例，敘篆文合以古籀，𥫃者古文，非小篆也，
何以廁此也。凡書禮古文往往依其部居錄之，不必皆先小篆而後古
文，亦不必如上部之例，先古文必系以小篆，所以尊經也。」

(三) 說解之條例

1.以說解釋文字

　　段氏於《說文》「屼、屼山也。」段注：「許書之例，以說解
釋文字，若屼篆為文字，屼山也，為說解，淺人往往汎謂複字而刪
之，如髦篆下云：『髦髮也。』崏篆下云：『崏周。』河篆、江篆
下云『河水。』、『江水。』皆刪一字，今皆補正。」

2.釋字之本義

　　段氏於《說文》：「鱓、鱓魚也。」下注云：「不知字各有本
義，許書但言其本義。」又於「俄、頃也。」下注云：「《玉篇》
曰：『俄頃、須臾也。』《廣韻》曰：『俄頃、速也。』此今義也
也。尋今義之所由，以俄頃皆偏側之義，小有偏側，為時幾何，故
因謂倏忽為俄頃，許說其本義以晐今義，凡讀許書，當心知其意

矣。」

　　3.綿聯之字不可分釋

　　段氏氏於「絿、紎絿也。」下注云：「其義已見於上，故此但云紎絿。凡絇聯之字不可分釋者，其例如此。」

　　4.二字成文義釋於上

　　段氏於「瑜、瑾瑜也。」下注云：「凡合二字成文，如瑾瑜、玫瑰之類，其義既舉於於上字，則下字例不復舉。」又於「狻、狻麑、如虦苗食虎豹。」下注云：「〈釋獸〉曰：『虎竊毛謂之虦苗。』狻麑如虦苗食虎豹，許所本也，於此詳之。故鹿部麑下祗云『狻麑也。』全書之例如此，凡合二字成文者，其義詳於上字，同部異部皆然。」

　　5.嚴人物之辨物中之辨

　　《說文》「尾、微也，从到毛在尸後。」段注云：「而許必以尾系人者，以其字从尸，人可以言尸，禽獸不得言尸也。凡全書之內嚴人物之辨如此。又於「脂、戴角者脂，無角者膏。」下注云：「按上文膏系之人，則脂系之禽，此人物之辯也。」

(四) 用語之體例

　　1.凡某之屬皆从某

　　《說文》：「一、惟初大極，道立於一，造分天地，化成萬物。凡一之屬皆从一。」段注：「凡云凡某之屬比白从某者，自序所謂分別部居，不相雜廁也。」

　　2.从某某聲

　　《說文》：「元、始也。从一兀聲。」段注：「凡言从某某聲者，謂於六書為形聲也。」

3. 省聲

《說文》：「齋、戒絜也。从示、齊省聲。」段注：「謂減齊之二畫，使其字不重也。凡字有不知省聲，則昧其形聲者，如融、蠅是也。」又於「繩、索也。从糸、蠅省聲。」段注：「蠅字入黽部者，謂其虫大腹如黽類也。故蠅从黽會意，不以黽形聲，繩為蠅省聲，故同在古音弟六部，黽則古音如芒，在弟十部。」

4. 亦聲

《說文》：「吏、治人者也。从一从史，史亦聲。」段注云：「凡言亦聲者，會意兼形聲也。凡字有用六書之一者，有兼六書之二者。」

5. 古文

《說文》：「弌、古文一。」段注：「凡言古文者，謂倉頡所作古文也。」

6. 闕

《說文·敘》云：「其於所不知，蓋闕如也。」段注：「許全書中多著闕字，有形音義全闕者，有三者中闕其二、闕其一者，分別觀之。書凡言闕者十四，容有後人增竄者，如單下大也。从吅甲，吅亦聲，闕。此謂从甲之形不可解也。邑从反邑，兂从反旡，卯从卩卪，㳛从二水，灥从三泉，皆云闕，謂其義及讀若缺也。」

7. 或从

《說文》：「祀、祭無已也。从示、已聲。祀或从異。」段注：「古文已聲異聲同在一部，故異形而同字也。」

8. 以為

《說文》：「屮、艸木初生也。象丨出形有枝莖也。古文或以

為艸字。」段注：「凡云古文以為者，此明六書之假借。」以、用也。本非某字，古文用以為某字也。如古文以洒為灑掃字，以疋為詩大雅字，以丂為巧字，以叚為賢字，以衺為魯衛之魯，以哥為歌字，以皮為頗字，以圌為覭字，籀文以爰為車轅字，皆因字古時字少，依聲託事。至於古文以屮為艸字，以疋為胥字，以丂為亐字，以俟為訓字，以臭為澤字，此則非屬依聲，或因形近相借，無容後人效尤者也。」

9. 讀若、讀與某同

《說文》：「奰、數祭也。讀若春麥為奰之奰。」段注：「凡言讀若者，皆擬其音也。凡傳注言讀為者，皆易其字也。注經必兼茲二者，故有讀為有讀若，讀為亦言讀曰，讀若亦言讀如，字書但言其本字本音，故有讀若無讀為也。」《說文》：「玖、石之似玉者，讀與私同。」段注：「凡言讀與某同者，亦即讀若某也。」《說文》：「敘讀若〈虞書〉曰：『竄三苗之竄。』」段注：「《說文》者，說文之書，凡云讀若例不用本字。」

10. 一曰

《說文》：「禋、絜祀也。一曰精意以享為禋。」段注：「凡義有兩歧者，出一曰之例。」《說文》：「蘴、堇艸也。一曰拜商蘴。」段注：「《說文》言一曰者有二例，一是兼採別說，一是同物同物二名。」《說文》：「鮦、鮦魚、一曰鱧也。」段注：「此一曰猶言一名也。許書一字異義言一曰，一物異名亦言一曰，不嫌同辭也。」《說文》：「祝、祭主贊詞者，从示从儿口，一曰从兌省。」段注：「此字形之別說也。凡一曰有言義者，有言形者，有言聲者。」

11.所以

《說文》：「聿、所以書也。」段注：「以、用也。所用書之物也。凡言所以者視此。」

12.同意

《說文》：「芈、羊鳴也。从羊象气上出，與牟同意。」段注：「凡言某與某同意者，皆謂其製字之意同也。」《說文》：「工、巧飾也。象人有規榘，與巫同意。」段注：「凡言某與某同意者，皆謂字形之意有相似者。」

13.屬、別

《說文》：「雖、離屬也。」段注：「按《說文》或言屬，或言別，言屬而別在焉，言別而屬在焉。」《說文》：「秔、稻屬。」段注：「凡言屬者，以屬見別也；言別者，以別見屬也。重其同則言屬，秔為稻屬是也。重其別則言別，稗為禾別是也。」《說文》：「澥、勃澥，海之別也。」段注：「《毛詩》傳曰：『沱、江之別者也。』海之別猶江之別，勃澥屬於海，而非大海，猶沱屬於江而非大江也。《說文》或言屬，或言別，言屬而別在其中，言別而屬在其中，此與稗下云禾別正同。《周禮》注：『州黨族閭比者』鄉之屬別，則屬別並言也。」

14.从（從）

《說文》：「豊、行禮之器也。从豆象形。」段注：「上象其形也。林罕《字源》云：『上从冊，郭氏忠恕非之。』按《說文》之例，成字者則曰从某，假令上作冊，則不曰象形。」《說文》：「厽、三合也。从入一。象三合之形。」段注：「許書通例，其成字者，必曰成某。如此言从入一是也。从入一而非會意，則又足之

曰象三合之形。」《說文》：「舍、市居曰舍，从亼屮口。」段注：「屮口二字今補，全書之例，成字者則必曰从某，而下釋之也。」《說文》：「从、相聽也。」段注：「許書凡云从某，大徐作从，小徐作從。江氏聲曰：『作从者是也。以類相與曰从。』」

15.詞、意

《說文》：「詈、詞也。」段注：「凡《毛傳》之例云辭也。如〈芣苢〉之薄，〈漢廣〉之思，〈草蟲〉之止，〈載馳〉之載，〈大叔于田〉之忌，〈山有扶蘇〉之且皆是。《說文》之例云某詞，自部外，吹為詮詞、矣為語矣詞，矧為況詞，曶為出气詞、各為異詞、甹為驚詞、介詞之必然也、曾詞之舒也皆是。然則『詞也』二字非例，當作『誰詞也』三字。」《說文》：「詞、意內言外也。」段注：「有是意於內，因有是言於外，謂之詞。此語為全書之凡例。全書有言意者，如啟言意、欳無腸意、歡悲意、㥏䏶意之類是也；有言詞者，如吹詮詞也、者別事詞也，皆俱詞也、詈詞也、魯鈍詞也、簪識詞也、曾詞之舒也、乃詞之難也、爾詞之必然也、矣語已詞也、弞兄詞也、甹驚詞也、殦屰惡詞也、䰩見驚詞、息眾與詞也之類是也。意即意內，詞即言外，言意而詞見，言詞而意見，言者文字之聲也，詞者文字形聲之合也。凡許之說字義皆意內也，凡許之說形說聲，皆言外也。有義而後有聲，有聲而後有形，造字之本也。形在而聲在焉，形聲在而義在焉。六藝之學也。」段氏又於《說文》「豙从意也。」下注云：「从、相聽也。豙者聽从之意。詞部曰：『詞者意內而言外也。』凡全書說解，或言詞，或言意，義或錯見。言从意則知豙者从詞也。」

㈤ 訓詁之條例

1.依形立訓不可假借

《說文》：「愪、憂皃。从心員聲。」段注：「許造此書，依形立解，斷非此形彼義，牛頭馬脯，以自矛盾者。……他書可用假借，許自為書，不可用假借。」

2.同音爲訓不可顚倒

《說文》：「天、顚也。」段注：「此以同部疊韻為訓。凡門聞也、戶護也、尾微也、髮拔也皆此例。凡言元始也，天顚也、丕大也、吏治人者也，皆於六書為轉注，而微有差別，元始可互言之，天顚不可倒言之。」按因方式，可自同音、雙聲、疊韻三方面推之，此指疊韻一端以例其餘二者耳。」

3.義界方式與音有關

《說文》：「吏治人者也。」段注：「治與吏同在第一部，此亦同部疊韻為訓也。」又「地、萬物所以陳列也。」段注：「地與陳以雙聲為訓。」

4.二篆互訓類於轉注

《說文》：「下、底也。」段注：「許氏解字，多用轉注，轉注者，互訓也。底云下也。故下云底也。此之謂轉注，全書皆當以此求之。」按：段氏之意蓋謂許書每以互訓為其訓故之方式也。

5.本形爲訓不可妄刪

《說文》：「紡、紡絲也。」段注：「紡各本作網，不可通。唐本作拗尤誤，今定為紡絲也三字句，乃今人常語耳。凡不必以他字為訓者，其例如此。」

6.渾言不分，析言有別

《說文》：「蚰、蟲之總名也。」段注：「蟲下曰：有足謂之蟲，無足謂之豸。析言之耳。渾言之則無足亦蟲也。」

7.以今字釋古字

《說文》：「突、深也。」段注：「此以今字釋古字也。采深古今字，篆作采深，隸變作采深，水部深下但云水名，不言淺之反，是知古深淺字作采，深行而采廢矣。有穴而後有淺深，故字從穴，《毛詩》『采入其阻』，傳曰：『采、深也。』此采字見六經者，毛公以今字釋古字，而許襲之，此采之音義源流也。」

8.引經傳為訓

《說文》：「輔、《春秋傳》曰：輔車相依。」段注：「凡許書不言其義，徑舉經傳者，如愔下云：『詞之愔矣。』鶴下云：『鶴鳴九皋，聲聞于天。』艴下云：『色艴如也。』絢下云：『《詩》云：素以為絢兮』之類是也。此引《春秋傳》僖公五年文。不言輔義者，義已具於傳文矣。」

9.採異說為訓

《說文》：「社、地主也。從示土。《春秋傳》曰：『共工之子句龍為社神。』《周禮》二十五家為社，各樹其土所宜木。」段注：「許既從今《孝經》說矣。又引古左氏說者，此與心字下云『土藏也。象形，博士說以為火藏一例，存異說也。』」

10.析本字為訓

《說文》：「叛、半反也。」段注：「反、覆也，反者叛之全，叛者反之半，以半反釋叛，如以是少釋尠。」

㈥ 取材之條例

1.字體不一擇善而從

《說文》：「僊、長生僊去，从人署、署亦聲。」段注：「上文倨佺、仙人也。字作仙，蓋後人改之。《釋名》曰：『老而不死曰仙。仙、遷也，遷入山也。』故其制字人旁作山也。成國字體，與許不同，因此字漢末字體不一，許擇善而從也。」

2.尊經尊古文

《說文》：「嬖、治也。从辟、乂聲。《虞書》曰：「有能俾嬖。」段注：「今嬖作乂，蓋亦自孔安國以今字讀之已然矣。計舜、嬖字，秦漢不行，小篆不用，《倉頡》等篇不取，而許獨存之者，尊古文經也，尊古文也，凡尊經尊古文之例視此。」

3.法後王尊漢制

《說文》一部弍古文一下段注：「此書法後王尊漢制，以小篆為質，而兼錄古文籀文，所謂今敍篆文，合以古籀也。」

4.敍篆文合古籀

《說文》敍云：「今敍篆文，合以古籀。」段注云：「許重復古，而其體例，不先古文籀文者，欲人由近古以攷古也。小篆因古籀而不變者多，故先篆文正所以說古籀也。隸書則去古籀遠，難以推尋，故必先小篆也。」

5.仿古文制小篆

《說文》：「革、獸皮治去其毛曰革，革、更也。象古文革之形。」段注：「凡字有依倣古文製小篆，非許言之，猝不得其於六書居何等者，如革曰象古文革之形，弟曰从古文之象，民曰从古文之象，酉曰象古文酉之形是也。」

6.形同義異不嫌複見

《說文》：「嬐、順也。从女、僉聲。《詩》曰：『婉兮孌兮』，籀文嬐」段注：「宋本如此，趙本、毛本刪之，因下文有變慕也，不應複出，不知小篆之變為今孌字訓慕，籀文之變為小篆之嬐、訓順，形同義異，不嫌複見也。」

7.或字不能悉載

《說文》：「璊、玉經色也。从王、㒼聲。禾之赤苗謂之虋，言璊玉色之。」段注：「各本从木作樠，今依《毛詩·釋文》，宋槧稱即艸部之虋字或體，艸部不言或作樠而此見之，亦可見或字不能悉載。」至於所以不能悉載之故。其故有二：字書因時而作，或體字尚未通行，欲兼顧，實良難。段氏注厬字云：「凡字書因時而作，故《說文》厬、《字林》作峀。《說文》只有股，《字林》有䏶。」或雖有其字而無部首以隸屬之亦不錄。段氏於翳下注云：「許無鸃字者，無每部，亦無縣部，無所入也。」

㈦ 引經之條例

1.引經之目的

《說文》：「麗、艸木生著土。从艸、麗聲。《易》曰：『百穀艸木麗於地。』」段注：「此引《易·象傳》說从艸麗之意也。凡引經傳，有證字義者，有證字形者，有證字音者。」

2.引經以證字形

《說文》：「蔎、艸盛皃。从艸繇聲。〈夏書〉曰：『厥艸惟繇。』」段注：「馬融注《尚書》曰：『繇、抽也。故合艸繇為蔎。』此許君引〈禹貢〉，明从艸繇會意之恉，引經說字形之例，始見於此。」

3.引經以證字音

《說文》：「玤、石之次玉者，以為系璧，从王、丰聲。讀若《詩》曰瓜瓞菶菶。一曰若豐蚌。」段注：「〈大雅·生民〉文，此引經說字音也。」

4.引經以證字義

《說文》：「蔽、艸皃。从艸、敝聲。《周禮》曰：『轂獘不蔽』。」段注：「凡許君引經傳，有證本義者，如蔽蔽山川是，有證假借者，如轂獘不蔽是也。」

四、有關《說文解字》之著述

㈠ 校定說文解字與說文解字繫傳

《說文解字》行世之後，為作整理工作者，開始於徐鉉（916-991）、徐鍇（920-974）兄弟，徐鉉字鼎臣，揚州廣陵（今江蘇揚州）人，初仕南唐，後歸宋，官至散騎常侍。與弟鍇號稱「大小二徐」。通文字學，曾與句中正等校訂《說文解字》新補十九文于正文中，又以經典相承及時俗通用而為《說文解字》所不載者四百零二字，附於正文後，名《校定說文解字》，世稱大徐本。徐鍇字楚金，鉉之弟，世稱小徐。著有《說文解字繫傳》四十卷。已注意及形聲相生，音義相轉之理，解說多宗儒家舊說。又據孫愐《唐韻》著《說文解字篆韻譜》五卷。

㈡ 清代四大家

1.段玉裁《說文解字注》

⑴段玉裁之注《說文解字》

段玉裁（1735-1815）字若膺，一字懋堂，江蘇金壇人。關於

段玉裁，《說文解字·後敘》云：「庶有達者理而董之。」段玉裁
注云：「自有《說文》以來，世世不廢，而不融會其全書者，僅同
耳食，強為注解者，往往眯目而道黑白，其他《字林》、《字
苑》、《字統》今皆不傳，《玉篇》雖在，亦非原書。要之，無此
等書無妨也。無《說文解字》則倉頡造字之精意，周孔傳經之大
恉，薶緼不傳於終古矣。玉裁之先百三公自河南隨宋南渡，居金壇
縣十六代，至先王父諱文食，貧力學，善誨後進，不倦著書，法心
得錄。生先考諱世續，事父母至孝，卅二歲喪親，終其身每祭必
泣，以赤貧，好學屬行，授徒嚴課程，善開導，謂食人之食而訓其
子弟，必求無媿於心，每誦先王父詩句云：『不種硯田無樂事，不
撐鐵骨莫支貧。』以是律己。教四子務讀經書，勿溺時藝。嘉慶六
年生玄孫義正，恩賜『七葉衍祥』扁，並拜白金黃緞之賜。八年，
年九十四，終於蘇，反葬於金壇大壩頭，著有《物恒堂制義》。長
子即玉裁也。年十三，學使者博野尹公諱會一，錄取博士弟子，授
以朱子小學，生平敬守是書。年二十六，舉於鄉，歷任貴州玉屏、
四川巫山知縣，四十六，以父年已七十一，遂引疾歸養。五十五避
橫疒，奉父遷居蘇州閶門外下津橋。始年二十八時識東原戴先生於
京師，好其學，師事之，遂成《六書音韻表》五卷、《古文尚書撰
異》三十卷、《詩經小學》三十卷、《毛詩故訓傳略說》三十卷。
復以向來治《說文解字》者多不能通其條毌，攷其文理，因悉心校
其譌字為之注，凡三十卷。謂許以形為主，因形以說音說義，其所
說義與他書絕不同者，他書多假借，則字多非本義。許惟就字說其
本義，知何者為本義，及知何者為假借，則本義及假借之權衡也。
故《說文》《爾雅》相為表裏，治《說文》而後《爾雅》及傳注

明，《說文》《爾雅》及傳注明，而後謂之通小學，而後可通經之大義。始為《說文解字讀》五百四十卷，既及檃栝之成此注。發軔於乾隆丙申，落成於嘉慶丁卯，剖析既繁，疵纇不免。召陵或許其知己，達者仍俟諸後人。」

(2)自明作注之體例

①古韻分部

《說文》：「一、惟初太極，道立於一，造分天地，化成萬物。」段玉裁注：「凡注言一部、二部以至十七部者，謂古韻也。玉裁作《六書音韻表》，識古韻韻凡十七部，自倉頡造字時至唐虞三代秦漢，以及許叔重造《說文》曰某聲、曰讀若某者，皆條理合一不紊，故既用徐鉉切音矣，而又每字志之曰古音第幾部。又恐學者未見六書音均之書，不知其所謂，乃於《說文》十五篇之後，附《六書音韻表》五篇，俾形聲相表裏，因耑推究，於古形古音古義可互求焉。」

②訓詁得失

《說文》：「璏、佩刀上飾也。天子以玉，諸侯以金，从玉、奉聲。」段注：「〈小雅〉『鞞琫有珌。』傳：『鞞、容刀鞞也，琫上飾，珌下飾。』〈大雅〉『鞞琫容刀』傳：『下曰鞞，上曰琫』戴先生疑『瞻彼洛矣』之珌下飾，當為鞞下飾。珌文飾皃，有珌與首章有奭句法同，《說文》訓鞞為刀室，誤也。玉裁按：鞞之言裨也，刀室所以裨護刀者，漢人曰削，俗作鞘，琫之言奉也，奉俗作捧，刀本曰環，人所捧握也。其飾曰琫，珌之言畢也，刀室之末，其飾曰珌，古文作琿。傳云：『鞞、容刀鞞也。』謂刀削，其云琫上飾，珌下飾者，上下自全刀言之，琫在鞞上，鞞在琫下，珌

在鞞末，〈公劉〉詩不言柲，故云：『下曰鞞。』舉鞞以該柲，
『鞞琫有柲』言鞞琫又加柲也。〈王莽傳〉『瑒琫瑒柲』孟康曰：
『佩刀之飾，上曰琫，下曰柲。』若劉熙《釋名》曰：『室口之飾
曰琫，琫、捧也，捧束口也；下末之飾曰琕，琕、卑也，下末之言
也。』琕即鞞之訛，劉意自一鞘言之，故雖襲毛上曰琫、下曰琕之
云而大非毛意。至杜預本之注《左傳》云：『鞞、佩刀削上飾，
鞛、下飾，又互訛上下字矣。』凡訓詁必考其源流得失者舉眠
此。」

③諟正訛字

敘云：「假借者，本無其字，依聲託事，令長是也。」段注：
「蓋許說義出於形，有形以範之，則字義有一定，有本字之說解以
定之，而他字說解中不容與本字相背，故全書譌字，必一一諟正，
而後許免於誣。」

④校勘許書

《說文》：「篹、屰而奪取曰篹，从厶、算聲。」段注：「奪
當作敚，奪者、手持隹失之也。引伸為凡遺失之稱，今吳語云奪落
是也。敚者、強取也。今字奪行敚廢，但許造《說文》時，畫然區
別，書中不應自相刺謬，凡讀許書，當先校正有如此者，屰而敚
者，下取上也。」

⑤更定俗字

《說文》：「玬、石之有光者，璧玬也。出西胡中，从王、丣
聲。」段注：「玉裁按：古音卯、丣二聲同在三部，為疊韻，而留
珋茆聊駠酃劉等字，皆與丣又疊韻中雙聲；昴貿茅等字與卯疊韻中
雙聲，部分以疊韻為重，字音以雙聲為重，許君卯、丣畫分，而从

丣之字，俗多改从卯，自漢已然，卯金刀為劉之說，緯書荒謬，正屈中、止句、馬頭人、人持十之類，許所不信也。凡俗字丣卯者，今皆更定，學者勿持漢人繆字以疑之。」

⑥考正舊次

《說文》：「璏、玉佩。从王、敫聲。」段注：「璏、玽、玦三字鉉本在玥下瑞上，鍇本則玽玦又綴於部末，皆非舊次，凡一書內舊次可考者訂正之。」《說文》：「凊、寒也。从仌、青聲。」段注：「凓凊二篆，舊在凍篆之間，非其次也，今更正。凡全書內多有宜正者，學者依此求之。」

⑦辨明原文

《說文》：「爽、明也。从㸚大，爽篆文爽。」段注：「此字淺人竄補，當刪。爽之作爽、㸚之作㸚，皆隸書改篆，取其可觀耳。淺人補入《說文》，云此為小篆，从㸚既同，何不先篆後古籀乎？凡若此等，不可不辨。」《說文》一篇末段玉裁注云：「此第一篇部、文、重文、解說字之都數也。每篇之末識之，以得十四篇都數，識於敘目之後，云此十四篇、五百四十部、九千三百五十三文、重一千一百六十三、解說凡十三萬三千四百四十一字是也。自二徐每篇分上下，乃移之冠篇首，非是。小徐書轉寫尤舛誤，今復其舊云。」

⑧擇從善本

《說文》：「旁、溥也。从二，闕，方聲。」段注：「凡徐氏鉉鍇二本不同，各從其長者，如此處鍇作『方聲、闕。』闕字在方聲下，於末聞从宀之說不瞭，故不從之是也。」《說文》：「刷、刮也。从刀、㪤，禮有㪤巾。」段注：「有、鉉訛布，黃氏公紹所

據鍇本不誤，而宋張次立依鉉改為布，今《繫傳》本乃張次立所更定，往往改之同鉉，而佳處時存《韻會》也。」

　　⑶造字命名之條例

　　　①造字之條例

　　　囗文字始作，有義而後有音，有音而後有形，音必先乎形。

　　《說文》：「坤、地也。《易》之卦也。从土申，土位在申也。」段注：「此說从申之意也。〈說卦傳〉曰：『坤也者，地也。萬物皆致養焉，故曰致役乎坤。』坤正在申位，自倉頡造字已然。後儒乃臆造乾南坤北為伏羲先天之學，〈說卦傳〉所定之位，為文王後天之學。甚矣！人之好怪也。或問伏羲畫八卦，即有乾、坤、震、巽等名與不？曰：有之。伏羲三奇謂之乾，三耦謂之坤，而未有乾字坤字，傳之倉頡，乃後有其字。坤、巽特造之，乾、震、坎、離、艮、兌以音義相同之字為之。故文字之始作也，有義而後有音，有音而後有形，音必先乎形，名之曰乾坤者，伏羲也，字之者，倉頡也，畫卦者、造字之先聲也。」《說文》：「詞、意內而言外也。从司言。」段注：「意者文字之義也，言者文字之聲也，詞者文字形聲之合也。凡許之說字義，皆意內也；凡許之說形說聲，皆言外也。有義而後有聲，有聲而後有形，造字之本也，形在而聲在焉，形聲在而義在焉，六藝之學也。

　　　②六書體用之說及其造字關係之例

　　敘云：「保氏教國子先以六書。」段注云：「六書者，文字聲音義理之總匯也，有指事、象形、形聲、會意而字形盡於此矣。；字各有音，而聲音盡於此矣；有轉注、假借而字盡於此矣。異字同義曰轉注，異義同字曰假借，有轉注而百字可一義也，有假借而一

字可數義也。字形、字音之書，若大史籀著大篆十五篇，殆其一乎！字義之書，若《爾雅》，其冣著者也。趙宋以後言六書者，匈襟陋隘，不知轉注假借所以包括詁訓之，謂六書為倉頡造字六法，說轉注多不可通。戴先生曰：『指事、象形、形聲、會意四者，書之體也；轉注、假借二者，字之用也。』聖人復起，不易斯言矣。」

③以聲為義之例

❶聲義同源

《說文》：「禛、以真福也，从示、真聲。」段注：「聲與義同源，故諧聲之偏旁，多與字義相近，此會意形聲兩兼之字致多也。《說文》或偁其會意，略其形聲，或偁其形聲，略其會意，雖則淆文，實欲互見，不知此則聲與義隔。」

❷凡字之義必得諸字之聲

《說文》：「鏓、鎗鏓也。从金悤聲。一曰：大鑿中木也。」段注：「囪者多孔，蔥者空中，聰者耳順，義皆相類，凡字之義，必得諸字之聲者如此。」

❸凡从某聲皆有某意

《說文》：「鰕、鰕魚也。从魚、叚聲。」段注：「凡叚聲如瑕、鰕、騢等字皆有赤色，古亦用鰕為雲緞字。」《說文》：「翑、羽曲也。从羽句聲。」段注：「凡句者皆訓曲。」《說文》：「藟、艸也。从艸、畾聲。」段注：「凡字从畾者，皆有鬱積之義。」

❹凡同音多同義

《說文》：「嘶、悲聲也。斯、析也，澌、水索也，凡同聲多

同義。」

5形聲多兼會意

《說文》：「犨、牛息聲。从牛，雔聲。」段注：「凡形聲多兼會意。雔从言，故牛息聲之字从之。」《說文》：「池、陂也。从水，也聲。」段注：「凡形聲之字多含會意。」《說文》：「薾、華盛。从艸、爾聲。」段注：「此以形聲見會意，薾為華盛、瀰為水盛。」

6某字有某義，故某言義之字从之以為聲

《說文》：「泐、水之理也。从水、阞聲。」段注：「阜部曰：阞、地理也，从阜；木部曰：朸、木之理也。然則泐訓水之理，从水無礙也。水理如本理地理可尋，其字皆从力，力者人身之理也。」《說文》：「悒、不安也。从心、邑聲。」段注：「邑者、人所聚也。故凡鬱積之義从之。」

7聲同義近聲同義同

《說文》：「晤、明也。」段注：「晤者、启之明也。心部之悟，寤部之寤，皆訓覺，覺亦明也。同聲之義必相近。」《說文》：「歟、安气也。」段注：「如趨為安行，駏為馬行疾而徐，音同義相近也。今用作語末之辭，亦取安舒之意。通作與，《論語》：『與與如也。』」

④以形為義之例

1於形得義

《說文》：「食、亼米也。从皀亼聲。或說亼皀也。」段注：「其字从亼皀，故其義曰亼米。此於形得義之例。」《說文》：「覿、面見人也。从面見、見亦聲。」段注：「此於形為義之

例。」

❷物盛則三之

《說文》：「精光也。」段注：「凡言物之盛者，皆三其文。」《說文》：「焱、火華也。」段注：「凡物盛則三之。」

⑤古形橫直無定

《說文》：「患、惡也。从心上貫吅，吅亦聲。」段注：「此八字乃淺人所改竄，古本當作从心毌聲四字，毌貫古今字，古形橫直無一定，如目字偏旁皆作四，患字上从毌，或橫之作申，而又析為二中之形，蓋恐類於申也。」

⑥並之與重，或同或異

《說文》：「多、緟也。多古文並夕。」段注：「有並與重別者，如棘棗是也。有並與重不別者，多是也。」

⑦古一字不限一體一聲

《說文》：「伐、絕也。从从持戈。一曰田器古文。」段注：「一說田器字之古文如此作也。田器字見於全書者，銚、鈂、鈐、鎌皆田器，與伐同部，未審為何字之古文？疑銚字近之。此如姚本田器，斗部作斛，云出《爾雅》，古一字不限一體也。」《說文》：「竊、盜自中出曰竊。从穴米，禼廿皆聲也。」段注：「一字有以二字形聲者。」

⑧从寸之字多有法義

《說文》：「冠、絭也。」冠有法制故从寸。」段注：「古凡法度之字，多从寸者。」

⑨人體之字類多从尸

《說文》：「𡱂、廣頤也。古文𡱂从戶。」段注：「凡人體之

字多从尸。」

　　⑩訓寒之字多从仌

　　《說文》「凔、寒也。」段注：「仌者、寒之象也。故訓寒之字皆从仌。」

　　②命名之條例

　　①統言不分析言有別

　　《說文》：「珧、蜃甲也。」段注：「凡物統言不分，析言有別。」《說文》：「蘇、桂荏也。」段注：「析言之則蘇荏二物，統言之則不別也。」

　　②對文則異散文則通

　　《說文》：「瞜、無目也。从目、安聲。」段注：「無目與無牟子別，無牟子者黑白不分，無目者，其中空洞無物。故《字林》云：『瞜、目有朕無珠子也，瞽者才有朕而中有珠子，瞍者才有朕而中無珠子，此又瞽與瞍之別，凡若此等，皆對文則別，散文則通。』如《詩·箋》云『瞽、矇也。』《史記》云：『瞽瞍盲皆是散文則通也。人俑為瞽叟，其實則盲者也。』凡作瞽瞍者，字誤也。《國語》『瞽獻曲，瞍獻賦，矇誦。』此對文則別也。」

　　③物之為名可單可絫

　　《說文》：「葛、艸也。枝枝相值，葉葉相當。」段注：「《玉篇》葛下引《說文》謂即蓬葛、馬尾、蔏陸也。蔼同葛。攷《本艸經》曰：『商陸一名葛，根一名夜呼。陶隱居曰：其花名葛。』是則絫呼曰蓬葛，單呼曰葛，或謂其花葛，或謂其莖葉葛。」

　　④物之取名異名同實

　　《說文》：「蘦、菫艸也。一曰拜商蘦。」段注：「凡物有異名同實者，〈釋艸〉曰：『茿、菫艸。』陸德明謂即本艸之蒴藋。按：郭釋以烏頭，烏頭名菫，見《國語》，而茿名無見，陸說為長。」

　　⑤二字為名不可刪一

　　《說文》：「苦、大苦、苓也。」段注：「《毛傳》、《爾雅》皆云：『卷耳、苓耳。』《說文》苓篆下必當云：『苓耳、卷耳也。』卷耳自名苓耳，非名苓。凡合二字為名者，不可刪其一字，以同於他物。如單云蘭非芄蘭，單云葵非鳧葵是也。」

　　⑥兩字為名不可因一字之同謂為一物

　　《說文》：「鴘、鵖鴘、寧鴃也。」段注：「鵖當作雎，雎雖也。鵖鴘則為寧鴂，雎舊則為舊留，不得舉一雎字謂為同物，又不得因鴘與梟音近謂為一物，又不得因雎鴘與鵖鵂音近謂為一物也。雎舊不可單言雎，雎鴘不可單言鴘，凡物以兩字為名者，不可因一字與他物同，謂為一物。」

　　⑦單字為名不可與雙字為名者混

　　《說文》：「蛁、蟲也。」段注：「謂蟲名也，按《玉篇》以蛁螓釋之非也。蛁自蟲名，下文蛥下蛁蟟別一蟲名，凡單字為名者，不得與雙字為名者相牽混，蛁螓即蛁蟟，不得以釋蛁也。」

　　⑧物之小者細者，謂之子女或卵

　　《說文》：「蒻、蒲子，可以為平席，世謂之蒲蒻，从艸、弱聲。」段注：「蒲子者、蒲之少者也。凡物之少小者謂之子，或謂之女。」《說文》：「蒜、葷菜也。」段注：「案經之卵蒜，今之小蒜也。凡物之小者稱卵。」

⑨物之大者謂之牛馬或王

《說文》：「菩、牛藻也。」段注：「按藻之大者曰牛藻，凡艸類之大者多曰牛曰馬。」《說文》：「蒲、王彗也。从艸、湔聲。」段注：「按凡物呼王者，皆謂大。」

⑩鳥名多取其聲為之

《說文》：「鶴、鶌鶴也。」段注：「凡鳥名多取其聲為之，郭云：『今江東亦呼為鶌鶴，正謂江東呼骨嘲而定此音也。』」

③闡述古今形音義演變之條例

①字形古今演變及古今行廢之例

《說文》：「佻、愉也。」段注：「古本皆作愉，汲古閣作偷，誤也。心部曰：『愉、薄也。』〈小雅·鹿鳴〉：『視民不佻。』許所據作佻，是。《毛傳》曰：『佻、愉也。』按〈釋言〉：『佻、偷也。』偷者愉之俗字，今人曰偷薄，曰偷盜，皆从人作偷。他侯切。而愉字訓為愉悅，羊朱切。此今義今音今形，非古義古音古形也。古無从人之偷，愉訓薄，音他侯切，愉愉者、和氣之薄發於色。盜者澆薄之至也。偷盜字古只作愉也。凡古字之末流，鏚析類如是矣。」

②字之引申轉移之例

■引申義行本義廢

《說文》：「家、尻也。」段注：「按此字為一大疑案，豭聲讀家，學者但見从豕而已，从豕之字多矣，安見其為豭省耶？何以不云叚聲？而紆回至此耶！竊謂此篆本義乃乃豕尻也。引申假借以為人之尻，字義之轉移多如此，牢、牛之尻也，引申為所以拘罪之陛牢，庸有異乎！豢豕之生子冣多，故人尻處借用其字，久而忘其

字之本義，使引伸之義得冒據之，蓋自古而然，許書之作也，盡正其失，而猶未免，此且曲為之說，是千慮之一失也。」

2義之歧出，字之日增

《說文》：「醒、病酒也。一曰醉而覺也。」段注：「〈節南山〉正義引《說文》，無一曰二字，蓋有者為是。許無醒字，醉中有所覺悟即是醒也。故醒足以兼之。《字林》始有醒字，云酒解也。見《眾經音義》。蓋義之歧出，字之日增多類此。」

3文字故訓引申有其原則

《說文》：「齍、黍稷器所以祀者。」段注：「按《周禮》一書，或兼言齍盛，或單言齍，單言盛，皆言祭祀之事，他事絕不言齍盛，故許皆云以祀者。……凡文字故訓，引伸每多如是，說經與說字不相妨也。」

③文字形義相互演變之例

1明其原因

《說文》：「監、臨下也。」段注：「〈小雅〉《毛傳》：『監視也。』許書：瞰、視也。監、臨下也。古字少而義晐，今字多而義別。」

2舉其實例

《說文》：「沇、沇水出河東垣東王屋山，沿古文沇如此。」段注：「各本篆作沿，誤，今正。臣鉉等曰：『口部已有，此重出。』按口部小篆有沿，然則鉉時不從水旁也。口部下曰：『山閒滔泥地，從口從水敗皃，蓋沿字在古文則為沇水沇州，在小篆則訓山閒滔泥地。』如變字在籀文則訓順，在小篆則訓慕，皆同形而古今異義也。古文作沿，小篆作沇，隸變作兗，此同義而古今異形

也。」

3 兼明注書解字之條例

1) 原則之不同

注書依文立義，解字釋其本形本義。《說文》：「鬈、髮好也。」段注：「〈齊風・盧令〉曰：『其人美且鬈』。傳不言髮者，傳用其引伸之義，許用其本義也。本義謂髮好，引伸為凡好之稱。凡說字必用其本義，凡說經必因文求義，則於字或取本義，或取引伸假借，有不可得而必者矣。……經傳有假借，字書無假借。」

2) 說義之不同

注經主說大意，字書主說字形。《說文》：「蓏、在木曰果，在艸曰蓏。」段注：「各本在地曰蓏，今正。考《齊民要術》引《說文》：『在木曰果，在艸曰蓏。』以別於許慎注《淮南》云：『在樹曰果，在地曰蓏。』然則賈氏所據未誤，後人用許《淮南・注》臣瓚《漢書・注》改之。惟在艸曰蓏，故蓏字从艸，凡為傳注者，主說大義，造字書者，主說字形。此其所以注《淮南》，作《說文》，出一手而互異也。」

3) 用詞之不同

《說文》：「槈、車轂中空也。从木臬聲。讀若藪。」段注：「大鄭云讀為藪者，易槈為藪也，注經之法也；許云讀如藪者，擬其音也，字書之體也。」《說文》：「礿、數祭也。」段注：「凡言讀若者，皆擬其音也，凡傳注言讀為者，皆易其字也。注經必兼茲二者，故有讀為、有讀若，讀為亦言讀曰，讀若亦言讀如，字書但言其本字本音，故有讀若無讀為也。」

4) 方法之無異

《說文》：「舄、誰也。」段注：「謂舄即誰字，此以今字釋古字之例。」《說文》：「聯、連也。从耳从絲。」段注：「周人用聯字，漢人用連字，古今字也。《周禮》『官聯以會官治。』鄭注：『聯讀為連』，古書連作聯，此以今字釋古字之例。」

2.桂馥《說文解字義證》

桂馥（1736-1806）字末谷，一字冬卉，山東曲阜人，乾隆庚戌（1790）進士，桂氏治《說文》，與段玉裁同時，「自諸生以至通籍，垂四十餘年。」所著《說文解字義證》，為人認作足與段著《說文解字注》互相伯仲，然是書流傳遠在段書之後，道光咸豐年間，始有楊氏刻本，而亦流傳不廣。同治九年（1870）武昌書局翻刻本，經張之洞宣傳後，段桂始克齊名。

關段玉裁與桂馥二人之優劣，前人多有評述。例如陳慶鏞《說文解字義證·敘》即云：

> 嘗謂段書尚專精，每字必溯其原；桂書尚閎通，每字兼達其委。

張之洞在《說文解字義證·敘》中也說：

> 竊謂段氏之書，聲義兼明，而尤邃于聲；桂氏之書，聲亦並及，而尤博于義。段氏鈎索比傅，自以為能冥合許君之恉；勇于自信，欲以自成一家之言，故破字創義為多；桂氏敷佐許說，發揮旁通，令學者引申貫注，自得其義之所歸。故段書約，而猝難通辟；桂書繁，而尋省易了。夫語其得於心，

則段勝矣；語其便於人，則段或未之先也。其專臚古籍，不下己意，則以意在博證求通，展轉孳乳，觸長無方，非若談理辨，可以折衷一義，亦如王氏《廣雅疏證》、阮氏《經籍籑詁》之類，非可以己意為獨斷者也。

　　上述陳張二人對桂書的評語是恰當的。桂書與段書的性質大不相同：段氏述中有作，桂氏則述而不作。桂氏篤信許慎，他只是為許慎所作的本義搜尋例證。就一般情況，桂氏的《義證》，包括兩部分。第一部分舉例證明某字有某義（限于本義）。第二部分討許慎的說解。或者引別的書說解來證實許書的說解，或者引別的書所引的許書以相參證，或者引別的書來補充許書。如果許慎舉《詩》《書》《左傳》等書為例，桂氏還注上篇名。（如有異文，還注上異文。）例如：《說文》：「穎、禾末也。从禾、頃聲。《詩》曰：『禾穎穟穟。』」桂氏《義證》曰：

　　《漢書‧禮樂志》：「含秀重穎。」

　　《文選‧應貞詩》：「嘉禾重穎。」《思玄賦》：「發昔夢于木禾，既垂穎而顧本。」

　　蔡邕〈篆勢〉：「頹若黍稷之垂穎。」

　　《小爾雅》：「截顛謂之挃。」《爾雅‧釋文》引作「截穎。」

　　「禾末也者，《廣韻》同」，又曰：「穗也。李善注〈魏都賦〉引本書作穗也。《詩‧生民》正義所引與本書同。」

《小爾雅》：「禾穗謂之穎。」《歸禾序》：「異畝同穎」。鄭注：「二苗同為一穗。」《文選·西都賦》：「五穀垂穎。」五臣注：「穎、穗也。」《詩·生民》：「實穎實栗」。傳云：「穎、垂穎也。」正義：「言其穗重而穎垂也。」

「《詩》曰：「禾穎穟穟。」者，〈大雅·生民〉文。

彼作「役」，傳云：「役、列也。」非本書義。

又如《說文》：「羖、夏羊牝曰羖。」桂氏《義證》說：

《韓子》：「叔孫敖相楚，衣羖羊裘。」

《史記·秦本紀》：「吾媵臣百里傒在焉，請以五羖羊皮贖之。」

張奐〈與崔子貞書〉：「僕以元年到任，有兵二百，馬如羖羊。」

《寰宇記》：「扶南國出金剛，狀如紫石英，以羖羊角扣之，濯然冰泮。」

《本草》：「羖羊角生河西川谷。陶云：『此羊角以青羝為佳，餘不入藥用也。』《衍義》云：『羖羊出陝西，河東謂之羖䍽羊，尤狠健，毛最長而厚。』」

「夏羊牝曰羖」者，《釋畜》：「夏羊牝，羖。」《釋文》

引《字林》：「羖、夏羊之牝也。」馥案：《廣韻》、《集
韻》、《類篇》、《五音集韻》、《字鑑》引本書並作「牡
曰羖。」徐鍇本及《韻譜》李燾本亦作「牡」。《通鑑》：
「魏世祖更定律令，巫蠱者負羖羊抱犬沉諸淵」。注引本
書：「夏羊牡曰羖。」「牡」為牡」之訛。《廣韻》：
「羖、羭羊。」《增韻》：「羖、羊牡。」《六書故》：
「羖、牡羊也。牡牛亦曰羖牛，猶羖羊亦曰牡羊也。」
《易·大壯》：「羝羊觸藩。」《釋文》：「張云：羖羊
也。」《詩·賓之初筵》：「俾出童羖。」傳云：「羖、羊
不童也。」箋云：「羖羊之性，牝牡有角。」《爾雅翼》：
「羖音通于牯。故《本草》羖羊條注稱『牯羊』，『牯』乃
牡之名。」馥案：「羯」曰「羖犗」，何得為牝？

　　桂書最大優點即為博洽，例證對字義的說明十分重要，惟有例
證豐富，然後字的真正含義才能清楚。從例證中還可以證明詞義的
時代性。桂氏的例證取材甚廣，經史子集，無所不包。以一人的精
力成此巨著，實在是難能可貴。這是一部非常有用的材料書，與段
書相得益彰。濮之珍《中國語言學史》曰：

　　此書多引證古書以推尋《說文》說解的根源，前後各說，相
　　互補證，排比條理，資料豐富。

　　由於桂書是一部材料書，所以有人輕視它，以為堆積材料，不
算研究。其實桂馥並不是沒有主見的人，試看「羖」字一例便知。
而且他的材料也不是隨便堆積的，而是有選擇、有次序、有條理

的。王艮善《說文解字義證・附說》引王筠之見曰：

> 桂氏徵引雖富，脈絡貫通，前說未盡，則以後說補苴之；前
> 說有誤，則以後說辨正之。凡所稱引，皆有次第，取是達許
> 說而止。故專臚古籍，不下己意也。讀者乃視為類書，不亦
> 昧乎！

可見桂書與一般材料書仍有區別。段桂兩家之書，對後來研究《說
文》者，影響較大。例如：王筠受桂馥影響大，朱駿聲則受段氏影
響深⑫。

　3.王筠《說文釋例》與《說文解字句讀》

　　王筠（1784-1854），字貫山，號菉友山東安丘人。道光元年
舉人，王氏有關《說文》之著述，以《說文釋例》（1837）及《說
文解字句讀》（1850）為最著。王氏研究《說文》，著重在整理工
作，王筠所推崇者為嚴可均⑬、段玉裁、桂馥三人。在他三人的基
礎上，再提高一步，所以也就斐然可觀了。

　　《說文釋例》成書較早，而創見亦較多。其《釋例・序》云：

> 筠少喜篆籀，不辨正俗，年近三十，讀《說文》而樂之。每
> 見一本，必讀一過，即俗刻《五音韻譜》亦必讀也。羊棗膾
> 炙，積二十年，然後於古人製作之意，許君著書之體，千餘
> 年傳寫變亂之故，鼎臣以私意竄改之謬，犁然辨晰。其於匋

---

⑫　以上有關桂馥《說文解字義證》之論述，多取材於王力《中國語言學史》
　　（1967）及濮之珍《中國語言學史》（1990）。

⑬　著有《說文校議》。

中，爰始條分縷析，為之疏通其意。體例所拘，無由沿襲前
人，為吾一家之言而已。夫文字之奧，無過形音義三端。而
古人之造字也，正名百物，以義為本而音從之，於是乎有
形。後人之識字也，由形以求其音，由音以考其義，而文字
之說備。乃往往能識者何也。則以其即字求字，且牽連它字
以求此字，於古人制作之意隔，而字遂不可識矣。六書以指
事象形為首，而文字之樞機即在乎此，此其字之為事，而作
者即據事以審字，勿由字以生事；其字之為物而作者，即據
物以察字，勿泥字以造物，且勿假它事以成此事之意，勿假
它物以為此物之形，而後可與倉頡籀斯相質於一堂也。今
《說文》之詞，足從口，木從中，鳥鹿足相似從匕，斷鶴續
鳧，既悲且苦，非後人所竄亂，則許君之志荒矣。

此書乃闡釋許書之體例者，而點出前人竄改《說文》，而令其詞理
難解，所言皆極為中理，確為讀書有得之言也。

《說文解字句讀》本為初學《說文》而作，王氏序中云：

惟既創為通例，而體材所拘，未能詳備。余故輯為專書，與
之分道揚鑣，冀少明許君之奧旨，補茂堂所未備，其亦可
矣。道光辛丑（1841），余又以《說文》傳寫多非其人，群
書所引，有可補苴，遂取茂堂及嚴鐵橋、桂未谷三君子所
輯，加之手集者，或增、或刪、或改，以便初學誦習。故名
之曰《句讀》，不加疏解，猶初志也。

後來王氏朋友勸採諸家之長，作為己意以申之。於是於每字之下，

乃加上自己解釋。凡例云：

> 此書之初輯也，第欲明其句讀而已。已及三卷，而陳雪堂、
> 陳頌南迫使通纂，乃取《說文義證》、《說文解字注》，刪
> 繁舉要以成此書。其或二家說同，則多用桂氏說。以其書未
> 行，冀少存其梗概，且分肌擘理，未谷尤長也。惟兩家未合
> 者，乃自考以說之，亦不過一千一百餘事。惟是二家所引，
> 檢視原書或不符，此改舊文以就己說也。然所引浩如煙海，
> 統俟它日復核之。

由此看來，王氏還是有述有作，所述者只有嚴、桂、段三家，主要
是桂段兩家，而特別推崇桂氏。而自己所作達一千一百餘事，亦自
不少了。

《文字蒙求》四卷，卷一講象形，卷二講指事，卷三講會意，
卷四講形聲。不但對兒童，即對一般學習文字的人來說，《文字蒙
求》也是一部很好的入門書。王氏能注意奠基礎，從根教導起，使
文字普及，實在是獨具隻眼，極有眼光。不但《文字蒙求》如此，
即《釋例》、《句讀》二書而論，亦是比較適宜於初學的。

4. 朱駿聲《說文通訓定聲》

朱駿聲（1788-1858），字丰芑，號允倩，江蘇吳縣人。是錢
大昕的弟子，朱氏於學無不窺，畢生精力卻用於撰述《說文通訓定
聲》十八卷，書成于道光十三（1833）年，刊行于同治九（1870）
年。

書名《說文通訓定聲》其中包含說文、通訓、定聲三事，王力
在《中國語言學史》（1967）裏說明得很清楚了。現在引錄王力的

說明於下：

　　⑴所謂「說文」，是以許慎《說文解字》的內容為基礎而加以補充並舉例。許書講的是本義（朱氏叫做本訓），朱書這一部分也講的是本義。這是六書中的四書，即象形、指事、會意、形聲。象形、指事謂之「文」，會意、形聲謂之「字」。這裏單舉「說文」，也就包括「解字」在內了。有時候還講一種「別義」，「別義」就是另一個本義，即《說文解字》的「一曰」。也有些「別義」是《說文解字》所沒有的。

　　⑵所謂「通訓」，講的是轉注、假借。這是朱書最精采的部分，也是他最看重的部分，他講的轉注、假借，與許書不同。許慎說：「建類一首，同意相受，考老是也；本無其字，依聲託事，令長是也。」朱駿聲說：「轉注者、體不改造，久意相受，令長是也；假借者、本無其意，依聲托字，朋來是也。」依照朱氏的定義，轉注就是引申，假借則是同音通假，包括疊字（朱氏稱為重言形況字）、連編字（朱氏稱為連語）與專有名詞（朱氏稱為托名幖識字）在內。有時還講到「聲訓」，「聲訓」也算是假借之類。朱氏以為《說文解字》和《爾雅》都沒有講轉注、假借，他自己就負起責任「專輯此書，以苴《說文》轉注、假借之隱略，以稽群經子史之通融。

　　⑶所謂「定聲」，就是把文字按古韻分類。六書之中，形聲之字，十居八九。本書把許氏《說文》五百四十部都拆散了，舍形取聲，共得一千一百三十七個聲符（朱氏稱為「聲母」）歸納成為十八部。這樣做的目的，是「以著文字聲音之原」，「證《廣韻》今韻之非古。」

「說文」、「通訓」、「定聲」，實際上是包括字形、字義與字音。「說文」部分主要是說明字形與字義、字音的關係，而以字形為主；「通訓」部分專講字義（詞義）的引申和假借，使讀者能觀其會通；「定聲」部分則則以上古韻文的用韻來證明古音。凡同韻相押叫做「古韻」鄰韻相押叫「轉音」。……

朱書的最大貢獻在於全面的解釋詞義，朱氏突破了許氏許氏專講本義的的舊框子，進入了一個廣闊的天地。如果說桂馥是述而不作，段玉裁是寓作於述，那末，朱駿聲則是「似因而實創。」表面上，他是遵循《說文》的道路；實際上，他是要做許慎所沒有做的，而又應該的事情。……朱氏的卓見在於認識到引申義與假借義的重要性。一詞多義，是語言中常見的事實；《說文》只講本義，對於多義詞來說，那是很不全面的。當然《說文》是講字形的書，專講本義是應該的，而且是足夠了的。但是我們還需一部全面地講詞義的書，《說文》不能滿足這個要求。如果要敘述多義詞的各種意義，就非敘述引申義和假借義不可。朱氏說：「夫叔重萬字，發明本訓。而轉注假借則難言；《爾雅》一經，詮釋《詩》，而轉注假借亦終晦。欲顯其旨，貴有專書。」

「說文」是轉注的基礎。如果不先講本義，則引申義無從說明。有些引申義是很好懂的，例如市廛的「市」引申為「買」的意義。有些引申義比較曲折難懂，但仍然是可信的。例如牙齒的「齒」引申為年齡的意義。朱氏引《禮記・曲禮》：「齒路馬有誅。」注：「數年也。」加上一句按語說：「數馬之年視其齒」，可見齒和年齡是有關的。

「定聲」是假借的基礎。清代有成就的小學家如段玉裁、王念

孫等，都知道擺脫字形的束縛，從聲音上觀察詞義的會通。朱駿聲
更進一步，把漢字從字形排列法改為韻部排列法，這裏並不是檢字
法的問題，而是整個學術觀點的改變。所謂假借並不是亂借，而是
同音相借，或者是雙聲相借、疊韻相借，談到雙聲疊韻，必須以古
音為準。古韻的研究成果較好，所以朱書按古韻部來分類。凡假
借，如果是疊韻，就不必說明是疊韻了；如果是雙聲，還要說明是
雙聲。例如朱氏以為「堪」字假借為「弞」、為「任（實為
王）」、為「媅」、為「甚」、為「坎」。「堪」與「弞」、
「任」、「王」、「媅」、「甚」都屬于古音臨部，故可通假。
「坎」屬古音謙部，鄰韻相通。所以朱氏加一句說「堪坎」聲近。
（其實「堪」、「坎」也是雙聲。）又「覃」字因假借為「延」，
所以朱氏說「覃延雙聲」，這是古雙聲，因為「延」字屬喻母四
等，上古音被認為屬定母。又「改」、「革」、「更」一聲之轉。
凡言「一聲之轉」也都是雙聲。由此我們可以看出：清儒之所以研
究古音並非單純為了古音學本身的興趣。同時也是為了訓詁，對于
朱駿聲來說，應該是訓詁更重要些。如果說「定聲」是為了「通
訓」，也不算是過分的。

　　無徵不信，所以朱駿聲每下一個定義，一定要有真憑實據。所
謂真憑實據第一是例證，第二是詁訓（前人的訓詁），而後者尤為
重要。他把經史子集的故訓都搜羅了，其豐富可比阮元主編的《經
籍籑詁》。但是《經籍籑詁》只是一堆材料，而《說文通訓定聲》
則對詁訓加以系統化。哪些是本義，哪些是別義，哪些是轉注，哪
些是假借，哪些是聲訓，都區別都區別清楚，這才是科學研究，而
不是材料上的堆積。

　　《說文通訓定聲》實在夠得上博大精深四個字，如果說段玉裁是清代《說文》研究的第一把交椅，而朱駿聲則在詞義的綜合研究上，應該坐第一把交椅。他的主要貢獻，就是全面地研究了詞義。

〔三〕 丁福保《說文解字詁林》

　　丁福保，江蘇無錫人，博極群籍，幼嗜許書。編撰成《說文解字詁林》正編六十五冊通檢一冊，《說文解字詁林》補遺十五冊，通檢一冊。據其纂例謂：是書集氏訓詁之大成，故名《說文解字詁林》。每字提行為一條，重文附後。悉依大徐本原次歸類。各書排列次序，以大徐本為為第一類。以小徐為第二類。以段玉裁《說文·注》為第三類。以桂馥《說文義證》為第四類。以王筠《說文句讀》及《釋例》為第五類。以朱駿聲《說文通訓定聲》為第六類。以各家學說為第七類。以各家引經考證及古語考為第八類。以各家釋某字釋某句為第九類。以各家金石龜甲文字為第十類。以各書之原敘及例言，與各書之總論《說文》或六書等各為一類，以冠本書之首，謂之前編。本書又將許書九千四百三十一字，重文一千二百七十九字，新加四百一字，加入逸字及外編二千餘字，照《康熙字典》分部之次弟，別編通檢一冊，又以本書之卷數葉數，注明各字之下，學者一檢即得。續篇通亦然。

《說文解字詁林》引用諸書姓氏錄

姓名	字號	籍貫	仕宦	著述
徐鉉	鼎臣	浙江會稽	宋散騎常侍	校定說文解字
徐鍇	楚金	同鉉	南唐內史舍人	說文解字繫傳說文解字韻譜
王育		江蘇婁縣	明人	說文引詩辨證說文解

				字論正
臧琳	玉林	江蘇武進	康熙諸生	經義雜記
吳玉搢	山夫	江蘇山陽	清鳳陽府訓導	說文引經考
程際盛(炎)	字煥若、號東冶	江蘇長洲	清御史	說文古語考
惠棟	字定宇、號松崖	江蘇吳縣	清諸生	惠氏讀說文記
朱文藻	字映漘、號朗齋	浙江仁和	乾隆諸生	說文解字繫傳考異
江聲	字叔雲、號艮庭	江蘇吳縣	惠棟弟子	六書說
曹仁虎	字殷來、號雪菴	江蘇嘉定	乾隆進士	轉注古義考
潘奕雋	字守愚、號榕皋、又號水雲漫士	江蘇吳縣	乾隆進士	說文蠡箋
盧文弨	字召弓、號磯漁、又號抱經	浙江餘姚	清侍讀學士	抱經堂集
畢沅	字纕蘅、一字秋帆號靈巖山人	江蘇鎮洋	清湖廣總督	說文舊音
王鳴盛	字鳳喈、號禮堂、又號西莊、西沚	江蘇嘉定	乾隆進士	蛾術編
錢大昕	字曉徵、號辛楣、又號竹汀	江蘇嘉定	清少詹事	潛研堂集、養新錄
錢大昭	字晦之、一字可廬	同大昕		說文新附考
王念孫	字懷祖、號石臞	江蘇高郵	乾隆進士	王氏讀說文記
宋保	字定之、一字小城	江蘇高郵	清人	說文諧聲補逸
段玉裁	字若膺、一字懋堂	江蘇金壇	清玉屏知縣	說文解字注
桂馥	字未谷、一字冬卉	山東曲阜	乾隆進士	說文字義證
孔廣居	字千秋、號瑤山	江蘇江陰	清人	說文疑疑
錢坫	字獻之、號十蘭	江蘇嘉定	乾隆貢生	說文解字斠詮
臧庸	字在東、一字拜經、初名鏞堂		清人	拜經日記、拜經文集
江沅	字子蘭、一字鐵君、聲孫		清人	說文解字音韻譜
江藩	字子屏、號鄭堂	江蘇甘泉	惠棟弟子	隸經文、炳燭室雜文
戚孝標	字翰芳、號鶴泉	浙江太平	乾隆進士	漢學諧聲、說文補考
邵瑛	字桐南、又字瑤圃	浙江餘姚	乾隆進士	說文解字群經正字

王紹蘭	字南陔	浙江蕭山	清福建巡撫	說文段注訂補
王煦	字汾原、號穴桐	浙江上虞	乾隆舉人	說文五翼
王玉樹	字松亭	陝西安康	乾隆拔貢	說文拈字
孫志祖	字詒穀、號約齋	浙江仁和	清御史	讀書脞錄正續編
鈕樹玉	字匪石	江蘇吳縣	清人	說文解字校錄、說文新附考、說文段注訂
李賡芸	字生甫	江蘇嘉定	乾隆進士	炳燭編
惲敬	字子居、號簡堂	江蘇陽湖	乾隆舉人	大雲山房記
毛際盛	字清士	江蘇寶山	清人	說文述誼、說文新附通誼
姚文田	字秋農	浙江歸安	清禮部尚書	說文聲系、說文校議
嚴可均	字景文、號鐵橋	浙江烏程	嘉慶舉人	說文校議、說文聲類、汲古閣說文訂
嚴章福	字秋樵	可均弟		說文校議議
顧廣圻	字千里、號澗蘋	江蘇元和	江聲弟子	說文校議辨疑
李富孫	字薌沚	江蘇嘉興	嘉慶拔貢	說文辨字正俗
陳詩庭	字畫生、號妙士	江蘇嘉定	嘉慶進士	說文證疑
陳瑑	字聘侯、一字怡生	詩庭子	道光舉人	說文引經考
高翔麟	字文瑞	江蘇吳縣	嘉慶進士	說文字通、說文經
洪頤煊	字筠軒	浙江臨海	嘉慶間人	讀書叢錄
胡虔	字雛君、號楓原	安徽桐城	嘉慶間人	柿葉軒筆記
金鶚	字誠齋	浙江臨海	清人	求古錄禮說
胡秉虔	字伯敬、號春喬	安徽績溪	嘉慶進士	說文管見
胡培翬	字載屏，號竹邨	安徽績溪	嘉慶進士	研六室文鈔、雜著
吳雲蒸	字小巖	安徽新安	清人	說文引經異字
朱士端	字銓甫	江蘇寶應	清人	說文校定本、彊識編、說文形聲疏證
徐松	字星伯	直隸大興	嘉慶進士	說文段注札記
徐承慶	字謝山	江蘇元和	清人	說文段注匡謬
陸繼輅	字祁孫、一字修平	江蘇陽湖	嘉慶舉人	合肥學舍札記
張雲璈	字仲雅	浙江錢唐	嘉慶舉人	四寸
薛傳均	字子韻	江蘇甘泉	嘉慶諸生	說文答問疏證

柳榮	字子翼	江蘇丹徒	姚文田弟子	說文引經考異
許宗彥	字積卿又字周生	浙江德清	嘉慶進士	鑑止水齋文集
徐養原	字新田、號飴菴	浙江德清	嘉慶副貢	頑石廬經說
沈濤	原名爾岐、字西雝號匏廬	浙江嘉興	嘉慶舉人	說文古本攷
鄧廷禎	字嶰筠	江蘇江寧	嘉慶進士	說文雙聲疊韻譜
龔自珍	字璱人、號定盦。更名鞏祚	浙江仁和	道光進士	校段注說文
朱駿聲	字豐芑、號允倩	江蘇吳縣	道光舉人	說文通訓定聲
迮鶴壽	字青崖、號蘭官	江蘇吳江	道光進士	蛾術編注
王筠	字貫山、號菉友	山東安丘	道光舉人	說文釋例、說文解字句讀、說文繫傳校錄、說文新附考校正
許瀚	字印林	山東日照	清人	攀古小廬文
陳立	字卓人	江蘇句容	道光進士	說文諧聲孳生述
苗夔	字先麓	直隸河間	道光優貢生	說文聲訂、說文聲讀表、說文繫傳校勘記
阮福	字喜齋	江蘇儀徵	阮元次子	
吳夌雲	字德青	江蘇嘉定	清人	小學說
姚衡			文田之子	小學述聞
承培元	字受畺	江蘇江陰	清人	說文引經證例、廣說文答問疏證
席世昌	字子佩	江蘇常熟	清人	說文疏證
黃廷鑑	字琴六	江蘇常熟	清人	第六絃溪文鈔
程鴻詔	字伯敷	安徽黟縣	道光舉人	恒心齋文集
陳慶鏞	字乾翔、別字頌南	福建晉江	道光進士	籀經室文稿
江慎中	字孔德	江西石城	清人	用我法齋經說
朱緒曾	字述之	江蘇上元	道光舉人	開有益齋經說
張金吾	字慎旃、別字月霄	江蘇昭文	道光諸生	言舊錄
俞正燮	字理初	安徽黟縣	道光舉人	癸巳類稿
毛嶽生	字生甫、一字蘭生	江蘇寶山	道光時卒	休復居文集
何秋濤	字願善	福建光澤	道光進士	一鐙精舍甲部稿

孫經世	字濟侯、號惕齋	福建惠安	道光貢生	說文說、說文會通
陳潮	字東之	江蘇泰興	道光舉人	東之文鈔
鄭珍	字子尹、晚號柴翁	貴州遵義	道光舉人	說文逸字、說文新附考
林昌彝	字惠常	福建侯官	道光進士	溫經日記
施邦祁	字非熊、號北研	浙江烏程	清人	禮耕堂叢說
鄭知同	字伯更	鄭珍之子	清人	說文商議、說文逸字附錄
徐鼐	字彝舟、號亦才	江蘇六合	道光進士	讀書雜釋
張文虎	字孟彪、又字嘯山自號天目山樵	江蘇南匯	清人	舒藝齋隨筆
莫友芝	字子偲、號邵亭、晚號耴叟	貴州獨山	道光舉人	唐寫本說文木部箋異
李祖望	字賓嵎	江蘇江都	咸豐時人	小學類編、鍥不舍齋文集
許城	字太眉、一字夢西、自號三橿翁	江蘇陽湖	咸豐舉人	讀說文雜識
黃式三	字薇香	浙江定海	道光貢生	
薛壽	字介伯	江蘇江都	道光諸生	學古齋文集
許槤	字叔夏、號珊林	浙江海寧	道光進士	讀說文記
曾釗	字敏修、又字勉修	廣東南海	道光拔術	面城樓存禮耕堂叢說
吳傅		廣東鶴山	清人	說文假借釋例
侯康	原名廷楷、字君模	廣東番禺	道光舉人	
鄒伯奇	字一鶚、又字特夫	廣東南海	道光八年卒	讀說文段注札記
桂文燦	字子白	廣東南海	道光舉人	潛心堂集
吳文起		廣東鶴山	咸豐副貢生	
金錫齡		廣東番禺	咸豐舉人	刱書室遺集
劉昌齡		廣東番禺	咸豐生員	說文轉注假借說
徐灝	字子遠、自號靈洲山人	廣東番禺	同治知府	說文部首攷、象形文釋、說文段注箋
高學瀛		廣東番禺	光緒進士	說文解字略例
廖廷相		廣東南海	光緒進士	

王國瑞		廣東番禺	光緒福建知縣	
鄒漢勛	字叔績	湖南新化	咸豐舉人	讀書偶識
俞樾	字蔭甫、號曲園	浙江德清	道光進士	兒笘錄、達齋叢說
李慈銘	字忿伯、號蓴客	浙江會稽	光緒進士	越縵堂日記
錢桂森	字辛伯	江蘇泰州	道光進士	校有段注說文
黃以周	字玄同、號儆季	式三之子	同治舉人	禮書通故
張度	字辟非	浙江長興	清人	說文解字索隱及補例
張行孚	字乳伯、一字子中	浙江安吉	清人	說文發疑、說文審音
雷浚	字深之、號甘谿	江蘇吳縣	清人	說文外編、說文引經例辨
孫詒讓	字仲容	浙江瑞安	同治舉人	籀亭（下丁為問）述林、古籀拾遺
李楨	字佐周	湖南善化	清人	說文逸字辨證
管禮耕	字申季	江蘇元和	清人	操牧齋遺書
姚福均	字屺瞻	江蘇常熟	光緒諸生	補籬遺稿
潘任		江蘇常熟	清人	說文粹言疏證
陶方琦	字子珍	浙江會稽	光緒進士	說文通釋、漢孳讀說文記
陸心源	字剛甫、一字潛園、號存齋	浙江歸安	咸豐舉人	儀顧堂集
張鳴珂	字玉珊、號公束	浙江嘉興	同治間人	說文佚字攷
許溎祥	字子頌	珊林子	光緒舉人	說文徐氏未詳說
傅雲龍	字懋元	浙江德清	清人	說文古語攷補正
胡琨		浙江仁和	清人	六書假借轉注說
吳承志	字祁甫	浙江錢塘	清人	橫陽札記、遜齋文集
吳大澂	字清卿、號恒軒、愙齋	江蘇吳縣	同治進士	說文古籀補
孫雄	原名同康、字師鄭	江蘇昭文	黃以周弟子	師鄭堂集
饒炯				六書例說、說文解字部首訂
章紹曾	字省吾	江西南昌	清人	六書指事說
胡朋	字無黨	江西南昌	清人	六書指事說、六書轉

				注說
徐嘉言	字叔猷	江西豐城	清人	六書指事說
葉濬	字哲臣	江西新建	清人	六書轉注說、六書假借說
蔡金臺	字燕生	江西德化	清人	六書假借說、六書三耦說
龍學泰	字子恕	江西永新	清人	六書三耦說
唐夢庚	字金生	江西南昌	清人	說文引經異同考
于鬯		江蘇南匯	清人	說文職墨
譚焯			清人	說文通義
汪奎				說文孳乳尋源表、說文規徐
丁午	本名正、字奚生又字頤生	浙江錢塘		田園經說
岳森	字林宗	四川南江	王湘綺弟子	六書次第說、說文舉例
林頤山	字晉霞	浙江慈谿	光緒進士	經述
廖登廷		四川井研	光緒廩生	六書說
楊銳	字叔嶠、又字鈍叔	四川緜竹	光緒舉人	秦漢碑篆文考
張孝楷		四川華陽	清人	說文假借說
蔡惠堂		江蘇徐州	清人	說文古文考證
趙聖傳	字蓉裳	江蘇興化	光緒間肄業江陰南菁書院	經說遺著
朱孔彰	字仲我	駿聲子	光緒舉人	說文粹、釋說文讀若例
饒登逵	字儀廷	湖北應山	清人	六書轉注說
喻長霖	字志韶	浙江黃巖	清人	性諟齋初稿、經義駢枝
劉師培	原名光漢、字申叔	江蘇儀徵	民國北京大學教授	古文字攷、讀書隨筆
郭慶藩	字子瀞	湖南湘陰	清人	說文經字正誼
蕭道管	陳衍妻	福建侯官	清人	說文重文管見

鄭文焯	字叔問、號大鶴山人	山東高密	光緒間人	說文引群說故
葉德輝	字煥彬、號郋園	湖南長沙		說文讀若考、六書古微
王國維	字伯隅、號靜安	浙江海寧	民國清華大學教授	觀堂集林、史籀疏證
田吳炤	字伏侯，改名潛	湖北江陵		說文二徐箋異、一切經音義引說文箋
羅振玉	字叔言、號雪堂	浙江上虞	民國人	讀碑小箋、永豐鄉人稿
章炳麟	字太炎	浙江餘杭	民國人	文始、小學答問
奚世榦	字挺筠	江蘇南匯	民國人	說文校案
楊譽龍	字雲程	浙江錢塘	民國人	文字通詮
陳啟彤				說文疑義
朱闇章				說文釋疑
丁佛言		山東黃縣	民國人	說文古籀補補
林義光		福建閩縣	民國人	文源、六書通義
徐紹楨	字固卿、灝子		民國陸軍中將	六書辨、學壽堂日記、說文部首述議
胡韞玉	字樸安	安徽涇縣	上海國民大學國學系教授	六書淺說
顧實	字惕生	江蘇武進	上海滬江大學國學教授	中國文字學、六書解詁及其釋例、說文解字部首講疏
陳柱	字柱尊	廣西北流	上海大夏大學國學教授	說文解字釋要、小學評議、守玄閣經說
金鉞		直隸天津	民國人	說文約言
吳曾祺		福建侯官	民國人	澬香山館文集
陳漢章		浙江象山	北京大學教授	綴學堂初稿
容庚	字希白	廣東東莞	民國人	金文編
商承祚	字錫永	廣東番禺	羅振玉門人	殷虛文字類編
湯濟滄		浙江吳興	民國人	轉注說

許篤仁				轉注淺說

至於《說文解字詁林通檢》則為丁氏弟子伯乾所撰，分部仍照《康熙字典》，字有難檢者，則兩出之，例如「相」字，既收目部，復收木部；又如「酒」字，既入酉部，又入水部，誠為兩便也。於同部之字則以筆畫多寡為序，每字之下，則註明《說文解字詁林》之頁碼，亦易檢索者也。

第五節　釋　名

一、釋名的作者及其時代

劉熙《釋名》為一部語源學性質之書。《隋書·經籍志》：「《釋名》八卷，劉熙撰。」今本《釋名》，題「漢徵士北海劉熙成國撰」。陳振孫《直齋書錄解題》，馬端臨《文獻通考》皆如是題。按《館閣書目》云：「漢徵士北海劉熙成國撰，推揆事源，釋名號，致意精微。」《崇文總目》云：「熙即物名以釋義。」顏之推亦云：「劉熙製《釋名》。」熙作熹。《釋名》作者，原無問題，惟范曄《後漢書·文苑傳》：「劉珍字秋孫，一名寶，南陽蔡陽人，少好學，永初中為謁者僕射，鄧太后詔使者與校書劉騊駼、馬融及五經博士，校定東觀五經諸子傳記百家藝術，整齊文字，是正文字。永寧九年，太后又詔珍與騊駼作《建武以來名臣傳》，遷侍中越騎校尉。延光四年拜宗正，明年，轉衛尉，卒官，著誄訟連珠凡七篇，又撰《釋名》三十卷，以辨萬物之稱號云。」珍是安帝

時人，卒於順帝永建元年。劉珍《釋名》，後無傳書，且不見著錄。劉熙《釋名》，歷見著錄，而事略頗少可徵。《續博物志》有漢博士劉熙，《書錄解題》、《館閣書目》、《文獻通考》皆作漢徵士。又《隋書·經籍志》：「《大戴禮記》十三卷。注：『梁有《謚法》三卷。後漢安南守劉熙注。亡。』」因之《釋名》有題為安南太守劉熙撰者，於是《釋名》作者，遂有疑問。清《四庫全書總目提要》：「《後漢書·劉珍傳》稱珍撰《釋名》三十篇，其書名相同，姓又相同，鄭明選作《秕言》，頗以為疑。」清畢沅、錢大昕考《三國志·吳志·程秉傳》：「避亂交州，與劉熙考論大義，遂博通五經。」〈薛綜傳〉：「少依族人，避地交州，從劉熙學。」〈韋曜傳〉：「曜因獄吏上書，見劉熙所著《釋名》，信多佳者。」畢沅認為「疑《釋名》兆于劉珍，踵于劉熙。」統觀畢沅、錢大昕之所考，或有兩《釋名》，劉珍之《釋名》早佚，劉熙《釋名》獨傳。舊本題安南太守劉熙撰❻。玩曜之書，似熙之書，吳末乃始流布，是熙之去曜，年代必當不遠。一也；近時校者，以兩漢無安南郡，或云當作南安。今考劉昭注《續漢書》稱《三秦記》曰：「中平五年，分漢陽置南安郡。《元和郡志》亦云漢靈帝已立郡，是置郡已在漢末。二也；此書釋州國篇，有司州。」案《魏志》及《晉書·地理志》，魏以漢司隸所部河東、河南、河內、宏農并冀州之平陽，合五郡置司州，是建安以前，無司州之名，三也；又云西海郡，海在其西，據劉昭注，則西海郡亦獻帝建

---

❻　《隋書·經籍志》有安南太守劉熙注字，《冊府元龜》亦云後漢安南太守劉熙，因之舊本據以為題。

安末立，其時去兜受禪不遠。四也；〈釋天〉等篇於光武列宗之諱均不避。五也。以此而推，則熙為漢末或魏受禪以後之人無疑。❻
錢大昕據〈程秉傳〉、〈薛綜傳〉、〈韋曜傳〉推之，以為劉君乃漢末名士，建安中避地交州，故其書行於吳，而韋宏嗣因有辨釋名之作也。交州與魏隔遠，不當有入魏之事。史又不言其曾仕吳，殆遯跡以終者，亦管寧之流亞歟！❻又郝懿行〈劉熙釋名考〉也認為劉熙乃漢獻帝建安時期人，所寫《釋名》不應晚於西元 220 年。

二、釋名之內容與體例

《釋名》者釋事物之名而作也。全書共計二十七篇，其分類略同《爾雅》。其內容為：

卷一：釋天、釋地、釋山、釋水、釋丘、釋道。

卷二：釋州國、釋形體。

卷三：釋姿容、釋長幼、釋親屬。

卷四：釋言語、釋飲食、釋采帛、釋首飾。

卷五：釋衣服、釋宮室。

卷六：釋床帳、釋書契、釋典藝。

卷七：釋用器、釋樂器、釋兵、釋車、釋船。

卷八：釋疾病、釋喪制。

以《釋名》與《爾雅》相較，內容差異甚大，無《爾雅》之〈釋詁〉、〈釋訓〉、〈釋言〉及〈釋草〉、〈釋木〉、〈釋

---

❻　見《釋名疏證·序》，此序成於乾隆五十四年。

❻　見《潛研堂文集》二十七卷〈釋名跋〉。

蟲〉、〈釋魚〉、〈釋鳥〉、〈釋獸〉、〈釋畜〉十篇。由《爾雅》〈釋親〉廣為〈釋長幼〉、〈釋親屬〉。由《爾雅》〈釋器〉廣為〈釋采帛〉、〈釋首飾〉、〈釋床帳〉、〈釋用器〉、〈釋兵〉、〈釋車〉、〈釋船〉。由《爾雅》〈釋地〉廣為〈釋地〉、〈釋州國〉、〈釋道〉。而〈釋天〉、〈釋山〉、〈釋水〉、〈釋丘〉、〈釋宮室〉、〈釋樂器〉則如《爾雅》之舊。〈釋形體〉、〈釋姿容〉、〈釋言語〉、〈釋飲食〉、〈釋書契〉、〈釋典藝〉、〈釋疾病〉、〈釋喪制〉則為《爾雅》所未有。其內容之大體已超出《爾雅》之外。畢沅謂其書「參校方俗，考合古今，晰名物之殊，辯典禮之異。洵為《爾雅》、《說文》以後，不可少之書。」❻❼其辨晰名物典禮，時出於《爾雅》、《說文》之外❻❽。即同一名物典禮，而稱謂殊異者，亦頗有之❻❾。蓋因時代更易，稱謂遂別，亦有稱謂雖同，以聲韻言語之流變，而說解遂別❼⓿。

---

❻❼　見畢沅《釋名疏證·序》。

❻❽　《說文》無韡字，《新附》有之，鞮屬。《釋名·釋衣服》：「韡、跨也。兩足各以一跨騎之。本胡服，趙武靈王服之。」《爾雅·釋丘》無陽丘。《釋名·釋丘》：「丘高曰陽丘。體高近陽也。」此類甚多，略舉二條為例。

❻❾　《說文》：「平土有叢木曰林。」《釋名·釋山》：「山中叢木曰林。林、森也，森森然也。」《爾雅·釋宮》：「狹而修曲曰樓。」《釋名·釋宮室》：「樓、言牖戶諸射孔婁婁然也。」此類亦甚多，略舉二條為例。

❼⓿　《說文》：「天、顛也。」《釋名·釋天》：「豫司兗冀以舌腹言之，天、顯也，在上高顯也。青徐以舌頭言之，天、坦也，坦然高而遠也。」《說文》：「山、宣也，宣氣散生萬物。」《釋名·釋山》：「山、產也。產生萬物。」此類亦甚多，略舉二條為例。

《釋名》在《爾雅》、《小爾雅》後三百餘年，在《說文解字》後約一百年，對當時之名物典禮，頗有可以參考者。《釋名》所釋名物典禮計一千五百二事。雖不完備。亦可以略窺當時名物典禮之大概矣。

至其條例，據顧千里《釋名略例》❼，可分為十例：

㈠本字例：如「冬曰上天，其氣上騰與地絕也。」以上釋上，此本字之例也。

㈡疊本字例：如「春曰蒼天，陽氣始發，色蒼蒼也。」以蒼蒼釋，此疊本字之例也。

㈢本字而易字例：如：「宿、宿也。星各止宿其處也。」以止宿之宿，釋星宿之宿，此本字而易字之例也。

㈣易字例：如：「天、顯也，在上高顯也。」以顯釋天，此易字之例也。

㈤疊易字例：如：「雲、猶云云，眾盛意也。」以云云釋雲，此疊易字之例也。

㈥再易字例：如：「腹、複也，富也。」以複也、富也再釋腹，此再易字之例也。

㈦轉易字例：如：「兄、荒也，荒、大也。」以荒釋兄，而以大轉釋荒，此轉易字之例也。

㈧省易字例：如：「綈、似蚳蟲之色，綠而澤也。」如不省，當云：「綈、蚳也。」以蚳釋綈，而省蚳也二字，此省易字之例。

---

❼　顧廣圻字千里，清江蘇元和人，精校勘之學，道光十九年卒，年七十。《釋名略例》刊於《皇清經解·經義叢鈔》中。

㈨省疊易字例：如：「夏曰昊天，其氣布散顥顥也❼。」如不省，當云：「昊猶顥顥。」以顥顥釋昊而省「昊猶顥顥」四字，此省疊易字之例也。

㈩易雙字例：如：「摩娑、末殺也。」以末殺雙字釋摩娑雙字，此易雙字之例也。

今人楊樹達《增訂積微居小學金石論叢・卷第五》有一篇〈釋名新略例〉云：

> 元和顧千里《釋名略例》，謂《釋名》之例有二：一曰本字，二曰易字。……今按顧氏此文，能於劉氏書書義訓繁複之中，紬繹端緒，使其井然不紊，信足美矣。顧《釋名》乃以音為訓之書，治之者宜於聲音求其條貫，不當全以字形為說。顧氏以本字易字為大例，而以十凡括之，蓋猶不免泥於迹象也。今用顧氏之法為〈釋名新略例〉一篇，雖未能盡舍字形，要以聲音為主。其說曰：
>
> 《釋名》音訓之大例有三：一曰同音，二曰雙聲，三曰疊韻。其凡則有九：一曰以本字為訓，二曰以同音字為訓，三曰以同音符之字為訓，四曰以音符之字為訓，五曰以本字所孳乳之字為訓，此屬於同音字也。六曰以雙聲字為訓，七曰以近紐雙聲字為訓，八曰以旁紐雙聲字為訓，此屬於雙聲者也。九曰以疊韻字為訓，此屬於疊韻者也。
>
> 一曰以本字為訓者，如以宿釋宿，以關釋關，以蒼蒼釋蒼

---

❼　畢沅曰：「顥、今本作皓，皓俗字也。《說文》：『顥、白皃。从頁景。』《楚辭》：『天白顥顥。』據此當作顥。」

天，以孚甲釋甲之類是也。

二曰以同音字為訓者，如以省釋眚，以喪釋霜，以竟釋景，以孳釋子，以扞釋寒，以羽釋雨，以禁釋金，以冒釋卯，以身釋申，以恤釋戌，以更釋庚之類是也。聲韻兼符，是為同音，今音有四聲之別，古無是也。

三曰以同音符為訓者，如以閔釋旻，閔旻皆从文聲；以燿釋曜，燿曜皆从翟聲；以揚釋陽，揚陽皆从昜聲；以遇釋偶，遇偶皆从禺聲之類是也。

四曰以音符之字為訓者，如以止釋趾，趾从止聲；以卻釋腳，腳从卻聲；以殿釋臀，臀从殿聲之類是也。

五曰以本字之孳乳字為訓者，如以愾釋氣，愾从氣聲；以蔭釋陰，蔭从陰聲；以爇釋熱，爇从熱聲；以蠢釋春，蠢从春聲；以終釋冬，終从冬聲；以吐釋土，吐从土聲；以仵釋午，仵从午聲；以核釋亥，核从亥聲；以軋釋乙，軋从乙聲，以炳釋丙，炳从炳聲；以紀釋己，紀从己聲；以茂釋戊，茂从戊聲；以妊釋壬，妊从壬聲；以揆釋癸，揆从癸聲；以廣釋光，廣从黃聲，黃从光聲之類是也。

六曰以雙聲字為訓者，如以坦釋天，以散釋星，以汜與放釋風，以冒釋木，以化釋火，以散釋巽，以戰釋震，以綏釋雪之類是也。

七曰以近紐雙聲字為訓者，如以健釋乾，以昆釋鯤，以踝釋寡之類是也。又如以進釋年，今音類若相遠，然年从千聲，千進為近紐雙聲，亦當屬此。

八曰以旁紐雙聲字為訓者，如以假釋夏，以祝釋孰，以承釋

膝⓭之類是也。

九曰以疊韻字為訓者，如以關訓月，以顯訓天⓮之類是也。

雖古今音變，不可悉知，然大旨具是矣。

楊氏之說，大體皆是，然八類近紐雙聲與九類旁紐雙聲，近旁義近，旁亦近也。實際上皆屬同發聲部位之雙聲字，似無釐別之必要。至其九類疊韻一說，疑惑尤多，此不細贅。

三、釋名之材料來源及其研究之方法

《釋名》自序云：「夫名之於實，各有義類。百姓日稱而不知其所以之意。故撰天地、陰陽、四時、邦國、都鄙、車服、喪紀，下及民庶應用之器，論敘指歸，謂之《釋名》，凡二十七篇。」《釋名》的「名」，和《說文解字》中的「文」「字」是十分近似的。不過著書重點不同。若欲分別，文是從察形就義來說；字是從形聲孳乳來說，名就是指審聲正讀來說。劉熙在《釋名》中試圖將

⓭　《廣韻》下平十六蒸：「承、署陵切」禪紐蒸韻開口三等，去聲四十七證：「滕、以證切。」喻紐證韻開口三等；又：「媵、實證切」神紐證韻開口三等。楊氏此說，有二疑惑，釋名屬後漢產物，而以《廣韻》聲紐論之，若論上古音，蘄春黃侃以為神禪二紐古皆歸定，曾運乾氏〈喻母古讀考〉亦以喻母四等字古歸定紐，然則若論上古聲母當為同聲紐矣。

⓮　按：關月固屬疊韻，而關去月切，溪紐，月魚厥，疑紐，照楊氏之例，二字亦為旁紐雙聲矣。又案：顯在上聲銑韻，呼典切，曉紐，銑韻開口四等，天在下平聲先韻，他前切，透紐開口四等，論《廣韻》，不計聲調，可謂疊韻。若論古韻，則顯在元部，天在真部，亦非疊韻。可見楊氏所為〈釋名新略例〉，亦不過隨興所至，任舉數字，實未經過縝密思考，未可以為確切不移者也。

各類事物之名稱，各種雅俗名號作一探求。使人明其所以然，可說志向宏偉。劉氏以先秦以來傳統訓詁方法之一，以聲音推因求原的方法，來探求事物典禮命名之本源。以現代語言學術語言，即對「語源學」展開探求與研究。此乃我國語言學史上奠立起一塊新的里程碑。

《釋名》二十七篇全部採用了以同音字或音近字「推因求原」的音訓法❼來解釋詞義，此一方法乃劉熙在先秦與漢儒著述中，將有關音訓資料加以彙集，並在此基礎上加以發展。也如《爾雅》、《方言》一樣，既用了書面資料，也用了口語材料。

《釋名》全書，研究方法主要為音訓。即以音訓方法探求字義之語源。兩漢時期，音訓大量應用，學者欲探求事物得名之真正解釋。所謂音訓，乃以語音相同或相近之詞來說明另一詞之意義，音訓之名由此而來，劉熙即在前人運用基礎上，加以彙集、研究，並進一步發展，從而發表使《釋名》成為音訓專著。

不過劉熙《釋名》所解釋者，並非百姓日稱之一般詞語，乃關於名號、典章、制度、天干、地支等詞語，乃其作為音訓之對象。董仲舒的《春秋繁露・深察名號》認為「治天下之端，在審辨大，辨大之端，在察名號。」又說：「名號之近，取之天地。」「名則聖人所發天意，不可不深觀也。」然而要如何深觀？自然離不開音訓方法。《春秋繁露》云：「君者、元也；君者、原也；君者、權也；君者、溫也；君者、群也。」可見對「君」一詞之音訓，非一

---

❼　前人多稱「聲訓」，其實兼聲韻，以聲命名，乃屬一偏，故今正名為「音訓」。

般詞之釋義，乃指出如何方乃為君之道。劉熙從語言學觀點出發研究音訓，突破前人以音訓宣揚儒家思想之範疇，僅此一點，對古代語言學亦有其貢獻也。

《釋名》運用音訓釋義，主要方式，有下列數種：

用方言轉變來作解釋。如：

〈釋水〉：「兗州人謂澤為掌」之類。

用音義遞詁之方法。如：

〈釋典藝〉：「爾、昵也；昵、近也；」「雅、義也；義、正也。」之類。

用同義譬況之方式。如：

〈釋床帳〉：「幄、屋也，形如屋也。」之類。

用複音詞解釋單音詞。如：

〈釋宮室〉：「梁、彊梁也。」之類。（彊梁疊韻）

先用一字釋義，然後再加形容詞來作解釋。如：

〈釋采帛〉：「紈、渙也。」「渙、渙然也。」之類。

〈釋天〉：「光、晃也，晃晃然也。」

先用一單字音訓釋義，然後再加以解釋。如：

〈釋天〉：「日、實也。光明盛實也。」「月、缺也。滿則缺也。」

〈釋地〉：「土、吐也。吐生萬物也。」

一字而有數訓，除了語音上的關係而外，因義有兼通，故一並舉出。如：

〈釋地〉：「地者、底也。其體底下載萬物也。亦言諦也，五土所生莫不信諦也。易謂之坤，坤、順也，上順乾也。」

〈釋形體〉：「毛、貌也，冒也。」

四、釋名之貢獻與影響

《釋名》二十七卷的收詞比《爾雅》廣泛得多，至於解釋，則完全從音訓出發，與《爾雅》大不相同。《爾雅》雖偶爾也有音訓的例子，如：「甲、狎也。」「履、禮也。」「康、苛也。」「葵、揆也。」《釋名》則不是偶然，而幾乎每條都用了音訓。例如：

> 天、豫司兗冀以舌腹言之，天、顯也，在上高顯也；青徐以舌頭言之，天坦也，坦然高而遠也[76]。〈釋天〉

> 景、竟也。所照處有竟限也。〈釋天〉

> 風、兗豫司冀橫口合脣言之，風、氾也，其氣博氾而動物也；青徐言風，蹴口開脣推氣言之，風、放也，氣放散也[77]。〈釋天〉

> 楚、辛也[78]。其地蠻多，而人性急，數有戰爭，相爭相害，辛楚之禍也。〈釋州國〉

---

[76] 王力以為舌腹指舌根音。大約指「天」字讀[x-]，近似今廣東台山讀「天」[hin]；舌頭，則讀[t-]與今普通話近似。

[77] 王力以為：合脣，指收音於[-m]；開脣，指收音於[-ŋ]。

[78] 畢沅說：「辛」下當有「楚」字；王先謙說：吳校本作「楚、楚也。」

肌、㒒也。膚幕堅㒒也[79]。〈釋形體〉

眼、限也。童子限限而出也。〈釋形體〉

臥、化也，精氣變化，不與覺時同也。〈釋姿容〉

達、徹也。〈釋言語〉

出、推也，推而前也。〈釋言語〉

私、恤也，所恤念也。〈釋言語〉

鮑魚，鮑、腐也，埋藏淹使腐臭也。〈釋飲食〉

縑、兼也。其絲細緻，數兼于絹，染兼五色，細緻不漏水也。〈釋采帛〉

錦、金也，作之用功重，其價如金，故其製字从帛與金也。〈釋采帛〉

綃頭，綃、鈔也，鈔發使上從也。或謂之陌頭，言其從後橫陌而前也。齊人謂之帩，言斂髮使上從也。〈釋首飾〉

幅、所以自偪束。今謂之行縢，言以裹腳，可以跳騰輕便也。〈釋衣服〉

劍、檢也，所以防檢非常也；又斂也，以其在身拱時斂在臂

---

[79] 《玉篇》：「北方名堅曰㒒。」

內也。〈釋兵〉

痔、食也。蟲食之也。〈釋疾病〉

《釋名》在音訓上雖然有缺點，但在中國語言學史上，仍有其參考價值。第一、有眾多訓詁（非音訓），如山頂曰冢，山旁曰陂，山脊曰岡，山小而高曰岑，廣平曰原，高平曰陸等，均可與《爾雅》、《說文解字》互相證明，特別是書中敘述不少有關名物、典章制度、風俗習慣之知識，在中國文化史上有極大之價值。第二、即使應用音訓時，仍然反映出詞之較古意義，如「景」下注云：「所照處有竟限。」可見「景」之本義為日光。「眼」下注云：「童子限限而出。」可見「眼」之本義為眼珠；「臥」之本義為睡覺（伏几而睡）；「鮑」下注云：「埋藏使腐臭」可見「鮑」之本義為醃魚。「幅」下注云：「所以自偪束」，可見「幅」之本義為綁腿。有時雖非古義，且為新起之義，在音訓上似乎無理，然在詞匯發展史上，卻值得珍視。例如：「楚」下注云：「辛也」，從而以辛楚釋楚國。按：辛楚之「楚」本作「齭」，《說文解字》：「齭、齒傷酢也。」「齭」又寫作「齼」，原先只是牙齒感到酸痛的意思。引申為辛酸苦楚的意思，是後來的發展❽。第三、音訓既然用同音字或音近之字，則往往不但是雙聲，而且也常多疊韻，吾人可藉此以驗證與研究古音系統。《釋名》之前，《白虎通義》以遷方訓西方，《尚書大傳》以鮮方訓西方。可知「西」字上古音當收音於[-n]。《說文解字》以燬訓火，可見「火」字上古音

---

❽　陸機詩：「俯仰悲林薄，慷慨含辛楚。」陸機的時代在劉熙之後。

當屬微部。以準訓水，以推訓春，可確認上古韻部諄微對轉。若此之等，《釋名》例子更多，以氾訓風，可知上古風收音於[-m]屬侵部，在漢代方言中仍有遺迹。以徹訓達，可見徹達古音同在月部，王念孫把徹歸至部是錯的，江有誥歸入祭部是對的。以推訓出，可見微沒是陰入對轉；以恤訓私，可見脂質也是陰入對轉。以腐訓鮑，以偪訓幅，可見古無輕脣音，《釋名》裏是有充分證據的。由此說來，音訓雖不免多主觀成分，所釋的義未必盡為可信。但是，音訓的具體內容，也不可一概否定。因為事物得名之始，也許是任意的，但當一個詞，演變為幾個詞的時候，就不再是無意義的了。而會在語音上發生關係了。例如《釋名・釋親屬》：「父之弟曰仲父，仲、中也。位在中也；仲父之弟曰叔父，叔、少也。」〈釋長幼〉：「三十曰壯，言丁壯也。」〈釋言語〉：「智、知也。」又：「勒、刻也。」「紀、記也。」〈釋天〉「異者、異於常也。」〈釋州國〉：「司州，司隸校尉所主也。」〈釋宮室〉：「觀、觀也，於上觀望也。」〈釋衣服〉：「被、被也，所以被覆人也。」這些地方，劉熙已探索到了語源。這些意義與語音的關係，決不是偶然的，這就牽涉到「詞族」的問題，值得我們進一步研究。

《釋名》對後代的影響，宋以後的右文說，諧聲偏旁兼有意義，甚至有人以諧聲字偏旁本義不可說，須以假借義說之為造字的假借，雖亦持之有故，很難說是好的影響還是壞的影響。至於像王念孫學派「就古音以求古義，引伸觸類，不限形體。」這樣研究語言與訓詁，毋寧是好的影響。

《釋名》這部書有一個異名，常為人所忽略。孫德宣〈劉熙和

他的《釋名》〉一文說：

> 明代郎奎金曾把《釋名》和《爾雅》、《廣雅》、《小爾
> 雅》、《埤雅》合刻，名為《五雅》，自此《釋名》有《逸
> 雅》之稱。

五、有關《釋名》之重要著述

㈠ 畢沅《釋名疏證》

畢沅《釋名疏證》八卷，有正書、篆書二種，畢氏自敍云：
「余循覽載籍，凡經傳子史，有與此書相表裏者，援引以為左證。
又證唐、宋人有引是書者，會萃以相參校，表其異同，正其紕繆，
且益以《補遺》及《續釋名》，題曰《釋名疏證》。」梁起超《中
國近三百年學術史》云：「《釋名疏證》題畢秋帆著，實則全出江
艮庭之手，舊本訛脫甚多，畢、江據各經史注，唐、宋類書，及
道、釋二藏校正之，復雜引《爾雅》以下諸訓詁書證成其義。雖尚
簡略，然後此書，方始可讀。」《釋名補遺》一卷，凡群書中引
《釋名》，而為今本《釋名》所無者，悉為輯出，此真展轉傳鈔之
所漏略者。書有經訓堂原刊本，商務印書館《叢書集成》初編景印
經訓堂本。

㈡ 王先謙《釋名疏證補》

此書共八卷，補附乙卷，係以畢氏《疏證》為主，而以畢校未
盡發揮，乃與湘潭王啟原、葉德輝、孫楷，善化皮錫瑞，平江蘇
輿，與其弟先慎，復加詮釋。據畢氏原本，參酌寶應成蓉鏡《補
證》、陽湖吳翊寅《校議》、瑞安孫詒讓《札迻》。甄錄尤雅，著

《釋名疏證補》。復刪胡玉縉、許克勤之所校,別為《疏證補附》,與《續釋名補遺》,附錄於後。王氏之書,視畢氏為尤詳。成氏之補證,計六十一條,王氏盡為採入。成氏之書有未善者,如〈釋天〉「日月虧日食,稍稍侵虧如蟲食草木葉也。」成《補證》云:「日食者,月掩之,月食者,地影隔之也。成國云:如蟲食葉,此例未確。按如用此種方法注古書,則古書可不必注矣。」其〈釋飲食〉「乾飯、飯而暴乾之也。」歷舉司馬彪《續漢書》「羊陟拜河內尹,常食乾飯。」謝承《後漢書》「左雄為冀州刺史常食乾飯,羊茂為東郡太守常食乾飯,胡劭為淮南太守,使鈴下閣外炊曝作乾飯。」亦通作干飯。《後漢書·獨行傳》「明堂之奠,干飯寒水。」此等補證,尚有價值。……王先謙云:「文字之興,聲先而義後,學者緣聲求義,舉聲近之義以為釋,取其明白易通。仁者人也,誼者宜也,偏旁依聲以起訓。刑者、侀也;侀者、成也。展轉積聲以求通。漢世間見於緯書,韓嬰解詩,班固輯論,率用斯體,宏闡經術,許鄭高張之倫,彌廣厥旨。逮成國之《釋名》出,以聲為書,遂為說經之歸墟。」王氏此言,極能明《釋名》之原流。而不能明《釋名》之重要,蓋《釋名》一書,既可為訓詁學之研究,又可為語言學之研究也。王氏此書,有光緒長沙思賢書局本,商務萬有文庫第二集影印思賢書局本。

㈢ 張金吾《廣釋名》

張氏此書共二卷,搜集群經傳注子緯史文,至于東漢末止。計一百五十三種書,及書名無考姓氏無考者一十五種,輯其以音訓者,就劉書二十七篇之目,依類廣之,劉書所無,網羅前訓,得其指歸,劉書所有,博參群書,備其訓釋。據張書以研究《釋名》,

時之先後，地之東西，其訓不同者，要不外聲音之流變，如《釋名》：「亥、核也。」《史記・律書》：「亥、該也。」《白虎通義》：「亥、佹也。」《說文解字》：「亥、荄也。」《淮南子》：「亥、閡也。」各書之所釋不同，而核、該、佹、荄、閡音相同，義皆可通也。此書有粵雅堂本、商務印書館叢書集成初編影印本。

四 包擬古《釋名研究》

A Linguistic Study Of The SHIH MING　Initials and Consonant

Clusters　By NICHOLAS CLEAVELAND BODMAN

包擬古（N.C. Bodman）"A Linguistic Study Of The Shih Ming"原是作者 1950 年 6 月畢業耶魯大學之博士論文，全書共 146 頁，正文分三章，首章引論，次章討論《釋名》之單聲母系統，末章針對複聲母研討。另有附錄，把《釋名》所有音訓的字列出，各注明其音值，以便於查考。其編列之方式以本字在前，音訓字在後，構成「字組」（Word pairs），分別加上編號，並以韻部先後為序，始歌部，終侵，共 1274 對字組。

竺家寧教授曾翻譯該書第三章，發表於《中國學術年刊》第三期 59-83 頁，該章包氏專門討論複聲母在《釋名》一書中，存在之形式，是全書最精要之部分。原書雖發表於 1954 年，距今已歷半個世紀。作者以一外籍人士研讀中國古籍，疏漏隔閡，自所難免。然包氏所啟示後學研究之方向，卻是中國學者所未嘗賞試過的。這一章分成三部分敘述：

1. 舌根音跟 l- 構成的複聲母

發音方法	聲母擬音	單聲母	帶 j 者	帶 l 者	帶 lj 者
塞聲	p	✓	✓	✓	✓
	k	✓	✓	✓	✓
	kʻ	✓	✓	✓	✓
擦聲	ɣ	✓	✓	✓	✓
	X	✓	✓	✓	✓
鼻聲	N	✓	✓	✓	✓

這個表顯示《釋名》帶 l- 的複聲母，在每一類舌根聲母後都出現。

2. l 與非舌根聲母的結觸

酪 plak/lak：澤 dʻak/dʻɐk

石 ȡjak/dzʻjak：格 klak/kak

這兩組是可能擬成 pl 與 dl

此外還有 l 與 tʻ 的接觸：

禮 liər/liei：體 tʻliər/tʻiei

埒 ljwat/ljwɛt：脫 tʻwat/tʻuat

禮埒很可能從 dl→l 來的。

除此之外，包氏也探討了 dzʻl- 或 zl-；sl-、pl-、bl-、ml 多種複聲母的可能性。皆極具啟發性。

3. 含有 ŋ、n、m 的複聲母

在這一節裏，包氏討論了一些 sŋ-、sn-、sm-等複聲母，都很能引人入勝，另外還討論了 tʻn-、kn-、km-、gm-等等複聲母，都是頗與傳統聲韻學的研究不同，很可能開闢一條新的途徑來。

第六節　廣　雅

一、廣雅之作者

　　《廣雅》為魏張揖著，張揖事蹟不見於《魏書》及《南史》與《北史》。《魏書·江式傳》：「式上表曰：『魏初，博士清河張揖，著《埤蒼》、《廣雅》、《古今字詁》。』」顏師古《漢書·敘例》曰：「張揖字稚讓，清河人，一云河間人。」《四庫全書總目提要》云：「太和中，官博士。其名或从木作楫，然證以稚讓之字，則為揖讓之揖，審矣。」揖行事雖不多見，除籍貫稍有異說外，其姓名、時代，初無異說也。揖所著書，今存者僅《廣雅》。《埤蒼》、《古今字詁》皆已亡佚。近人王獻唐認為張揖是以《廣雅》續《爾雅》，《埤蒼》補《三蒼》，《古今字詁》繼《說文》。❸證以張揖〈上《廣雅》表〉曰：「夫《爾雅》之為書也，文約而義固，其陳道也，精研而無誤。真七經之檢度，學問之階路，儒林之楷素也。若其包羅天地，綱紀人事，權揆制度，發百家之訓詁，未能悉備也。臣揖體質蒙蔽，學淺詞頑，言無足取，竊以所識，擇撢群義，文同義異，音轉失讀，庶物易名，不在《爾雅》者，詳錄品覈，以著于篇。凡萬八千一百五十文，分為上中下。以須方俟俊哲，洪秀偉彥之倫，扣其兩端，摘其過謬，令得用謂，亦所企想也。」則是張揖之《廣雅》確為繼續《爾雅》而作。是以陳振孫《書錄解題》曰：「凡不在《爾雅》者著於篇，仍用《爾雅》

---

❸　見許印林《古今字詁疏證·序》。

舊目。」錢曾《敏求記》亦曰：「張揖採《蒼》、《雅》遺文，不在《爾雅》者為書，名曰《廣雅》。」皆言廣《爾雅》之作，所以續《爾雅》也。

二、廣雅之内容

《廣雅》又名《博雅》，《四庫全書總目提要》云：「因《爾雅》之舊目，博採漢儒箋注，及《三蒼》、《說文》諸書，以增廣之。於揚雄《方言》，亦備載無遺。隋祕書學士曹憲為之音釋，避煬帝諱，改名《博雅》。故至今二名並稱，實一書也。前有揖〈進表〉稱『凡萬八千一百五十三文，分為上中下。』《隋書·經籍志》亦作三卷，與〈表〉所言合。然註曰：『梁有四卷』。《唐志》亦作四卷，《館閣書目》又云今逸，但存音三卷。憲所註本，《隋志》作四卷，《唐志》則作十卷，卷數各參錯不同。蓋揖書本三卷，《七錄》作四卷者，由後來傳寫，析其篇目。憲註四卷，即因梁代之本，後以文句稍繁，析為十卷。又嫌十卷煩碎，復并為三卷。觀諸家所引《廣雅》之文，皆具在今本，無所佚脫，知卷數異而書不異矣。然則《館閣書目》所謂逸者，乃逸其無注之本，所謂存音三卷者，即憲所註之本，揖原文實附註以存，未嘗逸，亦未嘗闕。惟今本仍為十卷，則又後人析之以合《唐志》耳。」

王念孫在《廣雅疏證·序》中說：「昔者周公制禮作樂，爰著《爾雅》……至於舊書雅記詁訓，未能悉備，網羅放失，將有待於來者，魏太和中博士張君稚讓，繼兩漢諸儒後，參考往籍，徧記所聞，分別部居，依乎《爾雅》，凡所不載，悉著於篇，其自《易》、《書》、《詩》、《三禮》、《三傳》經師之訓，《論

語》、《孟子》、《鴻烈》、《法言》之注，《楚辭》、漢賦之
解，讖緯之記，《倉頡》、《訓纂》、《滂熹》、《方言》、《說
文》之說，靡不兼載。蓋周秦兩漢古義之存者，可據以證得失，其
散逸不傳者，可藉以窺其端緒，則其書之為功於訓詁也大矣。」

三、廣雅之體例

《廣雅》所釋詁訓名物，計二千三百四十三事，雖多數同于
《方言》，然漢以後之詁訓名物亦頗有之，可以見社會文化進步之
迹。《廣雅》一書，既是增廣《爾雅》而作，其撰書體例大致與
《爾雅》相同。胡樸安《中國訓詁學史》嘗就《廣雅》原書為之整
理得二十二例，茲錄之于下：

> (1)以偶名釋奇名例：如韇、鞬、韖、韜、韣、弓藏也。挧、
> 醫、䪜、朓、鞴、軟，矢藏也。蓋弓藏、矢藏為人易知之
> 名，用以釋奇名之不易知者。

> (2)以奇名釋偶名例：如飛蟲、矰第、矢拔、箭也。平題、鈀
> 錞、鉤腸、羊頭，……鏑也。龍淵、太阿、干將、鏌
> 鋣……劍也。箭、鏑、劍雖是奇名，而為人人所共知
> 者，用以釋不易知之偶名。

> (3)以今名別古名例：如藋粱、木稷也。今之高粱，古之稷
> 也。秦漢以來，誤以粱為稷，高粱遂名木稷，故加木以別
> 之。

> (4)以通語釋異語例：如翁、公、叟、爸、爹、𠢹、父也。
> 媓、姒、𡡉、㜑、嫡、媼、姐、母也。娋、孟、姊也。

婿、娣、妹也之類。異語者，或古今異語，或國別異語。
通語者，無古今國別之分。故以通語釋古今國別異語。

⑸有異名同實，分兩條以釋例：如臀謂之脽。又膿、尻、
州、豚、臀也。盂謂之槃。又盎、梪、案、盞、銚、
柯……椀，盂也。合二條而觀之，則膿、尻、州、豚亦可
謂之脽。盎、梪、案……亦可謂之槃。

⑹有異實同名并一條以釋例：如廣平、榻枰之類。蓋廣平者
為博局之枰，榻枰者為牀榻之枰，實不同也，并一條而釋
之。

⑺有一物異年齡而異名例：如蘸奚毒，附子也。一歲為前
子，二歲為烏喙，三歲為附子，四歲為烏頭，五歲為天雄
之類。本是一物，因年齡之久暫而異其名也。

⑻有一物異容量而異名例：如一升曰爵，二升曰觚，三升曰
觶，四升曰角，五升曰散，本是一物，因容量大小而異其
名也。

⑼有大小同實異名不言大小例：如鷿鷉，鶻鸊也。按《方
言》「野鳧其小而好沒水中者，南楚之外，謂之鷿鷉，大
者謂之鶻螗。」螗與鸊通，則鷿鷉小，鶻鸊大。因大小而
異名，而不言大小也。

⑽有大小同實異名一明言一不明言例：如鮬、鰈也。大鰈謂
之鰟之類。以大鰈謂之鰟，則知小鰈謂之鮬。只明言大而
不言小也。

⑾有釋名物性質例：如秈、稉也，秫、穄也之類。按《眾經
音義》引《聲類》云：「秫、不黏稻也。江南呼秫為

秈。」《九穀考》云：「稉之為言硬也，不黏者也。」則
是稉為秈之性質。《說文》云：「秫、稷之黏者。」《爾
雅》釋文引《字林》云：「稬、黏稻也。」稬與稄同，是
稬為稷之性質。

(12)有釋稱謂意義例：如父、榘也；母、牧也；弟、悌也；
男、任也；肝、榦也；脾、裨也之類。按《白虎通》云：
「父者、矩也。以法度教子也。」《素問·陰陽類論》：
「陰為母。」注：「母所以育養諸子，言滋生也，此即牧
之義。」段玉裁云：「牧者，養牛人也。以譬人之乳子是
也。」……《白虎通》云：「心之為言任也，任於思
也。」《釋名》云：「肝、榦也，於五行屬木，故其體狀
有枝榦也。脾、裨也。在胃下，裨助胃氣主化穀也。」凡
此皆是釋稱謂之意義也。

(13)有共名上加一字為別例：如「罔謂之罟，羃羀、魚網也。
罝罟、兔罟也。」之類。罔與罟是共名。羃羀是魚罔之專
名。罝罟是兔罟之專名，故加魚字、兔字以別之。

(14)有在原名上加一字自成一名之例：如袒、飾、襃、明、
襗、袍、襡、長襦也。襦本短衣之名，加一長字，自成一
名詞。

(15)有以動詞為名詞例：如棲謂之杝之類。棲本動詞，因所棲
者即謂之棲，而為名詞也。

(16)有連釋例：如濱泉、直泉也；直泉、涌泉也之類，以涌泉
釋直泉，以直泉釋濱泉而連釋之。

(17)有同實因所在異名例：如昔邪、鳥韭也。在屋曰昔邪，在

牆曰垣衣，昔邪與垣衣同實，因在屋在牆而異名。

(18)有異實一部分同名例：如粢、黍、稻。其采謂之禾。韭、鼀、蕎，其華謂之菁。粢、黍、稻異也。其采之名則同。韭、鼀、蕎異也。而其華之名則同。

(19)有同實以雌雄而異名例：如鴆鳥，其雄謂之運日，其雌謂之陰諧。「運日」、「陰諧」皆鴆鳥也，因雌雄而異名。

(20)有同實以小部分而異名例：如有鱗曰蛟龍。有翼曰應龍，有角曰虬龍，無角曰虵龍之類。同一龍因有鱗、有翼、有角、無角而異名。

(21)有全體同名一部分異名例：如鏔、孑、鏝、胡、釨、戛、戈、戟也。其鋒謂之戣，其孑謂之㦸。鏔、孑、鏝、胡、釨、戛、戈，其全體皆共名為戟：其鋒、其孑而異名也。

(22)屬例：如翳鳥、鸑鳥、鷫爽、鷟鸑、鵷篅、鵕鶲、廣昌、鶬鳴、鳳皇屬也之類。各物雖有專名，總與鳳皇為一類，而又非鳳皇，故以屬字該之。

四、廣雅之注本

《廣雅》是繼《爾雅》而後，訓詁書中的巨著。語言是一種社會現象，隨著社會之發展，名物訓詁，散見於群籍者，總難盡行羅致。隨著社會之發展，名物訓詁日益增多，不可勝數。所以《廣雅》以後，繼續這種名物訓詁的書還是很多。據胡樸安《中國訓詁學史》所列，計有陸佃的《埤雅》，羅願的《爾雅翼》、董桂新的《埤雅異物記言》、朱謀瑋的《駢雅》、田寶臣的《駢支》、方以

智的《通雅》、吳玉搢的《別雅》、許印林的《別雅訂》、陳奐
《毛詩傳義類》、朱駿聲的《說雅》、程先甲的《選雅》、洪亮吉
的《比雅》、夏味堂的《拾雅》、史夢蘭的《疊雅》、劉燦的《支
雅》等十五種。

㈠ 王念孫《廣雅疏證》

　　清代研究《廣雅》最負盛名的就是王念孫的《廣雅疏證》。王
氏《疏證》特色有六：

1.考究古音，以求古義

　　古音不同於今音，古義不同於今義，於古義之佚不傳者，則就
古音以求之。疏中言某與某古音義相同者甚多，如降有大義，洪降
古聲相同也；臨有大義，臨與隆古聲相同也。沈古音長含反，讀若
覃。故沈眈譚並有大義。

2.引申觸類，不限形體

　　訓詁之旨，本於聲音，故原聲以求義，有聲同義同者，如萼、
訏、芌、並從于聲而義同。顝、魌、魁古並同聲且同義；有聲近義
同者，如祜與胡聲近義同，並有大義，隱與殷聲近而義同，並訓為
大。又有字異而義同者，如牣為滿，充牣或作充仞，或作充忍，並
字異而義同；有字亦或作者，如浩訓大，字亦作灝，又作澔。

3.只求語根，不言本字

　　王氏雖用《說文》，然並不為本字本義所拘。如〈廣釋詁〉：
「鼻、始也。」疏云：「鼻之言自也。《說文》：『自、始也。讀
若鼻，今俗以初生子為鼻子是。』」不言自本字，鼻借字。又：
「臨、大也。」疏：「臨之言隆也。《說文》：『隆、豐大
也。』」不言臨為隆之假音。

4. 申明轉語，比類旁通

王氏推明轉語，並不只空言一聲之轉，便算了事，多能旁推互證，申明其音轉之理。有語義相因相近者，其音轉之方多比之而同，如有與大義相近，故有謂之厖、方、荒、幠、虞，大亦謂之厖，方、荒、幠、吳；又大則無所不覆，無所不有，大、覆、有義相因，故大謂之幠、奄，覆亦謂之奄、幠，有亦謂之幠（撫）、奄：矜憐與覆有義相因，故矜憐亦謂之撫掩，有事雖不同，而聲之相轉可比之而同者，如長謂之脩、梢、擢，臭汁亦謂之潃、澌、濯。

5. 張君誤采，博考證失

張揖纂集群書而作《廣雅》，以一人之力，采萬卷之富，當然難免互有得失，疏之者自不必為之傅會，牽強證明。如〈廣釋詁〉：「比、樂也。」疏云：「比者，〈雜卦傳〉：『比樂師憂。』言親比則樂，動眾則憂。非訓比為樂，師為憂也。此云比槃也，下云師憂也，皆失其義耳。」此皆明言張君誤采而正其失者。

6. 先儒誤說，參酌明非

為《廣雅》作疏，目的不僅在使廣雅之義明，而且還在使群經之義皆因之而明，此所以《讀書雜志》及《經義述聞》中多引《廣雅》為據，以改正舊注，序所謂「周秦兩漢古義之孝者，可據以證其得失，其散逸不傳者，可藉以闚其端緒」是也。如〈廣釋詁〉：「拱、捄、法也。」疏云：「〈商頌·長發〉『受小球大球，受小共大共。』《傳》云：『球、玉也，共、法也。』案球共皆法也。球讀為捄，共讀為拱，《廣雅》：「拱捄、法也。……然則小球大球、小共大共，謂所受法制有小大之差耳。《傳》解球為玉，已與

共字殊義。箋復謂為執玉，迂回而難通矣。」又：「戚咨、慚也。」疏：「倒言之則曰資戚，《太玄經・初一》云：『其志齟齬。』次二曰：『其志資戚。』資戚猶齟齬，謂志不伸也。范望注訓資為用，戚為親，皆失之。」

段玉裁稱王氏之《廣雅疏證》能以古音得精義，天下一人而已。阮元〈與宋定之書〉亦云：「懷祖先生之於《廣雅》，若膺先生之於《說文》，皆注《爾雅》之矩矱，誠非虛譽。」章太炎曰：「治小學，非專辨章形體，要于推尋故言，尋甚經脈，不明音韻，不知一字數義所由生，此段氏所以為桀。旁有王氏《廣雅疏證》、郝氏《爾雅義疏》，咸與段書相次，郝于聲變，猶多億必之言；段于雅訓，又不逮郝，文理密察，王氏為優。」

㈡ 徐復主編《廣雅詁林》

此書主編徐復先生〈前言〉曰：「《廣雅詁林》之作，肇始於一九八四年，中間合同人，搜集材料，核對原文，籌措經費，歷時八載，始得成書。共事諸君，日夕將事，以底於成，亦極辛勞矣。此編所收撰述各家，截止於一九四九年以前，大都為學術界所稔知者。因此可說《詁林》相當於包括王念孫《廣雅疏證》在內的眾家解說在內。書後編有《筆畫索引》，對使用此書的人，相當方便。

例如《廣雅詁林・釋詁》第一條

　　古、昔、先、創、方、作、造、朔、萌、芽、本、根、槃、
　　尠、革、昌、孟、鼻、業、始也。

各家音注疏釋，依次是：

《博雅音》

《疏證》

《補正》

《疏義》

《箋識》

《拾補》

《新方言》

共七類音注疏釋。假若吾人不知釋詁第一條是如此安排，則查詞目索引，「古」字五畫，首畫為一，在一下有「古」字，下注 1，就表示在《詁林》的第一頁，可以看到「古」字。

　　又如我們要找「馳」字，此字總筆畫為八畫，而「馳」二畫為曲筆當在「ㄣㄣ」下可見「馳」字，下注 501，在《詁林》501 頁可見「馳」，所以查閱十分方便。

第七節　玉　篇

一、玉篇之作者

　　《玉篇》是梁大同九年（543）黃門侍郎兼太學博士顧野王所撰。唐上元元年（760）孫強增加字，至宋大中祥符六年（1013）年，陳彭年、吳銳、邱雍等重修，現存的《大廣益會玉篇》，已經不是顧野王的原本。另有《玉篇》殘卷從日本流入，可能是顧的原本，今刊於《古逸叢書》內。《陳書卷三十·列傳第二十四·顧野王傳》云：

顧野王字希馮，吳郡吳人也。祖子喬，梁東中郎武陵王府參
軍事，父烜信威臨賀王記室兼本郡五官掾，以儒術知名，野
王幼好學，七歲讀五經，畧知大旨，九歲能屬文，嘗製〈日
賦〉，領軍朱异見而奇之。年十二，隨父之建安，撰〈建安
地記〉二篇，長而遍觀經史，精記嘿識，天文地理，蓍龜占
候，蟲篆奇字，無所不通。梁大同四年除太學博士，遷中領
軍臨賀王府記室參軍。宣城王為揚州刺史，野王及琅邪王褒
竝為賓客，王甚愛其才，又善丹青，王於東府起齋，乃令野
王畫古賢，命王褒書贊，時人稱為二絕。及侯景之亂，野王
丁父憂，歸本部。乃召募鄉黨數百人，隨義軍援京邑。野王
體素清羸，裁長六尺，又居喪過毀，殆不勝衣。及杖戈被
甲，陳君臣之義，逆順之理，抗辭作色，見者莫不壯之。京
城陷，野王逃會稽，尋往東陽與劉歸義合軍，據城拒賊。侯
景平，太尉王僧辯深嘉之，使監海鹽縣。高祖作宰，為金威
將軍安東臨川王府記室參軍，尋轉府諮議參軍。天嘉元年敕
補撰史學士，尋加招遠將軍。光大元年除鎮東鄱陽王諮議參
軍，太建二年遷國子博士，後主在東宮，野王兼東宮管記，
本官如故。六年除太子率更令，尋領大著作，掌國史知梁史
事，兼東宮通事舍人。時宮僚有濟陽江總，吳國陸瓊，北地
傅縡，吳興姚察並以才學顯著，論者推重焉。遷黃門侍郎光
祿卿，知五禮事，餘官如故。十三年卒，時年六十三，詔贈
祕書監，至天德二年，又贈右衛將軍。野王少以篤學至性知
名，在物無過辭失色，觀其容貌，似不能言。及其勵精力
行，皆人所莫及。第三弟充國早卒，野王撫養孤幼，恩義甚

厚，其所撰著《玉篇》三十卷，《輿地志》三十卷，《符瑞圖》十卷，《分野樞要》一卷，《續洞冥記》一卷，《玄象表》一卷，並行於世。又撰《通史要略》一百卷，《國史紀傳》二百卷，未就而卒。有《文集》二十卷。

二、玉篇之內容

《大廣益會玉篇·序》云：「但微言既絕，大旨亦乖，故五典三墳，競開異義，六書八體，今古殊形。或字各而訓同，或文均而釋異。百家所談，差互不少，字書卷軸，舛謬尤多。難用尋求，易生疑惑，猥承明命，預纘過庭，總會眾篇，校讎群籍，以成一家之製，文字之訓備矣。」可見《玉篇》一書，是集諸家字書之大成。《玉篇》共三十卷，每卷分若干部，一共五百四十二部。與《說文》相同者五百二十九部，不同者十三部。部首次序與《說文》大不相同，除開始的幾個部首和最後的干支部首與《說文》一致以外，其他都是重新安排。顧氏想要把意義相近的部首排在一起，例如卷三所包括的是人部、儿部、父部、臣部、男部、民部、夫部、子部、我部、身部、兄部、弟部、女部，但是他並不能始終維持這個原則。據唐封演《聞見記》的記載，《玉篇》共一萬六千九百一十七字；現存的《玉篇》共二萬二千五百六十一字。大約是孫強、陳彭年等人陸續增加的。

《字林》比《說文》多三千四百七十一字，《玉篇》原本比《說文》多七千五百六十四字。今本多一萬三千二百零八字。這是合乎字書的發展的。日本所存之原本《玉篇》，計有卷八心部六

字，卷九言、語等部七百五十三字，卷十八放、丌等部一百六十五字，卷十九水部一百四十四字，卷二十二山、屾等部六百二十四字，卷二十四魚部十九字，卷二十七糸、系等部四百二十三字，共二千一百餘字。僅當顧氏原書八分之一。

三、玉篇的體例

《玉篇》和《說文》雖同屬字書，而類型不同。《說文》以說明字形為主，講本義也是為了證明字形，所以只講本義，不講引申義。《玉篇》以說明字義為主，即文字之訓，所以不限於本義，而是列舉一字多種意義，實開後世字典之先河。《玉篇》比《說文》改進的地方頗多。

第一、是先出反切。這是很合理的，因為讀者遇見一個字，首先要求讀出它的音來。

第二、是引《說文》的解釋。這是《玉篇》的有利條件，因為許慎時代沒有更早的字書可引。

第三、是盡可能舉出例證。例證是字典的血肉，沒有例證的字典只是骷髏。

第四、對例子加以必要的解釋。這對讀者也有很大的幫助。

第五、注意到一詞多義的現象。㊷

《玉篇》雖以《說文》為本，仿其體例，但實質上有創造性。《玉篇》列字的次第，也許沒有《說文》那樣嚴謹，但多引例證，也有訓詁學上的價值。不過今本《玉篇》，被孫強等刪節過甚，不

㊷　以上五點根據王力《中國語言學史》46頁所說加入。

足以顯現其內容。現舉顧氏原本《玉篇》二條，以見其注解之完備。

原本 謙、去兼反。《周易》：「謙、輕也。天道虧盈而益謙，地道備盈而流謙，鬼神害盈而福謙，人道惡盈而好謙。謙尊而先，卑而不可踰。」野王案：「謙猶沖讓也。」《尚書》：「滿招損，謙受益」是也。《國語》：「謙謙之德。」賈逵曰：「謙謙、猶小小也。」《說文》：「謙、敬也。」《倉頡篇》：「謙、虛也。」

今本 謙、苦嫌切，遜讓也。卦名。⑧③

原本 託、他各反。《公羊傳》：「託不得已。」何休曰：「因託已也。」《論語》：「可以託六尺之孤。」野王案：《方言》：「託、寄也，凡寄為託。」《廣雅》：「託、依也。託累也，或為侂字，在人部。」

今本 託、他各切。寄也，依憑也。⑧④

胡樸安在《中國文字學史》中稱贊原本《玉篇》有五大特色：

> 一、引證悉出原書，可以覆按。二、證據不孤，增加訓詁學之價值。三、按語明白，有確切之解說。四、廣搜異體，並注屬於何部，便於檢查。五、保存古書之材料。

今存日本之《玉篇》零卷，據黎庶昌、楊守敬考定，確為顧氏原本，已刊於《古逸叢書》內。雖然僅存四十三部，也可以看出

---

⑧③ 見《玉篇》卷九言部。
⑧④ 見《玉篇》卷九言部。

《玉篇》原本的體例。就是先出音、次證、次案、次廣證、次又一
體。略有五例。每字注釋，雖不全是五例俱全，然全書通例，大致
如此。例如：

> 託、他各反。（先出音）《公羊傳》：「託不得已。」何休
> 曰：「因託以也。」《論語》：「可以託六尺之孤。」（次
> 證）野王案：《方言》：「託、寄也。」凡寄為託。（次案）
> 《廣雅》：「託、依也。託、累也。」（次廣證）或為侂字，
> 在人部。（次又一體）

> 龤、胡皆反。（先出音）《說文》：「樂和龤也。」《虞
> 書》：「八音克龤」是也。（次證）野王案：此謂弦管之調
> 和也。（次案）今為諧字也。（又次一體）

　　從上二例看來，「託」字下，五例俱全，「龤」字下不舉廣
證，綜觀殘卷，《玉篇》的體例，大致如此。原本《玉篇》收字一
萬六千一十七字，今本為二萬二千五百六十一字。都用當時通行的
楷體，為我國第一部以楷書為正體的字書。《玉篇》後附有「分毫
字樣」凡二百四十八字。略舉數例於下：

> 逤還上徒荅反，合也；下胡關反，返也。

> 刀刁上都勞反，刀斧；下的聊反，人姓。

> 閟閌上布盲反，宮門也。下側銜反，立侍人。

> 袖柚上似祐反，衣袖；下余救反，果也。

　　誅誅上力癸反，祝辭；下致娛反，誅斬。

　　閔閔上比冀反，慎也；下莫困反，惽也。

　　顧野王能注意到這些形體相近，而意義又不同的漢字，這對辨字、正字都是很有幫助的。

　　總之《玉篇》雖然是屬于《說文》一系的字書，但重點不同，釋字以音義為主。《玉篇》釋字，先反切注音，然後釋義，引證之外，有時加按語說明，異體字附後，注明另見。和《說文》相比，《玉篇》更近于現代字典的形式。

四、玉篇有關之著述

　　《玉篇俗字研究》乃孔仲溫教授在國家科學會員會「歷代重要字書俗字研究」總計畫下所作出的研究成果。仲溫邀集其門下諸生黃靜吟、楊素姿、戴俊芬、陳梅香、林雅婷、謝佩慈等多人參與整理編輯工作，乃自玉篇問世以來，在臺灣所作研究最有具體成績者。仲溫辭世，其門下諸生整理其遺著出版時，嘗問序於余。余嘗曰：

　　　《玉篇》一書，乃顧野王為增益《說文》，用通行楷體編寫，為我國以楷書為正體之第一部字書，其異體字或附於正文之下，或列於注內。實在所謂異體字，即今人所謂俗字是也。昔本師潘石禪（重規）先生嘗督導門人，為作《玉篇索引》。一檢索引，諸字異體，粲現目前。異體整理，裨益殊大。今仲溫更督導門下諸生黃靜吟、謝素姿、戴俊芬、陳梅

香、林雅婷、謝佩慈等進行徹底整理，積成卷帙。其書共分
五章：首章緒論，於《玉篇》書名之考索，於撰述之淵源，
增字之始末，重修之經過。皆元元本本，敘述無遺。次章言
《玉篇》俗字之名義與體例，於俗字之名義，分為相對性、
民間性、淺近性、時代性四類，並界定俗字之範圍，確定俗
字之體例。三章為《玉篇》俗字孳乳探析，於俗字之孳乳，
細分五類，曰簡省、曰增繁、曰遞換、曰訛變、曰複生。分
析得理，一覽盡識。四章為《玉篇》與唐宋字書俗字比較。
所比較之書有《玉篇》殘卷、《干祿字書》、《廣韻》、
《類篇》等，則於俗字之研究，更超乎《玉篇》之外，駸駸
乎及於俗字之全體矣。五章為結論。提出總結性之論斷，提
出趨簡俗字衍化主流，增遞乃俗字音義強化，形音義之相近
則俗字孳乳之依憑，古文字為俗字形成之始源，漢隸為俗字
發展之關鍵，假借字亦俗字生成之緣由，語言變遷為俗字聲
符異動之原因，錯雜乃俗字衍生之關係。所言皆有依據，合
於俗字產生之原理，較之石師《玉篇索引》，可謂青出於
藍。確經細加分析，非同浮光掠影，望形而定者也。

第八節　廣　韻

一、廣韻之作者

韻書起於魏晉，魏有李登《聲類》、晉有呂靜《韻集》，南北

朝時，韻書之編集，可謂盛極一時，然多各據方土，未能通用於全
國。隋陸法言有見及此，乃與儀同劉臻、外史顏之推、著作郎魏
淵、武陽太守盧思道，散騎常侍李若，國子博士蕭該，蜀王諮議參
軍辛德源、吏部侍郎薛道衡等八人同撰集，今《廣韻》卷首載《切
韻》序文，於《切韻》編撰之經過，言之頗詳，茲錄於次：

> 昔開皇初，有儀同劉臻等八人，同詣法言門宿。夜永酒闌，
> 論及音韻，以今聲調，既自有別，諸家取捨，亦復不同。吳
> 楚則時傷輕淺，燕趙則多傷重濁，秦隴則去聲為入，梁益則
> 不聲似去。又支（章移切）脂（旨夷切）魚（語居切）虞（遇俱
> 切），共為一韻；先（蘇前切）仙（相然切）尤（于求切）侯（胡溝
> 切），俱論是切。欲廣文路，自可清濁皆通；若賞知音，即
> 須輕重有異。呂靜《韻集》、夏侯該《韻略》、陽休之《韻
> 略》、周思言《音韻》、李季節《音譜》、杜臺卿《韻略》
> 等，各有乖互，江東取韻，與河北復殊。因論南北是非，古
> 今通塞，欲更捃選精切，除削疏緩，蕭（該）、顏（之推）多
> 所決定。魏著作（淵）謂法言曰：「向來論難，疑處悉盡，
> 何不隨口記之，我輩數人，定則定矣。」法言即燭下握筆，
> 略記綱紀。博問英辯，殆得精華。於是更涉餘學，兼從薄
> 宦，十數年間，不遑修集，今反初服，私訓諸弟子，凡有文
> 藻，即須明聲韻。屏居山野，交游阻絕，疑惑之所，質問無
> 從。亡者則生死路殊，空懷可作之歎；存者則貴賤禮隔，以
> 報絕交之旨。遂取諸家音韻，古今字書，以前所記者定之，
> 為《切韻》五卷。剖析毫釐，分別黍累，何煩泣玉，未得縣

金，藏之名山，昔怪馬遷之言大，持以蓋醬，今歎揚雄之口吃。非是小子專輒，乃述群賢遺意；寧敢施行人世，直欲不出戶庭。于時歲次辛酉，大隋仁壽元年。

《切韻》一書是中國聲韻學史上最偉大的著作，唐代王仁昫與孫愐據陸法言《切韻》，分別撰成《刊謬補闕切韻》與《唐韻》，今《聲類》、《韻集》固已亡佚，《切韻》、《唐韻》亦殘闕不全。僅宋代《大宋重修廣韻》今尚保存完整。

《廣韻》一書，雖序次分合，不盡依陸氏韻目，但大體是承襲隋唐以來的舊目。《廣韻》卷首載陸法言的《切韻·序》與孫愐的《唐韻·序》，並載隋唐同撰集人姓名，以及隋唐增字諸家如郭知玄、關亮、薛峋、王仁昫、祝尚丘、孫愐、嚴寶文、裴務齊、陳道固等，可見《廣韻》一書是累積隋唐諸家而成的。《廣韻》本名《切韻》，王應麟《玉海》卷四十五：「景德四年十一月戊寅，崇文院校定《切韻》五卷，依九經例頒行。祥符元年六月五日，改名為《大宋重修廣韻》。」原來孫愐的《唐韻》，亦稱《切韻》，因為增廣了《切韻》，所以又名《廣切韻》，亦簡稱為《廣韻》。所以《廣韻》一書，與《切韻》、《唐韻》之間，只是代有增益與分合的不同而已。至於景德時重修《廣韻》者之姓名，《廣韻》原書未載，僅見於《集韻、韻例》：「先帝（真宗）時，令陳彭年、邱雍因法言韻，就為刊益。」王應麟《玉海》卷四十五，陳振孫《書錄解題》及《宋史·藝文志》所言略同。

二、廣韻之內容

(一)　《廣韻》四十一聲類

　　《廣韻》全書以平上去入四聲分卷，平聲因為字多，又分上下，故共為五卷。所列韻目，平聲上二十八韻，平聲下二十九韻，上聲五十五韻，去聲六十韻，入聲三十四韻。每一卷內，再分韻目。如平聲上分一東、二冬、三鍾、四江……是也。韻目之內以同韻類同聲紐之字聚合在一起，用一○隔開，例如一東韻下再分成○東德紅切、○同徒紅切、○中陟弓切、○蟲直弓切……，每一個同韻類下的圈○，都是聲紐的不同，所以我們叫它作「韻紐」。有人叫它作「小韻」那是毫無意義的。《廣韻》的聲類，據陳澧與黃侃研究的結果，一共有四十一聲類，現在列表如下，並附各紐的切語上字。

聲類	切　　語　　上　　字
影	於央憶伊衣依憂一乙握謁紆挹烏哀安煙鷖愛委
喻	余餘予夷以羊弋翼與營移悅
為	于羽雨雲云王韋永有遠為洧筠薳
曉	呼荒虎馨火海呵香朽羲休況許興喜虛花
匣	胡乎侯戶下黃何獲懷
見	居九俱舉規吉紀几古公過各格兼姑佳詭乖
溪	康枯牽空謙口楷客恪苦去丘墟祛詰窺羌欽起綺豈區驅曲可乞棄卿
羣	渠強求巨臼衢其奇曁跪近狂
疑	疑魚牛語宜擬危五玉俄吾研遇虞愚
端	多德得丁都當冬
透	他託土吐通天台湯
定	徒同特度杜唐堂田陀地

泥	奴乃諾內嬭那
來	來盧賴洛落勒力呂離里郎魯練縷連
知	知張豬徵中追陟卓竹珍
徹	抽癡楮褚丑恥敕
澄	除場池治持遲佇柱丈直宅墜馳
娘	尼拏女穠
日	如汝儒人而仍兒耳
照	之止章征諸煮支職正旨占脂
穿	昌尺赤充處叱春姝
神	神乘食實
審	書舒傷商施失試賞詩釋始
禪	時殊嘗常蜀市植殖寔署臣是氏視成
精	將子資即借茲醉姊遵祖臧作
清	倉蒼親遷取七青采醋麤千此雌
從	才徂在前藏昨酢疾秦匠慈自情慚
心	蘇素速桑相悉思司斯私雖辛息須胥先寫
邪	徐祥詳辭似旬寺夕隨
莊	莊爭阻鄒簪側仄
初	初楚創瘡測叉廁芻
床	床牀鋤豺崱士仕崇查俟助雛
疏	疏疎山沙砂生色數所史
幫	邊布補伯百北博巴卑鄙必彼兵筆陂畀晡
滂	滂普匹譬披丕
並	蒲步裴薄白傍部平使毗弼婢簿捕
明	莫慕模謨摸母明彌眉綿靡美
非	方封分府甫
敷	敷孚妃撫芳峰拂
奉	房防縛附符苻扶馮浮父
微	巫無亡武文望

㈡　《廣韻》四十一聲紐之正聲變聲

　　《切韻指掌圖》言及三十六字母之通轉，有類隔二十六字圖，為談及古聲正變之最早資料。茲先錄其二十六字圖於後：

發音部位	聲	母	名	稱
脣　重	幫	滂	並	明
脣　輕	非	敷	奉	微
舌　頭	端	透	定	泥
舌　上	知	徹	澄	娘
齒　頭	精	清	從	心	邪
正　齒	照	穿	床	審	禪

　　類隔之說，昔人多未能明，即《切韻指掌圖》，亦僅知同為舌音，同為脣音，或同為齒音，雖聲類相隔，如舌頭之與舌上，重脣之與輕脣，齒頭之與正齒，皆可相互為切；至其所以如此通用之故，則尚不能明。自錢大昕《養新錄》著〈古無輕脣音〉及〈舌音類隔之說不可信〉二文以後，始知以今人語音讀之，輕脣與重脣、舌頭與舌上，雖各不相同，求之古聲，則脣音無輕重之別，舌音無舌頭舌上之分，故所謂類隔者，乃古今聲音變遷之不同。今析《廣韻》聲類為四十一，已可究隋唐以前發聲之概況。然四十一聲類，亦有正有變，正為本有之聲，變則由正而生。知乎此者，始可以審古今之音，辨方言之變。故依黃季剛先生之說，列正聲變聲表于次，黃先說有未確者，則據後出諸家之說修正之。

發音部位	正聲	變聲	說明
喉	影		輕重相變
	曉		

		匣	為群	
牙	見			
	溪			
	疑			
舌	端	知照	輕重相變
	透	徹穿審	
	定	澄神禪喻邪	
	泥	娘日	
	來		
齒	精	莊	輕重相變
	清	初	
	從	床	
	心	疏	
脣	幫	非	輕重相變
	滂	敷	
	並	奉	
	明	微	

至其詳細之演變，則如下述：

1. 喉音

　　*ʔ- → 影 ʔ

　　*x- → 曉 x-

　　*ɣ- → ＋非 i 韻母 → 匣 ɣ-

　　*ɣ- → ＋i 韻母 → 群 g'-

　　*ɣj- → ＋i 韻母 → 為 j-

2. 牙音

　　*k-、*k'、*ŋ- → 見 k-、溪 k'、疑 ŋ-

　　*gr- → 喻 0-

　*gr＋j- → 邪 z-

3. 舌音

　*t- → 一、四等 → 端 t-

　*t- → 二、三等 → 知ṭ-

　*tj- → 照 tɕ-

　*t' → 一、四等 → 透 t'-

　*t'- → 二、三等 → 徹ṭ'-

　*t'j- → 穿 tɕ'-

　*d'- → 一、四等 → 定 d'-

　*d' → 二、三等 → 澄ḍ'-

　*d'j- → 神 dʑ'-

　*st'j- → 審ɕ-

　*sd'j- → 禪z-

　*n- → 一、四等 → 泥 n-

　*n- → 二、三等 → 娘 ṇ-

　*nj- → 日 nʑ-

　*r- → 喻 0-

　*rj- → 邪 z-

4. 齒音

　*ts- → 一、四等 → 精 ts-

　*ts- → 二、三等 → 莊 tʃ-

　*tsj- → 精 tsj-

　*ts'- → 一、四等 → 清 ts'-

　*ts'- → 二、三等 → 初 tʃ'-

*ts'j- → 清 ts'j-

*dz'- → 一、四等 → 從 dz'-

*dz'- → 二、三等 → 床 dʒ'-

*dz'j- → 從 dz'j-

*s- → 一、四等 → 心 s-

*s- → 二、三等 → 疏 ʃ-

*sj- → 心 s-

5.脣音

　　*p-、*p'-、*b'-、*m- → 一、二、四等三開

　　　　→ 幫 p-、滂 p'-、並 b'-、明 m-

　　*p-、*p'-、*b'-、*m- → 三等合口

　　　　→ 非 pf-、敷 pf'-、奉 bv'-、微 ɱ-

　　*hm- → 開口 → 明 m-

　　*hm- → 合口 → 曉 x-

㈢ 四聲及《廣韻》韻目相配表

　　漢以前無平、上、去、入四聲之名。至齊、梁間始興起四聲之名。《南齊書·陸厥傳》曰：「永明（齊武帝年號）末，盛為文章，吳興沈約、陳郡謝朓、瑯琊王融，以氣類相推轂。汝南周顒，善識聲韻。約等文皆用宮商，以平上去入為四聲，以此制韻，不可增減，世呼為永明體。」《梁書·沈約傳》曰：「約撰《四聲譜》，以為在昔詞人，累千載而不寤；而獨得胸襟，窮其妙旨，自謂入神之作。高祖雅不好焉，嘗問周捨曰：『何謂四聲？』捨曰：『天子聖哲是也。』然帝竟不遵用。」梁武帝之所以不遵用者，以未明其故也。日僧空海《文鏡秘府論·四聲論》載：「梁王蕭衍不

知四聲，嘗從容謂中領軍朱異曰：『何者名為四聲？』異答曰：『天子萬福，即是四聲。』衍謂異：『天子壽考，豈不是四聲也。』以蕭主博洽通識，而竟不能辨之。時人咸美朱異之能言，歎蕭主之不悟，故知心有通塞，不可以一概論也。」封演《聞見記》曰：「周顒好為體語，因此切字皆有紐，紐有平、上、去、入之異，永明中，沈約文詞精拔，盛解音律，遂撰《四聲譜》；時王融、劉繪、范雲之徒，慕而扇之，由是遠近文學，轉相祖述，而聲韻之道大行。」顧炎武《音論》曰：「今考江左之文，自梁天監以前，多以去入二聲同用，以後則若有界限，絕不相通；是知四聲之論，起於永明，而定於梁陳之間也。」閻若璩《古文尚書疏證》曰：「韻興於漢建安及齊梁間，韻之變凡有二，前此止論五音，後方有四聲。不然，有韻即有四聲，自梁天監上泝建安，且三百有餘載矣，何武帝尚問周捨以何謂四聲載！」蘄春黃季剛先生以為：四聲者，蓋因收音時留聲長短而別也。古惟有「平」「入」二聲，以為留音長短之大限。迨後讀「平聲」少短而為「上」，讀「入聲」稍緩而為「去」。於是「平」「上」「去」「入」四者，因音調之不同，遂為聲韻學上之重要名稱矣。

《廣韻》二百六韻，平聲五十七韻，上聲五十五韻，去聲六十韻，入聲三十四韻。茲取其四聲相承者，配列於下，以明留音長短之異。

平聲上	上　聲	去　聲	入　聲
一東	一董	一送	一屋
二冬	（湩）附於腫	二宋	二沃
三鍾	二腫	三用	三燭

四江	三講	四絳	四覺
五支	四紙	五寘	
六脂	五旨	六至	
七之	六止	七志	
八微	七尾	八未	
九魚	八語	九御	
十虞	九麌	十遇	
十一模	十姥	十一暮	
十二齊	十一薺	十二霽	
		十三祭	
		十四泰	
十三佳	十二蟹	十五卦	
十四皆	十三駭	十六怪	
		十七夬	
十五灰	十四賄	十八隊	
十六咍	十五海	十九代	
		二十廢	
十七真	十六軫	二十一震	五質
十八諄	十七準	二十二稕	六術
十九臻	（䫴）附於隱	（齔）附於上聲隱	七櫛
二十文	十八吻	二十三問	八物
二十一欣	十九隱	二十四焮	九迄
二十二元	二十阮	二十五願	十月
二十三魂	二十一混	二十六慁	十一沒

二十四痕	二十二很	二十七恨	（麧）附於沒
二十五寒	二十三旱	二十八翰	十二曷
二十六桓	二十四緩	二十九換	十三末
二十七刪	二十五潸	三十諫	十四黠
二十八山	二十六產	三十一襇	十五鎋
平聲下			
一先	二十七銑	三十二霰	十六屑
二仙	二十八獮	三十三線	十七薛
三蕭	二十九篠	三十四嘯	
四宵	三十小	三十五笑	
五肴	三十一巧	三十六效	
六豪	三十二皓	三十七號	
七歌	三十三哿	三十八箇	
八戈	三十四果	三十九過	
九麻	三十五馬	四十禡	
十陽	三十六養	四十一漾	十八藥
十一唐	三十七蕩	四十二宕	十九鐸
十二庚	三十八梗	四十三映	二十陌
十三耕	三十九耿	四十四諍	二十一麥
十四清	四十靜	四十五勁	二十二昔
十五青	四十一迥	四十六徑	二十三錫
十六蒸	四十二拯	四十七證	二十四職
十七登	四十三等	四十八嶝	二十五德
十八尤	四十四有	四十九宥	

十九侯	四十五厚	五十候	
二十幽	四十六黝	五十一幼	
二十一侵	四十七寑	五十二沁	二十六緝
二十二覃	四十八感	五十三勘	二十七合
二十三談	四十九敢	五十四闞	二十八盍
二十四鹽	五十琰	五十五豔	二十九葉
二十五添	五十一忝	五十六㮇	三十怗
二十六咸	五十二豏	五十七陷	三十一洽
二十七銜	五十三檻	五十八鑑	三十二狎
二十八嚴	五十四儼	五十九釅	三十三業
二十九凡	五十五范	六十梵	三十四乏

以上所列韻目，平聲有五十七韻，而上聲僅五十五韻者，以“冬”韻之上聲，止有“湩（都鵼切）鵼䳉（莫湩切）”三字，附於“鍾”韻上聲“腫”韻中。“臻”韻之上聲，止有“𧾂𣓂（仄謹切）齔（初謹切）”三字，附於“欣”韻上聲之“隱”韻中，故少二韻，實在亦五十七韻也。去聲六十韻者，多“祭”“泰”“夬”“廢”四韻，而“臻”韻去聲僅有“齔”字，附在上聲“隱”韻故也。

今若併平上去三聲言之，則平聲五十七，加去聲之四韻，為六十一韻。

《廣韻》之入聲，專附陽聲，此六十一韻之中，陽聲凡三十五韻，而入聲僅三十四韻者，以“痕”韻之入聲，止有“麧紇齕紇淈（下沒切）”五字，附於“魂”韻入聲之“沒”韻中也。

《廣韻》平、上、去、入四聲與國語一、二、三、四聲，亦存

在對應關係，茲分別說明於下：

平聲：平聲字根據《廣韻》聲母之清濁，區分為第一聲與第二聲兩類，如為清聲母，則讀第一聲，如為濁聲母，則讀第二聲。

　　　平聲清聲母讀第一聲者如：東、通、公、空、煎、仙、千、天、張、商。

　　　平聲濁聲母讀第二聲者如：同、窮、從、容、移、期、良、常、行、靈。

上聲：如果是全濁聲母則讀第四聲，是次濁聲母及清聲母則讀第三聲。

　　　上聲清聲及次濁聲母讀第三聲者如：董、孔、勇、美、耳、呂。

　　　上聲全濁聲母讀第四聲者如：巨、敘、杜、部、蟹、罪、在、腎。

去聲：《廣韻》去聲字國語一律讀第四聲。如：送、貢、弄、洞、夢、避、寄、刺、易、至、利、寐、自、四、二、氣。

入聲：入聲字變入國語聲調，對應上較為複雜，如果聲母屬次濁，則一定讀第四聲；如果聲母屬全濁，以讀第二聲為多，間亦有讀第四聲者；清聲母最無條理，一、二、三、四聲皆有，但就總數說來，仍可以全清、次清作為分化之條件，全清聲母以讀第二聲者為最多；次清聲母則以讀第四聲者為多。因此凡清聲母讀第一聲及第三聲者，可視作例外。茲舉例於下：

　　　入聲次濁讀第四聲：如木、錄、目、褥、嶽、搦、日、栗、律、物、月。

　　　入聲全濁讀第二聲：如疾、直、極、獨、濁、宅、白、薄、
　　鐸、合、匣。
　　　入聲全清讀第二聲：如吉、得、竹、足、格、革、閣、覺、
　　拔、答、札。
　　　入聲次清讀第四聲：如塞、闢、適、黑、赤、速、促、客、
　　錯、撻、妾。
　　根據以上之分析，可以歸納出國語四個聲調之《廣韻》聲調來
源。

㈠國語第一聲來自平聲清聲母。

㈡國語第二聲來自平聲濁聲母；入聲全清聲母與全濁聲母。

㈢國語第三聲來自上聲清聲母與次濁聲母。

㈣國語第四聲來自去聲，上聲之全濁，入聲之次濁與次清聲母。

　　下面再列出一些辨別入聲字之條例，對於辨識入聲，自有幫
助：

　　1.凡ㄅ〔p〕、ㄉ〔t〕、ㄍ〔k〕、ㄐ〔tɕ〕、ㄓ〔tʂ〕、ㄗ
　　〔ts〕六母讀第二聲時，皆古入聲字。例如：

　　ㄅ〔p〕：拔跋白帛薄葧別蹩脖柏舶伯百勃渤博駁。

　　ㄉ〔t〕：答達得德笛敵嫡覿翟跌迭疊碟蝶牒獨讀牘瀆毒奪
　　　鐸掇。

　　ㄍ〔k〕：格閣蛤胳革隔葛國虢。

　　ㄐ〔tɕ〕：及級極吉急擊棘即瘠疾集籍夾裌嚼潔結劫杰傑竭
　　　節捷截局菊掬鞠橘決訣掘角厥橛蹶腳钁覺爵絕。

　　ㄓ〔tʂ〕：扎札紮鍘宅擇翟著折摺哲蜇軸竹妯竺燭築逐酌濁
　　　鐲琢濯拙直值殖質執侄職。

ㄗ〔ts〕：雜鑿則擇責賊足卒族昨作。

2. 凡ㄉ〔t〕、ㄊ〔t'〕、ㄌ〔l〕、ㄗ〔ts〕、ㄘ〔ts'〕、ㄙ〔s〕等六母跟韻母さ〔ɤ〕拼合時，不論國語讀何聲調，皆古入聲字。例如：

ㄉさˊ〔tɤˊ〕：得德。

ㄊさˋ〔t'ɤˋ〕：特忒慝螣。

ㄌさˋ〔lɤˋ〕：勒肋泐樂垿垃。

ㄗさˊ〔tsɤˊ〕：則擇澤責嘖賾簀笮迮窄舴賊仄昃。

ㄘさˋ〔ts'ɤˋ〕：側測廁惻策筴冊。

ㄙさˋ〔sɤˋ〕：瑟色塞嗇穡濇澀圾。

3. 凡ㄎ〔k'〕、ㄓ〔tʂ〕、ㄔ〔tʂ'〕、ㄕ〔ʂ〕、ㄖ〔ʐ〕五母與韻母ㄨㄛ〔uo〕拼合時，不論國語讀何聲調，皆古入聲字。例如：

ㄎㄨㄛ〔k'uo〕：闊括廓鞟擴。

ㄓㄨㄛ〔tʂuo〕：桌捉涿著酌灼濁鐲琢諑啄濯擢卓焯倬踔拙茁斮斲鷟浞梲。

ㄔㄨㄛ〔tʂ'uo〕：戳綽歠啜輟醊惙齪婼。

ㄕㄨㄛ〔ʂuo〕：說勺芍妁朔搠槊箾爍鑠碩率蟀。

ㄖㄨㄛ〔ʐuo〕：若鄀箬篛弱蒻爇。

4. 凡ㄅ〔p〕、ㄆ〔p'〕、ㄇ〔m〕、ㄉ〔t〕、ㄊ〔t'〕、ㄋ〔n〕、ㄌ〔l〕七母與韻母ㄧㄝ〔ie〕拼合時，無論國語讀何聲調，皆古入聲字。惟有「爹」ㄉㄧㄝ〔tie1〕字例外。例如：

ㄅㄧㄝ〔pie〕：鷩憋別蹩癟鱉。

ㄆ一ㄝ〔p'ie〕：撇瞥。

ㄇ一ㄝ〔mie〕：滅蔑篾懱蠛。

ㄉ一ㄝ〔tie〕：碟蝶喋堞蹀牒諜鰈跌迭喋昳垤耋絰咥褶疊。

ㄊ一ㄝ〔tie〕：帖貼怗鐵饕。

ㄋ一ㄝ〔nie〕：捏隉聶躡鑷臬闑鎳涅孽蘗齧囁。

ㄌ一ㄝ〔lie〕：列冽烈洌獵躐蛚劣。

5. 凡ㄉ〔t〕、ㄍ〔k〕、ㄏ〔x〕、ㄗ〔ts〕、ㄙ〔s〕五母與韻母ㄟ〔ei〕拼合時，不論國語讀何聲調，皆古入聲字。例如：

ㄉㄟ〔tei〕：得。

ㄍㄟ〔kei〕：給。

ㄏㄟ〔xei〕：黑嘿。

ㄗㄟ〔tsei〕：賊。

ㄙㄟ〔sei〕：塞。

6. 凡聲母ㄈ〔f〕與韻母ㄚ〔a〕ㄛ〔o〕拼合時，不論國語讀何聲調，皆古入聲字。例如：

ㄈㄚ〔fa〕：法發伐砝乏筏閥罰髮。

ㄈㄛ〔fo〕：佛縛。

7. 凡讀ㄩㄝ〔ye〕韻母的字，皆古入聲字。惟「嗟」ㄐㄩㄝ〔tɕye〕、「瘸」ㄑㄩㄝ〔tɕ'ye〕、「靴」ㄒㄩㄝ〔ɕye〕三字例外。例如：

ㄩㄝ〔ye〕：曰約哦月刖玥悅閱鉞越樾樂藥耀曜躍龠籥鑰淪爚禴礿粵岳嶽鸑軏。

ㄋㄩㄝ〔nye〕：虐瘧謔。

ㄌㄩㄝ〔eye〕：略掠。

ㄐㄩㄝ〔tçye〕：嶥撅決抉訣玦倔掘崛桷角劂蕨厥橛蹶獗噱臄譎鐍玨孓腳覺爵嚼爝絕蕝矍攫躩屩。

ㄑㄩㄝ〔tç'ye〕：缺闕卻怯確榷愨愨埆闋鵲雀碏。

ㄒㄩㄝ〔çye〕：薛穴學雪血削。

8. 凡一字有兩讀，讀音為開尾韻，語音讀ㄧ〔i〕或ㄨ〔u〕韻尾的，皆古入聲字。例如：

讀音為ㄜ〔ɤ〕，語音為ㄞ〔ai〕：色冊摘宅翟窄擇塞。

讀音為ㄛ〔o〕，語音為ㄞ〔ai〕：白柏伯麥陌脈。

讀音為ㄛ〔o〕，語音為ㄟ〔ei〕：北沒。

讀音為ㄛ〔o〕，語音為ㄠ〔au〕：薄剝。

讀音為ㄨㄛ〔uo〕，語音為ㄠ〔au〕：烙落酪著杓鑿。

讀音為ㄨ〔u〕，語音為ㄡ〔ou〕：肉粥軸舳妯熟。

讀音為ㄨ〔u〕，語音為ㄧㄡ〔iou〕：六陸衃。

讀音為ㄩㄝ〔ye〕，語音為ㄧㄠ〔iau〕：藥瘧鑰嚼覺腳角削學。

（四）《廣韻》之陰聲、陽聲與入聲

從韻尾觀點，可將《廣韻》二百零六韻，分成三類不同之韻母。凡開口無尾，或收音於〔-i〕、〔-u〕韻尾者，概括說來，即以元音收尾者，稱為陰聲韻。《廣韻》中屬於陰聲韻而開口無尾者計有：支、脂、之、魚、虞、模、歌、戈、麻等九韻。（舉平以賅上去，後仿此。）收〔-i〕韻尾者計有：微、齊、佳、皆、灰、咍及去聲祭、泰、夬、廢（此為無平上相配者）十韻。收〔-u〕韻尾者計有：蕭、宵、肴、豪、尤、侯、幽七韻。總共二十六韻。

《廣韻》中以鼻音收尾者稱為陽聲韻。陽聲之收鼻音，共有三種：一曰舌根鼻音〔-ŋ〕：計有東、冬、鍾、江、陽、唐、庚、耕、清、青、蒸、登十二韻。二曰舌尖鼻音〔-n〕：計有真、諄、臻、文、欣、元、魂、痕、寒、桓、刪、山、先、仙十四韻。三曰雙脣鼻音〔-m〕：計有有侵、覃、談、鹽、添、咸、銜、嚴、凡九韻。

《廣韻》中以塞聲收尾者稱為入聲韻。入聲之收塞聲，亦有三種：一曰舌根塞聲〔-k〕：計有屋、沃、燭、覺、藥、鐸、陌、麥、昔、錫、職、德十二韻。二曰舌尖塞聲〔-t〕：計有質、術、櫛、物、迄、月、沒、（麧）、曷、末、黠、鎋、屑、薛十三韻。三曰雙脣塞聲〔-p〕：計有緝、合、盍、葉、怗、洽、狎、業、乏九韻。“陰聲”“陽聲”，古人韻部雖分析甚嚴，然未嘗顯言其分別之故，亦無名稱以表明之，名稱之立，實萌芽於戴東原。戴東原〈與段若膺論韻書〉云：「有入者，如氣之陽，如物之雄，如衣之表；無入者，如氣之陰，如物之雌，如衣之裏。」其弟子孔廣森因據其說，定如氣之陽、物之雄、衣之表者為“陽聲”，如氣之陰、物之雌、衣之裏者為“陰聲”。陰聲、陽聲之名乃告正式確立。《廣韻》以入聲專配陽聲，明顧炎武《音論》中〈近代入聲之誤〉一文，歷考古籍音讀，除侵、覃以下九韻之入聲外，餘悉反韻書之說，以配陰聲。顧氏曰：「韻書之序，平聲一東、二冬，入聲一屋、二沃，若將以屋承東，以沃承冬者，久仍其誤而莫察也。屋之平聲為烏，故〈小戎〉以韻驅、轂，（《詩·秦風·小戎》首章：『小戎俴收。五楘梁輈。／游環脅驅。陰靷鋈續。文茵暢轂。駕我騏馵。言念君子，溫其如玉。在其板屋。亂我心曲。』）不協於

東、董、送可知也；沃之平聲為夭，故〈揚之水〉以韻鑿、襮、樂，（《詩・唐風・揚之水》首章：『揚之水，白石鑿鑿。素衣朱襮。從子于沃。既見君子，云何不樂。』）不協於冬、腫、宋可知也。"術"轉去而音"遂"，故〈月令〉有"審端徑術"之文，"曷"轉去而音"害"，故《孟子》有"時日害喪"之引，"質"為"傳質為臣"之質，"覺"為"尚寐無覺"之覺，"沒"音"妹"也，見於子產之書，"燭"音"主"也，著於孝武之紀，此皆載之經傳，章章著明者。……是以審音之士，談及入聲，便茫然不解，而以意為之，遂不勝其舛互者矣。

夫平之讀去，中中、將將、行行、興興；上之讀去，語語、弟弟、好好、有有；而人不疑之者，一音之自為流轉也。去之讀入，宿宿、出出、惡惡、易易，而人疑之者，宿宥而宿屋，出至而出術，惡暮而惡鐸，易實而易昔，後之為韻者，以屋承東，以術承諄，以鐸承唐，以昔承清，若呂之代嬴，黃之易芊，而其統系遂不可復尋矣。……故歌戈麻三韻舊無入聲，侵覃以下九韻，舊有入聲，今因之，餘則反之。」

顧氏此說，誠為卓識，然謂韻書所配為誤，是又知其一而未知其二也。蓋入聲者，介于陰陽之間，凡陽聲收-ŋ者，其相配之入聲收音於-k，陽聲收-n者，其相配之入聲收音於-t，陽聲收-m者，其相配之入聲收音於-p。在發音部位上與陽聲相同，故頗類於陽聲；但音至短促，且塞聲又是一唯閉聲，只作勢而不發聲，故又頗類於陰聲。故曰介于陰陽之間也。因其介于陰陽之間，故與陰聲陽聲皆可通轉，江慎修數韻同入，戴東原陰陽同入之說，皆此理也。

伍 《廣韻》之等呼

音之洪細謂之等，脣之開合謂之呼，二者合稱則為等呼。按音之歸本於喉，本有開口、合口二等，開合又各有洪細二等，是以有四等之稱。"開口洪音"為"開口呼"，簡稱曰"開"，以其收音之時，開口而呼之也。"開口細音"曰"齊齒呼"，簡稱曰"齊"以其收音之時，齊齒而呼之也。"合口洪音"為"合口呼"，簡稱曰"合"，以其收音之時，合口而呼之也。"合口細音"曰"撮口呼"，簡稱曰"撮"，以其收音之時，撮脣而呼之也。

開合之異，實因韻母收音脣勢之異，故分辨亦極易。潘耒《類音》曰：「初出於喉，平舌舒脣，謂之"開口"，舉舌對齒，聲在舌齶之間，謂之"齊齒"，斂脣而蓄之，聲滿頤輔之間，謂之"合口"，蹙脣而成聲，謂之"撮口"。」錢玄同先生《文字學音篇》曰：「今人用羅馬字表中華音，于"開口呼"之字，但用子音母音字母拼切，"齊""合""撮"三呼，則用 i、u、y 三母，介于子音母音之間，以肖其發音口齒之狀，與潘氏之說，適相符合。試以"寒""桓""先"韻中影紐字言之。則"安"為開，拼作 an。"煙"為齊，拼作 ian。"灣"為合，拼作 uan。"淵"為撮，拼作 yan。此其理至易明瞭，無待煩言者也。」茲列圖以明之。

聲勢		方法	簡稱	例字	羅馬字表音	介音	附註
開口	洪音	開口呼之	開	安	an		無任何介音
	細音	齊齒呼之	齊	煙	ian	i	
合口	洪音	合口呼之	合	灣	uan	u	
	細音	撮脣呼之	撮	淵	yan	y	

　　據上表所列，等呼之說，實至淺易。宋以後等韻學家，取韻書之字，依三十六字母之次第而為之圖，開合各分四等，後人遂有一等洪大，二等次大，三四皆細，而四尤細之說。此說出自江永，但國人始終未有能解說而使人理解者。直至瑞典高本漢，始謂一二等無-i-介音，故其音洪，但一等之元音較後較低，二等之元音較前較淺，故一等洪大，二等次大。三四等有-i-介音，故為細音，但三等之原音較後較低，四等之元音較前較高，故同為細音，而四等尤細。雖持之有故，言之有理，但仍不易為學者所掌握。惟蘄春黃季剛先生曰：「分等者大概以“本韻”之“洪”為一等，“變韻”之洪為二等，“本韻”之“細”為四等，“變韻”之“細”為三等。」然後等韻之分等之繽紛糾轕，始有友紀。

㈥　《廣韻》二百九十四韻類

　　《廣韻》韻部所以有二百六韻之多者，其原因有四。一因四聲之異，二因陰陽之別，三因開合之不同，四因古今字音之變遷。其四聲之異，陰陽之別，及古今字音之變遷，幾已應分盡分。至于開合之不同，已分別者固多，而未分析者，亦尚有不少。陳澧《切韻考·內篇》據《廣韻》切語下字，析其韻類之開合，有一韻只一類者，有一韻而分二類、三類、四類者，凡平聲九十類，上聲八十類，去聲八十八類，入聲五十三類，共得三百十一類。錢玄同先生據黃侃先生脣音但有合口之說，因析脣音字皆為合口呼，凡得三百三十九類。然陳氏之說，太拘拘於切語上下字，弊在瑣碎；錢氏之分類，亦求密太過。今重加考定，計平聲八十四韻類，上聲七十六韻類，去聲八十四韻類，入聲五十一韻類。四聲合計共二百九十五韻類。若上聲三十八梗韻打冷二字併入杏梗猛為一類，不單獨成為

一類，則僅為二百九十四韻類。與先師林景伊（尹）先生《中國聲韻學通論》所分二百九十四韻類數目全符，惟個別字之分類有異同耳。

今依《經史正音切韻指南》十六攝為次，將《廣韻》二百九十四韻類，一一敘述於後，其有考釋，則附於各攝切語下字分類表之後：

1. 通攝

上平一東㊏	上聲一董㊐	去聲一送㊑	入聲一屋㊒	開合等第㊓
紅公東	動孔董蠓	弄貢送湅	谷祿木卜	開口一等
弓宮戎融		眾鳳仲	六竹匊宿	開口三等
中終隆			逐菊	
上平二冬㊔	上聲㊕（湩）	去聲二宋㊖	入聲二沃	開合等第

㊏　上平一東韻第一類切語下字紅公東，可以陳澧基本條例系聯；第二類切語下字，《廣韻》無隆字，豐各本《廣韻》均作「敷空切」，誤。今據《切三》正作「敷隆切」。可以基本條例系聯。

㊐　上聲一董只一類，能系聯。

㊑　去聲一送第一類可系聯，第二類「鳳、馮貢切」誤。鳳為平聲馮、入聲伏相承之去聲音，當在第二類，《切韻考》列第一類誤。除馮貢一切外，皆能系聯。

㊒　入聲第一類「穀（谷）、古祿切」「祿、盧谷切」；「卜、博木切」「木、莫卜切」。兩兩互用而不系聯，今據〈補例〉系聯。

㊓　每一韻類之開合等第據《韻鏡》。

㊔　上平二冬可系聯。

㊕　《廣韻》二腫有「湩、都鵬切」「鵬、莫湩切」，《廣韻》「湩」下注云：「此是冬字上聲。」

㊖　去聲、入聲皆能系聯。後凡能系聯者只將切語下字列出，不再加注。

冬宗	潼	統宋綜	酷沃毒篤	合口一等
上平三鍾	上聲二腫❸	去聲三用	入聲三燭	開合等第
容鍾封凶庸	隴踵奉冗悚	頌用	欲玉蜀錄曲	合口三等
恭	拱勇冢❹		足	

2. 江攝

上平四江	上聲三講	去聲四絳	入聲四覺	開合等第
雙江	項講	巷絳降	岳角覺	開口二等

3. 止攝

上平五支❾	上聲四紙❾	去聲五寘❾	開合等第

---

❸ 上聲腫韻「腫、之隴切」「隴、力踵（腫）切」；「拱、居悚切」「悚、息拱切」。兩兩互用而不系聯，據〈補例〉拱之平聲相承之音為恭，隴之平聲相承之音為龍，平聲恭龍韻同類，則上聲拱隴亦韻同類也。

❹ 冬之上聲湩𩸞二字已入畫出本韻，歸入冬之上聲（湩）矣。

❾ (1)按本韻「離、呂支切」「羸、力為切」，則支、為韻不同類，今「為」字切語用「支」字，蓋其疏誤也。考本韻「為、薳支切又王偽切」，去聲五寘「為、于偽切又允危切」，《王二》「為、榮偽反又榮危反」，《廣韻》「危、魚為切」，根據《王二》又音則危、為二字正互用為類，不與支移同類也。

(2)本韻「宜、魚羈切」「羈、居宜切」，羈、宜互用，自成一類，既不與支、移為一類，亦不與危、垂為一類，則本韻系聯結果而有三類，而與「支」韻性質不合，支韻居韻圖三、四等，其為細音無疑，究其極端，不外二類。考上聲四紙韻「狔、女氏切」《集韻》「狔、乃倚切」，則倚、氏韻同類。倚相承之平聲音為「漪、於離切」，氏相承之平聲為「提、是支切」，上聲四紙「倚、於綺切，猗、居倚切，䗐、魚倚切」猗之相承平聲為「羈、居宜切」，䗐之相承平聲為「宜、魚羈切」，是則羈、宜當併入支、移為一類也。

(3)併羈、宜入支移一類，則出現『重紐』問題，關於重紐問題，不僅出現在支韻，還出現於脂、真、諄、祭、仙、宵、侵、鹽諸韻，為談反切系

聯而不可避免者。向來諸家對『重紐』之解釋，亦不盡相同。約而舉
之，共有四說：

(A)董同龢〈廣韻重紐試釋〉，周法高〈廣韻重紐的研究〉，張琨夫婦
〈古漢語韻母系統與切韻〉，納格爾〈陳澧切韻考對於切韻擬音的
貢獻〉諸文都以元音的不同來解釋重紐的區別。自雅洪托夫、李方
桂、王力以來，都認為同一韻部應該具有同樣的元音。今在同一韻
部之中，認為有兩種不同的元音，還不是一種足以令人信服的辦
法。

(B)陸志韋〈三四等與所謂喻化〉，王靜如〈論開合口〉，李榮〈切韻
音系〉，龍宇純〈廣韻重紐音值試論〉，蒲立本〈古漢語之聲母系
統〉，藤堂明保〈中國語音韻論〉皆以三、四等重紐之區別，在於
介音的不同。筆者甚感懷疑的一點就是：從何判斷二者介音的差
異，若非見韻圖按置於三等或四等，則又何從確定乎！我們正須知
道它的區別，然後再把它擺到三等或四等去，現在看到韻圖在三等
或四等，然後說它有甚麼樣的介音，這不是倒果為因嗎？

(C)林英津〈廣韻重紐問題之檢討〉，周法高〈隋唐五代宋初重紐反切
研究〉，李新魁〈漢語音韻學〉都主張是聲母的不同。其中以李新
魁的說法最為巧妙，筆者以為應是所有以聲母作為重紐的區別諸說
中，最為圓融的一篇文章。李氏除以方音為證外，其最有力的論
據，莫過說置於三等處的重紐字，它們的反切下字基本上只用喉、
牙、脣音字，很少例外，所以它們的聲母是脣化聲母；置於四等處
的重紐字的反切下字不單可用脣、牙、喉音字，而且也用舌、齒音
字，所以其聲母非脣化聲母。但是我們要注意，置於三等的重紐
字，只在脣、牙、喉下有字，而且自成一類，它不用脣、牙、喉音
的字作它的反切下字，他用甚麼字作它的反切下字呢？何況還有例
外呢？脂韻三等「逵、渠追切」，祭韻三等「劇、牛例切」，震韻
三等「敯、去刃切」，獮韻三等「圈、渠篆切」，薛韻三等「㘩、
乙劣切」，小韻三等「殀、於兆切」，笑韻三等「廟、眉召切」，
緝韻三等「邑、於汲切」，葉韻三等「腌、於輒切」，所用切語下
字皆非脣、牙、喉音也，雖有些道理，但仍非十分完滿。

(D)章太炎先生《國故論衡·音理論》論及重紐之區別云：「媧、蠅、

奇、皮古在歌；規、闚、岐、陴古在支，魏、晉諸儒所作反語宜有
不同，及《唐韻》悉隸支部，反語尚猶因其遺跡，斯其證驗最著者
也。」董同龢〈廣韻重紐試釋〉一文，也主張古韻來源不同。董氏
云：「就今日所知的上古音韻系看，他們中間已經有一些可以判別
為音韻來源的不同：例如真韻的‘彬、砏’等字在上古屬“文部”
（主要元音*ɔ），‘賓、繽’等字則屬真部（主要元音*e）；支韻
的‘媯、虧’等字屬“歌部”（主要元音*a）‘規、闚’等字則屬
“佳部”（主要元音*e）；質韻的‘乙、肸’等字屬微部（主要元
音*ɔ），‘一、欯’等字則屬“脂部”（主要元音為*e）。」至於
古韻部來源不同的切語，何以會同在一韻而成為重紐？先師林景伊
先生〈切韻韻類考正〉於論及此一問題時說：「虧、闚二音，《廣
韻》《切殘》《刊謬本》皆相比次，是當時陸氏搜集諸家音切之
時，蓋韻同而切語各異者，因並錄之，並相次以明其實同類，亦猶
紀氏（容舒）《唐韻考》中（陟弓）、竹（陟宮）相次之例，媯、
規；祇、奇；靡、陸；陴、皮疑亦同之。今各本之不相次，乃後之
增加者竄改而混亂也。」筆者曾在〈蘄春黃季先生古音學說是否循
環論證辨〉一文中，於重紐之現象亦有所探索，不敢謂為精當，謹
提出以就正當世之音學大師與博雅君子。筆者云：「甚至於三等韻
重紐的現象，亦有脈絡可尋。這種現象就是支、脂、真、諄、祭、
仙、宵、清諸韻部分脣、牙、喉音的三等字，伸入四等。董同龢先
生《中國語音史》認為支、脂、真、諄、祭、仙、宵諸韻的脣、
牙、喉音的字，實與三等有關係，而韻圖三等有空卻置入四等者，
乃因等韻的四個等的形式下，納入三等內的韻母，事實上還有一小
類型，就是支、脂諸韻的脣、牙、喉音字之排在四等位置的，這類
型與同轉排在三等的脣、牙、喉音字是元音鬆、緊的不同，三等的
元音鬆，四等的元音緊。周法高先生《廣韻重紐的研究》一文則以
為元音高低的不同，在三等的元音較低，四等的元音較高。陸志韋
《古音說略》則以三等有〔ǐ〕介音，四等有〔i〕介音作為區別。龍
宇純兄〈廣韻重紐音值試論——兼論幽韻及喻母音值〉一文則以為
三等有〔j〕介音，四等有〔ji〕介音。近年李新魁《漢語音韻學》則
認為重紐是聲母的不同，在三等的是脣化聲母，四等非脣化聲母。

雖各自成理，但誰都沒有辦法、對初學的人解說清楚，讓他們徹底
明白。我曾經試著用黃季剛先生古本音的理論，加以說明重紐現
象，因為重紐的現象，通常都有兩類古韻來源。今以支韻重紐字為
例，試加解說。支韻有兩類來源，一自其本部古本韻齊變來（參見
黃君正韻變韻表。本部古本韻、他部古本韻之名稱今所定，這是為
了區別與稱說之方便。凡正韻變韻表中，正韻列於變韻之上方者，
稱本部古本韻，不在其上方者，稱他部古本韻。）這種變韻是屬於
變韻中有變聲的，即卑、帔、陴、彌一類字。韻圖之例，凡自本部
古本韻變來的，例置四等，所以置四等者，因為自本部古本韻變來
的字，各類聲母都有，舌、齒音就在三等，脣、牙、喉音放置四
等，因與三等的舌、齒音有連系，不致誤會為四等韻字。另一類來
源則自他部古本韻歌戈韻變來的，就是陂、鈹、皮、縻一類的字。
韻圖之例，從他部古本韻變來的字，例置三等。故陂、鈹、皮、縻
置於三等，而別於卑、帔、陴、彌之置於四等。當然有人會問，怎
麼知道卑、帔、陴、彌等字來自古本韻齊韻？而陂、鈹、皮、縻等
字卻來自他部古本韻歌戈韻？這可從《廣韻》的諧聲偏旁看出來。
例如支韻從卑得聲的字，在「府移切」音下有卑、鵯、椑、箪、
裨、鞞、頓、痺、渒、錍、椑；「符支切」音下有陴、焷、脾、
蜱、埤、裨、蜱、羆、螷、蠯、椑、郫；從比得聲之字，在「匹支
切」音下有帔；「符支切」音下有䟷、紕，從爾得聲的字，在「弋
支切」音下有鸍、䴊；「息移切」音下有壐；「武移切」音下有
彌、鸍、珊、壐、獼、簁、攡、彌、壐、穪、瀰等字。而在齊韻，
從卑得聲之字，「邊兮切」音下有䴙、椑、綼、箪、脾；「部迷
切」音下有䩥、鞞、椑、崥、鈚；「匹迷切」音下有剕、錍；從比
得聲的字，「邊兮切」音下有憊、蜕、舭、𥱼、縰、篦、桃、狴、
鈚、批；「部迷切」下有肶、笓；「匹迷切」下有磇、鸍、批、
鈚；從爾得聲的字，在齊韻上聲薺韻「奴禮切」下有禰、嬭、䎘、
瀰、壐、藺、鑈、檷、鞴；這在在顯示出支韻的卑、帔、陴、彌一
類字確實是從齊韻變來的，觀其諧聲偏旁可知。段玉裁以為凡同諧
聲者古必同部。至於從皮得聲之字，在支韻「彼為切」音下有陂、
詖、鞁、鏖；「敷羈切」下有鈹、帔、鮍、披、狓、耚、狓、翍、

移支知離羈宜奇　氏紙絼此是豸侈　避義智寄賜豉企　開口三等
爾綺倚彼靡弭婢
俾

<hr />

旅、祕、破：「符羈切」下有皮、疲；從麻得聲之字，「靡為切」
下有糜、縻、麜、靡、薩、糜、糜、靡、醾；而在戈韻從皮得聲的
字，「博禾切」下有波、紴、碆；「滂禾切」下有頗、坡、玻；
「薄波切」下有婆、蔢；從麻得聲的字，「莫婆切」下有摩、麼、
麼、蘑、魔、靡、磨、劘、膴、臝、𩵋。兩相對照，也很容易看出
來，支韻的陂、鈹、皮、麜一類字是從古本韻戈韻變來的。或許有
人說，古音學的分析，乃是清代顧炎武等人以後的產物，作韻圖的
人恐怕未必具有這種古音知識。韻圖的作者，雖然未必有清代以後
古韻分部的觀念，然其搜集文字區分韻類的工作中，對於這種成套
出現的諧聲現象，未必就會熟視無睹，則於重紐字之出現，必須歸
字以定位時，未嘗不可能予以有意識的分析。故我對於古音來源不
同的重紐字，只要能夠系聯，那就不必認為它們有其麼音理上的差
異，把它看成同音就可以了。

96 上聲四紙韻「跪、去委切」「綺、墟彼切」去、墟聲同類，則彼、委韻不
同類，彼字甫委切，切語用委字，乃其疏也。今考《全王》「彼、補靡
反」，當據正。「狋、女氏切」，《集切》「狋、乃倚切」，則倚、氏韻
同類。又本韻「俾、並弭（弭）切，弭、綿婢切，婢、便俾切。」三字互
用，然《王二》「婢、避爾切」則爾、俾韻同類也。

97 去聲五寘「恚、於避切，倭、於偽切」上字聲同類，則下字避、偽韻不同
類。「偽、危睡切」，避既與偽不同類，則亦與睡不同類。考本韻「倭、
女恚切」，《王二》「女睡反」，則恚、睡韻同類，是與避韻不同類也，
恚之切語用避字蓋其疏也。周祖謨〈陳澧切韻考辨誤〉云：「反切之法，
上字主聲，下字主韻，而韻之開合皆從下字定之，惟自梁陳以迄隋唐，制
音撰韻諸家，每以脣音之開口字切喉牙之合口字，似為慣例，如《經典釋
文》軌、媿美反，宏、戶萌反，虢、寡白反；《敦煌本王仁昫切韻》卦、
古賣反，派、古罵反，化、霍霸反，《切三》《唐韻》蠖、乙白反，嚄、
胡伯反是也。」恚於避切，亦以脣音開口字切喉牙音之合口字也。

為規垂隨隋危吹　委詭累捶毀髓　　睡偽瑞累恚　　合口三等
上平六脂❾❽　　　上聲五旨❾❾　　去聲六至❿　　開合等第

---

❾❽ (1)平聲六脂韻尸、式之切，之字誤，今據切三正作式脂切。

　　(2)平聲六脂韻眉、武悲切，悲、府眉切，兩兩互用而不系聯。上聲五旨韻美、無鄙切，鄙、方美切，亦兩兩互用不系聯。去聲六至韻郿（媚）、明祕切，祕、兵媚（郿）切，亦兩兩互用不系聯。脂、旨、至三韻列三等處之脣音字，絕不與其它切語下字系聯，似自成一類。陳澧《切韻考·韻類考》高本漢《中國音韻學研究》與董同龢《中國語音史》均將此類字併入合口一類，並無特別證據，亦與《韻鏡》置於內轉第六開為開口者不合。今考宋、元韻圖，《韻鏡》《七音略》《四聲等子》皆列開口圖中，惟《切韻指掌圖》列合口圖中，然《切韻指掌圖》不僅將脂韻此類脣音字列於合口圖中，即支韻之「陂、鈹、皮、糜（麋）」一類字，亦列入合口圖中，可見《切韻指掌圖》乃將止攝脣音字全列合口，對吾人之歸類，並無任何助益。惟《經史正音切韻指南》之將脂、旨、至三韻中「美、備」等字，與支韻之「陂、鈹、皮、糜」等字同列止攝內轉開口呼三等，則極具啟示性。在討論支韻的切語下字系聯時，我們曾證明支韻「陂、鈹、皮、糜」一類字當併入開口三等字一類，則從《經史正音切韻指南》的分類看來，我們把這類字併入開口三等，是比較合理的。

　　(3)脂韻惟、洧悲切；旨韻洧、榮美切皆以脣音開口字切喉、牙音合口字也。

❾❾ (1)上聲旨韻几、居履切，履、力几切；視、承矢切，矢、式視切。兩兩互用而不系聯，今考履相承之平聲為棃、力脂切；矢相承之平聲為尸、式脂切，棃、尸韻同類，則履、矢韻亦同類也。

　　(2)五旨韻「嶊、徂累切」誤，累在四紙韻，全王徂壘反是也，今據正。

❿ (1)六至韻「悸、其季切」「季、居悸切」兩字互用，與它字絕不相系聯。宋元韻圖《韻鏡》《七音略》《四聲等子》《切韻指掌圖》《經史正音切韻指南》皆列合口三等，則此二字之歸類，確宜加以考量。考本韻「侐、火季切」「瞲、香季切」二字同音，《韻鏡》《七音略》有「侐」無「瞲」，陳氏《切韻考·韻類考》錄「瞲」而遺「侐」，謂「侐」字又見二十四職，此增加字，其說非也。按上聲五旨韻有

夷脂飢肌私	雉矢履几姊	利至器二冀四	開口三等
資尼悲眉	視鄙美	自寐祕媚備	
追佳遺維綏	洧軌癸水誄壘	愧醉遂位類萃季悸	合口三等
上平七之	上聲六止❿	去聲七志	開合等第
而之其茲持甾	市止里理己士史紀擬	吏置記志	開口三等
上平八微	上聲七尾⓲	去聲八未⓳	開合等第

「瞲」字，注云：「恚視。火癸切，又火季切」，據上聲「瞲」字又音，顯然可知「瞲」與「血」乃同音字，當合併。與「瞲、血」相承之上聲音自然非「瞲、火癸切」莫屬矣。而「癸、居誄切」，則癸、誄（壘）韻同類也，如此可證相承之去聲「季、類」亦韻同類也。

(2)六至韻「位、于愧（媿）切」「媿、俱位切」；「醉、將遂切」「遂、徐醉切」。兩兩互用而不系聯，然相承之平聲「綏、息遺切」「龜、居追切」「遺、以追切」，平聲龜、綏韻同類，則可證相承去聲媿、遂亦韻同類，而「邉、雖遂切」則媿、遂亦韻同類也。

❿ 上聲止韻「止、諸市切」「市、時止切」；「士、鉏里切」「里、良士切」。兩兩互用而不系聯，今考市、里相承之平聲音為七之「時、市之切」「釐、里之切」，時、釐韻同類，則相承之上聲音市、里亦韻同類也。

⓲ 上聲七尾「尾、無匪切」「匪、府尾切」；「䤴、于鬼切」「鬼、居偉切」。兩兩互用而不系聯。考本韻䤴、匪、尾相承之平聲音為「幃、雨非切」「非、甫微切」「微、無非切」，幃、非、微韻同，則上聲䤴、匪、尾韻亦同類也。

⓳ 去聲八未「狒、扶涕切」，涕在十二霽，字之誤也，王一、王二均作扶沸反，當據正。又本韻「胃、于貴切」「貴、居胃切」；「沸、方味切」「未（味）、無沸切」。兩兩互用而不系聯，考胃、未相承之平聲音為八微「幃、雨非切」「微、無非切」幃、微韻同類，則胃未韻亦同類也。

希衣依	豈豨	毅既	開口三等
非歸微韋	匪尾鬼偉	沸胃貴味未畏	合口三等

4. 遇攝

上平九魚	上聲八語	去聲九御	開合等第
居魚諸余葅	巨舉呂與渚許	倨御慮恕署去據	開口三等
		預助洳	
上平十虞❿	上聲九麌❶	去聲十遇	開合等第
俱朱于俞逾隅芻	矩庾甫雨武主羽	具遇句戍注	合口三等
輸誅夫無	禹		
上平十一模	上聲十姥	去聲十一暮	開合等第
胡吳乎烏都孤姑	補魯古戶杜	故暮誤祚路	合口一等
吾			

5. 蟹攝

上平十二齊	上聲十一薺	去聲十二霽	開合等第
奚兮稽雞迷低	禮啟米弟	計詣戾	開口四等
攜圭		桂惠	合口四等
黌栘❿			開口三等

---

❿ 上平十虞「朱、章俱切」「俱、舉朱切」；「無、武夫切」「跗（夫）、甫無切」。兩兩互用而不相系聯，其系聯情形，詳見補例。

❶ 上聲九麌「庾、以主切」「主、之庾切」；「羽（雨）、王矩切」「矩、俱雨切」。兩兩互用而不系聯，今考主、矩相承之平聲為十虞「朱、章俱切」「俱、舉朱切」。朱、俱韻同類，則主、矩韻亦同類也。

❿ 本韻「栘、成薺切」「薺、人兮切」，本可與開口四等一類系聯，董同龢先生《中國語音史·中古音系》章云：「《廣韻》咍、海兩韻有少數昌母以及以母字；齊韻又有禪母與日母字。這都是特殊的現象，因為一等韻與

		去聲十三祭[107]	開合等第
		例制祭罽憩袂獘蔽	開口三等
		銳歲芮衛稅	合口三等
		去聲十四泰	開合等第
		蓋帶太大艾貝	開口一等
		外會最	合口一等
上平十三佳	上聲十二蟹[108]	去聲十五卦[109]	開合等第
膎佳	買蟹	隘賣懈	開口二等
蛙媧緺	買)夥柺	(賣)卦	合口二等
上平十四皆[110]	上聲十三駭	去聲十六怪[111]	開合等第

四等韻照例不與這些聲母配。根據韻圖及等韻門法中的"寄韻憑切"與"日寄憑切"兩條，可知他們當是與祭韻相當的平上聲字，因字少分別寄入咍、海、齊三韻，而借用那幾韻的反切下字。寄入齊韻的"栘"等，或本《唐韻》自成一韻，《集韻》又入咍韻，都可供參考。」按董說是也，今從其說，將「栘、鬜」二字另立一類，為開口三等，實為祭韻相承之平聲字也。

[107] (1)按本韻有「緆、丘吠切」「緣、呼吠切」，吠在二十一廢，且《王一》、《王二》、《唐韻》祭韻皆無此二字，蓋廢韻之增加字而誤入本韻者，本韻當刪，或併入廢韻。

(2)「劓、牛例切」、「藝、魚祭切」二字為疑紐之重紐。

[108] 上聲柺、乖買切，此以脣音開口字切喉牙音合字也。

[109] 去聲卦、古賣切，此以脣音開口字切喉牙音合字也。

[110] 平聲崴、乙皆切，與搋、乙諧切同音，考此字《切三》作乙乖切，今據正。

[111] 去聲拜、博怪切，陳澧《切韻考》云：「拜、布戒切，張本、曹本及二徐皆博怪切，誤也。戒、古拜切，是拜戒韻同類。今從明本、顧本。」陳說

諧皆	楷駭	界拜介戒	開口二等
懷乖淮		壞怪	合口二等
		去聲十七夬⑫	開合等第
		夬話快邁	合口二等
		喝犗	開口二等
上平十五灰	上聲十四賄	去聲十八隊⑬	開合等第
恢回杯灰	罪賄猥	昧佩內隊續妹輩	合口一等
上平十六咍⑭	上聲十五海⑮	去聲十九代⑯	開合等第
來哀開哉才	改亥愷宰給乃在	耐代漑褧愛	開口一等
去聲二十廢⑰			開合等第
刈			開口三等
肺廢穢			合口三等

是也，今從之。

⑫　本韻夬、古賣切，賣字在十五卦，《王二》《唐韻》均作古邁反，今據正。

⑬　去聲十八隊「對、都隊切」「隊、徒對切」；「佩、蒲昧切」「妹（昧）、莫佩切」。兩兩互用而不系聯，今考隊、佩相承之平聲音為十五灰「穨、杜回切」「裴、薄回切」，穨、裴韻同類，則隊、佩韻亦同類也。

⑭　上平十六咍「開、苦哀切」「哀、烏開切」；「裁（才）、昨哉切」「哉、祖才切」。兩兩互用而不系聯，今考哉、哀相承之去聲音為十九代「載、作代切」「愛、烏代切」，載、愛韻同類，則哉、哀亦韻同類也。

⑮　上聲十五海「茝、昌給切」「佁、夷在切」，乃與祭韻相配之上聲字寄於海韻，而借用海韻之切語下字者也。

⑯　去聲十九代「慨、苦蓋切」，蓋在十四泰，本韻無蓋字，《王二》苦愛切、《唐韻》苦概（漑）切，今據正。

⑰　本韻「刈、魚肺切」此以脣音合口字切喉牙音開口字也。

6.臻攝

上平十七真⑱	上聲十六軫⑲	去聲二十一震⑳	入聲五質㉑	開合等第

⑱ (1)十七真「珍、陟鄰切」「鄰、力珍切」；「銀、語巾切」「巾、居銀切」。兩兩互用而不系聯。按巾、銀一類，《韻鏡》列於外轉十七開，考法國巴黎國家圖書館藏唐本文選音殘卷，「臻、側巾反」「詵、所巾反」「榛、仕巾切」，顯然可知，本韻巾、銀一類字，原是與臻韻相配之喉、牙、脣音也，故韻鏡隨臻韻植於十七轉開口，迨《切韻》真、臻分韻，臻韻字因係莊系（照二）字，故晉升為二等字，而巾、銀一類字因留置在真韻，故保留為開口三等字而不變。此類喉、牙、脣音字，韻圖置於三等，與同轉置於四等之喉、牙、脣音字，正好構成重紐。在系聯上雖無任何線索可資依據，但根據前文對支、脂諸韻重紐字之了解，則此類字與同轉韻圖置於四等處之字，非當時韻母之差異，乃古音來源之不同也。今表中分立者，純為論說之方便也。

(2)十七真有「囷、去倫切」「贇、於倫切」「麇、居筠切」「筠、為贇切」四字當併入諄韻，而諄韻「趣、渠人切」「砏、普巾切」二字則當併入真韻。

⑲ 十六軫韻「殞、于敏切」，以脣音開口字切喉、牙音合字也。又本韻殞、窘渠殞切二字當併入準韻，愍字切語用殞字，乃其疏也。查愍字相承之平聲為泯、武巾切，實與臻韻相配之喉、牙、脣音字，則愍亦當為與臻韻上聲榛、齔相配之脣音字，非合口三等字也。《韻鏡》以愍入十七轉開口，窘入十八轉合口可證。然則《韻鏡》十七轉有殞字者，亦為誤植。龍宇純兄《韻鏡校注》云：「《廣韻》軫韻殞、湞、磒、隕、霣、愪、筠等七字于敏切，合口，當入十八轉喻母三等，七音略十八轉有隕字是也。唯其十七轉湞字亦當刪去。」按龍說是也，殞當併入準韻，置於《韻鏡》十八轉合口喻母三等地位。又十八準韻螼、棄忍切，辰、珍忍切，稀、興腎切，濜、鉏紖切四字當併入本韻。

⑳ 二十一震韻，「呁、九峻切」峻與浚同音，當併入稕韻。

㉑ 入聲五質韻，「密、美畢切」，《切三》「美筆切」，當據正。「率、所

平聲	上聲	去聲	入聲	開合等第
鄰珍真人賓紉	忍軫引盡腎	刃晉振覲遴印	日質一七悉	
			吉栗畢必叱	開口三等
巾銀	敏		乙筆密	開口三等
上平十八諄	上聲十七準	去聲二十二稕⑫	入聲六術	開合等第
倫綸勻迍脣旬遵	尹準允殞	閏峻順	聿郵律	合口三等
上平十九臻	上聲（齓）⑬	去聲（齔）⑭	入聲七櫛	開合等第
詵臻	齓莘	齔	瑟櫛	開口二等
上平二十文⑮	上聲十八吻	去聲二十三問	入聲八物	開合等第
分云文	粉吻	運問	弗勿物	合口三等

律切」，律在六術，當併入術韻。又本韻乙、筆、密一類字，實與臻韻入聲櫛相配之脣、牙、喉音，公孫羅《文選音決》櫛音側乙反可證。據此則乙、筆、密亦猶巾銀一類，當為開口三等字也。

⑫ 去聲二十二稕，震韻「呁、九峻切」當移入本韻。

⑬ 臻韻上聲有齓、莘仄謹切，齔、初謹切，因字少併入隱韻，並借用隱韻「謹」為切語下字也。

⑭ 臻韻去聲有櫬、潶、嚫、齫、襯、齓、齔七字初覲切，因字少併入震韻；或謂僅有一齔字，因字少併入隱韻。兩說均有根據，前說據《韻鏡》十七轉齒音二等有櫬字；後說則據隱韻「齔、初謹切又初靳切」，初靳切當入焮韻，而焮韻無齒音字，則其屬臻韻去聲無疑，本應附於焮韻，而焮韻無此字，故謂附於隱韻也。兩說皆不可非之。

⑮ 二十文「芬、府文切」與「分、府文切」同音，誤。《切三》「無云反」亦誤，陳澧《切韻考》據明本、顧本、正作「撫文切」是也，今從之。

上平二十一 欣	上聲十九隱	去聲二十四 焮	入聲九迄[126]	開合等第
斤欣	謹隱	靳焮	訖迄乞	開口三等
上平二十三 魂	上聲二十一 混	去聲二十六 慁	入聲十一沒	開合等第
昆渾奔尊魂	本忖損袞	困悶寸	勃骨忽沒	合口一等
上平二十四 痕	上聲二十二 很	去聲二十七 恨	入聲（麧）	開合等第
恩痕根	墾很	艮恨	麧	開口一等

7. 山攝

上平二十二 元	上聲二十阮	去聲二十五 願[127]	入聲十月[128]	開合等第
軒言	幰偃	建堰	歇謁竭訐	開口三等
袁元煩	遠阮晚	怨願販万	厥越伐月發	合口三等
上平二十五	上聲二十三	去聲二十八	入聲十二曷	開合等第

---

[126] 入聲九迄「訖、居乙切」，乙字在五質，《切三》「居乞切」是也，今據正。

[127] 去聲二十五願「筭、芳万切」，《王二》又万切，今據正。本韻「健、渠建切」「圈、白万切」渠、白聲同類，則建、万韻不同類，建字切語用万字，乃其疏也。考建字相承之平聲為「攑、居言切」，上聲為「湕、居偃切」均為開口三等，今據其相承為平上聲字音改列於開口三等。

[128] 入聲十月「月、魚厥切」「厥、居月切」；「伐、房越切」「越、王伐切」。兩兩互用而不系聯，今考與月、伐相承之平聲音為「元、愚袁切」「煩、附袁切」，元、煩韻同類，則月、伐則亦同類也。

寒⑫	旱	翰		
安寒干	笴旱但	旰旦按案贊	葛割達曷	開口一等
上平二十六	上聲二十四	去聲二十九	入聲十三末	開合等第
桓	緩⑬	換⑪	⑫	
官丸端潘	管緩滿纂卵	玩筭貫亂換	撥活末括栝	合口一等
	伴	段半漫喚		

---

⑫ 平聲二十五寒「濡、乃官切」，今移入桓韻。

⑬ 上聲二十四緩「攤、奴但反」，今移入旱韻。又緩韻「滿、莫旱切」「伴、蒲旱切」《五代切韻殘本》「滿、莫卵反」「伴、步卵反」，今據正。

⑪ 去聲二十八翰「贊、祖贊切」，古逸叢書本作「徂贊切」是也，今據正。又去聲二十九換「半、博慢切」誤，慢在三十諫，《王一》《王二》《唐韻》均作「博漫切」是也，今據正。又本韻「換、胡玩切」「玩、五換切」；「縵（漫）、莫半切」「半、博漫切」。兩兩互用而不系聯，今考換相承之平聲音為「桓、胡官切」，縵相承之平聲音為「瞞、母官切」，桓、瞞韻同類，則換、縵韻亦同類也。

⑫ 入聲十二曷「撮、矛割切」，按寒、桓；旱、緩；翰、換；曷、末八韻，脣音聲母皆出現於合口一等韻內，不出現於開口一等韻，且末韻明母下已有末字莫撥切，故此字亦非合口韻之遺留者，則矛割一切，實有問題。陳澧從明本、顧本作予割切亦非。因為一等韻內不出現喻母字。《王二》《唐韻》皆無，蓋增加字也。龍宇純兄《韻鏡校注》云：「《廣韻校勘記》云：『元泰定本作予割切，《玉篇》餘括切。』案曷聲之字例不讀脣音，《廣韻》矛為予之誤字，無可疑者，惟一等韻不得有喻母字，予、餘二字，亦不能決然無疑，然此當是後人據《廣韻》誤本所增。《七音略》無此字，又《集韻》字讀阿葛切，疑此字當讀如此。」按本韻影母已有「遏、烏葛切」，則《集韻》一音，亦為重出，所謂據誤本所增者是也。十三末「末、莫撥切」「撥、北末切」；「括、古活切」「活、戶括切」。兩兩互用而不系聯，今考末相承之平聲音為「瞞、母官切」，活相承之平聲音為「桓、胡官切」，瞞、官韻同類，則末、活韻亦同類也。

上平聲二十　上聲二十五　去聲三十諫　入聲十四黠　開合等第
七刪　　　　潸⑬
姦顏班　　　板赧　　　　晏澗諫鴈　　八拔黠　　　開口二等
還關　　　　綰鯇　　　　患慣　　　　滑　　　　　合口二等
上平聲二十　上聲二十六　去聲三十一　入聲十五鎋　開合等第
八山⑭　　　產⑮　　　　襇⑯

---

⑬　上聲二十五潸韻，睆、戶板切，傽、下赧切。二字同音，《全王》傽、胡
板反，睆、戶板反，二音相次，似亦同音，然考《韻鏡》外轉二十四合以
睆、綰為一類；外轉二十三開則以潸、傽為一類。《廣韻》刪、潸、諫、
黠四韻脣音字配列參差，最為無定。茲分列於下：
平聲刪韻　　　　　上聲潸韻　　　　去聲諫韻　　　　　入聲黠韻
開　口　合　口　開　口　合　口　開　口　合　口　開　口　合　口
　　　　班布還　版布綰　　　　　○○○　○○○　八博拔
　　　　拳普班　昄普板　　　　　　　　　襻普患　汃普八
　　　　○○○　阪扶板　　　　　　　　　○○○　拔蒲八
　　　　蠻莫還　矕武板　　　　　慢謨晏　　　　　密莫八
刪韻全在合口，潸、諫二韻全在開口，諫韻開合各一，《韻鏡》全在合
口，高本漢以為皆為開口。（參見譯本《中國音韻學研究》四十二頁）此
類脣音字宜列入開口，其列合口者，以脣音聲母俱有合口色彩故也。即班
pan → pwan。平聲刪班、蠻二字切語下字用還字，乃以喉牙音之合口字
切脣音開口字也；上聲潸韻版布綰切，亦以喉牙音合口字切脣音開口字
也。去聲三十諫韻襻、普患切，亦以喉牙音合口字，切脣音開口字也。入
聲十四黠韻，滑、烏八切，周祖謨《廣韻校勘記》云：「滑為合口字，此
作戶八切，以開口字切合字也。」婠烏八切亦然。又䬝、五骨切誤，《唐
韻》五滑反是也，今據正。
⑭　上平二十八山韻，《切三》此韻「有頑、吳鰥切」一音，今據補。
⑮　上聲二十六產韻，周祖謨云：「產韻陳氏分剗、醆二類，按醆初綰切，唐
本殘韻並無，綰在潸韻，醆《萬象名義》音叉產反，《玉篇》又限反，是
與剗為同音字，今合併為一類。」按《全王》醆與剗同音側限反，不別為

閒閑山	簡限	莧襇	瞎轄鎋	開口二等
頑鰥		（辨）幻	刮頒	合口二等
下平聲一先⑬⑦	上聲二十七銑	去聲三十二霰⑬⑧	入聲十六屑	開合等第
前先煙賢田年顛堅	典殄繭峴	佃甸練電麵	結屑蔑	開口四等
玄涓	畎泫	縣絢	決穴	合口四等
下平聲二仙⑬⑨	上聲二十八獮	去聲三十三線⑭⑩	入聲十七薛⑭①	開合等第

音，周說是也，當併為一類。

⑬⑥　去聲三十一襇韻，幻、胡辨切，此以脣音開口字切喉牙音合口字也。

⑬⑦　下平一先韻「先、蘇前切，前、昨先切」；「顛、都年切，年、奴顛切」。兩兩互用而不系聯，考先韻先、顛相承之上聲音為「銑、蘇典切，典、多殄切」，韻同一類，則先、顛韻亦同類也。

⑬⑧　去聲三十二霰「縣、黃練切」練字誤，王二作「玄絢反」是也，今據正。

⑬⑨　下平二仙韻「延、以然切，然、如延切」；「焉、於乾切，乾、渠焉切」。兩兩互用而不系聯，考本韻「嗚、許延切」，《五代刊本切韻》作「許乾反」，則延、乾同類也。又本韻「專、職緣切」，「沿（緣）、與專切」；「權、巨員切」，「員、王權切」。兩兩互用而不系聯，然本韻「嬽、於權切」，而《五代刊本切韻》作「嬽、於緣切」，則權、緣韻同類也。

⑭⑩　去聲三十三線韻，「線、私箭切，箭、子賤切，賤、才線切」；「戰、之膳切，繕（膳）、時戰切」。兩兩互用而不系聯，今考本韻「偏、匹戰切」，《集韻》作「匹羨切」，則戰、羨同類也。又本韻「絹、吉掾切，掾、以絹切」；「眷（卷）、居倦切，倦、渠卷切」。兩兩互用而不系聯，但本韻「旋、辭戀切」，《王二》《唐韻》均作「辭選反」，則選、戀韻同類也。又本韻「遍、方見切」，見在三十二霰，《王二》《唐韻》俱無，蓋霰韻之增加字而誤入本韻者也。按本韻去聲「彥、魚變

然仙連延乾 焉	淺演善展輦	箭膳戰扇賤 線	列薛熱滅	開口三等
	翦謇免辨	面碾變卞彥	別竭	
緣泉全專宣 川	克緬轉篆	掾眷絹倦卷	雪悅絕劣	合口三等
員權圓攣		戀釧囀	爇輟	

8. 效攝

下平聲三蕭	上聲二十九篠	去聲三十四嘯	開合等第
彫聊蕭堯么	鳥了皛皎	弔嘯叫	開口四等
下平聲四宵 ⓬	上聲三十小 ⓭	去聲三十五笑 ⓮	開合等第

切」，其相承之上聲為「齴、魚蹇切」、入聲為「孽、魚列切」，皆為開口細音，則彥亦當入開口細音一類。脣音「變、彼眷切」、「卞、皮變切」，亦當為開口細音一類。變相承之平聲為「鞭、卑連切」、上聲為「辡、方免切」、入聲為「驚、并列切」皆屬開口細音，則變亦當屬開口細音也。變字切語下字用眷字，乃以喉牙音合口字切脣音開口也。「卞、皮變切」與「便、婢面切」為重紐，《韻鏡》以下列三等，便列四等。

⓫　入聲十七薛韻「揭、丘謁切」謁字在十月，《切三》《王二》均作「去竭切」《唐韻》「丘竭切」，今據正。又本韻「絕、情雪切」，雪、相絕切」；「輟、陟劣切；劣、力輟切」，兩兩互用而不系聯，考本韻「爇、如劣切」，《切三》《王二》作「如雪切」，則劣、雪韻同類也。

⓬　下平四宵韻「宵（霄）、相邀切，要（邀）、於宵切」；「昭（招）、止遙切，遙、餘昭切」。兩兩互用而不系聯，今考本韻相承之上聲「繚、力小切，小、私兆切」繚、小韻同類，則平聲繚、宵韻亦同類也。繚、力昭切，宵、相邀切，則昭、邀韻亦同類也。

⓭　上聲三十小韻「肇（兆）、治小切」「小、私兆切」；「沼、之少切」「少、書沼切」兩兩互用而不系聯，今考兆、沼相承之平聲音為四宵「晁、直遙切」，「昭、止遙切」晁、昭韻同類，則兆、沼韻亦同類也。

⓮　去聲三十五笑韻「照、之少切」「少、失照切」；「笑、私妙切」「妙、

邀宵霄焦消遙	兆小少沼夭	妙少照笑廟肖	開口三等
招昭嬌喬嚻潨	矯表	召要	
下平聲五肴	上聲三十一巧	去聲三十六效	開合等第
茅肴交嘲	絞巧鮑爪	教孝貌稍	開口二等
下平聲六豪❹⑤	上聲三十二皓	去聲三十七號	開合等第
刀勞牢遭曹毛袍	老浩皓早道抱	到導報耗	開口一等
褒			

9.果攝

下平聲七歌	上聲三十三哿	去聲三十八箇	開合等第
俄何歌	我可	賀箇佐介邏	開口一等
下平聲八戈	上聲三十四果❹⑥	去聲三十九過❹⑦	開合等第

彌笑切」。照與少，笑與妙兩兩互用不系聯。今考平聲四宵「超、敕宵
切」、「宵、相邀切」，則超、宵韻同類。超、宵相承之去聲音為笑韻
「朓、丑召切」、「笑、私妙切」，超、宵韻既同類，則朓、笑韻亦同
類，笑既與朓同類，自亦與召同類，而「召、直照切」，是笑、照韻亦同
類矣。

❹⑤ 下平聲六豪韻「刀、都牢切」、「勞（牢）、魯刀切」；「褒、博毛切」
「毛、莫袍切」「袍、薄褒切」。刀、勞互用，褒、毛、袍三字互用，遂
不能系聯矣。今考勞、袍相承之上聲音為三十二皓「老、盧皓切」、
「抱、薄皓切」老抱韻同類，則勞袍韻亦同類矣。

❹⑥ 上聲三十四果韻「爸、捕可切」「硰、作可切」二音《切三》無，蓋奇韻
增加字誤入本韻，《切韻》奇、果不分。

❹⑦ 去聲三十九過韻「硰、七過切」，《韻鏡》列內轉二十七箇韻齒音次清
下，《全王》「七箇反」，當據正，並併入箇韻。「侉、安賀切」，本韻
無賀字，賀字在三十八箇韻，《王一》「烏佐反」，與「安賀切」音同，
當併入箇韻。

禾戈波和婆	火果	臥過貨唾	合口一等
迦伽			開口三等
靴脧毻			合口三等

10.假攝

下平聲九麻	上聲三十五馬	去聲四十禡⓮	開合等第
霞加牙巴	下疋雅賈	駕訝嫁亞	開口二等
花華瓜	瓦寡	化吳	合口二等
遮車奢邪嗟賒	也者野冶姐	夜謝	開口三等

11.宕攝

下平聲十陽	上聲三十六	去聲四十一	入聲十八藥	開合等第
⓯	養	漾		

⓮ 去聲四十禡韻「化、呼霸切」、「瓜、古罵切」皆以脣音開口字切喉、牙音合口字也。《集韻》「化、呼跨切」可證。

⓯ 陳澧《切韻考》云：「十陽，王雨方切，此韻狂字巨王切，強字巨良切，則王與良韻不同類，方字府良切，王既與良韻不同類，則亦與方韻不同類，王字切語用方字，此其疏也。」先師林景伊先生曰：「王應以方為切，云借方為切者誤，方字切語用良字，乃其疏也。方字相承之上聲為昉字，《廣韻》分网切，《玉篇》分往切，正為合口三等，《廣韻》四聲相承，故可證方字切語用良字之疏也。」考《廣韻》陽韻及其相承之上去入聲之脣音字，宋元韻圖之配列，甚為可疑。茲先錄諸韻切語於後，然後加以申論。

平聲陽韻	上聲養韻	去聲漾韻	入聲藥韻
方府良切	昉分网切	放甫妄切	○○○○
芳敷方切	髣妃兩切	訪敷亮切	䈃孚縛切
房符芳切	○○○○	防符況切	縛符钁切
七武方切	网文兩切	妄巫放切	○○○○

除入聲藥韻䈃、縛二字確與合口三等字一類系聯外，其平上去三聲皆開口

章羊張良	兩奬丈掌養	亮讓	向	灼勺若藥約	開口三等
陽莊				略爵雀瘧	
方王	往昉	況放妄		縛钁籰	合口三等
下平十一唐 ❺❺	上聲三十七 蕩	去聲四十二 宕 ❺❺		入聲十九鐸 ❺❺	開合等第

三等與合口三等兩類雜用，無截然之分界。宋元韻圖，《韻鏡》、《七音略》、《四聲等子》、《經史正音切韻指南》皆列入開口三等，惟《切韻指掌圖》列合口三等。若從多數言，似當列開口三等。然此類脣音字，後世變輕脣，則《指掌圖》非無據也。周祖謨氏〈萬象名義中原本玉篇音系〉一文，即以宕攝羊類脣音字屬合口三等，擬音為-iuang、-iuak。就脣音言，此類字應屬合口殆無疑義。高本漢《中國聲韻學大綱》亦以筐王方、縛為一類，擬音為-iwang、-iwak。據此以論，方字切語用良字蓋誤，林先生說是也。上聲昉當據《玉篇》正作分往切，訪敷亮切，亮字亦疏。況《王二》許放反，原本《玉篇》況詡誑反，皆為合口三等一類，入聲列合口三等無誤，四聲相承，平上去三聲亦當同列合口三等，其列開口三等者誤也。周祖謨〈陳澧切韻考辨誤〉云：「陽韻脣音字方、芳、房、亡，《韻鏡》、《七音略》、均為開口，《切韻考》據反切系聯亦為開口，然現代方音等多讀輕脣 f（汕頭 hu，文水 xu），可知古人當讀同合口一類也（脣音聲母於三等合口前變輕脣），等韻圖及《切韻考》之列為開口，其誤昭然可辨。」

❺❺ 下平十一唐「傍、步光切」此以喉牙音合口字切脣音開口字也。「幫、博旁切」亦當列開口一等。幫、傍雖不與郎、當系聯，但與幫相承之上聲音為「榜、北朗切」，則榜、朗韻同類，則相承之平聲音幫、郎韻亦同類也。

❺❺ 去聲四十二宕「曠、苦謗切」，此以脣音開口字切喉牙音合口字也，「螃、補曠切」則以牙喉音合口字切脣音開口字也。與螃相承之上聲榜，入聲博皆在開口一等可證。

❺❺ 入聲十九鐸韻，陳澧《切韻考》曰：「博補各切，此韻各字古落切，郭字古博切，則博與落韻不同類，即與各韻不同類，博字切語用各字，亦其疏

郎當岡剛旁	朗黨	浪宕謗	落各	開口一等
光黃	晃廣	曠	郭博穫	合口一等

12.梗攝

下平十二庚	上聲三十八	去聲四十三	入聲二十陌	開合等第
⓪	梗⓪	映⓪	⓪	

也。」按博字切語用各字不誤，郭字切語用博字者，乃以脣音開口字切喉牙音之合字也。

⓪ 下平十二庚韻「橫、戶盲切」，以脣音開口字切喉牙音合口字也。又本韻「驚（京）、舉卿切」「卿、去京切」；「明、武兵切」「兵、甫明切」。兩兩互用而不系聯，然兵相承之上聲音為丙，上聲三十八梗韻「影、於丙切」「警、居影切」，是丙與警、影韻同類，則平聲兵與驚卿亦韻同類也。又本韻「榮、永兵切」，此以脣音開口字切喉牙音之合口字也。

⓪ 上聲三十八梗韻「猛、莫幸切」誤，《切三》「莫杏切」，今據正。又本韻「礦、古猛切」，此以脣音開口字切喉牙音合字也。又「丙、兵永切」「皿、武永切」皆以喉牙音合口字切脣音開口字也。

　陳澧《切韻考》曰：「三十八梗，此韻末又有打字德冷切，冷字魯打切，二字切語互用，與此韻之字絕不聯屬，且其平去入三聲皆無字，又此二字皆已見四十一迴韻，此增加字也，今不錄。」龍宇純兄《韻鏡校注》「《切韻考》以為增加字，然《切三》《全王》便已二字分切，《集韻》亦同，且打字以冷為切下字，冷音魯打切，以打為切下字，二者自成一系，而今音打字聲母亦與德字聲母相合。」故主張打字應補於《韻鏡》外轉三十三開梗韻舌音端母下。此二字若照陳氏之說刪，則今音打、冷二字之音從何而來？若依龍兄之意保留於梗韻，然二等韻又何以有端系字存在？且又與開口二等處之、杏、梗、猛等字絕不系聯，究應作何歸屬，實苦費思量。今姑依《韻鏡》歸入開口二等，但此一聲韻學上之公案，今仍保留於此，以待智者作更合理之解釋。

⓪ 去聲四十三映韻「蝗、戶孟切」此以脣音開口字切喉牙音合口字也。又本韻「慶、丘敬切」「敬、居慶切」；「命、眉病切」「病、皮命切」。兩

行庚盲	杏梗猛(打冷)	孟更	白格陌伯	開口二等
橫	礦	蝗橫	虢	合口二等
驚卿京兵明	影景丙	敬慶病命	逆劇戟郤	開口三等
榮兄	永憬	詠		合口三等
下平聲十三耕⑮	上聲卅九耿	去聲四十四諍	入聲廿一麥⑱	開合等第
莖耕萌	幸耿	迸諍爭	厄鈪革核摘責麥	開口二等
宏			獲摑	合口二等
下平聲十四清	上聲四十靜	去聲四十五勁	入聲二十二昔⑲	開合等第
情盈成征貞并	郢整靜井	正政鄭令姓盛	積昔益跡易	開口三等
			辟亦隻石炙	

兩互用而不系聯，考本韻上聲相承之音警、丙韻同類，則去聲敬、柄韻亦同類也。「柄、陂病切」，則敬、病韻亦同類也。

⑯ 入聲二十陌韻「鞥、乙白切」「嚄、胡伯切」「虢、古伯切」「謋、虎伯切」皆以脣音開口字切喉牙音合口字也。

⑰ 下平十三耕韻「宏、戶萌切」，此以脣音開口字切喉牙音合字也。

⑱ 入聲二十一麥韻「獲、胡麥切」「繣、呼麥切」皆以脣音開口字切喉牙音合口字也。「麥、莫獲切」則以喉牙音合口字切脣音開口字也。

⑲ 入聲二十二昔韻「隻、之石切」「石、常隻切」；「積、資昔切」「昔、思積切」。兩兩互用而不系聯，今考隻、積相承之平聲音為十四清「征、諸盈切」「精、子盈切」。征、精韻同類，則相承之隻積亦同類也。又本韻「役、營隻切」以開口音切合音也。

傾營	頃潁		役	合口三等
下平十五青	上聲四十一迥⑩	去聲四十六徑	入聲二十三錫	開合等第
經靈丁刑	頂挺鼎醒淬到	定佞徑	擊歷狄激	開口四等
扃螢	迥潁		鶪闃昊	合口四等

13.曾攝

下平十六蒸	上聲四十二拯⑪	去聲四十七證	入聲二十四職⑫	開合等第
仍陵膺冰蒸乘矜兢升	拯庱	應證孕甑	翼力直即職極側逼	開口三等

---

⑩　上聲四十一迥韻，陳澧《切韻考》曰：「迥、戶潁切，張本戶頂切，與婞、胡頂切音同，明本、顧本、曹本戶頃切，頃字在四十靜，徐鉉戶潁切，潁字亦在四十靜，蓋潁字之誤也，今從而訂正之。徐鍇《篆韻譜》呼炯反，《篆韻譜》呼字皆胡字之誤，炯字則與潁同音。」陳說是也，今據正。又本韻脣音聲母字，除幫母字在開口四等外，其餘「頩、匹迥切」「並、蒲迥切」「茗、莫迥切」皆用合口四等迥為切語下字，此皆以喉牙音合口字切脣音開口字也。今據其相承之平聲、去聲、入聲韻脣音聲母字皆在開口四等而訂正之。

⑪　上聲四十二拯韻「拯、無韻切」，按《切三》《王一》本韻惟有拯一字，注云：「無反語，取蒸之上聲。」則本韻惟有拯一字，其餘諸字皆增加字也。

⑫　入聲二十四職韻，「力、林直切」「直、除力切」；「弋（翼）、與職切」「職、之翼切」。力與直、弋與職兩兩互用而不系聯，今考弋、力相承之平聲音為十六蒸「蠅、余陵切」「陵、力膺切」，蠅陵韻同類，則弋力韻亦同類也。又本韻「域、雨逼切」「淢、況逼切」皆以脣音開口字切喉牙音之合口字也。

| | | | 域洫 | 合口三等 |

下平十七登	上聲四十三等	去聲四十八嶝	入聲二十五德❻	開合等第
滕登增棱崩恒朋	肯等	鄧互䋪贈	則德得北墨勒黑	開口一等
肱弘			國或	合口一等

14. 流攝

下平十八尤❻	上聲四十四有	去聲四十九宥❻	開合等第
求由周秋流鳩州尤謀浮	久柳有九酉否婦	救祐副就儦富祝又溜	開口三等
下平十九侯	上聲四十五厚	去聲五十候	開合等第
鉤侯婁	口厚垢后斗苟	遘候豆奏漏	開口一等
下平二十幽	上聲四十六黝	去聲五十一幼	開合等第
虯幽烋彪	糾黝	謬幼	開口三等

---

❻ 入聲二十五德，「德、多則切」「則、子德切」；「北、博墨切」「墨、莫北切」。
雨兩互用而不系，今考德北相承之平聲音爲十七登「登、都滕切」「崩、北滕切」，登、崩切語下字韻同類，則德北韻亦同類也。

❻ 下平十八尤韻，「鳩、居求切」「裘（求）、巨鳩切」；「謀、莫浮切」「浮、縛謀切」。鳩與裘、謀與浮兩兩互用而不系聯。今考鳩、浮相承之上聲音爲四十四有「久、舉有切」「婦、房久切」，久婦韻同類，則鳩浮韻亦同類也。

❻ 去聲四十九宥韻，「宥（祐）、于救切」「救、居祐切」；「儦、即就切」「就、疾儦切」。宥與救、儦與就兩兩互用而不系聯。今考救、就相承之上聲音爲四十四有「久（九）、舉有切」「湫、在九切」，久湫韻同類，則救就韻亦同類也。

15.深攝

下平二十一	上聲四十七	去聲五十二	入聲二十六	開合等第
侵❻❻	寢❻❼	沁	緝	
林尋深任針	稔甚朕荏枕	鴆禁任蔭譖	入執立及	開口三等
心				
淫金吟今簪	凜飲錦噡		急汲戢汁	

16.咸攝

下平聲廿二	上聲四十八	去聲五十三	入聲廿七合	開合等第
覃	感	勘		開合等第
含男南	禫感唵	紺暗	閣沓合荅	開口一等
下平聲廿三	上聲四十九	去聲五十四	入聲廿八盍	開口等第
談	敢	闞	❻❽	

---

❻❻　下平聲二十一侵韻，「金（今）、居吟切」「吟、魚金切」；「林、力尋切」「尋、徐林切」；「斟（針）、職深切」「深、式針切」。金與吟互用，林與尋互用，斟與深又互用，彼此不系聯。今考金、林、斟相承之去聲音為五十二沁「禁、居蔭切」「臨、良鴆切」「枕、之任切」，而「鴆、直禁切」「妊（任）、汝鴆切」禁、臨、枕韻既同類，則金、林、斟韻亦同類也。

❻❼　上聲四十七寢韻，「錦、居飲切」「飲、於錦切」；「荏、如甚切」「甚、常枕切」「枕、章荏切」。錦、飲互用，荏、甚、枕三字又互用，故不能系聯。今考錦、枕相承之去聲音禁、枕，其韻同類（參見上注），則上聲錦與枕韻亦同類也。

❻❽　入聲二十八盍韻，「蚙、都搕切」誤，古逸叢書本《廣韻》作都榼切是也，當據正。又本韻有「砝、居盍切」「譫、章盍切」二切，《切三》《王二》《唐韻》俱無，增加字也。又「囃、倉雜切」，雜在二十七合，《王一》「倉臘反」是也，今據正。

甘三酣談	覽敢	濫瞰暫暫	臘盍榼	開口一等
下平聲廿四鹽	上聲五十琰⑯⑨	去聲五十五豔⑰⓪	入聲廿九葉	開合等第
廉鹽占炎淹	冉斂琰染漸檢險奄俺	贍豔窆驗	涉葉攝輒接	開口三等
下平二十五添	上聲五十一忝	去聲五十六㮇	入聲三十怗	開合等第
兼甜	玷忝簟	念店	協頰愜牒	開口四等
下平廿六咸	上聲五十三豏	去聲五十八陷	入聲卅一洽	開合等第
讒咸	斬減豏	韽陷賺	夾洽図	開口二等
下平廿七銜	上聲五十四檻	去聲五十九鑑	入聲卅二狎	開合等第
監銜	黤檻	懺鑑鑑	甲狎	開口二等
下平廿八嚴⑰①	上聲五十二儼⑰②	去聲五十七釅	入聲卅三業	開合等第

---

⑯⑨　上聲五十琰韻「琰、以冉切」「冉、而琰切」；「險、虛檢切」「檢、居奄切」「奄、衣儉切」「儉、巨險切」。彼此互用而不系聯。今考本韻「貶、方斂切」《王二》「彼檢反」，是斂、檢韻同類也。

⑰⓪　去聲五十五豔韻，「豔、以贍切」「贍、時豔切」；「驗、魚窆切」「窆、方驗切」兩兩互用而不系聯，今考本韻「弇、於驗切」《集韻》「於贍切」，是驗、贍韻同類也。

⑰①　陳澧《切韻考》曰：「五十八鑑，此韻有黯字，音黯去聲，而無切語，不合通例。且黯去聲則當在五十七陷與五十二豏之黯字相承，不當在此韻矣。此字已見五十三檻，此增加字也，今不錄。」

翰嚴	埯广	釅欠劍	怯業劫	開口三等
下平廿九凡	上聲五十五范	去聲六十梵	入聲卅四乏	開合等第
芝凡	碉范犯	泛梵	法乏	合口三等

(七)《廣韻》二百六韻之正變

1.正變

陸氏《切韻》之定，首以論「南北是非，古今通塞」為其要旨，故其分韻，除四聲、等呼、陰陽之異者外，又因古今沿革之不同，而有正韻（古本韻）與變韻（今變韻）之別，正為古所本有，變則由正而生。法言酌古沿今，剖析毫釐。（案：法言古今沿革之分析，約而言之，可得四端：一、古同今變者，據今而分。二、今同古異者，據古而分。三、南同北異者，據北而分。四、北同南異者，據南而分。）《廣韻》據而增改之，故二百六韻，兼賅古今南北之音。今若不論古今南北，通塞是非，僅據一方之語音，驗諸口齒，則每有韻部不同，而音實相同之感。若以古今南北通塞是非考之，則二百六韻之分析，皆有至理。三代以下，唐宋以前之聲韻，

陳澧《切韻考》曰：「二十九凡，凡符咸切，此韻字少故借用二十六咸之咸字也，徐鍇符嚴反，亦借用二十八嚴之嚴字，徐鉉浮芝切，蓋以借用他韻字，不如用本韻字，故改之耳。然芝字隱僻，未必陸韻所有也。」

去聲六十梵韻有「劍、居欠切」「欠、去劍切」「俺、於劍切」當併入去聲五十七釅，與欠、釅、劍等字為類。

⑰ 按咸攝上聲五十二儼、五十三賺、五十四檻之次，當改為五十二賺、五十三檻、五十四儼之次，四聲方能相應。去聲五十七釅、五十八陷、五十九鑑之次，當改為五十七陷、五十八鑑、五十九釅之次，方能與平入相配合，四聲相配始井然有序。

至今尚可考求者，亦賴於此。

關於《廣韻》分部正變之說，昔人雖有言者，然皆僅得一隅，未明大道。迨蘄春黃季剛先生以聲之正變，定韻之正變，然後始知韻同而等呼不同則或分之。等呼雖同，正變不同，亦不能不分。**❽**黃先生有《聲經韻緯求古音表》，以《廣韻》各韻韻類為單位，將《廣韻》各韻之韻紐，依其平上去入四聲及開齊合撮四呼，將其切語分別填入其中，若相承之平上去入四聲韻類，全為正聲（古本紐）者，則為正韻（古本韻），若雜有變聲者，則為變韻。

2. 變韻之種類

《廣韻》正韻、變韻之分，既如上述，然《廣韻》中之變韻，又有四類。今據錢玄同先生〈廣韻分部說釋例〉一文，條列於下：

(1)古在此韻之字，今變同彼韻之音，而特立一韻者。如古「東」韻之字，今變同「唐」者**❾**，因別立「江」韻，則「江」

---

❽ 黃季剛先生根據錢大昕《十駕齋養新錄》〈古無輕脣音〉〈舌音類隔之說不可信〉二文及章太炎先生〈古音娘日二紐歸泥說〉一文，以錢章二氏所考定古所無之非敷奉微，知徹澄、娘日九紐，檢查《廣韻》每一韻類，發現凡無非敷奉微等九紐之韻類，一定也無「喻為群、照穿神審禪、莊初床疏、邪」等十三紐，則此十三紐，應與非等九紐同一性質，即亦為變聲可知。四十一聲紐中，除去此二十二紐變聲，所剩十九紐，自為正聲可知。凡無變聲之韻，則為正韻。有變聲之韻，即為變韻。黃先生〈聲韻條例〉云：「凡韻有變聲者，雖正聲之音，亦為變聲所挾而變，讀與古音異，是為變韻。」

❾ 黃季剛先生古本韻共三十部，今按《廣韻》之次，列之於後：
平聲：東開口、冬、模、齊、咍、灰、魂痕、寒桓、先、蕭、豪、歌戈、唐、青、登、侯、覃、談、添。
入聲：屋開口、沃、沒（麧）、曷末、屑、鐸、錫、德、合、盍、怗。

者「東」之變韻也。

　　⑵變韻之音為古本韻所無者，如「模」韻變為「魚」韻，「罩」韻變為侵韻是也。

　　⑶變韻之音全在本韻，以韻中有今變紐，因別立為變韻。如「寒」「桓」為本韻，「山」為變韻；「青」為本韻，「清」為變韻是也。

　　⑷古韻有平、入而無上、去，故凡上、去之韻，皆為變韻。如「東一」之上聲「董」、去聲「送一」在古皆當讀平聲，無上去之音，故云變韻也。

　　《廣韻》二百六韻之正韻變韻表之於下：

正　　　韻				變　　　韻				說　　明
平	上	去	入	平	上	去	入	
東一	董	送一	屋一	鍾	腫	用	燭	合口音變同撮口音
				江	講	絳	覺	正韻變同唐韻
冬	湩	宋	沃	東二		送二	屋二	正音變同東韻細音
模	姥	暮		魚	語	御		合口音變同撮口音
齊	薺	霽		支	紙	寘		變韻中有**變聲**，又半由歌戈韻變來
				佳	蟹	卦		正韻變同哈韻
灰	賄	隊		脂	旨	至		正韻變同齊韻
				微	尾	未		正韻變同齊韻，又半由魂痕韻變來
				皆	駭	怪		正韻變同哈韻
哈	海	代		之	止	志		正韻變同齊韻
魂	混	慁	沒	文	吻	問	物	合口音變為撮口音

痕	很	恨	麧	諄	準	稕	術	合口音變為撮口音，又半由先韻變來
				欣	隱	焮	迄	開口音變為齊齒音
寒	旱	翰	曷	刪	潸	諫	黠	變韻中有變聲
桓	緩	換	末	山	產	襉	鎋	變韻中有變聲，又半由先韻變來
				元	阮	願	月	正韻變同先韻
						祭		入聲變陰去齊撮呼，又半由魂韻入聲變來
						泰		入聲變陰去
						夬		入聲變陰去，有變聲
						廢		入聲變陰去齊撮呼
先	銑	霰	屑	真	軫	震	質	正韻變同魂痕韻細音
				臻			櫛	正韻變同痕韻
				仙	獮	線	薛	變韻中有變聲，又半由寒桓韻變來
蕭	篠	嘯		尤	有	宥		正韻變同侯韻細音，又半由蕭韻變來
				幽	黝	幼		正韻變同侯韻細音
豪	皓	號		宵	小	笑		正韻變同蕭韻，又半由蕭韻變來⑰
				肴	巧	效		變韻中有變聲，又半由蕭韻變來
歌	哿	箇		麻	馬	禡		變韻中有變聲，又半由模韻變來
戈一	果	過		戈二				開口音變齊齒音
				戈三				合口音變撮口音

---

⑰ 正韻豪皓號，變韻宵小笑下，黃季剛先生只列正韻變同蕭韻一類變韻，今補「又半由蕭韻變來」一類。

唐	蕩	宕	鐸	陽	養	漾	藥	開合音變為齊撮音
				庚	梗	映	陌	正韻變同登韻，又半由青韻變來
青	迥	徑	錫	耕	耿	諍	麥	正韻變同登韻，又半由登韻變來
				清	靜	勁	昔	變韻中有變聲
登	等	嶝	德	蒸	拯	證	職	開合音變為齊撮音
侯	厚	候		虞	麌	遇		正韻變同模韻細音，又半由模韻變來
覃	感	勘	合	侵	寑	沁	緝	正音變同登韻細音而仍收脣
				咸	豏	陷	洽	變韻中有變聲，又半由添韻變來
				凡	范	梵	乏	洪音變為細音，又半由添韻變來
談	敢	闞	盍	銜	檻	鑑	狎	變韻中有變聲❿
				鹽	琰	豔	葉	洪音變為細音，又半由添韻變來
添	忝	㮇	怗	嚴	儼	釅	業	變韻中有變聲，又半由覃韻變來

㈧ 《廣韻》二百六韻之音讀

　　《廣韻》二百零六韻之分韻，既由古今沿革之故，故居今之世，而欲考明其音讀，實極困難。清代治聲韻學者，每以畢生精力分析古代韻部，分合之由甚明，而不能定其發音之法。如段玉裁為

---

❿　黃季剛先生談敢闞盍四韻原表列為添忝㮇怗四韻之變韻，今據其〈談添盍怗分四部說〉一文，改列談敢闞盍四韻為正韻。

古音學大家，能析「支」、「脂」、「之」三韻不同部，至其音讀，終不能得。晚年嘗以書問江晉三云：「足下能知所以分乎！僕老耄，倘得聞而死，豈非大幸。」此則先儒好學之篤，虛己之誠，非有確見，不敢妄定也。❼

　　瑞典高本漢（Bernhard Karlgren）著《中國音韻學研究》及〈考訂切韻韻母隋讀表〉，定《廣韻》二百六韻之音讀，始以西方語音學學理構擬隋唐舊音，高氏稱之為中古音（ancient Chinese）者是也。其所構擬，韙者固多，可疑者亦復不少。中國文字有異於拼音，生今之世，而欲假定昔時之音，非知古今聲韻沿革，及精通文字訓詁之學者不可。高氏未注意陸氏「南北是非，古今通塞」之說，以為二百六韻即為隋唐時代長安一地之讀音，既與《切韻》性質不同，況又擬音瑣屑，分所難分。故世人猶多未愜於心，欲有所改定也。林語堂論高氏〈考定《切韻》韻母隋讀表〉，言及高氏考定音讀之弊，頗為的當，茲錄其說於下：

> 大概珂氏❼考訂有未愜心貴當者，㈠因拘於等韻格式，使所構成之，多半依其等第開合綴拼而成，因而在發音上頗有疑問。（如先 i 再合口之 iw。）㈡更重要的，因為珂氏對《切韻》二百六韻的解釋，與中國音韻學家不同，假定每韻之音，必與他韻不同，因此不得不剖析入微，分所難分，實則《切韻》之書半含存古性質，《切韻》作者八人，南北方音不

---

❼　此一段話見於先師林尹先生《中國聲韻學通論》第三章韻十、二百六韻音讀之首。一五三頁。

❼　林語堂譯高本漢為珂羅倔倫。

同，其所擬韻目，非一地一時之某種方音中所悉數分出之韻母，乃當時眾方音中所可辨的韻母統系。如某系字在甲方音同於 A，在乙方音同於 B，故別出 C 系而加以韻目之名，於甲於乙檢之皆無不便。實際上 C 系，並非在甲乙方音中讀法全然與 AB 區別。或甲乙方音已併，而丙方音尚分為二，則依丙方音分之。必如此，然後此檢字之韻書，可以普及適應於各地方言。法言自敘謂：「呂靜、夏侯該、陽休之、周思言、李季節、杜臺卿等之韻書，各有乖互，江東取韻，與河北復殊。」其時分韻之駁雜，方音之凌亂可知。因為江東韻書只分江東的韻，不能行於河北，河北的韻書只顧到河北的音切，不能行於江東。獨法言的書是論「南北是非」而成，因其能江東、河北、吳、楚、燕、趙的方音統系，面面顧到，所以能打到一切方音韻書而獨步一時。所謂「支脂魚虞，共為一韻；（支合脂，魚合虞）先仙尤侯，其論是切。（先合仙，尤合侯）」法言明言為當日方音現象，當日韻目之分，非如珂氏所假定之精細可知。然甲方音有合支脂者，法言必不從甲，而從支脂未混之乙，乙方音有合魚虞者，法言又必不從乙，而從未混之丙，法言從其分者，不從其併者，因是而韻目繁矣。然在各地用者皆能求得其所分，不病分其所已併，因是天下稱便，是書出而《韻略》、《韻集》諸書亡。又因為方言所分，同時多是保存古音（如支脂、東冬之分），所以長孫訥言稱為「酌古沿今，無以加也。」所以咍、泰、皆三韻之別，古咍音近之，泰音近夬、祭、廢，皆音近齊、灰，源流不同，其區別當然於一部方音尚可保存，非隋時處

處（或北地）方音都能區別這三韻的音讀。又如古先音近真，
仙音近元，方音有已合併者，有尚保存其音讀區別者，故法
言分先仙，非必隋時處處方音（或標準音）中必讀先仙為介音
輕重之別。

先師林尹先生曰：

林氏此論，言《廣韻》分部之故，頗為透徹。故珂氏《廣
韻》音讀之假定，實已根本動搖。蓋《廣韻》分韻，既因古
今南之不同而別，而每韻文字之歸納，又以反切為主。（陸
氏並非據一時一地之方音而分別韻部，既如上述，而其保存古音，辨別方
音之正訛，實據反切。）反切創于漢末，迄至於隋，作者多人，
時代之變遷，地域之不同，其音讀豈能無變。況法言韻書，
因論古今通塞，南北是非而定，並非據當時口齒而別，即當
時之人讀之，其口齒亦決不能分別如此之精細。必欲究其故
而使辨別，即當時之人，亦但能知某部某部某地併，某地
分；某部某地讀若某部，某部古音讀與某部同，今音變同某
部而已。故法言之書，乃當時標準韻書，並非標準音。此乃
中外文字構造之不同，與治學系統之有別，珂氏不明此理，
遽以二百六韻部為二百六音（案有一韻而兼開合者，珂氏亦細分
之，實不止二百六音，今稱二百六音，就其大別言之耳。），方法雖
佳，其奈根本錯誤乎！珂氏之說非不足以參考，但茲篇所
述，重在要義，使學者有所指歸，故不取其說，而辨其誤。

然則《廣韻》之音讀，究竟應如何訂定，方得當乎？余意以為

應從多種角度來設想。《廣韻》二百六韻，陸法言、陳彭年等人既可用二百零六不同之漢字為韻目，則從此天角度設想，是否也可以用二百零六種不同之語音符號，以代表此百零六韻，作為辨別之符號，似亦無不可，如此則高氏之擬音固亦無可厚非也。此即所謂書寫系統（writing system），其實《廣韻》二百零六韻，本來就是書寫系統，若東冬、支脂之、魚虞、刪山之屬，就漢字讀音言，單一語言系統，亦無法讀出不同之音讀。故書寫系統，主要目的不在求其正確之韻值，而在定其系統。

　　《廣韻》二百零六韻，我們可以用二百零六個不同的字來形容代表它二百零六個不同的韻目，雖然有些韻目在音讀上，像一東、二冬，並沒有任何語音上的差別，而在字形上，確有不同之形體，觀其形體之差異，即知為不同之韻，所以廣韻二百六韻，在中文來說，亦僅是一種書寫系統之差異，如果《廣韻》音讀，僅僅作為一種區別之符號，則音標擬成二百零六韻，代表不同系統之區別符號，自無不可。故今即以此一觀點，以著手擬音，擬音之先後次序，即以等韻之十六攝先後為序。當然，如果牽涉到《廣韻》之真正讀音時，則須要另加考慮與擬構，且留到下文再說。現在按十六攝之次序，逐一構擬，並說明其所以如此構擬之理由如下：

1. 通攝

　　通攝東董送屋四韻，《韻鏡》列為內轉第一開，《七音略》為內轉第一重中重，則在早期韻圖當中，顯然可知，其為開口韻無疑。亦即無[-u-]介音之韻母，既為開口韻，則主要元音不可能為[u]。此四韻在韻圖中分屬一、三等，一等開口韻無任何介音，早已取得聲韻學家的共識，並無爭議。惟三等字，高本漢認為有[-j-]

介音，李榮《切韻音系》第六章〈[j]化問題，前顎介音，四等主要
元音〉認為四等韻無[i]介音，只是以主要元[e]開頭，因此三等韻之
介音，就不必寫成輔音性之[j]，李榮寫作[i]，三四等之介音有無以
元音性[i]與輔音性[ǐ]作區別之必要，我想，在擬音之初，首先應該
確定。輔音性之[ǐ]事實上跟舌面中之濁擦音[j]是具有同樣之發音性
質者。中古喻母三等字，如「融、以戎切」、「容、以容切」，國
語讀[ʐuŋ]，「銳、以芮切」、國語讀[ʐuei]，「勇、余隴切」、
「用、余頌切」，天津讀[ʐuŋ]，因為中古喻母是[0]聲母，三等字
有[ǐ]介音，此一[ǐ]介音之摩擦性，容易使其本身變成捲舌濁擦音，
從此一角度觀察，中古舌面前音照[tɕ]、穿[tɕ‘]、神[dʑ‘]、審[ɕ]、
禪[ʑ]所以到國語後變成捲舌聲母之道理就清楚了。因此我認為三
等介音[ǐ]與四等介音[i]仍有區別之必要。而且四等字如果沒有[i]介
音，就應該是洪音，與向來講聲韻學者視作細音之說法，也不相
符。故吾人仍舊用高本漢之說法，將三等韻母之介音訂為輔音性之
介音[ǐ]，四等性韻母之介音訂為元音性之[i]，以為區別。介音之問
題解決後，可進一層討論此四韻之元音，東韻現代方言有讀[uŋ]音
者，如北京、濟南、太原、南昌、梅縣、福州等地，東[tuŋ]、通
[t‘uŋ]、童[t‘uŋ]、蹤[tsuŋ]、聰[ts‘uŋ]、公[kuŋ]、空[k‘uŋ]；亦有讀
[oŋ]者，如西安、漢口、成都、蘇州、溫州、長沙等地，東[toŋ]、
通[t‘oŋ]、童[t‘oŋ]、蹤[tsoŋ]、公[koŋ]、空[k‘oŋ]；亦有讀[ɔŋ]者，
上述諸字廈門讀音是；亦有讀[aŋ]者，如雙峰、潮州東讀[taŋ]，雙
峰同讀[daŋ]、潮州讀[taŋ]、送皆讀[saŋ]是。從方言的讀音來看，
定作[u]都不如定作[o]為佳，更重要者，《韻鏡》東韻定為開口，
主要元音定作[o]，正合於此一條件。因此可決定東、董、送、屋

四韻之韻母如下：

> 東、董、送開口一等[-oŋ]　　　屋開口一等[-ok]
> 　　　　開口三等[-ĭoŋ]　　　　開口三等[-ĭok]

在此或許我們應當將三等合口變輕脣條件，稍作修改，雖不是三等合口韻母，如果主要元音為[o]，由於他的圓脣性，所以只要前面[ĭ]介音也可以變輕脣，因此漢口、太原、成都、蘇州「風、丰」等字都讀[foŋ]。

冬鍾兩韻及其入聲沃濁，《韻鏡》列內轉第二開合，《七音略》為輕中輕，據《七音略》可知《韻鏡》「開合」之「開」乃誤衍而成者，故當據《七音略》定為合口韻。今方言東、冬兩韻讀音無區別，今既定東屋韻的主要元音為[o]，則冬鍾沃燭可定為[u]，如此，則其韻母如下：

> 冬(湩)宋　　合口一等[uŋ]　　　沃合口一等[uk]
> 鍾腫用　　　合口三等[ĭuŋ]　　　燭合口三等[ĭuk]

2.江攝

江攝的擬音，高本漢的說法仍可參考，高氏在《中國聲韻學大綱》裏的意見，我綜合敘述於下：

現在要討論者乃很小的一攝，僅有一韻而已，連入聲在內也不過二韻，韻圖中列於二等，即所謂江攝是也。此韻看起來似乎相當困難，在高麗、日本漢音及一系列中國南方方言中，變化均與中古-ɑŋ一樣（即宕攝開口一等唐韻）。

	高麗	漢音	廣州	福州	汕頭	溫州
剛(anc.kɑŋ)	kaŋ	kau	koŋ	kouŋ	kaŋ	kɔ
江	kaŋ	kau	koŋ	kouŋ	kaŋ	kɔ

各(anc.kɑk)　kak　　kaku　kok　　kauk　　kak　　kok

覺　　　　　kak　　kaku　kok　　kaukk　kak　　kok

但在上海話及官話，其變化與中古-ǐaŋ相同（即宕攝開口三等陽韻）

	上海	北京	歸化	西安
彊(anc.kǐaŋ)	tśiaŋ	tśiaŋ	tśia	tśia
江	tśiaŋ	tśiaŋ	tśia	tśia
腳(anc.kǐak)	tśia	tśüe	tśiə	tśüo
覺	tśia	tśüe	tśiə	tśüo

從此類音讀看來，似在中古音當中，江攝具有某類 a 元音，但從另一角度看來，卻有四點理由，似表示出江攝有某類 o 元音。

⑴《切韻》江韻與唐、陽韻既分為三韻，則江與陽、唐必有分別。日本吳音亦有區別。例如：

唐韻「剛」(anc.kɑŋ) kau

鐸韻「各」(anc.kɑk) kaku

陽韻「彊」(anc.kǐaŋ) kau

藥韻「腳」(anc.kǐak) kaku

然而江韻吳音則大不相同。例如：

江韻「項」「雙」「邦」，吳音為gou、sou、pou。

覺韻「嶽」「捉」「駁」，吳音為goku、soku、poku。

⑵《切韻》之韻次，四江韻緊接通攝諸韻之後，而具有 a 元音各韻，則排於下平，與江韻遠離，顯然《切韻》作者以江韻為具有 o 元音之韻類，而不以為是 a 元音之韻類也。

⑶上古音相聯繫，《詩經》江韻字不與陽、唐韻協，而與通攝

諸韻東、冬、鍾協，是必江韻之主要元音近於通攝也。

　　(4)諧聲字中，江韻字之聲符，不與宕攝陽、唐韻字協；而與通攝東、冬、鍾諸韻協，例如「項」字國語讀[çiaŋ]←[xiaŋ]，而其聲符為「工」(anc.koŋ)，「撞」國語讀[tṣʻuaŋ]，而其聲符為「童」(anc.dʻoŋ)，「捉」國語讀[tṣuo]，而其聲符為「足」(anc.tsǐuk)等等。

　　從以上四點理由，均有力證明江攝之主要元音非 a 類元音，而應屬於較圓脣者，因此吾人應訂定一兼具 a、o 兩類元音性質之主要元音，即為一稍開之 o，亦即國際音標之ɔ，如英語 law 之元音。因此可確定江攝之韻母如下：

　　　　江韻：江項雙邦　　anc.kɔŋ、ɣɔŋ、ʃɔŋ、pɔŋ。
　　　　覺韻：覺嶽捉駁　　anc.kɔk、ŋɔk、tʃɔk、pɔk。

　　定江攝主要元音為ɔ，如何解釋演變為今國語-iaŋ之過程，亦宜加以說明，前文談及語音變化時，曾說明中古前元音 a，由於異化作用而分裂為 ia，例如「家」ka→kia→tçia，「間」kan→kian→tçian，「交」kau→kiau→tçiau等，則ɔ元音如何變為前低元音 a？高本漢《中國聲韻學大綱》假設為元音之分裂作用，高氏假定如下：

　　　　江kɔŋ→kɔaŋ；　　項ɣɔŋ→ɣɔaŋ；　　撞dɔŋ→dɔaŋ；
　　　　雙ʃɔŋ→ʃɔaŋ；　　邦pɔŋ→pɔaŋ。

　　第二步在舌根音及脣音聲母之後，a 將ɔ同化為 a，在舌面音及舌葉音之後，ɔ則變為 u。如：

　　　　江kaŋ、項ɣaŋ、撞dʻuaŋ、雙ʃuaŋ、邦paŋ。

　　最後，因剛才提過之元音分裂作用，國語之演變如下：

江kaŋ→kiaŋ→tɕiaŋ。

項ɣaŋ→xiaŋ→ɕiaŋ。

撞dʻuaŋ→tʂʻuaŋ。

雙ʃuaŋ→ʂuaŋ。

邦paŋ→paŋ。

唇音聲母未起元音分裂，喉牙音則分裂為 ia，然後影響聲母顎化。此種元音分裂之情形，高氏以為其可能性極大，且此種「分裂」之情形，在後期漢語中，亦曾出現。例如官話中「多」to、「羅」lo、「娑」so，若干山東方言中，變為 toa、loa、soa，所循途徑，正如江攝之情形(kɔŋ→kɔaŋ)相同。故此種元音分裂之假定，並無絲毫牽強之處。

3. 止攝

止攝韻母如下：

　　三等開口：支一、紙一、寘一

　　　　　　　脂一、旨一、至一

　　　　　　　之 、止 、志

　　　　　　　微一、尾一、未一

　　三等合口：支二、紙二、寘二

　　　　　　　脂二、旨二、至二

　　　　　　　微二、尾二、未二

吾人應注意《切韻序》云：「支脂魚虞，共為一韻。」在陸法言時代，此二韻已有韻書相混淆者，則支、脂二韻之韻值必甚相近，高本漢定支為ǐe，脂為ji，並不符合此一條件。高氏所以定支為ǐe，主要根據福州支讀 ie，以及閩南方言支韻「寄、奇」讀

[kia]、蟻讀[hia]等著眼，邵榮芬兄《切韻研究》第五章《切韻》韻母的音值，論及止、遇、通、流四攝之音值時，主張止攝支韻之主要元音為[ɛ]，理由如下：

「支韻和佳韻相去不遠，佳韻主要元音既然定作[æ]，支韻的主要元音則當作[ɛ]。現在閩方言支韻讀作[-ie]或[-ia]，與《切韻》讀法比較接近，同時也證明支韻原來是沒有韻尾的。」

我認為邵榮芬兄將支韻主要元音訂作[ɛ]，實為一極佳之構想，而於訂定止攝其他各韻，均有聯貫性。高本漢《中國聲韻學大綱》與王力《漢語史稿》均將《切韻》清韻訂為[-ĭɛŋ]，主要元音也是[ɛ]，支韻與清韻，自古以來，即為對轉之韻部，雖然中古之對轉，不必像上古音如此嚴格，若能取得韻部之間主要元音之相呼應，則於說明其音韻結構及音理之關係，自然較為合理。所以從對轉觀點著眼，邵榮芬訂支韻之主要元音為[ɛ]，亦屬可取者。支一可定為[ĭɛ]，支二為[ĭuɛ]。多數聲韻家均按高本漢之辦法，將脂韻主要元音訂作[i]，如果訂作[i]，而說「支脂共為一韻」，則未免不合情理。董同龢先生《中國語音史》擬脂一類為 jei，脂二類為 jei，周法高先生〈論切韻音〉於脂旨至 b 類擬為 iei，不過周先生將脂旨至 a 類擬作iii，則同一韻而元音不同。方孝岳《漢語音韻史概要》訂止攝脂一為[ĭei]，脂二為[ĭuei]，諸家定其主要元音為[e]，甚可參考。從支脂音近立場看來，若支為[ĭɛ]，脂為[ĭe]，豈非兩韻十分相近，則《切韻》前之某地方音混為一韻，亦極近情理。脂一若訂為[ĭe]，脂二當為[ĭue]。之韻當如何訂定？根據王仁昫《刊謬補缺切韻》脂韻注云：「呂、夏侯與之、微大亂雜。」又旨韻注云：「夏侯與止為疑。」至韻注云：「夏侯與志同。」則法言前之

韻書，呂靜與夏侯該書，脂既與之、微不分，則脂必與之、微二韻音近，王力《漢語史稿》、方孝岳《漢語語音史概要》均定之韻為[ǐə]，而李榮《切韻音系》則作[iə]，取意相同，其說可從。

微韻與欣、文為對轉之韻部，王力訂欣為[ǐən]，文為[ǐuən]，則微韻兩類訂作[ǐəi]、[ǐuəi]，自亦可從。呂、夏侯脂與之、微大亂雜，亦易理解。止攝各類韻音值歸納如下：

開　口	合　口
支一、紙一、寘一-ǐɛ	支二、紙二、寘二-ǐuɛ
脂一、旨一、至一-ǐe	脂二、旨二、至二-ǐue
之　、止　、志　-ǐə	
微一、尾一、未一-ǐəi	微二、尾二、未二-ǐuəi

4. 遇攝

遇攝韻母如下：

開　口	合　口
一等	模
三等魚	虞

高本漢將魚訂作[ǐwo]，似全然未顧《韻鏡》內轉第十一為開口之事實，《通志·七音略》十一轉亦為重中重。則魚韻應為開口之韻部顯然。羅常培〈切韻魚虞的音值及其所據方音考〉一文，已改正為[io]，但因為魚韻為三等韻，所以改作[ǐo]，則更符合等韻之情況。魚、虞、模三韻等韻圖中之情況，頗與東、冬、鍾三韻相似，故可比照比照構擬冬鍾韻之辦法，採取平行之擬音即可。即模韻為合口一等韻，可訂作[u]，虞韻為合口三等韻，故為[ǐu]。

遇攝各韻類音值如下：

開　口			合　口		
一等			模-u		
三等魚-ĭo			虞-ĭu		

5. 蟹攝

蟹攝韻母如下：

開　口			合　口		
一等咍　海　代			灰　賄　隊		
	泰一				泰二
二等皆一駭一怪一			皆二	怪二	
佳一蟹一卦一			佳二蟹二卦二		
	夬一				夬二
三等	祭一				祭二
	廢一				廢二
	齊三				
四等齊一薺一霽一			齊二	霽二	

　　蟹攝四等俱全，而又有重韻，故擬音方面，最應照顧周全。因
為此攝問題解決後，山、咸兩攝亦可比照處理。假若吾人撇開高本
漢一等元音為[ɑ]、二等為[a]之說，不必如此緊守，則在擬音上應
可更為靈活。咍既與登韻為對轉，又有一部分字如「開、哀、剴、
皚」亦與魂、痕為對轉，「存」與「在」古為一語，則其尤顯明者
也。如此則可訂咍韻之主要元音為[ə]，蟹攝向來認為有[-i]韻尾，
則咍為[əi]、灰為[uəi]。周法高先生〈論切韻音〉一文，正是如此
訂定，不得不佩服前輩眼光獨到，先我而得隋珠。泰韻兩類來自上
古月部，其主要元音可訂為[ɑ]，如此則泰一為[ɑi]、泰二為[uɑi]。

此種擬音與後來代不與泰同用，也大有關係。二等有三重韻，皆駭怪上古音近於咍海代，故可擬其音開口二等為[ɐi]、合口二等為[uɐi]；佳韻每與麻韻混，因此必近於麻韻，而又與梗攝耕韻為對轉，故可訂其開口二等韻母為[æi]、合口二等為[uæi]；夬韻既來自古音月部，可訂其開口二等為[ai]、合口二等為[uai]。王力先生《漢語史稿》、方孝岳先生《漢語語音史概要》所定二等三重韻音值與此同，惟佳、夬二韻主要元音互異耳。

　　三等三重韻，祭與仙為對轉之韻，廢與元為對轉之韻，王力《漢語史稿》、方孝岳《漢語語音史概要》將祭三等開口擬作[ǐɛi]，三等合口為[ǐuɐi]；廢三等開口擬為[ǐɐi]，合口為[ǐuɐi]。今從之。齊韻之三等字，則必須有[-ǐ-]介音，其主要元音及韻尾，當與齊韻四等同，故可擬作[ǐei]，因為脂韻已擬作[ǐe]，故不相衝突。齊韻今從方孝岳先生開口四等擬作[iei]，合口四等擬作[iuei]。

　　蟹攝各類韻母音值整理如下：

開　口			合　口		
一等咍	、海	、代 -əi	灰	、賄	、隊 -iuəi
		泰一 -ɑi			泰二 -uɑi
二等皆一、駭一、怪一 -ɐi			皆二、駭二、怪二 -uɐi		
	佳一、蟹一、卦一 -æi		佳二、蟹二、卦二 -uæi		
		夬二 -ai		夬一 -uæi	
三等		祭一 -ǐɛi		祭二 -ǐuɛi	
		廢一 -ǐɐi		廢二 -ǐuɐi	
	齊三	-ǐei			
四等齊一、薺一、霽一 -iei			齊二、	霽二 -iuei	

6. 臻攝

臻攝韻母如下：

開　口		合　口	
一等痕、很、恨、(麧)		魂、混、慁、沒	
二等臻	櫛		
三等真、軫、震、質		諄、準、稕、術	
欣、隱、焮、迄		文、吻、問、物	

臻攝諸韻之擬音，可參考其對轉之韻部，真、諄與脂對轉，欣、文與微對轉，如前所言，痕、魂兩韻與咍、灰對轉，則痕韻可擬作[ən]、(麧)作[ət]。魂韻可作[uən]，沒作[uət]。真作[ĭen]，質作[ĭet]。諄作[ĭuen]，術作[ĭuet]。欣作[ĭən]，迄作[ĭət]。文作[ĭuən]，物作[ĭuət]。臻韻實為與真韻相配之莊系字，因為二等，所以可擬作[en]，櫛為[et]。

臻攝各韻韻母如下：

開　口		合　口	
一等痕、很、恨-ən	麧-ət	魂、混、慁-uən	沒-uət
二等臻　　　　-en	櫛-et		
三等真、軫、震-ĭen	質-ĭet	諄、準、稕-ĭuen	術-ĭuet
欣、隱、焮-ĭən	迄-ĭət	文、吻、問-ĭuən	物-ĭuət

7. 山攝

山攝各類韻母如下：

開　口				合　口			
一等寒	、旱	、翰	、曷	桓	、緩	、換	、末
二等刪一、潸一、諫一、鎋一				刪二、潸二、諫二、鎋二			

山一、產一、襇一、黠一　　　山二、產二、襇二、黠二

三等元一、阮一、願一、月一　　　元二、阮二、願二、月二

仙一、獮一、線一、薛一　　　仙二、獮二、線二、薛二

四等先一、銑一、霰一、屑一　　　先二、銑二、霰二、屑二

　　山攝擬音可比照蟹攝，寒桓與泰為對轉之韻，則寒可擬作[ɑn]，桓為[uɑn]；刪應與夬為對轉，夬讀[ai]今二等重韻之對應，則刪一可擬作[an]，鎋一擬作[at]，刪二為[uan]，鎋二為[uat]。山與皆為對轉，則山一為[ɐn]，黠一為[ɐt]，山二為[uɐn]，黠二為[uɐt]。仙與祭對轉，則可擬作[ǐɛn]與[ǐuɛn]，入聲薛一為[ǐɛt]，薛二為[ǐuɛt]；元與廢對轉，則為[ǐɐn]與[ǐuɐn]，其入聲月一為[ǐɐt]，月二為[ǐuɐt]。先與齊對轉，四等韻有[-i-]介音，則先一為[ien]，先二為[iuen]；相配入聲屑一為[iet]，屑二為[iuet]。山攝各類韻母如下：

開　口　　　　　　　　　　　　合　口

一等寒　、旱　、翰-ɑn、曷-at　　桓　、緩　、換-uɑn、末-uat

二等刪一、潸一、諫一-an、鎋一-at　刪二、潸二、諫二-uan、鎋二-uat

　　山一、產一、襇一-ɐn、黠一-ɐt　山二、產二、襇二-uɐn、黠二-uɐt

三等元一、阮一、願一-ǐɐn、月一-ǐɛt　元二、阮二、願二-ǐuɑn、月二-ǐuɛt

　　仙一、獮一、線一-ǐɛn、薛一-ǐɛt　仙二、獮二、線二-ǐuɐn、薛二-ǐuɛt

四等先一、銑一、霰一-ien、屑一-iet　先二、銑二、霰二-iuen、屑二-iuet

　　8. 效攝

　　效攝韻母如下：

　　　一等豪、皓、號

　　　二等肴、巧、效

三等宵、小、笑

四等蕭、篠、嘯

效攝高本漢之擬音，各家並無大差異，茲錄於下：

一等豪皓號為[ɑu]

二等肴巧效為[au]

三等宵小笑為[ǐɛu]

四等蕭篠嘯為[ieu]

但是根據《經史正音切韻指南》所附入聲九攝歌訣云：

咸通曾梗宕江山，深臻九攝入聲全。

流遇四等通攝借，咍皆開合在寒山。

齊止借臻鄰曾梗，高交元本宕江邊。

歌戈一借岡光一，四三井二卻歸山。

交在肴韻，而肴韻所配入聲，來自江韻，江韻既定作[ɔŋ]，則肴韻擬作[uɛ]自為最理想，所以將肴改定為[uɛ]者，因肴與江適為陰陽對轉相配之部，此種擬音，或以為怪，但語音史料如此，亦只可如此擬測。何況在現代方言中，效攝開口二等字，亦尚有保留元音為ɔ之方言。例如：「飽」濟南、揚州、溫州[pɔ]，「刨」濟南[p‘ɔ]，揚州[pɔ]，「貓」濟南、揚州、溫州[nɔ]「爪」濟南[tʂɔ]、揚州、溫州[tsɔ]，「罩」濟南[tʂɔ]、揚州、溫州[tsɔ]等等，可見以ɔ作為肴韻之主要元音，並非毫無根據。

效攝各類韻母的韻值如下：

一等豪皓號-ɑu　　　　　　二等肴巧效-ɔu

三等宵小笑-ǐɛu　　　　　　四等蕭篠嘯-ieu。

9.果攝

果攝韻母如下：

開　口	合　口
一等歌哿箇	戈一果過
三等戈二	戈三

據《經史正音切韻指南》歌戈二韻之入聲，借之於岡光，岡為《廣韻》之開口一等字，光為《廣韻》之合口一等字，《廣韻》開口一等高本漢擬作[ɑŋ]，合口一等高氏擬作[uɑŋ]，其入聲鐸韻開口一等作[ɑk]，合口一等作[uɑk]，各家均無異辭，今以歌戈既與鐸相配，則其主要元音當為[ɑ]矣。且今之各地方言歌戈兩韻多數均無韻尾，蘇州與溫州有圓脣高元音韻尾，可視為元音之分裂，當屬後期之變化，如此則歌哿箇可訂為[ɑ]，戈一果過為[uɑ]，戈二為[ǐɑ]，戈三為[ǐuɑ]。與高氏說正相合，後來諸家亦無異說。

10.假攝

開　口	合　口
二等麻一馬一禡一	麻二馬二禡二
三等麻三馬三禡三	

高本漢將麻一訂為[a]，麻二作[ua]，麻三作[ǐa]，各家亦無異辭，王仁昫《刊謬補缺切韻》於去聲箇韻韻目下小注云：「呂與禡同，夏侯別，今依夏侯。」箇韻既擬作[ɑ]與[uɑ]，而箇韻呂靜與禡混，則正可加強高本漢擬音之說服力，二韻之主要元音應相差極小，而[ɑ][a]之擬音正符合此一條件。

11.宕攝

宕攝韻母如下：

```
開　口                     合　口
一等唐一蕩一宕一鐸一        唐二蕩二宕二鐸二
三等陽一養一漾一藥一        陽二養二漾二藥二
```

　　高本漢按四等元音之關係，將唐一訂作[aŋ]，唐二訂作[uaŋ]，鐸一訂作[ak]，鐸二訂作[uak]；陽一作[ǐaŋ]、陽二作[ǐuaŋ]，藥一作[ǐak]、藥二作[ǐuaŋ]。各家亦多依從，惟董同龢與周法高兩先生唐陽藥鐸之主要元音皆為[a]，極有見地，而且亦不受高本漢四等元音前後高低之限制，其說可從。我以為宕攝實與果攝平行發展，果攝既只有一類元音，則宕攝自無庸分成兩類元音。王仁昫《刊謬補缺切韻》於平聲陽韻韻目下注云：「李杜與唐同，夏侯別，今依夏侯。」上聲養韻韻目下注云：「夏侯在平聲陽唐、入聲藥鐸並別，上聲養蕩為疑，呂與蕩同，今別。」去聲漾韻韻目下注云：「夏侯在平聲陽唐，入聲藥鐸並別，去聲漾宕為疑，呂與宕同，今並別。」入聲藥韻韻目下注云：「呂杜與鐸同，夏侯別，今依夏侯。」從此四聲韻目，呂靜、杜臺卿平聲陽唐無別，夏侯該分之，上聲去聲夏侯亦同樣與呂無別，入聲呂杜藥鐸不分，夏侯別。可見陽唐兩韻必定相當接近，但陽唐既有洪細之別，若主要元音不同，則呂杜應不致如此相混淆，因為歌麻亦僅呂在去聲混而已。而且唐陽四類韻母，與果攝四類韻母幾乎是平行發展，果攝元音既然訂為相同，則陽唐自亦可比照訂為[a]元音。將陽唐定為[a]元音，《經史正音切韻指南》入聲九攝歌訣云：

　　齊止借臻臨曾梗，高交元本宕江邊。
　　歌戈一借岡光一，四三并二卻歸山。

　　高是豪韻，豪韻屬一等，而與宕攝同入，宕攝一等韻的入聲自是鐸韻，豪既與唐鐸對轉，則其主要元音自是非[ɑ]莫屬矣。故董同龢、周法高兩家之擬測可從。

　　茲將各類韻母列下：

　　開　口　　　　　　　　　　合　口

　　一等唐一蕩一宕一-ɑŋ 鐸一-ak　唐二蕩二宕二-uɑŋ 鐸 -uɑk

　　三等陽一養一漾一-ĭɑŋ藥一-ĭɑk　陽二養二漾二-ĭuɑŋ藥二-ĭuɑk

12.梗攝

　　梗攝韻母如下：

　　開　口　　　　　　　　　合　口

　　二等庚一梗一映一陌一　　　庚二梗二映二陌二

　　　耕一耿 諍 麥一　　　　耕二　　　麥二

　　三等庚三梗三映三陌三　　　庚四梗四映四

　　　清一靜一勁 昔一　　　清二靜二　昔二

　　四等青一迥一徑 錫一　　　青二迥二　錫二

　　庚韻與麻韻為對轉之韻，麻韻既訂作[a]，則庚陌韻之韻母可比照訂如下：

　　庚一梗一映一為[aŋ]，陌一為[ak]；庚二梗二映二為[uaŋ]，陌二為[uak]；庚三梗三映三為[ĭaŋ]，陌三為[ĭak]；庚四梗四映四為[ĭuaŋ]。將庚陌主要元音定為[a]，周法高先生〈論切韻音〉一文即如此訂者，其說可從。耕韻與佳韻為對轉之韻，佳韻既訂作[æi]與[uæi]，則耕一耿諍為[æŋ]，麥一為[æk]；耕二為[uæŋ]，麥二為[uæk]，與周法高先生擬構相同。清韻周法高先生擬為[ĭæŋ]、[ĭuæŋ]兩類，據許敬宗庚耕清同用例觀，本極理想，不過，清韻上聲靜韻

韻目下王仁昫注云：「呂與迥同，夏侯別，今依夏侯。」呂靜既與迥同，則必與迥韻之音相近，如訂其主要元音為[æ]，則嫌稍遠。且清韻與支韻為對轉之韻，支韻既已訂作[ǐɛ]、[ǐuɛ]二類，則清一靜一勁一可訂作[ǐɛŋ]、昔一作[ǐɛk]；清二靜二作[ǐuɛŋ]、昔二作[ǐuɛk]。青韻既為四等韻，且與齊為對轉之韻，則可依一般四等韻之例訂青一迥一徑為[ieŋ]、錫一為[iek]，青二迥二作[iueŋ]，錫二為[iuek]。

梗攝各類韻母音如下：

開　口			合　口		
二等庚一、梗一、映一-aŋ	陌-ak		庚二、梗二、映二-uaŋ	陌二-uak	
耕一、	諍-æŋ	、麥-æk	耕二-uæŋ、		麥二-uæk
三等庚三、梗三、映三-ǐaŋ	陌三-ǐak		庚四、梗四、映四-ǐuaŋ	陌四-ǐuak	
清一、靜一、勁一-ǐɛŋ	昔一-ǐɛk		清二、靜二-ǐuɛŋ、		昔二-ǐuɛk
四等青一、迥一、徑一-ieŋ	錫一-iek		青二、迥二-iueŋ、		錫二-iuek

13. 曾攝

曾攝韻母如下：

開　口			合　口	
一等登一等	嶝	德一	登二	德二
三等蒸	拯 證	職一		職二

《廣韻》登韻實為與陰聲咍韻相對轉或相平行之韻，而蒸韻則與之韻相對轉或平行之韻，根據前面之討論，之韻既訂其韻值為[ǐə]，咍韻為[ə]，則登韻開口一等自可定作[əŋ]，合口一等則定作[uəŋ]，相對之入聲，可定作[ək]及[uək]；蒸韻開口三等可定作[ǐəŋ]，合口三等為[ǐuəŋ]；相應之入聲為[ǐək]與[ǐuək]。關於本攝之

擬音，各家均無異說，因此最為確定。

曾攝各類韻母如下：

開　口		合　口	
一等登一等嶝-əŋ　德一-ək	登二-uəŋ　德二-uək		
三等蒸　拯證-ǐəŋ　職一-ǐək	職二-ǐuək		

14.流攝

流攝韻母如下：

開　口

一等侯　厚　候

三等尤　有　宥

　　　幽　黝　幼

流攝《韻鏡》為內轉第三十七開，《七音略》內轉四十重中重，則其為開口無疑，董同龢先生：《中國語音史》定侯作-u、尤作-ju、幽作-jeu，顯然不合韻圖之結構，自難以依從。王力《漢語史稿》，周法高〈論切韻音〉等訂侯為-əu、尤為-ǐəu、幽為-ǐeu。雖合於等韻之開合，但於東侯對轉、東尤對轉方面之解釋上，亦不理想。吾人既知侯為開口一等韻，相對之陽聲與入聲韻是東開一與屋開一。東開一吾人已擬作-oŋ，屋開一為-ok，則侯自當作-ou，如此相配，方無所窒礙。與今官話方言亦多相應，北京、濟南、西安、太原、漢口均讀-ou。開口三等之尤韻與開口三等之東韻亦為對轉之韻，則尤可擬作-ǐou，應無問題。惟開口三等之幽韻比較複雜，自唐人以來，韻書押韻，已與尤合用無別，則其音讀應與尤極為相近，但幽韻有一特點，雖然屬三等韻，但其脣音字不變輕脣，就此點看看來，其元音一定非圓脣元音，但又要與尤韻極其相近，

則除-ĭɐu以外，實難有更適合之韻讀矣。故今定作-ĭɐu，應是再適合不過。ɐu中之ɐ極易受韻尾圓脣之影響而變成o，故自許敬宗以來，幽與尤已一直同用無別矣。

15.深攝

深攝韻母如下：

開　口

三等侵　寢　沁　緝

深攝侵韻之上古音為*-ĭəm，幾乎各家均無異說。但是中古音則有所改變，高本漢之中古音擬為-ĭəm，而陸志韋《古音說略》則根據真、蒸、侵三韻在現代方言中相平行發展之事實，將此三韻之主要元音已改作ɐ，即真為-ĭɐn、蒸為-ĭɐŋ、侵為-ĭɐm。後來董同龢在《中國語音史》中，亦有相同之看法，董氏說：「在-m與-n混的方言，深攝字總是和臻攝三等字混；即在韻尾不同的方言，元音仍是一樣的。前面把臻攝三等欣韻的元音訂作ə，真韻訂作e。侵屬兩類，與欣不同，所以現在以為e。」若依陸志韋與董同龢之意見，則在-ŋ尾韻及-m尾韻中，將無主要元音屬ə之三等韻，亦即無-ĭəŋ與-ĭəm韻母，跟-n尾韻相配起來很不整齊。故吾人仍依高本漢所擬，將侵定作-ĭəm，入聲緝當為-ĭəp矣。

16.咸攝

咸攝各類韻母如下：

開　口				合　口
一等覃	感	勘	合	
談	敢	闞	盍	
二等咸	嗛	陷	洽	

衘　檻　鑑　狎

三等鹽　琰　豔　葉

　　嚴　儼　釅　業　　　　凡　范　梵　乏

四等添　忝　桥　怗

咸攝表面上看來似與山攝平行，實際上乃大不相同，我認為覃合之地位應該相當於痕魂與沒（麧），咸洽應該相當於山黠，嚴凡業乏相當於元月；談盍相當於寒桓曷末，衘狎相當於刪鎋，鹽葉相當於仙薛，添怗相當於先屑。作此釐清以後，擬音就可以比照辦理。

　　開　口　　　　　　　　　合　口

一等覃感勘-ɘm　合-ɘp

　　談敢闞-ɑm　盍-ɑp

二等咸謙陷-ɐm　洽-ɐp

　　衘檻鑑-am　狎-ap

三等嚴儼釅-ĭɐm　業-ĭɐp　　　凡范梵-ĭuɐm　乏-ĭuɐp

　　鹽琰豔-ĭɛm　葉-ĭɛp

四等添忝桥-iem　怗-iep

將覃韻擬作[ɘm]周法高先生實採用此一作法，惟一缺點，乃不好解釋為什麼後來許敬宗要奏請覃談許令附近通用，此乃單一語言實際音讀上之問題，與此處系統性上之擬測，應該稍有不同。

　　至於輕脣十韻，高本漢以三等合口為其分化條件，但此一條件，與韻圖不合，吾人將東韻與侯、尤擬成以o為主要元音之韻，對變輕脣之條件不合高氏之標準，其實影響不大，僅須說變輕脣之條件，乃以ĭ加u或o便可，因為u和o均帶圓脣性，三等介-ĭ-加上圓脣元音，即為輕脣分化之條件。

下文更從陰陽對轉相配之立場，列表來看各韻之關係：

陽　聲	入　聲	陰　聲
東開一-oŋ	屋開一-ok	侯開一-ou
東開三-ǐoŋ	屋開三-ǐok	尤開三-iou
		魚開三-ǐo
冬合一-uŋ	沃合一-uk	模合一-u
鍾合三-ǐuŋ	燭合三-ǐuk	虞合三-ǐu
江開二-ɔŋ	覺開二-ɔk	肴開二-ɔu
真開三-ǐen	質開三-ǐet	脂開三-ǐe
諄合三-ǐuen	術合三-ǐuet	脂合三-ǐue
臻開二-en	櫛開二-et	
欣開三-ǐən	迄開三-ǐət	微開三-ǐəi
文合三-ǐuən	物合三-ǐuət	微合三-ǐuəi
痕開一-ən	麧開一-ət	咍開一-əi
魂合一-uən	沒合一-uət	灰合一-uəi
寒開一-ɑn	曷開一-ɑt	泰開一-ɑi
桓合一-uɑn	末合一-uɑt	泰合一-uɑi
刪開二-an	鎋開二-at	夬開二-ai
刪合二-uan	鎋合二-uat	夬合二-uai
山開二-ɐn	黠開二-ɐt	皆開二-ɐi
山合二-uɐn	黠合二-uɐt	皆合二-uɐi
元開三-ǐɐn	月開三-ǐɐt	廢開三-ǐɐi
元合三-ǐuɐn	月合三-ǐuɐn	廢合三-ǐuɐi
仙開三-ǐɛn	薛開三-ǐɛt	祭開三-ǐɛi

仙合三-ĭuɛn	薛合三-ĭuɛt	祭合三-ĭuɛi
先開四-ien	屑開四-ien	齊開四-iei
先合四-iuen	屑合四-iuet	齊合四-iuei
		齊開三-ĭei
陽開三-ĭɑŋ	藥開三-ĭɑk	戈開三-ĭɑ
陽合三-ĭuɑŋ	藥合三-ĭuɑk	戈合三-ĭuɑ
唐開一-ɑŋ	鐸開一-ɑk	歌開一-ɑ
		豪開一-ɑu
唐合一-uɑŋ	鐸合一-uɑk	戈合一-uɑ
庚開二-aŋ	陌開二-ak	麻開二-a
庚合二-uaŋ	陌合二-uak	麻合二-ua
庚開三-ĭaŋ	陌開三-ĭak	麻開三-ĭa
庚合三-ĭuaŋ	陌合三-ĭuak	
耕開二-æŋ	麥開二-æk	佳開二-æi
耕合二-uæŋ	麥合二-uæk	佳合二-uæi
清開三-ĭɛŋ	昔開三-ĭɛk	支開三-ĭɛ
		宵開三-ĭɛu
清合三-ĭuɛŋ	昔合三-ĭuɛk	支合三-ĭuɛ
青開四-ieŋ	錫開四-iek	蕭開四-ieu
青合四-iueŋ	錫合四-iuek	
蒸開三-ĭəŋ	職開三-ĭək	之開三-ĭə
		幽開三-ĭəu
	職合三-ĭuək	
登開一-əŋ	德開一-ək	咍開一-əi

登合一-uəŋ	德合一-uək	灰合一-uəi
侵開三-ĭəm	緝開三-ĭəp	
覃開一-əm	合開一-əp	
談開一-ɑm	盍開一-ɑp	
鹽開三-ĭɛm	葉開三-ĭɛp	
添開四-iem	帖開四-iep	
咸開二-ɐm	洽開二-ɐp	
銜開二-am	狎開二-ap	
嚴開三-ĭɐm	業開三-ĭɐp	
凡合三-ĭuɐm	乏合三-ĭuɐp	

　　以上二百零六韻除侵覃以下九韻無相配之陰聲韻外，大致說來，相配得很整齊，除少數幾部，或者無相當之陽聲，或者無相當之陰聲外，幾乎皆陰陽相對，極其整齊，此亦吾人應該在擬音時注意其音韻結構問題。有些部既可說與此部對轉，也可說與彼部對轉，若齊韻，可說為先、屑之對轉韻部，又何嘗不可說為青、錫之對轉韻部？原則上，吾人以陰聲之-i 尾韻之韻部，作為陽聲-n 尾韻，入聲-t 韻之轉韻部；陰聲之無尾韻或-u 尾韻之韻部，作為陽聲-ŋ、入聲-k尾對轉韻部。但此雖屬大多數情況，然亦有溢出此一範圍者，但有一點可以確定，凡是對轉之韻部，其主要元音必然相同。

　　上面所擬測之《廣韻》二百六韻讀，純粹屬於書寫系統，正如同吾人用二百零六漢字以代表《廣韻》韻目之性質相同，至於每一韻目之實際音讀，恐每一種方言之讀法均不相同，而且其區別亦無此複雜。《切韻》與《廣韻》既非當時之標準音，亦非記錄當時一

地之方音。王力說：「假如只記錄一個地域的具體語音系統，就用不著『論南北是非，古今通塞』，也用不著由某人『多所決定』了。」因為《廣韻》二百六韻乃論南北是非、古今通塞而定，故在實際語言音讀之擬構，首先應推測出以隋、唐時何處之語音來擬構，用何種方言系統來推測《廣韻》之音讀。若如此擬構，則《廣韻》二百六韻之讀音，當減少甚多。王力云：「隋時大約是以洛陽語音作為標準音，詩人們寫詩大約是按照這實際語音來押韻，並不需要像《切韻》分得那麼細。唐封演《聞見記》說：『隋陸法言與顏、魏諸公定南北音，撰為《切韻》，……以為楷式。而先、仙，刪、山之類，分為別韻，屬文之士，苦其苛細。國初許敬宗等詳議，以其韻窄，奏合而用之。』現在《廣韻》每卷目錄於各韻下注明『獨用』、『某同用』字樣，就是許敬宗等的原注。其實『奏合而用之』，也一定有具體語音系統作為標準，並不是看見韻窄就把他們合併到別的韻去，看見韻窄就不併了。例如看韻夠窄了，也不合併於蕭、宵或豪；欣韻夠窄了，也不合併於文或真；脂韻夠寬了，反而跟支之合併。這種情況，除了根據實際語音系統以外，得不到其他的解釋。這樣我們對於第七世紀（隋代及唐初）的漢語標準音，就可以肯定它的語音系統，再根據各方面的證明（如日本、朝鮮、越南的借詞；梵語、蒙語的對譯，現代漢語方言的對應等等），就可以構擬出實際的音位來。」今以王力所構擬之洛陽音——隋唐時期之標準音為依據，說明二百六韻之音讀。如有改訂，則加以說明，與王氏同者則依王氏，不再說明。

1.陰聲韻部

(1)無尾韻母

a韻（歌戈同用）：歌a、戈ua、迦ia、靴iua。

按根據蕭宵同用、先仙同用、鹽添同用、屑薛同用、葉怗同用之註，顯然三四等字，在許敬宗奏請許以附近通用之官令，三等字與四等字已不復區分矣。則三等介音與四等介音可無庸區分，今即以舌面前高元音i為三四等韻共同介音。

a韻（麻獨用）：麻a、瓜ua、車ia。

o韻（魚獨用）：魚io。

u韻（虞模同用）：孤u、俱iu。

i韻（支脂之同用）：飢i、龜iui。

按i韻合口，王力擬作ui，但在韻圖仍為三等字，有照系及群紐字，則不能無i介音，因為此諸紐字之特性，必須與i介音相接合始自然。

(2)i尾韻母

əi韻（灰咍同用）（微獨用）：臺əi、回uəi、衣iəi、圍iuəi。

灰咍不與微同用，則是由於洪細音之差異。從對轉立場來看，咍與痕對轉，灰與魂對轉，微韻開口與欣韻對，合口與文韻對轉，而痕、魂、欣、文之主要元音皆為ə。則王力以咍為əi、灰為uəi；董同龢以咍為 Ai、灰為 uAi 之擬測，均與對轉之陽聲韻部不相應，故今不從。此亦可以說明後來唐宋詞之押韻中，為什麼咍灰韻字常常與微相亂，因為主要元音相同，僅不過洪細之差而已。若將主要元音擬成ɔ或 A，而竟然常相混，在實際語音上，相差太遠，總覺牽強。

ai韻（泰獨用）：蓋ai、外uai。

ai韻（佳皆夬同用）：佳ai、懷uai。

ɛi韻（霽祭同用）：奚例iɛi、攜芮iuɛi。

按《廣韻》上平聲卷第一韻目，在齊韻下注獨用，上聲薺下亦注獨用，然去聲霽下則注「祭同用」，是在《廣韻》已應元音相同，始可同用相押。不僅此也，在《經史正音切韻指南》蟹攝外二開口呼，更明言祭韻宜併入霽韻。雖然《經史正韻切韻指南》時代稍晚，不足以為直接證據，但因有《廣韻》同用之注等直接證據，那末，用作旁證仍是可以，此亦顯示一點，在實際語言中，三等與四等已無介音之差異。

ɐi韻（廢獨用）：刈iɐi、廢iuɐi。

按在《經史正韻切韻指南》蟹攝外二合口呼圖亦云「廢韻宜併入霽韻」，為何吾人不根據《切韻指南》將此韻合併於霽韻裏，或如同祭韻，擬測與霽韻音讀相同，而要有所區別，因為《廣韻》注明「廢獨用」，獨用就不可同霽韻押韻，當然不可將音讀擬測相同。但三、四等之混一，仍可以採用，亦即在介音方面已經無三、四等之區別。亦即在介音方面已無三、四等之區別。所以將廢韻之元音擬作ɐ者，因為《韻鏡》將廢韻寄放在內轉第九、第十兩圖兩圖中之入聲地位，與微尾未共一圖，微尾未所擬定為iəi及iuəi韻母，而廢韻與之共圖，必定元音與之相近方可，故定作ɐ，還有更重要之原因，因為廢韻與元韻為對轉之韻，元韻既是ɐn，則廢韻只有作ɐi矣。

(3)u尾韻母

ɑu韻（豪獨用）：高ɑu。

ɔu韻（肴獨用）：交ɔu。

εu韻（蕭宵同用）：聊遙iεu。

按肴韻既獨用，而其對之韻部為江，入聲為覺，江既定作ɔŋ，覺為ɔk，則肴定作ɔu，自最合理，其所以不與豪合韻者，亦以其元音相去太遠也。此外，在《經史正韻切音指南》平聲蕭與宵合為宵，上聲篠與小合為小，去聲嘯與笑合為笑。可見在讀音上已無分別，而廣韻又注明「蕭宵同用」，故可比照祭霽之擬音，三、四混等，擬成讀音相同。

ou韻（尤侯幽同用）：鉤ou、鳩虬iou。

2.陽聲韻部

(1)ŋ尾韻母

oŋ韻（東獨用）：公oŋ、弓ioŋ。

uŋ韻（冬鍾同用）：宗uŋ、縱iuŋ。

按東冬二韻之主要元音，本篇所擬，正好與王力《漢語音韻》所定相對掉換，吾人所持之理由，為《韻鏡》東韻在內轉第一開，《七音略》標明為「重中重」，則顯然屬開口一類。至於冬鍾二韻，《韻鏡》在內轉第二開合，《七音略》則標明「輕中輕」。以《七音略》校《韻鏡》，則《韻鏡》之「開」字似為衍文，孔仲溫氏《韻鏡研究》第二章〈韻鏡內容〉一節，謂「因而此圖之標『開合』，恐當作『合』，『開』字為誤衍也。」冬韻為合口顯然，如此則以東韻之主要元音為o，冬為u，不亦十分合理乎！

ɔŋ韻（江獨用）：腔ɔŋ

aŋ韻（陽唐同用）：岡aŋ、光uaŋ、姜iaŋ、王iuaŋ。

按王力作ɑŋ，今不從。因為在《經史正韻切韻指南》裏，唐韻與豪、歌、戈入聲同為鐸，而歌、戈、豪三韻之主要元音均擬測為

ɑ，則陽、唐二韻之主要元音自亦以ɑ最為理想。若作a，則不可能同入矣。

　　ɐŋ韻（庚耕清同用）：庚ɐŋ、橫轟uɐŋ、京驚iɐŋ、營iuɐŋ。

　　庚耕兩韻之字，在現代方言中，多數方言韻母之主要元音為ə，亦有一些是a。例如庚韻之「撐」，北京、濟南皆讀tʂ'əŋ，西安、太原讀ts'əŋ，漢口、成都、揚州、長沙皆讀ts'ne，而蘇州、南昌、梅縣讀ts'aŋ，廣州讀tʃ'aŋ，福州讀t'aŋ。耕韻之「橙」，北京、濟南、西安、太原皆讀tʂ'əŋ，漢口、成都、揚州、梅縣均讀ts'ne，但蘇州讀zaŋ，南昌讀ts'aŋ，廣州讀tʃ'aŋ。清韻之「聲」，北京、濟南、西安、太原讀ʂəŋ，漢口、成都、揚州、南昌皆讀səŋ，而梅縣讀saŋ，福州讀siaŋ，蘇州又讀saŋ。所以庚耕清三韻之元音，應該介於ə與a之間的音，既然如此，故吾人選擇ɐ。

　　ɛŋ韻（青獨用）：經iɛŋ、坰iuɛŋ。

　　əŋ韻（蒸登同用）：登əŋ、肱uəŋ、陵iəŋ。

　(2)n尾韻母

　　ɑn韻（寒桓同用）：干ɑn、官uɑn。

　　an韻（刪山同用）：姦閑an、關鰥uan。

　　ɐn韻（元魂痕同用）：痕ɐn、昆uɐn、言iɐn、袁iuɐn。

　　ən韻（欣文同用）：斤iən、雲iuən。

　　按欣韻王力作ien，自是韻書早期現象，戴震《聲韻考》云：「按景祐中以賈昌朝請韻窄者凡十三處，許令附近通用，於是合欣于文、合隱于吻、合焮于問、合迄于物。」按景祐為宋仁宗年號，賈昌朝許令通用之時，必此二韻之相通，定已有一段相當長之時間，故乃有奏請附近通用之舉。且欣韻在對轉方面，是與微韻之開

口字相配，文韻則與微韻之合口字相配，《韻鏡》欣隱焮迄四韻在外轉第十九開，文吻問物在外轉第二十合，可見是開合相對之兩轉，文韻既是iuən而無可爭議。則欣韻定作iən亦頗為適宜。

in韻（真諄臻同用）：鄰臻in，倫荀iun。

ɛn韻（先仙同用）：前連iɛn，玄緣iuɛn。

按先仙二韻音讀之情形，實與霽祭相平行，而且亦屬相對轉之韻部，霽祭既已定作ɛi，則先仙定為ɛn，豈非極為自然！

(3)m尾韻母

ɑm韻（覃談同用）：含甘ɑm。

am韻（咸銜同用）：咸銜am。

ɐm韻（嚴凡同用）：嚴iɐm，凡iuɐm。

ɛm韻（鹽添同用）：廉兼iɛm。

im韻（侵獨用）：林森im。

3. 入聲韻部

(1)k尾韻母

ok韻（屋獨用）：鹿ok、六iok。

uk韻（沃燭同用）：沃uk、玉iuk。

ɔk韻（覺獨用）：角ɔk。

ɑk韻（藥鐸同用）：各ɑk、郭uɑk、略iɑk、縛iuɑk。

按王力定作ak，今改訂作ɑk。理由與陽聲韻之陽唐兩韻同。

ɐk韻（陌麥昔同用）：格革ɐk、獲uɐk、戟益iɐk、役iuɐk。

ɛk韻（錫獨用）：歷iɛk、闃iuɛk。

ək韻（職德同用）：則ək、或uək、力iək、域iuək。

(2)t尾韻母

αt韻（曷末同用）：割αt、括uαt。

at韻（黠鎋同用）：八鎋at、滑刮uat。

ɐt韻（月沒同用）：茷ɐt、骨突uɐt、訐歇iɐt、越髮iuɐt。

ət韻（迄沒同用）：迄iət、物iuət。

按迄物之擬音，其理與欣文同。

it韻（質術櫛同用）：質櫛it、律率iut。

ɛt韻（屑薛同用）：結列iɛt、決劣iuɛt。

按屑薛之擬音與先仙平行，其理與先仙同。

⑶p尾韻母

αp韻（合盍同用）：合盍αp。

ap韻（洽狎同用）：洽狎ap。

ɐp韻（業乏同用）：業iɐp、法iuɐp。

ɛp韻（葉帖同用）：涉協iɛp。

ip韻（緝獨用）：入習ip。

王力《漢語史稿》說：「在《廣韻》裏，入聲和鼻音收尾的韻母相配，形成很整齊的局面。k和ŋ同是舌根音；t和n是齒音，p和m是脣音。相配的韻，連其中所抱含韻母也是相同的，例如有uŋ、iuŋ，就有uk、iuk；有ɐŋ、uɐŋ、iɐŋ、iuɐŋ，就有ɐk、uɐk、iɐk、iuɐk。個別的地方不能相配，例如入聲有iuək而平上去聲沒有iuəŋ，那是所謂有音無字，iuəŋ在語音系統中還是存在的。」

三、廣韻之重要著述

㈠ 陳澧《切韻考》

1. 依據

陳澧《切韻考·序》云：

> 澧謂切語舊法當求之陸氏《切韻》，《切韻》雖亡，而存於
> 《廣韻》，乃取《廣韻》切語上字系聯之為雙聲四十類，又
> 取切語下字系聯之為每韻或一類、或二類、或三類、四類，
> 是為陸氏舊法。……於是分列聲韻，編排為表，循其軌迹，
> 順其條理，惟以考據為準，不以口耳為憑。使信而有徵，故
> 寧拙而勿失。若《廣韻》之書，非陸氏之舊。《廣韻》復有
> 二種，近代傳刻，又各不同。乃除其增加，校其訛異，雖不
> 能復見陸氏之本，尚可得其體例。又為〈通論〉以暢其說。
> 蓋治小學必識字音，識字音必習切語，故著為此書，庶幾明
> 陸氏之學，以無失孫氏之傳焉。

2. 條例

陸氏《切韻》之書已佚，唐孫愐增為《唐韻》亦已佚，宋陳彭
年等纂諸家增字為重修《廣韻》，猶題曰：「陸法言撰本。」今據
《廣韻》以考陸氏《切韻》，庶可得其大略也。

切語之法，以二字為一字之音，上字與所切之字雙聲，下字與
所切之字疊韻，上字定其清濁，下字定其平上去入。（平上去入，
四聲各有一清一濁，詳見〈通論〉。）上字定清濁而不論平上去
入，如東德紅切、同徒紅切，東德皆清，同徒皆濁也。然同徒皆平

可也，東平德入亦可也。下字定平上去入而不論清濁，如東德紅切，同徒紅切，中陟弓切，蟲直弓切。東紅、同紅、中弓、蟲弓皆平也。然同紅皆濁，中弓皆清可也。東清紅濁，蟲濁弓清亦可也。東同中蟲四字在一東韻之首，此四字切語已盡備切語之法，其體例精約如此，蓋陸氏之舊也。今考切語之法，皆由此明之。

切語上字與所切之字為雙聲，則切語上字同用者、互用者、遞用者聲必同類也。同用者，如冬都宗切，當都郎切，同用都字也。互用者，如當都郎切，都當孤切，都當二字互用也。遞用者，如冬都宗切，都當孤切，冬字用都字，都字用當字也。今據此系聯之為切語上字四十類，編而為表直列之。

切語下字與所切之字為疊韻，則切語下字同用者、互用者、遞用者韻必同類也。同用者，如東德紅切，公古紅切，同用紅字也。互用者，如公古紅切，紅戶公切，紅公二字互用也。遞用者，如東德紅切，紅戶公切，東字用紅字，紅字用公字也。今據此系聯之為每韻一類、二類、三類、四類者，編而為表橫列之。

《廣韻》同音之字不分兩切語，此必陸氏舊例也。其兩切語下字同類者，則上字必不同類，如紅戶公切，烘呼東切，公東韻同類，則戶呼聲不同類，今分析切語上字不同類者，據此定之也。上字同類者，下字必不同類，如公古紅切，弓居戎切，古居聲同類，則紅戎韻不同類，今分析每韻二類、三類、四類者，據此定之也。

切語上字既系聯為同類矣，然有實同類而不能系聯者，以其切語上字兩兩互用故也。如多、得、都、當四字，聲本同類，多得何切、得多則切、都當孤切、當都郎切，多與得、都與當兩兩互用，遂不能四字系聯矣。今考《廣韻》一字兩音者，互注切語，其同一

音之兩切語，上二字聲必同類。如一東「涷德紅切、又都貢切。」一送「涷多貢切。」都貢、多貢同一音，則都多二字實同一類也。今於切語上字不系聯而實同類者，據此以定之。

切語下字既系聯為同類矣，然亦有實同類而不能系聯者，以其切語下字兩兩互用故也。如朱、俱、無、夫四字，韻本同類，朱章俱切、俱舉朱切、無武夫切、夫甫無切，朱與俱、武與夫兩兩互用，遂不能四字聯矣。今考平上去入四韻相承者，其每韻分類亦多相承，切語下字既不系聯，而相承之韻又分類，乃據以定其分類，否則，雖不系聯，實同類耳。

陳澧系聯條例對《廣韻》研究具有極大影響力，根據系聯條例，才能分清楚反切上下字之類別。而對古聲紐古韻部亦具有重大影響。黃季剛先生嘗謂：「定為十九，侃之說也，前無所因，然基於陳澧之所考，始得有此。」⑲

(二) 張世祿《廣韻研究》

張世祿《廣韻研究》一書，為專門研究《廣韻》之專著。其書共分五章，第一章、說明《廣韻》之作者及其體例。第二章、說明《廣韻》以前之韻書。第三章、討論《廣韻》之韻部。第四章、討論《廣韻》之聲類。第五章、敘述《廣韻》以後之韻書。惟全書敘述討論皆以黃侃之說為基礎，及至最後又引瑞典高本漢之說而否定黃侃之學說，而又未討論高氏學說之基礎利病，令人讀後，有莫明所以之感。

---

⑲　見黃侃《音略·略例》。

三 嚴學宭《廣韻導讀》

嚴學宭先生在自序中說：「掌握了《廣韻》這部韻書，可以一通古（文獻）和今（口語），二通文字和訓詁，三通漢語和非漢語，四通傳統語言學和現代語言學。可是要把它學到手，需在審音的基礎上，進行考察分析古今音的異同。學習《廣韻》並不難，最好的辦法，要有一點語音學的基礎知識，懂得語音符號（國際音標）的使用，肯於利用自己的口吻喉舌去模仿聲音和善於辨別聲音，既用口，又用耳，兩者交相為用。嚴氏此書共分四部分。

第一部分，引論。分成三章，第一章、談到《廣韻》作者、版本和功用。第二章、談到《廣韻》系韻書之性質。第三章、談到《廣韻》之結構、匡架與增訂過程。第二部分，分成四、五、六、七、八共五章，第四章、談《廣韻》音節結構。聲母韻母和聲調及其在音節結構中的地位和作用。第五章，論及《廣韻》聲類和聲值。內含反切上字表，《廣韻》之聲類，聲值之搆擬。第六章、論及《廣韻》之韻類與韻值。包含韻類考訂與韻值構擬。第七章、《廣韻》之調類與調值。第八章、《廣韻》中等之分析，內有等韻性質與作用，《廣韻》分等意圖，以及等韻術語解釋，一二三四等之特點。第三部分，比較。內含、十、十一共三章。第九章、《廣韻》與周秦古音在聲母、韻母、聲調方面的變異。第十章、《廣韻》和現代方言的變異。包含三部分：《廣韻》和現代方言之關係，漢語現代方言之形成，《廣韻》音類讀在現代漢語方音之反映。第十一章、《廣韻》和漢藏語系語言之比較。第四部分，資料。包括《廣韻》切語之沿革，又切與互見，後增字考，反切示例，訛奪舉正及《切韻·序》之校釋。

嚴氏此書，內容充實，研究《廣韻》者可列為必讀之書。

㈣ 陳新雄《廣韻研究》

陳氏《廣韻研究》一書認為《廣韻》承繼《切韻》而來，而《切韻》一書編撰之宗旨，首在「論南北是非，古今通塞。」故《廣韻》一書，乃聲韻學之樞紐。上可藉《廣韻》以探求上古遺音，中可藉等韻以求中古音之細別，下可藉切語以明近代方音之流變。從而持《廣韻》以究方音之變遷。本書共分五章：第一章、緒論。論及《廣韻》之價值，《廣韻》之版本，《廣韻》之淵源，韻書之總匯，相關之音系，《廣韻》之性質等各方面問題，皆詳分縷析至為精要。第二章、《廣韻》之聲紐。述及聲之名稱，聲目緣起，三十字母與三十六字母。陳澧系聯《廣韻》上字之條例，《廣韻》四十一聲紐，《廣韻》聲類諸述評，輔音分析，清濁及發送收，音標說明，四十一聲紐之音讀，四十一聲紐之聲變聲，《廣韻》四十一聲紐之國語讀音。第三章、《廣韻》之韻類。述及韻之名稱，《切韻》及《廣韻》之韻目，四聲及《廣韻》韻目相配表，陰聲陽聲與入聲，等呼，陳澧系聯《廣韻》切語下字之條例，二百六韻分為二百九十四韻類表。陳澧系聯條例與《廣韻》切語不能完全符合之原因，元音分析，語音變化，《廣韻》二百六韻之正變，《廣韻》二百六韻之國語讀音，《廣韻》二百六韻之擬音，《廣韻》聲調與國語聲調等。有前人研究之精華，有近代語音學之知識，更有作者個人數十年教學研究之心得。第四章、《廣韻》與等韻。緒論談及等韻與等韻圖，四等之界說，等韻之作用，韻圖之沿革，然後分別討論《韻鏡》、《通志·七音略》、《四聲等子》、《切韻指掌圖》、《經史正音切韻指南》各韻圖之體製與內容，以

及《切韻指南》之門法，反切名稱，運用，及與今國語音讀之關係。皆作詳盡之介紹。第五章、《廣韻》以後之韻書。共收十九部韻書，分別介紹其體製與内容，可謂詳其脈絡，揭其本源者矣。

第九節　集　韻

一、集韻之内容

《集韻》共十卷，平聲四卷，上去入各二卷，字數五萬三千五百二十五，比《廣韻》多二萬七千三百三十一。宋以前群書之字，略見於此矣。斯書可謂集傳統韻書大成之作，亦為自《切韻》以來最後之一部傳統韻書，多有變更《廣韻》之部居者。王應麟《玉海》云：

> 《集韻》十卷，景祐四年翰林學士丁度等承詔撰，寶元二年九月書成，上之，十一日進呈頒行。

《集韻·韻例》曰：

> 先帝時令陳彭年、丘雍因法言韻就為刊益，景祐四年太常博士直史館宋祁、太常丞直史館鄭戩建言彭年、雍所定多用舊文，繁略失當，因詔祁、戩與國子監直講賈昌朝、王洙同加脩定，刑部郎中知制誥丁度、禮部員外郎知制誥李淑為之典領，今所撰集，務從該廣，經史諸子及小學書更相參定。凡字訓悉本許慎《說文》，慎所不載，則引它書為解。凡古文

見經史諸書可辨識者取之，不然則否。凡經典字有數讀，先儒傳授各欲名家，今並論著，以梓群說。凡通用韻中，同音再出者，既為冗長，止見一音。凡經史用字，頗多假借，今字各著義，則假借難同，故但言通作某。凡舊韻字有別體，悉入于注，使奇文異畫，湮晦難尋；今先標本字，餘皆並出，啟卷求義，爛然易曉。凡字有形義並同，轉寫或異，如坫坴、呇叽、心忄、水氵之類，今但注曰或書作某字。凡一字之左·舊注兼載它切，既不該盡，徒釀細文，況字各有訓，不煩悉著。凡姓望之出，舊皆廣陳名系，既乖字訓，復類譜牒，今之所書，但曰某姓；惟不顯者，則略著其人。凡字有成文，相因不釋者，今但曰闕，以示傳疑。凡流俗用字，附意生文，既無可取，徒亂真偽；今於正文之左，直釋曰俗作某非是。凡字翻切，舊以武代某，以亡代茫，謂之類隔，今皆用本字。述夫宮羽清重，篆籀後先，總括包并，種別彙聯，列十二凡著于篇端云。字五萬三千五百二一五（新增二萬七千三百三十一字），分十卷，詔名曰《集韻》。

二、集韻與廣韻之異同

《集韻》之韻數，與《廣韻》全同，韻目則與《廣韻》、《禮部韻略》均有異同，如改夑為嚢，改鐼（禮韻作轄）為犟之類。外此歧，異尚得而言：

㈠ 獨用同用之注

戴震《聲韻考》云：

景祐中以賈昌朝請，韻窄者凡十三處，許令附近通用，于於合欣于文，合隱于吻，合焮于問，合迄于物，合廢于隊、代，合嚴于鹽、添，合儼于琰、忝，合釅于豏、槏，合業于葉、帖，合凡于咸、銜，合范于豏、檻，合梵于陷、鑑，合乏于洽、狎。……

茲據錢學嘉韻目表所附改併十三處表，照錄於後，以資說明：

	考　訂　廣　韻　舊　次	集　　韻　　改　　併
（一）	二十文獨用 二十一欣獨用	二十文與欣通 二十一欣
（二）	二十四鹽添同用 二十五添 二十六咸銜同用	二十四鹽與沾嚴通 二十五沾 二十六嚴
（三）	二十七銜 二十八嚴凡同用 二十九凡	二十七咸與銜凡通 二十八銜 二十九凡
（四）	十八吻獨用 十九隱獨用	十八吻與隱通 十九隱
（五）	五十琰忝同用 五十一忝 五十二豏槏同用	五十琰與忝广通 五十一忝 五十二广
（六）	五十三檻 五十四儼范同用 五十五范	五十三豏與檻范通 五十四檻 五十五范
（七）	十八隊代同用 十九代	十八隊與代廢通 十九代

	二十廢獨用	二十廢
(八)	二十三問獨用	二十三問與㭺通
	二十四㭺獨用	二十四㭺
(九)	五十五豔柝同用	五十五豔與柝驗通
	五十六柝	五十六柝
	五十七陷鑑同用	五十七驗
(十)	五十八鑑	五十八陷與豔梵通
	五十九釅梵同用	五十九豔
	六十梵	六十梵
(十一)	八物獨用	八勿與迄通
	九迄獨用	九迄
(十二)	二十九葉怗同用	二十九葉與怗業通
	三十怗	三十怗
	三十一洽狎同用	三十一業
(十三)	三十二狎	三十二洽與狎乏通
	三十三業乏同用	三十三狎
	三十四乏	三十四乏

　　然上表所列《廣韻》獨用、同用例之舊第，與今通行之《廣韻》亦復不同，其故則《四庫全書總目提要》言之詳矣。其言曰：

　　今以《廣韻》互校，平聲併殷於文，併嚴於鹽添，併凡於咸銜，上聲併隱於吻，去聲併廢於隊代，併㭺於問，入聲併迄於物，併業於葉怗，併乏於洽狎，凡得九韻，不足十三。然《廣韻》平聲鹽添咸銜嚴凡與入聲葉怗洽狎業乏皆與本書部分相應，而與《集韻》互異，惟上聲併儼於琰忝，併范於豏檻，去聲併釅於豔柝，併梵於陷鑑，皆與本書部分不應，而

乃與《集韻》相同，知此四韻亦《集韻》所併，而重刊《廣韻》者，誤據《集韻》以校之，遂移其舊第耳。

㈡ 韻中收音之殊

每韻中所收之音，《廣韻》與《集韻》歧異處頗多，今列於下：

1.諄準稕、魂混、緩換、戈果九韻，《廣韻》僅有合口呼，《集韻》兼有開口呼。

2.隱焮迄恨四韻，《廣韻》僅有開口呼，《集韻》兼有合口呼。

3.《集韻》軫震二韻，只有照系及日紐字，其他各紐在《廣韻》屬軫震者，於《集韻》全屬準稕。

4.《廣韻》平聲真韻影喻兩紐及見系開口四等字，於《集韻》入諄韻。

5.《廣韻》吻問物三韻之喉牙音，於《集韻》屬隱焮迄，故《集韻》吻問勿僅有脣音字。

6.《廣韻》痕很兩韻之疑紐字，於《集韻》屬魂混。

7.《集韻》㾾韻僅有喉牙音，其他各紐於《廣韻》屬㾾韻者，在《集韻》屬恨韻。

8.《廣韻》旱翰兩韻之舌音、齒音、半舌音，於《集韻》盡入緩換。

9.《集韻》平聲歌韻僅有喉牙音，其他各紐在《廣韻》屬歌者，於《集韻》盡入於戈。

10.《廣韻》諄韻無舌頭音，《集韻》諄韻有舌頭古音（如顛天

田年）屬開口呼。

㈢ 改類隔為音和

《集韻·韻例》謂：「凡字之翻切，舊以武代某，以亡代茫，謂之類隔，今皆用本字。」例如：鈹《廣韻》敷羈切，《集韻》攀糜切；皮《廣韻》符羈切，《集韻》蒲糜切；悲《廣韻》府眉切，《集韻》逋眉切；眉《廣韻》武悲切，《集韻》旻悲切。椿《廣韻》都江切，《集韻》株江切。凡《廣韻》為類隔者，《集韻》悉改為音和。

㈣ 盡刪互注切語

《廣韻》一字兩音互注切語，例如：中、陟弓切又陟仲切，《集韻》則僅有陟隆切一音。

㈤ 字次先後有序

《廣韻》一書，同韻之中，字之先後，雜亂無章，翻檢匪易；《集韻》據聲紐發音之類別，以安排字之先後，例如同屬舌頭音端透定泥者，其韻字前後相屬，此類安排，顯受等韻之影響。茲錄《廣韻》《集韻》二書平聲東韻之字次先後於後，以比較其異同：

廣　韻							集　韻						
韻字	切語	聲紐	清濁	韻類	開合	等第	韻字	切語	聲紐	清濁	韻類	開合	等第
東	德紅	端	全清	東一	開	一	東	都籠	端	全清	東一	開	一
同	徒紅	定	全濁	東一	開	一	通	他東	透	次清	東一	開	一
中	陟弓	知	全清	東二	開	三	同	徒東	定	全濁	東一	開	一
蟲	直弓	澄	全濁	東二	開	三	籠	盧東	來	次濁	東一	開	一
終	職戎	照	全清	東二	開	三	蓬	蒲蒙	並	全濁	東一	開	一
忡	敕中	徹	次清	東二	開	三	蒙	謨蓬	明	次濁	東一	開	一

字	反切	聲類	清濁	韻	開合	等	字	反切	聲類	清濁	韻	開合	等
崇	鋤弓	床	全濁	東二	開	三	檧	蘇叢	心	次清	東一	開	一
嵩	息弓	心	次清	東二	開	三	恩	鱷叢	清	次清	東一	開	一
戎	如融	日	次濁	東二	開	三	嵏	祖叢	精	全清	東一	開	一
弓	居戎	見	全清	東二	開	三	叢	徂聰	從	全濁	東一	開	一
融	以戎	喻	次濁	東二	開	三	洪	胡公	匣	全濁	東一	開	一
雄	羽弓	為	次濁	東二	開	三	烘	呼公	曉	次清	東一	開	一
瞢	莫中	明	次濁	東二	開	三	空	枯公	溪	次清	東一	開	一
穹	去宮	溪	次清	東二	開	三	公	沽公	見	全清	東一	開	一
窮	渠弓	群	全濁	東二	開	三	翁	烏公	影	全清	東一	開	一
馮	房戎	奉	全濁	東二	開	三	峨	五公	疑	次濁	東一	開	一
風	方戎	非	全清	東二	開	三	徟	樸蒙	滂	次清	東一	開	一
豐	敷隆	敷	次清	東二	開	三 ⑱	豐	敷馮	敷	次清	東二	開	三
充	昌終	穿	次清	東二	開	三	風	方馮	非	全清	東二	開	三
隆	力中	來	次濁	東二	開	三	馮	符風	奉	全濁	東二	開	三
空	苦紅	溪	次清	東一	開	一	瞢	謨中	明	次濁	東二	開	三
公	古紅	見	全清	東一	開	一	嵩	思融	心	次清	東二	開	三
蒙	莫紅	明	次濁	東一	開	一	充	昌嵩	穿	次清	東二	開	三
籠	盧紅	來	次濁	東一	開	一	終	之戎	照	全清	東二	開	三
洪	戶公	匣	全濁	東一	開	一	戎	而戎	日	次清	東二	開	三
叢	徂紅	從	全濁	東一	開	一	崇	鉏弓	床	全濁	東二	開	三
翁	烏紅	影	全清	東一	開	一	中	陟隆	知	全清	東二	開	三
恩	倉紅	清	次清	東一	開	一	忡	敕中	徹	次清	東二	開	三
通	他紅	透	次清	東一	開	一	蟲	持中	澄	次濁	東二	開	三
葼	子紅	精	全清	東一	開	一	隆	良中	來	次濁	東二	開	三
蓬	薄紅	並	全濁	東一	開	一	融	余中	喻	次濁	東二	開	三
烘	呼東	曉	次清	東一	開	一	雄	胡弓	為	次濁	東二	開	三

⑱ 豐《廣韻》敷空切誤，今據《切三》正作敷隆切。

峒	五東	疑	次濁	東一	開	一		弓	居雄	見	全清	東二	開	三
楤	蘇公	心	次清	東一	開	一		穹	丘弓	溪	次清	東二	開	三
								毃	火宮	曉	次清	東二	開	三
								窮	渠弓	群	全濁	東二	開	三
								碹	於宮	影	全清	東二	開	三
								雔	蟲工	徹	全清	東二	開	三

　　從表看來，《集韻》顯然已作一番整理工夫，例如韻類相同者相連排列，聲母發音部位相同者，相連排列。與《廣韻》之雜亂無章者，迥然不同矣。

㈥ 改進切語上字

　　《廣韻》切語上字往往與所切之字，聲調不同，《集韻》於此等處往往改為同一聲調。即平聲字反切上字用平聲，上聲字反切上字用上聲等。又《集韻》四等字反切上字，亦分別用各等字之反切上字，而《廣韻》中只三等字反切上字自成一類，其餘一、二、四等則未加區別。

㈦ 反切上字增多

　　考《廣韻》反切上字僅四百五十餘字，《集韻》則增加為八百六十多字。幾乎增加一倍。今以上平聲一東韻為例，依其韻紐之序，比較二者切語上字之差異：

　　《廣韻》：

　　　德、徒、陟、直、職、敕、鋤、息、如、居、以、羽、莫、
　　　去、渠、房、方、敷、昌、力、苦、古、盧、戶、徂、烏、
　　　倉、他、子、薄、呼、五、蘇共三十三字。

《集韻》：

都、他、徒、盧、蒲、謨、蘇、驪、祖、徂、胡、呼、沽、
烏、五、樸、敷、方、符、思、昌、之、而、鉏、陟、敕、
持、良、余、居、丘、火、渠、於、蚩共三十五字。

㈧ 字音多寡不同

《廣韻》所收反切共三千八百七十五音，《集韻》共有四千四
百七十三音，計增五百九十八音。

㈨ 聲紐數目有異

《廣韻》聲紐據陳澧、黃侃二氏所考為四十一；《集韻》聲紐
據白滌洲〈集韻聲類考〉所考為三十九類，比較守溫三十六字母，
則照穿牀審分出莊初崇生與章昌船書八類，喻母分以、云二類，而
泥、娘不分，船、禪無別。

三、集韻之重要著述

㈠ 方成珪《集韻考正》

方成珪《集韻考正·序》言其考正之依據，校勘之所由甚詳。
茲錄其言於下：

> 文莫古于《說文》，韻莫詳于《集韻》。惟其詳也，故俗體
> 兼收，訛字訛音，亦不勝屈指。緣時董其役者，既未必精通
> 小學，而卷帙繁重，館閣令史，又不能玫慎於點畫之間，加
> 以由宋迄今，遞相傳錄，陶陰宵冐，展轉茲多，固勢所必然
> 也。_珪前在武林，得汪君小米_{遠孫}校本，內多坿嚴君厚民_杰
> 語，乃據宋槧本讎對。惜止半部，未覩其全。丙午春以手校

本就正於吳姓方學使，因假得學使與陳頌南侍御用毛斧季影
鈔宋板同校本，知所見之冊，與厚民本大同小異，其中如去
聲十四夳，殘缺之字，藉以補足，餘亦拾遺訂誤，得所據
依，誠此生大快事也。前校本學使已為作序，錄其副以去。
茲復重加研討，又增數百條，而前校所未精者，并因之更
正，惟是校書如埽落葉，終無了期。況案少積書，疏舛自知
不免。

　其凡例七則，於其校書之依據，考正之過程與其步驟，言之綦
詳，亦錄於下，並資參考：

校《山海經》用畢秋帆尚書本，此書簡明精當，勝吳檢討志
伊《廣注》多矣。

校《爾雅》用汲古本及邵二雲學士本，邵刻援據詳明，較邢
疏為勝。

校《方言》用盧紹弓學士本，此書所據計二十二家，剔抉爬
羅，殆無遺憾。

校《說文》用毛子晉所棗大徐本，邢春圃尚書所棗小徐本，
及段懋堂大令校本，段本雖校甚精，而不盡从者，未敢以今
書改古籍也。

校《廣雅》用王氏石臞《疏證》本，今本奪訛之字，藉資補
正，此書音釋，出隋祕書曹憲手，曹憲避煬帝諱，故改名
《博雅》，丁氏及司馬溫公等皆宋臣，不知何以仍之。

其餘不標書名者，據抱經堂所栞《經典釋文》，澤存堂所栞《玉篇》、《廣韻》及明板《韻會舉要》校正居多，而《類篇》與本書如一鑪之冶，不得《類篇》以校《集韻》，猶中夜有來於闇室之中而舍燭也。今據曹刻，參以宋本《集韻》，互相鉤考，庶得其中。

以《篇》《韻》校本書尚已然，亦有《篇》《韻》有而本書無者，如《玉篇》示部禭尼龍切，厚祭也。禚力之切，福祥也。袚方無切，祭疏也。禂去言切，祭也。䄟所交切，袪也。禶戶光切，袴禶祭也。荷乞喜切，好皃。禰古典切，祇也。禭詞類切，祭名。禂音固祭也。祂翌制切，祭也。覘匹角切，久視。祓音弗，除殃祭也。祳莫伯切，神也。凡十四字。《廣韻》一東東紐忦，古文見道經。同紐仝，古文出道書，戎紐伐、人身有三角也。籠紐瓏同穮禾病，峗、崆峗山皃，岘山形。凡六字，本書均不載，開卷如此，全書可知，當時纂輯諸公當自有說，合仍其舊，不敢擅補。

清代校訂《集韻》者，不下十餘家，然多未成書，孫詒讓作《集韻考正·後記》除稱揚方氏《集韻考正》之博綜群籍，研精覃思，察異形于點畫，辨殊讀于翻紐外，復兼述清代諸家之成就。茲錄於下：

（集韻）采輯家多據以鉤沈補逸，誠韻譜之總匯也。顧其書元明之際不甚顯，亭林顧氏作《音論》，遂疑其不存。康熙間朱檢討彝尊始從汲古毛氏得景宋本，屬曹通政寅栞于揚州，

其本彫鏤頗精而讎校殊略，文字訛互，寖失本真，治小學者，弗心慊也。乾嘉以來經學大師，皆精擘倉雅，其于此書，率多綜涉。以_{詒讓}所聞，則有余仲林_{蕭客}、段若膺_{玉裁}、鈕非石_{樹玉}、嚴厚民_杰、陳碩甫_奐、汪小米_{遠孫}、陳頌南_{慶鏞}諸校本，無慮十餘家，顧世多不傳，其傳者又皆展轉迻錄，未有成書，且諸家所校，大都馮據宋槧，稽誤同異。于丁叔雅諸人修定之當否，及所根據之舊籍，未能盡取而覆案之也。吾邑雪齋方先生博綜群籍，研精覃思，儲藏數萬卷，皆手自點勘，而于《集韻》致力尤深，既錄得段、嚴、汪、陳四家校本，又以《經典釋文》、《方言》、《說文》、《廣雅》諸書悉心對覈，察異形于點畫，辨殊讀于翻紐。條舉件系，成《考正》十卷。蓋非徒刊補曹本之訛奪，實能舉景祐修定之誤，一一理董之，是非讀《集韻》者之快事哉！

綜觀方書，斠錄既勤，釐析精審，孫氏所說，確非溢美。民國五十四年十一月臺灣商務印書館，刊行《萬有文庫薈要》一千二百冊，收有《集韻》，而以方成珪氏《集韻考正》附焉。

㈡ 黃侃《集韻聲類表》

蘄春黃季剛（侃）先生手寫《集韻聲類表》一帙，原稿用紅格鈔書紙繕寫，每半葉十三行，每行三十三字。全書共分三部分，首為〈集韻語校字〉，次為〈集韻聲類表總目〉，再次為〈集韻聲類表〉，共四卷。黃先生於〈切語校字〉後有識語云：

右塵據方成珪《集韻考正》所載，略加檢覈，其是非不悉同於方，方校亦嫌未盡，更當補其缺漏也。丙寅人日之夜漏五

　　下黃侃記。

　　按丙寅為民國十五年，人日為正月七日，季剛先生每自賓客去後，自人定觀書至深夜五鼓乃眠。此《切語校字》自屬筆至夜漏五下乃畢。此既為寫稿，則成書亦在其時。民國二十五年，季剛先生棄世後，其子念田乃以此稿付開明書店影印。《集韻聲類表》以聲為綱，以韻為目，聲紐悉仍先生所考訂之四十一聲類。分為四卷：卷一為喉音影、喻、羽（即為）、曉、匣、見、溪、郡（即羣）疑九類；卷二為舌音端、知、照、透、徹、穿、審、定、澄、乘（即神）、禪、泥、娘、日、來十五類；卷三為齒音精、莊、清、初、從、牀（即牀）、心、邪、疎九類；卷四為脣音幫、非、滂、敷、並、奉、明、微八類。每類各分上下二圖，故四十一聲類凡得八十二圖，上圖為開口呼，下圖為合呼，此表圖式一依《切韻指掌圖》，惟從《切韻指南》使江攝獨立。表內韻目次序，悉依《集韻》。每圖分為四等，每等分平上去入四聲，取《集韻》每一韻紐（即每一韻內同一圓圈下的字⑱）之第一字為《集韻》五萬三千五百二十五字之代表，即每一音有一個代表字。每一代表字的上方，記出它屬於《集韻》的韻目及其切語。每一個圖中，包括有陰聲韻與陽聲韻，均在頂格每攝之首以符號來區別，凡作圓圈○的，則表示這一攝都是陰聲韻，凡作圈點●的，則表示此攝為陽聲韻。

　　表中代表字旁邊加圓圈的，是表示《切韻指掌圖》所有的字，旁加圓點的，是表示《集韻》與《廣韻》每一韻紐有異，凡是同

---

⑱　此種字實在是韻中之紐，故應稱為韻紐，前人稱為小韻，最為無當，今不從。

紐、同韻、同呼、同等同聲調而切語不同的字，表內也不使它們同在一格，如影上三等去聲志韻的意、於記切；擅、伊志切。「意」與「擅」都是影紐志韻開口三等去聲字，讀音全同，惟切語用字不同罷了。故仍並列，各分佔一格以書之，特於「擅」字上方不記韻目，以表明與「意」字同屬志韻。其他各圖類此情形者，皆同此例。

每一代表字之分等，多以《切韻指掌圖》為依據。若與《切韻指掌圖》有違異者，則於字旁加×，並加眉批說明之。惟脣音字的開合，與《切韻指掌圖》違異的特多，故凡《指掌圖》屬合口而《聲類表》屬開口者，則於字旁記以三角形之符號，以此類多，故只加△號，不復批注。但間亦有既加△符號而復加批注者，則以此書原係手稿，體例尚未統一也。又脣音八紐，表上標注數目字，則當時季剛先生別有注記，以相參證，故注數目字於其上。

凡入聲則分承陰陽二聲，但以配陽聲者為正，故凡入聲字配陽聲者，皆與平上去聲字同居中格直書，字上並記韻目及反切。其配陰聲者，則僅記韻目，不書反切，且韻目及代表字均斜寫。配陰聲的入聲又可分為二類，故總目表中，凡入聲與平上去三聲之等呼相當者，韻目皆向左斜書，此為第一類；凡入聲與平上去三聲等呼不相當者，韻目皆向右斜書，此為第二類。其有入聲在一韻之中，其等呼或相當，或不相當，則一字左斜，一字右斜，同書於一格之中，其入聲兩韻共承一陰聲者，則兩韻韻目共書於一格之內，以等呼相當，故皆向左斜書。

《集韻聲類表》所收之字，有多出《指掌圖》之外者，則其分等之標準有二：一據切語下字分，如影下一等「燺」字於刀切，

「刀」字《指掌圖》在一等，故「熓」字亦列一等。一據切語上字分，如莊上二等支韻「齜」字莊宜切，「莊」字《指掌圖》在二等，故「齜」字亦列二等，所以如此者，蓋以宋元等韻之分等，本兼聲與韻也。

以上所述《集韻聲類表》之體例大致如此，學者欲識其詳，先師潘石禪（重規）先生有〈集韻聲類表述例〉言之詳矣。夫宋元等韻圖表，自來無以聲類為綱者，有之則自蘄春黃季剛先生始，自有此表，然後知《廣韻》與《集韻》二書韻部之開合，及每韻所包含的聲紐也大有出入。向來言韻者，都只以為二書之歧異，不過韻目用字及次序小有不同，或《集韻》反切多改類隔為音和而已，此固未嘗見《集韻》之真際也。黃季剛先生《集韻聲類表》有民國二十五年開明書店影印本，本師潘石禪先生《集韻聲類表述例》載香港《新亞書院學術年刊》第六期。

第十節　類　篇

一、類篇之作者

類篇編輯者非一人，乃經數朝之學者提議、編纂、總成而後成書。據孔仲溫《類篇研究》指出，宋人編纂《類篇》一書，歷時二十八年，且領纂職司，前後更易四學士主持其事，然自來記載此書纂述經過者蓋罕，惟《類篇》末之附記，所言稍詳，茲錄其文於下：

寶元二年十一月，翰林學士丁度等奏：「今修《集韻》，添字既多，與顧野王，《玉篇》不相參協，欲協委修韻官，將新韻添入，別為《類篇》，與《集韻》相副施行。」時修韻官獨有本館檢討王洙在職，詔洙修纂，久之，洙卒。嘉祐二年九月，以翰林學士胡宿代之，三年四月宿奏乞光祿卿直祕閣掌禹錫、大理寺丞張次立同力校正。六年九月，宿遷樞密副使，又以翰林學士范鎮代之。治平三年二月，范鎮出知陳州，又以龍圖閣直學士司馬光代之。時已成書，繕寫未畢，至四年十二月上之。

這樣看來，《類篇》之編纂，首於丁度，王洙則受詔主纂，胡宿、范鎮相繼承接主纂工作，最後由司馬總其成，並奏上頒行。據〈附記〉所言，王洙自寶元二年十一月十六日以後領詔纂修，及至身歿為止，總計王洙自自受命至身卒，前後主其事者長達十八載。王洙卒後，由翰林學士胡宿代之。嘉祐六年九月胡宿遷樞密副使，故又以翰林學士范鎮代之。范鎮在職四年，以翰林侍讀學士出知陳州，龍圖閣宜學士司馬光繼領纂職，故《類篇》卷首乃錄司馬光之官銜云：

朝散大夫右諫議大夫權御史中丞充理檢使上護軍河內郡開國侯食邑一千三百戶賜紫金魚袋臣司馬光奉敕修纂

孔仲溫《類篇研究》立一〈類篇纂修記要表〉簡明扼要，於《類篇》之編纂經過，一覽而析。茲錄之於下：

年　　代	記　　　事	備　　註
仁宗寶元二年 西元 1039 年	九月丁度等進呈新修《集韻》。 十一月丁度等奏乞委修韻官，別為《類篇》，與《集韻》相副施行。 十一月十六日之後，詔修《類篇》，由史館檢討王洙受詔。	王洙時年四十三歲，官從八品。
仁宗慶曆四年 西元 1044 年	十一月七日王洙坐赴進奏院賽神與女妓雜坐，黜落侍講檢討職，出知濠州，後再徙襄、徐、亳三州。	王洙年四十八歲，官正七品。
仁宗皇祐二年 西元 1050 年	正月以王洙復天章閣侍講，史館檢討。	王洙時年五十四歲。
仁宗嘉祐二年 西元 1057 年	九月一日侍讀學士兼侍講學士王洙卒，由翰林學士胡宿繼續領纂。	王洙享年六十一歲，官正三品，胡宿時年六十四歲，官正三品。
仁宗嘉祐三年 西元 1058 年	四月奏乞光祿卿掌禹錫、大理寺丞張次立同加校正。	掌氏年六十七歲，官從四品，張次立官從八品。
仁宗嘉祐六年 西元 1061 年	八月廿一日胡宿遷樞密副使。 十月十三日以後，范鎮遷翰林學士繼領纂職。	胡宿時年六十八歲，范鎮時年五十四歲，官正三品。
英宗治平二年 西元 1064 年	六月至十二月之間，范鎮託蘇轍撰《類篇·序》。	
英宗治平三年 西元 1065 年	正月十二日翰林侍讀學士范鎮以追尊濮王詳檢典禮，招怒於執政，會以誤草宰相遷官制等故出知陳州，由龍圖閣直學士司馬	范時時年五十八歲，官正三品，司馬光時年四十

	光代之領纂。時《類篇》完成草稿。	八歲，官從三品。
英宗治平四年西元 1066 年	十二月司馬光整理、統合、監繕成書，進呈神宗。	司馬光時年四十九歲，官正三品。

二、類篇之內容

　　《類篇》為字書，宋時與以韻分部《集韻》相輔施行。嚴元照〈書類篇後〉云：「類篇卷第同於《說文》，每卷離而三之，為數四十二，後目錄一卷，亦離而三之，總計四十五卷，部分亦遵《說文》而艸、食、木、水四部又分上下，故得五百四十四。……此書如《說文》、《玉篇》以形為統系。」⑱

　　《類篇》所收字數凡三萬一千三百十九字，重音二萬一千八百四十六，共五萬三千一百六十五字。《類篇》收字雖多，檢尋甚便，但其中點畫偶然訛誤，亦復不少。張文虎〈書曹楝亭本類篇後〉云：「《類篇》以偏旁為綱，以韻為目，頗便檢尋，每字下引許浣長語，必冠以《說文》字，而時復失之。」⑱段玉裁則謂：「《類篇》之舛謬，不可枚舉，去《集韻》遠甚。」⑱但《類篇》中所引《說文》，往往可以訂正今本之誤，且援引經籍故訓，亦多參證之價值。嚴元照說：「其書繼《集韻》而作，奉《集韻》為規矩，未有出入。援引經典，無不相合者，注釋少繁，故卷袠視《集

---

⑱　見《悔菴學文》卷七。
⑱　見《舒藝齋雜著》甲編。
⑱　見《經韻樓集》卷五。

韻》較多，漢儒六書故訓之學，至宋而盡晦，今人讀此二書，聊以
備參證耳。非以其有裨於小學也。然其病特在承訛，而不能是
正。」⑱於《類篇》一書之價值，評論尚屬持平。

三、類篇之條例

　　孔仲溫《類篇研究》第二章〈類篇之編次〉第三節歸字之原則
云：「於全書編排之架構，《類篇》結合主形之《說文》，與主音
之《集韻》之形式，組成一特殊完備之式字書。而填實此特殊完備
架構之文字，則仍以《說文》、《集韻》為本。然而《說文》收字
少，約略為《類篇》三分之一，字形以篆古籀為主，與《類篇》總
收古今文字者異，又以二書撰作之時代不同，文字之形音義，自古
至今，多所變革，故後世字書，雖欲取法古代字書，而必不能盡
同。因此，《類篇》於文字之歸屬，不得盡從《說文》之舊。固可
知矣。《集韻》一書，其時代與收字固與《類篇》極近，然其編
撰，蓋以字音為出發點，不若《類篇》之以形為主，故二者之歸
屬，自然各有條理。今欲明《類篇》一書，則於文字歸屬之原則不
可不知。否則難掌握全書之內容。」今從蘇轍序之條例與嚴元照之
補例二者明之。

㈠ 蘇轍序之條例

　　一曰：槻棃異釋，而呐啇異形，凡同音而異形者，皆兩見
也。

二曰：天一在年，一在真，凡同意而異聲者，皆一見也。

三曰：臍之在屮，彡之在从，凡古意之不可知者，皆從其故也。

四曰：雺、古气類也，而今附雨；齡、古口類也。而今附音。凡變古而有異義者，皆從今也。

五曰：壹之在口，無之在林，凡變古而失其真者，皆從古也。

六曰：㞌之附天，㞢之附人，凡字之後出無據者，皆不得特見也。

七曰：王之為玉，昜之為朋，凡字之失故而然者，皆明其由也。

八曰：邑之加㠯，白之加㿞，凡《集韻》之所遺者，皆載於今書也。

九曰：黝之附小，麤之附麤，凡字之無部分者，皆以類聚也。

(二) 嚴元照之補例

1.凡部首之字下，錄《說文》元文。

2.部內字以韻為次。

3.字有平上二音者，見於平，則不見於上。

4.東冬二部皆有其音，與一部中，兩紐皆有音，見於前，則不

見於後。

5.字有別體，並出之。如《集韻》之例。注云：文若干。

6.有數音者，必曰重音若干，部末皆然。

此外孔仲溫又研究出「原則之歸納」一條，亦頗有理緒，亦錄於下：

1.字形一般情形之歸部

⑴凡形義皆異之字，均依形歸部。

⑵凡形異義同之字，各依形歸部，若同部首則合併為異體字。

⑶凡形異而義不全同之字，各依形歸部。

2.字形有變異之歸部

⑴今字形變，不符古義者，據古形歸部。

⑵今字形變，據古形歸部，並明其由。

3.不依形歸部

⑴凡分部意義不可知者，附於本字下，不依形歸部。

⑵凡後出無據者，或附於本字下，或入注中，不依形歸部。

4.新增字之歸部

⑴《集韻》失收者，依形歸部。

⑵其他字書所無者，依形義之類歸部。

5.一字多音之歸字

凡形體歸部後，有一字多音者，則依《集韻》之調、韻、紐之先者歸字，不得兩見。

四、類篇重要著述

㈠ 孔仲溫之《類篇研究》

　　孔仲溫《類篇研究》一書，乃其博士論文，為專著一書研究《類篇》之第一人，故特為介紹於讀者諸君，俾知所去取。孔氏此書共分四章：首章緒論，內分三節：第一節談編之時代背景：言及天下一統，政治安定之政治環境；文風昌盛，有助於字學之發展；當代君王重視文字之整理；為應科舉考試之迫切需要；雕版印刷之流行，加上文字之激增，字書與韻書相輔施行之必要。第二節考索編撰之經過：述及丁度等首議編書，王洙受詔領纂，胡宿范楨之繼纂，司馬光之總成並辨及領纂之學士。第三節探討版本與流傳：述及《類篇》先後刊行四次，首次刊行於宋神宗熙寧五年，第二次於金世宗大定年間（1161-1189）重校刊行，第三次於清康熙四十五（1706）年曹寅督江寧織造兼巡兩淮鹽政通政使，讎勘雕印於揚州使院，第四次清德宗光緒二（1876）年歸安觀元時巡川東兵備道，於川東官舍選棟亭五種之《集韻》《類篇》《禮部韻略》三種覆刊。所見版本有四：⑴明景鈔金大定重校本。⑵清曹棟亭揚州詩局重刻本。⑶清乾隆間寫文淵閣四庫全書本。⑷清姚觀元覆刊曹棟亭揚州詩局本。並討《玉篇》流傳不廣之原因。第二章《類篇》之編次。亦分三節：第一節篇卷與字數，討論及分篇分卷之原則，以為《類篇》分篇之標準，以遵從《說文》每篇所含部數為原則，而不在每篇字數均衡與否。每又分上中下三卷，分卷之原則大致顧全各卷字數稍為均衡。亦述及各篇原載字數與今統計之差異。第二節討論編排方式，認為是以《說文》為經之分部和以《集韻》為緯之字

次。第二節歸字之原則，其詳細內容參見《類篇》之條例一小節。
第三章類篇字形研析。本章共分十節，第一節談古文內有書例、來
源、界域與等特色，《類篇》之古文於古文字學之價值。第二節談
奇字，述及書例、來源及奇字為古文之異者。第三節籀文，述及書
例、來源、收字之現象、籀文形體之隸定，籀文形體由繁趨簡之變
異。第四節小篆，論及小篆之字數，承《說文》小篆之情形。小篆
在異體字地位之書例。第五節論隸書，說到隸書之範圍，書例、來
源、《類篇》隸書於文字學上之價值。第六節俗字，論及俗字之書
例、來源及《類篇》俗字於俗文字學上之價值。第七節唐武后新
字。述及武後新字之字數，武后新字制定之時間，武后新字制定之
方法。第八節討論或體，內容述及書例、來源以及或體一類字形之
析論。第九節司馬光之析字：論及司馬光按語之內容及司馬光按注
之得失。第十節本字與異體字。論及本字之獨立，此處所謂本字，
乃指《類篇》中，各字條下首列之字形，即為本字，然此類本字，
通常有古文，籀文、或體等異體字與之並列，然亦有許多無異體，
而獨有本字一字而已。論及《類篇》本字之確立，乃從三方面而
得：⑴《說文》之正文。⑵《集韻》之本字。⑶新獨立之本字。異
體字之確立，所謂異體字，即音義相同而寫法不同之字，《類篇》
之中，與本字音義全同而寫法不同之異體字，有三種類型：㈠與本
字並列者。㈡歸入別本者。㈢附於注文者。異體字處理之得失。第
四章類篇字音研析。內分五節，第一節聲類之系聯，談及系聯之方
法，反切上字數目之統計，聲值之擬測如下：

　　重脣音：幫[p]滂[pʻ]並[bʻ]明[m]

　　輕脣音：非[pf]敷[pfʻ]奉[bvʻ]微[m]

舌頭音：端[t]透[tʻ]定[dʻ]泥[n]　　來[l]（半舌）

舌上音：知[t]徹[tʻ]澄[dʻ]娘[ɳ]

牙　音：見[k]溪[kʻ]群[gʻ]疑[ŋ]

齒頭音：精[ts]清[tsʻ]從[dzʻ]心[s]邪[z]

正齒（近齒）：莊[tʃ]初[tʃʻ]牀[dʒʻ]疏[ʃ]

正齒（近舌）：照[tɕ]穿[tɕʻ]神[dʑʻ]審[ɕ]禪[ʑ]日[nʑ]（半齒）

喉　音：影[ʔ]曉[x]匣[ɣ]為[j]喻[ ]（零聲母）

　第五節為韻類之系聯，並為十六攝韻值擬音，茲錄其結果如下：

攝名	通		江	止		遇		蟹		
開合等第	開	合	開	開	合	開	合	開	合	
一	東oŋ	冬uŋ								
二			江ɔŋ							
三	東joŋ	鍾juŋ		支ji 脂ji 之ji 微jəi	支jui 脂jui 微juəi	魚jo	虞ju	廢jʌi 祭jɛi	廢juʌi 祭juɛi	
四								齊iɛi	齊iuɛi	

攝名	臻		山		效	果		假		
開合等第	開	合	開	合	開	開	合	開	合	
一	痕ɐn	魂uɐn	寒ɑn	桓uɑn	豪ɑu	歌ɑ	戈uɑ			
二	臻en		刪an 山an	刪uan 山uan	爻au			麻a	麻ua	
三	真jen 欣jən	真juen 欣juən	元jʌn 仙jɛn	元juʌn 仙juɛn	宵jɑu	歌jɑ	戈juɑ	麻ja		
四			先iɛn	先iuɛn	蕭iɛu					

攝名	宕		梗		曾		流	深	咸	
開合等第	開	合	開	合	開	合	開	開	開	合
一	唐ɑŋ	唐uɑŋ			登əŋ	登uəŋ	侯əu		覃ɑm 談ɑm	
二			庚ɐŋ 耕ɐŋ	庚uɐŋ 耕uɐŋ					咸am 銜am	
三	陽jɑŋ	陽juɑŋ	庚jɐŋ 清jɛŋ	庚juɐŋ 清juɛŋ	蒸jəŋ	職juək⑱	尤jəu 幽jəu	侵jəm	鹽jɛm 嚴jɛm	凡juam
四			青iɛŋ	青iuɛŋ					沾iɛm	

㈡ 孔仲溫《類篇字義析論》

　　孔仲溫博士論文《類篇研究》偏重在形音部分，於義詁方面，尚無暇顧及，故其升等教授之論文，乃以《類篇字義析論》為題，以補其闕。全書共分七章，於《類篇》之字義，可謂元元本本，殫見洽聞者矣。茲分述之於下：

> 首章緒論，內容分三節，第一節敍述《類篇》成書之經過，字義之名稱與範疇，字義之分類。第二章《類篇》字義探源，亦分三節，第一節稱人引書概述，稱引書籍，有小學類、經類、史類、子類、集類。其中以小學書為其稱引之重點。至其稱引學人，上下古今，千有餘載，可謂源遠流長者矣。其第二節考索字義來源，從其稱人引書中推尋，下列諸書乃其字義之所依據者，《說文解字》、《博雅》、《爾

⑱　孔仲溫原書此處無職韻三等合口韻，蓋以平聲蒸韻無合口韻之故也，平聲蒸韻雖無合口三等韻，然相承之入聲有三等合口韻，故為增補於此。

雅》、《方言》、《字林》、《埤倉》、《釋名》、《經典釋文》、《山海經》皆是也。由字義比較互證，下列書亦其依據之來源，如《大廣益會玉篇》、《廣韻》《原本玉篇》。於字義之引錄，有優點，有缺失。優點是簡化赴音，缺點是赴形不當，刪錄非是。第三章析論《類篇》字義之編排方式。區分為二節：首節言字義編排之經緯網絡，區分為依形匯義與據音列義二類。次節評騭其字義編排之方式。認為優點者四條，缺點者兩條。第四章類篇本義析論：亦分三節，首節言本義之意義特質；次節述本義之分類與舉例；三節為《類篇》本義的幾種現象析論。第五章析論類篇之引申義：亦分三章，首節談引申義之意義質，次節為引申之分類與舉例。三節為《類篇》引申義幾種現象析論。第六章析論《類篇》之假借義。也分三節：首節言假義之意義與特質，既引述前賢之見解，又提出自身之看法，非同鈔襲，實為難得者也。次節言假借義之分類與舉例。三節為析論《類篇》之幾種現象。第七章《類篇》音別義析論，也分三節：第一節討論及破音別義之名義範圍與興起之時代，作者推論起於殷商時期，可謂對破音別義所提出最新之見解。第二節是破音別義的分類與舉例。第三節則是破音別義現象之析論。

新雄謹案：孔仲溫關於《類篇》之二本著作，確為歷來學者少及之者，故特詳為介紹，庶對《類篇》一書有研究興趣者，知所取鑑焉。仲溫辭世七年於茲矣，方其初逝，有問於余者曰：「子慟乎！」復又為余應之曰：「非夫人之為慟而誰為！」余豈敢上擬於

孔子，然其言斯中余懷也。民國六十三年余任中國文化大學中文系主任時，仲溫於斯時入學，余親自任一年級「讀書指導」課程，諸生學習情緒高昂，沉浸其中，不以為苦。仲溫在其班中，成績最為優異，因余平素上課，從不點名。當時雖未識其人，而孔生所撰讀書報告，翔實精確，秀出群倫。仲溫之名，印象深刻。當仲溫四年級時，余方遊美歸來，任其訓詁學，仲溫依然成績優異，而余亦依然只識其名而不識其人。迨謝師宴時，仲溫前來敬酒，並自我介紹，謂已考取政大中文研究所，欲從余撰寫論文，求余指導。余對學生，向來嚴格，因強調須能吃苦，方可接受。仲溫毅然曰：「極願吃苦，但求指導。」方仲溫就讀政大中文研究所也，一時師長，咸目為優異，在余指導下，以《韻鏡研究》榮獲碩士學位，旋即考入博士班深造，四年期滿，即以《類篇研究》一文榮獲博士學位，人或以為速，余知其非速也。蓋以己之一年，充人兩年之用，人一己十，學而不厭，仲溫有焉。畢業之後，應聘靜宜女子學院中文系任聲韻學講習，聲朗氣清，妙趣橫生，條理縝密，論述精妙，深得學生歡迎。方仲溫初就大學之聘也，求余親書教誨，以時策勵，余因賦詩一首相勉。詩云：

> 十年壇坫誨諄諄。喜汝知津可出塵。
> 兒女所承為骨肉，生徒相繼乃精神。
> 先賢學術誰堪續，後世青藍孰代新。
> 風雨雞鳴休自已，師門薪火望傳人。

仲溫張之壁上，拳拳服膺，講學南北，聲譽益隆。而天不假年，英年棄世，令人不勝哀感，因有〈哭孔仲溫〉詩一首，以瀉余

懷也。詩云：

> 翩翩猶記入門來。吟誦詩書歎異才。
>
> 示爾津途如岳立，嗟余傷逝感心灰。
>
> 原期蘇子揚歐學，又繼章公哭季哀。
>
> 老淚縱橫灑何處，凝觀遺像曷為懷。

仲溫往矣，編書既竣，後有讀者，當識余懷也。

第十二章　工具書之用法

第一節　檢查字義的工具書

一、康熙字典

　　是書以地支（就是子丑寅卯辰巳午未申酉戌亥十二支）分為十二集，每集又分上中下三部。清康熙四十年（1710）三月敕修，五十五年（1716）閏三月書成。字體悉以許慎的《說文解字》為主，參以《洪武正韻》，凡明梅膺祚的《字彙》，張自烈的《正字通》等書中，偏旁假借，點畫缺略的，都加以訂正。

　　我們如何利用這本工具書呢？例如：當我們讀到《論語・陽貨》篇：「好從事而亟失時，可謂知乎！」文中的「亟」字，我們不太清楚它的意義，就可查《康熙字典》。如果我們知道「亟」字所屬的部首是「二」，就可以在總目查，「二」部，知道屬於「子集上」，然後在字典「子集上二部」查亟字，亟字的筆劃，是要把部首的筆劃除開不計的。「亟」字除掉二畫，尚餘六畫，在二部六畫下就可找到「亟」字。

亟　《唐韻》紀力切《集韻》《韻會》訖力切，並音棘。敏也，疾也。《說文》從人、從口、從又、從二，二、天地也。徐鍇曰：承天之時，因地之利，口謀之，手執之，時不可失，疾之意也。」《詩·大雅》「經始勿亟。」《左傳·襄二十四年》：「公孫之亟也。」《注》：「急也。言鄭公孫宛射犬性急也。」又《廣韻》《集韻》並去吏切，音唭。頻數也。《孟子》「亟問亟饋鼎肉。」又：「仲尼亟稱于水。」又：欺詐也。楊子《方言》：「東齊海岱之間曰亟。」

看過這一段文字後，就可知道「亟」字有二音，一音棘，義為敏疾，所引《說文》、《詩經》、《左傳》裏的「亟」字都應解釋為疾。一音唭，有二義：一訓頻數，所引《孟子》屬此義。那末，前說《論語·陽貨》篇的「亟」字，應該屬那一義呢？看其上下文，自然應該解作「頻數」，頻數就是常常、屢次的意思。

　　如果不知道「亟」字所屬的部首，則可按其筆劃查檢字，亦可找到「亟」字，下面注明「子上」，就是子集上，然後到子集上去找。此書在臺灣翻印極多，啟明、世界、藝文均嘗出版，其中以藝文版《校正康熙字典》較好。

二、經籍籑詁

　　此書按詩韻分卷，共一零六卷。清阮元編，元字伯元，號芸台。江蘇儀徵人。阮氏任浙江學台時，手定體例，逐韻增收，總匯名流，分書類輯，前後歷二年之久，始克成書。王引之曾稱讚它說：「展一韻而眾字畢備，檢一字而諸訓皆存，尋一訓而原書可

識，所謂握六藝之鈐鍵，廓九流之潭奧者矣。」

　　例如我們讀到《禮記・中庸》篇哀公問政章：「日省月試，既
廩稱事。」的「既」字，有些難解，就可以查此書來幫助我們瞭解
其意義了。如果知道「既」字屬去聲五未韻，就可在去聲五未韻下
找到「既」字。

> **既**　一已也。《易・小畜》「一雨一處。」虞注……○一盡
> 也。《書・舜典》：「一月。」傳……○一者何？盡也。《公
> 羊桓三年傳》○一者盡也。有繼之辭也。《穀梁桓三年傳》○
> 盡而復生謂之一。《穀梁桓三年傳・注》○一卒也。《儀禮・
> 鄉飲酒禮》：「不拜一爵。」注○一事畢。《公羊宣元年
> 傳》：「一而曰」注。○一而猶一畢也。《論語・憲問》：
> 「一而曰」皇疏。○一濟者皆濟為義也。《易・象下傳》：
> 「一濟」注。○一定也。《方言六》。○一失也。《方言六》
> 又《廣雅・釋詁二》。○溉古一字。《史記・五帝紀》：「溉
> 執中而徧天下。」《集解》引徐廣。○故書一為暨杜子春讀暨
> 為一。《周禮・閻胥》「一此則讀澩。」注。○一讀為餼。
> 《禮記・中庸》：「一廩稱事。」注。

由此可知，「既」原為「餼」之假借字，此處當解作「餼」。如果
詩韻不熟，則可查目錄索引。如既字十一畫即可在目錄索引查得，
其下注明六七七。就是「既」字的頁數，此書在臺灣有世界書局
版。

三、經傳釋詞

此書十卷，清王引之撰。王氏自九經三傳及周秦兩漢之書，凡語助之文，遍為搜討，分字編次，而成此書。凡一百六十字，前人所未及者補之，誤解者正之，若其易曉，則略而不論，可以說是一部專門查虛字意義的字典。

例如我們讀李善注《昭明文選·司馬子長·報任少卿書》：「假令僕伏法受誅，若九牛亡一毛，與螻蟻何以異？而世又不與能死節者。」此一段文字，「與」字不能以常語解釋。則查目錄，「與」字在第一卷。

> **與** 鄭注《禮記·檀弓》曰：「與、及也。」常語也。
>
> 與猶以也。《易·繫辭》曰：「是故可以酬酢，而與佑神矣。」言可以酬酢，可以佑神也。……
>
> 家大人曰：與猶為也。《韓子·外儲說左》篇：「名與多與之，其實少。」言名為多與之而其實少也。……
>
> 家大人曰：與猶為也。（此為字讀去聲，按讀ㄨㄟˋ）《孟子·離婁》篇曰：「所欲與之聚之。」言民之所欲，則為（ㄨㄟˋ）民聚之也。
>
> 家大人曰：與猶謂也。《大戴禮·夏小正》傳曰：「獺獸祭魚，其必與之獸何也？曰：非其類也。」與之獸，謂之獸也。「來降燕乃睇室，其與之室何也？操泥而就家，入人內也。」與之室，謂之室也。《曾子事父母》篇曰：「夫禮、大之由也，不與小之目也。」不、非也；與、謂也。言禮在由其大者，非謂由其小者而已矣。李善本《文選·報任少卿書》曰：

「假令僕伏法受誅，若九牛亡一毛，與螻蟻何以異？而世又不
與能死節者。」言世人不謂我能死節也。

王氏把與解釋為謂，可說文從字順，非常愜理厭心。而後人不知
「與」作「謂」解。於是《漢書·司馬遷》作「不與能死節者
比。」五臣本《文選》作「不能與死節者次比。」都是不曉文義而
妄加增改的。此書所稱「家大人」指其父親王念孫。清吳昌瑩撰
《經詞衍釋》，續王氏所未詳，釋王氏所未及，推廣博衍，編次與
王氏同。二書均由世界書局出版。

四、古書虛字集釋

吾友應裕康、謝雲飛合編《中文工具書指引》云：

裴學海撰　商務印書館　民國 23（1934）年 10 月初版　上海
廣文書局　民國 51（1962）年　臺北

本書共收 290 虛字，解釋以《經傳釋詞》為主，他如《助字辨
略》、《古書疑義舉例》、《詞詮》、《高等國文法》、《新方
言》、《經傳釋詞補》等訓解，都選擇收入。徵引例句，則以周秦
兩漢的古書為主，列朝之要籍為輔。

　　書前有總目，書後有〈《經傳釋詞》正誤〉，〈類書引古書多
以意改說〉等附錄。

　　我們怎來利用此書呢？例如我們讀《詩經·小雅·斯干》三
章：「約之閣閣。椓之橐橐。風雨攸去，君子攸芋。」四章：「如
跂斯翼。如矢斯棘。如鳥斯革。如翬斯飛。君子攸躋。」五章：

「殖殖其庭。有覺其楹。噲噲其正。噦噦其冥。君子攸寧。」這三章詩當中出現許多攸字，這個攸字，當訓何義。查目錄卷一可見「由繇猶攸逌迪欲猷」條，在六十四頁可看到「攸」字。

> 「攸」猶「是」也。「攸」與「所」同義，「所」訓「是」（說詳所字條❶），故「攸」亦訓「是」。
>
> 《詩·蓼蕭》篇：「萬福攸同。」「萬福攸同」，即「萬福是聚。」（同、聚也。見〈吉日〉篇鄭箋。）猶〈桑扈〉篇言「萬福來求」。（來、是也。訓見《經傳釋詞》。求與逑同，聚也。說見《經義述聞》。）〈長發〉篇言「百祿是遒」也。（遒、聚也。見毛傳。）

---

❶ 《古書虛字集釋·卷九》所字條下云：「所」猶「是」也。一為「此」字義：《呂氏春秋·審應》篇：「齊亡地而王加膳，所作非兼愛之心也。」一為「是非」之「是」：《韓詩外傳·三》：「泰山巖巖。魯邦所瞻。」《說苑·雜言》篇作「魯侯是瞻。」《國語·晉語》：「除君之惡，唯力所及。」《左傳僖二十四年》作「唯力是視」。《列子·仲尼》篇：「唯命所聽。」與《左傳宣十五年》「唯命是聽。」同義。〈湯問〉篇：「唯命所從。」與《老子》「唯道是從。」文例同。《易·繫辭傳》：「惟變所適。」《孟子·梁惠》篇：「惟君所行也。」《管子·侈靡》篇：「一上一下，唯利所處。」《戰國策·韓策二》：「客何方所循。」〈趙策〉：「寡人所親之。」《淮南子·說山》篇：「今女已有形名矣何道之所能乎？」「之所」皆訓「是」。《說苑·政理》篇：「奚獄之所聽，……奚鼓之所鳴。」「之所」皆訓「是」，與此同例。《論衡·寒溫》篇：「當其寒也，何刑所斷？當其溫也，何賞所施？」《墨子·法儀》篇：「故百工從事，皆有法所度；今大人治大國，而無法所度，此不若百工辯也。」《淮南子·齊俗》篇：「衣服禮俗者，非人之性也，所受於外也。」「所」與「非」為對文，可證「所」當訓「是」。

〈斯干〉篇：「風雨攸除。鳥鼠攸去。君子攸竽。（「芋」與「宇」同，居也。說詳《經義述聞》）……君子攸躋。……君子攸寧。」按此與「君子所履」文例同，「所」亦「是」也。

五、詩詞曲語辭典

是書張相著，中華書局出版，1953 年 4 月 1 版。民國四十六年六月，藝文印書館初版。這是第一部有關詩詞曲方面的工具書，彙集唐、宋、金、元、明以來流行於詩詞劇曲中之特殊詞語，自單字以至短語，其性質泰半通俗，非雅詁舊義所能賅，亦非八家派古文所習見也。自來解釋，未有專書，本書彙而釋之。

本書每條之次序，大體由詩而詞而曲，無則闕其一或闕其二，每組之證，略依撰人之時代先後以為次。

援引例證時：詩則稱某人某題詩，詩題過長，間亦節短，但題首每仍其舊，以便複檢。詞則種某人某調詞，或加題目。雜劇則稱某某劇，小令則稱某人小令某調，或加題目，套數則稱某書某人某套，或加題目。無題目者，則標其首句曰某某篇。

例證所引文字，直接與本條之標目有關者，字旁加套圈❷以為識；間接足以發明者，字旁加尖角❸以為識。

假定一義之經過，陳述於下：一、體會聲韻。二、辨認字形。三、玩繹章法。四、揣摩情節。五、比照意義。

本書疏釋，忌著死句，古人托興所及，乍陰乍陽，正其妙絕天

---

❷　套圈今改單圈。

❸　尖角今改黑點。

人之處。古人語簡，一語辭包涵數義，當時口耳流行，聞者意會，今則不得不設為多義以求吻合。

今舉十四畫「朅來」一詞為例，錄之於下：

朅來（一）

朅來、猶云盍來也。《升庵詩話》：「按《呂氏春秋》膠鬲見武王于鮪水，曰：『西伯朅去？無欺我也。』武王曰：『不子欺，將伐殷也。』膠鬲曰：『朅至？』武王曰：『將以甲子日至。』注：『朅、何也。』若然，則朅之為言盍也。……則今文所襲用朅來者，亦為盍來也。」按盍字有兩義：一為何義，一為何不義，詳見王引之《經傳釋詞》。本條即依王氏兩義，分疏如下。准以《呂氏春秋》朅去、朅至之義，則升庵所謂盍來者，當為何義。朅來、猶言何來也。顏延年〈秋胡〉詩：「高節難久淹，朅來空復辭。」意言秋胡婦之高節，久而不淹，秋胡何為空以言辭挑之也。陳與義〈衡嶽道中〉詩：「城中望衡山，浮雲作飛蓋。朅來岩谷遊，卻在浮雲外。」意言遠望山時，浮雲在山頂，何以至游山時，卻在浮雲外也。卻在浮雲外，猶雲反在浮雲上，意以狀山之高。上兩則均為「何來由」之義。李白〈感興〉詩：「朅來荊山客，誰為珉玉分。良寶絕見棄，虛持三見君。」此可以適從何來之義釋之。言玉石不分之世，何來此獻璞之荊山客也。文同〈月崀齋〉詩：「應是當年靈鷲山，直至天竺飛落西湖前。其上有石妊月月已滿，此人朅來就彼剜剔歸上天。」言此人何來，就石上剜剔也。

《南宋六十家·鄭清芝·蔞蒿詩》：「一別楚產知幾年？孤根

朅來植鄞川。」言此物何來而植於鄞川也。以上為何來義。

然朅來亦有可以何不來釋之者。高適〈和崔二少府登楚丘城〉詩：「公侯皆我輩，動用在謀略。聖心在賢才，朅來刈葵藿。」意言何不來採取葵藿傾太陽之志誠也。葵藿為自況之辭。義見《三國志・曹植傳》。李白〈訓王補闕贈別〉詩：「勿踏荒蹊渡，朅來浩然津。薜帶何辭楚，桃源堪避秦。」此與勿字相應，言何不來浩然津也。浩然津猶雲寬閑之野，寂寞之濱。下二句即其注腳。李商隱〈井泥〉詩：「我欲秉鈞者，朅來與我偕。」此與上述高適詩同機軸。《宋百家詩存・樂雷發・烏烏歌》：「請君為我焚卻〈離騷賦〉，我亦為君劈碎〈太極圖〉，朅來相就飲鬥酒，聽我仰天歌烏烏。」言何不來就我飲酒，聽我唱歌也。以上為何不來義，為盍來之又一義。

朅來（二）朅

朅來猶云去也。《韻會》：「朅、去也。」皮日休〈初夏遊楞迦精舍〉詩：「朅去山南嶺，其險如印笘。」曰朅去者，重言也。以朅為義，來為語辭，則為朅來。李白〈送王屋山人魏萬還王屋〉詩：「西南清洛源，頗驚人世諠。采秀臥王屋，因窺洞天門。朅來遊嵩峰，羽客何雙雙。朝攜月光子，暮宿玉女窗。」言去而遊嵩峰也。據詩序，此時白與魏萬相見於廣陵，贈詩以歷敘其遊蹤。又〈題嵩山逸人元丹邱山居〉詩：「家本紫雲山，道風未淪落。況懷丹邱志，沖寞歸寂寞。朅來遊閩荒，捫涉窮禹鑿。夤緣泛潮海，偃蹇陟廬霍。」言去而遊閩泛海陟廬霍也。韋應物〈大樑亭會李四棲梧〉詩：「富貴良可

取，趷來西入秦。秋風且夕起，安得客梁陳。」言去而西入秦
也。李羣玉〈將游羅浮登廣陵楞迦台〉詩：「趷來羅浮巔，披
雲煉瓊液。」題言將游羅浮，則為預擬之辭，此猶云到羅浮去
來。李涉〈春山〉三趷來詩，一云：「釣魚趷來春日暖，沿溪
不厭舟行緩。」二云：「山上趷來采新茗，新花亂髮前山
頂。」三云：「采藥趷來藥苗盛，藥生只傍行人徑。」此猶云
釣魚去來，山上去來，采藥去來也。鮑溶〈採蓮曲〉二首，一
云：「弄舟趷來南塘水，荷葉映身摘蓮子。」二云：「採蓮趷
來水無風，蓮潭如鑒松如龍。」此猶云弄舟去來，採蓮去來
也。《南宋六十家·吳汝弌趷來詩》二首，一云：「領上趷來
觀白雲，翔鸞奮鶴浮天英。」二云：「領上趷來弄明月，千里
銀光寒不缺。」領上即嶺上，此猶云嶺上去來也。蘇軾〈朱壽
昌郎中少不知母所在求之五十年得之蜀中〉詩：「感君離合我
酸辛。此事今無古或聞。長陵趷來見大姊，仲孺豈意逢將
軍。」言漢武帝去到長陵覓大姊也。長陵句事見《漢書·外戚
傳》，仲孺句，事見《霍光傳》。皆骨肉重逢之事，詩中故以
為比。

趷來（三）

趷來、猶云來也。趷為發語辭（見《韻會》），以來為義，略
同聿來。張九齡〈歲初登高安南樓言懷〉詩：「趷來彭蠡澤，
載經敷淺原。」言來到彭蠡澤也。顏真卿〈刻清遠道士詩〉
詩：「不到東西寺，於今五十春。趷來從舊賞，林壑宛相
親。」言重來舊遊之地也。徐浩〈謁禹廟〉詩：「負責故鄉

近，朅來申俎羞。」言來申俎羞之敬也。蘇軾〈陪歐陽公燕西湖〉詩：「謂公方壯鬢如雪，謂公已老光浮頰。朅來湖上飲美酒，醉後劇談猶激烈。」言來湖上飲酒也。又〈上巳日游荊山塗山〉詩：「此生終安歸，還軫天下半。朅來乘檥廟，復作微禹歎。」言來到禹廟也。又〈廉泉〉詩：「朅來廉泉上，捋須看賓眉。」言來到廉泉上也。〈鄆峯真隱大麯採蓮舞漁家傲〉詩：「我昔瑤池飽宴遊，朅來樂國已三秋。」言來到樂國也。辛棄疾〈念奴嬌〉詞，戲贈善作墨梅者：「疑是花神，朅來人世，占得佳名久。」言花神來到人世也。周紫芝〈水龍吟〉詞：「堪笑此身如寄，信扁舟朅來江表。」言來到江表也。

朅來（四）

朅來、猶云爾來或爾時以來也。猶云迄今，為來字之又一義，朅則發語辭也。凡敘述有時間關係者，可以此義釋之。柳宗元〈韋道安〉詩：「朅來事儒術，十載所能逞。」言爾來事儒術經十載，亦猶云事儒術十載以來也。蘇軾〈送安惇秀才牛解西歸〉詩：「我昔家居斷往還，著書不復窺園葵。朅來東遊慕人爵，棄去舊學從兒嬉。」此亦爾來義，與昔字相應。又〈潁州湖成次德麟韻〉詩：「我在錢塘拓湖淥，大堤士女爭昌豐。……朅來潁尾弄秋色，一水縈帶昭靈宮。」義同上，此與在錢塘句相應，意言我昔在錢塘時，曾修拓錢塘之西湖，一時極士女堤上嬉游之盛，爾來潁州之西湖告成，亦復有一次縈帶之觀也。又〈送劉道原歸觀南康〉詩：「十年閉戶樂幽獨，百金購書收散亡。朅來東觀弄丹墨，聊借舊史誅奸強。」義同

上，與十年字相應。陸遊〈幽棲〉詩：「朅來三十載，吾鬢固宜霜。」言爾來已三十載，亦猶云三十載以來也。何遜〈行經孫氏陵〉詩：「水龍忽東騖，青蓋乃西歸，朅來已永久，年代曖微微。」言自爾時已來也。王之道〈沁園春〉詞：「堪嗟日月如流，甚首夏朅來今半秋。」此以來義，言自首夏以來也。

朅來（五）朅

朅來、語助辭。張協〈雜詩〉：「感物多思情，在險易常心。朅來戒不虞，挺轡越飛岑。」陳子昂〈感遇〉詩：「朅來豪遊子，勢利禍之門。」張九齡〈奉和崔尚書雨後大明堂望南山〉詩：「朅來青綺外，高在翠微先。」李益〈自朔方還法雲寺三門避暑〉詩：「予本疎放士，朅來非外矯。誤落邊塵中，愛山見山少。」蘇軾〈次韻周開祖長官見寄〉詩：「朅來震澤都如夢，只有苕溪可倚樓。」以上各朅來字，皆難強解，蓋朅與來皆為語助辭，合為一辭，以之發語，不為義也。亦有僅用一朅字者。蘇軾〈生日王郎以詩見慶〉詩：「朅從冰叟來遊宦，肯伴臞仙亦號儒。」《宋百家詩存·劉弇·大孤山》詩：「中有神朅臨，睥睨舟往還。流俗謂女子，影纓來此山。」亦皆語助，不為義也。

六、小說詞語彙釋

是書由陸澹安編著，中華書局 1964 年第 1 版，臺灣中華書局民國六十三年台三版，共收詞條萬餘條，內容包括成語、俗語、方言、江湖流行的黑話，各行各業的術語、諺語等。本書是彙釋通俗

小說的專門辭書，所收詞語均來自清末以前流傳較廣的通俗小說中的辭彙，可作語言文學之研究者參考。

　　本書所收詞語，以首字筆劃多少為序，一畫之中，又依字典部首為序，首字相同者，字數多少為序，首字相同而字數又相同者，以次字筆劃多少為序。茲舉其所收「一發」一辭為例，錄之於下：

一發有三種意義：

㈠索性。元曲中亦有之。《玉鏡臺》三折〈迎仙客〉曲：「一發的走到底，大家吃一會沒滋味。」

【例一】《三國演義》二十七：想他去此不遠，我一發結識他，做個人情。

【例二】《水滸》二：教頭今日既這裏，一發成全了他亦好。

㈡越發。元曲中亦有之。《鴛鴦被》一折白：「小姐，若真個打起官司來，出乖露醜，一發不好。」

【例一】《京本通俗小說》十五：買賣行中一發不是本等技倆，又把本錢消折去了。

【例二】《水滸後傳》二：你伯伯一發古懺了，教我不要與鄒閭來往。

㈢一起。元曲中亦有之。《東牆記》三折〈耍孩兒〉三煞：「似這等偷香竊玉，幾時得一發明白。」

【例一】《宣和遺事》：武士一發向前，正欲擒那僧人。

【例二】《水滸》二：我家也有頭口騍馬，教莊客牽出後槽一發餵養。

七、大辭典

是書係三民書局董事長劉振強先生邀集臺北各大學中文系教授數十人，經始於民國六十年初，出版於民國七十四年八月（1985）。是書收錄單字 15106 字，詞頭 127430 條。字詞中所引出處，皆逐條詳細核對原文。字之選錄，以教育部標準常用國字、次常用國字及一般辭書所收錄者為據，並酌補新字，使其完備。字之排列，以康熙字典部首排列先後序。凡標準字體與宋體字形體不同者，二形並列。如：

既 旣

字音標注，幾由筆者一人任之，故其條例，較為清楚。茲詳錄其例於下：

㈠每字先注國語注音符號，然後依次為國語注音符號第二式、威妥瑪式音標（Wade-Giles System）、切語、直音、詩韻。直音以今通行字國音為據，若無適當直音的字則從闕。如：

人 ㄖㄣˊ rén jên² 如鄰切 音仁 真韻

㈡國語有讀音、語音的區別，而無辨義作用，則讀音列在切語的前面，語音列在韻目的後面。如：

白 ㄅㄛˊ bó po² 傍陌切 音帛 陌韻 語音ㄅㄞˊ bái pai²

㈢國語讀音與切語不符的，則以切語推出的音注在前面，而以

國語音讀注在後面。注明今讀。如：

恢　ㄎㄨㄟ　kuēi　k'uei[1]　苦回切　音盔　灰韻
今讀　ㄏㄨㄟ　huēi　hui[1]

㈣讀音與語音所牽涉的字義不完全相同時，則字義的訓釋列於讀音下，另標注一音而注明為某義之語音。如：

更　一ㄍㄥ　gēng　keng[1]　古行切　音庚　庚韻
①更改。……③替換，取代。……⑦古代夜裏計時的名稱。……。
二ㄐㄧㄥ　jīng　ching[1]
一　⑦的語音。

㈤字有多音，切語不同，而意義相同，則諸音並列，國語最常用的音排列在前，而用 一 二 三 加以區別。如：

茹　一ㄖㄨˊ　rú　ju[2]　人諸切　音如　魚韻
二ㄖㄨˇ　rǔ　ju[3]　人渚切　音乳　語韻
三ㄖㄨˋ　rù　ju[4]　人恕切　音入　遇韻

㈥切語有二，今國語同音，則先標音符，然後以(一)、(二)區別其切語及韻目。如：

迋　ㄍㄨㄤˋ　guàng　kuang[4]　(一)古況切　音誑　漾韻
(二)求往切　音迋　養韻

㈦威妥瑪式音標根據早期國語拼音，有些音讀未當，凡遇此類

音讀，據威氏拼法改正，以原來音標注前，改正音標注後，並以逗號區別。如：

歌 ㄍㄜ　gē　ko¹　kê¹
私 ㄙ　sz̄　szǔ¹　ssu¹

字義之解釋，先釋本義，然後依次為引伸義、假借義、虛字、外來語及姓氏等，一字有多義，其義項則以１２３來區分，字有多音多義，則義隨音列。每一字義，先以簡潔語體解釋，然後引證出處，必要時再加按語。

詞的編排，先依辭彙字數多寡排列，再依辭彙第二字筆劃多寡為次，如筆劃相同，則按永字八法的點、橫、豎、撇為序。

詞的注音，每一辭彙，均以國語注音，如遇有讀音、語音差別，凡古代詞用讀音，現代詞則標語音。詞有多音，則用一　二　三區別，若二音意義相同，則注明又讀。

詞之解釋，以簡潔語體解釋，並徵引出處，若無出處則從缺。聯綿詞歸於上字，加以解釋。如有多義，先解本義，然後依次為引伸義，借用義，並徵引出處，其義項則以１２３　區別。

專有名詞，先標書名、山名、河名、國名、城市名等，然後加以解釋。各科專有名詞，則先標明其類別，如佛家語、醫學名詞、法律名詞等，然後再加解釋。

譬如我們讀到王士禛〈戲仿元遺山論詩絕句〉：「文章煙月語原卑。一見空同迴自奇。天馬行空脫羈靮，更憐譚藝是吾師。」要想知道「天馬行空」一詞的出處與含義，就可查《大辭典》每冊封面內頁的「部首索引」三畫大部，在大部一畫下可找到天字，在

1000 頁，然後在四個字的詞頭下，在 1023 頁可看到「天馬行空」一詞，釋為神馬奔馳天空，比喻人的才氣縱橫，毫不受拘束。出自劉子鍾〈薩天錫詩集序〉：「其所以神化而超出於眾表者，殆猶天馬行空，而步驟不凡；神蛟混海，而隱見莫測。」

又譬如我們讀到蘇軾〈念奴嬌・赤壁懷古〉詞的「羽扇綸巾，談笑間、強虜灰飛煙滅。」我們不知「綸巾」一詞的音義，就可查《大辭典》「部首索引」六畫「糸」部在中冊 3687 頁可查到「綸巾」一詞讀音為ㄍㄨㄢ　ㄐㄧㄣ。釋義為「古時以青絲帶編成的頭巾。」

《大辭典》後附有十六項附錄，均極為有用，茲錄於下：

1.中國歷史紀年表。 2.中華民國憲法。 3.中華民國中央政府組織表。 4.度量衡法。 5.中國國家標準（CNS）單位換算表。 6.度量衡標準單位表。 7.中外度量衡換算表。 8.世界各國幣制。 9.世界時區圖表。 10.華氏攝氏溫度換算表。 11.世界各國面積人口首都一覽表。 12.威氏音標索引。 13.西文譯名對照索引。 14.筆劃總檢字表。 15.注音符號索引。 16.國音注音符號與各式中文拼音音標系統對照表。

八、漢語大詞典

《漢語大詞典》是由上海市、山東省、江蘇省、浙江省、福建省有關單位共同編寫，從 1975 年到 1986 年第一卷出版，前後歷時十年，《漢語大詞典》共十二卷，最後一卷於 1993 年 11 月出第一版。全書自經始至殺青，前後歷十八年，可謂二十世紀中最博大的

也最豐富的一部漢語詞典。至出版為止，尚存編輯人員有主編羅竹風、副主編徐復、陳落、蔣禮卿、蔣維崧諸人。學術顧問尚存者有呂叔湘、張政烺、陳原、周有光、周祖謨、俞敏、姜亮夫。據該詞典後記，全書十二卷，共收詞語三十七萬五千餘條，約五千萬字。譬如們讀到文天祥〈己卯歲除〉詩云：「日月行萬古，神光索九縣。」不知「九縣」一詞，意何所指？我們就可查《漢語大詞典》第一卷部首檢字表乙部有「九」字下注 726，那是說在本冊 726 頁，查 726 頁，有九字，在 754 頁，有「九縣」一詞，釋作「九州」。這樣我們就知道「九縣」一詞的確實意義了。或者查《漢語大詞典》的〈單字中文拼音索引〉在 jiǔ 下也可以找到「九」字，下注① 726。就是說「九」字在第一卷 726 頁。

第二節　檢查文章辭藻的工具書

一、佩文韻府

　　是書按詩韻分卷，共一百零六卷。清聖祖康熙四十三年（1704）敕撰，五十年（1711）書成，前後歷時八年。此書分韻隸事，把元陰時夫的《韻府羣玉》、明淩稚隆的《五車韻綸》盡行收入，並大加增補。除單字之解釋外，又搜羅了許多辭彙，每一辭彙都注明它的出處。體例上是首列「韻藻」，就是《韻府羣玉》和《五車韻隆》二書中已收的辭彙。次標「增字」，即《佩文韻府》所增收的新字，每項都以二字、三字、四字相從，而依末一字分韻，分隸於所屬的韻目下。末了又有「對語」與「摘句」，對語是

平仄相對的辭彙，摘句是前人用此字為韻（或末一字）的佳句，加以摘錄。這是提供後人學詩屬對參考用的。茲錄其卷一上平聲一東韻的「東」字為例，以明其體例。

東　德紅切。春方也。〈漢書〉少陽在—方。—、動也。從日在木中會意也。《禮記》大明生於東—。又姓。陶潛《聖賢羣輔錄》舜友—不訾。

韻藻　南東《詩》——其畝。〈李孝先詩〉余其歸老兮，沂之——。〈邵寶詩〉楚帆連日阻——。自東《詩》我來——。《又》自西——。在東《詩》蠨蛸——。〈蘇軾詩〉我言歲———。……

澗瀍東《書・洛誥》我乃卜—水東—水西。惟洛食我，又卜瀍水—，亦惟洛食。首陽東《詩》采葑采葑，——之—。……

食西宿東《戰國策》齊有一女，二家求之，其母語女曰：欲東家則左袒，欲西家則右袒。其女兩袒。曰：欲東家食而西家宿。以東家富而醜，西家貧而美也。

增　震東《易》——方也。《漢書》震在於東方，為春為木。《朱子》——兌西。離東《伏羲八卦圖圖》乾南坤北，——坎西。……

對語	渭北	日下	河內	閭左	硯北	河朔	雲北	海右
	江東	天東	濟東	郭東	席東	京東	水東	朔東
	平北	洛下	床北	隴畔	巷北	尚左	闕下	竹外
	安東	齊東	爐東	溪東	牆東	先東	城東	蓮東

北山北　雞塞北　床上下　三島外　春將夏　天祿上
東轂東　鳳城東　屋西東　五湖東　西復東　日華東
金錯落　星拱北　平蕪外　萱樹北　深竹裏　空冀北
玉丁東　水流東　迭浪東　菊栽東　碧梧東　秀江東
榆塞外　天極北　山遠近　梅影畔　南北極　星橋外
柳城東　地維東　水西東　竹籬東　大小東　斗柄東

摘句　力障百川東　農作正宜東　攜琴又向東　圓蟾玉殿東
　　　光升必自東　列第禁垣東　飛夢過江東　抵玉泰山東
　　　鄉山積水東　經聲小塢東　相訪竹林東　紫蓋白雲東
　　　橋連茭蒲東　香生衣桁東　分曹畫省東　車徒鳳披東
　　　花信短牆東　仙鯉耀潭東　旌旗渭水東　相業起山東
　　　名高淮海東　細草岸西東　河源落日東　今朝歲起東
　　　翠華拂天來向東　歲歲春風綠自東　快覯扶桑日上東
　　　鳴鞭曉日禁城東　班姬扇樣碧峰東　好山分占水西東
　　　寒柯蒼蒼夕照東　內庭秋燕玉池東　半溪秋水帶愁東
　　　笑倚梅花月正東　菊花依舊繞籬東　宛似山光水閣東
　　　搖搖畫舫艤湖東　側帽垂鞭小陌東　鬥酒相過薊苑東
　　　篝燈人喚野亭東　落花還逐水流東　漁莊只在畫橋東
　　　浮雲去住水西東　青松多種古台東　江接三湘近楚東
　　　日輪潮湧始知東　百雉蒼茫煙雨東　蓼花楓葉忘西東
　　　夜半仙舟過剡東　清歌擁節太行東　山色湖光並在東
　　　新作茅齋野碉東　買得吳船便欲東　象床豹枕畫廊東

這是一部兼有檢查典故與詞藻的工具書，我們要怎樣來利用這本書呢？例如我們讀到魏文帝〈與朝歌令吳質書〉云：「昔伯牙絕弦于鍾期，仲尼覆醢于子路。」於「覆醢」一詞有所不明。就可以用此書來幫助我們解決所遇到的問題。首先我們查「醢」字，知在卷四十上聲十賄韻❹。然後在《佩文韻府》十賄韻即可找到「醢」字。

醢　呼改切。肉醬。亦作醯。

韻藻　醢醢　兔醢　魚醢　脯醢　歠醢　覆醢

《禮記》孔子哭子路於中庭，有人弔者，而夫子拜之，既哭，進使者而問故，使者曰：醢之矣。遂命覆醢。……

從《禮記》這一段話，我們就可以明瞭「覆醢」一詞的出處及意義了。

又如我們讀蘇東坡〈雪後書北台壁詩〉：

城頭初日始翻鴉。陌上晴泥已沒車。凍合玉樓寒起粟，光搖銀海眩生花。遺蝗入地應千尺，宿麥連雲有幾家。老病自嗟詩力退，空吟冰柱憶劉叉。

在這首詩裏「玉樓」「銀海」二詞，意義不明晰，不知出處為何？我們可查「海」字知在卷四十上聲十賄韻，然後在十賄韻就可找到

❹　如果詩韻不屬，可查《大辭典》找出此字所屬的韻目。現在臺灣學海出版社印行了一本附筆畫索引的《詩韻集成》，也可以參考。

「海」字。

> **海** 呼改切。《說文》天池也，以納百川者。亦州，亦姓。
>
> 韻藻　江海　沿海　四海　南海　河海　後海　北海　東海
> 　　　　表海　浮海　觀海　沙海　負海　渤海　裨海　大海
> 　　　　瀛海　小海　山海　翰海　巨海　越海　滄海　煮海
> 　　　　西海　陸海　測海　如海　泛海　玉海　漲海　遼海
> 　　　　桂海　幼海　少海　堙海　冥海　語海　圓海　碧海
> 　　　　學海　艘海　宦海　紫海　渡海　銀海
>
> 《乾饌子》裴均鎮襄州，裴弘泰為鄭滑館驛巡官，均設宴，弘泰後至，請在座銀器，盡斟酒滿之，隨飲以賜，均許焉。弘泰飲訖，即實於懷，有——受一斗，以手捧飲，將覆地，以足踏之，卷抱而出。……又蘇軾〈雪後書北台壁詩〉：凍合玉樓寒起粟，光搖——眩生花。注：王荊公云：道家以肩為玉樓，眼為銀海。

知道肩為玉樓，眼為銀海，蘇東坡這首詩就好懂了。

此書在臺灣有商務印書館影印本。

二、淵鑑類函

是書共四百五十卷，又目錄四卷，清聖祖敕撰，康熙四十年（1701）年成書。康熙皇帝以類書之作，自宋明以後，編撰漸多，但求一部「博而不繁」、「簡而能明」的也不多見。只有明代俞安期的《唐類函》還稱得上「詳括」二字。但《唐類函》所收只有唐以前的資料，宋以後則告缺如即唐以前的書也有脫漏，所以命儒臣

張英、王士禎等「逖稽廣搜，泝洄經籍，網羅近代。」增《唐類
函》之所無，詳《唐類函》之所略，依類相從，而成此書。是書成
《唐類函》所收虞世南《北堂書鈔》五十五卷、歐陽詢《藝文類
聚》一百卷、徐堅《初學記》三十卷、白居易《白孔六帖》一百零
六卷、杜佑《通典》二百卷之外，又采李昉《太平御覽》一千卷、
王應麟《玉海》二百卷增補。《唐類函》原分四十三部，《淵鑑類
函》即按原書諸部加補又於藥果木部中析出花部，另為一部，故共
分四十四部。

　　我們如何利用這部書呢？可從兩方面來說：一方面我們讀書看
到典故，有所不明，可查此書，以助瞭解。例如我們讀姜白石詞
〈疏影〉：「猶記深宮舊事，那人正睡裏，飛近蛾綠。」不知姜氏
所用何典？就可查《淵鑑類函》。因為深宮必與帝王後妃有關，查
目錄，「後妃部」在五十七卷與五十八卷，在《淵鑑類函》五十八
卷「公主」三下所增有「梅花妝」一詞，下注云：

　　《翰苑新書》曰：「宋武帝女壽陽公主，人日臥于含章簷
　　下，梅花落公主額上，成五出之花，拂之不去，自後有梅花
　　妝。」

則可知白石詞正用壽陽公主之舊事。

　　另一方面，當我們寫一篇文章，想借一歷史故實來稱揚某教授
教學的成就，因為從他受業的弟子，目前在政界都有很高的地位，
但是一時想不起用什麼典故好。那麼就可查目錄，「師」在二百五
十二卷「人部」十一。查《淵鑑類函》二百五十二卷師三下，就可
看到有「蘇張從學、房杜受業」的話，這就是最適宜於稱揚某教授

的典故了。此書在臺灣有新興書局影印本。

三、駢字類編

清聖祖敕撰，經始於康熙五十八年（1719），至清世宗雍正五年（1727）完成，前後歷時八年。《四庫提要》說：

> 是編與《佩文韻府》一齊尾字，一齊首字，互為經緯，相輔
> 而行，凡分十二門，又補遺一門，所隸標首之字，凡一千六
> 百有四，每條所引，以經史子集為次，與《佩文韻府》同，
> 而引書必注其篇名，引詩必題其原題，學者據是兩編以索舊
> 文，隨舉一字，應手可檢。

從《四庫提要》這段話，可知《駢字類編》與《佩文韻府》在當時是等量齊觀的，只是編撰的時間有先後之差而已。全書共分天地、時令、山水、居處、珍寶、數目、方隅、彩色、器物、草木、鳥獸、蟲魚一十二門。

此書編成後僅有卷次及分類目錄，分類目錄下又再分子目，但未標明頁碼，因此檢閱起來，十分不便。幸今中國書局印本另編《索引》一冊，以四角號碼編成索引，檢索方便。如不熟四角號碼者，還有〈首字筆劃索引〉，〈首字音序索引〉。也可檢索得到，就補充了原書的不足。

譬如我們作詩，要用一個以風字起頭的兩字辭語，就可以查〈首字音序索引〉，在 F 類 fēng 音下有「風」字，下注四角號碼為 7721_0，根據四角號碼，可找到「風虐」1/9/12b，這就告訴我們「風虐」一辭是在第一冊卷九第十二頁反面。風字的辭語從第一冊

卷八第一頁正面開始，依其次序，鈔錄數則於下：

> 風天　風雲　風雨　風日　風月　風星　風霜　風露　風雪
> 風烝　風霧　風虹　風雷　風霓　風霆　風煙　風霞　風陰
> 風晴　風靂　風暈　風火……

我們就可在眾多的詞頭當中，擇取我們適合的辭語來使用，這就十分方便了。

四、分類辭源

《分類辭源》是為了適用詩詞研習者需要而作的，是專門供作詩填詞使用的工具書，上書依照宇宙間各種事物，收入八萬多條辭語，分成三十類千餘條目，又依不同平仄，分成二字、三字、四字等不同字數的辭語，計二百四十多萬字。詞章家可任意選擇創作時所需要的不同聲韻，不同字數的辭語，古今典籍可供作詩填詞使用的辭語，可說搜集殆盡。讀此一書，不啻家藏萬卷，使用時可得左右逢源之妙。

我們要怎樣來利用此書呢？譬如我們要寫一篇文章，讚美某孝子，不知有些什麼辭語可用，就可查《分類辭源》人品類五孝，下有兩字的辭語：

> 女表　不匱　分椹　召鱗　生福　白華　吐食　成身　色養
> 全歸　先意……

三字的辭語有：

寸草心　三牲養　不能養　天翁知　白鳩郎　江巨孝　老鴉陳
次弗辱……

四字的辭語有：

人無間言　下氣怡聲　大孝尊親　天經地義　五視衣枕　不扇
蚊虻……

這些辭語都可選擇使用，無論撰著詩文，都有很大的幫助。此書在
民國十五年（1926）12 月上海世界書局出版，今有天津市古籍書
店影印本。

五、增補大字事類統編

光緒戊子二月（1930）李世捷序《增補大字事類統編》云：

> 有宋吳淑以沈博絕麗之才，效比事屬辭之體，首撰《事類
> 賦》百篇，固已約而舉簡而該矣。國朝黃氏惜其未備，又從
> 而廣之，自是而後，吳氏有《廣事類賦》，王氏有《續廣事
> 類賦》，張氏有《事類賦補遺》，黃氏復有《增補事類統
> 編》之刻，引而伸之，觸類而長之，漱六藝之芳，各有千
> 古，合諸家之作，勒為一書。上而日月星辰，下而山嶽河
> 海，大而兵農禮樂，小而草木蟲魚，於是乎備矣，可不謂天
> 下之大觀乎！且其抽秘騁妍，體物瀏亮。忽而骨重神寒，忽
> 而風馳雨驟，忽而明珠儠露，忽而翡翠蘭苕，有語皆工，無
> 體不備，好學之士，誠熟讀而深思之，將見熏班馬之香，摘
> 屈宋之豔，雖進而登著作之堂，不難與古人相頡頏焉。

《增補事類統編》共分天文、歲時、地輿、帝王、職官、仕進、政治、禮制、音樂、人倫（附戚族）、文學（附文具）、學術、武功、邊塞、兵器、人品（附形體）、人事、閨閣、交際、技術（附巧藝）、釋道、靈異、飲食、寶貨、衣服、器用、宮室、花、草、木、果、禽、獸、水族、蟲豸等三十五部。每部又再細分細目。例如天文部細目有天、日、月（附月蝕）、星、星象上、星象下、渾天儀、風、雲、雷、雨、露、霜、雪、雹、虹霓、河漢、霞、霧、氣、霽、陰。

再舉卷一天文部天一篇以見其編撰之體例：

天　太初之始，元黃混並。及一氣之肇判，生有形於無形。於是地居其下而陰濁，天上而輕清。斯蓋群陽之精，積氣而成。頹洞蒼莽，不可為象；溟涬蒙鴻，莫知其終。其氣皓旰，其體穹窿。觀文以察時變，垂象而見吉凶。大哉乾元，萬物資始，定宸極於保鬥，驗日星於磨蟻。其運也轉如車轂，其速也流如弩矢。……翱翔乎七市之場，縹緲於九重之級，乃知自具爐錘，不待借形雕刻。

全將典實融於駢麗之文，讀來聲律鏗鏘，已具美文之實，又博贍而可誦。不僅此也，文後尚有 摘對 ，亦錄一則以見例：

化工　靈造　碧落　青冥　持盈　概滿　囊萬　函三　忉利
圓靈　乾象　泰鴻
坐井觀　披雲覗　驂鹿上　乘龍升　碧翁翁　青蕩蕩　彩虹架
素月流

日烘卵色　風應魚鱗　真機斟物　元化發桴　一中造化　萬物
根源　芽核相生　藻華克受　裁成風雨　驅馭陰陽

無論文或對，均在大字下有小注，將典實之出處，交代極為詳明。

我們要怎樣來利用此書呢？譬如我們要寫一首詩給同輩朋友，
論其造詣，足為我之師，而對方折節相交，要把這層關係表達出
來，詩寫到最後兩句「論誼我應○○○，竟蒙倒屣一相迎。」這三
個○處，究應下何語妥切，甚費苦思。看到卷六十一交際部師弟目
類有「勤壇畔之隨，盡北面之禮。」這就容易了，「隨壇畔」也
好，「參北面」也好，都是可用的辭語。

第三節　檢查事物掌故事實的工具書

一、藝文類聚

本書一百卷，唐歐陽詢等奉敕撰，民國 49 年，臺北新興書局
有影印本，分裝十冊。民國六十九年亡友于大成為文光出版社主
編，影印裝訂為五冊。

此書根據六朝以前，或唐代典籍，將其中有關自然知識、社會
情況之記載，學術論著及文學藝術之創作，加以分門別類，摘錄彙
編，使讀者便於查考資料，探索前代知識。全書分為四十七部，每
部再分細目，共七百二十七子目，所引古籍共一千四百三十一種。
而其中百分之九十，均已亡佚，故極具輯佚與校勘之價值。

編輯之體制為「事居於前，文列於後」，所謂「事」指採自經

史子方面之資料，「文」則指採自集部之資料。《四庫全書總目》
認為本書為唐代最佳二大類書之一。

　　茲將各類目，列舉於下：

卷 1－2　天部　　　　　　　卷 3－5　歲時部

卷 6　地部　州部　郡部　　卷 7－8　山部

卷 10　符命　　　　　　　　卷 11－14　帝王部

卷 15　后妃部　　　　　　　卷 16　儲宮部

卷 17－37　人部　　　　　　卷 38－40　禮部

卷 41－44　樂部　　　　　　卷 45－50　職官部

卷 51　封爵部　　　　　　　卷 52－53　政治部

卷 54　刑法部　　　　　　　卷 55－58　雜文部

卷 59　武部　　　　　　　　卷 60　軍器部

卷 61－64　居處部　　　　　卷 65－66　產業部

卷 67　衣冠部　　　　　　　卷 68　儀飾部

卷 69－70　服飾部　　　　　卷 71　舟車部

卷 72　食物部　　　　　　　卷 73　雜器物部

卷 74　巧藝部　　　　　　　卷 75　方術部

卷 76－77　內典部　　　　　卷 78－79　靈異部

卷 80　火部　　　　　　　　卷 81　藥香草部上

卷 82　草部下　　　　　　　卷 83－84　寶玉部

卷 85　百穀部　布帛部　　　卷 86－87　果部

卷 88－89　木部　　　　　　卷 90－92　鳥部

卷 93－95　獸部　　　　　　卷 96－97　鱗介部　蟲豸部

卷 98－99　祥瑞部　　　卷 100　災異部

此書日本人中津演涉編有《藝文類聚引書索引》、《詩文題目索引》、《詩文作者索引》等，有助於檢閱。

二、北堂書鈔

唐虞世南撰，清孔廣陶校注，民國六十年臺北新興書局影印。北堂為隋秘省後堂，本書乃虞世南任隋秘書郎時所作。分十九部，每部再分細目，每目之下，下所引原文摘成為一標題，以大字排列，再以小字二行作注，注明引用書名或原文。所引各書都是隋代以前舊籍，大部份多失傳，因此本書為唐以前書輯佚最佳工具。茲列本書十九部稱以下，以便尋檢。

卷 1－22　帝王部　　　卷 23－26　后妃部
卷 27－42　政術部　　　卷 43－45　刑法部
卷 46－48　封爵部　　　卷 49－79　設官部
卷 80－94　禮儀部　　　卷 95－104　藝文部
卷 105－112　樂　部　　卷 113－126　武功部
卷 127－129　衣冠部　　卷 130－131　儀飾部
卷 132－136　服飾部　　卷 137－138　舟　部
卷 139－141　車　部　　卷 142－148　酒食部
卷 149－152　天　部　　卷 153－156　歲時部
卷 157－160　地　部

此書日本人山田英雄編有《北堂書鈔引書索引》，民國六十二

（1973）年，由名古屋采華書林出版，可供檢閱之用。

三、初學記三十卷

唐徐堅等奉敕撰，明安國校。全書分二十三部，三百一十三子目，其體制：敘事在前，事對次之，詩文在後，都是摘鈔六經諸子等古書。敘事比他種類書，較有條理，詩文除採錄隋以前古書外，兼及初唐。本書採摭，雖不及《藝文類聚》廣博，但去取謹嚴，人多取用。茲將該書總目列下，以便尋檢。

卷 1－2　天部　　　　　卷 3－4　歲時部

卷 5－7　地部　　　　　卷 8　州郡部

卷 9　帝王部　　　　　卷 10　中宮部

卷 11－12　職官部　　　卷 13－14　禮部

卷 15－16　樂部　　　　卷 17－19　人部

卷 20　政理部　　　　　卷 21　文部

卷 22　武部　　　　　　卷 23　道釋部

卷 24　居處部　　　　　卷 25　器用部

卷 26　服食部　　　　　卷 27　寶器部（花草附）

卷 28　果木部　　　　　卷 29　獸部

卷 30　鳥部（鱗介蟲附）

此書日本人中津濱涉編有《初學記引得》，民國六十三（1974）年初版，可供檢閱之用。

四、太平御覽一千卷

宋李昉等奉勅撰。為宋代一大類書，初名《太平類編》。據宋敏求《春明退朝錄》謂：「書成之後，太宗日覽三卷，故賜名《太平御覽》。」所引經史類書，凡一千六百九十餘種，雖有些轉引唐以前類書，但這些書十之七八，今已亡佚，因此本書有考偽、訂正以及輯佚古籍之用。

本書按事物之義類分成五十五部，部下再分若干類，類下又分若干子目，共分為四千五百五十八類。本書各子目下，引經史百家之言，依時代排列，自古至唐，略成起迄。凡所徵引，皆先錄書名，次錄原文，而不參以己見；稗官小說之詞，亦多屏而不錄。雖所引書籍，多轉錄類書，未能悉採原本。然徵引之富，版本之古，皆非其他古類書所能企及，故為儒林所珍視也。茲將五十五部名稱，表列於下：

卷 1－3　　　總　目	卷 1－15　　　天　部	卷 16－35　　時序部
卷 36－75　　　地　部	卷 76－116　　皇王部	卷 117－134　偏霸部
卷 135－154　皇親部	卷 155－172　州郡部	卷 173－197　居處部
卷 198－202　封建部	卷 203－269　職官部	卷 270－359　兵　部
卷 360－500　人事部	卷 501－510　逸民部	卷 511－521　宗親部
卷 522－562　禮儀部	卷 563－584　樂　部	卷 585－606　文　部
卷 607－619　學　部	卷 620－634　治道部	卷 635－652　刑法部
卷 653－658　釋　部	卷 659－679　道　部	卷 680－683　儀式部
卷 684－698　服章部	卷 699－719　服用部	卷 720－737　方術部

卷 738－743	疾病部	卷 744－755	工藝部	卷 756－765	器物部
卷 766－767	雜物部	卷 768－771	舟　部	卷 772－776	車　部
卷 777－779	奉使部	卷 780－801	四夷部	卷 802－813	珍寶部
卷 814－820	布帛部	卷 821－884	神鬼部	卷 885－888	妖異部
卷 889－913	獸　部	卷 914－928	羽衣部	卷 929－943	鱗介部
卷 944－951	蟲豸部	卷 952－961	水　部	卷 962－963	竹　部
卷 964－975	果　部	卷 976－980	菜　部	卷 981－983	香　部
卷 984－993	藥　部	卷 994－1000	百卉部		

　　本書卷帙繁重，引書又雜，在使用上不得不借助於下列工具書：

　　1.太平御覽索引：本書由商務印行，依各細目之四角號碼排列，注明卷書頁數。

　　2.太平御覽引得：燕京大學引得編纂處，以《御覽》卷帙浩繁，乃據鮑刻本，編為引得，以便檢查。引得分為二部，一曰書目引得，乃將原書細目編成引得。二曰書名引得，以書目為主，將《御覽》所引之書，散見於各卷者，皆臚列於一處。二者皆用中國庋縫法排列，並附永字八畫筆畫檢字及西文拼音檢字，以便學人。茲編一出，凡欲從《御覽》中尋檢事物者，不須細看目錄；欲輯佚者，不須細檢《御覽》一千卷，而一檢此篇，在某卷某處，皆一目瞭然，然後按號以求，甚為便利。

　　如何檢索《太平御覽》有關事物呢？除上述兩本工具書外，從《御覽》本書目錄，雖較費時，亦可求得。例如我們要寫一首與蘭

有關的詩，我們可查《御覽》九百八十三卷香部三，目錄有「蘭香」一條。查蘭香，下載：

《易》曰：同心之言，其臭如蘭。蘭芳也。

《易卦通驗》曰：冬至廣莫風至，蘭始生。

《說文》曰：蘭、香草也。

《韓詩》曰：溱與洧。《說文》云：詩人言溱與洧方盛流洹洹然。謂三月桃花水下之時，士與女盛流，秉蕑兮，秉執也。蕑蘭也。當盛流之時，眾姓與眾女方執蘭而拂除。鄭國之俗，三月上巳之日，此兩水之上，招魂續魄，拂除不祥。

《大戴禮・夏小正》曰：五月蓄蘭為沐浴。

《左傳》曰：鄭文公有賤妾曰燕姞，夢天使與己蘭曰：余為伯鯈，余而祖也是為而子，以蘭有國香，人服媚之。既而文公見之，與之蘭而御之。辭曰：妾不才幸而有子，將不信，敢徵蘭乎！姑曰諾。，生穆公，名之曰蘭。

《論撰考讖》曰：漸於蘭則芳，漸於蘭則臭。

《史記》曰：冬至短極蘭根出。

《蜀志》曰：先主殺張裕，諸葛亮救之。先主曰：芳蘭當門，不得不鋤。

《晉書》曰：惠帝時溫縣有人如狂，造書曰：兩火沒地，哀哉秋蘭。歸形街郵，終為人歎。及楊駿已死，楊后被廢，賈后絕其膳，八日而崩，葬街郵亭北，百姓哀之，兩火武帝諱，蘭楊后字也。

《宋書》曰：劉湛欲袁淑附己，而叔不為改意，由是大相乖失，淑乃賦詩曰：種蘭忌當門，懷璧莫向楚，楚少別主人，門非種蘭所。

《晏子春秋》曰：曾子將行，晏子送之曰：嬰聞君子贈人以財，不若以言，吾請以言乎！蘭本三年而成，湛之若游，則君子不敬，庶人不佩。湛之麋醢而駕征馬矣，非蘭本美也。蘇子曰：蘭以芳自燒，膏以肥自炳而悅切，翠以羽殃身。蚌以珠玫破。

《文子》曰：日月欲明，浮雲蓋之；叢蘭欲脩，秋風敗之。

又曰：蘭芷不為莫服而不芳，與君子行遊，苾兮如入蘭芷之室，久而不聞則與之化矣。

《范子》計然曰：大蘭出漢中，蘭輔出河東弘農，白者善。

《孫卿子》曰：人之親我，欣若父母，其好我，芬若椒蘭。

《淮南子》曰：兩心不可以得一人，一心可以得百萬人，男子樹蘭，美而不芳，蘭芳草，女之美芳也，男子樹之，蓋不然。繼子得食，肥而不澤。繼子似母也。精不相與往來也。

《淮南子》曰：蘭生幽宮，不為莫服而不芳。

《抱朴子》曰：人鼻無不樂香，故流黃、鬱金，芝蘭、蘇合，玄膳、索膠，江蘺、揭車，春蕙、秋蘭，價同瓊瑤，而海上之女，逐酷臭之夫。

《家語》孔子曰：芝蘭生於深林，不以無人而不芳；君

子修道立德，不為困窮而改節。為之者人也，死生者命也。

《語林》曰：謝太傅問諸子姪：子弟何豫人事，而政欲使其佳，諸人莫有言者。車騎答曰：譬如芝蘭玉樹，欲使其生於庭階耳。

又曰：毛成既負其才器，常稱寧為蘭摧玉折，不作蕭芳芟榮。

《羅含別傳》曰：含致仕還家，庭中忽自生蘭，此德行幽感之應。

蔡質《漢官儀》曰：尚書郎懷香握蘭，趨走丹墀。

盛弘之《荊州記》曰：都梁縣有小山，山上水極淺，其中悉生蘭草，綠葉紫莖，芳風藻谷，俗謂蘭為都梁，即以號縣云。

《本草經》曰：草蘭一名水香，久服益氣輕身不老。

《楚辭》曰：余既滋蘭之九畹兮。滋、蕃也。二十畝為畹。

又曰：扈江離與薜芷兮。扈、披也。楚人名披曰扈雕，薜芷皆香草也。紉秋蘭以為佩

又曰：秋蘭兮麋蕪，羅生兮堂下。綠葉兮素枝，芳菲兮襲予。秋蘭兮青青，綠葉兮紫莖。滿堂兮美人，忽獨與余兮自成。

又曰：光風轉蕙泛崇蘭。

趙壹〈疾邪賦〉曰：勢家多所宜，欬唾百成珠。被褐懷珠玉，蘭蕙化為芻。

張衡〈怨詩〉曰：「秋蘭、喜美人也。嘉而不獲用，故作是詩也。猗猗秋蘭，植彼中阿。有馥其芳，有黃其葩。雖

曰幽深，厥美彌嘉。之子之遠，我勞如何。○酈炎詩曰：靈
芝生河洲，動搖回洪波。秋蘭榮何晚，嚴霜害其柯。哀哉之
芳草，不植太山阿。

　　《琴操》曰：猗蘭操者，孔子所作也。孔子聘魯，諸侯
莫能任，自衛反魯，過億谷之中，見薌蘭獨茂，喟然歎曰：
夫蘭當為王者香，今乃獨茂，與眾草為伍，乃止車，援琴鼓
之，自傷不逢時，託辭於香蘭云。

　　晉敷玄〈詠秋蘭詩〉曰：秋蘭陰玉池，池水清且芳。雙
魚自躑躍，兩鳥時徊翔。○晉王羲之〈蘭亭記〉曰：永和九
年，歲次癸丑，暮春之初，會于會稽山陰之蘭亭。修禊事
也。

　　有關的經史子集四部文選，皆詳加收錄，各項材料均在其中，
對使用者而言，十分方便。

五、太平廣記五百卷

　　宋李昉等奉敕纂，是書與《太平御覽》並於太平興國二年同時
受詔撰，三年八月，《廣記》先成，雜編野史、傳記、小說，勒為
五百卷，自神仙類至雜錄，凡分九十二大類。約百五十餘小類。引
用書目說是共三百四十種，但仔細查勘，實有四百七十五種。亡佚
者二百四十餘種。書之體例，每大類中復分子目，每卷子目自數條
至三十餘條不等；每條以子目為題，編錄原文一段，間或數段，不
注出處，出處雖有遺漏，大體尚備。其中內容，多談神怪，而古代
傳奇小說，多賴以保存。其他名物典故、風俗習慣，亦錯出其間。

蓋以摭采繁富，據依奇古，可謂為說部之淵藪，詞林之津逮。可供社會史料及風俗變遷之研究，亦可補六朝及唐正史之闕遺，及此期古籍之校勘也。茲表列其目如下：

卷 1－35	神仙類	卷 56－70	女仙類	卷 71－75	道術類
卷 76－80	方士類	卷 81－86	異人類	卷 87－98	異僧類
卷 99－101	釋證類	卷 102－134	報應類	卷 135－145	徵應類
卷 146－160	定數類	卷 161－162	感應類	卷 163	讖應類
卷 164	名賢類	卷 165	廉儉類	卷 166－168	氣義類
卷 169－170	知人類	卷 171－172	精察類	卷 173－174	俊辨類
卷174下－175	幼敏類	卷 176－177	器量類	卷 178－184	貢舉類
卷 184	氏族類	卷 185－186	銓選類	卷 187	職官類
卷 188	權倖類	卷 189－190	將帥類	卷 191－192	驍勇類
卷 193－196	豪俠類	卷 197	博物類	卷 198－200	文章類
卷 201	才名類	卷 202	儒行類	卷 203－205	樂　類
卷 206－209	書　類	卷 210－214	畫　類	卷 215	算術類
卷 216－217	卜筮類	卷 218－220	醫　類	卷 221－224	相　類
卷 225－227	伎巧類	卷 228	博戲類	卷 229－232	器玩類
卷 233	酒　類	卷 234	食　類	卷 235	交友類
卷 236－237	奢侈類	卷 238	詭詐類	卷 239－241	諂佞類
卷 242	謬誤類	卷 243	治生類	卷 244	褊急類
卷 245－252	詼諧類	卷 253－257	嘲誚類	卷 258－262	嗤　鄙
卷 263－264	無賴類	卷 265－266	輕薄類	卷 267－269	酷暴類

卷 270－273	婦人類	卷 274	情感類	卷 275	童僕奴婢類
卷 276－282	夢　類	卷 283	巫厭類	卷 284－287	幻術類
卷 288－290	妖妄類	卷 291－315	神　類	卷 316－355	鬼　類
卷 356－357	夜叉類	卷 358	神魂類	卷 359－367	妖怪類
卷 368－373	精怪類	卷 374	靈異類	卷 375－386	再生類
卷 387－388	悟前生類	卷 389－390	塚墓類	卷 391－392	銘記類
卷 393－395	雷　類	卷 396	雨　類	卷 397	山　類
卷 398	石　類	卷 399	水　類	卷 400－405	寶　類
卷 406－417	草木類	卷 418－425	龍　類	卷 426－433	虎　類
卷 434－446	畜獸類	卷 447－455	狐　類	卷 456－459	蛇　類
卷 460－463	禽獸類	卷 464－472	水族類	卷 473－479	昆蟲類
卷 480－483	蠻夷類	卷 484－492	雜傳記類	卷 493－500	雜錄類

　　除可根據目錄檢索外，燕京大學引得編纂處的鄧嗣禹曾編一部《太平廣記篇目及引書引得》，以便檢索。是編引得分二部，其一篇目引得；其二引書引得。外附〈太平廣記分類表〉、〈太平廣記未注出處卷條表〉等。篇目引得，將書中子目，一一彙集，以庋纈檢字法排列之。凡子目相同，散布於全書者，皆可引而得之。引書引得，以卷名為主，凡《廣記》引某書若干條，某條見某卷第幾條，皆依次排列，編於某書之下，每一書名，編者皆略加考證，書其史志著錄，示其存亡。故凡從事輯佚者，可省無限精力。按《廣記》一書，卷帙頗繁，部居零亂，苟欲尋檢，費時良多，有此引得，為助甚巨。外附筆畫檢字及拼音檢字，不諳庋纈檢字法者，皆

能利用。

六、玉海二百卷

宋王應麟撰，原為應考博學宏詞科而作，所以臚列的條目，既是鉅典鴻章，所採錄的故實，亦為吉祥善事。本書採錄古籍，包含經史子集，百家傳記，稗官小說，全採摭焉。宋代掌故，則根據實錄、國史、日歷等。編排門類分為二十一門，門下分二百四十餘子目。此書類目如下表：

卷 1－5	天文	卷 6－13	律曆	卷 14－25	地理
卷 26－27	帝學	卷 28－34	聖文	卷 35－63	藝文
卷 64－67	詔令	卷 68－77	禮儀	卷 78－84	車服
卷 85－91	器用	卷 92－102	郊祀	卷 103－110	音樂
卷 111－113	學校	卷 114－118	選舉	卷 119－135	官制
卷 136－151	兵制	卷 152－154	朝貢	卷 155－175	宮室
卷 176－186	食貨	卷 187－194	兵捷	卷 195－200	祥瑞
卷 201－204辭學指南·附					

七、冊府元龜一千卷

宋王欽若·楊億等奉敕撰。王欽若等於景德二（1005）年受詔，編修歷代名臣事蹟，至祥符六（1013）年書成，改賜今名。書分三十一部，部有總序，又有子目一千一百四門，門有小序。摭採浩繁，而惟取六經子史，不錄小說，去取裁斷，極為嚴謹，其中紀

五代事尤詳，凡詔令奏議，文字鄙俚，一仍其舊。其目如下表：

冊 1－3	總　　目	卷 1－181	帝王部	卷 182－218	閏位部
卷 219－234	僭偽部	卷 235－255	列國君部	卷 256－261	儲宮部
卷 262－299	宗室部	卷 300－307	外戚部	卷 308－339	宰輔部
卷 340－456	將帥部	卷 457－482	臺省部	卷 483－511	邦計部
卷 512－522	憲官部	卷 523－549	諫諍部	卷 550－553	詞臣部
卷 554－562	國史部	卷 563－596	掌禮部	卷 597－608	學校部
卷 609－619	刑法部	卷 620－625	卿監部	卷 626－628	環衛部
卷 629－638	銓選部	卷 639－651	貢舉部	卷 652－664	奉使部
卷 665－670	內臣部	卷 671－700	牧守部	卷 701－707	令長部
卷 708－715	宮臣部	卷 716－730	幕府部	卷 731－750	陪臣部
卷 751－955	總錄部	卷 956－1000	外臣部		

　　陳鴻飛編了一部以筆畫檢索的《冊府元龜引得》，發表在《文華圖書館學季刊》5 卷一期。於檢索方面大有幫助。

八、古今圖書集成

　　清聖祖敕撰，蔣廷錫等奉世宗敕重編校。是書分六編，三十二典，六千餘部，一萬卷。每部之中，約分彙考、總論、圖表、列傳、藝文、選句、紀事、雜錄及外編諸目；無者闕之。彙考紀大事，大事有年月日可紀者，用編年之體，仿《綱目》立書法於前，而以「按某書某史」，詳錄於後；無年月可稽，或一事一物無關政

典者，則列經史於前，而以子集參附于後。總論取經史子集之議論，擇其純正可行者錄之。圖表非每部皆繪列，大概圖用之於禽獸、草木、器用，表用之於星躔、宮度、紀元等部。藝文以詞藻為主，不擇立論之偏正；選句多儷詞偶句，從全篇中，摘其單詞片語；紀事大者入於彙考，其瑣細亦有可傳者，則按時代列正史於前，而以一代之稗史子集附之。雜錄載論議之非大經大法，或非專論此事而旁及之；或集中所載，考究未精，難入於彙考；議論駁雜，難入於總論；文藻未工難收於於藝文者。至於外編，則荒唐無稽之詞，棄之恐遺掛漏之譏，故納於是編。在現在類書中，規模最大，用處最廣者。今因目錄浩繁，僅摘錄三十二典之函數、卷數於後，俾知其涯略。讀者欲知各典內容，請參閱凡例，其中細目，已擇要者編入引得，可為尋檢之助也。

函1－12　歷象彙編			
函1－2　　乾象典　21部　100卷	函3－4　　歲功典　43部　116卷
函5－8　　歷法典　6部　140卷	函9－12　庶徵典　50部　188卷
函13－52　方輿彙編			
函13－15　坤輿典　21部　140卷	函16－43　職方典　223部　1544卷
函44－49　山川典　401部　320卷	函50－52　邊裔典　542部　140卷
函53－100　明倫彙編			
函53－58　皇極典　31部　300卷	函59－60　宮闈典　15部　140卷
函61－76　官常典　65部　800卷	函77－78　家範典　31部　116卷
函79－80　交誼典　37部　120卷	函81－90　氏族典　2694部　460卷

函91－92　　人事典　97部　112卷		函93－100　閨媛典　17部　376卷	
函101－136　　博物彙編			
函101－118藝術典　43部　824卷		函119－126神異典　70部　320卷	
函127－130禽鳥典　317部　192卷		函131－136草木典　700部　320卷	
函137－162　　理學彙編			
函137－146經濟典　66部　500卷		函147－152學行典　96部　300卷	
函153－158文學典　49部　260卷		函159－162字學典　24部　160卷	
函163－200　　經濟彙編			
函163－165選舉典　29部　136卷		函166－167銓衡典　12部　120卷	
函168－173食貨典　83部　160卷		函174－181禮儀典　70部　348卷	
函182－184樂律典　46部　136卷		函185－190戎政典　30部　300卷	
函191－194祥刑典　26部　180卷		函195－200考工典　154部　252卷	

　　此書檢索，以台北文星書店所編索引最為詳盡，其中有〈中文分類索引部首檢目表〉，為中文分類索引的索引，將索引各部的字，依「字畫」、「部首」順序編排，並注明在索引上的頁與欄數。

第四節　檢查十三經經文之書名篇名的工具書

一、十三經索引

　　此書葉紹鈞編，將十三經經文，逐句分割，按句首一字筆劃的多寡編次，每字之下，注明此句經文，出自何經、何篇、何章。其書名、篇名、章名則力求簡易，以省繁重。例如《毛詩·國風·周南·關雎》是書簡稱《詩·南·關》，卷首有檢字表及篇目簡表，極便檢查。這書編撰的目的，就是由於《十三經》卷帙浩繁，記誦不易，翻檢困難。得此一書，則凡《十三經》之經文，不論何句，都可隨手檢出，不必像前人一樣，純仗記憶。當我們讀書看到一些文句，不能確定它自何經？就可翻查《十三經索引》。例如我們讀到程天放〈孔子與教師節〉一文，其中一段云：

　　　　善問者如攻堅木，先其易者，後其節目。……善待問者如撞
　　　　鐘，叩之以小則小鳴，叩之以大則大鳴。

我們想要知道「善問者如攻堅木」這一段出自何經？就可查閱《十三經索引》，根據此句首一字「善」字的筆劃，查檢字表，在十二畫可找到「善」字，下注一二九四頁，查《索引》一二九四頁，就有「善待問者如攻堅木」句。下注「禮、學、9」，就是說此句出自《禮記·學記》篇第九段。段落是根據開明書店《十三經》經文所分。此書係開明書局出版，臺灣開明書店有重印本發行。

二、群經引得

　　民國二十年（1931）至三十九年（1950），十九年當中，燕京大學哈佛燕京社曾編過六十多種古書引得。我現在為標題方便起見，把其中的《周易引得》、《毛詩引得》、《周禮引得》、《儀禮引得》、《禮記引得》、《春秋經傳引得》、《論語引得》、《孟子引得》、《爾雅引得》等多種合稱為群經引得。這些引得，實際上是分書編撰的。他們的編次方法也不盡同。其中《周禮引得》、《儀禮引得》、《禮記引得》三種，是查書中重要辭彙的。辭彙的選擇，自然多出自于編者的主觀。但大玫以人名、地名、書名、職官名以及一切關於典章制度的專名為主。其選擇的方法，則「以一句為主，凡句中之名詞及較重要動詞與形容詞，皆為之引得。餘若虛字及聯繫辭詞等，則概從省略。」而《周易引得》、《毛詩引得》、《春秋經傳引得》、《論語引得》、《孟子引得》、《爾雅引得》等多種，則是逐字索引，以字標目，亦有間以詞為目的。這一類引得，較前類為翔實，且不須選目，編起來也較容易。且將虛字也立目，檢查起來，尤為方便。因此只要記得經文當中的任何一字，都可查出此句經文的出處。這些書的排列，一準「中國字庋纇」法，將中國字按其寫法分為五體，以印碼體（Ⅰ、Ⅱ、Ⅲ、Ⅳ、Ⅴ）標於書眉上，將字號碼綴於其下。引得以一句為主，逐字或辭為之，字或辭皆綴其原句，句中遇該字或辭，則以「○」代表之。

　　我們怎麼樣來利用這些書呢？例如我們讀到曾國藩〈聖哲畫像圖記〉一文，其中有句云：「居易以俟命，下學而上達，仰不愧而

俯不怍，樂也。」對於「仰不愧而俯不怍」一句，依稀記得是出自
《孟子》，但不知出自何篇，它的原文與上下文是怎樣的？這時候
就可查《孟子引得》，先查筆劃檢字：

> 六畫下有「仰」字，下注 V/90820
>
> 四畫下有「不」字，下注 I/70600
>
> 十三畫下有「愧」字，下注 V/60214
>
> 十畫下有「俯」字，下注 V/90030
>
> 八畫下有「怍」字，下注 V/60970

根據「仰」字下注的《引得》號碼，查《引得》 V 90744－90932，
在 90820 下有「仰」字，下注：

> ○不愧於天。52/7A/20

52 是所標經文的頁碼，7A 是七篇上，20 是二十章。查經文五十二
頁，七篇盡心上二十章，可查得《孟子》原文為：

> 孟子曰：君子有三樂，而王天下不與存焉。父母俱存，兄弟
> 無故，一樂也。仰不愧於天，俯不怍於人，二樂也。得天下
> 英才而教之，三樂也。君子有三樂，而王天下不與存焉。

如果根據「不」字所注《引得》號碼，在《引得》 I/70600－
70600 下，也可找到「不」字下注：

> 仰○愧於天。52/7A/20
>
> 俯○怍於人。52/7A/20

根據「愧」字《引得》號碼，在《引得》Ⅴ60112－60772 下，有 60214「愧」字，下注：

　　仰不○於天。52/7A/20

根據「俯」字《引得》號碼，在《引得》Ⅴ90012－90110 下，有 90030「俯」字，下注：

　　○不怍於人。52/7A/20

根據「怍」字《引得》號碼，在《引得》Ⅴ60911－62222 下，有 60970「怍」字，下注：

　　俯不○於人。52/7A/20

由上可知，只要根據經文中任何一字，都可查索得到所需經文。如果每字讀音的羅馬拼音熟悉，查拼音檢字，也同樣可以找到，拼音字母表按拉丁字母先後順序排列。例如「仰」字，羅馬拼音為 yang，在 yang 下也可以找到「仰」字，下注《引得》號碼為Ⅴ/90820。筆劃檢字便於國人檢索，拼音檢字則有利外人翻檢。

　　又例如我們常聽人說：「人誰無過，過而能改，善莫大焉。」但卻不知它的出處，出自什麼經典？這時候可在《春秋經傳引得》裏去查。（也許你要問，怎麼知道在《春秋經傳引得》裏去找呢？如果不知道，可就其中任何一字，例如「人」字，先從《周易引得》查起，查不到再查《毛詩引得》，以此類推。）根據「人」字的筆劃，在筆劃檢字二畫下，可以找到「人」字，下注Ⅰ/90000，查《引得》Ⅰ/90000 號「人」字下可找到：「○誰無過」一句，.下

注 181/2/4 左。181 是《春秋經傳》頁碼，宣 2 是春秋魯宣公二年，4 左是第四段《左傳》文。

這些引得，在臺灣有成文書局翻印本，但價錢貴得驚人，恐非一般人所購買得起。不過各大圖書館都有這套引得，查考還算方便。中華民國孔孟學會，為發揚孔孟學說，曾征得哈佛燕京社同意影印其中《論語引得》、《孟子引得》兩種引得，贈送該會會員，非會員亦可承購，索價低廉。

三、詩經索引

此書為陳宏天、呂嵐合編，書目文獻出版社 1984 年 3 月出版，此書乃《詩經》的逐字索引。無論根據《詩經》原文那一個字，都可以查到它的出處。索引前附有《詩經》的原文，原文的文字和分篇分章斷句，均以一九五五年文學古籍利行社影印的宋本朱熹注《詩集傳》為依據。凡與《詩集傳》有出入的異文，均在該字後加以標注，同時出一條索引樣讀者從異文中也可以查出該。如：

南有喬木，不可休息（思）

即表示此句有一種異文，「休息」又作「休思」。在後面索引「思」字下條下，列有：

不可休息（○）9/1

即是說〈漢廣〉（篇目編號為 "9"）第一章載有此句。

索引中，每個字頭前的數碼是四角號碼，字頭下為含有該字的詩句，各句之後的數碼，為原文的篇數、章數。如：

1212₇ 瑹

　　充耳○瑩　55/2

　　充耳○實　225/3

即表示「瑹」字四角號碼為"1212₇"，在第五十五篇第二章有一句「充耳瑹瑩」，第二百二十五篇第三章有一句「充耳瑹實」。據此處所示號碼，在原文中中可以查出這兩句分別出自〈淇奧〉和〈都人士〉。

　　《詩經》中有不少重出的句子。凡在不同篇目中出現，另加一條索引，凡在同一篇目不同章節出現，在同條內加以注明。如：

哀我人斯　157/1,2,3
　　　　　192/3

即表示在〈破斧〉（篇目編號為 157）和〈正月〉（篇目編號為 192）均有此句。在〈破斧〉一篇中的一、二、三章均出現一次。

　　如果同一詩句在同一篇同一章中重出，就在該句篇章號後以中文數字加注。如：

帝謂文王　241/5, 7（二）

即表示〈皇矣〉（篇目編號為 241）的第五章有一句，第七章有兩句。

　　各篇題目也編入索引，但只標注篇目編號，在括號內注明「題」字。如：

中谷有蓷　69（題）

即表示「中谷有蓷」是第六十九篇的題目。

在四角號碼索引前，編有筆畫檢字表，不會四角號碼者，也可以利用此表查明四角號，再進行檢索。

第五節　檢查古今人名的工具書

一、總傳

㈠ 中國人名大辭典

是書為陸爾奎、臧勵龢等二十餘人共同編撰，民國十年由商務印書館出版。我國有人名之專書，始于明淩迪知的《萬姓統譜》及明廖用賢編的《尚友錄》。然皆訛誤迭出，甄錄甚隘，所收人名只限于賢良忠義之士，其元惡大憝，雖歷史上關係重大，也摒棄而不錄，簡陋草率，為世詬病。民國以來，我國人名辭典之編纂，其較完備者，當推商務此書。斯書經始於民國四年，歷時六載而底于成。斯書所錄人名，數逾四萬。起自上古，斷於清末。凡經史志乘及各家撰書金石文字所載之人名，無論賢奸，悉為採錄，古來之匈奴、渤海、回紇、南詔、吐蕃之人，並加搜集。即其他經史所不載，而以著述書畫名家，或以工商醫卜各種藝術問世，以及仙釋婦女傭販屠沽之有軼事流傳者，悉為刊載。此書人名之排列，悉依姓氏之筆劃繁簡為次，其筆劃同者，則以部相從。此書後有附錄二：一為姓氏考略。于我國各族姓氏之來源作簡要之說明。二為異名表。以本書所收人之字型大小較慣用者為限，依異名之筆劃多少排列，欲查某別號為何人所有，甚為方便。

　　我們要如何利用此書呢？譬如我們讀到辛棄疾〈永遇樂・京口北固亭懷古〉：

> 千古江山，英雄無覓、孫仲謀處。舞榭歌台，風流總被、雨打風吹去。斜陽草樹，尋常巷陌，人道寄奴曾住。想當年、金戈鐵馬，氣吞萬里如虎。

在這闋詞裏，用了兩個人名。一為孫仲謀，一為寄奴。先查異名表，「仲」字六畫，在六畫第九頁、第六欄可以找到。

仲謀　「後漢」第五訪
　　　「三國」吳大帝

再查檢字表，第三頁第一欄七畫下有「吳」字，下注三〇五頁，翻開辭典三〇五頁，有「吳」，三〇六頁第三欄有「吳大帝」一條。下注「三國」、「吳」。姓孫氏，名權，字仲謀，吳郡富春人。

　　異名表十一畫二十一頁第六欄有：

寄奴　「南朝」宋武帝劉裕。

由此可知辛詞所謂仲謀為孫權，寄奴為劉裕。此書臺灣商務印書館有重印本。

㈡ 民國人物傳

　　李新、孫思白主編。1978 年北京中華書局出版。此書根據《中華民國史資料叢稿──人物傳記》基礎修訂而成，分卷出版，每卷人物按政治、軍事、經濟、文化分類編排，如第十一卷彙輯孫中山等二十一人，袁世凱等十七人，張謇等十二人，康有為等十五

人。此書受共黨思想影響，對民國人物不是純就歷史觀點評斷。（取材自《文史哲工具書簡介》600頁。）

㊂ 中國文學家大辭典

譚正璧編。民國二十三年上海光明書局出版。此書收錄自春秋戰國至民國十八年的中國文學家六千八百多人。姓名下注明字型大小、籍貫、生年、卒年（或在世時代）、歲數、性情、事蹟、著述等項。某項不明的就注明「不詳」或「無考」。某人如有可傳的韻事特行，名言集句也選擇收錄。凡各史文苑傳、藝文志、《四庫全書》或各家文學史中所收錄的人物著作，此書大都採錄，內容比較豐富。

全書按照時代排列，書末有按筆劃為序的索引，姓名下注明頁數，以便查索。（取材自《文史哲工具書簡介》602頁。）

㊃ 中國美術家人名辭典

本書搜集之範圍，包括歷代書家、畫家、篆刻家、建築家、雕塑家以及各種工藝美術家，其中以書畫篆刻，文獻豐富，故人數最多。美術家之生卒年及其籍貫均加以搜集，其里籍若有可考，均明今地。其不易查考者，則仍沿用舊名。本書編排方法，以筆畫數目為準，一姓之中，再以第二字之筆畫多少順序排列。因為藝術家，每多用別名、字號、謚號、齋名、郡望等為稱，為便於檢查起見，本書另編有《中國美術家人名辭典異名索引表》，附於本書之後，以便檢索。

我們要怎樣來利用此書呢？例如我們讀《蘇文忠公詩編註集成》至〈次韻韶守狄大夫見贈二首〉之一云：

華髮蕭蕭老遂良。一身萍挂海中央。無錢種菜為家業，有病
安心是藥方。才疎正類孔文舉，癡絕還同顧長康。萬里歸來
空泣血，七年供奉殿西廊。

我們想要知道顧長康是何人？可先查《中國美術家人名辭典》檢字
表，二一畫有「顧」字，下註 1531，查《中國美術家人名辭典索
引》二一畫顧九烟起，一連串出現顧姓美術家的人名，沒有顧長康
其人，我們再查卷末所附《中國美術家人名辭典字號異名索引》在
八畫下有「長康」，下注「顧愷之」，「一五四四」則顧長康是顧
愷之異名，顧愷之在《中國美術家人名辭典》第一五四四頁最上一
欄，有：

顧愷之（346-407）一作（348-409），姜亮夫〈長康疑年考〉
作（341-402）。今從《宋元明清書畫家年表》。〔晉〕字長
康，小名虎頭。晉陵無錫（今江蘇無錫）人。義熙中為散騎常
侍。博學有才氣，工詩賦，尤善丹青。師於衛協，筆法如春蠶
吐絲，初見甚平易，且虧形似，細視之六法兼備，傳染以濃色
微加點綴，不暈飾，運思精微，襟靈莫測。雖寄迹翰墨，其神
氣飄然，在煙宵之上，不可以畫間求，象人之美，張（僧繇）
得其肉，陸（探微）得其骨，顧得其神。神妙無方，以顧為
最。謝安深重之，以為有蒼生以來，未之有也。愷之每畫人
成，或數年不點目睛，人問其故。答曰：「四體妍蚩，本無關
於妙處，傳神寫照，正在阿堵中。」愷之每重嵇康四言詩，因
為之圖，恒云：「手揮五絃易，目送歸鴻難。」每寫人形，妙
絕於時。嘗圖裴楷像，頰上加三毛，觀者覺神明殊勝。又為謝

鯤像在石巖裏。云：「此子宜置丘壑中。」欲圖殷仲堪，有目病，固辭。愷之曰：「明府正為眼爾，若明點瞳子，飛白拂上，使如輕雲之蔽月，豈不美乎！」嘗以一廚畫糊題寄桓玄，玄竊取畫廚紿云：「未開。」愷之直云：「妙畫通靈，變化而去，亦猶人之登仙。」了無怪色，故俗傳愷之有三絕：才絕、畫絕、癡絕。興寧中瓦官寺初置。僧眾設會，請朝賢鳴剎注疏。其時士大夫莫有過十萬者，既至愷之，直打剎注百萬。愷之素貧，眾以為大言。後寺眾請勾疏，愷之曰：「宜備一壁。」遂閉戶往來一月餘，所畫維摩詰一軀，工畢，將欲點眸子。乃謂寺僧曰：「第一日觀者請施十萬，第二日可五萬，第三日可任例責施。」及開戶，光照一寺，施者填咽，俄而得百萬錢。嘗畫中興帝相列像，妙極一時。著〈魏晉名臣畫贊〉，評量甚多。又有論畫一篇，皆摹寫要法。又有畫雲台山記，市異獸、古人圖、桓溫像、桓玄像、蘇門先生像、中朝名士圖、謝安像、阿谷處女扇畫、招隱鵝鵠圖、筍圖、王安期像、列女仙（白麻紙）、三獅子、晉帝相列像、阮脩像、阮咸像、十一頭獅子（白麻紙）、司馬宣王像（一素一紙）、劉牢之像、虎豹雜鷙鳥圖、廬山會圖、水府圖、司馬宣王並魏二太子像、鳧鴈水鳥圖、列仙畫、木鴈圖、三天女圖、行三龍圖、緝六幅圖、山水、古賢、榮啟期夫子、沅湘並水鳥屏風、桂陽王美人圖、蕩舟圖、七賢、陳思王詩，並傳於後代。亦善書，戲鴻堂帖目有其女史箴真蹟十二行。卒年六十二。著文集及《啟蒙記》。

末著錄資料來源之典冊名稱。茲錄於後：《晉書·本傳》、《古畫品錄》、《續畫品錄》、《畫史》、《畫繼》、《書斷》、《歷代名畫記》、《貞觀公私畫史》、《宣和畫譜》、《東圖玄覽》、《廣川畫跋》。

二、別名

(一) 室名索引

此書為民國陳乃乾編，陳氏以中國文人每多別署，或用某齋、某樓，或作山人、居士，竟有一人而異名多至數十者，偶舉一名，頗難知其姓氏。陳氏此書搜集室名約五千餘條，依筆劃多寡排列，每條將其姓名、時代錄出，書前有檢字表，書後有補遺。本來居處有名，其源甚古，帝王殿台，豪室園囿，肇錫嘉名，自先秦已有征信。至士君子研經治事之齋，迨及宋世，始聞榜額，流風所被，漸漬益繁，往往有一名而數人所共。例如「萬卷樓」一名，竟為宋莆田方翥、宋長州張用道、明方作謀、明閩縣陳朝鐵、明秀水項篤壽、明鄞縣曹坊、明南充陳於陛、清大興黃叔琳、清郁文博、清楊夢羽等十一人之所同。亦有數名為一人所有者，例如玉蘭堂、辛夷館、翠竹齋、梅華屋、晤蘇館、晤言室、梅溪精舍等七名皆為明長洲文徵明一人所有。若斯之類，設無索引，則於名號，必多疑慮。例如我們讀《老殘遊記·第八回》：

> 滄葦遵王士禮居，藝芸精舍四家書。一齊歸入東昌府，清鎮娜嬛飽蠹魚。

士禮居、藝芸精舍究為何人的室名？先查檢字，「士」字三畫，查

三畫處有士，九。再翻查索引第九頁即得：

　　士禮居：清吳縣黃丕烈。

「藝」字十九畫，查十九畫處有藝，二〇八。翻索引二〇八頁即得：

　　藝芸精舍：清長洲汪士鍾。

由此得知士禮居為黃丕烈之室名，藝芸精舍為汪士鍾的室名。此書民國二十二（1933）年由開明書局出版，在臺灣有世界書局重印本，但易名為《別署居處名通檢》。民國五十七（1968）年十一月再版。

㈡ 別號索引

　　民國陳乃乾編。陳氏以為古時的人，生而有名，及冠則為之諱，而有字、有號、更有別號。宋元以後，浸而滋盛，有一人之號，多達數十者。例如黃丕烈的別號，就有「小千頃堂主人」、「半恕道人」、「求古居士」、「見復生」、「民山山民」、「見獨學人」、「佞宋主人」、「抱守老人」、「宋塵翁」、「知非子」、「長吾子」、「負嶠主人」、「循初民」、「復見心翁」、「獨樹逸翁」、「碁圍主人」、「龜巢主人」……等數十個多，而每一別號又往往自二字至二十餘字不等。陳氏此書乃採取名人別號五千餘條，注明其時代、姓名、籍貫，體例與《室名索引》相同。例如我們讀到：「南嶽七十二峯樵父以畫著稱于時。」想知道南嶽七十二峯樵父是甚麼人？我們就可以查《別號索引》，先查「南」字九畫・五五，再翻查索引五十五頁，即可查得：

南嶽七十二峯樵父……清衡陽彭玉慶。

又例如讀到：「鍾峯白蓮居士以詞著稱。」查檢字「鍾」字十七畫·一一七，再翻索引一一七頁，即可查得：

鍾峰白蓮居士……南唐李煜。

此書由門明書店在民國廿五（1936）年印行。

〔三〕 古今人物別名索引

民國陳德芸編。陳氏刺取古今人之別名、原名、字型大小、謚法、爵里稱謂、齋舍自署、帝王廟號逐一表列，共得七萬零二百條，費時三年餘，都六十餘萬言。是書編排次序，則依德芸字典「橫、直、點、撇、曲、捺、趯」七種筆順為序，每字按其筆順，皆由首筆計至末筆。所收古今人物，若書報中有其著作，有其別名，則一律采入。否則，雖重要人物，亦反而見遺。是書所列，如：少陵＝杜甫（唐），少陵為別名，杜甫為原名，原名條內，兼載姓氏。別名則不著姓。但無別名原名，至少以兩字為限。是以別名條內，如遇有單名，亦兼載其姓。是書前有凡例，述其體例甚詳。例如我們讀王勃〈秋晚入洛于畢公宅別道王宴序〉一文，讀到「夏仲御之浮舟，願乘春水；張季鷹之命駕，思動秋風。」我們想知道夏仲御跟張季鷹是甚麼人？就可以查《古今人物別名索引》。先查目錄，陳氏所編的目錄，也是以筆順編的，假定 1234567 字作為筆劃號碼，則 1 為橫、2 為直、3 為點、4 為撇、5 為曲、6 為捺、7 為趯。此七號碼加於檢目棋直點撇曲捺趯之上，以助記憶，但限於首五筆號碼。例如「仲」字筆順首五筆為撇直直曲橫，則其

檢號為 42251，查目錄檢號 42251 撇直直曲橫直下有「仲」字，下注 415 左－424 右；588 右；590 右。那是說「仲」字在《古今人物索引》415 頁左起至 424 頁右止；又在補遺 588 頁之右及續補遺 590 頁之左。在 423 頁之中可以找到：

> 仲御＝夏統（晉）
>
> 仲御＝周鑣（明）

由此可知，夏仲御就是晉夏統。

「季」字的筆順首五筆為撇橫直撇點，其檢號應為 41243，查目錄檢號 41243 撇橫直點曲直下有「季」字，下注：394 右－397 中；588 中，我們在 395 頁之右可找到：

> 季鷹＝嚴武（唐）
>
> 季鷹＝施翰（明）
>
> 季鷹＝張翰（晉）

王勃文中的季鷹，自然是指的晉代張翰了。

陳氏此書成於民國廿五年，在臺灣藝文印書館有影印本問世。

第六節　檢查古今地名的工具書

一、中國古今地名大辭典

是書由臧勵龢、謝壽昌等八人編輯，商務印書館民國二十年出版，編纂歷時近十年。所錄地名，約計四萬餘條。上起遠古，下迄

現代，凡我國地名有為檢查所必需者，均參考群書，調查甄錄，于古地名則詳其沿革，於今地名則著其形要，上下縱橫，今古悉備。凡古今地名及及省府郡縣、鎮堡、山川之屬，要塞、鐵路、港埠之名，名勝、古跡、寺園之類，悉加甄錄。搜羅之富，遠非北平研究院出版部發行之《中國地名大辭典》所可企及。此書之地名，係依其首字筆劃之多寡為次，甚便檢查。計正文 1410 頁，補遺 11 頁，附錄有行政區域表、全國鐵路表、各縣異名表。首列檢字表，篇末附四角號碼索引。民國四十九年六月臺灣商務印書館重印時，陳正祥氏又搜羅臺灣省地名為之續編，計 117 頁。我們如何利用此書呢？例如我們讀《三國志・王粲傳》：

> 「王粲、字仲宣。山陽高平人也。」

王粲是漢山陽郡的高平縣人，但我們想知道「山陽」跟「高平」是現在的什麼地方？就可查《中國古今地名大辭典》。先查檢字表，三畫後有「山」字，下注九四，此表明以「山」字為辭頭的地名，從字典九十四頁開始，在九十七頁第二欄有「山陽郡」一條如下：

[山陽郡]漢置，晉改為高平國，故治在今山東省金鄉縣西北四十里。⊙晉置，隋廢，即今江蘇淮安縣治。

又「高」字十畫，檢字表十畫後有「高」字，下注七七一，以「高」字為辭頭的地名，從辭典七七一頁開始，在七七二頁第一欄有「高平縣」一條如下：

[高平縣]漢侯國，後漢省，故城在今安徽盱眙縣北。⊙漢

置，北周改名平高，即今甘肅固原縣治。⊙漢置橐縣，後漢更置高平侯國，南朝宋時移高平郡來治。北齊郡縣俱廢，故城在今山東鄒縣西南。⊙三國吳置，晉改南高平，尋復故，南朝梁省，故治在今湖南新化縣西南百里永寧鄉，地名石腳，故址猶存。⊙南朝宋置，南齊因之，今闕，當在江蘇境。⊙後魏置，今闕，當在河南潢縣境。⊙後魏置，故城在今山西高平縣西北二十里。北齊徙置泫氏故城，即今治。清屬山凱撒州府。今屬山西冀寧道。五代時，北漢劉崇乘周太祖之喪，約契丹攻周，自將陣高平，周世宗拒之，自率親兵，冒矢石督陣，漢軍大敗。⊙南朝梁僑置高平郡及東平、陽平、清河、歸義四郡。東魏並四邵置高平縣，隋改高平縣曰徐城，故城在今安徽盱眙縣西北八十一里。

根據《地名大辭典》「山陽郡」與「高平縣」兩條作一綜合研判，很容易可確定漢代山陽郡的高平縣，當在今山東省鄒縣西南。

又如我們讀章太炎〈祭孫公文〉云：

「汪是大國，古之丹陽。」

「丹」字四畫，查檢字表，四畫後有「丹」字，下注一○七。以「丹」字為辭頭的地名，從辭典一○七頁開始，在一○九頁，有「丹陽郡」一條云：

[山陽郡]漢置，治宛城，即今安徽宣城縣。⊙三國吳移置，孫權以呂范為丹陽太守，治建業。故城在今江蘇省江甯縣東南五里。⊙後魏置，北齊廢，故城在今河南項城縣東北。⊙隋

唐廢，即今江蘇江寧縣治。

章太炎先生祭孫公文，乃北伐成功之後，國民政府奠都南京後，恭迎國父靈櫬，奉安於紫金山麓之時所作。此文中之丹陽，自然指江甯而言，江寧今劃入南京市。此書在臺灣，有商務印書館重印本。

二、讀史方輿紀要

是書為清顧祖禹著，祖禹字景範，江蘇無錫人。清世祖順治十六年（1659），景範年二十九，創為《讀史方輿紀要》，至清聖祖康熙十七年（1678），景範四十八歲，全書告成，後仍有增益，前後近二十年，成書一百三十五卷，正編一百三十卷，附錄輿圖要覽四卷，序例一卷。正編一百三十卷中，首九卷州域形勢係總論，學者一展卷，而疆域之分合，形勢之輕重，了然於心，然後可以條分縷析，隨處貫通。餘一百十四卷分省紀要。最後七卷，六卷專言河渠水利，一卷言天文分野。（見張其昀〈重印讀史方輿紀要序〉）至其所以如此編次之理，則凡例云：

> 天下之形勢，視乎山川，山川之絶，關乎都邑，然不考古今，無以見因革之變；不綜源委，無以識形勢之全。是書首以歷代州域形勢，先考鏡也。次之以北直，尊王畿也，次以山東山西，為京室之夾輔也，次以河南陝西，重形勝也，次之以四川湖廣，急上游也，次之以江西浙江，東南財賦所聚也，次以福建廣東廣西雲南貴州，自北而南，聲教所所為遠暨也，又次以川瀆異同，昭九州之脈絡也，終之以分野，庶幾俯察仰觀之義與！

至其取名，則曰：

> 地道靜而有恆，故曰方，博而職載，故曰輿。然其高下險
> 夷，剛柔燥濕之繁變，不勝書也，人事之廢興損益，圮築穿
> 塞之不齊，不勝書也。名號屢更，新舊錯出，事會滋多，昨
> 無今有，故詳不勝詳者，莫過於方輿。是書以古今之方輿，
> 衷之于史，即以古今之史，質之于方輿，史其方輿之鄉導
> 乎！方輿其史之圖籍乎！苟無當于史，史之所載，不盡合于
> 方輿者，不敢濫登也，故曰《讀史方輿紀要》。

其書取材，遠竟禹貢職方之紀，近采歷朝正史之文，旁及稗官野乘
之說，實為我國第一部最具系統、最為翔實之沿革地理。誠如張曉
峰先生〈重印序〉所云：「《讀史方輿紀要》一書為吾國規模最
大，亦最有系統國防地理之名著。」

　　吾人當如何利用此書？因此為專書而非辭典，除目錄外，未有
索引❺。此書既重沿革敘述，則於志名之沿革有所不明時，查斯書
可得其詳。例如上一節所舉章太炎先生〈祭孫公文〉所言之「丹
陽」，雖知屬江甯，於其沿革，則有未詳。查目次卷二十，江南
二、應天府（按卷內改江寧府）。查卷二十、江南二、有江寧府。
言其界域與沿革甚詳。茲錄於下：

江甯府　東北至鎮江府二百里，西南至太平府一百三十五里，西至和
州一百三十里，西北至滁州一百四十五里，東北至揚州二百二十里，至

---

❺　日本有人編《讀史方輿紀要索引‧中國歷代地名索引》，按日文字母排
　　列，新興書局有影印本，與《讀史方輿紀要》同時發售。

京師二千五百五十里。

禹貢揚州之域，春秋時吳地。舊志云：《左傳》長岸地也。按昭十七年吳伐楚，司馬子魚戰於長岸，大敗吳師，獲其乘舟餘皇。杜氏曰：長岸、楚地。或以為在今庶為州濱江，此不言所在之地，蓋傳疑耳。戰國屬越，後屬楚，楚威王初置金陵邑。相傳因地有王氣，埋金鎮之故名。秦改曰秣陵，屬鄣郡。漢初屬荊國，後屬吳，又屬江都國，元封初，屬丹陽郡。丹陽關自句容以西屬鄣郡，以東屬會稽郡，元封二年，始改鄣郡為丹陽。後漢因之，孫吳自京口徙都此，改秣陵曰建業。建安十六年孫權所改。晉平吳，移置丹陽郡，兼置揚州治焉。時改建業曰建鄴。元帝都建業，建興初，避湣帝諱，又改建鄴曰建康。改丹陽太守為尹，宋齊梁陳因之，隋平陳，郡廢，於石頭城置蔣州，大業三年復曰丹陽郡，唐武德三年置揚州，七年改為蔣州，八年復為揚州，置大都督府，九年，揚州移治江都。以金陵諸邑分屬宣潤二州。至德二載置江寧郡，乾元元年改為升州。時又置浙西節度使治焉。上元初，州廢，大順元年，復置。唐末，楊氏於升州建大都督府，五代梁貞明三年，徐溫徙鎮海軍治升州，六年改為金陵府，石晉天福二年，南唐李氏都之，改為江寧府。謂之西都，而以江都為東都。宋復為升州，天禧二年，升為江寧府建康軍節度。仁宗初封升王也。建炎三年，改為建康府。時有都置行宮留守。元為建康路，至元二十三年，自杭州移江南諸道行御史臺治此。天曆二年，改為集慶路。元史云以文宗潛邸故也。明初定都於此，曰應天府，領縣八，今改為江寧府。

　　從上段說明，則「江寧」一地，從夏代到清代之地理沿革，已十分了然矣。則章太炎先生所言「古之丹陽」之古，當指漢代因為漢代始置丹陽郡。此書在臺灣有新興書局之影印本，前有張曉峰先生〈重印讀史方輿紀要序〉，於此書之價值、內容及顧氏撰著之緣起與精神，皆作詳盡說明，可作為此書之導讀。我認為在大學中，文、史、地三系學生，應列為必修讀物。走筆至此，使我想起電視上有關中國史地問題測驗，多數觀眾皆瞪目不知所對，生為中國人，于中國史地如此陌生無知，豈不愧煞！為使大學生對中國歷史地理不再陌生，我建議各生，在歷史方面，應把司馬光《資治通鑒》閱讀一遍，在地理方面，則應把顧祖禹《讀史方輿紀要》閱讀一遍。這二者且應加以配合，因為「不知地理無以讀史，不讀史亦無以明地理」也。

第七節　檢查歷代名人生卒之工具書

一、歷代名人年譜

　　此書為清吳榮光編，乃檢查歷代名人之生卒年歲，與歷朝大事之工具書。此書起自漢高祖元年，迄于清道光二十三年，區分類聚，剖為十卷，末附存疑及生卒年月之無考者一卷，其書每年首紀「干支」，所謂「時以繫事」者也。次為「紀年」，掇舉帝紀之要，舉凡國號、帝號、帝名、陵名及偏安帝號，皆在其中，又次為「時事」，則薈萃史家列傳載記之言，芟繁就簡，約而為之，末乃繫以名人「生卒」，詳其年月及諡法、爵號。前後編次若網在綱，

真所謂「繁而不雜，略而不滲」者也。表列詳明，檢閱甚便，茲錄
其首兩頁年表以見體例。

歷代名人年譜　卷一

	紀　　　年	時　　事	生　　卒
乙未	前漢 漢高帝元年 　名邦○諱邦曰國○葬 　長陵 楚義帝元年 西楚霸王元年	冬十月。沛公至霸上。 入咸陽。蕭何先入秦丞 相府，收圖籍藏之。○ 沛公與父老約法三章。 ○項籍詐坑秦降卒二十 萬於新安。○四月，漢 以蕭何為丞相。遣張良 歸韓。○七月，西楚殺 韓王成。張良復歸漢。	
丙申	漢二年 　是年閏月乙亥朔。○ 　自太初未改曆以前， 　閏皆在歲末，謂之後 　九月。 楚二年。 西楚二年。	十月，西楚霸王項籍弒 義帝于江中。○十一 月，漢立韓王孫信為韓 王。三月，漢以陳平為 護軍中尉。○漢王至洛 陽，為義帝發喪。○四 月，項籍破漢軍。以漢 太公呂後歸。○漢王遣 隨何使九江。○漢以韓 信為左丞相。	
丁酉	漢三年。 西楚三年	○十二月，隨何以九江 王黥布歸漢。○漢遣酈 食其立六國後，未行而	陳餘卒。

		罷。	
戊戌	漢四年 西楚四年	四月，楚圍漢王于滎陽，亞父范增死。（年七十二。生於周赧王四十年丙戌。）○漢王遣酈食其說齊下之。	
己亥	漢五年。 　是年四月戊子朔。 西楚五年。	十月，漢韓信襲破齊，齊王烹酈食其，走高密。○七月，漢立黥布為淮南王。○八月，漢初為算賦。○漢以周昌為御史大夫。	
庚子	漢六年。	二月甲午，漢王即皇帝位於汜水之陽。○以季布為郎中。○以齊人婁敬說，遷都長安。拜敬郎，號奉春君，賜姓劉。○張良謝病辟穀。○後九月，始築長樂宮。	西楚霸王項籍卒於十月。（年三十一，生於秦始皇十五年己巳。） 張耳卒於七月。 田橫卒。
辛丑	七年。	始剖符封功臣。○征魯諸生三十餘人。○曹參為齊相國。○令博士叔孫通起朝儀。五月丙午，張師帶鉤。	
壬寅	八年。 是年閏月庚子朔。	○十月，長樂宮成。○封陳平為曲逆侯。二月，帝至長安。始定徙	劉朱虛侯章生。 公孫宏生。 賈長沙誼生。

		都。○置正宗官。	

我們如何利用此書呢？例如：我們讀到胡適〈戴東原的哲學〉一文
（見《國學季刊》第二卷第一號。）云：

> 他是當日的科學家，精于算數曆象之學，深知天體的運行皆
> 有常度，皆有條理，可以測算，所以他的宇宙觀也頗帶一點
> 科學色彩，雖然說的不詳不備，究竟不愧為梅文鼎、江永、
> 錢大昕的時代的宇宙論。

我們想知道梅文鼎、江永、錢大昕是什麼時代的人，這時可查《歷
代名人年譜》了，我們在卷九明莊烈帝崇禎六年癸酉「生卒」欄
下，可查得「梅定九文鼎生」，卷十清康熙二十年辛酉「生卒」欄
下，查得「江慎修永生於七月十七日」，卷十清雍正元年癸卯「生
卒」欄下，查得「戴東原震生於十二月」，雍正六年戊申下，查得
「錢曉徵大昕生」；又卷十康熙六十年辛丑下，查得「梅定九卒
（年八十九）」乾隆二十七年壬午下，查得「江慎修卒。（年八十
二）」，乾隆四十二年丁酉下，查得「戴東原卒於五月（年五十
五）」，嘉慶九年甲子下，查得「錢曉徵卒（年七十七）。」根據
以上資料，我們可以列出一表如下：

姓　名	生　　年	卒　　年	年　齡
梅文鼎	明崇禎六年	清康熙六十年	八十九歲
江　永	清康熙二十年	清乾隆二十七年	八十二歲

戴　震	清雍正元年	清乾隆四十二年	五十五歲
錢大昕	清雍正六年	清嘉慶九年	七十七歲

從上表可知，最早的是梅文鼎的生年，最晚的是錢大昕的卒年。那末胡適文中所指梅文鼎、江永、錢大昕的時代，應該最早不超過明崇禎六年（西元 1633），最晚不遲于清嘉慶九年（西元 1804），大概指的是清代康熙、雍正、乾隆三世的時代。此書在臺灣有商務印書館重印國學基本叢書本。

二、歷代名人年里碑傳總表

此書為姜亮夫編。姜氏此書將歷代名人字型大小、籍貫、年歲及其生卒年代列為總表，以時代先後為序。並附「帝王」、「閨秀」、「釋道」三表，凡一萬二千餘人。所據材料除一部分錄自錢大昕《疑年錄》、吳修《續疑年錄》、錢椒《補疑年錄》、陸心源《三續疑年錄》、張鳴珂《疑年賡錄》、閔爾昌《五續疑年錄》、張惟驤《疑年錄彙編》等書之外，其餘由著者所贈諸人，多采自漢唐以來各家文集中之碑傳，以及雜史金石筆記之屬，皆於備考欄中一一注明，以便參考。書末附名人姓名四角號碼索引，及名人姓氏筆劃索引，書前有引用書目。此書所收名人較梁廷燦《歷代名人生卒年表》及錢、吳諸氏之《疑年錄》多數倍，同類之書，此最詳備。但《疑年錄》有考證之處，此書略之，故《疑年錄》仍可並存也。

吾人當如何利用此書？例如當吾人讀庾信〈哀江南賦序〉：

「昔桓君山之志事，杜元凱之生平，並有著書，成能自序。潘岳之文采，始述家風；陸機之辭賦，先陳世德。」在此一段文字中，加上作者，共有五個人名，想知此五人是何等人？此時即可查《歷代名人年里碑傳總表》。如何查？若查庾信，可先查《歷代名人年里碑傳總表》末附名人姓氏筆劃索引。「庾」字十二畫，在索引十二畫廣部有「庾」字，四角號碼為 0023₇，頁碼 1。查《歷代名人年里碑傳總表》索引第 1 頁 0023₇庾字下有「庾信」，後注 67，查總表六十七頁，於第三行得：

姓名	字	籍貫	歲數	生　　年							卒　　年							備考
				國號	帝號	年號	年數	干支	西元	民元前	國號	帝號	年號	年數	干支	西元	民元前	
庾信	子山	南陽新野	六九	梁	武帝	天監	一二	癸巳	513	1399	周	靜帝	大象	三	辛丑	581	1331	

桓君山就是桓譚，「桓」字十畫，在筆劃索引木部有「桓」字，四角號碼為 4191₆，頁碼 24。查總表索引 24 頁 4191₆桓字下有「桓譚」後注 10，查總表十頁，第七行為：

桓譚	君山	相	七〇餘	漢		甘露	初元間			漢	光武帝	建武中元	元	丙辰	前56	1856	後漢書卷五十八上

杜元凱就是杜預，「杜」字七畫，在筆劃索引七畫木部有「杜」，

四角號碼為 4491$_0$，頁碼 28 查總表索引 28，頁 4491$_0$，杜字下有「杜預」，後注 35，查總表三十五頁，於第八行得：

杜預	元凱	杜陵	六三	魏	文帝	黃初	三	王寅	222	1690	晉	武帝	太康	五	甲辰	284	166	三國志卷十六附魏書杜畿傳

「潘」字十五畫，筆劃索引十五畫水部有「潘」字，四角號碼為 3216$_9$，頁碼 18，查總表索引 18 頁，3216$_9$，潘字下有「潘嶽」，後注 43，查總表四十三頁，于第十一行得：

潘嶽	安仁	中牟							晉	惠帝	永康	元	庚申	300	1612	晉書卷五十五

「陸」字十一畫，在筆劃索引十一畫阜部有「陸」字，四角號碼為 7421$_4$，頁碼 36，查總表索引 36 頁 7421$_4$，陸字下有「陸機」後注 39，查總表三十九頁，於第五行得：

陸機	士衡	吳郡	四三	晉	景帝	永安	四	辛巳	261	1651	晉	惠帝	泰安	二	癸亥	303	1609	晉書卷五十四

如果四角號碼很熟，就可省去查筆劃索引這一步，而可直接查歷代年里碑傳總表索引。此書在臺灣有商務印書館五十四年增訂重版本，重版本由楊本章氏補錄民國二十五年下半年至五十三年底逝世之名人。楊氏所補未標干支紀年及西元年號，如需干支紀年及西元年號，用時尚須換算。

第八節　檢查某人是否正史有傳的工具書

一、二十五史人名索引

此書為開明書店二十五史編纂執行委員會編。蓋以二十五史為我國史冊之總結集，其中所函人名，真是浩如煙海，有一人而名號歧出，有兩人而隔世同名，甚且有並時同名而了不相涉者。若無條分綜貫之方，讀史者將何從探索古人于杳冥蒼茫之際，以為尚友之資乎！清人汪輝祖氏之《史姓韻編》，實操炬火而導夫先路，然其書止限於二十四史，且不識帝王後妃及外國諸傳人名，其排列之方式，又一以時代為序，隔世同名者，即無緣彙列，校其同異，而編次悉依舊有之韻目，在今日檢查殊為不便。故二十五史編纂執行委員會，在輯印二十五史的時候，就開始發凡起例，欲編制人名索引，以彌補汪書之缺憾。

二十五史人名索引，是專備檢查開開明版二十五史裏的人名用的，但備有舊本十七史、二十一史、二十四史和新元史的，也可以用這索引去檢查。凡二十五史中本紀、世家、列傳和載記裏的人物，全收在這索引裏面；沒有專載而只附見的，也大都收入。人名

的編排，依照王雲五氏「四角號碼檢字法」，凡是不曾留心過「四角號碼檢字法」的，在後面另外還附有「筆劃索引」。可以從這索引來查知各人名首字的四角號碼。各史的名稱，在索引裏為省繁重，統用符號代表。列舉於後：

史=史記	漢=漢書	後=後漢書	三=三國志
晉=晉書	宋=宋書	南齊=南齊書	梁=梁書
陳=陳書	魏=魏書	北齊=北齊書	周=周書
隋=隋書	南史=南史	北史=北史	唐=唐書
糖=新唐書	五=五代史	新=新五代史	宋=宋史
遼=遼史	金=金史	元=元史	新=新元史
明=明史			

緊接在各史符號後面的數目字，就是各史的卷數，例如漢 106 就是表明這個人在《後漢書》的一百零六卷。卷數以下的數目字是開明版二十五史的總頁碼和欄數。如「0871.3」就是表明這個人在全書第八百七十一頁第三欄。如果一個人見於兩書以上的，就記載兩書以上的名稱、卷數以及兩個以上的總頁碼和欄數。如果一個人在一書裏有兩個以上不同的名字的，如《史記》中的武靈王[趙]，又叫主父；而取較普通的名字記載史名、卷數、頁碼，另外的名字則用等號來表明。如武靈王[趙]條下，排作「武靈王[趙]史 43 0151.4」，而在主父條下，則排作「主父＝武靈王[趙]」。又如果一個人在兩書以上有兩個以上不同的名字，如《史記》中的袁盎，《漢書》叫作爰盎，則用等號來互見。如：

袁盎條下排作：袁盎[史] 101 0232.1

（＝爰盎）

爰盎條下排作：爰盎[漢] 19 0477.3

（＝袁盎）

我們要怎樣來利用此書呢？例如我們讀到丘遲〈與陳伯之書〉：「朱鮪涉血於友于，張繡剚刃於愛子。漢主不以為疑，魏君待之若舊。」我們想知道丘遲、陳伯之、朱鮪、張繡等人在正史裏是否有他們的傳？這時候就可以查閱《二十五史人名索引》了，如何查法？先在索引後的「筆劃索引」裏查所要人名的第一字的筆劃。例如「丘遲」，先在「筆劃索引」查「丘」字，五畫有「丘」字，下注 7210_1 446。7210_1 是「丘」字的四角號，446 是索引的頁碼。查索引四四六頁，7210_1 丘字下有：

~遲 [梁] 49 1830.1

　　[南史] 72 2713.2

那就是說丘遲的傳見於《梁書》四十九卷，開明版二十五史的一千八百三十頁的第一欄，《南史》七十二卷，開明版二十五史的二千七百一十三頁的第二欄。

又如「陳伯之」，先查「筆劃索引」十一畫下有「陳」字，下注 7529_6 450，查索引四百五十頁 7529 陳字下有：

~伯之 [梁] 20 1793.8

　　　[魏] 61 2039.2

　　　[南史] 61 2687.2

陳伯之的傳見於《梁書》二十卷，開明版二十五史的一千七百九十三頁第三欄，《魏書》六十一卷，開明版二十五史的二千零三十九頁第二欄，《南史》六十一卷，開明版二十五史二千六百八十七頁第二欄。

如果我們沒有開明版二十五史，而是其他版本的二十五史或二十四史，那麼就只須知道正史的名稱與卷數就可以了。下面的頁碼與欄數就不必管它了。例如「朱鮪」，先查筆畫索引，六畫有「朱」字，下注 2590。166，查索引一六六頁 2590 朱下有：

　~鮪 漢 99 下 0630.2

朱鮪的傳，見於《後漢書》九十九卷下。

又如「張繡」，先查筆畫索引，十一畫有「張」字，下注11232 084，查索引八十四頁 11232 張字下有：

　~繡 三 魏 8 0942.4

張繡的傳，見於《三國志・魏志》第八卷。

此書在臺灣，有臺灣開明書局民國五十年二月重印本。

二、二十四史傳目引得

此書為梁啟雄編，中華書局民國二十五年印行，梁氏將二十四史之被傳人（包含附傳），依其姓名筆畫之多寡，編成引得，詳註見某史某卷，其功用與前述《二十五史人名索引》相同，且遠不及其完備。《二十五史人名索引》所載人名，此引得甚多未載，但此引得對於附傳注明見某人傳，於查索其他版本之二十四較為便利，

故此書仍可與《二十五史人名索引》並存也。此引得分正編與類編
二部；正編以人名為本位，所標傳目亦多以人名為主。類編則分列
女、后妃、宗室、諸王、公主、釋氏、外紀、雜目、叢傳等。后
妃、宗室、公主三類，均以年代相從，採斷代體，其餘均以筆畫多
寡為次。又凡二人以上同姓名者，不論時代相去之遠近，止標舉最
先見者一名為目，其餘諸人，但舉其所在之書，順序彙列於后。例
如：

張昇：魏書卷 86　孝感
　　　北史卷 84　孝行
　　　宋史卷 318
　　　元史卷 177
　　　明史卷 84
　　　明史卷 309　外戚附張騏傳

又同一人而有數傳，分見于各史書，亦僅標舉一目，其復見
者，僅舉史名及卷第。例如：

彭越：史記卷 90
　　　漢書卷 34

若一人見于二史而所標之傳目互異者，不問所標為名、為字、
為號、所用之字為古字、今字、俗字，均照目錄所標之原名並字
之，而互注其異名于後。例如：

秦瓊：唐書卷 89（舊唐書卷 86 作秦叔寶）

　　秦叔寶：舊唐書 86（唐書卷 89 作秦瓊）

　　至於目錄所標傳中之名殊異者，則依傳中之名，而注目錄所標者於其後。例如：

　　仇覽：後漢書卷 106（目作仇香）
　　楊璇：後漢書卷 68（目作楊琁）

　　我們要如何來利用此工具書呢？例如我們知道蔡琰曾作〈悲憤詩〉，我們想進一層瞭解蔡琰的身世，想知道蔡琰在正史上是否有傳？就可以查《二十四史傳目引得》了。如何查法？先查檢字表，十六畫有「蔡」字，下注 289、365 列女。查引得二八九頁蔡字下有：

　　蔡琰：後漢書卷 114

查引得三六五頁列女類下有：

　　董祀妻蔡琰：後漢書卷 114

由此可知蔡琰的傳，見於後漢書 114 卷的列女傳。

第九節　檢查年月日的工具書

一、春秋釋例經傳長曆

　　《春秋釋例》十五卷，晉杜預撰，杜氏以為經之條貫，必出于

傳，傳之義例，總歸于凡。《左傳》稱凡者五十，其別四十有九，皆周公之垂法，史書之舊章，仲尼因而修之，以成一經之通體。諸稱書、不書、先書、故書、不言、不稱、書曰之類，皆所以起新舊，發大義，謂之變例。亦有舊史所不書，適合仲尼之意者，仲尼即以為義，非互相比較，則褒貶不明。故別集諸例及地名譜第曆數，相與為部。先列經傳數條以包通其餘，而傳所述之凡繫焉。更以己意申之，名之曰釋例。其書卷十至十五卷為經傳長曆。杜氏以為春秋二百餘年，其治曆變通多矣。雖數術絕滅，還尋經傳微旨，大量可知。故乃據經傳微旨證據及失閏旨，考日辰晦朔，以相發明，而撰為《春秋長曆》。凡諸經傳證據及失閏違時，文字謬誤，皆甄發之。雖未必其得天，蓋乃春秋當時之曆也。長曆起自隱公元年己未正月，迄於哀公二十七年癸酉十二月，每月皆著其朔日，記以干支，表明其月份之大小。

　　我們怎樣來利用此書呢？例如我們讀到僖公三十年《左傳》：「僖公三十年九月甲午，晉侯秦伯圍鄭。」這一段文字裡頭，我們有兩個問題，第一個問題，僖公三十年的干支紀年是什麼？第二個問題，甲午究竟是九月裡的那一天？這時候我們就可查《春秋長曆》了。《釋例》卷十二經傳長曆，僖公三十年的干支紀年是「辛卯」。三十年九月壬午朔，那末九月甲午就是九月十三日。又如僖公三十二年《左傳》：「三十二年冬，晉文公卒，庚辰，將殯於曲沃。」長曆僖公三十二年干支紀年是「癸巳」，十二月己巳朔，庚辰是十二日。知道某月的朔日，其他的干支紀日，縱然未曾說明，我們也可推算出來。推算的方法是先將朔日干支寫出，然後依序排列出來，例如我們已知十二月己巳朔，那麼排下去就如下表：

己巳	朔
庚午	初二
辛未	初三
壬申	初四
癸酉	初五
甲戌	初六
乙亥	初七
丙子	初八
丁丑	初九
戊寅	初十
己卯	十一
庚辰	十二

所以庚辰日是十二日是毫無問題的。此書有商務印書館叢書集成本。

清泰州陳厚耀以杜氏《長曆》猶有差失，乃另撰《春秋長曆》十卷，於杜氏《長曆》有所訂正，較杜氏尤為精密。例如：僖公三十年九月，杜氏以為壬午朔，而陳氏《春秋長曆》則以為癸未朔，然則傳文甲午應為十二日。此書在臺灣有藝文印書館出版《皇清經解續編》本，可以互參。

二、歷代帝王年表

是書十四卷，清齊召南撰。齊氏以史書既多，年世不易驟曉，因有歷代帝王年表之著，始於三皇，迄於明洪武。自周而上，而次

列世，秦帝以後，則紀之以年，縱橫排列，別以統閏，其地與事，則附而繫之。如鏡眉目，清晰可曉。循挈裘領，簡而有功。歷代紀年之上，標註干支，眉列西元紀年，互相參酌，尤為明晰。洪武以後，則清阮福為之增補明年表，清陸費墀又為之增益帝王廟諡年諱譜，附於簡末。

　　我們要怎樣來利用此書呢？例如我們讀到王安石〈答司馬諫議書〉，後面的作者傳略說：「王安石字介甫，號半山，宋撫州臨川人，生於宋真宗天禧五年十二月，卒於哲宗元祐元年四月，卒年六十八。……仁宗慶曆二年，安石二十二，擢進士上等。……嘉祐三年，入為度支判官。……熙寧元年四月，始入朝。……元豐二年，復拜左僕射，元祐元年卒，紹興中，追諡文配。」以上一段文字，有許多的年號，我們想知道這些年代相當西元多少年，彼此相去多遠，這時候就可查閱歷代帝王年表了。怎麼查？因為《歷代帝王年表》是按著朝代及各朝帝王之先後排列的。所以我們只要按著朝代順序就可以查出來，下面這張表，就是所查得的年號：

朝代	帝王	年　號	干支	西　曆
宋	真宗	天禧五年	辛酉	西元 1021 年
宋	仁宗	慶曆二年	壬午	西元 1042 年
宋	仁宗	嘉祐三年	戊戌	西元 1058 年
宋	神宗	熙寧元年	戊申	西元 1068 年
宋	神宗	元豐二年	己未	西元 1079 年
宋	哲宗	元祐元年	丙寅	西元 1086 年

宋	高宗	紹興元年	辛亥	西元 1131 年
宋	高宗	紹興三十二年	壬午	西元 1162 年

　　從以上的資料，可知王安石生於西元 1021 年，卒於西元 1086
年，享年六十六歲，這樣一來，對王安石的一生事蹟，與年代的先
後，時間的久暫，就有了較深刻的印象。

三、二十史朔閏表

　　《二十史朔閏表》一冊，民國新會陳垣撰。陳氏始欲為中西二
千年日曆，曾先將中西史二千年朔閏考定，迨其中西回史日曆告
成，凡二十卷，卷帙較繁，一時不能付印，乃於民國十四年將朔閏
表先付影印。陳氏此表，自漢迄清，凡二十史，各依本曆著其朔
閏，三國南北朔閏異同另標出之。自漢元始元年起加入西曆，以中
曆之月朔，求西曆之月日。西曆一八五二年以前用奧古斯督修正
曆，一五八二後用格勒哥里曆。自唐武德五年起，加入回曆，以回
曆每年之一月一日，求中曆之月日。卷首列年號通檢，將本表所載
歷代年號，依筆畫繁簡列之，下注西曆紀年，卷末附三國六朝朔閏
異同表及日曜表。日曜表何年起用何表，即以數字識於眉端，董作
賓氏更為之增補，迄於民國八十九年庚辰止。是則自漢高祖元年以
迄民國八十九年，只要知中曆之年月日，皆可推算西曆之年月日。
反之亦然，運用極為方便。

　　我們要怎樣來利用此部工具書呢？例如我們讀《唐書・太宗本
紀》：「貞觀元年春正月乙酉改元，辛丑，燕王李藝據涇州反，尋

為左右所斬，傳首京師。庚午，以僕射竇軌為益州大都督。」我們想知道貞觀元年正月乙酉，相當於西曆的那一年那一月那一日？又辛丑、庚午又相當西曆甚麼日子？此時就可檢查《二十史朔閏表》了。先查卷首年號通檢，九畫下有「貞觀」的年號，下注 627，那就表示貞觀元年是西曆六二七年。然後翻到朔閏表貞觀元年，在正月欄有「乙酉」字樣，那就是說正月乙酉朔，旁記「一 23」，意指「乙酉」這一天相當西曆一月二十三日。因此我們可知貞觀元年正月乙酉，就是西曆 627 年 1 月 23 日。知道了「乙酉」是一月二十三日，順照干支往下推，辛丑是是中曆正月十七日，相當西曆二月八日，庚午是中曆二月十七日，相當西曆三月九日。

又譬如說，某人是民國二十六年中曆十二月十六日出生，想知道中曆的這一天相當於陽曆的那一日？也可以翻檢《二十史朔閏表》民國二十六年十二月甲午朔，相當於西曆 1938 年 1 月 2 日，甲午是初一，則十二月十六日就是西曆的一月十七日。然則此人是出生於陽曆民國二十七年（即西曆 1938 年）元月十七日。過去，我常常在《大華晚報》的「家政信箱」，看到許多讀者請教艾佳夫人有關中西曆日期換算的問題。假如我們善於利用這本工具書，則亦可以代為解答了。

會用這本工具書，不但可以換算出中西曆的日期，還可進一步求出星期幾來。例如我們想知道，民國二十七年元月十七日是星期幾？就可以檢查書末所附的日曜表了。日曜表是按西曆每月的日數排列的，每四年於二月末閏一日，凡七表二十八年，周而復始，其一二三四等字代表月份的次第，並代表該月的首一日。西曆元年一月一日為漢元壽二年十一月十九日戊寅，是日適為日曜日（星期

日），凡遇日曜日，在日曜表裡，陳氏以點誌其旁，順數而下，遇有失閏、不閏及改曆，則須超越他表。究竟何年用何表，陳氏在朔閏表眉上都已註明。例如：民國二十七年就該查日曜表二，查第二表第二年一月十七日正是星期一，因為十六日是日曜日，有點誌其旁。何以知道要查第二表呢？因為在民國二十六年丁丑後有阿拉數字 2，就表示要查第二表，何以知查第二年呢？因為二十六年是第二表的第一年，那末二十七年自然是第二年了，此書在臺灣有藝文印書館印行董作賓增補本。

四、近世中西史日對照表

本書為鄭鶴聲編，民國二十五年商務印書館出版。鄭氏以為我國史籍，參以甲子紀日，時序檢核，頗費精力，且曆數屢變，推算尤感困難。而史日之應用，以五代為宏，中外各國，莫不皆然。我國自明季以來，海航大通，歐美文明，驟然東來，國際問題，因之誕生，所有活動，幾無不與世界各國發生關係者。因此中西史日之對照，較之上古中古，其用更繁。爰自明孝宗弘治十一年（西元1498 年）葡人華士噶德馬 Vascoda Gama 東航至印度，開闢歐亞交通以後，至武宗正德十一年（西元 1516 年），葡人刺匪爾別斯特羅 Rafael Perestrello 附帆來華，是為歐洲船舶入中國之始，亦即近世史之肇端。故其書即以斯年為始，下迄民國三十年，凡四百二十六年。每年二頁，每頁六格，每格分「陽曆」「陰曆」「星期」「干支」四項。而附節氣於干支項內，書前列中外年號紀元對照表，書後附太平新曆與陰陽曆史日對照表。鄭氏以為西曆計算，較為整齊，故其書編排，以西曆為主體，而以中曆附焉。

　　我們如何利用此書呢？例如我們讀《明史・莊烈帝本紀》：「十七年春正月庚寅朔，大風霾，鳳陽地震。……三月庚寅朔，賊至大同，……乙巳，賊犯京師，京營兵潰，丙午，日晡，外城陷，是夕，皇后周氏崩，丁未，昧爽，內城陷，帝崩於萬壽山。」從這段史書記載，我們知道明思宗死於崇禎十七年三月丁未日。是日應該是西曆那一年那一月那一日星期幾呢？我們就可以查近世中西史日對照表，在 257 頁可查得明崇禎十七年甲申為西曆 1644 年，三月丁未為陽曆四月二十五日星期一。

　　又如民國前一年（即宣統三年）陽曆十月十日，應合陰曆那一月那一日？查 792 頁，民國前一年（西元 1911 年）陽曆十月十日，陰曆為辛亥年八月十九日癸丑，星期二。民國二十六年七月七日抗戰紀念日，相當於陰曆何時？查 844 頁，得知陰曆為丁丑年五月二十九日乙未。此書不但中西曆日期可以換算，根據卷末所附太平新曆與陰陽曆史日對照表，還可查太平天國之新曆日期，西元 1851 年二月三日為陰曆清文宗咸豐元年辛亥正月三日，換算太平新曆則為太平天國辛開元年一月一日庚寅。此書在臺灣有商務印書館重印本。

五、兩千年中西曆對照表

　　此書民國四十七年十一月由臺灣國民出版社出版，全書共四三七頁，可由已知的陰曆日期直接檢查出和它相當的陽曆日期；反之，也可由已知的陽曆日期直接換算出和它相當的陰曆日期。此外，還可推算出某月某日的星期和干支。附錄中列有各朝代的朔閏表（表一至十二），歷代帝系表（表十三及十四），歷代年號筆畫

索引（表十五），二十四節氣陽曆上的約期表（表十六），及六十花甲序數表（表十七）以資參考。此書陰陽曆日期互相檢查所用的表共四百頁，每頁包括陰曆五整年，起自漢平帝元始元年辛酉（西元元年），迄於民國八十九年庚辰（西元 2000 年）共包括陰曆兩千年。每一張表上面劃分「年序」、「陰曆月序」、「陰曆日序」、「星期」及「干支」五欄。「年序」欄下列有國號、帝號、年數、干支及陽曆年數；「陰曆日序」欄下列有表示陰曆月份的連續細體數碼，表示陰曆月的粗體數碼，以及每年第一個月並列供推算各月份干支用的「干支數」（遇特殊情形的各年、月的「干支數」有兩個，則與第二個「干支數」並列的月份，及其以下的月份，要用第二個「干支數」來推算。）「陰曆日序」欄第一排列的 1 至 30 的連續細體數碼為陰曆日序，各代表陰曆的日子，以下各排的粗體數碼與字每 **123⋯⋯90ND** 為陽曆月序，各代表陽曆一月、二月、三月⋯⋯九月、十月、十一月、十二月，並且各連續的細體數碼為陽曆日序，各代表陽曆的日子；「星期」欄下所列的數碼為推算各日星期用的「星期數」；「干支」欄下所列的數碼為推算各干支用的「干支數」。本書所說的的陰曆係指我國昔日沿用的陰曆或現時農作上還應用的農曆而言。其陽曆在 1582 年以前係指儒略曆而言，以後係指格勒哥里曆而言。凡在某年第一個月下面畫有橫線者，如西漢王莽始建國元年（第 2 面），表明王莽在該年採用丑正，以寅正的十二月為歲首，在第二個月下面畫有橫線者，如唐武后天授元年（第 138 面），表明該年武后採用子正，以寅正的十一月為歲首。凡在年中某月改元者，則於該月旁加一符號，以資識別。

我們要怎樣來利用這本工具書呢？現在舉例說明本書所列各表的用法如後：

第一例：民國四十四年的中秋節（陰曆八月十五日）相當於西曆幾月幾日？

在書中第 391 頁的「年序」欄查得民國四十四年乙未（西元 1955）陰曆全年的表如下圖：

年 序 Year	陰曆 月序 Moon	陰 曆 日 序 Order of days (Lunar) 1 2 3 4 5 6 7 8 9 10 11 12 13 14 15 16 17 18 19 20 21 22 23 24 25 26 27 28 29 30	星期 Week	干支 Cycle
民 國 4 4 乙 未	14 1 2 3 3 4 5 6 7 8 9 10 11 12	24 25 26 27 28 29 30 31 21 3 4 5 6 7 8 9 10 11 12 13 14 15 16 17 18 19 20 21 22 23 24 25 26 27 28 31 21 3 4 5 6 7 8 9 10 11 12 13 14 15 16 17 18 19 20 21 22 23 24 25 26 27 28 29 30 31 41 2 3 4 5 6 7 8 9 10 11 12 13 14 15 16 17 18 19 20 21 22 23 24 25 26 27 28 29 30 51 2 3 4 5 6 7 8 9 10 11 12 13 14 15 16 17 18 19 20 21 22 23 24 25 26 27 28 29 30 31 61 2 3 4 5 6 7 8 9 10 11 12 13 14 15 16 17 18 19 20 21 22 23 24 25 26 27 28 29 30 71 2 3 4 5 6 7 8 9 10 11 12 13 14 15 16 17 18 19 20 21 22 23 24 25 26 27 28 29 30 31 81 2 3 4 5 6 7 8 9 10 11 12 13 14 15 16 17 18 19 20 21 22 23 24 25 26 27 28 29 30 O1 2 3 4 5 6 7 8 9 10 11 12 13 14 15 16 17 18 19 20 21 22 23 24 25 26 27 28 29 30 31 N1 2 3 4 5 6 7 8 9 10 11 12 13 14 15 16 17 18 19 20 21 22 23 24 25 26 27 28 29 30 D1 2 3 4 5 6 7 8 9 10 11 12 14 15 16 17 18 19 20 21 22 23 24 25 26 27 28 29 30 31 1 2 3 4 5 6 7 8 9 10 11 12 13 14 15 16 17 18 19 20 21 22 23 24 25 26 27 28 29 30 31 21 2 3 4 5 6 7 8 9 10 11	0 1 2 4 6 0 1 3 4 6 0 2 4	21 50 20 49 19 48 17 47 16 46 15 45 15

民國四十四年乙未（西元 1955）陰曆全年表

在其「陰曆月序」欄內查得該年的陰曆月序 8，並在「陰曆日序」欄第一排查得陰曆日序 15，於是自 8 向右橫看，自 15 向下直看，即可看到橫行與縱行交叉處的數碼 30，此即為所求的陽曆日序；由數碼 30 逆推，即有 29、28、27……3、2、1 及粗體數碼 9，此粗體數碼 9 即所求的陽曆日序，故知民國四十四年中秋節為西曆 1955 年 9 月 30 日。

第二例：西曆一九五五年六月廿四日為陰曆的幾月幾日？

　　查表得知西曆 1955 年六月廿四日左邊陰曆月序為 5，上面陰曆日序亦 5，故知為陰曆的五月五日（端午節）。

第三例：民國四十四年的端午節（五月五日）和中秋節（八月十五日）各為星期幾？

　　由表得知陰曆五月的星期數（星期內第六個數碼為）為 0，以「陰曆日序」加上「星期數」為 5（即 5＋0）；故知端午節為星期五。又陰曆八月的星期數（星期欄內第九個數碼）為 4，以「陰曆日序」加上「星期數」為 19（即 15＋4），以 7 除之，餘數為 5，故知中秋節也在星期五。但要注意的是：「陰曆日序」加上「星期數」，將所得之和以 7 除之，其所得的餘數為幾，就是星期幾（若餘數為 0，就是星期日），如果相加之和小於 7，和數就是星期的序數。

第四例：民國四十四年的端午節和中秋節的干支是怎樣的？

　　由表可知，陰曆五月和八月的干支數各為 48 和 16（「干支」欄內第六個和第九個數碼），又因為「陰曆日序」加上「干支數」各為 53（即 5＋48）和 31（即 15＋16），故由十七表六十花甲與其序數得知，53 是丙辰，31 是甲午。但也要注意，如果「陰曆日數」與「干支數」相加之和小於 60，則所得的和數，就代表該日的干支序數。如果大於 60，即減去 60 後所得的差數，才是代表該日的干支序數。有了干支序數，利用十七表一查即得所代表的干支。求某月的干支方法與求某日的干支方法相同，只要用月的「干支數」代替日的干支數，用同樣的步驟，即可查索得到。

表十七　六十花甲與其序數

Table 17. The Sixty Sexagenary Cycles and Their Chronological Orders.

1 甲子 Chia Tzu	2 乙丑 Yi Ch'ou	3 丙寅 Ping Yin	4 丁卯 Ting Mao	5 戊辰 Wu Ch'en	6 己巳 Chi Ssu	7 庚午 Keng Wu	8 辛未 Hsin Wei	9 壬申 Jen Shen	10 癸酉 Kuei Yu
11 甲戌 Chia Hsü	12 乙亥 Yi Hai	13 丙子 Ping Tzu	14 丁丑 Ting Ch'ou	15 戊寅 Wu Yin	16 己卯 Chi Mao	17 庚辰 Keng Ch'en	18 辛巳 Hsin Ssu	19 壬午 Jen Wu	20 癸未 Kuei Wei
21 甲申 Chia Shen	22 乙酉 Yi Yu	23 丙戌 Ping Hsü	24 丁亥 Ting Hai	25 戊子 Wu Tzu	26 己丑 Chi Ch'ou	27 庚寅 Keng Yin	28 辛卯 Hsin Mao	29 壬辰 Jen Ch'en	30 癸巳 Kuei Ssu
31 甲午 Chia Wu	32 乙未 Yi Wei	33 丙申 Ping Shen	34 丁酉 Ting Yu	35 戊戌 Wu Hsü	36 己亥 Chi Hai	37 庚子 Keng Tzu	38 辛丑 Hsin Ch'ou	39 壬寅 Jen Yin	40 癸卯 Kwei Mao
41 甲辰 Chia Ch'en	42 乙巳 Yi Ssu	43 丙午 Ping Wu	44 丁未 Ting Wei	45 戊申 Wu Shen	46 己酉 Chi Yu	47 庚戌 Keng Hsü	48 辛亥 Hsin Hai	49 壬子 Jen Tzu	50 癸丑 Kuei Ch'ou
51 甲寅 Chia Yin	52 乙卯 Yi Mao	53 丙辰 Ping Ch'en	54 丁巳 Ting Ssu	55 戊午 Wu Wu	56 己未 Chi Wei	57 庚申 Keng Shen	58 辛酉 Hsin Yu	59 壬戌 Jen Hsü	60 癸亥 Kuei Hai

第十節　檢查事物起源的工具書

一、事物紀原

　　本書十卷，宋高承撰，明閻敬校刻，收入《惜陰軒叢書》中。此為查考事物原始之工具書，所紀事物，共一千八百四十一事，分為十卷五十五部排列。此書之於宇宙事物，大而天地山川，小而鳥

獸草木，微而陰陽之妙，顯而禮樂制度。大凡古今事物之變，無不原其始、推其自而詳考其實。學者得此一書，則凡事物之原，無不瞭然於心目之間。此書體例，以卷統部，以部就事，各部之分，據義類集。每部以四字標目，如天地生植部第一、正朔曆數部第二……之類，各部隸事，多寡不等。

我們如何利用此本工具書呢？例如我們平常說姓氏、道名字，臨文又要避諱等，想知道「姓」、「氏」、「名」、「字」、「諱」等之起源，究竟是怎麼個來源，此時就可以檢查本書了。臺灣新興書局影印本的事物紀原，該局特為編了個目錄索引，在各卷各部事下都注明新編的總頁碼，則檢查起來就更為方便了。先查目錄索隱，在公式姓諱部後，可以查到下列果：

姓……一一三頁。

氏……一一五頁。

名……一一五頁。

字……一一五頁。

諱……一一五頁。

那就是說「姓」在一一三頁，「氏」在一一四頁，而「名」、「字」、「諱」則同在一一五頁。

查一一三頁，可得「姓」一條如下：

『姓』

「《通典》曰：泊帝三五，運歷年紀，人皇之後，有五姓、四姓、七姓、十二姓紀，則姓之始，疑起于此。而《帝王世紀》

至太昊始曰：庖犧氏、風姓也。《易類是謀》曰：黃帝吹律定姓，疑姓自太昊始，而黃帝定姓者，因生賜姓之始也。陸法言引《風俗傳》云：張王李趙，為黃帝賜姓。」

查一一四頁，可得「氏」一條如下：

『氏』

「《春秋左氏傳》曰：天子因生以賜姓，胙之土而命之氏，蓋命氏之原尚矣。天皇而降皆稱，雖盤古之初亦曰氏也。」

查一一五頁可得「名」、「字」、「諱」三條：

『名』

「《帝王世紀》曰：神農母名女登，《春秋鉤命決》曰：任氏感龍生帝魁。注云：魁、炎帝名。《左傳》曰：太皞以龍紀官，故為龍師而龍名。又太皞之母華胥，則名疑始于伏犧氏之前。」

『字』

「《禮記·郊特牲》曰：冠而字之，敬其名也。冠而字，成人之道也。字所以貴名。《帝王世紀》曰：少皞帝名摯字青陽，則自金天氏始為字也。」

『諱』

「《周禮·小史之職》有事詔王之諱。注云：先王之名，禮，卒哭以木鐸徇于路，捨故而諱新。注：故、高祖之諱，新、新死者之諱。《春秋左氏傳》曰：周人以諱事神，名終將諱之，

> 則是諱名自周人始也。《禮記·祭義》云：『大王稱諱如見
> 親。』」

根據以上各條，則於姓氏名字諱的起源，就可以有一個大概的瞭解
了。

又如我們平時讀古書，在版本方面，有所謂「巾箱本」，我們
想知道「巾箱」二字，何所取義？起於何時？也可以查閱此書，查
目錄索引，在經籍藝文部，可以查到「巾箱」一條。注明 256 頁，
查本書 256 頁，即可見如下一條：

> 『巾箱』
> 「《南史》：齊衡陽王鈞嘗親手細書五經部為一卷，置巾箱
> 中。侍讀賀玠曰：殿下家有墳索，復何細書，別藏巾箱。鈞
> 曰：巾箱中檢閱既易，且更手寫，則永不忘矣。諸王聞之，爭
> 效為巾箱。今謂籍之書小本者為巾箱，始于此也。」

觀此條後，則於巾箱一名之緣起，也就可以明白了。這類書實在有
可以資考據、博多聞的價值。臺灣新興書局有影印本、商務印書館
人人文庫本。

二、格致鏡原

本書一百卷，清陳龍文編，雍正十三年刊行，陳氏讀羅頎《物
原》、劉馮《事始》、徐炬《事物原始》及《說原》、《紀原》諸
書，雖亦可資考稽，然多略而不詳，缺而未備，遂決心撰寫此書，
蘄網羅百代，蠹括萬有，賦彙一書，自天文、地理、人事之繁蹟，

以迄草木、昆蟲之細瑣。因就古人所賦之物，推暨古人所未賦之物，一形一質，皆覈其出處，析其名類，積為百卷，題曰《格致鏡原》。此書專資考訂，每究一物，必究其原委，詳其名號，疏其體類，考其製作。大而連篇，小而隻句，必繫書名，偶忘其書，亦必題其人。凡所徵引，主於經史，然裨編、叢書、俗說、野乘，亦旁及間採，斷於明季，以求精約。每載一物，皆隨物之詳略，以為標首，其多者則有總論、名類、稱號、紀異諸目以別之。至如冠璽車服之標歷代、古人，草墨之標採製、收貯；書畫之標裝潢等，皆所以清眉目、便覽者，其少者則不復分析，又少者則連類而錄諸某物。不拘一格而自有定例。連綴諸書，僅於要緊處，旁圈以顯之，不另標目。此書為卷一百，為類三十，其另為類不成卷者，則附於各類之後。一物兩見，則各有所詳，無取重複。此書記載務博，而篇帙務約，爬羅梳別，編次極具條理，與其他類書之多縷陳舊蹟，臚列典章者，頗有不同，故欲考一事一物之原始流變者，可查此書。

例如我們讀《資治通鑑》，一開頭就看到「朝散大夫右諫議大夫權御史中丞充理檢使上護軍賜紫金魚袋臣司馬光奉勅編集」這麼一條。我們想瞭解「紫金魚袋」的起源與流變，這時就可查此書了。查《格致鏡原》目錄，在卷三十朝制類下，有「魚袋」一條如下：

魚袋

《唐志》：「魚袋即古之算袋，魏文帝易以龜，取其先知歸順之義。唐改魚袋，取其合魚符之義。一品至六品皆服之魚袋，

以明貴賤。應召命者，皆盛以魚袋，三品以上飾以金，五品以上飾以銀。」《談苑》：「三代以韋為算袋，盛算子及小刀磨石等。魏易為龜袋，唐永徽中四品並給隨身魚，天后改魚為龜，唐初，卿大夫沒，追取魚袋。永徽中敕：生平在官，用為褒飾，沒則收之，情意不忍，五品以上薨，魚更不追取。」岳珂《愧郯錄》：「予閱《朝野僉載》有曰：高宗上元年中，令九品以上佩刀礪算袋，粉帨為魚形，結帛作之，取魚之眾鯉，彊之兆也。至天后朝乃絕，暈雲之後，又準前結帛為飾，竊疑魚袋之始，意或出此。」《會要》：「高宗咸亨三年五月三日始令京官四品職事佩銀魚，是日內出魚袋徧賜之。《隋唐嘉話》：「朝儀魚袋之飾，唯金銀二等，至武后乃改五品以銅。中宗初，罷龜袋復給以魚，郡王嗣王亦佩金魚袋。景龍中，詔衣紫者，魚袋以金飾之，衣緋者以銀飾之。開元初，駙馬都尉從五品者假紫金魚袋，都督刺史品卑者假緋魚袋，五品以上，檢校試判官皆佩魚，百官賞緋紫必兼魚袋，謂之章服，當時服朱紫佩魚者眾矣。」《格古要論》：「雍熙元年十一月丁卯，祀南郊，大赦，初許陞朝官服緋紫，及二十年者敘賜緋紫，內出魚袋以賜近臣，自袋內外陞朝文武皆帶魚，是凡服紫者飾以金，服緋者飾以銀，京朝官幕職州縣官賜緋紫者，亦帶魚袋。親王武官、內職、將校皆不帶魚袋，宋朝魚袋之制自此始。」《服飾總論》：「我宋紫袍者，除武臣外，文官之制，庶僚佩金魚，未至侍從而特賜帶者不佩魚。大觀制，中書舍人、諫議、待制、權侍郎佩魚，權尚書、御史中丞、資政殿、端明閣學士、直學士、正侍郎、給事中不佩魚。元豐制，翰林學士以

上，尚書執政官、宰相佩魚，共敘如此。若猛進驟得者則不
然。彼武臣節度使班翰林學士上，六曹尚書下，至今止橫金，
迄拜太尉，則恩禮視執政，佩魚矣。又文官借服者不佩魚，故
繫銜止稱借紫借緋。及政和中，王韶、延素始建請借服皆佩魚
如賜者，從之。然差敕止仍舊，云可特差某職任仍借緋或借紫
而已。而其後繫銜者，多自稱借紫金魚袋，若惜緋魚袋，然終
無所據也。」馬永卿《懶真子錄》：「張貽孫問魚袋制度，答
曰：今之魚袋及古之魚符，必以魚者，蓋分左右可以合符。唐
人用袋盛魚，今人以魚飾袋，非古制也。」

根據本書所錄各條，我們可知「魚袋」之制，始於唐代，紫金魚袋
者謂衣紫服而佩魚代以金飾之，宋代魚袋之制則始於太宗雍熙元
年。司馬光官諫議大夫，根據神宗元豐年制書，及徽宗大觀年制
書，自得賜紫金魚袋矣。

本書在臺灣有新興書局及臺灣商務印書館影印本，商務版卷後
有以四角號碼編成之條文索引，懂四角號碼者，可據各類條目首字
之四角號碼查索，例如魚字四角號碼為 2733，檢 2733 魚下有
（23~袋 1297）一條，23 是袋字首兩個號碼，是為編排各條先後次
序用的。~代表魚字，意謂「魚袋」一條，在全書的 1297 頁。查原
書 1297 頁即得，故極為方便。如不懂四角號碼者，可據商務版其
他編有筆畫索引之工具書，先找出所欲查之字的四角號碼，然後再
查本書的四角號碼條文索引即得。

第十一節　檢查書籍內容之工具書

一、四庫全書總目提要

本書二百卷，清永瑢等奉敕撰，所收圖書共一萬三百三十一種，每種圖書，均有內容提要，凡作者之爵里年代，本書之內容得失，均加論述。清乾隆以前之中國古書之未佚者，大部搜羅在內，實在為中國古書書名大辭典也。欲檢查某古書之內容者，可查是書。

此書所收書名、作者逾萬，分經、史、子、集四部，依類排列，皆予提綱列目，經部分十類，史部分十五類，子部分十四類，集部分五類。或流別繁碎者，又各析子目，使條例分明，所錄諸書，各以時代相次，其歷代帝王之著作，則從《隋書·經籍志》之例，冠於各代之首。四部之首，各冠以總序，撮述其源流正變，以挈綱領。四十三類之首，亦各冠以小序，詳述其分併改隸，以析條目。如其義有未盡，例有未該，則或於子目之末，或於本條之下，附註案語，以明通變之由。書前列有總目，然檢閱仍甚困難，今藝文印書館影印本《四庫全書總目提要》後附有陳乃乾氏《四庫全書總目未收書目索引》四卷，此《索引》係以著作人姓名筆畫多寡排比先後，名下綴所著書，及總目類別篇次。可藉此考見其人著作若干種，若一書為數人同撰，或經他人補撰及注釋輯訂者，在各人姓名下互見之。若原書不著撰人姓名，而《提要》疑為某人所撰者，則仍歸入無名氏。

我們要怎樣利用此書呢？例如我們讀錢基博〈近代提要鉤玄之

作者〉一文，讀到「有纂言歌鉤玄，而摘比字句，無當宏旨者，如魏徵之《群書治要》，馬總之《意林》是也。」這一段話，想知道馬總之《意林》是部甚麼性質的書，就可以檢閱《四庫全書總目提要》了。

先查《四庫全書總目未收書目索引》，「馬」字十畫，在《索引》十畫下可以找到如下一個條目。

馬總　意林　雜家七

這是說馬總的《意林》在《四庫全書總目提要》子部雜家類七，查《總目》子部三十三雜家七，總卷書為一百二十三卷，查《提要》一百二十三卷即得：

意林五卷 江蘇巡撫採進本

唐馬總撰，《唐書》總本傳，但稱其系出扶風，不言為何地人，其字《唐書》作「會元」，而此本則題曰「元會」，均莫能詳也。傳稱其歷方鎮，終於戶部尚書，贈右僕射，諡曰懿。陳振孫《書錄解題》稱總仕至大理評事，則考之未審矣。初梁庾仲容取周秦以來諸家雜記凡一百七家，摘其要語為三十卷，名曰《子鈔》。總以其繁略失中，復損益以成此書。宋高似孫《子略》稱仲容《子鈔》每家或取數句，或一二百言。馬總《意林》一遵庾目，多者十餘句，少者一二言，比《子鈔》更為取之嚴，錄之精。今觀所採諸子，今多不傳者，惟賴此僅存其概，其傳於今者，如《老》《莊》《管》《列》諸家，亦多與今本不同，不特《孟子》之文如《容齋隨筆》所云也。前有

唐戴叔倫、柳伯存二序，與《文獻通考》所載相同。《唐志》著錄作一卷。叔倫序云三軸，伯存多又云六卷。今世所行有二本，一為范氏天一閣寫本，多所佚脫。是以御題詩有「太玄以下竟亡之」之句。此本為江蘇巡撫所續進，乃明嘉靖己丑廖自顯所刻，較范氏本少戴柳二序，而首特完整。

觀此一段提要文字，則於馬總《意林》之內容，亦有粗略之概念矣。

二、四庫未收書目提要

本書五卷，清阮元編，收入《揅經室外集》。阮元在浙時曾購得四庫未收古書一百七十五種，進呈內府，每進一書，必仿《四庫全書總目提要》之方式，奏進提要一篇。凡所考論，皆從採訪之處，先查此書原委，並屬鮑廷博、何元錫二氏參互審訂，阮氏親加改定，然後纂寫奏進，久而積成卷帙。

欲查此書，亦可查《四庫索引》，例如想知道魏徵《群書治要》是何類性質的書，查《四庫索引》，「魏」字十八畫，在《索引》十八畫下即得如下一條目：

魏徵　　隋書　　正史一
　　　　群書治要　　未收二

意指魏徵的《群書治要》一書，在《四庫未收書目提要》第二卷，查第二卷即得：

群書治要五十卷提要

唐魏徵等奉敕撰，徵字玄成，魏州曲城人，官至太子太師，謚
文貞，事蹟具《唐書》本傳。案宋王溥《唐會要》云：「貞觀
五年九月二十七日，秘書監魏徵撰《群書治要》，上之。」又
云：「太宗欲覽前王得失，爰自六經，訖于諸子，上始五年，
下盡晉年，書成，諸王各賜一本。」又《唐書·蕭德言傳》
云：「太宗詔魏徵、虞世南、褚亮及德言裒次經史百氏帝王所
以興衰者上之，帝愛其書博而得要。曰：『使我稽古臨事不惑
者，卿等力也。』德言賚賜尤渥。」然則書實成于德言之手，
故《唐書》于魏徵、虞世南、褚亮傳皆不及也。是編卷帙與
《唐志》合，《宋史·藝文志》即不著錄，知其佚久矣。此本
乃日本人重印，前有魏徵序，惟闕第四、第十三、第二十三
卷，今觀所載，專主治要，不事修辭，凡有關乎政術，存乎勸
戒者，莫不彙而輯之。即所采各書，並屬初唐善策，與近刊多
有不同。

觀此，於《群書治要》一書，亦可略識其大要也。

　此書在臺灣有藝文印書館《四庫全書總目提要》本，後附本
書。《四庫全書總目提要》及本書，雖有陳乃乾氏《四庫索引》，
可資檢閱，顧陳氏書係依著者姓氏筆畫編排。設若僅知書名而不知
作者姓名，則又檢閱費事矣。民國二十一年燕京大學圖書館哈佛燕
京社引得編纂處，有見及此，遂取美國魏魯男（James R. Ware）所
為四庫全書總目引得卡片，另編《四庫全書總目及未收書目引
得》，此引得分為兩冊，上冊列書名，下列人名，不但採輯無遺
漏，且凡一書有兩稱，二人同一名，以及偽書之著作者問題，合著

及箋注書之人名歧出，附刊書之書名之歧出，亦都分作專條，一一列入，使人觀後，即可了然。

其排列之方法，係用洪煨蓮氏之中國字庋纈法。書末附有拼音及筆畫檢字表，檢閱極為方便。

例如我們要查《意林》一書，可查書後筆畫引得，「意」字十三畫，在十三畫後可找到「意」字，後注 3/01912。可查上冊書名引得，在 $\frac{III}{01900\text{-}01940}$ 六十二頁可得：

01912 **意見**，一卷；明陳于陞；125/3a

01912 **意林**，五卷；唐馬總；123/3b

意謂《意林》五卷，唐馬總編，在一九二六年上海大東書局本《四庫全書總目提要》一二三卷三頁下。如果我們沒有大東本，則知道了卷數後，其他的版本也易查了。何況該引得還附了一張《四庫全書》卷頁內容表，附別本卷頁推算法，則可推算別本之卷頁。例如：

馬總《意林》在大東本的一二三卷三頁下，欲知藝文影本的幾頁，則由引得所附「四庫全書卷頁內容表」得知大東本一二三卷共八頁，而藝文本一二三卷查為三三頁。則其推算式為：

$$(33 \div 8) \times 3 = 12.3$$

於是在藝文影本十二頁與十三頁前後頁內查索，即可在十三頁上查得。

又例如我們知道徐堅曾經著一書，但不知所著為書？則可查筆畫引得，「徐」字十畫，在引得十畫後可找到「徐」字，後注 5/29960。可查引得下冊人名引得，$\frac{V}{29960\text{-}29960}$ 在一二三頁即得：

29960 徐

3/84373 **堅**，等（唐）；初學記，三十卷；123/2b

意謂徐堅等撰《初學記》三十卷，在大東本總目提要一三五卷二頁下。3/84377 為《初學記》的書名引得號碼。此書在臺灣有成文書局翻印本。

三、四庫大辭典

民國楊家駱編，民國二十年十月十日南京東瓜市中國圖書大辭典館初版，民國五十六年四月二十三日臺北中國辭典館籌備處五版，一鉅冊。本辭典以四庫全書總目著錄存目之書及其著者為範圍，範圍內之書名、人名均各立一條，每條依王雲五四角號碼排列，書名條下，著明該書提要，並註明版本及總目原書中之編次。人名條下著錄下列三項：㈠所著之書名稱。㈡傳記。㈢詳細傳記參考書。書前有王雲五序，及自序例言，書後附錄有三種：㈠助檢表及筆畫索引、拼音索引。㈡四庫全書概述，內分文獻、表計、類敘、書目四篇。㈢胡玉縉著《四庫全書總目提要補正》六十卷，補遺一卷，未收書目補正二卷。是書因將書名、著者皆分條排列，故無論記得書名或人名，皆可據其四角號碼檢索得到，實極為方便。如果不諳四角號碼，則可查筆畫索引與拼音索引，茲舉筆畫索引為例，以明檢查之方法。例如我們要查《初學記》一書之內容，可查筆畫索引，七畫刀部得「初」字，後注 37220 3－118，首一號碼為謂初字四角號碼 3722，0 指附號碼，次一號碼以 3 字頭為四角號碼之 118 頁。查 3－118 頁即得：

3722 0-77 初學記三十卷

唐徐堅等奉敕撰，纂經史文章之要，以類相從，分二十三部，三百一十三子目，前為敘事，後為專對，末為傳文。其所採摭，皆唐以前古書，而去取謹嚴，多可應用，雖不及《藝文類聚》之博贍，而精審則遠勝之。唐以來諸本駢青妃白，排比對偶者，自此書始。○嘉靖十年錫山安國仿宋刊本，嘉靖十三年晉府刊本，萬曆丁亥徐守銘重刊安國本，明晉陵楊氏重刊安國本，古香齋刊巾箱本，嘉靖二十三年潘王刊本，馮登府有宋本，孔氏刻本。○類書一。

觀此一條，不但明《初學記》之內容，且知其版本源流，又可藉其所註總目類次，以查核總目原書及附刊胡氏總目補正，洵有大功於後學也。若只知著者姓名，不知書名，則先查出著者之人名，然後由人名條下找出其書名，再按此法查索，無有不可得者。附帶說明，3722 0-77 之 77 二數為「學」字四角號碼之首二數，他皆為書名之次一字首二碼。本書在臺灣有楊家駱教授重印本。

四、叢書大辭典

叢書之名，雖起於唐代，然空有其名，而無其實。開明清以來叢書之體者，則始起於宋寧宗嘉泰元年，俞鼎孫之《儒學警悟》始，鼎孫為嘉泰中太學生，曾與其兄共編《石林燕語辨》、《演繁露》、《懶真子錄》、《攷古篇》、《捫蝨新語》上下集、《螢雪叢說》七種，為《儒學警悟》四十卷。《宋史·藝文志》著錄於子部類事類。俞鼎孫作俞鼎，此真近世叢書之始也。厥後七十二年，

而有宋咸淳癸酉古鄮山人左圭《百川學海》之輯，書凡十集，所收多唐宋以來之短書小說，與宋人之詩話、筆談、譜錄小品。亦間有兩晉六朝之作，雖皆小種，然所收較曾慥《類說》及無名氏《續談助》諸書，尚無刪薙割裂之弊。其自序曰：「余舊裒雜說數十種，日積月累，殆逾百家，唯編纂各殊，醇疵各半，大要足以識言行，裨見聞。其不悖於聖賢之指歸則一。」又曰：「人能由眾說之流派，溯學海之淵源，則是書之成，夫豈小補。」宋代叢書，又有何去非《武經七書》，當係元豐中以《六韜》、《孫子》、《吳子》、《司馬法》、《黃石公三略》、《尉繚子》、《李衛公問對》頒行武學後之所刊也。元代叢書，足堪稱述者，惟杜思敬所輯《濟生拔萃》收醫書十八種。有明之初，陶宗儀仿曾慥《類說》之例，而廣其篇籍，掇茸經緯史傳，下逮百氏雜說之書，刊為《說郛》一百卷，亦沿叢書之體。有明叢刊，至今尚可稱述者，雕刻之精，則有新安程榮之《漢魏叢書》，長洲顧元慶之《文房小說》，胡氏之《世德堂六子》，郎奎金之《五雅全書》，金壇王肯堂之《古今醫統正脈全書》，長洲沈之津《欣賞編》。摭拾之富，則有海鹽胡震亨之《秘冊彙函》，常熟毛子晉之《津逮秘書》，《詩詞雜俎》，新安吳琯之《古今逸史》，雲間陸楫之《古今說海》，武林鍾人傑之《唐宋叢書》，會稽高濂之《稗海》，鄞縣范欽之《二十一種奇書》，海陵王文祿之《百陵學山》，嘉興周履靖之《夷門廣牘》，孫幼安之《稗乘》，黃岡樊維城之《鹽邑志林》。雖採擇未必精，然尚多存秘籍，他如仁和胡文煥之《格致叢書》，豐城李栻之《歷代小史》，餘姚胡維新之《兩京遺編》，雲間陳繼儒之《寶顏堂秘笈》，竟陵鍾惺之《秘書十八種》，桃溪居士之《五朝

小說》，雖等之自鄶，尚未背叢書之旨也。若秀水高鳴鳳之《今獻彙言》，烏程沈節甫之《紀錄彙編》，山陰祁承鄴之《國朝徵信錄》等則于治明史者，又不可不知也。有清一代，學術趨向正軌，遠非前代可比。開國之初，叢書著於時者，有納蘭成德之《通志堂經解》，張百行之《正誼堂叢書》，曹寅之《楝亭十二種》，張潮之《昭代叢書》，以及陳潤之《荊駝逸史》，曹溶之《學海彙編》則其尤著者也。至若顧炎武《音學五書》之考音韻，張士俊《澤存堂五種》之主小學，則尤為菁英。乾嘉以還叢書之著於時者，如張海鵬之《學津討源》、《墨海金壺》、《借月山房彙鈔》，黃丕烈之《士禮居叢書》，盧文弨之《抱經堂叢書》，鮑廷博之《知不足齋叢書》，李調元之《涵海》，畢沅之《經訓堂叢書》，孫星衍之《平津館叢書》、《岱南閣叢書》，阮元之《學海堂經解》、《文選樓叢書》，周永年之《貸園叢書》，盧見曾之《雅雨堂叢書》，顧修之《讀書齋叢書》，以及孫馮翼之《問經堂叢書》，黃奭之《漢學堂叢書》，馬國翰之《玉函山房輯佚書》等，皆此期之魁壘也。道咸而後，叢書之刊布，猶遵乾嘉之舊軌者，則有陳潢之《澤古齋叢鈔》，茆泮林之《十種古逸書》蔣光煦之《別下齋叢書》、《涉聞梓舊》，錢培名之《小萬卷樓叢書》，錢熙祚之《守山閣叢書》、《珠叢別錄》、《指海》，潘仕成之《海山仙館叢書》，伍崇曜之《粵雅堂叢書》，鮑廷爵之《後知不足齋叢書》，章壽康之《式訓堂叢書》，王先謙之《南菁書院經解》，鍾謙鈞之《古經解彙函》、《小學彙函》，張炳翔之《許學叢書》，姚進元之《咫進齋叢書》；其揚今文之墜緒者，則有莊存與《善味經齋遺書》，宋翔鳳之《浮溪精舍叢書》。此外叢書，文史而外，兼收地理、目

錄、金石、佛錄、西藝之編者，則有郁松年之《宜稼堂叢書》，李
錫齡之《惜陰軒叢書》，楊尚文之《連筠簃叢書》，潘祖蔭之《滂
熹齋叢書》、《功順堂叢書》，趙之謙之《仰視千七百二十九鶴齋
叢書》，黎庶昌之《古逸叢書》，蔣鳳藻之《鐵華館叢書》，陸心
源之《十萬卷樓叢書》，張鈞衡之《適園叢書》，劉世珩之《聚學
軒叢書》，袁昶之《漸西村舍叢書》，徐乃昌之《積學齋叢書》，
江標之《靈鶼閣叢書》，廣雅書局之《廣雅叢書》，胡思敬之《問
影樓輿地叢書》。並能繼軌前徽，廣事搜採。彙刻鄉邦著述，蔚為
巨袟者，則同光間伍崇曜之《嶺南叢書》，王灝之《畿輔叢書》，
趙尚輔之《湖北叢書》，陶福履之《豫章叢書》，胡鳳丹之《金華
叢書》，傅春官之《金陵叢刊》。保存文獻，恢弘學術，功莫大
焉。民國以來，學術分科愈細，叢書網羅日專，考訂鳴沙秘籍殷虛
文字之屬，則有羅振玉《吉石盦叢書》、《鳴沙石室古籍叢殘》，
王國維之《藝術叢書》、《學術叢書》。勘校詞曲之屬，則有王鵬
運之《四印齋所刻詞》，朱祖謀之《彊村叢書》，吳昌綬之《雙照
樓錄宋元本詞》，陶湘之《影宋金元詞》，吳梅之《奢摩他室曲
叢》，盋山精舍之《元明雜劇》，盧前之《斂虹簃叢書》，任訥之
《散曲叢刊》，唐圭璋之《詞話叢編》。專蒐目錄之著者有上虞羅
氏之《玉簡齋叢書》，長沙葉氏之《觀古堂書目叢刻》，姚振宗之
《快閣師石山房叢書》。其中最盡叢書之用者厥為《四部叢刊》、
《四部備要》、《叢書集成》、《百部叢書》四者最為重要。《四
部叢刊》者，商務印書館所印行，嘗自舉其善，蓋有六焉。謂彙刻
叢書，昉於南宋，後世踵之，顧其所收，類多小種，足備專門之瀏
覽，而非常人所必需，此之所收，皆四部之中，家弦戶誦之書，如

布帛菽栗，四民不可一日缺者，其善一矣。明之永樂大典，清之圖書集成，無所不包，誠為鴻博，而所收古書，悉經剪裁，此則仍存原本，其善二矣。書貴舊本，昔人明訓，麻沙惡槧，安用流傳，此則廣事購借，類多秘帙。其善三矣。求書者縱胸有晁陳之學，冥心搜訪，然其聚也，非在一地，其得也，不能同時，此則所求之本，具於一編，省時省事，其善四矣。雕版之書，卷帙浩繁，藏之充棟，載之專車，平時翻閱，已屢煩乎轉換，此用石印，但略小其匡，而不併其葉，故冊小而字大，冊小則便於庋藏，字大則能悅目。其善五矣。鏤刻之本，時有先後，往往小大不齊，縹緗異色，以之插架，殊傷美觀，此則版型紙色，斠若劃一，列之清齋，實為精雅，其善六矣。自影印新法，流入中土，用以繙布舊籍，由來已久，求其精善宏博，蓋未能逾於此者。初編收書三百四十八種，二千九百七十九冊，一萬一千五百二十二卷，百衲本二十四史，三千二百四十卷別行，又續編二百一十三種六千九百六十四卷，三編二百零一種六千七百四十七卷。誠可謂學海之鉅觀，書林之創舉矣。《四部備要》者，中華書局所印行，都凡三百五十一種，一萬一千二百零五卷，其於諸籍，多以近儒校注之本為依據，而務求合應用之所需，此尤便於初學者也。所用聚珍倣宋字，亦可謂美觀者矣。《叢書集成》者亦商務印書館所印行，選取叢書百部，約六千種，二萬七十餘卷，汰除重複，綜為一籍，實存四千一百種，約二萬卷，此書用意至佳❻。

---

❻ 藝文印書館《百部叢書集成》乃在臺灣刊行者，可與商務印書館《叢書集成》先後比美，同有功於學術文化者也。

　　本書條目性質，分為四種，一曰叢書總目條，簡稱總目條。二曰叢書撰編校刊者人名條，簡稱總人名條。三曰叢書子目書名條，簡稱子目條。四曰叢書子目各書撰注者人名條，簡稱子目人名條。四者按辭典綜式綜合排列。

　　總目條係以各叢書之名稱立條目，條文內記載此叢書撰編校刊者姓名及其版本，並臚舉全書子目。及子目各書卷數與撰注者姓名，間繫考證或附列關係書目及他項記載，惟多係採自舊目，格式未盡畫一，亦未盡注出處。

　　總人名條，以各總目條所列各叢書撰編校刊者姓名立為條目，條文內祗舉其所撰編校刊之叢書名稱，其他則檢者可復按其總目本條。

　　子目條係以總目條內所列書名立為條目，條文內祗舉所被收之叢書名稱，其他檢者可復按其總目本條。

　　子目人名條，以總目條中所列叢書子目各書撰注者姓名立為條目，凡叢書總目條未經注明者，概從闕。條下僅舉所著書之在叢書內者，至在何種叢書內，檢者可復按其子目本條。

　　本書條目之排列，採用王雲五四角號碼檢字法。為顧及不諳四角號碼者檢用起見，另附部首筆劃索引，按《辭源》之單字次序排列。

　　我們要怎樣利用此書呢？我們知道伍崇曜編有《粵雅堂叢書》，想知道《粵雅堂叢書》的內容，此時可查《索引字頭筆畫檢字》，「粵」字十二畫，在《索引字頭筆畫檢字》十二畫有粵字下註四角號碼為 2620_7。在《叢書大辭典》409 頁 2620_7 下可檢得

【粵雅堂叢書】清南海伍崇曜校刊。　第一集　南部新書十卷（宋錢易撰）、中吳紀聞六卷（宋龔明之撰）、志雅堂雜鈔二卷（宋周密撰）、焦氏筆乘六卷續八卷（明焦竑撰）、東城雜記二卷（清厲鶚撰）。　第二集　奉天錄四卷（唐趙一元撰）、咸淳遺事二卷（宋無名氏）、昭忠錄一卷（同上）、月泉吟社一卷（宋吳渭編）、谷音一卷（元杜本編）、河汾諸老詩集八卷（元房祺編）、揭文安公文粹二卷（元揭傒斯撰）、玉笥集十卷（元張憲撰）、潞水客談一卷（明徐貞明撰）、陶庵夢憶八卷（明張岱撰）、天香閣隨筆二卷·集一卷（明李介撰）。　第三集　芻蕘奧論二卷（宋張方平撰）、唐史論斷三卷（宋孫甫撰）、叔苴子內編六卷·外編二卷（明莊元臣撰）、西洋朝貢錄三卷（明黃省會撰）、五代詩話十卷（清王士正編鄭方坤刪補）。　第四集　易圖明辨十卷（清胡渭撰）、四書逸牋六卷（清程大中撰）、古韻標準四卷（清江永撰）、四聲切韻表一卷（同上）、緒言三卷（清震撰）、聲類四卷（清錢大昕撰）、宋遼金元四史朔閏攷二卷。　第五集　國史經籍志五卷（焦竑撰）、文史通義八卷·校讎通義三卷（清章學誠撰）。　第六集　經義攷補正十二卷（清翁方綱撰）、小石帆亭五言詩續鈔八卷（同上）、蘇詩補註八卷（同上）、石洲詩話八卷（同上）、北江詩話六卷（洪亮吉撰）、玉山草堂續集六卷（清錢林撰）。　第七集　虎鈐經二十卷（宋許洞撰）、打馬圖經一卷（宋李清照撰）、敘古千文一卷（宋胡寅撰黃灝注）、草廬經略一卷（明無名氏）、字觸六卷（清周亮工撰）、今世說八卷（清王晫撰）、飲水詩集二卷·

詞集二卷（清性德撰）。　第八集　雙溪集十五卷（宋蘇籀撰）、日湖漁唱一卷（宋陳允平撰）、琴譜六卷（元熊朋來撰）、秋笳集八卷（清吳兆騫撰）、燕樂攷原六卷（清淩廷堪撰）。　第九集　絳雲樓書目四卷（清錢謙益編陳景雲注）、述古堂書目四卷（清錢曾撰）、石柱記箋釋五卷（清鄭元慶撰）、林屋唱酬錄一卷（清馬曰琯等編）、焦山紀遊集一卷·沙河逸老小稿六卷·嶰谷詞一卷（馬曰琯撰）、南齊集六卷·詞二卷（清馬曰璐撰）。　第十集　九國志十二卷（宋路振撰張唐英補）、胡子知言六卷·疑義一卷·附錄一卷（宋胡宏撰）、蒿菴閒話二卷（清張爾岐撰）、後漢書補注二十四卷（清惠棟撰）、後漢書補表八卷（清錢大昭撰）。　第十一集詩書古訓六卷（清阮元撰）、十三經音略十二卷（清周春撰）、說文聲系十四卷（清姚文田撰）。　第十二集　新校鄭志三卷·附錄一卷（鄭小同撰清錢東垣等勘訂）、文館詞林四卷（唐許敬宗等編）、兩京新紀一卷（唐韋述撰）、華嚴經音義四卷（唐釋慧苑撰）、道德真經注四卷（元吳澄撰）、太上感應篇注二卷（惠棟撰）、歷代帝王年表三卷（清六召南撰阮福續）紀元編三卷（清李兆洛撰）。　第十三集　中興禦侮錄二卷（宋無名氏撰）、襄陽守城錄一卷（宋趙萬年撰）、宋季三朝政要五卷（宋無名氏）、附錄一卷（宋陳仲微撰）、詞源二卷（宋張炎撰）、元草堂詩餘三卷（元鳳林書院本）、樓山堂集二十七卷（明吳應箕撰）。　第十四集　朱子年譜四卷·考異四卷·附錄二卷（清王懋竑撰）、韓柳年譜八卷（馬曰璐合刻）、疑年錄四卷（錢大昕撰）、續錄四卷（清吳修撰）、

米海岳年譜一卷（清翁方綱撰）、元遺山先生年譜三卷（同上）。　第十五集　崇文總目輯釋五卷·補遺一卷（宋王欽若等撰清錢東垣等輯）、菉竹堂書目六卷（明葉盛撰）、金石林時地考二卷（明趙均撰）、勝飲篇十八卷（清郎廷極選）、采硫日記三卷（清郁永河撰）、嵩洛訪碑日記一卷（清黃易撰）、通志堂經解錄一卷（翁方綱撰）、蘇米齋蘭亭考八卷（同上）、石渠隨筆八卷（阮元撰）。　第十六集　同官新義十六卷（宋王安石撰）、爾雅新義二十卷（宋陸佃撰）、蘇氏周易集解十卷（清孫星衍撰）、春秋穀梁傳時月日書法釋例（清許桂林撰）。　第十七集　群經音辨七卷（宋賈昌朝撰）、刊正九經三傳沿革例一卷（宋岳珂撰）、九經補韻一卷·附錄一卷（宋楊伯喦撰清錢侗考正）、詞林韻釋二卷（宋菉斐軒刊本）、漢書地理志稽疑六卷（清全祖望撰）、國策地名考二十卷（清程恩澤撰狄子奇箋）。　第十八集　儀禮石經校勘記四卷（阮元撰）、隸經文四卷（清江藩撰）、樂縣考二卷（同上）、國朝漢學師承記八卷、附錄國朝經師經義目錄一卷（同上）、國朝宋學淵源記二卷·附記一卷（同上）、顧亭林先生年譜四卷（清張穆撰）、閻潛邱先生年譜四卷（同上）。　第十九集　秋園雜佩一卷（明陳貞慧撰）、倪文正公年譜四卷（清倪會鼎撰）、南雷文定前集十一卷·後集四卷·三集三卷·詩歷四卷（清黃宗羲撰）、程侍郎遺集十卷（程恩澤撰）。　第二十集　李元賓集六卷（唐李觀撰）、呂衡州集十卷（唐呂溫撰）、西崑酬倡集二卷（唐楊億等撰）、鄂州小集六卷（宋羅願撰）、樂府雅詞六卷·拾遺一卷（宋曾慥

撰）、陽春白雪八卷·外集一卷（宋趙聞禮撰）、揅經室詩錄
五卷（阮元撰）。　第二十一集　孟子音義二卷（宋孫奭
撰）、兩漢博聞十二卷（宋楊侃撰）、春秋五禮例宗十卷（原
缺四五六宋張大亨撰）、兒易外儀十五卷（明倪元璐撰）、春
秋國都爵姓考（清陳鵬撰）·附春秋國都爵姓考補（清曾釗
撰）、儀禮管見三卷（清褚寅亮撰）。　第二十二集　包孝肅
奏議十卷（宋包拯撰）、續世說十二卷（宋孔平仲撰）、寶刻
類編八卷（宋無名氏撰）、書義主意六卷（元王充耘撰）·附
群英書義二卷（元張泰撰）、焦氏類林八卷（明焦竑撰）、西
域釋地一卷·西陲要略四卷（清祁韻士撰）。　第二十三集
續談助五卷（宋無名氏撰）、益齋集十卷·拾遺一卷·集誌一
卷（元李齊賢撰）至正直記四卷（元孔齊撰）、鳳氏經說三卷
（清鳳韶撰）、比雅十九卷（清洪亮吉撰）、廣釋名二卷（清
張金吾撰）、對數簡法二卷·續對數簡法一卷·外切密率四
數·假數測圓二卷（清戴煦撰）。　第二十四集　乾道臨安志
三卷（宋周淙撰）、京口耆舊傳九卷（宋無名氏撰）、輿地碑
記目四卷（宋王象之撰）、紹興題名錄一卷·寶祐登科錄一
卷·河朔訪古記三卷（元納新撰）、長物志十二卷（明文震亨
撰）、墨志一卷（明麻三衡撰）、唐昭陵石跡考略五卷（清林
侗撰）、瘞鶴銘考一卷（清汪士鈜撰）、小山畫譜二卷（清鄒
一桂撰）、雲中紀程二卷（清高懋功撰）、太清神鑒六卷（無
名氏撰）。　第二十五集　漢唐事箋前集十二卷·後集八卷
（元朱禮撰）、馭交記十二卷（明張鏡心撰）、三國志補注六
卷（清杭世駿撰）、述學三卷（清汪中撰）、黔書四卷（清田

雯撰）、續黔書八卷（清張澍撰）、烟霞萬古樓文集六卷·詩
選二卷（清王曇撰）、附仲瞿詩錄一卷（清徐渭仁輯）、梅邊
吸笛譜二卷（清凌廷堪撰）。　第二十六集　帝範一卷（唐太
宗撰）、臣軌一卷（唐武后撰）、群書治要五十卷（原缺卷四
卷十三卷二十唐魏徵撰）、四聲等子一卷（無名氏撰）。　第
二十七集　周易新講義十卷（宋龔原撰）、玉堂類藁二十卷·
西垣類藁二卷·附錄一卷（宋崔敦詩撰）。　第二十八集　唐
才子傳十卷（元辛文房撰）、律呂通解五卷（清汪烜撰）、六
書轉注十卷（洪亮吉撰）、季滄葦書目一卷（季振宜撰）、墨
緣彙觀錄四卷（清無名氏撰）。　第二十九集　兒易內儀以六
卷（明倪元璐撰）、蜀名勝記三十卷（明曹學佺撰）、補宋書
刑法志一卷（郝懿行撰）、補宋書食貨志一卷·晉宋書故一
卷。　第三十集　姑溪居士前集五十卷·後集二十卷（宋李之
儀撰）、授堂文鈔八卷（清彭兆蓀撰）

【粵雅堂叢書】叢書集成。

我們看到兩條粵雅堂叢書，前一條告訴我們叢書的編輯者是伍崇
曜，以叢書的內容。後一條告訴我們此一叢書亦收進於《叢書集
成》內。

五、叢書總目類編

本編所收叢書 2797 種，均係古典文獻。本書分「彙編」與
「類編」兩部分，《彙編》分雜纂、輯佚、郡邑、氏族、獨撰五
類；《類編》分經、史、子、集四類。書名據原書著錄，凡題「一

名」的，均附注於後。重編、增刻而著名改題的，一併著錄，以另一種字體為別，其有未題名的，則據諸家目錄擬加。

例一：

新陽趙氏叢書（一名高齋叢刻）

例二：

行素軒算稿

　　　清光緒八年（1882）梁谿華氏刊本

行素軒筆錄

　　　清光緒二十四年（1898）上海文瑞樓石印本

著者原書題署用字號的，統一改用其名；用別號、筆名的，按原書著錄，其姓名可考的，附注於後。至著者後來改名，其題署原名的，按原書著錄而將所改之名附注於後。凡著者後的附注均加括弧，用以表示此全為全書所統一之著錄。

例一：

（明）斜園居士（葉憲祖）

例二：

（清）成孺（蓉鏡）

凡一書為兩種以上叢書所收，所題著者有分歧，成為甲乙兩人時，各按原書著錄，經考訂認為甲較可靠，附加「一題」附注於乙名之後。

例：

《唐宋傳奇集》 虬髯客傳一卷 （前蜀）杜光庭撰

《說郛》 虬髯客傳一卷 （唐）張說（一題前蜀杜光庭）撰

每一著者姓名前均加朝代名，今人則不加。

本書編末附《叢書書名索引》和《索引字頭筆劃檢字》檢索所有叢書中包括數種著作的子目書名。索引上的號碼，正體字是《叢書總目類編》的頁碼，斜體字是該叢書在類編中次第。

例如我們想知道《古逸叢書》包含那些書？可查《索引字頭筆畫檢字》五畫下有「古」字，4060。

查《叢書書名索引》4060。得 37~逸叢書 214，*202*

查《叢書總目類編》214 頁，202 號得

古逸叢書
（清）黎庶昌輯

　　清光緒中遵義黎氏日本東京使署景刊本

爾雅三卷 （晉）郭璞注 光緒九年（1883） 據宋蜀大字本
　　景刊

春秋穀梁傳十二卷附考異一卷 （晉）范甯集解 （唐）陸德
　　明音義 考異（民國）楊守敬撰 光緒九年（1883）據宋紹
　　熙本景刊

論語十卷 （魏）何晏集解 光緒八年（1882）據日本正平本
　　景刊

周易六卷附晦庵先生校正周易繫辭精義二卷 （宋）程頤傳

附（宋）呂祖謙撰　光緒九年（1883）據元至正本景刊

孝經一卷　唐玄宗注　據日本舊鈔卷子本景刊

老子道德經二卷　（周）李耳撰　（魏）王弼注　據集唐字本
　　景刊

荀子二十卷　（周）荀況撰　（唐）楊倞注　光緒十年
　　（1884）據宋台州本景刊

南華真經注疏十卷　（晉）郭象注　（唐）成玄英疏　據宋本
　　景刊

楚辭集注八卷辯證二卷後語六卷　（宋）朱熹撰　據元本景刊

尚書釋音二卷　（唐）陸德明撰　據日本景鈔宋大字本景刊

玉篇殘四卷（存卷九、卷十八至十九、卷二十七）又二卷（卷
　　九、卷二十二）　（梁）顧野王撰　據日本舊鈔卷子本景刊

廣韻五卷附校札一卷　（宋）陳彭年等重修　校札（清）黎庶
　　昌撰　據未本景刊

廣韻五卷　（宋）陳彭年等重修　據元泰定本景刊

玉燭寶典十二卷（原缺卷九）　（隋）杜臺卿撰　據日本舊鈔
　　卷子本景刊

文館詞林殘十四卷（存卷一百五十六至一百五十八、卷三百四
　　十七、卷四百五十二至四百五十三、卷四百五十七、卷四百
　　五十九、卷六百六十五至六百六十七、卷六百七十、卷六百
　　九十一、卷六百九十九）　（唐）許敬宗等輯　光緒十年
　　（1884）據日本舊鈔卷子本景刊

珦玉集殘二卷（存卷十二，卷十四）　據日本舊鈔卷子本景刊

姓解三卷　（宋）邵思撰　據北宋本景刊

韻鏡一卷　據日本永祿本景刊

日本國見書目錄一卷　（日本）藤原佐世撰　據日本舊鈔卷子
本景刊

史略六卷　（宋）高似孫撰　光緒十年（1884）年據宋本景刊

漢書食貨志一卷（原缺卷下）　（漢）班固撰　（唐）顏師古
注　光緒八年（1882）據唐寫本景刊

急就篇一卷　（漢）史游撰　據日本小島知足仿唐石經體寫本
景刊

杜工部草堂詩箋四十卷外集一卷補遺十卷傳序碑銘一卷目錄二
卷年譜二卷詩話二卷　（宋）魯訔輯　（宋）蔡夢弼會箋補
遺　（宋）黃鶴集註　據宋本麻沙景刊補遺據高麗繙刻本景
刊

碣石調幽蘭一卷　（陳）丘公明撰　據日本舊鈔卷子本景刊

天台山記一卷　（唐）徐靈府撰　據日本舊鈔卷子本景刊

太平寰宇記殘六卷（存卷一百十三至一百十八）　（宋）樂史
撰　光緒九年（1883）據宋本景刊

六、藝文志二十種綜合引得

藝文志二十種者，合班固《漢書·藝文志》，姚振宗《後漢藝
文志》，《三國藝文志》，文廷式《補晉書藝文志》，長孫无忌等
《隋書·經籍志》，劉昫等《舊唐書·經籍志》，歐陽修等《新唐
書·藝文志》，顧懷三《補五代史藝文志》，托克托等《宋史·藝
文志》，盧文弨《宋史藝文志補》、《補遼金元藝文志》，金門詔

《補三史藝文志》**❼**，錢大昕《補元史藝文志》，張廷玉等《明史·藝文志》，朱師轍《清史稿·藝文志》及《禁書總目》，《全燬書目》，《抽燬書目》，《違碍書目》，與劉世瑗《徵訪明季遺書目》也。《藝文志二十種綜合引得》之編排既為綜合二十種藝文志而成，因志名稱稍嫌冗長，故各以略語代表之，如"清"為《清史·藝文志》之簡稱，"明"為《明史·藝文志》之簡稱，後附《藝文志二十種原名及略語對照表》可自行參閱。本引得之書名、人名互為目注，以書名為主者，則書名為目，人名為注；以人名為主者，則人名為目，如"王勃；周易發揮"一條，"王勃"為目，"周易發揮"為注；而"周易發揮；王勃"一條，則"周易發揮"為目，"王勃"為注。本引得之排列，一準"中國字庋攟"法。其引得取目之第一字之羅馬字母，編成拼音檢字。所據拼音系統從 Herbert Giles, Chinese-English Dictionary (Kelly and Walsh, Shanghai, 1912) 中國字音若不相識，則據音檢索為無效，故另取其目之第一字，編為筆畫檢字，其筆畫相同之字，皆按《康熙字典》依其部首順次排列。

　　我們要怎樣來利用此書呢？我們知道戴震是清代樸學皖派的領袖，但不知他有何著作，此時可查「拼音檢字」戴震首字「戴」，韋氏拼音為 TAI，查 TAI，在下面有「戴」字，下注 2/35895。在本索引的Ⅱ/35895-35895 下有一條如下：

戴震：尚書義考：清 1/6a

---

❼　亦稱《補遼金元史藝文志》。

一：毛鄭詩考正：清 1/7b

一：詩經補注：清 1/7b

一：考工記圖注：清 1/9a

一：孟子字義疏證：清 1/18b

一：經考：清 1/20b

一：方言疏證：清 1/22a

一：聲韻考：清 1/25b

一：聲類表：清 1/25b

一：轉語：清 1/25b

一：水經注校：清 2/18a

一：水地記：清 2/18a

一：原善：清 3/3b

一：天文略，續：清 3/10a

一：句股割圜記：清 3/11b

一：五經算術考證：清 3/12a

一：屈原賦注：清 4/1a

一：屈原賦通釋：清 4/1a

一：屈原賦音義：清 4/1a

一：東原集：清 4/1a

一等：汾州府志：清 2/15a

如果對拚音不熟，可查筆畫檢字。「戴」十八畫，在十八畫下可見

戴 2/35895

也可以找到。

第十二節　檢查學術論文的工具書

研讀碩士、博士或寫學位論文，或學人寫作學術論文時，想知道有些甚麼參考書，此時就可查閱這類工具書。分述於後：

一、國學論文索引

本書共收抗戰以前大陸各著名雜誌八十二種，其分類，首總論、次群經、次語言文字、次攷古、次史學、次地學，次諸子、次文學、次科學、政治、經濟、社會教育等學，而殿以圖書目錄學。凡諸論文，可因類以求，因目尋篇。據其篇題與雜誌之卷數，無不可得也。每類在全編之內，可視為一獨立部分，故關於通論之論文，均弁於各類之首，餘者以性之所近，括為若干小類，並列於次，而每一類之中，其類目或以性質定其先後，或以時代定其先後。

我們要如何利用此書呢？例如我們想寫一篇與《詩經》詩序有關的文章，不知有何資料可供參考，此時就可查國學索引了。查正續編目錄

二、群經
(5)詩　　一七－二一

查初編索引，在二一頁上，可看到有下列幾篇與《詩・序》有關的文章，可供參考。

論詩序　廖平　中國學報第四

讀毛詩序　鄭振鐸　小說月報十四卷一號

毛詩序考　吳時英　晨報副鐫十三年四月份

宋朱熹的詩經集傳和詩序辯　傅斯年　新潮一卷四號

續編索引則在九、十兩頁上有下列篇章可供參考。

說詩序　屠祥麟　中央大學半月刊一卷十五期

詩序作者考證　黃優仕　國學月報彙刊一集

毛詩序之背景與旨趣　顧頡剛　中山大學語言歷史學研究所週刊十集一
二〇期

再查三編目錄

二、經類

(5)詩經　　九－一三

查三編索引，在一〇頁開始有下列文章，可供參考。

毛詩序之背景與旨趣　顧頡剛　國立中山大學語言歷史研究所週刊十集
一二〇期

詩大序小序辨　許新堂　民彝雜誌一卷八期

詩序非衛宏所作說　黃節　清華中國文學會月刊一卷二期

又查索引四編目錄

二、經類

(5)詩經　　二〇－二六

查索引在二〇頁開始有下列文章，可供參考。

　　詩序　　呂思勉　　光華大學半月刊二卷十期
　　詩序考原　　李繁閣　　勵學四期
　　詩序作者　　李嘉言　　北平晨風思辨廿一期（廿四年十一月十五日）
　　論詩序　　蘇維嶽　　國風月刊七卷四號

從以上所查索的資料，可知關於詩序的研究，有些什麼文章可供參
考，也可知道在那裏可以找到我們所要的有關文章，這時我們做研
究工作的基本工夫。

二、民國學術論文索引

　　章羣先生承當時中國國民黨祕書長張其昀先生之命，撰寫《民
國學術論文索引》，以供學者參考。其所取材，多本於中央研究院
歷史語言研究所之收藏，私家存書，間亦有之。本書所收論文，以
文哲史地為主，分類九十，即總論、哲學、經學、史學、地理、語
文學，文學、民族學與民俗學、考古人類學、圖書與文獻。每類又
列若干細目，總求檢閱方便，至於篇章次序，能以時間分者，列其
先後，能以地區畫者，則如其分分；此外或以性質相近，或以思想
連貫排成一類，又為便利參閱，間有互見。譬如說，我們想研究
《詩經》的《詩序》問題，不知有些什麼資料可供參考，就可查閱
此書。首先查目錄：

　　叁　經學

　　　　三、詩經……………………………二〇

在本書的二〇頁三、詩經下，可看到有下列篇章可供參考。茲錄於
下：

詩序存廢之商榷　涂世恩　文史季刊（一·三）（這表示一卷三期，後
仿此）

詩序作者考證　黃優仕　國學月報彙刊（一）

詩經序傳箋略例　黃季剛　制言（三九）

詩經序傳箋略例補　黃季剛　制言（三九）

三、文學論文索引

　　本書搜羅中國雜誌報章共一百六十二種，由光緒三十一年起，
至民國十八年十二月止。本書分上中下三編。上編為總論，包括文
學通論及通論各國文學兩類論文。中編為分論，依作品之體製分為
詩歌、戲曲、小說等項。下編為文學家評傳，以國家分組，排列次
序依作家之年代。

　　譬如我們想知道研究有關〈古詩十九首〉的論文有那些，就可
查本索引了，查目錄，「中編　文學分論」

　　一、詩與歌謠

　　　　2. 中國詩歌

　　　　(1)舊詩歌

　　　　古詩十九首　　　下註明一一四。

我們可查索引一一四頁，古詩十九首欄有下列論文：

古詩十九首　張壽林　京報附設之第六種週刊十四年十月十七日至十一月七日

古詩十九首在文學上之地位　徐禪心　中大語言歷史學研究所週刊六集六十五期

古詩十九首考　徐中舒　中大語言歷史研究所週刊六集六十五期　立達一期

古詩十九首詮釋　髯客　學藝二卷四號五號

這些論文，的確是我們研究〈古詩十九首〉很重要的參考論文。

四、文學論文索引續編

本篇體例沿正編之舊，不過材料由民國十七年起，至二十二年五月止。我們也用同樣的方法去使用本書。例如〈古詩十九首〉的相關論文，也可以查目錄

「中編　文學分論」

一、詩歌

　　6.中國詩歌

　　A.舊詩　　下註八七一一〇三

我們可以在九一頁上看到下列論文：

古詩　賀凱　中國文學史綱要三編二章（即古詩十九首）

古詩十九首所表現的情感　訪秋　河南民報副刊寸土（十八年五月）

古詩十九首論叢　常工　晨星月刊第一期

葺芷繚衡室古詩札記　平伯　清華文學月刊二卷一、二期（內容均偏於

古詩十九首章句之解釋）

這幾篇論文當然對研究〈古詩十九首〉有相當的助益。

五、中國語言學論文索引（甲、乙編）

本索引為中國科學院語言研究所編，1965 年科學出版社出版。

甲編收集一 1949 年以前發表的有關語言學的論文，輯自國內報刊及一部分論文集，共計六百餘種，論文共五千餘篇。

乙編收集國內報刊二百四十餘種，自 1950 年到 1963 年發表的論文共七千餘篇。

甲乙編都分為語言與語言學、漢語、少數民族語言三部分。每部分又分若干子目，如漢語復分：中國語言學史、漢語、現代漢語、漢語語音、漢語詞匯、漢語語法、修辭寫作翻譯、漢語文字、漢語教學等。每一子目的最後的最後，附有書評篇目。著錄項目為：篇名、作者、報刊簡名以及版日期或卷期。

書前附有“所收報刊一覽表”，書後附“論文集一覽”和“著者姓名索引”。著者索引，又分用漢字署名的著者，用拼音字母署名的作者，外國作者三類。這是一部對語文學習、語文教學很有的工具書。

六、中國史學論文索引

本索引分上下二篇，中國科學院歷史研究所第一、二所，北京大學歷史系合編，1957 年科學出版社出版。

　　這本索引從清末到抗日戰爭開始（1900－1937 年 7 月）的定期刊物約 1300 餘種當中，選錄有關歷史科學以及各種文化史，科學史的論文共三萬餘篇。著錄項目：篇名、著譯者、刊名、卷期數和出版年月，分類編排。

　　上編為中國歷史科學論文之部，分為：歷史、人物傳記、考古學、目錄學四大類；下編是各種科學學術史之部，分為：學術思想史、社會科學史、政治科學史、經濟史、文化教育事業史、宗教史、語言文字史、文學史、藝術史、歷史和地理學史、自然科學史、農業史、醫學史、工程技術史等十三大類。同一類目內論文之排列，有依時代的，有依地域的，間亦採用互見。

　　書後附有輔助索引，把標題或各種專名，如人名、地名、朝代名等綜合編成筆畫索引，以便查檢。（取材自《文史哲工具書簡介》）

七、中國近二十年文史哲論文分類索引

　　國立中央圖書館為總結民國三十七年至五十七年二十年來文史哲學研究之成果，為便利中外學人之索檢參考，故編定《中國近二十年文史哲論文分類索引》。本索引以收錄中央圖書館館藏此二十年中所刊行之中文期刊，有關中國哲學、語言文字學、文學、歷史學、考古學、民族學及目錄學等之學術論文為限，共收期刊二百六十一種，論文集三十六種，計二萬三千六百二十六條目。本索引分為四部分：

　　㈠分類表

　　本索引就論文內容，分為哲學類、經學類……等十大門類。

(二)正文

1.本索引就篇名性質予以分類編排，凡同一類者，概依篇名之
　筆劃、筆順為序。

2.本索引論文記載之款目，包含八目，其著錄之次序為：類
　名、篇名編號、篇名、著譯者、刊名、卷期、出版日期、起
　訖頁次。

3.本索引之哲學家，各依出生年代為序。

4.本索引之傳記類之分傳，其朝代以卒年為準。

(三)著者索引

1.著者索引，依著者姓名筆劃排列，後附所著論文篇名編號。

2.凡論文為係二人合著者，均著錄之。

3.凡機關團體為著者，或同著者先後不同名稱發表，均本所題
　姓名著錄。

(四)收錄期刊一覽

本索引收錄之期刊，依刊名筆劃為序，記載款目凡七，依著錄
之次序為：刊名、刊期、創刊年月、出版地、編輯者、出版
者，本索引收錄之卷期及年代。本索引收錄之專書，亦依書名
筆劃為序，記載之款目凡六，依其著錄之次序為：書名、編著
者、出版日期、出版地、出版者、本索引收錄之冊數等。我們
要怎樣利用此書呢？民國五十七年，筆者本人年三十三歲，仍
在國立臺灣師範大學國文研究所就讀博士班，想知道當時我有
什麼著作，發表在什麼地方？查陳字十一畫，查「著者索引檢
字表」：

陳……792

索引第 792 頁陳姓出現，依次在 796 頁看到：

陳新雄　02899　03609　04826

查編號 02899 得到這樣一張表

編號	篇　　名	著譯者	刊　　名	卷期	頁　次	出版年月
02899	春秋異文考	陳新雄	師大國文研究所集刊	7	383-536	52.6

再查編號 03609 得下表

編號	篇　　名	著譯者	刊　　名	卷期	頁　次	出版年月
03609	也談「陰陽對轉」	陳新雄	臺灣風物	10:10-12	37-42	49.12

查編號 04826 則得下表

編號	篇　　名	著譯者	刊　　名	卷期	頁　次	出版年月
04826	文則論	陳新雄	慶祝高郵高仲華先生六秩誕辰論文集(下)		1163-1184	57.3

　　筆者個人尚在求學，自然著述無多。先師林尹教授著述不少。
著者索引八劃下：

　　林 尹　00158　00159　00512　00774　01954　02571　02572
　　03206　03620　03621　03640　03660　04012　04024　04119
　　04208　04232　17996　18002　19700　22523　22536　22537

編號	篇　　名	著譯者	刊　　名	卷期	頁　次	出版年月
00158	清代學術思想史引言	林　尹	幼獅學誌	5:1	1-16	55.8
00159	清代學術思想史引言	林　尹	師大學報	7	101-110	51.6
00512	儒家之淵源與中心思想	林　尹	文風	6	5	54.1
00774	孔孟學說的真諦	林　尹	孔孟月刊	1:1	11-12	51.9
01954	顧炎武之學術思想	林　尹	師大學報	1	139-150	45.6
02571	尚書述略	林　尹	國立政治大學卅週年紀念論文集		327-328	46,5
02572	尚書述略	林　尹	華岡學報	1	23-38	54.6
03206	論語為政篇「孔子曰攻乎異端斯害也已」研究	林　尹	孔孟月刊	1:12	19-28	52.8
03620	中國聲韻學研究方法與效用	林　尹	學粹	3:1	20-23	49.12
03621	中國聲韻學概說	林　尹	教育與文化	9:5	10-14	44.10
03640	切韻韻類考正	林　尹	師大學報	2	137-186	46.6
03660	音學略說	林　尹	學粹	1:4	14-18	48.6
04012	中國文字之認識方法	林　尹	文風	5	16-17	53.6
04024	中國文字與文字	林　尹	幼獅	26:5	20-22	56.11
04119	形聲釋例	林　尹	學粹	4:4	20-21	51.6
04208	中國文字之功效與共匪消滅漢字之陰謀	林　尹	教育與文化	10:5	19-20	44.12
04332	我體驗到的變革中國文字問題	林　尹	建設	3:9	38-39	44.3
17996	章太炎先生傳	林　尹	中文學會學報	7	1-5	55.8
18002	章炳麟	林　尹	中國文學史論集	4	1281-1304	47.4
19700	錢玄同傳略	林　尹	大陸雜誌	25:12	13	51.2
22523	中國文字改革與漢	林　尹	學粹	9:5	26-27	56.8

	字前途序					
22536	說文二徐異訓辨序	林　尹	學粹	6:4	26	53.12
22537	說文二徐異訓辨序	林　尹	師大學報	9	45-46	53.6

我另外一位老師潘重規先著述更多，十五畫有：

潘重規

編號	篇　　名	著譯者	刊　　名	卷期	頁　次	出版年月
00578	儒家學說之精義	潘重規	人生	22:4	2-7	50.7
00630	孔子孝的學說	潘重規	中國學術史論集	1	1-8	45.10
01027	王先謙荀子集解訂補	潘重規	師大學報	1	49-66	45.6
02358	五經正義探源	潘重規	華岡學報	1	13-22	54.6
02589	尚書舊疏新考	潘重規	學術季刊	4:3	1-10	45.3
02726	朱子詩序舊說敘錄	潘重規	新亞書院學術年刊	9	1-22	56.9
02729	詩序明辨	潘重規	學術季刊	4:4	20-25	45.6
02960	春秋公羊疏作者考	潘重規	學術季刊	4:1	11-18	44.9
03672	隋劉善經四聲指歸定本義	潘重規	新亞書院學術年刊	4	307-325	51.9
03674	集韻聲類表述例	潘重規	新亞書院學術年刊	6	133-226	53.9
04049	可憐的國字	潘重規	中國語文	1:1	10-15	41.4
04165	說文約論	潘重規	新亞書院學術年刊	5	1-26	52.7
04187	史籀篇非周宣王時太史籀所作辨	潘重規	新亞學報	5:1	461-494	
04241	揭開共匪文字改革的陰謀	潘重規	教育與文化	10:5	8-9	44.12
04276	訓詁與繙繹	潘重規講梁中英記	新亞生活	4:9	1-2	50.11
04283	新訓詁學之一	潘重規	中國語文	1:2	40-41	41.5

04284	新訓詁學之二	潘重規	中國語文	1:3	30-31	41.6
04538	中國文字整理途徑與教學方法之商榷	潘重規講梁中英記	新亞生活	5:6	1-2	51.9
04605	中國文學	潘重規	中國文化論集	1	124-131	42.3
04606	中國文學	潘重規	中國文化論集	2	307-327	43.12
04649	新舊文學與文學新舊	潘重規講梁中英記	新亞生活	5:3	4-5	51.7
04786	談文學欣賞	潘重規講梁中英記	新亞生活	4:14	6-7	51.3
05019	亭林詩文用南明唐王隆武紀年考	潘重規	新亞書院學術年刊	8	19-30	55.9
05205	群賢群輔錄新箋	潘重規	新亞書院學術年刊	7	305-335	54.9
05567	怎樣學詩	潘重規	大學生活	2:5	14-16	45.9
05645	樂府詩粹箋（一）	潘重規	人生	24:2	15-17	51.6
05646	樂府詩粹箋（二）	潘重規	人生	24:3	24-25	51.6
05647	樂府詩粹箋（三）	潘重規	人生	24:4	15-16	51.7
05648	樂府詩粹箋（四）	潘重規	人生	24:5	22-23	51.7
05649	樂府詩粹箋（五）	潘重規	人生	24:6	25-26	51.8
05650	樂府詩粹箋（六）	潘重規	人生	24:7	21-22	51.8
05651	樂府詩粹箋（七）	潘重規	人生	24:8	25	51.9
05706	陶淵明蠟日詩解	潘重規	人生	28:2	7-8	53.6
05707	陶淵明蠟日詩解	潘重規	中國文化	1	31-32	42.3
05712	陶詩析疑	潘重規	清華學報	7:1	214-224	57.8
06008	亭林詩鉤沈	潘重規	新亞學報	4:1	331-386	48.8
06009	亭林詩發微	潘重規	新亞學報	4:1	387-400	48.8
06010	亭林隱語詩發微（上）	潘重規	暢流	19:3	2-4	48.3
06011	亭林隱語詩發微（下）	潘重規	暢流	19:4	7-9	48.4
06012	亭林隱語詩覈論	潘重規	新亞書院學術年刊	3	1-16	50.9
06013	顧亭林元日詩之研究	潘重規	新亞生活	4:19	4-5	51.5

06484	我國的散文	潘重規	中國一週	453	6-7	47.12
06698	三話紅樓夢——答胡適之先生(上)	潘夏(潘重規)❽	反攻	50	16-20	40.12
06699	三話紅樓夢—答胡適之先生(中)	潘夏(潘重規)	反攻	51	9-12	41.1
06700	三話紅樓夢——答胡適之先生(下)	潘夏(潘重規)	反攻	52	18-23	41.1
06701	三話紅樓夢附錄——清文字獄檔	潘夏(潘重規)	反攻	54	14-16	41.2
06707	民族血淚鑄成的《紅樓夢》(上)	潘夏(潘重規)	反攻	37	18-23	40.5
06708	民族血淚鑄成的《紅樓夢》(下)	潘夏(潘重規)	反攻	38	19-24	40.5
06709	再話紅樓夢	潘夏(潘重規)	反攻	43	12-16	40.8
06733	紅樓夢的凡例	潘重規	暢流	19:1	2-4	48.2
06762	紅樓夢答問(一)	潘重規	大學生活	1:11	15-21	45.3
06763	紅樓夢答問(二)	潘重規	大學生活	1:12	44-48	45.4
06764	紅樓夢答問(三)	潘重規	大學生活	2:1	30-33	45.5
06765	紅樓夢答問(續三)	潘重規	大學生活	2:2	45-47	45.6
06776	「紅學」五十年	潘重規	中正學報	1	37-40	56.5
06777	「紅學」五十年	潘重規	新亞生活	9:1	1-5	54.10
06780	高鶚補作紅樓夢後四十回的商榷	潘重規	新亞學報	8:1	367-382	56.2
06793	乾隆鈔本百廿回紅樓夢稿題簽商榷	潘重規	大陸雜誌	34:9	5-6	56.5
06798	從肪硯齋評本推測紅樓夢的作者	潘重規	暢流	19:6	6-8	48.8
06803	閒話紅樓夢	潘重規	暢流	6:10	20-21	42.1
06825	論「乾隆抄本百廿回紅樓夢稿」的楊又雲題字	潘重規	大陸雜誌	35:1	12-14	56.7

❽　潘夏即潘重規筆名，括號內潘重規三字筆者所加，後仿此。

06832	續談「乾隆抄本百廿回紅樓夢稿」中的楊又雲題字	潘重規	大陸雜誌	35:4	4-7	56.8
06833	續談新刊乾隆抄本百廿回紅樓夢稿	潘重規	大陸雜誌	31:4	1-6	54.8
06834	讀「乾隆抄本百廿回紅樓夢稿」	潘重規	大陸雜誌	30:2	1-7	54.1
07169	史記伯夷列傳稱「其傳曰」考釋	潘重規	大陸雜誌	18:5	1-3	48.3
07174	史記記事終訖年限考(上)	潘重規	大陸雜誌	18:7	1-3	48,4
07175	史記記事終訖年限考(下)	潘重規	大陸雜誌	18:8	12-16	48.4
07188	史記導論	潘重規	新亞書院學術年刊	2	1-36	49.9
07189	史記導論(上)	潘重規	大陸雜誌	21:8	1-7	49.10
07190	史記導論(中)	潘重規	大陸雜誌	21:9	23-28	49.11
07191	史記導論(下)	潘重規	大陸雜誌	21:10	12-14	49.11
12129	孔子的教學精神	潘重規	人生	20:11	7-9	49.10
14891	群賢群輔錄真偽辨	潘重規	大陸雜誌	29:10	101-104	53.12
15217	陶淵明世系析疑	潘重規	新亞生活	5:17	3-5	52.3
15218	陶淵明年歲析疑	潘重規	思想與時代	102	7-11	52.1
15219	陶淵明年歲析疑	潘重規	新亞生活	5:10	1-3	51.11
15221	陶淵明的人格與詩格	潘重規	人生	32:3	7-11	56.7
15959	亭林元日詩表微	潘重規	大陸雜誌特刊	2	451-456	51.5
16192	東塾先生之治學精神	潘重規	民主評論	5:23	57-59	43.12
16603	于右任先生的標準草書	潘重規	中國一週	209	8-10	43.4
17993	章太炎之氣節	潘重規	中國一週	558	23-25	50.1
20813	國立中央圖書館所藏敦煌卷子題記	潘重規	新亞學報	8:2	321-373	57.8
20950	從中國文字看中國民族性	潘重規	新亞生活	3:13	2-3	50.1

20951	從中國文字看中國民族性	潘重規	學粹	7:3	41-42	54.4
22270	聖賢群輔錄真偽辨	潘重規	新亞生活	7:10	4-6	53.11
22387	敦煌毛詩詁訓傳殘卷題記	潘重規	新亞書院學術年刊	10	77-95	55.9
22472	敦煌唐寫本尚書釋文殘卷跋	潘重規	學術季刊	3:3	15-29	44.3
22591	新編紅樓夢脂硯齋評語輯校序	潘重規	紅樓夢研究專刊	4	1-4	57.9
22598	樂府詩粹箋序	潘重規	人生	26:12	16-18	52.11

　　由上三表可知，筆者因為尚在就讀，故只得三篇。先師林景伊（尹）先生，中年從政，因政務牽絆，故著作較少。而先師潘石禪（重規）先生一生從於教育與學術研究，從未間斷，故其著作豐碩，亦所以啟示吾人治學應持之以恒，鍥而不舍，則成果自然豐碩也。

第十三節　檢查篇章的工具書

一、全上古三代秦漢三國六朝文

　　清嘉慶年間開全唐文館，編輯一部千卷之《全唐文》，當代名儒，均邀參加，可均以未邀請，心中不平，乃以一己用二十七年之心力，獨自編成《全上古三代秦漢三國六朝文》，起自上古，下接全唐。此書長處，乃在其全。嚴氏云：「廣搜三分書，與夫收藏家祕笈，金石文字，遠而九譯，鴻裁巨製，片語單辭，罔弗綜錄，省并複疊，聯類畸零。作者三千四百九十七人，分代編次為十五集，

合七百四十六卷。」此書總目如下：

全上古三代文十六卷	二百六人
全秦文一卷	十六人
全漢文六十三卷	三百三十四人
全後漢文一百六卷	四百七十人
全三國文七十五卷	二百九十四人
全晉文一百六十七卷	八百三十人
全宋文六十四卷	二百七十八人
全齊文二十六卷	一百三十一人
全梁文七十四卷	二百四人
全陳文十八卷	六十三人
全後魏文六十卷	三百二人
全北齊文十卷	八十四人
全後周文二十四卷	六十一人
全隋文三十六卷	一百六十八人
先唐文一卷	五十四人

每卷之前皆有作者細目，作為查索之用。

　　例如我們讀《昭明文選・劉孝標・廣絕交論》：「客問主人曰：『朱公叔〈絕交論〉為是乎！為非乎！』」朱公叔是朱穆之字，我們想要知道朱穆的〈絕交論〉全文，可第四集〈全後漢文〉目錄，看到朱穆，下注以上卷二十八，可知朱穆在〈全後漢文〉二十八卷之末，翻到二十八卷之末，果有朱穆〈絕文論〉。

　　中文出版社出版的《全上古三代兩漢三國六朝文》書後附有

《篇名目錄》與《作者索引》。

　　《篇名目錄》以作者為綱，作者以下分篇目，作者及篇目的次序依原書，篇目下的數字為影印本的總頁數。

　　《作者索引》以姓氏的四角號碼為序。若不諳四角號碼者，前有《索引字頭筆畫檢字》，每字之下，注明四角號碼，則可據此以索其作者。例如「朱穆」，查朱字為六畫，在六畫下有朱字下注 2590_0，這就是朱字的四角號碼，查索引 2590_0 朱下，有 26~穆後漢 28 628，這就告訴我們朱穆在總頁碼六二八頁，《全後漢文》的二十八卷。

二、欽定全唐文

　　清董浩、戴衢亨、曹振鏞等奉嘉慶帝敕撰，全書採集《四庫全書》、《永樂大典》、《文苑英華》、《唐文粹》等書中唐代三千零四十二人文章一萬八千四百八十四篇編成。因為大部分文章出于《文苑英華》，所以一律不注出處。總計全書 1000 卷，序例 1 卷，總目三卷，姓氏韻編一卷。

　　大通書局版在第二十冊末，附有筆劃索引以作者姓名筆畫為序，每一作者主名下，注有卷數、冊數及頁數，翻檢起來，還算方便。譬如們想查王勃的文章，就可先查索四畫「王」字，可找到

　　王勃，下注一七七，四，二二六七

那表示王勃的文章，在《全唐文》的一七七卷，第四冊，二二六七頁。

三、全漢三國晉南北朝詩

無錫丁福保編纂，全書分為部：茲錄其目如下：

第一部全漢詩：卷一至卷五。

第二部全三國詩：卷一至卷六。

第三部全晉詩：卷一至卷八。

第四部全宋詩：卷一至卷五。

第五部全齊詩：卷一至卷四。

第六部全梁詩：卷一至卷十四。

第七部全陳詩：卷一卷四。

第八部全北魏詩。

第九部全北齊詩。

第十部全北周詩：卷一至卷二。

第十一部全隋詩：卷一至卷四。

我們讀到杜甫詩〈詠懷古跡五首〉之一：

> 支離東北風塵際，漂泊西南天地間。三峽樓臺淹日月，五溪衣服共雲山。羯胡事主終無賴，詞客哀時且未還。庾信生平最蕭瑟，暮年詩賦動關。

這首詩的庾信，可查目錄第十部全北周詩卷二，此卷全部都是庾信的詩。

四、全唐詩

清聖祖康熙皇帝敕撰，聖祖〈御製全唐詩序〉曰：「朕茲發內府所有全唐詩，命諸詞臣，合《唐音統籤諸編》參互校勘，蒐補缺遺。略去初、盛、中、晚之名，一依時代分置次第，其人有通籍登朝，歲月可考者，以歲月先後為斷，無可考者，則援據詩中詩中所詠之事，與所同時之人繫焉。得詩四萬八千九百餘首，凡二千二百餘人，釐為九百卷。於是唐三百年詩人之菁華，咸采備薈萃於一編之內，亦可云大備矣。」

《全唐詩》序次之例，首諸帝，次后妃，次宗室諸王，次公主宮嬪，略依唐史序例。至南唐、吳越、閩、蜀諸國主，附諸主之後，妃附宮嬪之後。

明倫版的《全唐詩》在十二冊末附有「作者索引」，作者索引係按作者首字筆畫排列，每一字下的數字，粗體數字指冊數，普通數字為頁數。例如我們要找「王勃」，在索引四畫下有

　　王勃　　2　　669

就表示說王勃在《全唐詩》第二冊六六九頁。翻《全唐詩》第二冊六六九頁，果然有王勃，他的詩從第二冊六六九頁《全唐詩》卷五十五起，至卷五十六，第二冊的六八五頁止。所以檢查也算方便。

五、全宋詞

是編在彙輯有宋一代詞作，全書錄入詞人一千三百三十餘家，詞作一萬九千九百餘首。是編以作者為經，以時代先後為序。明倫

版《全宋詞》五冊後附有作者索引，以作者首字筆畫為排序，每一作者之下，括號內的數字為冊數，冊數下為頁數。例如我們知道晏幾道有多少詞作？就可以查「作者索引」。晏字十畫，在十畫下有「晏幾道」，下注(1)二二一。那就是說晏幾道的詞在《全宋詞》的第一冊二二一頁，一直到二五九頁。

六、清代文集篇目分類索引

王有三摘錄清代文集四百四十種，別集四百二十八種，總集十二集。輯其目為《清代文集篇目分類索引》，書分三編，曰學術文之部，這一部分學術文又分為經史子集四類，每類復分通論、專書、序跋三小類。曰傳記文之部，又分為傳、狀、志、贈序、壽序、哀誄、銘贊等類，每類按被傳者姓名筆畫序例。曰雜文之部。又分書啟，碑記、賦、雜文四類。以撰者為綱，依年代序列。每部分之前各冠以分類之目。例如：

(一)學術文之部

  釋連山 汪中《述學內篇》2/1b

(二)傳記文之部

  丁君松生家傳 俞樾《春在堂雜文》六編 2/29a

(三)雜文之部

  與潘次耕札 顧亭林《亭林全集》五篇 1/26a

書名後所標 2/1b，2/29a，1/26a，隔線前的數字是所在卷數，隔線後的數字是在這一卷的頁數，a、b 是這一頁的前或後。全書前有所收到文集目錄、文集提要，文集作者索引。

七、清文匯

　　《清文匯》是清代散文總集。《清文匯》由國學扶輪社沈粹芬、黃人諸公於清末選輯編定，原名為《國朝文匯》，全書二百卷，分五集。甲前集二十卷，收明末遺民作品；甲集六十收順治、康熙、雍正三朝人作品；乙集七十卷，收乾隆、嘉慶兩朝人作品；丙集三十卷，收道光、咸豐兩朝人作品；丁集二十卷，收同治光緒兩朝人作品。是編以人名先後為次序，每卷之前先列該卷所收作者篇章＝目序。檢查還算方便。

八、清詩匯

　　《清詩匯》原名《晚晴簃詩匯》為清代詩歌總集，都二百卷，徐世昌編。徐世昌（1855-1939）字卜五，號菊人，又號弢齋。直隸天津（今天津市）人，光緒進士，授翰林院庶吉士。清末協助袁世凱創辦北洋軍，官至體仁閣大學士。辛亥革命後，出袁世凱國務卿，1918 年被選為中華民國總統。1922 年第一次直奉戰爭後，被迫下臺。晚年居於天津，聚集文士，主持編纂了《清儒學案》等典籍二十餘種，於學術之發揚頗具貢獻，異於一般只會殺人放火的軍閥。其總目錄除以先後次序排列外，尚編有《姓氏韻編目錄》依作者姓氏按《詩韻》一〇六韻排列，檢索尚稱方便。例如我們要查「洪亮吉」，洪屬一東韻，在一東韻下可查得：

　　洪亮吉　下注江蘇陽湖一百八。

那就是說洪亮吉的詩在《清詩匯》一百零八卷，查一百零八卷，有

一小目錄

洪亮吉_{三十三首}^二

這就是說《清詩匯》一百零八卷所收第一位詩人就是洪亮吉，共收他的詩三十三首。並附洪亮吉的小傳。

第十四節　檢查政典之屬的工具書

一、通典

是書二百卷，唐杜佑撰。采五經、諸史及文集奏疏，上溯黃帝，下至唐天寶之末。分為食貨、選舉職官等八類，每類又各分子目。每事以類相從，舉其始終，歷代沿革廢置及當時群士論議得失，皆附於事後，而不參以己見。《四庫全書總目提要》提要，列入政書類，並謂「考唐以前之掌故者，茲編其淵海」，而於禮制，尤為詳備。原分八門，後人析兵刑為二，合為九門。茲表列於下：

卷 1—12 食貨	卷 13—18 選舉	卷 19—40 職官
卷 41—140 禮	卷 141—147 樂	卷 148—162 兵
卷 163—170 刑	卷 171—184 州郡	卷 185—200 邊防

《續通典》欽定 150 卷，清乾隆三十二年敕撰，此為續杜氏《通典》而作，起唐肅宗至德元年，終明崇禎末年。門類體例，一仍杜氏之舊。

　　《皇朝通典》100 卷，乾隆三十二年敕撰，是書分門隸事，一仍杜氏之舊。

二、通志

　　是書宋鄭樵所撰，共 200 卷。仿《史記》之例，求貫通之恉，網羅舊聞，參以新意，冀從上古至隋唐，分紀、譜、略、傳四門，綜為通史，稍為移掇，大抵因仍舊目，年譜仿《史記》諸表之例，略則史志之別名。自序謂欲「總天下之大學術，而條其綱目，名之曰略，凡二十略，百代之憲章，學者之能事，盡於此。」然「其生平之精力，全帙之菁華，惟在此二十略而已。」今表列其總目，以便尋檢。

卷1－18　帝紀	卷19－20　后妃	卷21－24　年譜
卷25－30　氏族略	卷31－35　六書略	卷36－37　七音略
卷38－39　天文略	卷40　　　地理略	卷41　　　都邑略
卷42－45　禮略	卷46　　　謚略	卷47－48　器服略
卷49－50　樂略	卷51－57　職官略	卷58－59　選舉略
卷60　　　刑法略	卷61－62　食貨略	卷63－70　藝文略
卷71　　　校讎略	卷72　　　圖譜略	卷73　　　金石略
卷74　　　災祥略	卷75－76　昆蟲草木略	卷77　　　周同姓世家
卷78－85　宗室傳	卷86－87　周異姓世家	卷88－164　列傳
卷165　　外戚傳	卷166　　忠義傳	卷167　　孝友傳
卷168　　獨行傳	卷169－170循吏傳	卷171　　酷吏傳

卷172－174儒林傳	卷175－176文苑傳	卷177－178隱逸傳
卷179　　宦者傳	卷180　　游俠傳	卷181－183藝術傳
卷184　　佞幸傳	卷185　　列女傳	卷186－193載記
卷194－200四夷傳		

　　《續通志》欽定 640 卷，乾隆三十二年敕撰。是書分紀傳譜略；紀傳自五代始，皆本鄭氏《通志》之體，參考正史《通鑑綱目》、《紀事本末》及傳記文集，依類增輯，並考正異同，斟酌損益。

　　《皇朝通志》126 卷，乾隆三十二年敕撰。是書仿鄭樵《通志》例，祇作二十略，無紀傳年譜。二十略之名，則一仍其舊。

三、文獻通考

　　馬端臨撰，共 348 卷。是書以通典為藍本，增廣門類，曰田賦、錢幣、戶口、職役、征榷、市糴、土貢、國用、選舉、學校、職官、郊社、宗廟、王禮、樂、兵、刑、輿地、四裔；其自序云：「俱效《通典》之成規，自天寶以前，則增益其事迹之所未備，離析其門類之所未詳。自天寶以後，至宋嘉定之末，則續而成之，曰經籍、曰帝系、曰封建、曰物異；則《通典》原未有論述，而採摭諸書以成之者也。凡敘事則本之經史，而參之以歷代會要，以及百家傳記之書，信而有證者存之，乖異傳疑者不錄，所謂文也。凡論事，則先取當時臣僚之奏疏，次及近代諸儒之評論，以至名流之燕談，稗官之記錄，凡一話一言可以訂典故之得失，證史傳之是非者，則採而錄之，所謂獻也。其載諸史傳之記錄而可疑。稽諸先儒

之論辨而未當者，研精覃思，悠然有得則竊著己意，附其後焉。命其書曰《文獻通考》，為門二十有四，卷三百四十有八，而以每門著述之成規，考訂之新意，各以小序詳之。」茲表列其目如下：

冊 1	總目	卷 1－7	田賦考	卷 8－9	錢幣考
卷 10－11	戶口考	卷 12－13	職役考	卷 14－19	征榷考
卷 20－21	市糴考	卷 22	土貢考	卷 23－27	國用考
卷 28－39	選舉考	卷 40－46	學校考	卷 47－67	職官考
卷 68－90	郊社考	卷 91－105	宗廟考	卷 106－127	王禮考
卷 128－148	樂考	卷 149－161	兵考	卷 162－173	刑考
卷 174－249	經籍考	卷 250－259	帝系考	卷 260－277	封建考
卷 278－294	象緯考	卷 295－314	物異考	卷 315－323	輿地考
卷 324－348	四裔考	末附《文獻通考訂誤》一冊			

　　《續文獻通考》欽定 250 卷，乾隆十二年敕撰。是書自宋寧宗以後，訖明莊烈帝以前，採宋遼金元明五朝事蹟議，彙為一編，體例一本馬氏《通考》之舊。

　　《皇朝文獻通考》300 卷，乾隆十二年敕撰，是書宗馬氏《通考》由原目二十四門增群廟一門。其中子，田賦增八旗壯丁；土貢增外藩；學校增八旗學官；宗廟增崇奉聖容之禮；封建增蒞古王公，皆以清制所有而加。市糴刪均輸、和買、和糴；選舉刪童子科，兵考刪車戰。皆以清制所無而省，其他大同小異之處。可參見《四庫全書總目》卷八十一，史部政書類提要。

第十五節　檢查歷代官制的工具書

一、歷代職官表

　　清紀昀等奉敕撰，黃本驥重編。當我們閱讀歷史及古籍時，常遇到各種不同官職名稱，這些官職的興廢、品級、職掌的變遷，額的增減等，極為複雜，本書即為檢查上述問題的工具書，將每一種職官編為一表，以代官制為綱，歷代沿革分列於下，自三代以迄明朝，凡十八代（清為十九）。以此表格展示，對於歷代官制的沿革，可一目了然。清人黃本驥據紀昀等奉敕撰歷代職官表刪除其釋文而成，原書為七十二卷，本書僅存六卷，其要目如下：

　　卷一：宗人府、內閣、吏部、戶部、禮部、樂部。

　　卷二：兵部、刑部、工部、理藩院、都察院、大理寺。

　　卷三：翰林院、大常寺、光祿寺、順天府、國子監。

　　卷四：內務府、鑾儀衛、八旗都統、步軍統領。

　　卷五：盛京將軍等官、總督、巡撫、學政、知府、直隸知州等
　　　　　官。

　　卷六：河道各官、漕運各官、鹽政、王府各官、新疆各官。

　　為了使讀者瞭解歷代官制的沿革，和青中所列職官的職掌，演變的情況，附有「歷代官制概述」、「歷代職官簡釋」二文，前者刊於表前，以便讀者在檢閱表文之前，對於歷代官制先有一個概括性的認識。後者附於表後，係解釋表文，按職官名稱的筆劃排列。此外，再附有四角號碼索引，以官名末一字的四角號碼排列，又別

有筆劃檢字及拼音檢字表。

今錄《歷代職官表》卷二內閣上大學士表以見例：

大　　學　　士	
三代	相
秦	丞相相國
漢	相國丞相大司徒大司馬大司空
後漢	大尉司徒司空尚書令
三國	蜀漢丞相尚書令　魏司徒大丞相相國中書監中書令　吳左右丞相
晉	丞相相國司徒中書監中書令
宋齊梁陳	丞相相國尚書令左右僕射侍中中書監中書令
北魏	丞相司徒侍中尚書令中書監
北齊	丞相侍中尚書令中書監
後周	大丞相大冢宰
隋	內史訥言
唐	尚書令訥言內史令中書令侍中左右僕射同中書門下三品左相右相同中書門下平章事
五季	同中書門下平章事
宋	同中書門下平章事左右僕射太宰少宰左右丞相
遼	南北府左宰相南北府右宰相中書令左丞相右丞相知中書事同中書門下平章事左右僕射侍中南北府總佑軍國事
金	尚書令左丞相右丞相平章政事左右僕射領三省事侍中中書令
元	中書令左丞相右丞相平章政事平章軍國重事

明	中書左丞相中書右丞相內閣大學士案明自胡惟庸謀逆始罷丞相官尋改內閣說詳後❾

二、清季職官表

魏秀梅編，以清季職官為經，歷任官員為緯，按時間先後（中西曆）予以排列。官職分中央職官及京外高級職官二種，再紀其任職官員姓名，任職、離職年月日，離職原因，每稱官職，均注明其設立改日期。

書後附人物錄，按注音符號排列，每人備列姓名字號、籍貫、出身、簡歷、生卒、謚號及所據資料來源等。另附人物索引，依羅馬拼音排列，本書尚稱完備。

第十六節　檢查方言詞匯語音與行業語之工具書

一、漢字古今音表

《漢字古今音表》敘例

---

❾ 明初尚沿舊制，置中書左右丞相，自胡惟庸謀逆事覺，始革中書省，歸其政於六部。歷代所謂宰相之官，由此遂廢不設。雖嘗仿唐宋集賢院資政之制，置大學士，亦僅備顧問，並不與知國政，至成祖肇置內閣，始以翰林入直，洊升大學士，然秩止五品而已，仁宣以後，大學士往往晉階保傳，品位尊崇，閣權漸重，用非其人，閒有倒持太阿授之柄者，而核其司存所在，不特非秦漢丞相之官，亦并非漢唐以來三省之職任矣。

一、《漢字古今音表》（以下簡稱《音表》）收漢字 9 千個左右，其中《詩經》用字 2826 個，《中原音韻》收的 5869 個漢字全收。

二、《音表》以中古音《廣韻》排頭，因為這個音系有韻書為根據，再者，用這個音系上可推周秦古音，下可與近代音系，現代音系做比較，現代漢語各個方言的語音現象，大都可以從《廣韻》這個語音系統得到解釋。

《音表》排列的次序是中古音，上古音，近代音，現代音。其中現代音的次序是：普通話（代表北方方言），吳語（蘇州話），湘語（長沙話），贛語（南昌話），客家話（梅縣話），粵語（廣州話），閩東話（福州話），閩南話（廈門話）。

按說，每個漢字都應列示出它在各個歷史時期的讀音情況，但實際上卻無法完全做到，因為有些漢字是後起字，早期並無記錄，有些漢字某一時期的韻書不收。至於各方言，通常只有常用的漢字有音讀記錄，所以一部分字的讀音無法自始貫終。這就是說，一部分字會出現某一時期，和某幾個方言音讀闕如的現象。不過，讀者可以根據中古音和某一時期或某個方言的語音對應規律對一些空闕的音讀做補充。

三、《音表》中古音包括：韻攝、開合、等、聲調、韻部、聲紐、反切、詩韻韻部，擬音。

上古音和現代音包括：韻部、聲紐、聲調和擬音。

現代音普通話包括：韻部、聲母、聲調和讀音，其他方言只列示讀音。

四、上古音系及其擬音，目前學術界意見不一，《音表》以王

力先生《漢語史稿》（修訂本）上冊的上古音系及擬音為基礎，參照郭錫良先生的《漢字古音手冊》，個別擬音稍作修改。

聲調採用四聲說，音系及擬音如下（聲母送氣音符號改-h，便於抄寫。下均同）：

聲紐表（32 紐）

發音部位＼發音方法	塞音			鼻音	邊音	塞擦音			擦音	
	清音		濁音	濁音		清音		濁音	清音	濁音
	不送氣音	送氣音				不送氣音	送氣音			
雙脣音（脣音）	幫 p	滂 ph	並 b	明 m						
舌尖中音（舌頭音）	端 t	透 th	定 d	泥 n	來 l					
舌面前音（舌上音）	章 tɕ	昌 tɕh	船 dʑ	日 ȵ	餘 λ				書 ɕ	禪 ʑ
舌尖前音（齒頭音）						精 ts	清 tsh	從 dz	心 s	邪 z
舌葉音（正齒音）						莊 tʃ	初 tʃh	崇 dʒ	生 ʃ	
舌根音（牙喉音）	見 k	溪 kh	羣 g	疑 ŋ					曉 h	匣 ɣ
喉音	影 ø									

韻部表（30 部）

陰聲韻	入聲韻	陽聲韻
之 ə	職 ək	蒸 əŋ
幽 u	覺 uk	冬 uŋ
宵 au	藥 auk	
侯 ɔ	屋 ɔk	東 ɔŋ
魚 a	鐸 ak	陽 aŋ

支 e	錫 ek	耕 eŋ
脂 ei	質 et	真 en
微 əi	物 ət	文 ən
歌 ai	月 at	元 an
	緝 əp	侵 əm
	葉 ap	談 am

韻部的等呼及韻頭擬音：

開口一等　無韻頭　合口一等　-u-

開口二等　-e-　　合口二等　-o-

開口三等　-ĭ-　　合口三等　-ĭw-

開口四等　-i-　　合口四等　-ĭw-

聲調及標誌（4 個）：平聲① 上聲② 去聲③ 入聲④

　　五、中古音系的韻攝等呼根據中國社會科學院語言研究所《方言調查字表》（修訂本）。39 個聲母，韻部及韻母的擬音以王力先生《漢語史稿》（修訂本）上冊為基礎，但全濁聲母為不送氣音，日母為 r。

聲紐表（39 個聲母，擬音 35 個）

發音方法 發音部位	塞　音			鼻音	邊音	閃音	塞擦音			擦　音	
	清音		濁音	濁音			清音		濁音	清音	濁音
	不送氣音	送氣音					不送氣音	送氣音			
雙脣音 （脣音）	幫 p （非）	滂 ph （敷）	並 b （奉）	明 m （微）							
舌尖中音 （舌頭音）	端 t	透 th	定 d	泥 n	來 l						
舌面音 （舌上音）	知 ȶ	徹 ȶh	澄 ȡ								

舌尖前音 （齒頭音）						精 ts	清 tsh	從 dz	心 s	邪 z
舌葉音 （正齒音）						莊 tʃ	初 tʃh	崇 dʒ	生 ʃ	
舌面音 （舌齒音）					日 ȵ	章 tɕ	昌 tɕh	船 dʑ	書 ɕ	禪 ʑ
舌根音 （牙音）	見 k	溪 kh	羣 g	疑 ŋ					曉 h	匣 ɣ
喉音 （喉音）	影 ø			餘 j						

韻部及韻母表（206韻，141個韻母）

1	東董送	uŋ、ĭuŋ	屋	uk、ĭuk	
2	冬○宋	uoŋ	沃	uok	
3	鍾腫用	ĭwoŋ	燭	ĭwok	
4	江講降	ɔŋ	覺	ɔk	
5	支紙寘	ĭe、ĭwe			
6	脂旨至	i、wi			
7	之止志	ĭə			
8	微尾未	ĭəi、ĭwəi			
9	魚語御	ĭo			
10	虞麌遇	ĭu			
11	模姥暮	u			
12	齊薺霽	iei、iwei			
13	○○祭	ĭɛi、ĭwɛi			
14	○○泰	ɑi、uɑi			
15	佳蟹卦	ai、wai			

16	皆駭怪	ɐi、wɐi			
17	○○夬	æi、wæi			
18	灰賄隊	uɒi			
19	咍海代	ɒi			
20	○○廢	ĭɐi、ĭwɐi			
21	真軫震	ĭĕn	質	ĭĕt	
22	諄準稕	ĭuĕn	術	ĭuĕt	
23	臻○○	ĭen	櫛	ĭet	
24	文吻問	ĭuən	物	ĭuət	
25	欣隱㫈	ĭən	迄	ĭət	
26	元阮願	ĭɐn、ĭwɐn	月	ĭɐt、ĭɐt	
27	魂混慁	uən	沒	uət	
28	痕很恨	ən	○		
29	寒旱翰	ɑn	曷	ɑt	
30	桓緩換	uɑn	末	uɑt	
31	刪潸諫	an、wan	鎋	at、wat	
32	山產襉	æn、wæn	黠	æt、wæt	
33	先銑霰	ien、iwen	屑	iet、iwet	
34	仙獮線	ĭɛn、ĭwɛn	薛	ĭɛt、ĭwɛt	
35	蕭篠嘯	ieu			
36	宵小笑	ĭɛu			
37	肴巧效	au			
38	豪皓號	ɑu			
39	歌哿箇	ɑ			

40	戈果過	uɑ、ĭɑ、ɒuɑ		
41	麻馬禡	a、ĭa、wa		
42	陽養漾	ĭaŋ、ĭwaŋ	藥	ĭak、iwak
43	唐蕩宕	aŋ、uaŋ	鐸	ak、uak
44	庚梗映	ɐŋ、ĭɐŋ、wɐŋ、ĭwɐŋ	陌	ɐk、ĭɐk、wɐk
45	耕耿諍	æŋ、wæŋ	麥	æk、wæk
46	清靜勁	ĭɛŋ、ĭwɜŋ	昔	ĭɛk、ĭwɜk
47	青迥徑	ieŋ、iweŋ	錫	iek、iwek
48	蒸拯證	ĭəŋ	職	ĭək、ĭwək
49	登等嶝	əŋ、uəŋ	德	ək、uək
50	尤有宥	ĭəu		
51	侯厚候	əu		
52	幽黝幼	iəu		
53	侵寢沁	ĭeam	緝	ĭeap
54	覃感勘	ɒm	合	ɒp
55	談敢闞	ɑm	盍	ɑp
56	鹽琰豔	ĭɛm	葉	ĭɛp
57	添忝桥	iem	帖	iep
58	咸豏陷	ɐm	洽	ɐp
59	銜檻鑑	am	狎	ap
60	嚴儼釅	ĭɐm	業	ĭɐp
61	凡范梵	ĭwɐm	乏	ĭwɐp

聲調及標誌（4個）：平聲①　上聲②　去聲③　入聲④

六、近代音系及擬音：《音表》以寧繼福先生的《中原音韻表

稿》一書為據。

聲母表（21 個）

發音方法＼	塞　聲		鼻聲邊聲	塞擦聲		擦　聲	
	清音		濁音	清音		清音	濁音
＼發音部位	不送氣音	送氣音		不送氣音	送氣音		
雙脣音	幫 p	滂 ph	明 m				
脣齒音						非 f	微 v
舌尖中音	端 t	透 th	泥 n 來 l				
舌尖前音				精 ts	清 tsh	心 s	
舌尖後音				照 tʂ	穿 tʂh	審 ʂ	日 ʐ
舌根音	見 k	溪 kh	疑 ŋ			曉 h	
喉　音	影 ø						

韻部及韻母表（19 部，46 個韻母）

1　東鍾　　uŋ、iuŋ

2　江陽　　aŋ、iaŋ、uaŋ

3　支思　　ï

4　齊微　　ei、i、ui

5　魚模　　u、iu

6　皆來　　ai、iai、uai

7　真文　　ən、iən、uən、iuən

8　寒山　　an、ian、uan

9　桓歡　　uɔn

10　先天　　iɛn、iuɛn

11　蕭豪　　ɑu、au、iau

12　歌戈　　ɔ、iɔ、uɔ

13　家麻　a、ia、ua

14　車遮　iɛ、iuɛ

15　庚青　əŋ、iəŋ、uəŋ、iuəŋ

16　尤侯　əu、iəu

17　侵尋　əm、iəm

18　監咸　am、iam

19　廉纖　iɛm

聲調及標誌（4個）：陰平①　陽平②　上聲③　去聲④

　　七、現代音系以普通話的音系為代表，讀音以《現代漢語詞典》（中國社會科學院語言研究所詞典編輯室）為主要依據。聲母名稱能沿用中古音系的繼續沿用，便於比較，十三轍、十八韻也沿襲舊名。

聲母表（22個）

雙脣音	幫 p	滂 ph	明 m	
脣齒音	非 f			
舌尖中音	端 t	透 th	泥 n	來 l
舌尖前音	資 ts	雌 tsh	思 s	
舌尖後音	照 tʂ	穿 tʂh	審 ʂ	日 ʐ
舌面音	基 tɕ	欺 tɕh	希 ɕ	
舌根音	哥 k	科 kh	喝 h	
喉音	影 ø			

韻部及韻母表（十三轍或十八韻，39 個韻母）

十三轍(部)	十八韻	韻　　母			
		開口呼	齊齒呼	合口呼	撮口呼
1 發花	1 麻	a	ia	uao	
2 梭坡	2 波	o		uo	
	3 歌	ɤ			
3 乜斜	4 皆	ɛ	iɛ		yɛ
4 姑蘇	10 模			u	
5 一七	5 支	ɿ ʅ			
	6 兒	ɚ			
	7 齊		i		
	11 魚				y
6 懷來	9 開	ai		uai	
7 灰堆	8 微	ei		uei	
8 遙條	13 豪	au	iau		
9 油求	12 侯	ou	iou		
10 言前	14 寒	an	ian	uan	yan
11 人辰	15 痕	ən	in	uən	yn
12 江陽	16 唐	aŋ	iaŋ	uaŋ	
13 中東	17 庚	əŋ	iŋ	uəŋ	
	18 東			uŋ	yŋ

聲調及標誌（4 個）陰平① 陽平② 上聲③ 去聲④

　　八、以下各方言的音系及讀音除閩南語以《普通話閩南方言詞典》（廈門大學漢語言文學研究室主編）為主要依據外，《音表》以《漢語方言概要》（第二版）和《漢語方音字匯》（第二版）（北京大學學中文系編）所列示的音系及讀音為基礎，並參考近年公開發表的方言資料。

吳語（蘇州話）音系

聲母表（28個）

塞　音	p	ph	b	t	th	d	k	kh	g
塞擦音	ts	tsh	(dz)	tɕ	tɕh	dʑ			
擦　音	f	v	s	z	ɕ	ɦ	ɦ	j	
鼻　音	m	n	ȵ	ŋ					
邊　音	l								
零聲母	ø								

韻母表（49個）

開口　ɿ　ʮ　ɪ　æ　ɒ　E　ø　o　ɤ　əu　ne　aŋ
　　　茲　朱　變　寶　敗　晏　安　啞　歐　烏　陳　杏

　　　ɒŋ　oŋ　ɪh　ah　ɒh　ɤh　oh
　　　剛　公　筆　拔　白　合　沃

齊齒　i　(iɿ)　iæ　iɒ　iø　io　iɤ　in　iaŋ　iɒŋ　ioŋ
　　　鄙　(見)　表　也　玄　靴　舊　命　兩　旺白　兄

　　　(iɪh)　iah　iɒh　ioh
　　　(吸)　甲　腳　欲

合口　u　uɒ　uE　uø　un　uaŋ　uɒŋ　uah　uɤh
　　　布　懷　為　歡　困　橫　光　滑　活

撮口　y　yn　yah　yɤh
　　　雨　允　日　越

邊韻　l̩
　　　兒文

鼻韻　m̩　n̩　ŋ

　　　嘸白　你白　五白

聲調表（7 個）

①陰平44②陽平24③上聲52④陰去412⑤陽去31⑥陰入4 ⑦陽入23

　　詩書　　時如　　水暑　　試恕　　示樹　　式識　　食蝕

湘語（長沙話）音系

聲母表（20 個）

脣　音	p	ph	m	f	舌尖前音	ts	tsh	s	z
舌面音	tɕ	tɕh	ȵ	ɕ	舌尖音	t	th	n(l)	
舌根音	k	kh	ŋ	x	零聲母	ø			

韻母表（38 個）

開口	ɿ	a	o	ɤ	ai	ei	au	əu	õ	an	m̩	ən
	子	爬	合	北	海	灰	炮	偷	半	旁	姆	奔

　　　　ɤ̃
　　　　扇

齊齒	i	ia	io	ie	iau	iəu	ĩẽ	ian	in
	帝	家	腳	杰	標	久	片	江	冰

合口	u	ua	uɤ	uai	uei	uan	uən
	補	瓜	國	外	貴	關	昆

撮口	y	ya	ye	yai	yei	yẽ	yan	yn
	朱	刷	掘	帥	追	捐	裝	君

聲調表（6個）

①陰平 33 ②陽平 13 ③上聲 41 ④陰去 55 ⑤陽去 21 ⑥入聲 24

   書   殊   許   恕   樹   述

贛語（南昌話）

聲母表（19個）

脣　音	p	ph	m	f
舌尖音	t	th	(n)	l
	ts	tsh	s	
舌面音	tɕ	tɕh	ȵ	ç
牙喉音	k	kh	ŋ	h
零聲母	ø			

韻母表（65個）

開口　ɿ   a   o   ai   au   uɜ   iɛ   uɛ   an   on   ɛn

          子   巴   坐   來   刀   斗   培   手   班   漢   展

      ən   ɔŋ   aŋ   at   ot   ɛt   tɛ   ak   ɔk   nɛ

          本   上   爭   塔   奪   哲   質   百   作

齊齒　i   ia   iɛ   iɛu   iu   iɛn   in   iɔŋ   iaŋ   iuŋ   iɛt

          比   姐   去   勾   流   天   敏   搶   定   用   別

      it   iak   iɔk   iuk

          筆   錫   略   欲

合口　u   ua   uo   uai   ui   uan   uon   uɛn   un   uɔŋ

          布   瓜   果   拐   水   關   官   宏   魂   光

uaŋ	uŋ	uat	uot	tsu	ut	uɛk	uk
橫	東	滑	活	國	骨	郭	獨

撮口	y	ye	yon	yn	yot	yt
	女	靴	宣	君	缺	律

鼻韻	m̩	n̩	ŋ̍
	姆	你	五

聲調表（7個）

①陰平 42　②陽平 24　③上聲 213 ④陰去 45(35) ⑤陽去 21

巴趴　　爬霞　　把怕　　霸罵　　夏罵

⑥陰入 5　⑦陽入 21(2)

八脫　　合十

客家話（梅縣話）

聲母表（18個）

脣　音	p	ph	m	f	v
舌尖音	t	th	n	l	
	ts	tsh	s		
牙喉音	k	kh	ŋ	h	
零聲母	ø				

韻母表（78個）

開口	ɿ	a	ɛ	ɔ	ai	au	eu	oi	am	an	aŋ
	子	巴	洗	婆	太	包	斗	代	南	班	彭

ɛm	ɛn	əm	ən	ɔŋ	ap	at	ak	ɛt	əp	m̩

森　根　針　真　昌　答　達　伯　乞　冬　質

ɔt　ɔk

割　剝

齊齒　i　ia　ɔi　iai　iau　iui　iu　iam　ian　iaŋ　iun

比　斜　茄　階　腰　銳　流　簽　電　病　君

iεn　im　in　iɔn　iɔŋ　iap　iat　iak　iεt　ip

邊　林　民　軟　光　夾　別　錫　節　立

iut　it　iɔk　iuk

曲　筆　藥　足

合口　u　ua　ɔu　uai　ui　uan　uaŋ　uɔn　uŋ　un

補　瓜　果　拐　追　關　礦　耿　冬　存

uɔn　uɔŋ　uat　uεt　ut　uɔk　uk

官　光　括　國　卒　郭　木

鼻韻　m̩　唔　ŋ　五

聲調表（6個）

①陰平 44　②陽平 11　③上聲 31　④去聲 52　⑤陰入 1　⑥陽入 5

天　　　田　　　老　　　共　　　急　　　食

粵語（廣州話）

聲母表（18個）

脣音　　p　ph　m　f

舌尖音　t　th　n　l

舌葉音　　tʃ　tʃh　ʃ　j

牙喉聲　　k　　kh　　h　　ŋ

零聲母　　ø

韻母表（68 個）

a	ɛ	œ	ɔ	ai	ɐi	ei	iɔ	au	uɑ	ou	øy
巴	蛇	靴	左	拜	米	皮	代	交	走	布	女

am	ap	ɐm	an	uɑ	øn	ɔn	ɑŋ	iɑ	ɐŋ	ɔŋ	œŋ
三	甲	心	山	新	春	安	棚	朋	鏡	兄	良

ɔŋ	uŋ	m̩	ŋ̍	ɐp	at	tɐ	tø	tɔ	ak	ik	œk	ɔk
江	中	唔	五	立	八	筆	出	割	百	力	啄	作

uk	i	iu	im	in	ip	it	u	ua	cu	uai	iɐu
木	字	表	閃	天	接	別	古	瓜	過	怪	貴

ui	uan	uɐn	un	uɐŋ	uiŋ	tɐu	uat	aɐu	ut	uik
杯	關	羣	官	逛	炯	廣	刮	橘	活	隙

uɔk	y	yn	yt
國	朱	短	雪

聲調表（9 個）

①陰平 53(55) 梯　　②陽平 21 明　　　③陰上 35 椅　　　④陽上 23 市

⑤陰去 33 愛　　　⑥陽去 22 住　　　⑦上陰入 5 竹　　　⑧下陰入 33 百

⑨陽入 22(2) 白

閩東話（福州話）

聲母表（15 個）

脣　音　　p　　ph　　m

舌尖音　　t　　th　　n　　l

舌尖前音　ts　　tsh　　s

舌根音　　k　　kh　　ŋ　　h

零聲母　　ø

韻母表（48 個，不包括變韻）

開口　a　　ε　　œ　　ɔ　　ai　　at　　εu　　aŋ　　eiŋ(aiŋ)❿　　ouŋ(auŋ)
　　　巴　　西　　梳　　婆　　敗　　交　　條　　單　　朋　　　　　倉

　　　ah　　ɔk　　eih(aih)　　ouh(auh)
　　　甲　　學　　十　　　　　薄

齊齒　i(ei)　　ia　　ie　　ieu　　iaŋ　　iŋ(eiŋ)　　ieŋ　　ih(eih)　　iah
　　　悲(寺)　車　　師　　秋　　　名　　珍(敬)　　戰　　立(職)　　額

　　　ieh
　　　別

合口　u(ou)　　ua　　uɔ　　uai　　uei　　uaŋ　　uɔŋ　　uŋ(ouŋ)
　　　盧(路)　花　　布　　埋　　杯　　搬　　光　　春(動)

　　　uh(ouh)　　uah　　uɔh
　　　目(出)　　末　　雪

撮口　y(øy)　　øy(œy)　　yɔŋ　　øyŋ(œyŋ)　　yŋ(øyŋ)　　yh(øyh)
　　　書(駐)　堆(最)　　權　　冬(粽)　　斤(用)　　俗

　　　øyh(œyh)　　yɔh
　　　六(北)　　劇

---

❿　（　）中的韻母為變韻，出現在陰、陽去和陰入調裡。

聲調表（7 個）

①陰平 44　②陽平 52　③上聲 31　④陰去 213 ⑤陽去 242

　　機山　　　文雄　　　省彩　　　記扇　　　忌順

⑥陰入 23　⑦陽入 4

　　急殺　　　合物

閩南話（廈門話）

聲母表（14 個）

脣　音	p	ph	b(m)❶
舌尖音	t	th	l(n)
舌尖前音	ts	tsh	s
舌根音	k	kh	g(ŋ)　h
零聲母	ø		

韻母表（79 個）

		i 伊	ĩ 圓	u 有	ũ
a 阿	ã 餡	ia 耶	iã 營	ua 蛙	ũã 安
ɔ 烏	ɔ̃ 惡				
o 蠔		io 腰			
e 鍋	ẽ 嬰			ue 話	
		iu 油	ĩũ 羊		ũĩ 梅
ai 哀	ãĩ 耐			uai 歪	ũãĩ 關
au 歐	ãũ 鬧	iau 妖			

---

❶　凡鼻化韻前的 b、l、g 變 m、n、ŋ。

am 庵

m 姆　　　mh 默　　　im 音　　　ip 揖

　　　　　　　　　　　in 因　　　it 乙　　　un 恩　　　ut 兀

an 安　　　　　　　　ian 煙　　　iat 閱　　　uan 冤　　　uat 越

aŋ 江　　　　　　　　iaŋ 漳

ɔŋ 汪　　　　　　　　iɔŋ 央　　　iɔk 約

ŋ 黃　　　　　　　　iŋ 英　　　ik 益

ah 鴨　　　　　　　　iah 頁　　　　　　　　uh 托

　　　　　　ɔh 膜　　　　　　　　　　　　　　　uah 活

oh 學　　　　　　　　ioh 藥

eh 呃　　　ẽh 脈　　　ih 缺　　　ĩh 物　　　ueh 狹　　　ũẽh 夾

　　　　　　　　　　　　　　　　　　　　　　uih 劃

　　　　　　　　　　iauh 寂

聲調表（7個）

①陰平 44　②陽平 24　③上聲 42　④陰去 21　⑤陽去 22

　詩歌　　　平民　　　永遠　　　試種　　　用戶

⑥陰入 2　⑦陽入 4

　德國　　　獨立

　　九、《音表》正文後，有《漢語語音發展史說略》，同時附上幾位有代表性的音韻學家的上古聲紐韻部比較表，以利查檢和參考，全書之後附漢字部首筆劃索引。

　　十、《音表》符號說明：

。在漢字左上角，表示此字為《詩經》用字。

〃〃表示與上行內容相同。

音表中上古音、中古音、近代音中有的內容空缺，各方言的內容空缺都用空白，無填寫出來。

w 在方言注音後，表示該音是文讀音（讀書音）。

B 在方言注音後，表示該音是白讀音（說話音）。

　　本書《漢字索引》先出部首目錄，部首先後按筆多寡排列。例如我們找「高」字的音讀，高在二畫亠部，亠下注 107，在索引 107 頁八畫有高字，下注 275，在《字表》275 頁，可看到高字，內容如下：

。高	漢　字	
效	攝	中 古 音
開	開合	
1	等	
平	聲	
豪	韻	
見	紐	
古勞	反切	
豪	詩韻	
kau①	擬音	
宵	韻	上 古 音
見	紐	
平	聲	
kau①	擬音	
蕭豪	韻	近 代 音
見	紐	
陰平	聲	
kau①	擬音	
遙條	韻	現 代
哥	紐	

陰平	聲	音
kau①	擬音	
kæ①	吳語	漢
kau①	湘語	
kau①	贛語	語
kau①	客話	
kou①	粵語	方
kɔ①	閩東話	
ko①w	閩南話	言
kau①B		

二、漢語方音字匯

　　《漢語方音字匯》包括十七個地點的 2700 餘字，用國際音標注音，這十七個地點是：北京、濟南、西安、太原、漢口、成都、揚州（以上為官話區）、蘇州、溫州（吳方言區），長沙、雙峰（湘方言區），南昌（贛方言），梅縣（客家方言），廣州（粵方言），廈門、潮州（閩南方言區），福州（閩北方言）。此書字匯根據 1956-1958 年全國方言查的結果而編制的。

　　一、字音的排列先後大致是按著國語（普通話）的韻母

ia、ua、ɣ、o、uo、ie、ye、ɿ、ʅ、ɚ、i、u、y、ai、uai、ei、ui(uei)、au、iau、ou、iu(iou)、an、ian、uan、yan、ən、in、un(uən)、yn、aŋ、iaŋ、uaŋ、əŋ、iŋ、uŋ、uəŋ、yŋ。

　　二、韻母相同，字音排列之先後，則以國語〈普通話〉聲母之次序為先後，其聲母之次序如下：

p、pʻ、m、f；

t、tʻ、n、l；

ts、tsʻ、s；

tṣ、tṣʻ、ṣ、ʃ；

k、kʻ、x；

tɕ、tɕʻ、ɕ；

○。

三、聲調序為陰平、陽平、上聲、去聲。

四、《漢語方音字匯》所用的語音符號是國際音標，聲調符號為簡便起見，采用音韻學上傳統採用的標調法。即陰平作c□，陽平c□，陰ᶜ□，陽上ᶜ□，陰去□ˀ，陽去□ˀ，陰入□ɔ，陽入□ɔ。

五、單字附注中古音。例如：巴，假開二、平麻幫。就是說「巴」字屬假攝開口二等，平聲麻韻幫紐，其他依此類推。

三、漢語方言詞匯

㈠本書所收詞條各按詞類排列，本書共分八大詞類：一、名詞，二、動詞，三、形容詞，四、代詞，五、量詞，六、副詞，七、介詞，八、連詞。每一詞類再按詞義分類排列。

㈡在一個詞條中，以詞目為綱，下面排列十八個方言點中與詞目相對應的詞語，這十八個方言點的順序是：北京、濟南、瀋陽、西安、成都、昆明、合肥、揚州、蘇州、溫州、長沙、南昌、梅縣、廣州、陽江、廈門、潮州、福州。

㈢所記詞語，若無「本字」的借用方言同音字，在字的右上角

加星號（＊）表示；找不到適當同音字則代以方框（□）。各方言
中自造的方言字，不加任何符號。

㈣所記詞語，依據冬方言的語音系統，用國際音標標音。

㈤采用五度制標調法，調值用數字標寫在音標的右上角。

㈥分類詞目如下：

1.名詞

⑴天象地理。⑵時間節令。⑶礦物及其他自然物。⑷動物。⑸
植物。⑹飲食。⑺服飾。⑻房屋。⑼器具日常用具。⑽工具材料。
⑾商業郵電交通。⑿文化娛樂。⒀人體。⒁人品。⒂親屬稱呼。⒃
方位。⒄其他。

2.動詞

⑴自然變化。⑵五官動作。⑶肢體動作。⑷日常操作。⑸交際
事務人事。⑹文化娛樂。⑺生理病理。⑻感受思維。⑼願望判斷。
⑽其他。

3.形容詞

⑴形狀情況。⑵性質。⑶生理感覺。⑷形貌體態。⑸品性行
為。⑹心理感受。

4.代詞

⑴人稱代詞。⑵物主代詞。⑶指示代詞。⑷疑問代詞。

5.量詞

⑴物量詞。⑵動量詞。

6.副詞

7.介詞

8.連詞

四、中國俗語大辭典

溫端政主編。本書共收錄詞俗語（包括諺語、歇後語、慣用語），共收一萬五千條，由上海辭書出版社於 1989 年出版。**⓬**

五、中國隱語行話大辭典

本書分正編與續編兩部分：正編為《隱語行話大辭典》，選收唐宋迄今的社會諸行業群體流行的語詞形態，隱語行話約二萬餘條。續編的內容有：隱語行話研究事典。其他形態的隱語行話，中國隱語行話研究記事簡表，中國隱語行話簡明地圖說明與注釋等內容。

⓬　以上三、四兩類，取材自于翠玲著《工具書應用通則》95-97 頁。

參考書目

丁忱　黃焯文集　湖北教育出版社出版　1989 年 11 月第 1 版　武漢市

丁度　集韻（附方成珪集韻考正）共十五冊　臺灣商務印書館印行　民國五十四（1965）年十一月臺一版　臺北市

丁福保　全漢三國晉南北朝詩（全六冊）　藝文印書館印行　民國五十六（1967）年四月購藏　臺北市

丁福保　說文解字詁林正編（全六十五冊）通檢一冊・說文解字補遺（十五冊）通檢一冊　國民出版社印行　民國四十八（1959）年初版　臺北市

三民書局大辭典編纂委員會　大辭典上中下三冊　三民書局股份有限公司出版　民國七十四（1985）年八月初版　臺北市

于翠玲　工具書應用通則　春風文藝出版社出版　1999 年 3 月 1 版　瀋陽市

中國訓詁學會　訓詁論叢第二冊　文史哲出社發行　民國八十六（1997）年四月　臺北市

中國訓詁學會・許慎研究會　許慎與與《說文》研究論集　河南人民出版社發行　鄭州市

中國訓詁學會・輔仁大學中文系所主編　訓詁論叢第一輯　文史哲

出版社　民國八十三（1994）年元月初版　臺北市

中國許慎研究學會編　說文解字研究　河南大學出版社出版　1991年八月第 1 版　開封市

中國語文學社　中國語言學史話　1969 年 9 月　中國語文雜誌社發行　北京市

孔仲溫　玉篇俗字研究　臺灣學生書局印行　民國八十九（2000）年七月初版　臺北市

文史哲出版社編輯部　中國美術家人名辭典　文史哲出版社出版民國七十一（1982）年七月初版　臺北市

王筠　說文解字句讀（全八冊）　在高明主編《說文叢刊》內　廣文書局印行　民國六十一（1972）年十一月初版　臺北市

王筠　說文解字義證（全十五冊）　在高明主編《說文叢刊》內廣文書局印行　民國六十一（1972）年十一月初版　臺北市

王力　中國語言學史　採自《中國語文》雙月刊　1967 年 5 月出版　北京市

王力　同源字典　文史哲出版社　民國七十二（1983）年七月初版臺北市

王引之　經傳釋詞　世界書局印行　民國四十五（1956）年五月初版　臺北市

王先謙　釋名疏證補　鼎文書局影印本　民國六十一（1972）年九月初版　臺北市

王有三　清代文集篇目分類索引　國風出版社發行　民國五十四（1965）年六月初版　臺北市

王協（王力）　古漢語通論　泰順書局　臺北市

王念孫　廣雅疏證　臺灣商務印書館　民國五十七（1968）年六月
　　臺一版　臺北市

王念孫　讀書雜志上下　樂天出版社印行　民國六十三（1974）年
　　二月再版　臺北市

王重民　國學論文索引（初編、續編合訂本、三編、四編）三冊
　　鐘鼎文化出版公司　民國五十六（1967）年五月出版　臺北
　　市

王問漁　訓詁學的研究與效用　內蒙古人民出版社　1986 年 4 月
　　第 1 版　呼和浩特市

王弼等　十三經注疏（全十四冊）　藝文印書館發行　民國四十九
　　（1960）年一月再版　臺北市

王欽若・楊億等　冊府元龜一千卷（十二冊）　香港中華書局印行
　　民國四十九年（1960）年六月初版　香港

王欽若・楊億等　冊府元龜一千卷（四冊）　大化書局印行　民國
　　七十三（1984）十月初版　臺北市

王筠　說文釋例　世界書局印行　民國五十（1961）年十二月初版
　　臺北市

王應麟　玉海二百卷（八冊）　大化書局印行　民國六十六
　　（1977）年十二月景印初版　臺北市

王繼如　訓詁問學論叢　江蘇古籍出版社　2001 年 12 月第 1 版
　　南京市

世界書局編印所編　分類辭源上中下三冊　天津市古籍書店影印
　　1990 年 12 月第一版　天津市

包擬古著・竺家寧譯　釋名複聲母研究　中國學術年刊第三期 59

頁－83 頁　民國六十八（1979）年六月　國立臺灣師範大學國文研所畢業同學會編　臺北市

北京大學中國語言文學系語言學教研室編　漢語方言詞匯　文字改革出版社出版　1964 年 5 月 1 版　北京市

北京大學中國語言文學系語言學教研室編　漢語方音字匯　文字改革出版社出版　1962 年 9 月 1 版　北京市

永瑢等奉敕撰　歷代職官表二十冊　臺灣商務印書館印行　民國五十五（1966）年三月臺一版　臺北市

申小龍　中國語言學：反思與前瞻　河南人民出版社　1993 年 4 月第 1 版　鄭州市

申小龍　語文的闡釋　遼寧教育出版社　1991 年 12 月第 1 版　瀋陽市

白兆麟　簡明訓詁學　浙江教育出版社　1984 年 10 月第一版　杭州市

伍杰　中國辭書辭典　河北人民出版社　1989 年 10 月第 1 次印刷　石家莊市

向光忠　文字學論叢[第二輯]　崇文書局發行　2004 年 1 月第 1 版　武漢市

向光忠　說文學研究[第一輯]　崇文書局發行　2004 年 1 月第 1 版　武漢市

向夏　說文解字講疏——中國文字學導論　中華書局香港分局出版　1974 年 9 月港一版　香港

向熹　《詩經》古今音手冊　南開大學出版社出版　1988 年 2 月第 1 版　天津市

曲彥斌主編　中國隱語行話大辭典　遼寧教育出版社出版　1995
　　年1版　瀋陽市

朱駿聲　說文通訓定聲　世界書局印行　民國四十五（1956）年五
　　月　臺北市

江藍生・侯精一　漢語現狀與歷史的研究　中國社會科學出版社發
　　行　1999年12月第1版　北京市

何仲英　訓詁學引論　臺灣商務印書館發行　民國五十七（1968）
　　年十月臺一版　臺北市

余照輯　詩韻集成　臺灣學海出版社印行　民國八十二（1993）年
　　十月再版　臺北市

吳孟復　訓詁通論　安徽教育出版社　1983年4月第1版　合肥
　　市

吳則虞　中國工具書使用法　上海古籍出版社出版　1988年3月
　　第1版　上海市

吳淑等撰　增補大字事類統編全五冊　佩文書社印行　民國四十九
　　（1960）年六月出版　臺北市

吳榮光　歷代名人年譜（全五冊）　臺灣商務印書館印行　民國四
　　十五（1956）年四月臺初版　臺北市

宋翔鳳　小爾雅訓纂　鼎文書局出版　民國六十一年（1972）九月
　　初版　臺北市

宋翔鳳著　小爾雅訓纂　鼎文書局影印南菁書院本　民國六十一
　　（1972）年九月初版　臺北市

李孝定　漢字的起源與演變論叢　聯經出版事業公司　民國七十五
　　（1986）年六月初版　臺北市

李昉等　太平御覽一千卷（七冊）　臺灣商務印書館印行　民國二
　　十四（1935）年十二月初版　上海市　又民國五十六
　　（1967）年十一月臺一版一刷　民國八十一（1992）年一月
　　臺一版六刷　臺北市　又新興書局印行　民國四十八
　　（1959）年一月初版　臺北市　又平平出版社印行　民國六
　　十四（1975）年六月初版　臺南市

李昉等撰　太平廣記五百卷（全五冊）　平平出版社印行　民國六
　　十三（1974）年元月初版　臺南市

李建國　漢語訓詁學史　安徽教育出版社　1986 年 9 月第 1 版
　　合肥市

李珍華・周長楫　漢字古今音表（修訂本）　中華書局出版　1999
　　年 1 月第 1 版　北京市

李添富主編　陳彭年等原著　新校宋本廣韻　洪葉文化事業有限公
　　司印行　民國九十（2001）年 9 月初版　臺北市

李新魁　漢語文言語法　廣東人民出版社出版　1983 年 6 月第 1
　　版　廣州市

李新魁・麥耘　韻學古籍述要　陝西人民出版社出版　1993 年 2
　　月第 1 版　西安市

杜學知　訓詁學綱目　臺灣商務印書館發行　民國五十九（1970）
　　年九月初版　臺北市

沈粹芬等　清文匯全三冊（上中下）　北京出版社出版　1996 年 3
　　月第 1 版

阮元　經籍籑詁　世界書局印行　民國四十五（1956）年五月初版
　　臺北市

周大璞　訓詁學初稿　武漢大學出版社　1987 年 7 月第 1 版　武漢市

周何　中國訓詁學　三民書局股份有限公司　民國八十六（1997）年十一月　臺北市

周秉鈞　古漢語綱要　湖南人民出版社　1981 年 1 月第 1 版　長沙市

周祖謨　方言校箋　中華書局出版　1993 年 2 月第 1 版　北京市

周祖謨　方言校箋　鼎文書局出版　民國六十一年（1972）九月初版　臺北市

周祖謨　周祖謨語文論集　河北教育出版社　1989 年 1 月第 1 版　石家莊市

宛志文　漢語大字典（袖珍本）　湖北人民出版社·四川辭書出版社　1999 年 9 月 1 版　武漢市

林尹　中國聲韻學通論　黎明文化事業股份有限公司出版　民國七十一（1982）年九月初版　臺北市

林尹　訓詁學概要　正中書局發行　民國六十一（1972）年三月臺初版　臺北市

俞樾　群經平議上下　河洛圖書出版社出版　民國六十四（1975）五月景印初版　臺北市

南京大學圖書館中文系歷史系編寫小組　文史哲工具書簡介　天津人民出版社　1980 年 9 月第一版　天津市

姜亮夫　歷代名人年里碑傳總表　臺灣商務印書館發行　民國五十四（1965）年四月臺一版　臺北市

姚榮松　古代漢語詞源研究論衡　臺灣學生書局印行　民國八十

　　　　（1991）年三月初版　臺北市

紀昀撰·黃本驥重編　歷代職官表　樂天出版社出版　民國六十一
　　　（1972）年初版　臺北市

胡奇光　中國小學史　上海人民出版社發行　1987 年 11 月 1 版
　　　北京市

胡楚生　訓詁學大綱　蘭臺書局有限公司發行　民國六十四
　　　（1975）年三月初版　臺北市

胡樸安　中國文字學史　臺灣商務印書館印行　民國五十五
　　　（1966）年十二月臺二版　臺北市

胡樸安　中國訓詁學史　臺灣商務印書館　民國五十五（1966）年
　　　十一月臺二版　臺北市

唐圭璋編　全宋詞（全五冊）　明倫出版社印行　民國六十二
　　　（1973）年十月初版　臺北市

唐作藩　漢語史學習與研究　商務印書館出版　2001 年 12 月第 1
　　　版　北京市

夏劍欽·夏炳臣　通假字小字典　湖南人民出版社　1986 年 11 月
　　　第 1 版　長沙市

孫雍長　轉注論　岳麓書社出版發行　1991 年 9 月第 1 版　長沙
　　　市

徐世昌輯　清詩匯全三冊（上中下）　北京出版社出版　1996 年 3
　　　月第 1 版　北京市

徐芳敏　閩南方言本字與相關問題探索　大安出版社　2003 年二
　　　月第一版　臺北市

徐復　徐復語言文字學叢稿　江蘇古籍出版社　1990 年 6 月第 1

版　南京市

徐通鏘　徐通鏘自選集　河南教育出版社出版　1993 年 11 月第 1
　　　版　鄭州市

徐復主編　廣雅詁林　江蘇古籍出版社出版　1992 年 7 月 1 版
　　　南京市

桂馥　說文解字義證（全十五冊）　在高明主編《說文叢刊》內
　　　廣文書局印行　民國六十一（1972）年十一月初版　臺北市

殷煥先　殷先語言論集　山東大學出版社出版　1990 年 4 月第 1
　　　版　濟南市

高步瀛　唐宋詩舉要　學海出版社印行　民國七十二（1983）年九
　　　月初版　臺北市

高承撰・李果訂　事物紀原　臺灣商務印書館印行　民國六十
　　　（1971）年四月臺一版　臺北市

國民出版社　兩千年中西曆對照表　國民出版社印行　民國四十七
　　　（1958）年十一月　臺北市

國立中央圖書館　中國近二十年文史哲論文分類索引　正中書局印
　　　行　民國五十九（1970）年十一月臺初版　臺北市

張世祿　廣韻研究　商務印書館印行　民國二十二（1933）年初版
　　　上海市

張永言　訓詁學簡論　華中工學院出版社出版　1985 年 4 月第 1
　　　版　武漢市

張玉書等奉康熙敕令撰　佩文淵府七冊　臺灣商務印書館印行　民
　　　國六十三（1974）年十二月臺六版　臺北市

張廷玉等　駢字類編　北京市中國書店出版　1984 年 3 月 1 版

北京市

張金吾　廣釋名　鼎文書局影印本　民國六十一（1972）年九月初
　　版　臺北市

張相　詩詞曲語辭典　藝文印書館　民國四十六年（1957）六月初
　　版　臺北市

張美蘭　現代漢語語言研究　天津教育出版社　2001 年 12 月第 1
　　版　天津市

張斌・許威漢　中國古代語學資料匯纂　福建人民出版出版　1993
　　年 12 月第 1 版　福州市

張錦郎　中文參考用書指引　文史哲出版社印行　民國六十八
　　（1979）年四月初版　臺北市

曹煒　現代漢語詞義學　學林出版社出版　2001 年 6 月第 1 版
　　上海市

梁啟雄　二十四史傳目引得　開明書局印行　民國二十五（1936）
　　年　上海市

梁啟雄　廿四史傳目引得　臺灣中華書局印行　民國五十八
　　（1969）年九月臺二版　臺北市

清聖祖敕撰　淵鑑類函三十冊　新興書局發行　民國四十九
　　（1960）年九月初版　臺北市

清聖祖敕撰　駢字類編十二冊索引一冊　北京中國書店出版　1984
　　年 3 月第一版　北京市

清聖祖敕編　全唐詩（全十二冊）　明倫出版社印行　民國六十
　　（1971）年五月初版　臺北市

畢沅　釋名補遺　鼎文書局影印本　民國六十一（1972）年九月初

版　臺北市

莊雅州　論高郵王氏父子經學著述中的因聲求義（乾嘉學者的治經方法抽印本）　中央研究院中國文哲研究所籌備處印行　2000 年 10 月　臺北市

許威漢　訓詁學導論　上海教育出版社　1987 年 12 月第 1 版　上海市

許威漢　漢語學　廣東出版社出版　1995 年 9 月第 1 版　廣州市

許威漢‧陳秋祥　漢字古今字義比較　河南人民出版社出版　1994 年 1 月第 1 版　鄭州市

郭在貽　訓詁學　湖南人民出版社出版　1986 年 10 月第 1 版　長沙市

郭在貽　訓詁叢稿　上海古籍出版社出版　1985 年 2 月第 1 版　上海市

郭錫良　漢字古音手冊　北京大學出版社出版　1986 年 11 月第 1 版　北京市

陳乃乾　別署居處名通檢　世界書局印行　民國五十七（1968）年十一月再版　臺北市

陳乃乾　別號索引　開明書局印行　民國二十五（1936）年初版　上海市

陳乃乾　室名索引　開明書局印行　民國二十二（1933）年初版　上海市

陳宏天‧呂嵐　詩經索引　書目文獻出版社出版　1984 年 3 月第 1 版　北京市

陳昌儀　贛方言概要　江西教育出版社　1991 年 9 月第 1 版　南

昌市

陳紱　訓詁學基礎　北京師範大學出版社出版　1990 年 9 月第 1
版　北京市

陳彭年　宋本廣韻　藝文印書館　民國五十九（1970）年九月三版
臺北市

陳新雄　切韻性質的再檢討　中國學術年刊第三期 31 頁－58 頁
民國六十八（1979）年六月　國立臺灣師範大學國文研究所
畢業同學會編

陳新雄　文字聲韻論叢　東大圖書公司印行　民國八十三（1994）
年一月初版　臺北市

陳新雄　如何利用工具書（一）　民國六十（1971）年十一月七日
出版《創新》週刊第 30 期　5－6 頁　華岡中國文化學院
臺北市

陳新雄　如何利用工具書（二）　民國六十（1971）年十一月二十
一日出版《創新》週刊第 32 期　7－8 頁　華岡中國文化學
院　臺北市

陳新雄　如何利用工具書（三）　民國六十（1971）年十一月二十
八日出版《創新》週刊第 33 期　7－8 頁　華岡中國文化學
院　臺北市

陳新雄　如何利用工具書（四）　民國六十（1971）年十二月十二
日出版《創新》週刊第 35 期　5－6 頁　華岡中國文化學院
臺北市

陳新雄　如何利用工具書（五）　民國六十（1971）年十二月二十
六日出版《創新》週刊第 37 期　5－6 頁　華岡中國文化學
院　臺北市

陳新雄　如何利用工具書（六）　民國六十一（1972）年一月九日
　　　出版《創新》週刊第 39 期　3－4 頁　華岡中國文化學院
　　　臺北市

陳新雄　如何利用工具書（七）　民國六十一（1972）年一月二十
　　　三日出版《創新》週刊第 41 期　7－8 頁　華岡中國文化學
　　　院　臺北市

陳新雄　如何利用工具書（八上）　民國六十一（1972）年三月十
　　　二日出版《創新》週刊第 45 期　5－6 頁　華岡中國文化學
　　　院　臺北市

陳新雄　如何利用工具書（八下）　民國六十一（1972）年三月十
　　　九日出版《創新》週刊第 46 期　7－8 頁　華岡中國文化學
　　　院　臺北市

陳新雄　如何利用工具書（九）　民國六十二（1973）年一月八日
　　　出版《創新》週刊第 72 期　9－12 頁　華岡中國文化學院
　　　臺北市

陳新雄　如何利用工具書（十）　民國六十二（1973）年一月二十
　　　二日《創新》週刊第 74 期　10－13 頁　華岡中國文化學院
　　　臺北市

陳新雄　新編中原音韻概要　學海出版社印行　民國九十（2001）
　　　年五月初版　臺北市

陳新雄　廣韻研究　臺灣學生書局印行　2004 年 11 月初版　臺北
　　　市

陳新雄　如何利用工具書　學粹第十六卷第二期　9－13 頁　民國
　　　六十三（1974）年六月一日出版　臺北市

陳新雄　如何利用工具書（二）　學粹第十六卷第三期　1－17 頁

民國六十三（1974）年九月一日出版　臺北市

陳夢雷撰·蔣廷錫重編校　古今圖書集成一萬卷（一百零一冊）　臺北文星書店印行　民國五十三（1964）年　又鼎文書局印行　民國六十五（1976）年二月初版　臺北市

陳夢雷撰·蔣廷錫重編校　古今圖書集成一萬卷（七十九冊）　鼎文書局印行　民國六十六年（1977）四月初版　臺北市

陳德芸　古今人物別名索引　臺灣藝文印書館　民國五十四（1965）年月初版　臺北縣板橋鎮

陳澧　切韻考——外篇附（上下兩冊）　廣文書局音韻學叢書本　民國五十五（1966）年一月初版　臺北市

陳澧　切韻考外篇坿　臺灣學生書局出版　民國五十四（1965）年四月初版　臺北市

陳璧如·張陳卿·李維埥　文學論文索引　臺灣學生書局出版　民國五十九（1970）年三月初版　臺北市

陸宗達　訓詁簡論　北京出版社出版　1980 年 7 月第 1 版　北京市

陸宗達　陸宗達語學論文集　師範大學出版社出版　1996 年 3 月第 1 版　北京市

陸宗達·王寧　訓詁與訓詁學　山西教育出版社　1994 年 9 月第 1 版　太原市

陸爾奎·臧勵龢等編　中國人名大辭典　商務印書館出版　民國十（1921）年六月初版　上海市　臺灣商務印書館　民國四十七（1958）年二月臺一版　臺北市

陸澹安　小詞語彙釋　中華書局　1964 年第 1 版　臺灣中華書局

民國六十三（1974）年五月臺三版　臺北市

章羣　民國學術論文索引　中華文化出版業委員會出版　民國四十三（1954）年八月初版　臺北市

章炳麟　章氏叢書　世界書局行印行　民國四十七（1958）年七月初版　臺北市

富金壁　訓詁學說略　湖北人民出版社發行　2003 年 4 月第 1 版　武漢市

閔家驥　怎樣學習廣韻　河南人民出版社　1989 年 7 月第 1 版　鄭州市

開明書局編纂執行委員會　二十五史人名索引　臺灣開明書局重印　民國五十（1961）年二月　臺北市

馮浩菲　中國訓詁學上下　山東大學出版社出版　1995 年 9 月第 1 版　濟南市

馮浩菲　毛詩訓詁研究上下　華中師範大學出版社出版　1988 年 8 月第一版　武漢市

黃本驥　歷代職官表　漢聲出版社發行　民國六十二（1973）年三月臺一版　臺北市

黃侃　訓詁述略　制言第七期　蘇州市

黃典誠　訓詁學概論　福建人民出版社　1988 年 1 月第 1 版　福州市

黃建中　訓詁學教程　荊楚書社出版　1988 年 1 月第 1 版　武漢市

黃焯　文字聲韻訓詁筆記　木鐸出版社　民國七十二（1983）年九月初版　臺北市

楊家駱　四庫大辭典　中國學典館復館籌備處印行　民國五十六
　　（1967）年四月再版　臺北市

楊家駱　叢書大辭典　中國學典館復館籌備處印行　民國五十六
　　（1967）年六月再版　臺北市

楊家駱主編　別署居處名通檢　世界書局印行　民國五十七
　　91968）年十一月　臺北市

楊達（楊樹達）　古書句讀釋例　臺灣商務印書館印行　人人文庫
　　六二八　民國五十七年（1968）四月臺一版　臺北市

楊端志　訓詁學上下　山東文藝出版社　1985 年 2 月　濟南市

溫端政主編　中國俗語大辭典　上海辭書出版社出版　1989 年 1
　　版　上海市

董誥·戴衢亨·曹振鏞等奉敕撰　欽定全唐文（精裝二十冊）　大
　　通書局書局印行　民國六十八（1979）年七月四版　臺北市

虞世南撰·清孔廣陶校注　北堂書鈔一百六十卷　文海出版社出版
　　民國五十一（1962）年十一月初版　臺北市

臧勵龢　中國古今地名大辭典　上海商務印書館　民國二十
　　（1931）年五月初版　上海市　臺灣商務印書館　民國四十
　　九（1960）年六月臺初版　臺北市

臺灣開明書局　十三經索引　臺灣開明書局印行　民國四十四
　　（1955）年六月臺一版　民國五十（1961）年九月臺二版
　　臺北市

裴學海著　古書虛字集釋　廣文書局印行　民國五十一（1962）年
　　五月出版　臺北市

趙杰　漢語語言學　朝華出版社發行　2001 年 10 月第 1 版　北京

市

趙振鐸　中國語言學史　河北教育出版社發行　2000 年 5 月 1 版
　　石家莊市

趙振鐸　訓詁學史略　中州古籍出版社　1988 年 3 月第 1 版　新
　　鄉市

趙麗明・黃國營　漢字的應用與傳播　華語教育出版社　2000 年
　　10 月第 1 版　北京市

齊召南撰　歷代帝王年表　世界書局印行　民國四十九（1960）四
　　月二版　臺北市

齊沖天　訓詁學教程　中州古籍出版社　1992 年 1 月第 1 版　鄭
　　州市

齊沖天　聲韻語源字典　重慶出版社發行　1997 年 3 月 1 版　重
　　慶市

齊佩瑢　訓詁學概論　廣文書局發行　民國五十六（1967）年三月
　　再版　臺北市

劉又辛・李茂漢　訓詁學新論　1989 年 11 月第 1 版　成都市

劉君慧　揚雄方言研究　巴蜀書社出版　1992 年 10 月 1 版　成都
　　市

劉志成　中國文字學書目考錄　巴蜀書社發行　1997 年 8 月 1 版
　　成都市

劉修業　文學論文索引續編　臺灣學生書局印行　民國五十九
　　（1970）年三月初版　臺北市

歐陽詢等　藝文類聚一百卷（五冊）　文光出版社出版　民國六十
　　三（1974）年八月初版　臺北市　又新興書局印行　民國五

十八（1969）年十一月初版　臺北市

潘重規　集韻聲類表述例　新亞書院學術年刊　第 6 期　133 頁－226 頁　民國五十三（1964）年九月　香港

蔣驥騁・吳福祥著　近代漢語綱要　湖南教育出版社發行　1997 年 3 月第 1 版　長沙市

鄧嗣禹　中國類書目錄初稿　古亭書屋出版　民國五十九（1970）年十一月初版　日本京都市

黎千駒　訓詁方法與實踐　廣西師範大學出版社發行　1997 年 2 月第 1 版　桂林市

燕京大學引得編纂處　四庫全書總目及未收書目引得　成文出版社有限公司　民國五十五（1966）年臺一版　臺北市

燕京大學引得編纂處　藝文志二十種綜合引得　成文出版社有限公司　民國五十五（1966）年臺一版　臺北市

錢曾怡・劉聿鑫　中國語言學要籍解題　齊魯書社出版　1991 年 11 月 1 版　濟南市

駢宇騫・王鐵柱主編　語言文字詞典　學苑出版社發行　1999 年 2 月 1 版　北京市

應裕康・王忠林　說文研究　復文出版社印行　民國八十（1991）年一月初版　高雄市

應裕康・王忠林・方俊吉　訓詁學　高雄文化出版社印行　民國八十二（1993）年五月初版　高雄市

應裕康・謝雲飛編著　中文工具書指引　蘭臺書局有限公司出版　民國六十四（1975）年十二月一日初版　臺北市

濮之珍　中國語言學史　書林出版有限公司出版　民國七十九

（1990）年十一月出版　臺北市

謝光輝　漢語字源字典（圖解本）　北京大學出版社　2000 年 8 月第 1 版　北京市

魏秀梅編　清季職官表　中央研究院近代史研究所出版　民國六十六（1977）年初版　臺北市

嚴可均　全上古三代秦漢三國六朝文（全四冊）　中文出版社　1972 年 7 月初版　日本京都市

嚴學宭　廣韻導讀　巴蜀書社出版發行　1990 年 4 月第 1 版　成都市

蘇新春　漢語詞義學　廣東教育出版社發行　1992 年 8 月 1 版　廣州市

顧祖禹　讀史方輿紀要（全五冊）　新興書局印行　民國六十一（1972）年六月初版　臺北市

顧野王　玉篇　臺灣中華書局印行　民國五十五（1966）年三月臺一版　臺北市

葉蜚聲·徐通鏘　語言學綱要　北京大學出版社　1997 年 4 月第三版　北京市

BODMAN, NICHOLAS CLEAVELAND "A LINGUISTIC STUDY OF THE SHIH MING Initials and Consonant Clusters" HARVARD UNIVERSITY PRESS CAMBRIDGE, MASSACHUSETTS 1954.

内容簡介

　　陳新雄教授從林尹先生習聲韻訓詁之學二十七年，而自身擔任訓詁學課程教學亦逾二十年，陳教授本之師說，再參以本身二十餘年之教學經驗，特應本局之邀，為本局撰寫《訓詁學》一書，以造福學者。共分上下二冊，上冊分七章，已於十年前由本局出版，深獲學界好評。十年來各方學者殷切盼望下冊早日出書。陳教授經十年之精研，已將下冊完成，仍交本局出版。下冊分為五章：第八章、古書之體例。依據清代學者王念孫、王引之、俞樾及民國學者劉師培、楊樹達、姚維銳諸家研究，擇精取要，以闡述古書之體例，俾後人學習，有所依循。第九章、古書之註解。本章著者引據經籍原文註解，並附書影，俾學者瞭解古註之真面目。第十章、古書之句讀。楊樹達采綴諸書，分條比輯，共得古書句讀十五例。著者除各舉例以說明外，復採王力諸人有關句讀之意見，間亦有著者本人對句讀之分析，可謂擇精取宏，至切於用。第十一章、訓詁之基本書籍。本章詳細介紹《爾雅》、《小爾雅》、《方言》、《說文》、《釋名》、《廣雅》、《玉篇》、《廣韻》、《集韻》、《類篇》等十部訓詁書籍。尤難能可貴者，著者得其先師潘重規先生未曾發表之《爾雅學》，採入本冊，實為難得者也。其他各書亦均元元本本殫見洽聞。第十二章、工具書之用法。共介紹十六類文史哲之工具書籍，每類多舉實例，介紹其使用方法，國學工具書中，詳實淹博，尚無有逾於此書者。故本局樂於出版，並為讀者諸君告也。

國家圖書館出版品預行編目資料

訓詁學（下冊）

陳新雄著. – 初版. – 臺北市：臺灣學生，
2005[民 94]
面；公分

ISBN 957-15-1274-5(精裝)

1. 訓詁

802.1   83009071

訓　詁　學（下冊）

著　作　者：陳　　　新　　　雄
出　版　者：臺 灣 學 生 書 局 有 限 公 司
發　行　人：盧　　　保　　　宏
發　行　所：臺 灣 學 生 書 局 有 限 公 司
　　　　　　臺 北 市 和 平 東 路 一 段 一 九 八 號
　　　　　　郵 政 劃 撥 帳 號：0 0 0 2 4 6 6 8
　　　　　　電　話：（0 2）2 3 6 3 4 1 5 6
　　　　　　傳　眞：（0 2）2 3 6 3 6 3 3 4
　　　　　　E-mail : student.book@msa.hinet.net
　　　　　　http : //www.studentbooks.com.tw
本書局登
記證字號　：行政院新聞局局版北市業字第玖捌壹號
印　刷　所：長 欣 彩 色 印 刷 公 司
　　　　　　中 和 市 永 和 路 三 六 三 巷 四 二 號
　　　　　　電　話：（0 2）2 2 2 6 8 8 5 3

定價：精裝新臺幣九○○元

西 元 二 ○ ○ 五 年 十 一 月 初 版

臺灣 學生書局 出版

中國語文叢刊